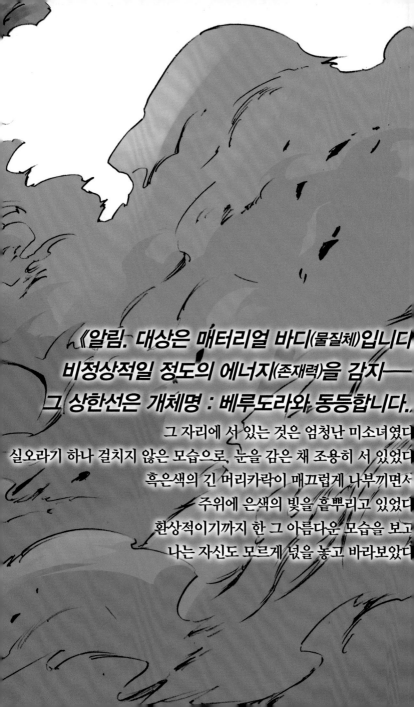

《알림. 대상은 매터리얼 바디(물질체)입니다
비정상적일 정도의 에너지(존재력)을 감지——
그 상한선은 개체명 : 베루도라와 동등합니다.》

그 자리에 서 있는 것은 엄청난 미소녀였다
실오라기 하나 걸치지 않은 모습으로, 눈을 감은 채 조용히 서 있었다
흑은색의 긴 머리카락이 매끄럽게 나부끼면서
주위에 은색의 빛을 흩뿌리고 있었다
환상적이기까지 한 그 아름다운 모습을 보고
나는 자신도 모르게 넋을 놓고 바라보았다

전생했더니 슬라임이 있던건에 대하여 11

Regarding
Reincarnated to Slime

목차 ─ 용사 각성 편

서장
황금의 우울 7

제1장
시찰과 연구성과 25

제2장
새로운 동료들 125

제3장
불온한 기운 219

제4장
서방동란 315

제5장
용사 각성 483

종장
약속의 장소로 575

서장

황금의 우울

Regarding Reincarnated to Slime

하얀 저택.

갖가지 색의 꽃이 흐드러지게 핀 정원.

소녀의 미소와 그 모습을 지켜보는 한 명의 소년.

그건 색이 바라지 않은 행복했던 시절의 기억.

그는 그 행복을 되찾고 싶다고 바랐었다.

그러나 그건 너무나 어려운 일이다.

저택── 황금의 도시를 창조했다.

천상의 낙원을 재현한 것 같은 아름다운 정원도 있었다.

기억 속의 그것보다도 훨씬 더 화려하고 장엄하게.

그런데 가장 중요한 마지막 피스(요소)를, 아무리 뒤져도 찾을 수가 없었다.

이 세계의 정점에서 한 자리를 차지하고 있는 그의 힘으로도, 가장 사랑하는 소녀를 되찾지 못하고 있었다──.

그녀를 찾아내지 못하면 그에게 미소가 되돌아올 일은 없었다.

그 모든 것은 그가 사랑하는 소녀를 위해 마련한 것이었으니까.

그의 이름은 레온 크롬웰.

'플래티넘 세이버(백금의 검왕)'이라는 이명을 지닌, 마왕 중의 한 명.

그런 레온이 찾고 있던 소녀의 이름은──.

레온이 다스리는 나라── 황금향(黃金鄕) 엘도라도, 그 중심에 우뚝 솟은 나선 모양의 왕성 안에 있는 알현의 방.

옥좌에 앉은 채 '무위(武威)'를 뿜어내고 있는 레온의 앞에, 세 명의 수상쩍은 자들이 무릎을 꿇고 있었다.

검은색의 의상에 우산 모양의 모자를 쓴 희한한 모습. 무기상인 다무라다와 같은 차림새를 한 그들은 더 말할 것도 없이 바로 라플라스 일행이었다.

"──네놈들이로군. 두 번째로 보는 것이지?"

"네. 마왕 레온 폐하와 교류하게 된 것을 너무나도 기쁘게 생각합니다. 하지만 아쉽게도 이번 납품을 끝으로 특정기밀상품의 거래를 중단하겠다는 말씀을 드리고 싶습니다."

레온에게 대답한 자는 한껏 예의를 갖춘 식으로 말투를 바꾼 티어였다. 조금이라도 인상을 좋게 주려고, 여성인 티어가 교섭 역할을 맡고 있었던 것이었다.

하지만 그것도 이번으로 끝이다.

유우키가 세운 계획에 따라, 서방열국에서의 활동은 잠시 중지하기로 결정되었다.

로조 일족과의 창구는 '케르베로스(삼거두, 三巨頭)'인 미샤가 후임이 되었다. 거래는 지금까지와 마찬가지로 계속하되, 유우키 일행은 동쪽 제국으로 활동거점을 옮길 예정이었던 것이다.

그리고 마리아베르를 잃으면서 그 로조 일족의 힘은 약화되었다.

더 숨길 것도 없으니 굳이 밝히자면 특정기밀상품의 공급원은 실트로조 왕국이며, 현재의 로조 일족에게 안정적으로 소환을 시도할 만한 체력이 남아 있는 것으로도 보이지 않았다.

그리고 템페스트(미국연방)가 카운실 오브 웨스트(서방열국 평의회)에 가입한 지금, 서방열국은 마왕 리무루의 영향 아래에 들어간 것과 마찬가지였다.

그 감시의 눈길은 지금까지 해왔던 것 이상으로 더 엄격해질 것이다.

발을 뺄 때가 되었다는 것이 모두의 견해였다.

"호오, 좋은 배짱이로군. 다무라다와는 달리 이렇게 빨리 가격을 흥정하려는 건가?"

"아뇨, 아뇨, 그렇지 않습니다. 레온 폐하도 아시겠지만, 마왕 리무루가 서방열국에서 그 존재를 드러내고 있습니다. 그분은 '이세계인'의 소환을 흔쾌히 여기지 않는 것 같으며, 그런 행동을 완고하게 금지하고 있습니다. 그의 의향을 어기는 짓을 계속하는 건 곤란하다고, 저희는 판단을 내렸습니다."

막힘없이 술술 대답하는 티어.

레온은 그 말을 듣고 역시 그렇군──이라고 생각했다.

서방열국에 침투시킨 자들로부터도 같은 내용의 보고가 올라오고 있었다. 이렇게 되는 건 시간문제라고, 레온 스스로도 판단하고 있었던 것이다.

애초에 이 방법은 실로 불확정요소가 많았다. 오히려 성공확률이 천문학적으로 낮았기에, 처음부터 성공할 거라는 생각을 하기가 어려운 쪽에 가까운 방법이었다.

뭐니 뭐니 해도, 어떤 특정한 인물을 이 세계에 소환하려고 하는 것이니까──.

부하들에게 명령하여 몇 번이나 소환을 벌이게 했다.

30명 이상의 서머너(소환술사)가 협력했고, 세세한 조건을 부여하기 위해 7일이나 들여 의식을 벌였으며, 레온이 지정하는 조건까지 추가하면서.

그러나 성공률은 1퍼센트 미만. 같은 인간이 소환의식을 시도하기에는 인터벌이 필요하기 때문에, 시행횟수 그 자체에 제한이 있었다.

처음부터 성공할 가능성은 한없이 제로에 가까웠던 것이다.

스스로도 몇 번인가 소환을 시도해봤지만, 매번 실패를 거듭했었다. 그 소환을 통해 마지막으로 불러온 자가 이자와 시즈에였으며, 이제 곧 66년이나 되는 세월이 지나가려 하고 있었다. 조건을 좁히려고 하면 할수록 재소환까지의 인터벌이 길어지기 때문이다.

다음 소환도 기대는 할 수 없다.

그래서 고안한 것이 몇 번이든 시도할 수 있는 '불완전한 상태에서의 소환' 술식이었다.

레온이 찾고 있는 인물은 아직 어린 소녀였다. 그렇기 때문에 어린 아이가 불려올 확률이 높은 불완전 소환 쪽이 아주 조금이나마 성공할 가능성이 높았던 것이다.

그 방법을 서방열국에 퍼뜨려 조금이라도 시행횟수를 늘리게 만든 뒤에, 많은 아이들을 모아들이려고 생각했었지만…….

──이제 막 완전한 실패로 끝난 셈이다.

다른 방법이 없었다. 그리고 다음 계획에 대한 아이디어도 떠오르지 않았다.

애가 타는 듯한 초조함이 가슴 속을 압박했지만, 레온은 평정을 유지한 채 입을 열었다.

"──리무루, 라······. 협정을 맺은 것도 아니며, 협력 요청도 하지 않았다. 결과적으로 방해를 받은 꼴이 되었지만, 그 건은 어쩔 수 없겠지. 하지만 거래를 중단한다는 건 무슨 말이냐? 서쪽이 안 된다고 해도 동쪽이 남아 있을 텐데?"

또렷하게 들리는 레온의 목소리가 알현의 방 전체에 울려 퍼졌다.

그 목소리에 담긴 강렬하기까지 한 위압감. 그 직격을 받으면서, 티어는 저절로 몸이 굳어졌다.

'격'이 다르다.

어중간한 마인이라면 마왕 앞에 서는 것조차 불가능하다. 상위의 실력자인 티어조차도 레온에게 대응하는 것은 힘들었다.

그러나 이 자리에는 티어만 있는 게 아니었다.

"그에 관해선 제가 설명해드리죠. 실은 동쪽도 분위기가 수상하게 돌아가고 있습죠. 듣자 하니 비밀리에 전쟁준비를 시작했다는 것 같은지라, 마법사에게 여분의 작업을 시킬 여유가 없다고 하더군요. 그러므로 의식에 필요한 인재를 확보하는 것이 어려워졌지 뭡니까."

레온은 그 말을 듣고, 가늘게 뜬 눈으로 라플라스를 바라봤다.

답답해서 짜증이 난다는 게 그의 본심이었다.

서방열국과 동쪽 제국, 양쪽이 어떻게 되든 자신이 알 바가 아니었지만, 전쟁이 길어지게 되면 레온의 목적에도 영향이 생긴다.

이렇게 되면 근본적으로 방침을 다시 세울 필요가 있을 것이다.

레온은 그렇게 생각했지만, 그걸 표정으로 드러내진 않았다. 차가운 표정을 그대로 유지한 채 라플라스를 계속 조용히 바라봤다.

그 시선을 느낀 라플라스는 기분이 불쾌해졌다.

(역시 번거로운 존재로구먼. 내가 죽인 가짜 마왕은 아예 비교가 안 돼. 진짜는 다르다는 뜻인가. 보스의 말대로 이 녀석에게 직접 복수하는 것은 다시 생각해봐야겠는데⋯⋯.)

유우키의 명령에 의해, 당분간은 물밑에서 벌이는 활동을 자숙하기로 방침을 세웠다. 눈앞에 카자리무를 죽인 상대가 있다고 해도, 라플라스는 처음부터 마왕 레온에게 무슨 짓을 벌일 생각은 아예 없었다.

유우키의 믿음에 보답하기 위해서, 임무는 확실하게 처리하자고 생각했던 것이다.

하지만 그래도.

눈앞에 원수가 있는 이상, 얼마나 강한지는 알아보고 싶었다.

상대의 힘을 완전히 파악하고, 조금이라도 약점을 찾아내려고 했다.

그런 라플라스의 눈으로 봐도 마왕 레온은 괴물이었다.

만약 진심으로 싸운다면⋯⋯.

승부의 결과는 알 수가 없다.

이길 수 있을지도 모르고 패배할 수도 있다.

티어와 풋맨, 그리고 라플라스. 셋이서 같이 도전한다고 해도 마왕 레온에게 반드시 이긴다는 보장은 없었다.

그래서 라플라스는 이 자리를 깔끔하게 포기하고 교섭에 임하고 있었다. 그와 동시에 유우키가 무슨 생각으로 자신들에게 이 일을 맡긴 것인지, 그 이유를 정확히 추측하고 있었다.

(보스는 우리에게 이 남자를 보여주고 싶었던 것이겠지. 적을 안다는 것은 중요하니까. 그 마리아베르도 정공법으로 싸웠다면 보스의 실력으로도 힘든 상대였으니 말이야. 마왕 리무루가 예상 이상의 괴물이었던 탓에 마리아베르는 실패한 거야. 그자의 실력을 완벽히 파악하는 건 무리수지만 말이지.)

마리아베르의 패인은 리무루의 실력을 오판한 것에 있었다.

애당초 책략을 특기로 하는 마리아베르가 직접적인 공격수단을 동원한 것 자체가 실책인 것이다. 라플라스뿐만 아니라, 유우키나 카가리도 그렇게 분석하고 있었다.

마리아베르가 무슨 생각을 했고, 무엇을 두려워했던 것일까.

──시간을 들이면 들일수록 상황이 불리해진다고 판단하여, 고뇌 끝에 결단을 내리면서 이기기 힘든 도박을 시도한 것을, 생판 남인 유우키와 그 동료들은 정확하게 유추해내지 못한 것이다.

그리고──.

마리아베르가 그렇게 생각하도록 유도한 인물이야말로, 더 숨길 것도 없이 바로 유우키 본인이다. 마리아베르가 자신의 힘을 과신한 것은 틀림없지만, 마왕 리무루를 상대로 승산이 있다고 믿게 만든 것은 유우키의 수완이었다.

있지도 않은 정보를 만들어내서 마리아베르의 계산을 망쳐버린 것이다.

유우키도 마리아베르가 질 것이라고 확신한 것은 아니었다.

강자들끼리 충돌시켜서, 그 힘을 확인하는 것이 목적이었다.

그리고 결과는 마왕 리무루의 승리였다.

유우키의 입장에서 봐도 번거로운 존재였던 마리아베르는 죽었고, 그뿐만 아니라 그 힘의 원천인 유니크 스킬 '그리드(탐욕자)'가 유우키를 새로운 주인으로 인정했다.

그게 바로 유우키가 정말로 노리는 것이었지만, 그 얘기를 나중에 들은 라플라스는 말문이 막혔다.

다른 사람의 스킬(능력)은 노린다고 해서 빼앗을 수 있는 게 아니다. 그러나 유우키의 말로는 왠지 모르게 성공할 것 같아서 그랬다고 하는데……

(너무 무모하다니까 정말. 마리아베르는 운이 안 좋았어. 보스를 상대로 하면서, 바보처럼 솔직하게 자신의 힘을 지나치게 과신한 거지. 역시 정보의 힘은 위대해. 레온도 마찬가지야. 화는 나지만, 확실히 이길 수 있다는 생각이 들 때까지는 손을 대지 않는 게 현명하겠지.)

결국 그게 결론이었다.

자신들의 작전행동을 전면 동결하고, 세력 확대와 정보 수집에 집중한다. ——그 방침에 변화는 없었으며 유우키가 목적을 달성한 지금, 서방열국에 머무를 이유는 사라졌다.

그렇기에 이번에 레온의 분노를 사지 않도록 거래를 잠시 중지하겠다는 의사를 밝힌 것이다.

레온의 시선에서 느껴지는 압력에 굴복했다간 얘기가 되지 않으므로, 라플라스는 다시 말을 시작했다.

"이걸로 거래를 완전히 끝내겠다는 건 아닙니다. 또 소환의식을 벌일 수 있게 되면 연락을 드릴 테니, 그때까지 기다려주시면 좋겠군요. 그리고 세계 각지에는 저희의 네트워크가 있으니 이세계에서 흘러들어 온 아이들이 있으면 확보해두기로 합죠."

"──그렇다면 어쩔 수 없지. 네놈들에게 맡기도록 하겠다. 하지만 하나 묻고 싶은 게 있다."

"뭡니까?"

"너는 왜 그렇게 입이 가벼운 것이냐?"

"예?"

라플라스는 레온이 한 질문을 듣고 넋이 나간 목소리로 되물었다.

입이 가볍다고 한들, 자신이 무슨 실언을 한 것인지 알 수가 없었다.

(내가 무슨 실수를 했나? 어쩔 수 없지, 이대로 싸우게 된다면 최대한 반항할 수밖에 없겠군.)

라플라스는 동요하지 않았다. 무슨 일이든 즐기지 않으면 손해라고 생각하기 때문에, 자신이 실수했다고 해도 그건 그때 가서 생각하면 된다고 단단히 마음을 먹은 것이다.

살기를 억누르면서, 재빨리 각오를 굳혔다. 그런 라플라스에게 레온이 말했다.

"이치에 밝은 상인이 전쟁이라는 중대사를 쉽게 입에 올려도 되는 것이냐? 전임자였던 다무라다라면 그런 멍청한 짓은 절대 하지 않았을 텐데?"

"그, 그건……."

듣고 보니 그 말이 맞았다.

그러나 라플라스에게도 변명할 말은 있었다. 유우키로부터 저렇게 말해서 거래를 중지하라고 명령을 받은 것이다.

그리고 유우키로부터 다른 말을 들은 게 있었고, 그걸 떠올린 라플라스는 마음속에서 모든 것이 연결되는 것을 느꼈다.

아마도 레온이 그다음으로 입에 올릴 말은——,

"뭘 숨기고 있느냐? 내 눈을 전쟁 쪽으로 돌리고 싶은 모양이다만, 그건 안일한 생각이라는 걸 깨달아라."

라플라스를 의심하는 말이었다.

감탄이 나올 만큼 예상대로 진행되었기 때문에, 라플라스는 여유를 되찾음과 동시에 속으로 진저리를 쳤다.

(나 참, 대적할 수 없는 사람이라니까. 대화가 이렇게 이어지는 것도 전부 그분이 계산한 결과이겠지.)

레온은 라플라스의 말을 깊이 곱씹으면서 뭔가를 숨기고 있다고 자신만의 결론을 내렸다. 정보의 가치를 정확히 아는 마왕이기에, 다른 목적에서 눈을 돌리게 만들기 위한 책략이라고 잘못 생각한 것이다.

사실은 그렇지 않았다.

라플라스 일행은 유우키가 지시하는 대로 행동한 것뿐이며, 거기에 깊은 생각은 존재하지 않았다. 단지 그뿐인 얘기였지만, 이렇게 되면 진실을 얘기해봤자 의미가 없다. 섣부른 변명을 하고 있다는 판단을 내릴 뿐이겠지.

그렇게 되도록 유도한 것은 이 자리에 없는 유우키였다. 그렇다면 거기에는 확실한 의미가 존재한다.

당연히 라플라스가 꺼낸 패에는 그 힌트가 있었다.

"역시 대단하십니다, 마왕 레온 님. 실은 특정기밀상품이 이번 거래로 마지막이라는 건 사실이지만, 어떤 장소에는 다섯 명 정도가 아직 남아 있습죠. 그 이자와 시즈가 개입하여 보호한 아이들이지만 말입니다."

"──흠."

유우키는 처음부터 리무루가 보호하고 있는 아이들에 대해서 마왕 레온에게 정보를 흘릴 생각이었다. 그러나 그대로 말했다간 무슨 의도가 있다는 의심을 살 뿐이다. 그래서 유우키는 아이들에 대한 이야기는 마지막에 하도록 단단히 다짐을 받아놓았던 것이리라.

교섭의 흐름에 따라선 어떻게 될지 확실하지 않음에도 불구하고, 그걸 아무렇지 않게 다 예상하는 것이 유우키의 무시무시한 점이었다.

라플라스는 무섭다고 생각하면서도, 유우키로부터 들은 내용을 레온에게 전달했다.

"남자아이가 세 명에 여자아이가 두 명입니다. 바라시는 대로 '이세계인'입죠. 하지만 있는 곳이 문제라서 저희는 손을 댈 수가 없습니다."

"이자와 시즈에…… 시즈, 인가. 그렇다면 그 장소라는 곳은 템페스트(마국연방)로군?"

"정답입니다. 실로 아쉽습니다만, 저희도 상인인지라 굳이 위험을 감수하고 싶진 않으니까요. 참고로 그 아이들의 이름은──."

"켄 미자르, 류제키, 게일 깁스, 앨리슨, 클로베 호엘이야."

이름을 떠올리려 하는 라플라스를 대신하여, 지금까지 침묵을 지키고 있던 풋맨이 대답했다. 풋맨은 교섭에 능하지 않다고 판단하여, 아이들의 이름만 기억하도록 시켰던 것이다.

"그래, 그랬지. 뭐, 손에 넣지 못한 상품의 이름 따윈 마왕 레온 님께서는 흥미가 없으시겠지만 말이야."

그렇게 말하면서 라플라스는 웃었다.

그에 비해 레온은 불쾌한 표정으로 눈썹을 찌푸렸다.

"네놈의 발음은 알아듣기 어렵구나. 클로에가 아니라 정말로 클로베가 맞느냐?"

약간 짜증이 섞인 투로 레온이 캐물었지만, 풋맨은 입을 다물고만 있었다. 섣불리 입을 열었다간 레온에게 느끼는 분노로 인해 싸움을 거는 결과가 될 수도 있었다. 이 자리에 있는 것만으로도 위험하기 짝이 없는 인물, 그게 바로 풋맨이었던 것이다. 원래는 아무 말도 하지 않는 것이 옳았다. 풋맨의 대응은 레온의 분노에 기름을 붓는 결과가 되었지만, 그건 잘못된 게 아니었다.

풋맨을 대신해 티어가 사과했다.

"실례했습니다, 마왕 레온 폐하. '이세계인'의 이름은 이곳의 문자로 표기하기가 어려운 것들뿐이라 정확성은 떨어집니다. 하지만 이름은 중요하게 여기시지 않는다고 들었기 때문에, 실례를 범하고 말았습니다."

그렇게 말하면서 머리를 숙이는 티어.

그녀를 따라서 라플라스와 풋맨도 짐짓 익살스러운 동작으로 머리를 숙였다.

"그렇군, 확실히 이름은 어찌 됐든 상관없다. 상품을 빼앗긴 것은 네놈들의 실수지만, 그것도 계약위반이라고 할 정도는 아니지. 전쟁이 일어날 것이란 정보는 그에 대한 사과로 받아들이겠다."

레온은 수많은 감정을 억지로 삼키면서, 평소와 다름없는 태도로 그렇게 선언했다.

그리고 그 말을 끝으로 면회는 끝났다.

라플라스 일행은 상품의 대금을 받고, 무사히 엘도라도를 떠난 것이다.

*

"자, 이제 어떡한다……."

라플라스 일행이 떠난 뒤에, 레온은 그렇게 중얼거렸다.

뒤로 넘겨서 묶은 레온의 장발이 아름답게 황금색으로 빛나고 있었다. 그 광채와는 대조적으로, 그의 길게 째진 눈은 우울한 빛을 띠고 있었다.

그런 레온 옆에 기사가 차렷 자세로 서 있었다.

실버 나이트(은기사경) 알로스, 레온의 의논상대이자 심복 중의 한 명이다.

"방금 그자들을 처리해버릴까요? 레온 님의 심경을 복잡하게 만들 것 같으면, 더 이상 살려둘 가치 따윈 없다고 생각합니다만……."

흠――하고, 레온은 알로스의 말을 곱씹었다.

전임자인 다무라다에 비하면 방금 그 세 명은 수상쩍다는 생각이 들 정도는 아니었다. 같은 상인이라는 것이 의심스러울 정도였다.

애초에 레온은 처음부터 상인 따윈 신용하지 않았다. 그러나 비밀결사 '케르베로스(삼거두)'와 적대하는 것은 피하고 싶다고, 레온은 그렇게 생각했을 뿐이었다.

레온이 보낸 자들도 인간 사회에 잘 섞여서 숨어 있지만, '동쪽'에 세력의 거점을 두고 '서쪽'에도 영향력을 넓히고 있는 거대조직에는 미치지 못했다.

이용할 수 있는 동안에는 이용해야 한다——고, 레온은 냉정하게 판단하고 있을 뿐이다.

특히 '이세계인'을 찾아내도록 시키는 것은 마물보다도 인간 쪽이 더 적합하다고 생각했다. 레온의 목적을 이루려면 인간의 협력이 필요 불가결했다.

"내버려 둬라. 그보다 녀석들이 말한 정보가 더 큰 문제다. 동쪽 제국이 진심으로 움직인다면, 본격적인 세계대전이 일어날 것이다. 다른 마왕들이 어떻게 움직일지는 모르겠지만, 세계의 혼란에 우리까지 휘말리는 건 사양하고 싶구나."

"그렇겠지요. 이 엘도라도는 레온 님의 위광을 받으면서 보호받고 있습니다만, 다른 땅에선 대규모의 전란이 일어날 것입니다. 그에 대비하지 않으면 안 됩니다."

레온의 말을 듣고, 고개를 끄덕이는 알로스.

레온의 지배지인 엘도라도는 바다를 사이에 두고 있는 다른 대륙에 존재한다.

지구에 있는 오스트레일리아보다도 더 큰 대륙이지만, 그 모든 것이 레온의 지배영역이었다.

중앙에는 거대한 화산이 활동 중이며, 연중 내내 불을 뿜고 있다. 그러나 그 화산재는 마법으로 인해 조작된 바람에 실려 날아가기 때문에, 아름다운 중앙도시에 떨어지는 일은 단 한 번도 없었다.

화산 부근에는 다종다양한 금속광맥이 있으며, 마법금속으로 가공되고 있다. 또한 산출량이 많은 금광맥이 존재하는 덕분에 레온은 인간사회와 몰래 거래를 하고 있었다.

극도의 번영을 누리는 도시.

마법으로 인해 보호를 받는 왕국.

그게 바로 레온이 지배하는 황금향 엘도라도였던 것이다.

그런 부유한 나라를, 인간들끼리 벌이는 추악한 전쟁에 휩쓸리게 해선 안 된다――는 것이 알로스뿐만 아니라, 이 나라에 사는 자들의 바람이라 할 수 있을 것이다.

"긴급시의 방어마법도 발동시켜서, 경계태세를 더 엄중하게 유지하겠습니다."

"그래, 그렇게 하라. 그건 그렇다 쳐도 우리 마음대로 되진 않겠지."

"――? 뭐가, 말입니까?"

"전쟁 말이다. 인간들의 죽음이 계속 쌓이면, 각성시켰다간 골치 아프게 될 자들이 나타날 가능성이 있다. 이 땅에도 분명, 존느(태초의 노란색)가 잠들어 있는 것으로 알고 있다. 아무리 그래도 육체를 얻을 일은 없겠지만……."

참으로 어리석은 행위라고, 레온은 그렇게 생각하면서 진심으로 진저리를 쳤다. 동쪽 제국이 무슨 생각을 하고 있는지는 모르겠지만, 전쟁에는 으레 죽음이 따르기 마련이다.

많은 피를 흘리면 그걸 뒤집어쓴 마물이 활성화된다. 그리고 자칫하면 인류에게 재화(災禍)가 되는, 위험한 악마들이 눈을 뜰 우려까지 있었다.

과거에 '용사'였던 특수한 위치에 있는 레온의 입장에서 보면, 그건 너무나도 어리석은 행위로 보였던 것이다.

그리고 무엇보다.

마왕이 된 지금의 레온에게 있어서, 그건 단순한 감상에 지나지 않았다. 불쌍하다는 생각은 들지만, 자신과 관계없는 자들이 아무리 불행해진다 한들 아무런 아픔도 느껴지지 않았다.

레온이 걱정하고 있는 것은, 그가 찾고 있는 소녀가 어딘가에서 피해를 입지 않을까 하는, 만일의 가능성뿐이었다.

"그때는 우리의 힘을 보여주도록 하지요!!"

"그래야지, 기대하겠다. 그리고——."

"기사 사단에서 몇 명 정도를 추려내 그의 나라로 파견하겠습니다."

레온은 알로스를 향해 대범한 몸짓으로 고개를 끄덕였다.

세세하게 명령을 내리지 않더라도, 알로스는 레온의 뜻을 받들어 하고자 하는 행동을 실행으로 옮긴다.

"맡기겠다."

그렇게 말한 뒤에, 레온은 조용히 눈을 감았다——.

부하가 물러나면서 조용해진 알현의 방에서.

레온은 길게 째진 눈을 뜨고 허공을 노려봤다.

(──그건 그렇고 클로베 호엘이라고? 지나친 기대는 좋지 않지만, 잘못 들을 정도로 비슷하지 않은가. 이게 덫이라고 해도 무시할 수는 없겠군.)

아니, 덫이라고 해도 관계없다.

마왕 레온은 그녀를 찾는 것만을 궁극적인 목적으로 삼고 있으니까.

그녀.

레온의 소꿉친구이자, 지켜야 할 소녀──.

──그녀는 자신의 이름을 클로에 오벨이라고 말했다.

제1장

시찰과 연구 성과

Regarding Reincarnated to Slime

호화로운 저택의 일각.

수상한 한 무리의 인간들이 테이블을 둘러싼 채 소파에 기대어 앉아 있었다.

이곳은 비밀결사 '케르베로스(삼거두)'의 서쪽 거점 중의 한 곳이다.

저택의 주인은 보스 중의 한 명인 '여자'의 미샤다.

미샤의 측근에 해당하는 시녀가, 모두가 마실 차를 각자의 자리에 놓은 뒤에 인사를 하고 방을 나갔다.

그게 회의의 시작을 알리는 신호가 되었다.

"그렇군, 잘 풀린 것 같네."

카구라자카 유우키는 보고를 듣고 기쁜 표정으로 그렇게 말했다.

"역시 보스가 예상한 대로 됐네! 나도 말이지, 처음엔 라플라스가 실패한 게 아닐까 하는 의심이 들었지만."

"훗훗호. 라플라스는 신중하긴 하지만, 교섭은 그다지 잘하지 못하니까 말이죠."

"잠깐, 무슨 소리야. 너희보다는 낫거든?"

이런 때만큼은 호흡이 딱 맞는 티어와 풋맨에게, 라플라스는 토라진 표정으로 불평을 늘어놓았다. 진심으로 따지는 게 아니라, 사이좋은 자들끼리 농담조로 떠드는 것에 가까웠다.

"자자, 됐으니까 이제 그만해요. 당신들이 레온을 앞에 두고 끝까지 잘 참은 것만으로도 저는 기쁘니까요."

"그러게. 실은 말이지, 너희가 한바탕 벌일지도 모른다는 각오도 하고 있었거든?"

그렇게 되면 그렇게 되는대로, 마왕 레온과의 교섭창구가 하나 줄어들게 될 뿐이다. 서방열국에서 행동을 자중하기로 결정한 지금, 그렇게까지 큰 문제는 아니었다고 말하면서 유우키는 웃었다.

"나쁜 사람이라니까, 정말로. 그건 그렇고 레온 녀석에게 어린아이들에 대한 걸 가르쳐준 건 무슨 의도가 있었던 겁니까?"

따지기를 포기했다는 투로 묻는 라플라스.

그 질문에 대해서 유우키는 쓴웃음을 지으면서 대답했다.

"아니, 그렇게 큰 의미는 없어. 레온이 불완전한 아이들을 모으고 있는 목적 말인데, 그건 십중팔구 전력증강이 틀림없다고 생각해. 하지만 말이지, 어쩌면 다른 목적이 있을지도 모른다는 생각도 약간 들더라고."

"그래서 마왕 리무루가 있는 곳에 다섯 명의 아이들이 보호를 받고 있다고 폭로했단 말입니까?"

"그뿐만이 아니야. 레온이 아이들을 어떻게 다루고 있는가도 우려가 추측하고 있는 것에 지나지 않잖아? 마왕 리무루가 아이들을 정령의 힘을 다룰 수 있게 만들어줘서 구했지만, 레온은 그걸 모르고 있단 얘기지. 그대로 놔뒀으면 죽음을 맞이해야 했어야 할 아이들의 존재를 알면, 녀석이 어떻게 반응할까. 그 점에 대해서도 흥미가 있었어."

"과연, 그건 확실히 흥미진진하군요. 그 반응에 따라서 레온의 행동목적을 추측할 수 있으니까요."

"그렇군. 현재는 아무런 단서가 없으니까 말입죠. 약간 흔들어 주는 것도 필요하겠군요."

"그렇지? 뭐, 반 이상은 흥미본위로 시작한 일이지만 말이야. 자잘한 것에 신경을 쓰는 체질이거든, 나는."

카가리와 라플리스 일행도 그 말을 듣고 납득했다.

확실히 유우키가 스스로 말했던 것처럼, 그건 지나치게 신경을 쓰는 것이긴 했다. 하지만 레온의 의도를 알기 위해서 그 정보를 전달했던 의미는 충분히 있었다.

만약 마왕 레온이 움직인다면?

겨우 다섯 명 정도의 전사를 늘리려는 목적으로 리무루와 싸우려 드는 것은 레온답지 못하다. 전력증강보다 리무루와 적대하는 것에 대한 리스크가 더 크다. 그걸 이해하지 못할 레온이 아니기 때문이다.

평소라면 몇 명의 아이쯤은 그냥 내버려 둘 것이다. 그런데도 레온이 행동에 나섰다면…….

레온에게는 다른 목적이 있다는 결론이 유출되는 것이다.

"하지만―― 겨우 몇 명의 아이 때문에 마왕 레온이 움직일 것 같지는 않군요."

"사실 그렇긴 하죠? 겨우 그걸 알려주고자 일부러 전쟁 정보까지 알려주다니. 수상하다는 의심을 사면서 내가 얼마나 초조했는지 압니까? 이건 너무 뼈아픈 손해 아닙니까?"

만약 움직인다면 재미있겠지만, 그럴 확률은 너무나 낮을 것이다.

유우키의 발상은 재미있지만, 헛수고에 그칠 것이라고 카가리와 라플라스 일행도 생각했다.

그런 동료들을 보면서, 유우키도 쓴웃음을 지을 수밖에 없었다.

"그러니까 미안하다고 하잖아. 그런 식으로라도 이야기를 이끌어가지 않았다면 아이들에 관한 정보를 전하는 건 자연스럽지 않았을 거 아냐? 그 얘기를 처음부터 먼저 전했다면 너희의 연기력으론⋯⋯."

말끝을 흐리는 유우키.

더 이상 말하지 않더라도, 라플라스 일행에겐 충분히 전달되었다.

"유감스럽지만 어쩔 수 없는 사실이네. 풋맨은 말수가 적고 성질이 급한데다, 라플라스는 경박하고 수상쩍은 분위기를 풀풀 풍기니까. 나 혼자만으론 아무리 노력해봤자 무리가 있긴 하지."

티어가 자신하고는 관계가 없다는 표정을 짓자, 라플라스는 어이가 없다는 표정으로 바라보았고 풋맨은 화를 냈다. 이것도 또한 평소와 다를 게 없는 광경이었다.

그러나 그때 티어가 문득 생각난 게 있는 것처럼 입을 열었다.

"지나치게 신경을 쓰는 것이라고 보스가 말해서 말인데, 그러고 보니 나도 하나 신경이 쓰이는 게 있었어."

"흐―응, 뭐지?"

"실은 풋맨이 상품들의 이름도 같이 언급하면서 정보를 흘렸는데, 그때 레온이 말이지―."

"레온이?"

"일부러 이름을 되물었어. '클로베 호엘'이라고 말했던 풋맨에게 '클로에가 아니라 정말로 클로베가 맞느냐?'고. 이름이 딱히 문제될 게 아니라면, 그렇게 관심을 보일 필요도 없을 텐데 하는 생각이 들었지."

"그 남자는 신경질적으로 보였으니, 그런 것도 확인하지 않으면 안 되었나 보지."

"훗훗호. 정말 짜증나는 남자였지 뭡니까. 발음을 따진 걸 보면 날 비꼰 걸지도 모르죠."

가볍게 듣고 흘리는 라플라스와 풋맨.

그러나 유우키와 카가리는 눈짓을 주고받았다.

"어떻게 생각해?"

"정말로 흥미가 없었다면 반응을 하지 않았을 거라 생각하는데요."

"하지만, 아니, 아니, 아무리 그래도…… 이런 우연이 있어도 되는 건가?"

"세상사의 인과 관계를 생각한다면 '절대 그럴 리 없다'고 단언할 수는 없겠군요……."

"그렇다면 혹시 정말로……."

"네. 마왕 레온의 목적이 그 클로에라는 아이일 가능성이 있다, 는 얘기가 되겠죠."

"이게 말이 돼?"

말문이 막힌 유우키.

만약 그런 가정이 옳다면 마왕 레온에게 쓸 수 있는 비장의 수를, 그것도 모르고 너무 쉽게 놔줬다는 얘기가 된다.

유우키 이상으로 분한 것은 카가리였다.

만약 그랬다면 클레이만을 잃을 일도 없었을 것을——. 그렇게 생각하면서 이 분노를 어떻게 풀어야 좋을지 모르겠다는 표정을 지었다.

"뭐야, 뭐야?!"

티어도 자신의 발언이 터무니없는 가능성으로 발전하여 놀라움을 감추지 못했다. 아니, 이런 현실이 존재하기 때문에 세상은 늘 말이 안 되는 부조리로 가득 차 있는 것이다.

"잠깐, 이거, 농담이죠?"

"설마, 진심으로 말하고 있는 겁니까?"

유우키와 카가리가 책략가인 것은 사실이다. 하지만 그래도 모든 것을 다 꿰뚫어 보고 있느냐고 하면, 반드시 그렇지만은 아니다.

실패하더라도 괜찮도록 제2, 제3의 수를 계속 생각하고 있기 때문에 어떤 사태로 번지더라도 대응할 수 있는 것이다.

그 사실을 잘 아는 라플라스였지만, 역시 이번에는 지나친 생각이라고 여기고 있었던 것이다.

그런 라플라스에게 동의하듯이, 풋맨도 무겁게 고개를 가로젓고 있었다.

"뭐, 어디까지나 가능성일 뿐이야. 이렇게 되면 무시는 할 수 없지만, 아직 그렇다고 확정할 순 없어."

"그럼 보스의 흥미본위로 인한 행동도 전혀 헛수고는 아니었단 말이네!"

"아니, 아니, 헛수고라기보다 예상외의 큰 공훈이 될지도 모르겠는데?!"

"그러네요. 큰 기대는 하지 않겠지만, 만약 그렇다면 일이 재미있어지는군요. 잘 풀리면 이걸 이용해서 우리가 상대하기 번거로운 마왕들끼리 싸움을 붙일 수 있어요. 그렇게 되면 우리도 속이 후련해지겠죠."

"응. 그때는 어느 쪽이 이겨도 우리에겐 해가 될 게 없겠네. 뭐, 즐거움이 늘었다고 생각하기로 할까."

"훗훗호. 지나친 생각이라고 여겼지만, 우리에겐 손해가 없군요."

"그래도 지나친 기대는 금물이라굽쇼. 모든 게 그렇게 바라는 대로 잘 풀릴 리가 없으니까 말이죠."

모두의 긴장이 풀리는 것을 알아차리고, 라플라스가 못을 박듯이 경계하는 투로 말했다. 그 말을 듣고 모두가 고개를 끄덕이는 것으로 이 얘기는 끝이 났다.

미샤가 시녀를 불러서 차를 더 갖다달라고 말했다.

"그건 그렇고 보스 쪽은 어떻게 됐습니까?"

한 모금 마신 뒤에 라플라스가 질문했다.

"클로에 건은 마음에 걸리지만, 그건 나중에 천천히 생각하기로 하지. 그럼 지금부터 본론으로 들어갈게."

라플라스를 향해 고개를 한번 끄덕인 뒤에, 유우키는 홍차를 마셨다. 그리고 씨익 웃으면서, 이번 교섭의 결과를 얘기하기 시작했다.

라플라스 일행이 마왕 레온과 대치하고 있었을 때, 유우키 쪽도 또 큰 교섭을 벌이고 있었던 것이다.

그 상대는 서방열국의 어둠의 지배자.

그 내용은 마리아베르가 저지른 짓에 대한 뒤처리에 관한 것이었다.

"나는 모두가 알다시피 마리아베르에게 조종당하고 있던 것으로 되어 있어. 그래서 모든 책임은 마리아베르가 지게 된 셈이지."

"그게 보스의 남은 할 일이었단 말이군요?"

"그 말이 옳아. 조종당하고 있었다는 설정이었는데, 내 멋대로 동쪽 제국으로 갈 순 없잖아?"

"그건 뭐, 그렇긴 하네요."

"확실히 그렇구먼."

"응응. 나도 이상하다는 걸 바로 알아차리겠어."

"이 '탐욕'의 힘 말인데, 빼앗을 수 있을지 아닐지는 사실 도박이었어. 그보다 내 목적은 마리아베르를 죽이는 거였지. 그녀가 죽으면 내가 자유로이 움직여도 의심을 받지 않을 테니까. 그런 내 입장을 확고하게 만든 상황에서, 로조 일족의 그란베르 옹과 교섭을 해야겠다고 생각한 거야."

그렇다. 유우키가 노리던 것은 마리아베르였다.

서쪽에서 자신이 있을 곳을 완전히 잃어버리지 않도록, 마리아베르의 눈을 속여 넘길 필요가 있다고 생각했다.

그 결과가 저번의 소동으로 이어진 것이다.

마리아베르를 처리하면 유우키가 자유롭게 움직일 수 있는 상황을 손에 넣을 수 있다. 자신이 벌인 나쁜 짓도 모두 마리아베르의 명령이었다는 것으로 처리할 수 있는 것이다.

그리고 모든 것은 유우키가 노리던 대로 진행되었다.

마리아베르는 실각했으며, 거기서 그치지 않고 유우키는 생각지도 못한 힘까지 얻은 것이다.

그란베르와의 교섭도 잘 마무리 지을 수 있었다.

그때 들은 얘기가 바로 이 자리에 모두가 모인 이유였던 것이다.

"그러면 결론부터 말하겠는데, 동쪽으로 가기 전에 한 가지 일을 더 하게 되었어."

그 말을 듣고 놀라는 일동을 돌아보면서, 유우키는 표정을 진지하게 바꾸었다.

"다들 들을 준비는 되었나? 처음부터 자세히 설명해줄게."

그렇게 말하면서, 유우키는 그란베르와의 회담내용을 모두에게 얘기하기 시작했다.

●

평화롭다.

나는 템페스트의 수도 '리무루'에서 매일 바쁘게 지내고 있다.

마리아베르가 죽은 것은 틀림없는 사실이다.

사태가 진정된 후에 한 번 더 유적을 다시 조사하도록 시켰지만, 유해는 물론이고 아무것도 발견할 수 없었다.

유우키의 증언대로 자폭했거나, 아니면 유우키가 무슨 짓을 한 것이겠지.

이 건에 대해선 모든 문제가 처리되었다.

마리아베르는 실트로조 왕국의 공주였지만, 그런 그녀가 유적에서 우리를 습격했다──는 말을 꺼내봤자 문제가 커질 뿐이다.

몰래 실트로조 왕국과 연락을 취해서 '사고'로 처리하도록 한 것이다.

이건 서로 일을 크게 만들고 싶지 않다는 의견의 일치를 보았기에 가능한 얘기였다.

오래된 왕가에서 사고는 종종 따르는 법이니, 얘기는 별문제 없이 정리되었다.

감정이 사라진 것처럼 보였던 왕과 왕비.

그런 부모 밑에 있었다면, 마리아베르가 전생의 지식에 의존했던 심정도 이해가 안 되는 건 아니었다.

천진난만하고 어린아이답게 마리아베르가 새로운 삶을 구가할 수 있었다면, 좀 더 다른 삶을 살 수도 있지 않았을까? 그런 생각이 들었지만, 모든 것은 가정 속의 얘기일 뿐이다.

그리고 오대로(五大老).

마리아베르를 움직이고 있었던 진정한 흑막은 오대로의 최고 장로이자 로조 일족의 수령인 그란베르 로조다.

그쪽에서라도 뭔가 행동을 취할지 몰라서 대비하고 있었지만, 그런 것도 없었다.

뭐, 이번 일에 대해선 자신들이 나쁜 계략을 꾸미고 있었다는 걸 인정하는 꼴이 되었지만, 우리가 잠자코 있는 한 반응은 하지 않을 것이라 보고 있다.

사실 한 달 이상이 지났지만, 그란베르는 침묵을 고수하고 있었다.

그리고 그 정도 시간만 있으면 기간은 충분했다.

소우에이로부터 얻은 정보를 충분히 활용하여, 서방열국의 숨겨진 뒷사정을 장악한 것이다.

그 결과, 로조 일족 이상의 위협은 존재하지 않았다.

용병단 '벨트(녹색의 사도)'처럼 마음에 걸리는 조직이 몇 개가 확인된 상태이다. 그러나 내 향후 방침과 이해관계가 대립하는지는 불투명했다.

그들이 명확히 적대하려고 한다면 얘기는 달라지지만, 우리가 먼저 손을 댈 이유는 없다. 괜히 벌집을 건드리는 짓은 하고 싶지 않으니, 이 문제에 대해선 상대의 동향을 살피는 선에서 머무르고 있었다.

자유조합과의 관계도 양호하며, 서방성교회가 뒤를 봐주기까지 하고 있으니 우리에게 저항할 수 있는 조직이 있을 리가 없지만 말이지.

이리하여 템페스트(마국연방)는 평의회에서 최대파벌이 된 것이다.

평화로움을 느끼는 오후.

우리는 평소처럼 간부회의를 열고 있었다.

이 짧은 기간 동안에 우리나라는 이미 오대로와 걸맞은 존재로 성장했다.

그런 탓인지, 새로운 문제가 산적해 있었다.

서방열국의 의사결정에 중요한 역할을 맡고 있는 것은 누가 뭐라고 해도 카운실 오브 웨스트(서방열국평의회)이다.

평의회에선 각국에서 파견된 의원들의 결의에 의해 법안의 가부가 결정된다. 평의회에 투입하는 의원 수에 따라서 발언력이 정해지는 셈이지만, 각국의 약점을 쥐고 있는 지금, 우리나라가 보내는 의원에게 요구되는 것은 조정자 역할로서의 책무였다.

서방열국에 대한 영향력이 커지는 것에 비례해서, 다른 나라의 고충이나 진정도 계속 늘어나는 중이었다.

마치 무료 상담이라도 하는 것처럼, 그야말로 다양한 요청을 자기들 좋을 대로 우리에게 늘어놓게 되었다.

이래서 세계정복은 바보 같은 짓이라니까.

지배자는 절대로 편안히 지낼 수 없다고 생각한다. 나 말고 다른 마왕들이 자신의 영토 외에는 흥미가 없는 것도 당연하다고 생각한다.

괜히 빈곤한 영지를 가지게 되면, 그 지방에 사는 주민들의 불만을 해소시켜줄 필요가 생긴다. 격차를 없애라는 말은 다들 쉽게 하지만, 조정하는 쪽에서 보면 만만치가 않은 일이다.

노동력이나 자원 같은 그 지방의 총자본. 거기서 경비를 제한 뒤에 산출한 이익을 재분배하는 것이 정답일 것이다.

다른 지방에서 발생한 부를 유입하는 것은 신중하게 생각해야 한다.

자칫하면 그야말로 불평불만이 쌓이는 온상이 되기 때문이다.

우리나라가 최대파벌로서 자리 잡은 이상, 각국은 그 보답을 기대하고 있다. 지금은 잘 억제하고 있어도, 그리 머지않아 반대 세력이 대두될 것은 뻔한 일이다.

여기서 문제가 된 것이, 과연 누구를 평의회로 보낼 것인가 하는 점이었다.

머리가 좋고 사교성이 있으며, 어느 정도는 카리스마도 필요할 것이다.

더 따질 것 없이 다른 사람을 언변으로 누를 수 있다면, 그게 가장 이상적이겠지만…….

"미안하지만 나는 맡기 싫거든?"

이런 자리에선 먼저 말을 꺼낸 자가 이기는 법이다.

자신이 입만 살아 있는 대장임을 모처럼 주장하고 있는데, 귀찮은 일을 스스로 나서서 맡는 것은 생각도 하기 싫다.

"나도 무리겠군. 저번 회의에서 통감한 사실인데, 상대의 속마음을 파헤치는 것은 내 성미에 안 맞아. 무력을 활용하는 것이 불가능한 전장에선 나는 그다지 도움이 안 되는 것 같아."

베니마루가 내 뒤를 이어서 그렇게 말했다.

약간의 겸손도 섞여 있는 것 같았지만, 전체적으로는 진심을 말하고 있는 것 같았다.

확실히 베니마루는 산전수전을 다 겪은 귀족들을 상대로 하기는 힘들 것 같았다.

"내 역할은 정보수집이니까 말이지. 리무루 님의 '눈'이 된 자로서, 지금 하는 일에서 빠질 수는 없다."

소우에이도 사퇴했다.

뭐, 이건 예상했던 대로다. 나도 소우에이를 그 자리에서 내려오게 만들 생각은 없다.

게루도도 안 된다.

상식을 갖췄으며 아주 믿음직한 남자지만, 그에게 맡긴 일은 전부 중요한 것들이다.

예정된 공사가 줄줄이 대기 중이므로, 다른 업무를 맡길 수 있는 여유는 도저히 없다.

게루도라면 의원직도 요령껏 잘 소화할 수 있겠지만, 그 선택지는 당분간 제외할 수밖에 없는 것이다.

그렇게 되면…….

"저, 저 말입니까?!"

내가 힐끗 쳐다본 곳에는 엄숙한 표정으로 회의에 참가하고 있던 가비루의 모습이 있었다.

가비루는 의외로 상식을 갖추고 있으니, 이런 큰일을 맡아줄 수도 있을 것 같다.

……아니, 약간 불안감이 더 크지만, 달리 적임자가 없었다.

하쿠로우는 군사고문으로서 병사들을 훈련시키는 일을 해줘야 한다.

슈나라면 의원을 맡겨도 문제가 없겠지만, 그 일을 맡아서 처리하려면 본국의 업무에 지장이 생길 것이다.

마찬가지 이유로, 리그루도나 다른 고블린 장로들도 논외다.

신흥국가로서의 법률 정비나 다른 나라와의 의견 절충, 늘어난 인구 관리, 그 외의 많은 문제들. 그런 난제들을 그들이 솔선하여 대처해주고 있다. 슈나나 리그루도가 빠져버린다면 그런 업무들은 전부 스톱될 수밖에 없다.

후진을 기르고는 있지만, 아직은 앞으로의 성장을 기대하고 싶은 정도의 수준이다.

"저, 저는 포획해서 데리고 온 와이번(비공룡, 飛空龍)들을 탈 수 있게 길들이는 것과, 항공전력의 증강 업무를 맡고 있습니다. 각종 포션을 아낌없이 사용하여 훈련하고 있는지라, 이대로 계속 데이터를 수집하고 싶습니다만……."

으—음, 그건 그렇군.

적재적소라는 말이 있는데, 그건 그야말로 가비루에게 맞는 일이라고 생각한다.

무리해서 평의회로 보내는 것보다 와이번 부대의 육성에 계속 전념하도록 시키는 게 더 나을 것 같다.

"알았다. 가비루는 계속 그 일을 맡아다오."

"넷! 잘 알겠습니다!!"

가비루는 기쁜 듯이 안도하는 표정을 지었다.

억지로 시키는 것은 좋지 않으니, 이렇게 하는 게 낫다고 생각했다.

하지만 그건 그렇다고 쳐도, 세력이 확대되는 속도가 너무 빠르군. 인재가 육성되지 않은 상태에서 일을 자꾸 벌이는 것은 좋은 게 아닌데, 멈출 수 없는 기세로 일거리가 늘어나고 있다.

정말 난감하다.

어쩔 수 없지. 다른 선택지가 없는지 생각해보자.

——그런 생각을 했을 때.

반짝반짝 빛나는 눈으로 나를 바라보는 시온과 눈이 마주쳤다.

"리무루 님, 제가——."

"안 돼!"

나는 주저하지 않고 시온의 말을 가로막았다.

입후보하려는 것이겠지만, 시온만큼은 절대 안 된다.

"어째서입니까?!"

깜짝 놀란 표정으로, 시온이 내게 되물었다.

그런 반응은 내가 놀랄 지경이라고, 나 참.

"가정을 하나 들어보지. 어디까지나 가정이다만, 네가 의원이라고 치자. 눈앞에 배가 튀어나오고 음흉하게 생긴 아저씨가 있다. 그 사람도 의원이다. 그리고 그 아저씨가 아주 친한 것처럼 네 어깨에 손을 얹었다. 자, 너는 어떻게 대응할 거지?"

"그야 당연하죠. 왼손으로 그 남자의 목을 움켜쥔 뒤에, 묻지도 따지지도 않고 때릴 겁니다! 때려야 합니다!!"

때려야 합니다! 가 아니야!!

이래서 시온은 안 된다는 것이다.

시온도 성장은 하고 있다. 그건 틀림없는 사실이지만, 아직 안심할 수 없는 부분이 많았다.

얼마 전에도 그랬다──.

식당으로 가보니 시온이 있었고, 나를 보면서 만면의 미소를 짓고 있었다.

그리고 손에 든 접시를 내민 것이다.

"리무루 님, 기다리고 있었습니다. 드디어 저도 제 손으로 케이크를 만들어냈습니다! 자, 드셔보시죠! 슈나 님이 만든 것과 완전히 같은 맛이며, 양은 몇 배나 더 많습니다. 사양하지 말고 마음껏 드십시오!!"

그때 절대적으로 불안한 예감이 들었다.

그러나 시온도 맛있는 홍차를 끓일 수 있게 되었다. 그 사실을 보게 되면서, 나는 방심하고 있었던 것이다.

"으, 응. 고마워. 그럼 먹어보지."

그렇게 말하면서, 나는 별생각 없이 받아들고 말았던 것이다.

실수였다.

접시 위에는 마치 곤약 같은 커다란 덩어리가 놓여 있었다.

갑자기 진지해지는 나.

응, 케이크……?

그 물체를 바라보고, 도움을 청하는 눈길로 주위를 둘러봤다.

아무도 없었다. 도망친, 건가?

아니, 부엌에 고부이치가 쓰러져 있었다. 누가 봐도 희생자였다.

최악의 타이밍에 오고 말았다는 것을 깨달았지만, 이미 늦었다.

"잠깐…… 이게, 케이크, 라고?"

"네! 맛은 완벽하게 재현했습니다!"

맛은 완벽하다고?

그 말은 맛 말고 다른 것은 엉망이란 얘기 아냐……?

자신만만한 시온.

그 얼굴을 보면서, 불안한 예감은 커지기만 했다.

나는 자신의 어리석음을 후회하면서, 한 입만 먹어보기로 했다.

그 결과는 더 말할 것도 없었다.

스푼으로 떠서 한 모금, 입으로 넣었다.

토해버릴까 하는 생각이 들었다.

식감은 곤약. 그리고 맛은 달콤한 케이크.

색은 회색. 그리고 생긴 것 그대로 곤약을 씹는 것 같은 식감이었다.

케이크라는 건 시각정보도 중요한 것이라는 사실을, 나는 그때 재인식했다.

아니, 케이크에만 한정되는 얘기가 아니겠지. 요리라는 것은 눈으로 보고 즐기는 것도 중요한 것이다. 소재를 있는 그대로 내놓아도 맛있게 보이지는 않는다.

"어떻습니까? 맛있지 않습니까?"

완벽하죠? 라고 말하고 싶어 하는 시온의 자랑스러운 얼굴을 보고 울컥 했다.

애초에 시온은 기초가 되어 있지 않았다.

첫 번째 단계―― 요리라는 것은 무엇인가 하는, 기본적인 부분에서 전혀 나아가지 못하고 있었던 것이다.

"앉아라. 잠깐 거기 앉아. 좀 꾸짖어야겠다!"

"네?! 그럴 수가, 어째서입니까――?"

자랑스러운 표정에서 바로 눈물을 글썽이는 시온. 어쩔 줄 모른 채 당황하고 있었지만, 나는 아랑곳하지 않고 꾸짖기 시작했다.

30분 정도 간곡하게.

시온에게 요리란 무엇인가를 알아듣도록 타이른 것이다.

그리고 시온도 반성한 것 같았다.

앞으로는 반드시 누군가에게 의논하고, 그 의견을 받아들이겠다고 약속해주었다.

――그런 일이 있었던 것이다.

그때, 시온을 꾸짖고 타이른 뒤에 떠올렸다.

시온이 홍차를 끓이는 연습을 했을 때에는 디아블로가 같이 있었다는 것을.

홍차를 시음하는 것만으로도 몸이 망가지는 줄 알았다고 말했던 디아블로. 그런 희생이 있었기 때문에 시온은 성장했던 것이다.

시온이 혼자서 연습하는 것만으로는 자신의 어떤 점이 좋지 않은지 깨닫지 못하는 것이다.

방치해두고 있던 것이 실수였다. 시온은 무엇이든 스킬에 의존한 결과만 내려고 한다. 그래선 성장하기가 어렵다.

누군가, 시온을 감시할 역할을 맡을 자가 필요한 것이다.

그런 시온을 의원으로 임명할 수 있을 리가 없다.

평의회에서 문제를 일으키기라도 하면, 이제 겨우 쌓아올린 인간들과의 우호관계에 금이 생길 수 있다. 그리고 시온이 폭력을 쓰더라도 그걸 말릴 수 있는 인물이라면, 우리나라에서 그에 해당되는 멤버는 한정되어 있다.

그런 인재가 있다면 그자를 의원으로 삼는 게 훨씬 더 효과적이라고 하겠다.

예를 들어서 디아블로라거나.

"디아블로라면 잘 맡아서 처리해줄 수 있을 텐데 말이지."

나는 그렇게 진심을 담은 말을 중얼거렸다.

그러자 간부들이 일제히 고개를 끄덕였다.

"음, 디아블로 공이라면 안심이군요."

"그 녀석이라면 확실히 그런 귀족들을 원하는 대로 쉽게 구워삶을 수 있겠지."

"그자라면 폭력이나 뇌물 같은 것에도 굴하지 않을 것 같군요."

리그루도, 베니마루, 가비루. 각자 다른 말을 뱉었지만, 그 안에는 디아블로에 대한 확실한 신뢰가 담겨 있었다.

그리고 슈나랑 시온도.

"그분의 두뇌와 기지라면, 리무루 님이 원하시는 대로 일을 진행시켜주실 것 같네요."

"분하지만 제2비서(디아블로)는 우수합니다. 그리고 그 방해꾼이 잉그라시아 왕국으로 가준다면, 제1비서인 저의 중요도도 더 늘어나겠지요! 이 이상의 적임자는 없을 지도 모르겠군요."

디아블로를 의원으로 임명한다는 의견에 다들 찬성하는 것 같았다. 시온에겐 불순한 동기도 있는 것 같지만, 디아블로의 실력을 인정하고 있다는 것만큼은 확실한 것 같았다.

반대의견은 없었다.

달리 좋은 의견도 나오지 않았기에, 이 건에 관해서는 디아블로가 유력한 후보라는 결론을 내면서 마무리 지었다.

하지만 틀림없이 본인은 내켜하지 않겠지.

"애초에 그 녀석은 그런 잡무를 억지로 넘겨받는 게 싫어서, 자신의 부하를 찾으러 갔으니까 말이지. 어쩌면 그런 교섭에 능한 인물을 스카우트해서 데려올 지도 모르고. 지금 단계에선 디아블로를 가장 유력한 후보로 삼되, 변경의 여지도 있는 것으로 결론을 내지."

이번에는 그렇게 보류하기로 했다.

아니, 확실하게 인선이 정해지기 전에는 평의회에 참가하는 것은 내가 할 일이다. 대역을 정하고 싶으니, 디아블로가 빨리 돌아와주면 좋겠다고 속으로 생각했다.

※

중요한 과제이긴 하지만, 지금 곤란한 건 나 자신이다. 그 문제에 대해선 디아블로의 귀환을 기다리기로 하고, 그 외에 중요한 안건은 딱히 없는지라 회의는 끝내기로 했다.

평화로운 게 제일 좋다.

문제가 없다는 건 좋은 것이다.

자유로운 시간을 즐길 수 있다는 건 멋진 일이다.

그러므로 나는 쿠로베를 찾아가기로 했다. 여유가 생긴 덕분에, 최근에 마음에 걸리는 일을 하나 발견했기 때문이다.

공방으로 들어가서 쿠로베를 불렀다.

"쿠로베 구~운! 지금 시간 좀 있나~?"

날 보고 예의를 갖추는 제자들을 향해 한 손을 들어서 인사를 한 뒤에, 안쪽 방으로 들어갔다. 그러자 그곳에선 쿠로베가 여러 자루의 검을 늘어놓고 뭔가 깊은 생각을 하고 있었다.

"오오, 리무루 님 아니십니까? 마침 잘 오셨습니다. 저도 리무루 님께 보고드릴 일이 있습니다."

"응, 내게 보고할 일? 무슨 일이 있었지?"

보고라고 하는 걸 보면, 혹시 신작이라도 완성된 걸까.

쿠로베는 내 아이디어를 실현시켜주거나, 카이진과 공동으로 많은 것을 개발해주고 있기 때문에 또 뭔가 유용한 물건을 만들어낸 게 아닐까 하고 생각한 것이다.

그런 내 생각은 옳았다.

"예전에 의뢰해주신 방식의 무기 말인데, 드디어 완성했습니다!"

그렇게 말하면서 쿠로베가 가리킨 것은 눈앞에 늘어놓은 다양한 형상의 검이었다.

기뻐하는 그의 표정을 보더라도, 이게 상당히 대단한 것이라는 것을 추측할 수 있었다.

하지만 내가 의뢰한 것이라니, 대체 뭘까?

떠오르는 대로 대충 말한 게 너무 많아서, 어떤 것인지 짐작이 되지 않았다.

어쨌든 감정해보면 뭔가 알 수 있겠지.

《해답. 무기 : 브로드 소드―― 등급은 유니크(특질)급입니다.》

오오, 역시 유니크급이로군.

그것도 쿠로베가 만든 것이니, 상당히 우수한 물건이겠지.

하지만 그것만으로는 쿠로베가 이렇게까지 자신만만한 표정을 지을 이유가 되지는 않을 것 같다. 쿠로베의 기량이라면 1개월에 몇 종류는 유니크급을 만들어낼 수가 있기 때문이다.

쿠로베가 평범하게 검을 벼르면 하루에 한 자루는 완성한다.

그 평균적인 완성도가 유니크급이며, 실패했을 때에도 레어(희소)급 중에서도 최상에 속하는 기준의 완성도로 만들어지는 것이다.

공을 들여 만든다면 2, 3일 정도 필요하게 되지만, 그런 경우에는 반드시 나온다고 할 정도로 유니크급 이상의 품질이 보증되어 있었다.

아직 레전드(전설)급을 완성시키기에는 먼 것 같지만, 쿠로베라면 달성해줄 것이라 믿고 있다.

그리고 쿠로베가 만들어낸 무기를 달인이 계속 써준다면, 그것만으로도 레전드급으로 무기가 진화할 것 같은 예감이 들었다.

소재부터 엄선한 걸 쓰고 있으며, 순도가 높은 마강(魔鋼)이 사용되고 있다. 사용자의 의사를 파악하면서 무기도 진화하므로, 그렇게 멀지 않아 쿠로베가 만든 레전드급 무기가 탄생할 것으로 생각하고 있었다. 그러므로 쿠로베가 일부러 유니크급 무기를 보여줄 이유가 없다고 생각했는데⋯⋯.

그 브로드 소드를, 좀 더 자세히 관찰해봤다.

특징적인 것은 칼자루와 연결된 칼날의 아랫부분에 구슬 사이즈의 작은 구멍이 뚫려 있는 것이라고 할까.

구멍의 수는 세 개.

그 외에 눈에 띄는 점은 보이지 않았다.

물론, 검으로서의 성능은 그럭저럭 쓸 만했다. 이게 제자의 작품이라면 얘기는 다르지만, 쿠로베가 만들어낸 다른 작품과 비교하면 크게 두드러진 부분은 없는 것 같았다.

이런 말을 하는 것도 이상하지만, 지극히 평범한 유니크급 무기인 것이다.

딱히 특수한 〈각인마법〉이 걸려 있는 것 같지도 않고⋯⋯ 잠깐, 이건 혹시?!

"이걸 왜 보여주는 거지? 유니크급이라는 것은 대단하지만, 네가 만든 거라면 보기 드문 것은 아닌 것 같은데?"

내심 동요를 억지로 감추면서, 모르는 척 물어봤다.

"혹시 잊어버렸습니까? 우후후후, 이건 정말 대단한 겁니다. 얼핏 보기엔 평범한 무기에 마법효과도 아직 부여되지 않았지만, 이건 엄청난 특징을 가지고 있죠."

나의── 아니, 라파엘(지혜지왕)의 '해석감정'으로도 현재 시점에선 특이한 효과를 전혀 확인하지 못했다. 만약 내가 생각하고 있는 게 맞는다면, 이건 정말 기대할 수 있을지 모른다.

그렇게 두근거리며 기대하고 있는 내 앞에서, 쿠로베는 뭔가 빛나는 구슬을 꺼냈다. 그리고 그걸 대수롭지 않은 듯이 검의 구멍에 끼워 넣었다.

"이 구슬을 이렇게, 이 검의 구멍에 끼우는 겁니다. 그렇게 하면——."

《알림. 무기 : 브로드 소드가 마법무기 : 브로드 소드로 변화했습니다.》

아, 역시!

통상무기가 마법무기로 변화했다. 그건 즉, 내가 망상하고 있었던 아이디어가 드디어 실현되었다는 뜻이었다.

"우오오오옷!! 드디어 완성한 건가?"

"우후후, 역시 리무루 님도 사실은 알아차리고 있었군요? 그렇습니다. 이건 리무루 님이 예전에 말씀하셨던 방식으로 만든 겁니다."

그렇다. 나는 분명 그런 아이디어를 얘기한 적이 있다.

쿠로베가 계속 연구하고 있었다는 것은 알고 있었지만, 이렇게 빨리 실현할 줄은 생각하지 못했다.

정말 무섭구나, 쿠로베.

과묵하며 자신의 공적을 함부로 떠벌리지 않는 사내지만, 그 일하는 모습이 무엇보다 확실하게 쿠로베의 대단함을 웅변으로 말해주고 있었다.

그야말로 장인의 귀감이었다.

"이, 이봐, 쿠로베! 쿠로베 쨩! 정말 대단한데? 이건 정말 대단한 발명이야!!"

나는 흥분하여 쿠로베에게 말했다.

쿠로베도 흥분한 표정으로 씨익 웃으면서, 힘차게 고개를 끄덕였다.

"음후후후, 성공했습니다!"

의기양양한 표정이다.

하지만 이 정도로 납득이 될 만큼 멋지게 의기양양한 표정은 좀처럼 찾아볼 수 없었다.

시온의 의기양양한 표정은 보면 울컥하는 게 있었지만, 이번에는 솔직하게 칭찬해주고 싶다는 생각이 들었다.

매직 웨폰(마법무구)의 작성에는 몇 가지 방식이 있다.

내 경우는 '라파엘(지혜지왕)'의 '통합분리'로 마법효과를 간단히 부여할 수 있다.

쿠로베도 그와 비슷하게 만들 수는 있지만, 카이진이나 제자들은 그런 반칙에 가까운 짓은 불가능했다.

그럼 어떻게 하는가?

일반적인 방법으로는 인챈터(부적술사)가 사용하는 〈각인마법〉이 있다. 도르드가 이런 방법을 특기로 삼고 있으며, 완성된 무기와 방어구에 〈각인마법〉을 걸곤 한다.

이렇게 마법이 각인되면서 완성된 매직 웨폰은, 마술식에 마력을 흘려보내기만 해도 지정된 마법이 발동되는 것이다. 단, 지정

가능한 마법의 수에는 한계가 있으며, 많아도 두 가지 정도의 마법밖에는 부여할 수 없다. 그리고 한 번 각인된 것을 해제하는 것은 불가능했다.

또 하나의 방법으로는, 이건 몇 번인가 말한 적이 있는 것 같은데 무기진화에 의존하는 것이다. 사용자의 마력을 두르게 되면서, 무기에 특정한 힘이 부여되는 패턴이다.

이건 의도하는 대로 진행시키는 것이 어려우며, 또한 시간도 걸린다. 하지만 예상하지 못한 위력의 무기로 성장하는 경우도 있으며, 훨씬 효율 좋게 무기를 진화시킬 수 있는 방법을 찾기 위해 이 방법도 현재 연구 대상이 되어 있었다.

참고로 고대유적 '암리타'에서 입수한 대량의 유니크급 무기도 그 일부를 연구 자료로 제공하고 있었다. 뭐, 그리 쉽게 결과로 이어지진 않겠지만, 이런 것은 계속 연구하는 것이 중요한 것이다.

그리고 이번에 쿠로베가 만든 이 작품 말인데.

이건 기존 제품의 개념을 근본적으로 뒤집는 물건이다.

내가 이 아이디어를 말한 것은 카이진과 쿠로베와 함께 셋이서 술을 마시고 있을 때였다.

마력전달 능력이 우수한 마강으로 만든 강하고 단단한 무기. 그리고 마법발동의 '핵'이 되는 외장형 물품을 준비한다. 그렇게 하면 마법이 고정되지 않는 매직 웨폰을 만들어낼 수 있지 않을까 하는 말을 했던 것이다.

예를 들어서 검에 속성을 부여하는 마석을 끼우면 어떻게 될까?

그 해답이 칼날에 구멍이 뚫린 이 무기인 것이다.

그리고 끼우는 것은 마석이 아니라, 훨씬 더 순도가 높은 비싼

보석이다.

"어떻습니까, 리무루 님의 아이디어대로 됐습니까? 보시다시 피 드디어 구멍이 뚫린 검을 만들어냈습니다. 그리고 마력요소를 응축시켜서 순도가 높은 마력결정을 정제하는 것을, 카이진 공이 성공했지요!"

콧대 높게 으스대는 표정을 짓는 쿠로베.

역시 카이진도 같이 연구하고 있었던 모양이다. 기본무기는 쿠 로베가, 그리고 이 보석을 완성시킨 것은 카이진이었다. 두 사람 의 공동연구의 성과이니, 더더욱 이렇게 훌륭한 것을 완성시킬 수 있었겠지.

"이 속성을 부여한 마석의 이름은 엘레멘탈 코어(정령속성핵, 精靈 屬性核)라고 지었습니다. 우리는 코어(마옥, 魔玉)라고 부르죠. 가비 루 공이 와이번을 포획하느라 자리를 비웠기 때문에 시간이 남았 던 베스터 공도 같이 연구를 해줬습니다. 그 두 사람은 '정령마도 핵'이라는 동력로를 연구하고 있었다더군요? 그래서 마석에 땅, 물, 불, 바람의 네 가지 원소 속성을 부여하는 마법은 이미 확립 된 상태라고 했습니다."

'정령마도핵'이란 것은 모든 속성을 동시 발동시키는 것이 중요 하다느니 어쩌니 하는 말을, 라미리스로부터 들은 기억이 있다. 그 연구를 했었던 카이진과 베스터라면 단일속성의 마석을 만드 는 것쯤은 크게 어려운 일도 아니었던 것 같다.

남은 건 코어의 사이즈를 조절하는 것과 출력을 조절하는 것 정 도이다. 그 안에 담은 마력의 속성에 따라 땅, 물, 불, 바람의 네 가지 원소로 분류되어 엘레멘탈 코어가 되는 것이다.

물론 쓰고 버리는 것이다. 안에 담긴 마력이 떨어지면 단순히 아름답기만 한 보석과 다를 게 없다. 그것들을 회수하면 재활용이 가능하다고 한다.

"에너지 보충은 불가능한가?"

"가능합니다. 단, 숙련된 마법사가 자신의 마력을 담아서 봉인할 필요가 있는지라, 숙련도가 낮은 자는 무리죠."

"그렇군. 그럼 어딘가의 공방으로 가져가면, 대신 마력을 주입해주는 직업도 생길 수 있겠군."

"그렇죠. 예비 코어를 미리 준비해두는 방식이 널리 퍼지지 않을까요. 그렇게 되면 코어 자체의 거래도 활발해지게 될 겁니다."

확실히 그렇게 될 것이다.

마물의 드롭 아이템에 코어를 포함시키는 것도 잠깐 생각했지만, 이것만으로도 충분히 거래를 독점할 수 있을 것 같다.

"단, 주의도 필요합니다. 이건 아직 실험단계지만, 조합하기에 따라서 속성이 변화하거든요."

"조합?"

무슨 뜻이지?

속성이 변화한다니…… 설마?!

"여길 봐주시면 좋겠습니다만, 이 검에 뚫린 구멍은 세 개가 있습니다."

역시!

"즉, 두 개 이상의 다른 속성을 가진 코어를 끼우면, 예상외의 속성을 띠게 된단 말인가?"

"바로 그겁니다!"

내 추측을, 쿠로베가 힘차게 고개를 끄덕이면서 긍정해주었다.

그렇게 되면 이건 정말 큰일이 된다.

실험과 검증이 필요할 것이며, 그리 쉽게 공개해도 되는 기술이 아닐 거 같은데.

《아닙니다. 미궁 안에서 사용된 정보는 전부 관리할 수 있습니다.》

으, 응.

그렇구나, 그렇지.

실험에 들어갈 각종 부담을 덜 수 있는데다, 안전에 대해서 생각해봐도 미궁 안이라면 문제될 게 없다.

그렇게 생각해보면, 미궁의 도전자들에게 도움을 받으면서 대량의 검증결과를 손에 넣는 게 좋을지도 모르겠군.

엄청난 발견을 했다고 해도 그 기술을 재현할 수 있는 건 우리나라뿐이니까 말이지.

어느 정도의 기술유출은 있을지도 모르지만, 이걸 상업적 거래로 활용하려면 그 시기가 이르느냐 늦느냐의 차이밖에 없다. 그렇다면 관리하기 쉬운 장소에서 더 많은 검증을 하는 것이 더 나으려나.

"참고로 묻겠는데, 어떤 위험이 예상되지?"

"구멍의 수만큼 끼운다고 쳤을 때, 하나의 구멍밖에 없으면 문제될 게 없습니다. 하지만 예를 들어서 바람과 불을 조합했을 경우엔 위력이 증가하는 결과가 나오더군요. 물과 불이 합쳐지면 위력이 감소하지만, 물 하나와 불 두 개를 끼웠을 때는 폭발을 일으켰습니다. 세 배가 아니라 열 배 이상이 되더군요. 그러므로 좀 더 검증결과를 모아야겠다고, 카이진 공과도 논의를 하던 참이었습니다."

그렇게 되면 그중에는 위험한 조합도 있을 것 같군. 확실히 실험이 필요하겠지만, 그걸 일일이 검증하는 것도 큰일이다.

이건 라파엘의 제안대로, 미궁 안에서 실제로 써보는 게 더 빠를 것 같다.

"구멍의 개수는 세 개가 최대인가?"

"그렇습니다. 아무리 노력해도 세 개가 한계더군요."

그것도 백 자루를 만들어서 한 자루가 나올까말까 하는 낮은 확률로만 세 개의 구멍이 생기는 것 같다. 그것도 쿠로베가 혼신의 노력을 기울여서 만든 최고의 한 자루가 아니면 세 개의 구멍이 뚫린 무기가 만들어지지 않는다고 한다.

당연히 쿠로베의 제자들의 역량으로는 구멍이 뚫린 무기를 만들어내는 것은 너무나 어려운 일이라고 들었다. 가장 실력이 좋은 네 명의 제자들만이 겨우 하나의 구멍이 있는 무기를 만드는 데 성공했을 뿐이라고 했다.

참고로, 카이진조차도 두 개의 구멍이 있는 무기를 만드는 게 최선이었다고 하니, 이 구멍이 뚫린 무기의 제작 난이도가 얼마나 높은지 알 수 있었다.

"세 개의 구멍이 난 무기는 아직 이것밖에 성공하지 못했습니다. 그래도 이거라면 코어와의 조합에 따라서 레전드(전설)급에 해당하는 위력이 나올 거라고 생각합니다."

쿠로베가 자랑스러운 표정으로 말했다.

그렇지 않아도 매직 소드(마법검)는 그 자체가 귀중한데, 속성변경까지 가능하다면 지금까지의 상식을 깨부술 만한 작품이다.

적의 약점이 되는 속성으로 전환할 수 있는 매직 웨폰, 실로 터무니없는 것을 만들어낸 것이다.

이건 함부로 평가할 수 없는 것이며, 쿠로베가 말한 대로 레전드급에 해당한다고 해도 과언이 아니다. 그리고 조합에 따라서 진정한 의미로 레전드급의 위력을 발휘할 가능성도 있는 것이다.

이건 정말 대단하다는 생각이 들었기에, 나는 진심으로 쿠로베와 그의 동료들을 칭찬했다.

쿠로베와 의논한 결과, 완성된 구멍이 있는 무기를 우선적으로 미궁에 내놓기로 했다.

마력보충도 불가능한 일회용 코어(마옥)를 대량생산하고, 그걸 미궁 안의 보물 상자 안에 고루 넣어서 퍼뜨렸다.

쿠로베의 제자들도 구멍이 있는 무기를 만들어낼 수 있게 되면, 그것도 재빨리 미궁의 보스 드롭 아이템으로 설정할 예정이다.

세 개의 구멍이 있는 무기는 쉽게 만들 수 없지만, 최고품질에만 집착하지 않으면 좀 더 여유 있게 만들 수 있다고 한다. 내구도를 떨어뜨리고 낮은 등급으로 만들면 그럭저럭 완성할 수 있지 않겠느냐고 했다.

"문제는 없겠나?"

"아마 어떻게든 만들 수는 있을 겁니다. 잘 부서지니까 실전에서 쓰는 건 추천하지 못하겠습니다만……."

쿠로베의 입장에선 그리 내키는 일이 아닌지, 말끝을 흐리는 대답을 했다.

하지만 실험용으로 쓰는 것은 버텨낼 수 있겠지.

나로선 코어의 조합을 검증할 수 있으면 그걸로 충분하다. 그러기 위해서 두 개 이상의 구멍이 있는 무기를 양산해서, 미궁 도전자들 사이에 퍼지길 바라는 것이다.

그리고 도전자들도 바보가 아니다. 정체불명의 무기에 의존하는 자들은 삼류이니, 주로 쓰는 무장과 한 번 쓰고 버리는 무장을 용도별로 나눠서 쓰면 문제가 없을 것이다.

마법사가 없는 파티에서도 요긴하게 쓰일 것이니, 그냥 제공해 주는 대신 확실한 실험체가 되어주어야겠다.

"리무루 님, 왠지 사악한 표정을 짓고 있는 것 같습니다만?"

"핫핫하. 기분 탓이네, 쿠로베 군!"

"그러면 지금 바로 제자들에게도 이 기술을 전수하겠습니다."

그렇게 말하면서 쿠로베는 물건을 마련해놓겠다고 약속해줬다.

그가 흔쾌히 승낙해줘서 앞으로의 방침이 정해졌다.

양질의 마강을 대량으로 소모하게 되겠지만, 제자들의 연습기회도 될 것이다. 그리고 검증결과를 참고로 해서 실전에서 버틸 수 있는 제품을 생산하는 것이다.

이건 백인대장(百人隊長)급 이상에 속하는 자의 정식무장으로 채용할 것이다. 각각의 약점이 되는 특성에 맞춘 구슬을 마련하여 대비하도록 시키면, 전투능력의 향상도 기대할 수 있을 것 같다.

"그럼 잘 부탁하겠네!"

"네!"

그런고로, 이 건은 쿠로베에게 일임하기로 했다.

＊

"그건 그렇고 리무루 님. 제게 무슨 볼일이 있어 찾아오신 것 아닙니까?"

그런 질문을 받으면서 뒤늦게 생각이 났다.

갑작스러운 보고에 놀라서 잊어버렸지만, 나도 쿠로베에게 볼 일이 있었던 것이다.

"실은 말이지, 내가 가지고 있는 이 칼 말인데──."

그렇게 말하면서, 나는 자신의 직도(直刀)를 꺼낸 뒤에, 쿠로베가 보는 앞에서 빼서 보여줬다.

"드디어 구멍이 생긴 겁니까?"

"아니, 그건 아냐. 그랬다면 이번 일로 그렇게 놀라진 않았지."

"그러고 보니 그렇군요……."

부러지거나 구부러진 적 없이, 오랫동안 내 마력에 익숙해진 이 직도.

그 칠흑의 칼날은 캄캄한 밤하늘처럼 깊고 어두웠다.

그리고 지금, 내가 손에 쥐고 마력을 흘려보내자──,

"응?! 칼날이, 칼날이 금색── 아니, 아니야. 이건, 무지개색 이야. 무지개색으로 빛나고 있어!!"

많이 놀랐는지, 쿠로베가 눈을 동그랗게 뜬 채 입을 떡하니 벌리고 있었다.

"놀랍지? 실은 나도 놀랐어. 그래서 너한테 물어보러 온 거야."

방에서 칼을 찬찬히 바라보고 있었는데, 갑자기 이런 상태가 된 것이다.

이 정도면 당연히 놀랄 만도 하지.

무지개색으로 빛나는 칼날.

금을 섞은 것도 아닌데, 오리할콘(신휘금속, 神輝金屬) 이상으로 강한 빛을 내뿜었으니까.

그래서 잠깐 조사를 해봤더니.

《해답. 신강(神鋼) : 히히이로카네(궁극의 금속).》

라고 했다.

듣자하니, 내가 정제한 오리할콘 이상의 성능을 지닌, 상당히 엄청난 금속인 것 같다.

그걸 확인해보고 싶어서, 쿠로베에게 물어보러 찾아온 것이다.

"이, 이건…… 이건 대체 뭡니까? 저도 바로 '감정'할 수가 없는데……."

"히히이로카네라고 하던데?"

"히, 히히이로카네라고요?! 시, 실제로 존재했단 말입니까? 그건 영구불변의 속성을 지닌 신화급의 금속입니다. 솔직히 말해서 꿈속의 얘기라고만 생각했는데……."

흥분의 차원을 넘어서, 목소리도 나오지 않는 듯한 모습으로 놀라는 쿠로베.

상당히 엄청난 변화라고는 생각했는데, 예상 이상이었던 것 같다.

그런 뒤에, 나와 쿠로베는 둘이서 히히이로카네의 직도를 연구했다.

그 결과, 판명된 것은 이 칼은 내 마력 이외는 반응하지 않는다는 사실이다.

쿠로베가 마력을 흘려보내도 칼날은 변함없이 칠흑색이었으며, 그 시점에서의 금속반응은 여전히 마강으로 나타났다. 하지만 그건 사실 히히이로카네인 것이다.

히히이로카네라는 것은 수많은 파장에 반발하는 궁극의 금속이라고 한다. 평소에는 빛조차도 반사하지 않고 상쇄시켜버리기 때문에 칼날의 색이 칠흑인 것이겠지.

다른 자의 눈―― '해석감정'까지 속일 수 있으니 대단한 것이다.

내가 마력을 흘려보내서 전투상태로 변화시킨 경우에 한해서만, 이 칼은 무지개색의 빛을 발산하는 것이다.

남들이 보는 장소에서 빼들었다가 괜히 눈에 띄는 건 바람직하지 않다고 생각했지만, 마력을 흘려보내지 않으면 문제가 되지 않는다는 것도 알았다. 그래도 통상적인 무기보다는 훨씬 더 튼튼하고, 아니, 영구불변의 속성이라는 것은 쉽게 말해서 '파괴불능'이라는 뜻이다. 만약 손상을 입더라도 마력을 흘려보내면 다시 복구되는 것 같다.

서로 같은 히히이로카네의 무기로 싸우면 어떻게 되는지가 신경이 쓰였지만, 사실상 검증할 수도 없는 것을 걱정해봤자 소용이 없다.

현 상황에서 말할 수 있는 것은 단 하나.

이 직도가 내 무기에 걸맞게, 이 세상에선 무엇과도 비교할 수 없을 정도로 튼튼한 칼로 진화했다는 사실뿐이다.

이 칼과 내 '절대방어'가 합쳐지면, 어느 정도는 무모하게 사용해도 분명 잘 버텨줄 것이다.

그리고——.

이 칼은 이걸로 완성이 된 게 아니었다.

다양한 속성을 부여할 수 있는 마력결정—— 코어(마옥)를 끼울 수 있도록, 칼날의 아랫부분에 구멍을 뚫을 예정인 것이다.

이 칼이 완성되는 날을 기대해본다.

지금도 충분히 훌륭한 칼인데, 앞으로도 더 발전할 가능성이 있다고 생각하니 기대감을 주체할 수가 없었다.

"그건 그렇다 쳐도 엄청난 칼이군요. 제가 만든 거지만 도저히 그런 것 같지 않습니다……."

"아니, 아니, 그럴 리가 있나. 쿠로베는 정말 대단한 장인이야!"

"감사합니다. 리무루 님이 그렇게 말씀해주시니 기쁘군요!"

이 칼은 쿠로베가 있었기에 비로소 만들어낼 수 있었다. 쿠로베는 겸손한 반응을 보였지만, 그것만큼은 틀림없는 사실인 것이다.

"그건 그렇고, 이 칼이라면 히나타의 칼도 이길 수 있을 것 같군."

쿠로베가 만든 최고 걸작인 이 칼이라면 레전드(전설)급에 해당되지 않을까?

나는 그런 생각이 들어서 그렇게 말해본 것이다.

그에 대한 쿠로베의 대답은 내 예상 이상이었다.

"그 레전드급—— 문 라이트(월광의 세검)한테 말입니까? 으음……아니, 그 이상일 텐데요? 이 칼이라면 어쩌면 베루도라 님이 봤다고 하시던 갓즈(신화)급에 도달했을지도 모릅니다."

갓즈—— 궁극이자 지고를 가리키는 대명사.

현존하는 무기나 방어구의 존재는 확인되지 않았으며, 전설이나 전승에도 그런 내용의 기록은 없다.

하지만 그건 확실히 '존재'하는 것이다.

예를 들자면 밀림이 가지고 있는 마검인 '천마(天魔)'도 그렇다.

예전에 보여준 적이 있었는데, 그때는 '해석감정'도 할 수 없었다. 라파엘(지혜지왕)의 말로는 '천마'의 성능은 문 라이트를 상회한다고 했다.

이 칼도 그런 갓즈급이라는 극치의 경지에 이르렀다――. 그런 생각을 할 수 있게 만드는 작품이었다.

쿠로베의 견해로는, 현재 상태에서도 그 등급은 레전드 급의 상위에 해당한다고 했다. 그렇다면 갓즈급이라는 높은 위치에도 도달할 수 있을 거란 기대를 할 수도 있을 것 같다.

그런 뒤에 우리는 한동안 그 칼에 매료되고 있었다.

"아아. 역시 칼은 정말 멋지다니까――."

"그러게 말입니다. 이렇게 아름다운 칼날의 무늬는 좀처럼 볼 수가 없죠."

영구불변이라는 히히이로카네의 광채가, 쿠로베의 모든 기술이 집결된 칼날의 무늬를 아름답게 물들였다.

그 예술품 같은 무늬를 바라보면서 감탄의 한숨을 연거푸 토해내는 우리.

언제까지고 한없이 바라보고 싶다는 생각이 들게 하는 아름다움.

그야말로 최고의 칼이었다.

이 칼은 앞으로 계속 진화할 것이다. 실질적인 갓즈급의 무기를 손에 넣었다고 할 수 있겠다.

생각했던 것 이상의 수확이었다는 생각을 하면서, 나는 너무나 만족스러웠다.

*

황급하게 달려오는 발소리.

내 집무실 앞에서도 그 기세는 전혀 멈추지 않았고, 노크도 없이 문이 벌컥 열렸다.

이런 짓을 할 수 있는 사람은 밀림이다.

밀림 이외의 다른 자가 이런 무례한 태도를 취한다면, 리그루도의 철권제재가 기다리고 있으니까.

그게 만약 베루도라나 라미리스였다면 간식을 주지 않는 처벌을 받았을 것이다.

하지만 이번만큼은 특별하기 때문에 허가해주고 있었다.

왜냐하면──,

"리, 리무루! 태어날 거야. 이제 태어날 것 같아!!"

밀림은 최근에 계속 알을 품은 채 몸에서 떼어놓지 않았으니까.

자기 나라에도 돌아가지 않고, 계속 이 나라에 머무른 상태에서.

알에게 무슨 일이 생겼을 때, 내가 곁에 있는 게 더 안심이 된다는 이유로 말이다.

그랬던 밀림이, 지금 다급한 상태라는 것을 바로 알 수 있었다.

그녀의 언동을 보건대, 지금 당장이라도 태어날 것 같군.

밀림의 친구였던 가이아가 깃든 알── '아바타 코어(마혼핵, 魔魂核)'가 희미한 빛을 계속 깜박이고 있었다.

이건 누가 봐도 시간문제로군.

새로운 마물이 된 가이아가 태어나려 하고 있었다.

"큐잇──!!"

알이 깨지면서 튀어나온 것은 작은 사이즈의 용이었다.

몸 전체의 길이는 50센티미터 정도 될까.

과거에 카오스 드래곤이었다는 생각이 들지 않을 만큼 미니 드래곤(작은 용)이었다.

"──가이아, 맞아?"

"큐이, 큐잇!!"

서로를 꼭 끌어안는 소녀와 미니 드래곤.

감동적인 재회였다.

밀림이 찾아온 직후에 알에서 부화한 가이아.

이것으로 밀림도 한 시름을 놓았다. 그대로 자신의 나라로 돌아가는 줄 알았더니, 그렇지는 않았다.

"자, 가이아와 함께 모험을 가는 거야!"

하고 기운 넘치는 모습으로 제안한 것이다.

──아니, 그런 말을 하지 않을까 하고 예상하긴 했었지만 말이지?

그래서 내 대답은 이미 정해져 있었다.

"프레이가 널 걱정하고 있지 않을까?"

밀림의 보호자가 된 프레이. 그런 그녀에게 허락도 받지 않고 이렇게 놀러 와서 빈둥거리고 있으면, 또 꾸지람을 듣게 될 텐데.

가이아가 태어나기 전이라면 또 모를까, 건강한 모습을 본 지금은 밀림도 밀린 업무를 처리하러 돌아가야만 할 것이다.

"와하하하하, 걱정할 것 없어!"

걱정할 것 없다고?

리무루는 밀림에게 충고했다.

하지만 그 충고는 그냥 흘려듣고 말았다!!

라고 할까.

뭐, 밀림이 그렇게 말한다면 나는 반대하지 않는다.

최근에는 마리아베르 건의 뒤처리를 하느라 바빴으며, 얼마 전에야 겨우 느긋한 시간을 보낼 수 있게 된 것이다.

오랜만에 다 같이 모여서 즐기는 것도 나쁘지 않을 것이다.

"그리고 말이지, 이건 필요한 거거든? 뭐니 뭐니 해도 용은 최상위의 포식자이니까, 스스로 잡은 마물이 아니면 먹지를 않는다고. 이건 갓 난 새끼라도 예외가 아니니까, 가이아에게 사냥을 가르쳐줘야 해."

의기양양한 표정으로 밀림이 그렇게 말했다.

용은 바로 굶어죽지도 않으며, 그뿐만 아니라 물과 마력요소만 있으면 그것만으로도 살아갈 수 있다고 한다.

하지만 그래선 성장하지 않는다.

한층 더 크고 강인하게 자라려면, 적당한 운동과 맛있는 식사가 필요하다고 한다.

그래서 밀림은 가이아와 모험을 떠나겠다고 말했다. 단순히 프레이를 피해서 도망친 것뿐으로 보였지만, 밀림은 밀림 나름대로 깊은 생각을 하고 있었던 모양이다.

"알았어. 그렇다면 가장 적합한 장소가 있지."

"응?! 그렇구나, 미궁 말이지?"

"음, 바로 그거야!"

그런고로, 우리는 가이아 육성계획을 발동시키기로 한 것이다.

＊

그렇게 하기로 정했으면 바로 집합이다.

나는 베루도라와 라미리스를 불러내어 다시 미궁에 도전하기로 했다.

이번에는 가이아도 참가시켜 다섯 명이서 파티를 꾸미게 되었다.

이제 막 태어났어도 미궁이라면 안전하다. 어떤 위험이 있을지 모르는 바깥의 모험에 데려가는 것보다 훨씬 더 안전한 것이다.

"크하하하하! 우리도 시간이 남아도는 건 아니지만, 다른 사람도 아닌 너희가 부탁하는 것이니까. 좋다. 내 힘을 마음껏 빌려주마!"

"응응. 우리가 왔으니까 이제 안심해도 돼. 편안한 마음으로 가이아의 육성을 맡기도록 하라고."

갑자기 불안해지는군.

──아냐, 괜찮아. 믿어보자.

베루도라랑 라미리스도 성장했으니까, 분명 분위기를 제대로 파악하면서 행동해줄 것이다.

밀림도 이게 놀러가는 것이 아니라 가이아를 교육시키러 가는 것이라는 걸 이해하고 있다. 결코 제멋대로 폭주하지는 않을 것이다.

"그럼 시작하자고!"

내 말에 맞춰서 모두 일제히 아바타(가마체, 假魔體)에 '빙의'했다. 모험의 시작이다.

그리고 우리는 가이아의 파워 레벨링을 했다.

나, 베루도라, 라미리스, 그리고 밀림.

그 네 명과 함께 비행이 가능한 가이아가 내 뒤를 따랐다.

가이아는 용이다.

그것도 과거에는 세계를 멸망시킬 뻔했던 카오스 드래곤(혼돈 룡, 混沌龍)이다.

절대로 약할 리가 없다.

역시 관록이 있어서인지 전투를 몇 번 해본 것만으로도 요령을 파악한 것 같았다. 무리를 지은 적을 상대로 광범위공격인 브레스를 뿜어냈다.

카오틱 브레스── 이 세상의 모든 물질을 부식시키는 저주가 담긴 고농도의 독기이다. 내 '벨제뷔트(폭식지왕)'의 '부식'과 효과가 비슷하며, 그 위력은 웬만한 마물 따윈 접근할 수 없었다.

게다가 가이아는 '땅' 속성을 지니고 있었다. 그건 '영혼'에 새겨진 능력으로, 중력조작을 가능하게 하였다.

만약 그때 봉인에서 해방된 카오스 드래곤에게 지성이 있었다면── 그런 생각을 해보니 간담이 서늘해졌다.

카오틱 브레스나 초중력파 같은 기술을 마구 뿜어대고 날리면서, 그 피해는 더 막대해졌겠지.

뭐, 그것도 이미 다 끝난 이야기다.

지금의 가이아는 밀림의 귀여운 애완동물이며, 우리의 믿음직스러운 동료이다.

경계해야 할 대상이 아닌 것이다.

그때 블러드 보어(선혈의 멧돼지)가 나타났다.

블러드 보어는 30층 근처에 서식하며, 강인한 각력을 지닌 B랭크 마물이다. 머리랑 어깨는 두꺼운 뼈와 근육으로 보호되고 있으며, 그 외피는 강철보다 강한 경도를 자랑한다. 몸길이는 2미터를 넘었으며, 그런 거구가 시속 50킬로미터에 가까운 속도로 몸통박치기를 날리기 때문에 맞으면 버틸 수가 없다.

길고 가는 통로에서 맞닥뜨리기라도 하면, 도망칠 곳도 없어서 너무나도 위험한 상대인 것이다.

하지만 그런 위험한 마물조차도 우리의 적이 되진 않는다.

가이아가 중력을 조작하여 블러드 보어의 돌진을 둔하게 만들었다. 그 기회를 놓치지 않은 밀림의 일격이 급소를 관통하면서, 블러드 보어는 숨이 끊어졌다.

적의 피로 자신의 털을 붉게 물들인다는 무시무시한 블러드 보어가, 지금은 가이아의 주식이 되어 있었다. 오늘 하루 돌아다닌 성과가 이 정도였으니, 앞으로의 성장이 실로 기대가 되었다.

이런 식으로 파티의 연계도 확실했다.

가이아에게는 '중력결계'라는 스킬(능력)도 있어서, 물리공격의 위력을 경감시키는 효과를 기대할 수 있었다. 그에 맞춰서 내 매직 배리어(마법장벽)을 전개해두면 적의 마법공격에도 대처할 수 있었다.

그런 뒤에 며칠 동안 우리는 다양한 연계를 습득해나갔다.

순식간에 가이아는 파티 전투에서 없어서는 안 되는 멤버가 되었다.

가이아는 먹이의 확보를 겸한 실전을 거듭 경험하면서, 49층까지 제패했다.

그리고 드디어, 예전에 쓴 맛을 봤던 50층 보스인 고즈루까지 격파한 것이다.

"크앗—핫핫하! 고즈루 따위는 이제 우리의 적이 아니로구나!"

"그러게, 그러게! 결국 고즈루는 이 정도밖에 안 되는 거였어!"

"와하하하하하! 이제 진짜 실력이 좀 나오네!"

"큐잇——!!"

한창 신이 났다.

뭐? 우리가 즐기고 있는 것 아니냐고?

그런 멍청한 소리는 해선 안 된다. 우리는 가이아를 위해서 이렇게 노력하고 있을 뿐이니까.

뭐, 어느 정도는 말이지.

어느 정도는 우리도 즐기고 있지만, 모든 것은 가이아를 키우기 위해서다.

그런 대의명분을 내걸고 우리는 오늘도 미궁에서 돌아왔다.

"즐거워 보이네, 정말로."

우리를 기다리고 있었던 것은 미소와 함께 이마에 힘줄이 돋아 있었으며, 등줄기까지 얼어붙을 것 같은 분위기를 띤 프레이였다.

"으, 으엑!! 프, 프레이?! 아, 아니야. 여기엔 깊은 사연이 있어——!!"

뭔가 예전에 들은 적이 있는 것 같은 말.

왜일까?

이다음의 전개도 마치 눈으로 직접 본 것처럼 예상할 수 있었다.

"가이아가 태어나면 돌아오겠다고 약속했었지?"

"아, 아니야. 가이아에겐 내가 필요하다고!"

"그래, 그렇지. 하지만 그게 약속을 어겨도 되는 이유는 아니지?"

"하지만 교육이……."

"가이아에게도 교육이 필요한 것처럼, 너에게도 교육이 필요하려나?"

"——?!"

승부는 났다.

밀림의 역량으론 프레이를 말로 굴복시킬 수 없다. 아무리 밀림이 억지 주장을 펼친다 해도 프레이에겐 통하지 않는 것이다.

물론, 나도 사자의 수염을 뽑을 생각은 전혀 없다.

누가 좋아서 이런 일에 말려들고 싶겠는가. 왜냐하면 프레이는 정론만 늘어놓고 있었으니까.

결국, 밀림은 마지막에는 울며불며 어린아이처럼 떼를 쓰며 저항했지만, 프레이의 철벽의 미소 앞에 패배하면서 끌려가고 말았다.

그렇겠지.

이번에도 밀림이 잘못한 것이니, 어쩔 수 없는 일이다.

적어도 미리 연락이라도 했더라면 프레이도 이렇게까지 화를 내진 않았을 테지만, 이제 와서 그런 말을 해봤자 이미 늦었다.

"난 다시 돌아올 거야!"

그런 말을 남기면서 밀림은 떠나갔지만, 세 번이나 빠져나올 수는 없겠지……

지금은 아직 외출금지 처분까지는 받지 않았으니 정기적으로 놀러올 수 있는 허락은 받겠지만, 이대로 가면 그것도 위험해질 것 같다.

프레이도 밀림에게 휴식을 주지 않으면 위험하다는 것은 잘 알고 있다. 그래서 이렇게 어느 정도는 봐주고 있겠지만, 밀림의 폭주가 계속되면 앞으로 어떻게 될지 모른다.

남의 집안일이라고 생각하여 한발 물러나서 바라보고만 있었지만, 밀림에게도 보고, 연락, 의논의 중요성을 철저히 가르쳐주는 게 좋을 것 같다.

그런 생각을 하면서, 나는 밀림을 배웅했다.

가이아는 내가 맡기로 했다.

미궁 안에선 회수제한이 없는 '부활의 팔찌' 덕분에 안심할 수 있으며, 먹이도 풍부하기 때문이다.

게다가 우리의 아바타를 자동행동으로 설정하고, 가이아와 함께 행동하도록 시켰다. 그렇게 하면 가이아의 수행에도 도움이 되겠지.

밀림이 직접 단련시켜주기에는 아직 이른 단계라, 어느 정도 강해진 뒤에 밀림에게 돌려보낼 예정이다.

그렇게 되면서, 미궁에 새로운 동료가 추가되었다.

──참고로.

우리가 알 리가 없는 얘기지만, 미궁을 배회하는 다섯 명은 유니크 보스로서 공포의 대상이 되어 있었다.

그 실력은 2단계로 나뉜다──는 소문이 돌고 있다고 했다.

평소의 실력도 위험하지만, 말도 안 되게 강해지는 일도 있다고 말이다.

쉽게 말해서 우리가 직접 조종하고 있을 때의 상태가, 차마 손도 대지 못하는 악몽으로 인식되어버린 것 같다.

우리가 그 사실을 알게 된 것은 조금 더 뒤의 일이었다.

*

밀림이 없는 동안 우리끼리만 놀고 있으려니 후환이 두렵다.

자동설정을 해제하면 아바타(가마체)의 성장속도 때문에 바로 들킬 것이다. 안 그래도 밀림의 감은 날카로우니까 위험한 짓은 하지 않는 게 상책이다.

그런고로, 내가 얼마나 열심히 일하는지를 소개하겠다.

서방열국과 교류를 하게 되었으니, 법을 제정하는 것이 급선무였다.

쥬라 템페스트 연방국을 지배하는 마왕이라는 위치에 있는 이상, 내가 모든 사안에 대한 결정권을 가지고 있다. 어느 정도는 리그루도와 부하들에게 맡기고 있지만, 중요한 결정사항만큼은 확인이 필요한 것이다.

내가 가진 권한은 아주 크다.

대충 말하자면 사법권, 입법권, 행정권의 모든 것을 내 뜻대로 다룰 수 있다. 삼권을 관장하는 절대적인 권리—— 국무대권(國務大權)을 내가 쥐고 있기 때문이다.

국가의 중추라고도 할 수 있는 군사통제권도 내게 귀속되어 있었다. 내 명령으로 전군이 움직이며, 간부에 대한 임명권 같은 것도 내 승인이 필요한 것이다.

연방국가라는 것은 이름뿐이고, 사실상 내 독재체제에 가까웠다.

하지만 실제로는 전부 다 놓아두고 있었다.

행정에 관한 것은 리그루드에게 일임하고 있으며, 군사에 관한 것은 베니마루가 내 대리로서 전권을 장악하고 있다.

그런 그들을 보조하기 위해서 우수한 인재들을 절찬리에 모집 중이었다.

삼권 분립의 구조를 리그루도가 공부 중이며, 과거에 고블린의 장로였던 루그루도, 레그루도, 로그루도, 이 세 명이 사법, 입법, 행정의 최고위직에 취임한 상태다.

그렇다고는 하나, 이 구조에 문제가 있었다. 삼권 분립이라는 것은 서로가 서로를 감시하지 않으면 성립되지 않는 것이다.

일본의 의원내각제 같은 것도 그렇지만, 입법과 행정의 경계가 아주 애매해진다. 이걸 개선하려고 하면, 과연 뭘 어떻게 하는 것이 정답일까?

어쨌든 우선적인 문제는 입법부의 설립이다.

이 문제에 대해서 우리나라에선 상원과 하원으로 분리하기로 했다 상원의원은 내가 임명하며, 하원의원은 선거로 선임하는 방식이다.

상원의원은 변동이 없다. 무슨 문제를 일으켜서 실각되거나, 수명이 다 되지 않는 한은 영속적으로 자격을 보유하게 되는 셈이다.

그에 비해서 하원의원은 국민이 직접 선출한다.

선거라는 절차는 간단한 것이 아니다. 시행착오를 거듭할 필요가 있을 것 같다.

입법부에선 법률의 제정만 담당하게 시킬 것이다.

그렇게 정해진 법에 따라서, 행정부가 국가를 운영하게 된다.

행정부는 우수한 자들로 채우고 싶다.

일본의 관료를 봐도 알 수 있듯이, 총리대신이 계속 바뀌어도 국가운영은 나름대로 반석에 오른 것처럼 탄탄했다.

최근 들어서는 여러 가지로 문제도 많이 발생하긴 했지만…….

일단 지속성이 있는 정책을 꾸준히 계속 만들어갈 것이다. 그런 끈기와 노력을, 좌절하지 않고 계속 해낼 수 있는 인내력도 갖추고 있었다.

뭐, 장기계획으로 진행되면 쓸모없는 부분도 생길 것이고 매수되어 나쁜 짓을 저지를 자도 있을지도 모르지만, 그건 모두가 엄격하게 감시하는 시스템을 만들어서 방지하고 싶다는 생각을 하고 있다.

그런 행정부의 첫 번째 관직에는 템페스트에 소속된 각 종족의 장로들을 천거했다. 나이가 많은 자는 대리인을 대신 세워서 참가하는 것이다.

이에 관해선, 앞으로는 능력주의가 대두될 것으로 생각한다. 지금은 아직 각 종족끼리의 이해가 대립되는 상황을 서로 논의하여 완화시키는 시기지만, 장래에는 하나의 국가로서 전체주의가 침투할 것으로 생각하기 때문이다.

우리나라도 시간은 걸리겠지만, 평화적으로 융화정책을 펼쳐 나가고 싶다.

그건 그렇게 넘어가면 되겠지만, 여기서 문제가 또 하나 발생했다.

집무능력이 우수한 자에겐 약소종족이었던 자가 많고, 전투종족의 수장들은 서류작업에 걸맞지 않았다.

이건 상당히 중대한 문제다.

마물로서 강한 실력을 중시할 것인가, 인간과의 공존을 목표로 삼은 상태에서 지식이나 협조성을 중시해야 할 것인가가 너무나도 고민이 되었다.

아무리 강해도 무법자를 중용할 생각은 없다. 이에 대한 내 뜻은 이미 모두에게 알렸으며, 힘자랑을 할 만한 자들은 순순히 군부에 소속되어 주었다. 하지만 그래선 국가 운영의 방침에 대해 발언을 할 수가 없다. 그렇게 되면 앞으로의 정책에 따라선 불만이 쌓일 우려가 있었다.

입법은 국민의 의견을 받아들이고 모아서 간부들이 승인하는 형식이다.

그러나 행정은 약소했던 자들이라도 머리를 쓰기에 따라 힘을 거머쥐게 되면서, 강자의 권리를 빼앗을 가능성이 생기게 된다.

그때 불만을 지닌 자가 나오지 않을까? ——지금의 단계에선 그렇게 예상이 되는 것이다.

뭐니 뭐니 해도 행정이 맡을 역할은 무겁다.

국가예산의 관리도 행정부의 역할이며, 템페스트(마국연방)에 모일 방대한 부도 관리들이 어떻게 배치하느냐에 따라 운영되기 때문이다.

재무에 관한 것은 묘르마일이 최고책임자이지만, 그가 혼자서 모든 부정을 파악하고 꿰뚫어 보는 것은 불가능할 것이다.

그리고 영토의 배분도 행정이 관리하게 된다.

적재적소가 되도록 구획을 개발할 예정이지만, 그 순서를 놓고도 다툴 것 같다.

이런 일을 방지하기 위해서라도, 모든 정책에 관한 명령은 내 이름으로 발령할 필요가 있었던 것이다.

그리고 마지막으로 사법부다.

사법이 맡을 가장 중요한 일은 체포된 자들에 대한 재판이다.

경찰권은 행정부의 관리 하에 놓여 있지만, 체포권은 행정부뿐만이 아니라 입법부나 사법부도 가지고 있다. 이건 물론, 상호감시를 목적으로 하고 있기 때문이다.

그렇게 체포된 자들을 처벌하는 것이 사법부의 역할인 것이다.

가장 공평성이 요구되는 부문이며, 국민의 의견에도 귀를 기울이지 않고, 법의 질서만을 수호할 필요가 있다.

정이 아니라 법에 의한 처벌—— 이게 의외로 어려운 일이다.

이런 재판의 감시도, 내 머리를 골치 아프게 만드는 요인이었던 것이다.

뭐, 삼권 분립을 철저하게 유지시키기 위해서, 나도 리그루도와 함께 열심히 공부 중이다.

입법은 국민의 목소리를 받아들이며, 다 같이 논의하여 법을 정한다. 이걸 철저하게 지킴으로써 열린 정책을 목표로 삼고 있다.

행정 쪽은 리그루도랑 우수한 자들을 관료로서 교육 중이다. 국가의 중추기관으로서의 권한을 강화시키기 위해서 법집행기구를 서둘러 설립하고 싶다.

베니마루 직할의 군부나 소우에이가 이끄는 첩보기관인 '쿠라야미(람암중, 藍暗衆)'는 나만이 명령권을 가지도록 만들었다. 명령이 중복되어 혼란에 빠지는 것을 피하기 위해서, 행정권의 명령에 따를 필요는 없다는 것을 미리 정해두었다. 그렇기 때문에 검찰청의 최고위직은 나름대로의 실력자를 임명할 예정이다.

그리고 또 하나.

사법 쪽에도 문제가 있었다.

정에 휩쓸리지 않도록 재판을 벌인다는 것은 여러모로 원한을 사기 쉽다. 이걸 철저하게 관철하려면 두뇌뿐만이 아니라 나름대로 실력도 갖추고 있어야 할 필요가 생기게 된다.

물론, 재판관에 호위를 붙이는 것이지만, 그것만으로는 불안요소가 해결되지 않는 것이다.

판결에 불만을 품고 재판관을 습격하려고 드는, 그런 범죄자는 두말할 것도 없이 사형이다. 하지만 그걸 각오한 상태에서 범행을 저지르는 자가 나오지 않는다는 보장은 없다.

인간과는 달리 마물은 강인하기 때문에, 아무리 경호를 철저히 해도 한순간의 빈틈을 허용하여 습격을 당할 가능성을 완전히 저 버릴 수는 없다. 그러므로 재판관 자신도 어느 정도는 강한 실력 을 갖추는 게 바람직하다.

"으—음, 그런 점에서 보면 루그루도만으로는 걱정이 되는군."

"그렇군요. 그자는 제 심복이라고까지 부를 만한 인물이지만, 실력 면에서 보면 백인대장급에도 미치지 못하니까요. 로그루드 라면 웬만한 젊은이들에게도 밀리지는 않겠습니다만……."

루그루도는 속이 검고 계산적인 면도 있지만, 판결에 관해선 공명정대하다. 재판관으로선 적임자이지만, 무슨 일이 일어났을 때 스스로를 지킬 수 있을 정도로 강하지는 않다.

로그루도라면 실력도 확실하며, 천인대장과도 일대일로 싸워 서 이길 수 있는데 말이지. 리그루도를 대신하여 행정부 안의 각 부처에도 막강한 영향력을 행사하고 있는지라, 사법부로 이동시 키는 것은 어렵다.

"무엇보다 행정부에 검찰청을 설립하고 싶단 말이지. 국내에서 일어나는 범죄를 대응하는 건 고부타와 그 부하들만으로도 가능 하겠지만, 간부들이나 의원을 단속하거나 감시하는 건 어중간한 인재가 맡기엔 짐이 너무 무거울 거 아냐?"

"그 말씀이 옳습니다. 다종다양한 마물뿐만 아니라, 이름 있는 마인까지 우리나라를 찾아오고 있습니다. 그리고 개국의 영향으 로 각국에서 힘을 자랑하고 싶어 하는 자들도 모여들고 있으니까 요. 이런 상황에선 어떤 소동이 일어나도 이상할 게 없겠지요."

개국제는 좋은 영향이 많았지만, 힘자랑을 하고 싶어 하는 거친 자들을 불러들이는 효과도 컸다. 그건 어느 정도 노렸던 결과였지만, 미궁에서가 아니라 도시 안에서 난동을 부리는 어리석은 자도 있었던 것이다.

고부타가 돌아오면서 경비부대도 강화되었다. 하지만 그것만으로는 부족하다고, 리그루도는 생각하고 있는 것 같다.

"A랭크 이상의 마인도 있나?"

"네, 소수이지만요. 눈에 띄게 난동을 부리는 모습은 보이지 않습니다만, 경계는 필요할 겁니다."

리그루도의 말대로, 사전에 미리 대비하는 것은 중요한 일이지.

개개인의 전투능력에 큰 격차가 있으니, 마인들이 난동을 부린 뒤에야 대책을 생각하다간 이미 때가 늦다.

"검찰청과 사법부라. 그리고 평의회에 보낼 의원으로서 누구를 외교관으로 임명하는가도 아직 정해지지 않았지. 다들 각자 할 일을 떠안고 있는 현재 상황에서, 설불리 인사이동을 시키는 건 좋지 않단 말이야……."

"오히려 더 큰 혼란에 빠질 우려가 있을 것 같습니다."

으─음, 정말 골치 아픈 문제로군.

제도는 하나씩 정해지고 있으며, 법률도 차례로 제정되고 있지만, 그걸 운용할 조직구조가 미숙했다.

그건 그렇다 쳐도 아직 미정인 자리가 많단 말이야.

급성장의 폐해이므로 어쩔 수 없다고 말할 수도 있겠지만, 인재가 부족한 것을 그저 한탄만 할 뿐이었다…….

＊

 없는 인재에 대해서 이래저래 고민해봤자 어쩔 수가 없다.

 기분전환 삼아서 현장시찰을 가보기로 했다.

 게루도의 지휘 하에서 수왕군 유라자니아 유적에서 진행 중인 신(新)왕도 설립계획.

 그건 순조롭게 공정이 진척되고 있으며, 이미 기초공사는 완료된 상태이다.

 지하 깊은 곳에 있는 암반까지 도달하는 기초말뚝과 철근, 철골로 연결된 마적고강도(魔的高强度) 콘크리트의 기초부분은 그야말로 압권이다.

 마력을 띤 경암(硬巖) 같은 소재를 사용하면서 생기는 장점은 단지 튼튼하기 때문만은 아니다. 독특한 마력의 파장을 발산하기 때문에 낮은 레벨의 마법 정도는 반사시켜주는 것이다.

 중력경감 마법으로 소재를 운반할 수 없는 폐해는 있지만, 그걸 메우고도 남는 장점이 있는 것이다. 이 거대한 탑 모양의 성이 완성되었을 때엔 외부에서의 공격뿐만 아니라, 성안에서 사용되는 대부분의 마법이 봉인되게 될 것이다.

 콘크리트보다 몇 백배 더 강한 경도를 자랑하는 마암(魔巖)을 잘라서 다듬은 거대한 블록도 나란히 세워놓았다. 그 기초의 지지를 받으면서, 중앙부에서 하늘까지 닿을 것 같은 기둥이 우뚝 솟아 있었다. 그 기둥에 매다는 형태로 외벽부를 만들어가고 있었다.

 말은 그렇게 했지만 규모가 너무 커서, 기둥만으로도 엄청난 위용을 자랑하고 있었다.

사람들이 개미처럼 일하고 있었다.

축척이 이상하게 느껴지지만, 그게 바로 이 건축물이 얼마나 거대한지를 증명하는 것이었다.

"리무루 님, 잘 오셨습니다."

그렇게 말하면서, 게루도가 기쁜 표정으로 달려왔다.

방해가 되지 않도록 '공간지배'로 '전이'하여 왔지만, 게루도에 겐 들켜버린 모양이다

"여어, 게루도. 오랜만이군. 순조롭게 진행되는 것 같아서 정말 다행이야."

"하하하, 감사합니다. 리무루 님이 그렇게 말씀해주신다면 다들 기뻐할 겁니다!"

게루도의 쾌활한 웃음소리가 울려 퍼지자, 나도 기분이 좋아졌다.

공사가 순조롭지 않으면 이런 분위기가 만들어지지 않는다.

현장의 분위기가 밝아야 작업도 한층 즐거워지는 법이다.

"아니, 아니, 진심으로 하는 말이야. 생각했던 것 이상으로 진도도 빠르니 완성도 앞당겨질 것처럼 보이는데, 어떤가?"

"네. 이것도 다 모두와 허심탄회하게 마음을 터놓을 수가 있었기 때문이었겠죠."

게루도의 말을 들어보니, 내게 예전에 논의를 한 뒤에, 게루도도 나름대로 많은 생각을 했던 모양이다. 그리고 포로였던 마인들과도 대화를 나누었고, 그들의 불평불만을 들으면서 돌아다녔다고 한다.

의욕이 없는 자에게 무슨 말을 한들, 그 말은 상대의 마음에 전해지지 않는다. 게루도는 힘으로 지배하는 것이 아니라, 우선은 상대의 생각을 이해하는 것부터 시작했다고 한다.

"그들은 자신들이 앞으로 어떤 처우를 받게 될지에 대해 두려워하고 있었습니다. 리무루 님과 전쟁을 벌였으니, 공사가 끝나면 숙청되는 게 아닐까 하고 말이죠."

"뭐? 그런 짓을 할 리가 없잖아?"

"물론입니다. 저희는 모두 리무루 님이 그런 냉혹한 마왕이 아니라는 것을 알고 있습니다. 그렇지만 새로 여기에 온 그들은 리무루 님의 사람됨을 모르고 있었으니, 그런 불안을 떨쳐내질 못했겠죠. 그래서 저는 그들에게 저 자신의 경험을 들려주었습니다——."

게루도는 오크 로드와 내가 벌인 싸움과, 그 결과로 오크가 어떻게 되었는지를 가르쳐주었다고 한다.

마인들은 반신반의했지만, 현재도 눈앞에 많은 하이오크들이 존재했다.

누구라고 할 것 없이 모두 다 게루도의 얘기를 긍정했다. 그렇게 되자 게루도의 말을 의심하는 자도 줄어들었다고 한다.

"그중에는 리무루 님이 너무 무르다고 말하는 자도 있었습니다. 하지만 '그렇다면 뭘 어떻게 하겠다는 건가. 나에게도 이기지 못하면서 반란이라도 일으킬 생각인가?'라고 물으니 다들 입을 다물더군요."

그렇게 말하면서 웃는 게루도.

시온이나 디아블로라면 격노하여, 그런 말을 뱉은 마인을 처리했을지도 모르겠다. 역시 게루도는 그릇이 크다고, 나는 새삼스럽게 생각했다.

그리하여 게루도는 포로였던 자들의 마음을 여는 데에 성공했다.

일주일에 한 번은 술을 베풀었으며, 맛있는 음식도 먹였다고 한다. 그들도 지금에 이르러서는 게루도의 남자다움에 이끌려, 최선을 다해 도와주고 있다고 한다.

무엇보다 누군가에게 도움이 된다는 사실을 실감할 수 있다는 것이 컸다. 자신이 일한 결과를 인정받으면서 그들의 자존심이 채워졌다고 할 수 있겠다.

열심히 일하면 포로의 신분에서 자유의 몸이 될 수 있다는 것뿐만 아니라, 그들은 노동의 기쁨까지 손에 넣을 수 있었다.

억지로 일하도록 시키는 것보다 효율이 좋은 것은, 어떤 의미에선 당연한 얘기였던 것이다.

이리하여 상위마인의 협력은 큰 힘이 되었다.

인재부족 문제가 해소되면서, 노동력이 증가한 것이다. 효율적으로 일을 하기 시작한 것은 당연하며, 내가 예상했던 것보다 공사의 진행률이 좋았던 것이다.

실제로 내가 원래 살았던 세계의 공사 진행률과 비교해봐도 경이적이기까지 한 속도다.

대놓고 말해서, 비교가 되지 않는다고까지 말할 수 있었다.

공사용 기계도 없이, 모든 게 인력으로 진행되는데도 불구하고 말이다.

이건 놀랄 만한 일이지만, 실제로 공사현장을 보고 있으면 그런 의문 따윈 바로 날아가 버릴 것이다.

애초에 마인들에겐 상식이 통용되지 않으니까.

몇 톤이나 될 법한 무게를 혼자서 가볍게 들어 올리는 자가 있다.

방해가 되는 폐자재나 바위 등을 주먹으로 부숴버리는 자도 있다.

하늘을 나는 것쯤은 당연한 것이므로, 높은 곳에서 진행하는 작업의 안전관리 같은 건 인간의 기준이 전혀 적용되지 않으니까.

이런 식이면 당연히 빠르겠지──. 나는 그렇게 생각하면서 진지한 표정으로 고개를 끄덕였다.

*

공사현장은 다른 곳에도 있었다.

전쟁이라면 여러 방면에서 동시에 진행시키는 것은 악수지만, 공사라면 얘기는 다르다. 단계별로 계획을 세우고 순서대로 돌아보는 게 효율이 좋겠다고 판단했다.

공병의 훈련도 되기 때문에, 지휘관급인 자에게 작업반을 하나씩 맡기고 각 방면에 관여하도록 시키고 있다.

구체적으로 말하자면 네 군데── 드워르곤 방면, 잉그라시아 방면, 유라자니아 방면, 살리온 방면이다.

드워르곤 방면은 이미 도로가 연결되어 있다.

역참 마을도 이미 존재하며, '마도열차' 전용 차선의 폭을 넓혀 레일을 설치하는 것이 목적이다.

일용직 노동자로서 모험가들도 고용하고 있다. 일자리가 있으면 사람들이 모이므로, 가장 활기가 넘치는 상태였다.

뒤이어 잉그라시아 방면에 대해서 말하자면, 이쪽도 드워르곤 방면과 마찬가지다. 이쪽은 처음부터 도로를 넓게 정비해놨기 때문에, 그대로 레일을 설치하고 있다. 이제 곧 완성될 것이다.

유라자니아 방면은 마지막으로 착수하게 될 것이다.

현재는 도로를 넓히고 생태계 보호를 진행 중이다.

베어낸 나무들은 건설 중인 새 왕도(王都)에서 사용될 것이다. 그렇기 때문에 물자운반을 빨리 처리할 수 있도록 조정 중이었다.

살리온 방면은 난항 중이었다.

나무의 벌채부터 시작하고 있어서, 생각한 것 이상으로 시간이 걸렸다.

이곳은 '위장'을 통해 물자를 수송할 수 있는 하이오크들을 주력으로 삼았다. 가장 숙련된 자들이므로 길을 닦는 것뿐이라면 문제가 없을 것이다.

그래도 잘라낸 나무는 운반을 할 필요가 있다. 그런 작업에 인력이 필요하기 때문에, 유라자니아 방면의 작업이 종료되면 그쪽의 작업자도 합류시키기로 되어 있었다.

우선은 숲속을 통행할 수 있게 만들 것이다.

그런 뒤에 천천히 도로를 정비하고 포장할 예정이다.

터널의 문제나 레일의 설치는 나중에 해결할 일이다.

이게 현재 네 방면의 진척상황이다.

우리나라와 드워프 왕국 사이에서 '마도열차'를 운행하는 것에 대해선 부정적인 의견도 나왔다.

말하자면 동쪽 제국의 움직임을 읽을 수 없으며, 정보가 누설될 가능성이 있다고 말이다.

그렇게 될 경우엔 '마도열차'를 탈취당하면서 군사침공에 이용될 우려가 있었다. 그렇게 되면 모처럼 만든 '마도열차'가 양날의 검이 될 수도 있다.

게다가 모처럼 완성한 노선을 파괴당하지는 않겠는가 하는 걱정도 나오곤 했다.

그 외에도 '제국을 대비하기 위한 요새를 건설해야 한다'는 의견도 있었다.

도로가 아멜드 대하와 마주치는 위치에 최대 규모의 역참 마을이 있다. 이곳에 공을 들여 요새도시로 만들어야 한다──는 주장이겠지.

그 의견을 검토해봤지만, 그만두도록 시켰다.

쓸모없는 짓이라고 생각한 것이다.

지금 단계에선 아직 동쪽 제국이 어떻게 움직일지 모른다. 그런데도 쓸모없는 작업을 늘리는 것이 망설여졌다.

사람 수가 늘어난 지금도 아직 할 일은 많았다. 그런 상황인데, 우선도가 낮은 안건에 노력을 기울이고 싶지 않았던 것이다.

이건 경계를 게을리 하겠다는 의미는 아니다.

동쪽 제국이 움직이지 않을 거란 전제에서 아무것도 하지 않는 게 아니라, 만약 저쪽이 진심으로 공격해 온다면, 그때는 우리도 전력으로 상대를 박살 낼 뿐이라는 뜻이다.

오랫동안 서로의 눈을 속일 마음도 없으니, 엄중한 경계를 계속 유지하는 것은 더할 나위 없이 어리석은 짓일 뿐이다.

제국이 어떻게 나오느냐에 따라 달린 것이지만, 우리도 최대전력을 동원해 단기결전에 임할 생각이다.

그게 더 깔끔하게 끝날 것이라고, 간부들의 의견도 일치되었다.

그때의 전투로 인해 모처럼 만든 레일 등이 파괴될 우려는 확실히 존재한다. 하지만 그렇게 되면 그렇게 되는 대로 다시 재건하면 될 뿐이다.

장래에 일어날 수 있는 많은 일에 두려워하면서, 개발을 늦출 필요도 없을 것이다.

이건 천사의 습격에도 적용되는 얘기다.

우리는 누가 상대라고 해도 물러설 마음이 없다.

적이 공격해 온다면 섬멸해주겠다.

그런 뒤에 다시 만들면 되는 것이다.

지키는 것을 생각하는 것도 중요하지만, 정말로 중요한 것은 물건이 아니라 사람이다.

만들 수 있는 사람만 지켜내면 그걸로 충분하다.

그렇게 각오를 굳히고 계획을 진행시킨 결과, 놀랄 만한 속도로 공사개발이 진행되어가고 있었다.

*

마지막으로 시찰하러 찾아간 곳은 파르메나스 왕국이었다.

요움은 나와 약속한 대로 '마도열차'를 운용하기 전의 사전준비에 참가할 작업자들을 모아주었다.

레일을 설치할 용지의 선정도 끝났으며, 현지측량이 완료되었다는 보고를 받은 것이다.

이것도 역시 생각했던 것보다 빨랐다.

내 예상으론 농번기가 끝난 뒤에 착수하게 될 것으로 생각했었지만, 요움—— 아니, 요움보다 뮬란이 이쪽을 우선시하여 작업을 진행시켰다고 한다.

"당연하죠. 우리나라의 농산물을 다른 나라로 유통시켜야 하니까요. 그로 인해 얻게 될 외화는 우리나라를 윤택하게 만들어줄 것이라고 확신하고 있습니다. 만일 기근이 발생하더라도 식량원조도 더 수월하게 이뤄질 것이고요. 그런 훌륭한 '마도열차'가 완성되었을 때, 그게 다닐 레일이 아직 완성되지 못했다는 것은 저로선 절대 허용할 수 없는 일입니다."

뮬란은 웃으며 말했지만, 나 이상으로 열심이었다.

지금은 이 파르메나스 왕국의 왕비로서, 본국에서 국가의 정책을 세우고 있는 것 같았다.

"하하하, 제가 설 자리가 없지만 말이죠. 롬멜 녀석이 이런 건 잘 하니까, 현장 지휘는 그에게 맡기고 있습니다."

그렇게 쓴웃음을 지으면서, 요움은 롬멜이라는 남자를 소개해주었다.

몇 번인가 본 기억이 있다. 분명 요움이 모험가였던 시절에 팀에 있었던 소서러(법술사)다.

롬멜은 긴장한 표정으로 내게 현재 상황을 보고해주었다.

국가기밀에 해당하는 정밀한 지도를 펼쳐서, 어느 지점에 레일을 설치할 것인가를 롬멜이 손가락으로 짚으면서 가르쳐주었다. 그 지도에는 내가 지도한 대로 세세한 측량결과가 명시되어 있었다.

최종확인은 내가 하겠다는 약속을 했기 때문에, 곧바로 현지로 향했다. 그리고 그날 안에 모든 정보를 정밀히 조사한 것이다.

"아직 부족한 점도 있었지만, 전체적으로는 합격이더군. 각 구간마다 누가 담당했는지 확실하게 기록해놓았겠지?"

"네. 모든 것은 지시하신 대로 손을 써놓았습니다."

"그럼 여기와 여기, 그리고 이 구간도 담당자에게 말해서 다시 조사하도록 하게."

새로운 인재들은 제대로 교육을 받고 있는 것 같았다. 착실하게 허용 오차 이내의 정밀도로 계획도가 작성되어 있었다. 그중에는 허용치를 넘어선 팀도 있었지만, 진지하게 공부했다는 것은 의심할 필요도 없었다.

여기서 한 번 더 정밀 조사를 다시 하도록 시키면, 틀림없이 자신들의 실수를 깨달을 것이라고 생각한다. 조금 엄격하긴 하지만, 이 일은 절대 허술하게 처리할 수 없는 부분이다.

모든 부분을 내가 직접 처리하면 비교도 안 될 만큼 정확한 정밀도로 완성시킬 수 있지만, 그래선 의미가 없다. 후진을 양성한다는 의미에서라도, 그들 자신의 손으로 모든 것을 처리했다는 실적이 필요한 것이다.

이 정도라면 수정에도 그리 많은 시간을 들일 필요가 없을 것 같았다.

공사착공시기도 앞당길 수 있을 것 같으니, 카이진 쪽에게 말해서 전자동마법발동기를 준비하도록 시켜야겠다.

전자동마법발동기의 실적은 정말 대단하다. 그것 덕분에 블루문드 왕국과 연결된 도로의 안전성이 지켜지고 있으니까.

석판이 마력요소와 반응하면서 빛나기 때문에, 길을 안내하는 표지판 역할도 할 수 있다.

템페스트(마국연방)를 찾아오는 여행자들의 평가도 좋았으며, 경비부대의 병사들의 평가도 높았다.

이곳, 파르메나스 왕국의 마력요소 농도는 쥬라의 대삼림 내부와 비교하면 낮지만, 그래도 전자동마법발동기를 설치할 예정이었다.

그날은 요움 일행으로부터 환대를 받았다.

"그건 그렇고 말입니다. 혼자서 그렇게 돌아다닌다니, 나리는 여전히 자유롭게 보여서 부럽습니다."

술이 들어간 요움이 나를 꽤나 진심으로 부러워했다.

하지만 그건 오산이다.

나는 혼자가 아니라, 실은 란가도 데려온 것이다.

"란가도 있는데?"

"부르셨습니까, 나의 주인이여!"

내 말에 반응하면서, 란가가 그림자 속에서 불쑥 얼굴을 내밀었다.

"우왓?! 거기 있었나. 깜짝 놀랐네……."

"그야 그렇겠죠. 마왕에게 손을 댈 수 있는 자가 그렇게 많을 것 같지도 않지만, 주군의 안전을 신경 쓰는 것은 부하로서 당연한 책무니까요. 그러므로 당신도 좀 더 왕으로서 자각을 가지고 행동해주세요."

"괜찮아, 난. 에드가 녀석이 제 몫을 할 정도로 크면 이 갑갑한 왕의 자리에서도 해방될 예정이니까."

에드가란 자는 분명 선왕 에드마리스의 아들이었지. 그 말대로 똑똑해보였고, 두말할 필요도 없을 만큼 혈통도 확실하다.

요움은 왕위를 찬탈했다는 것에 부담을 느끼고 있는 것 같았다. 그러므로 정통 왕족을 후계자로 삼고 싶어 하는 면이 있었다.

그러나 정작 당사자인 에드가는,

"요움 폐하, 바보 같은 말씀하지 마십시오! 뮤우 왕비께서 2세를 가지셨으니, 다음 왕은 그분이 계승하시는 게 자연스럽습니다! 저는 그분을 곁에서 보필하는 게 꿈이니까, 괜한 분쟁의 씨앗이 될 만한 발언은 부디 삼가주시길 바랍니다!"

왕이 될 의지는 전혀 없는 것 같았으며, 요움의 발언을 부정하고 있었다.

그 전에 잠깐.

"어, 잠깐만? 방금 아무렇지 않게 중요한 말을 하지 않았어?"

나는 란가에게 고기가 붙은 뼈를 나눠주던 손을 멈추면서, 방금 들었던 말 중에 의아하게 여겼던 것을 요움에게 물었다.

뮤우 왕비가 2세를 가졌다니, 뮬란이 회임을 했단 말이야?

상위마인과 인간 사이에서도 꽤나 쉽게 아이가 생기는구나……

"설마 폐하, 큰 은인이신 리무루 님에게 2세의 얘기를 아직 전하시지 않았단 말입니까?"

"아니, 그게, 쑥스러워서——."

"제가 직접 말하는 것은 조금 부끄러웠으니까요……."

어이없어하는 에드가의 질문을 듣고, 요움과 뮬란은 같이 대답했다.

역시 잘 어울리는 한 쌍이구나, 너희는.

아니, 마물은 아이가 태어나면 약해진다고 하던데, 뮬란은 괜찮은 걸까?

"그 점에 대해선 문제가 없습니다. 저는 원래 인간이었고, 제 힘이 약해진다고 해도 이제 와서 그건 의미가 없으니까요. 마법 지식이나 기술은 그대로 남아 있으니, 그렇게까지 불편하지도 않고요."

그런 내 의문은 바로 해결되었다.

"참고로 그루시스 녀석 말인데, 쇼크가 너무 컸는지 풀이 한껏 죽었더군요……."

어쩐지.

여기에 온 뒤로 줄곧 그루시스의 모습이 보이지 않는다 싶었다.

뭐, 그에게도 좋은 인연이 생길 지도 모르지.

하지만 이 건은 내가 참견할 문제가 아니다.

나에게도 계속 연인 같은 존재가 없었으니까, 이건 그루시스가 해결해야 할 얘기인 것이다.

"그건 뭐, 안 됐군. 그리고 그루시스가 그런 상태여도 기사단 쪽은 괜찮은 건가?"

혈기왕성했던 반란군은 디아블로 덕분인지 순순히 따르게 되었다고 한다. 그러므로 그렇게까지 걱정할 필요는 없을 것 같지만, 기사단장이 그런 상태인데 과연 문제가 없을지 약간은 불안해졌다.

"그쪽은 괜찮습니다. 제 동료들도 있고, 무엇보다 라젠 영감의 실력은 대단하니까요. 역시 살아 있는 전설, 정말 엄청난 자더군요."

그렇다.

이 나라에는 라젠이 있었다.

디아블로가 노예로 삼았다고 하던데, 이곳 파르메나스 왕국에서 착실히 일하고 있는 모양이다.

뭐, 디아블로가 유니크 스킬인 '타락시키는 자(유혹자)'로 확실하게 계약을 맺었다고 하니까, 배신할 걱정은 할 필요가 없을 것 같지만 말이지.

"그 라젠 님 말인데, 지금도 정력적으로 국내를 시찰해주고 계십니다. 마법을 통해 정기적으로 연락을 주시면서, 국내의 불온한 싹을 모두 제거해주고 계시죠!"

에드가가 소년답게 반짝반짝 빛나는 눈빛으로 그렇게 말했다. 아무래도 이 나라에서 라젠의 인기는 높은 모양이다.

여러모로 보고를 받은 내가 보기엔 라젠은 상당히 비인도적인 짓을 해온 것 같았는데, 나라를 수호한다는 면에서 보면 우수한 남자였던 것 같다.

괜한 트집을 잡을 생각도 없으므로, 나는 에드가의 얘기를 묵묵히 들었다.

입장이 바뀌면 관점도 바뀐다.

좋게 말해서 이기면 충신이지만, 지면 역적이 되어 모든 것을 다 잃는 것이다.

이 나라의 국민의 입장에서 보면 에드마리스 왕이나 라젠은 정의의 편이었다. 만약 파르무스 군과의 싸움에서 내가 졌다면, 지금쯤 우리는 악역무도한 마물집단으로서 기록에 남았을 것이다.

상대를 부당하게 폄하할 생각은 없지만, 그것도 여유가 있기 때문에 말할 수 있는 것이다.

그렇게 생각하자, 요움이 이 나라를 부흥시킨 것은 대성공에 속하는 셈이다.

구체제에서 요직에 있었던 자들 중에서 우수한 자는 그대로 자리를 유지하고 있다. 그 결과, 불평불만을 최소한으로 억제한 상태에서 국가운영을 성공적으로 잘 이어왔으니까.

그리고 우리의 악평이 퍼지지 않도록 정보조작도 벌이면서, 지금은 우호국으로 받아들여지고 있다.

이런 상태로 가면 마물에 대한 편견이 사라지는 것도 시간문제일 것이다.

역시 디아블로의 우수함은 뛰어나군. 디아블로는 인간의 마음에 대한 이해가 깊은지, 내가 바란 대로의 결과를 만들어내고 있는 것 같다.

모든 것은 계획대로 이뤄지고 있었다.

그 사실에 만족하면서, 그날은 요움 일행과 밤새도록 즐겁게 얘기를 나눴다.

＊

내가 일하고 있는 동안, 라미리스랑 베루도라도 나름대로 열심히 노력하고 있었던 모양이다.

　각 공사현장의 시찰을 끝내고 돌아온 나를, 둘 다 나와서 맞아 주었던 것이다.

　문제가 일어난 것일까, 아니면 뭔가 자랑하고 싶은 게 있는 것 일까.

　이번에는 후자였다.

　"성공했다, 리무루! 드디어 시험제작기가 완성됐어. 이번 테스 트에 성공하면 실용기의 양산에 착수할 수 있을 거다!"

　"응응. 이번에는 자신이 있어! 빨리 보러 오라고!"

　급하게 재촉하는 두 사람의 손길에 이끌린 채, 나는 그 뒤를 따 라갔다.

　지금의 템페스트(미국연방)에는 연구소가 여러 곳이 있었다.

　일반에게도 공개되어 있는, 쿠로베와 그 제자들을 위한 대장간 및 공방.

　여기서 연구되는 것은, 훔쳐냈다 한들 따라할 수 없으면 의미 가 없는 기술이 많다.

　내가 의뢰한 것 같은 특수무기는 예외지만, 대부분의 무기와 방어구는 선전목적을 겸하여 당당하게 공표하기로 하고 있었다.

　봄의 신작, 같은 느낌으로 쿠로베 브랜드나 가름 브랜드로서 정착시켜 주기를 바라는 것들이다.

　그리고 지금부터 얘기할 것들이 진짜 연구소다.

　비공개로 감춰둘 필요가 있는, 각종 연구를 진행하는 장소가 있다.

그런 연구시설은 일반인이 들어갈 수 없도록 지키기 쉬운 장소에 있는 게 좋다. 그런 이유에서 던전(지하미궁) 내부에 집중되어 있었다.

100층에 있는 것이 나, 라미리스, 베루도라의 개인용 연구소와 가비루가 소장을 맡고 있는 우리나라의 공적인 연구소다.

그것과는 별도로 95층에 공원을 정비하고, 그 안에도 광대한 연구시설을 마련했다.

수인 피난민들은 이미 없다. 그렇게 되면서 광대한 부지가 텅 비어 있었다. 마침 넓은 땅이 생겼으니 그 장소를 이용하기로 한 것이다.

드워르곤에서 연금장인, 살리온에서 마도연구자, 루벨리오스에서는 시간이 남아도는 뱀파이어(흡혈귀) 연구자들이 우리나라에 모여 있었다. 그렇기 때문에 대규모의 연구 장소가 필요해진 것이다.

각국에서 파견된 연구자들은 각 분야의 전문가였다.

드워프 왕국의 연금장인은 '정령공학'에 능한 자들이었다. 카이진이랑 베스터가 관여한 '마장병계획' 같은 것도 이 학문을 근거로 연구가 되고 있었다.

이 세계에선 자연적인 현상을 정령의 힘과 연결하여 생각하고 있다. 땅, 물, 불, 바람, 그리고 공간의 5대원소와 빛, 어둠, 시간의 상위 3요소.

이런 것들에서 유래되는 현상을 이용한 과학, 그걸 발전시킨 기술체계를 '정령공학'이라고 칭하고 있다.

이 세계에서 대표적인 학문이라고 할 수 있었다.

살리온에서 온 마도연구자들은 '마도과학'라는 비장의 학문을 습득하고 있었다.

이건 말 그대로 마법의 극에 달한 자들만 도달하는 영역에 존재하는 학문이다.

엘프의 천재 연구가였던, 살리온의 천제(天帝) 에르메시아의 친모가 기초이론을 제창했다고 하는데, 이걸 이어받아 재현할 수 있는 자는 적었던 모양이다.

마법에 의한 법칙조작으로, 세계를 어디까지 변혁할 수 있을까?

그런 철학적인 분야까지 망라하고 있다고 한다.

디아블로가 기뻐할 것 같은 학문이다.

이 이론의 진면목은 강제적으로 여러 가지 현상을 변동시킴으로써, '정령공학'을 발전시킬 수 있다는 점에 있다.

〈원소마법〉의 극에 달한 마법사가 아니면 이해하지 못하는 것이 난점이지만, 이 독자적인 이론의 유용성은 더 말할 것도 없다.

마도왕조 살리온의 국가기밀이며, 다른 나라로 유출되는 것이 일절 금지되어 있는 것도 당연하다고 하겠다.

마지막으로 뱀파이어에 대해 말하자면, 이건 루미너스와 약속한 대로 내가 받아들인 자들이다.

'초극자(超克者)라고 불리는, 캘러미티(재액)급에 해당하는 실력자들이다. 기인과 괴짜들만 있지만, 그 수가 적은 것이 그나마 다행이었다.

그들이 문제를 일으키지 않을까 하는 것이 너무나 골치가 아픈 문제라는 생각을 했지만, 그건 기우였다.

"헤—이, 리무루 님! Me들은 재미있는 일에 흥미가 진진합니

Da!"

대표자인 남성은 너무나 밝고 사교적인 성격이었다.

그들은 순수하게 신문물을 좋아하고 있었다. 동료 중에 인간이나 엘프나 드워프가 있어도 크게 신경 쓰지 않았으며, 자신의 지적호기심을 충족시키는 것을 우선하고 있던 것이다.

아니, 그중에는 오만한 자도 있었다.

하지만.

그 자리에는 베루도라랑 라미리스도 있었던 것이다. 뭐, 라미리스 본인은 도움이 되지 않겠지만, 라미리스의 조수인 베레타나 트레이니 씨가 잠자코 있지 않았다.

오만했던 자의 말로는 비참했다.

"어이, 차."

"네에에, 지금 바로 가져오겠습니다아——!!"

"하아, 오늘은 일을 좀 많이 했더니 어깨가 결리는걸."

"주물러드리겠습니다——!!"

'초극자'란 자들은 대체…….

"오우, 멍청한 자들. 정말 한심하군Yo!"

뱀파이어의 리더 격인 인물은 탄식하고 있었지만, 베루도라랑 라미리스에게 불평을 늘어놓지는 않았다.

이리하여 그들은 너무나 협조적인 자세를 취하게 된 것이다.

그런 그들의 연구 말인데, 이게 제법 재미있었다.

뱀파이어들은 '마도과학'과 정반대의 접근법으로 연구를 하고 있었다.

루미너스는 도움이 되지 않는다고 말했지만, 나는 그렇지 않다고 생각한다.

뱀파이어의 연구라는 것은, 예전에 살던 지구에선 물리공학에 해당하는 것이었다. 마법적인 요소를 일절 배제한 상태에서 자연계의 규칙을 밝혀내려 하고 있었다. 그걸 세세하게 기록하여 물리법칙으로 규정한 것이야말로 그들의 학문의 진수였다.

그건 누가 연구하더라도 늘 같은 결과가 나온다.

어떤 의미로는 당연하지만, 마력의 많고 적음에 따라 영향이 달라지는 이 세계에선 이단이라고도 할 수 있는 학문이라 하겠다.

루미너스는 마음에 들지 않았던 것 같지만, 이건 이것 나름대로 재미있다.

실제로 그게 뱀파이어들이 심심풀이 목적으로 데이터를 축적한 것에 지나지 않는다고 해도, 그 방대한 데이터가 지니는 의미는 크다. 무엇보다 이 데이터를 근거로 하면 한층 더 마법의 영향력을 조사하기 쉽게 되기 때문이다.

획기적인 발명이란 것은 작은 일들이 거듭되면서 태어나는 법이다. 그들의 연구는 결코 업신여겨도 되는 것이 아니라고 생각한다.

이리하여 우리나라에, 각국에서 다양한 분야의 지식층이 모이게 되었다.

그들이 가져온 정보는 귀중했으며, 그것들이 합쳐지면서 나오게 될 연구 성과의 가치는 다 헤아릴 수 없다.

연구자 각각의 안전 확보와 연구 성과의 비밀 준수. 이게 우리나라에 주어진 사명인 것이다.

여기서 일할 연구자들은 모두 특수한 팔찌를 차도록 시키고 있었다. 라미리스가 특별히 제작한 그것은 '부활의 팔찌'의 소생횟수 제한을 제거한 우수한 것이다. 통신기능이랑 미궁 내에서의 전이기능까지 갖추고 있었다. 그렇다고 해도 이동할 목적지로 설정되어 있는 것은 지상과 연구소, 두 군데뿐이지만.

여러 가지로 비밀을 지킬 필요가 있으므로, 연구자들에겐 불편을 강요하게 되었다. 그렇게 생각했기 때문에 내가 마련하여 주는 서비스품인 것이다.

전이가 아닌 다른 방법으로는 이 층에서 이동할 수 없다. 전이하면 정보가 기록되기 때문에 정보유출을 막을 수 있게 되는 것이다.

다른 수단으로는 드라이어드에게 부탁하여 전이하는 방법도 있다. 이 방법도 트레이니 씨의 승인을 필요로 하게 되므로, 미궁 안에서의 스파이 활동은 불가능할 것이다.

정확하게 말하자면 '초극자'들이라면 정규 루트를 돌파할 수 있는 가능성이 있다. 하지만 그건 위험을 동반하는 행위였다. 어떤 덫이 설치되어 있는지는 나도 모르지만, 뱀파이어 실력자들이라고 해도 그런 시도는 쉽지 않을 것으로 생각한다.

그들의 행동은 감시 하에 놓여 있으므로, 무슨 짓을 하더라도 즉시 추격자를 보낼 수 있다. 미궁 안에서 시간을 잡아먹고 있으면 바로 체포할 수 있을 것이다.

이렇게까지 엄중하게 관리하는 것은 당연하게도 이유가 있다.

문명이 발달되면 천사가 공격해 온다고 하니, 그에 대한 대책이라는 의미가 큰 것이다.

그런 점에서 보면 라미리스의 미궁 안은 그 어떤 곳보다 안전하다.

이곳, 미궁의 지하 95층이라면 천사의 침공이 있더라도 막아낼 수 있을 것이다. 만일의 경우에는 층을 변경하여 95층을 99층과 바꿀 수도 있다고, 라미리스가 호언장담했다.

미궁의 가장 안쪽에 있는 이 도시야말로, 템페스트(미국연방)에서 가장 안전한 장소였던 것이다.

기밀누설을 방지한다는 의미로 봐도 완전히 격리된 이 장소라면 아무런 불만이 없다. 또한 머무르는 직원의 건강관리를 포함한 복리후생에 대해 따져봐도 미궁 내부는 그야말로 최적인 환경이었다.

95층에는 우리나라에서 최고의 서비스 시설도 있으므로, 그들도 만족할 수 있을 거라고 판단한 것이다.

참고로.

과거에 주류였던 봉인의 동굴 내부의 연구 장소에 대해 말하자면, 이쪽은 현재 봉쇄되어 있다. 몇 번인가 히포크테 풀을 재배하는 동안 마력요소의 농도가 낮아져 있었다. 그래도 높은 수치를 기록하고 있지만, 수확량의 감소가 예상되고 있었다.

그때 히포크테 풀의 재배지도 이설하기로 한 것이다.

그렇다고 한들, 꽃밭으로 이용하고 있던 93층에 히포크테 풀의 전용구역도 같이 마련한 것뿐이지만. 그 구역만 마력요소의 농도를 높여서, 잡초의 돌연변이를 촉진시킨 것이다.

가비루 일행의 연구소도 지하 100층으로 옮긴 상태인지라, 마침 잘되었다는 것도 이유가 되었다.

그리고 봉쇄한 동굴은 현재 뒷산까지 통로를 확장하면서, 와이번이 사는 곳이 되어 있었다. 일단은 군사기밀로 다루고 있기 때문에 일반인의 출입은 완전히 봉쇄했다.

앞으로는 중요한 연구는 모두 미궁 안에서 진행할 예정이다.

두 사람에게 끌려가 도착한 곳은 역시 미궁의 지하 95층에 있는 연구시설이었다.

그들의 개인용 방이 아니었던 것만 봐도, 각국 공동의 연구시설에서 연구한 결과임이 틀림없는 것 같았다.

시험제작기라고 말했으니, 연구도 순조로운 모양이다.

보아하니 관건이 될 그것도 선로가 개통될 때까지는 때를 맞출수 있을 것 같군.

오랜만에 직접 보는 95층은 어느새 삼림형 도시로 바뀌어 있었다.

아름답게 정비된 공원 안에 나무와 일체화된 것 같은 도시의 풍경이 펼쳐져 있었다.

짧은 기간에 용케도 이 정도나 되는 시설이 세워졌다는 생각을했지만, 그건 숲에 사는 엘프의 지혜 덕분이겠지.

트렌트(수인족, 樹人族)들이 도와주기도 해서 그런지, 훌륭한 공간으로 완성되어 있었다.

당연하지만, 일시적으로 이용하는 미궁 도전자들은 이 시가지로는 들어올 수 없다. 이 도시에 들어올 수 있는 사람은 정규 루트를 통해 미궁을 공략한 자뿐이다.

나도 특별회원전용인 엘프의 가게는 자주 이용하곤 했지만, 낮에는 좀처럼 찾아가지 않는다. 그래서 이정도로 모습이 바뀌어 있는 줄은 몰랐다.

베루도라랑 라미리스에게 일임해두긴 했지만, 이건 이것대로 재미있군. 다른 층도 제법 많이 바뀐 것 같으니, 앞으로도 천천히 미궁 투어를 즐겨보고 싶다.

그런 생각을 하면서, 두 사람의 뒤를 따라 걸었다.

그러자 도시의 중앙부에 있는 공원 안에, 한층 더 이채로운 분위기를 띠는 철근 콘크리트제의 연구소가 보이기 시작했다. 연구소에 인접하도록 커다란 건물이 나란히 세워져 있었다.

각국에서 온 연구자들이 숙박하는 건물도 준비되어 있었다. 내가 감독하여 신축 건물을 준비했지만, 지금은 무슨 이유인지 낡고 세월이 느껴지는 외관으로 바뀌어 있었다. 그런데도 독특한 분위기가 느껴져서, 이건 이것대로 나쁘지 않았다.

"헤에, 나무들이 얽힌 모습에서 풍취가 느껴지는걸."

"그렇지? 역시 연구소란 곳은 비밀스런 냄새가 나는 게 중요하니까!"

의기양양한 표정의 베루도라.

비밀스러운 냄새라니, 어린아이들이 신이 나서 비밀기지를 만드는 것 같은 감각으로 말하는 것 같군. 그런 편중되고 비뚤어진 지식을 대체 어디에서 조달한 거람.

"지금은 다들 사이가 좋아져서 말이지, 비밀결사를 결성하자는 얘기도 나왔어!"

비밀결사라고?

너희는 여기서 대체 무슨 짓을 벌이고 있는 거야?!

"에헤헤. 리무루가 말이지, 제일 먼저 모두의 연구 정보를 폭로

했잖아? 다른 나라의 정보를 훔쳐서 자신들의 것으로 만들려고 했던 사람들도 그걸 보고 결국 다 털어놓고 말았잖아?"

그런 일도 있었지.

국가의 벽은 컸고, 각국의 연구자들끼리 의견충돌도 잦았다. 각자가 자국의 이익을 생각해서, 자신의 기술을 숨긴 채 다른 자의 기술을 흡수하려고 생각한 것이다.

그래선 안 된다고 생각한 나는 각자의 기술을 폭로해버렸다.

라파엘(지혜지왕)에게 걸리면 극비기술이라고 해봤자 의미가 없다. 공적인 설명서 수준으로 누구나 쉽게 이해할 수 있게 정리하고 복사한 뒤에 각자에게 배부한 것이다.

유우키가 마련해준 귀중한 종이였지만, 아낌없이 다 써버렸다. 약간 아까웠지만, 이 정도의 손해는 감수해야 한다고 생각한 것이다.

서류는 역시 양피지보다 식물성 섬유의 정보지로 관리하고 싶다. 유우키로부터 받은 종이는 제국에서 만든 것이라고 하던데, 지구의 제품에 가까운 품질을 가지고 있었다. 그걸 모두 제공한 것이니, 내가 얼마나 진심인지도 모두에게 전해졌다고 생각한다.

그런 사건이 있은 뒤로, 연구자들은 솔직해졌다. 자신들의 지적호기심을 채우기 위해서, 다들 서로 협력하게 된 것이다.

"그래, 각국의 비밀정보를 정리해서 자료화시키면서 다들 그걸 열람할 수 있게 되었지. 그때는 많은 불평을 들었지만, 결과적으로는 기술발전으로 이어질 거라고 생각했어."

"응응. 그건 리무루의 예상대로 되었어! 그 후에 위로차 모임을 가졌지만, 그 자리에서 다들 의기투합해버렸지 뭐야."

라미리스가 말하길.

각자가 기술을 숨기는 걸 포기하고 서로 협력하게 된 결과, 연구소 안에 기묘한 연대감이 생겨났다. 그 결과, 모두가 각자의 조국에 얽매이는 것을 그만두게 되었다고 했다.

'초극자'인 뱀파이어들까지도 지금은 대등한 동료라고 한다.

일이 재미있게 되었다.

그건 좋다.

그건 너무나 좋은 일이지만, 그 후가 문제였다.

연구자들은 베루도라랑 라미리스를 정점으로 두면서 하나의 커뮤니티를 형성하게 되었다. 그 때문인지, 독자적인 조직체계가 만들어지고 만 것이다.

그렇다.

어딘가에 존재하는 악의 비밀결사처럼, 각자가 좋아하는 것을 원하는 만큼 연구하는 이상한 환경이 거기에 존재했다.

이런 연구에 흥미진진한 반응을 보였던 라미리스는 어느새 그들의 마스코트 겸 아이돌이 되어 있었다.

그리고 베루도라는 악의 보스 같은 위치에 있었다.

잠깐 눈을 뗀 사이에 이 녀석들은 대체 무슨 짓을……. 그런 생각을 했지만, 내가 있어도 그런 분위기는 가속되기만 했을지도 모른다.

──아니, 그런 일은 없을 거야.

그렇게 생각하기로 하고, 하던 얘기를 계속했다.

"뭐, 그런고로 이곳은 이런 느낌으로 외관을 정비한 거야."

"어때? 악의 비밀기지 같아서 멋지지?"

아, 역시 비밀기지였구나.

베루도라의 지식은 내 기억을 통해 재현된 것이 많다. 그건 주로 만화 같은 데서 나오는 이미지이기에, 내가 직접 보고 정답을 유추해낸 것도 생각해보면 당연한 것이었다.

"쳇, 자기들끼리만 재미있게 즐기다니."

"크앗핫핫하! 괜찮아, 지금부터가 진짜니까. 앞으로는 네 녀석의 지혜를 빌리게 될 거야."

"그래, 리무루! 늘 너한테는 놀라고 있으니까, 이번에는 내 차례라고. 우선은 우리의 연구 성과를 보고, 그런 뒤에 의견을 말해주면 좋겠어."

나도 모르게 흘러나온 내 본심을 듣고, 베루도라가 큰 소리로 웃었다. 그리고 라미리스가 베루도라의 말을 이어받아 날 달래줬다.

그렇게까지 말한다면 끝까지 토라져 있을 수는 없다.

나는 마음을 다 잡고, 두 사람의 안내에 따라 연구소로 발을 들였다.

*

바쁘게 일하는 흰 가운을 입은 자들.

그리고 내 눈앞에선 미니어처 사이즈의 열차가 달리고 있었다.

소위 철도모형이라는 것이다.

그래도 성인 한 사람이 걸터앉을 수 있는 사이즈였다.

"여, 나리! 놀랐소이까?"

누군가 했더니 카이진이었다.

어울리지 않는 흰 가운을 입고, 그 자리를 지휘하고 있었다.

대학 강당 정도의 커다란 그 공간은 사방에 깔린 레일 때문에 발을 놓을 자리조차도 없었다.

산이랑 계곡이랑 터널이 있는 걸 보면, 그 목적은 공력해석(空力解析)이려나?

그렇다면 이 공간은 풍동실험설비의 역할을 담당하고 있는 건가. 확실히 마법을 쓴다면 환경실험도 쉽게 할 수 있겠지.

"대단하군, 이 공간 전체가 실험시설이 되는 건가?"

"그렇습니다. 그걸 한눈에 간파하다니, 역시 나리는 대단하구려. 하지만 정말 대단한 것은 이 나라에 모인 인재들이오. 이 정도나 되는 시설을 아주 쉽게 준비했으니까 말이지."

확실히 카이진의 말이 옳다.

여기 모인 기술자들이 서로 협력했기 때문에, 이런 시설이 만들어진 것이다.

각종 마법이 구사되면서, 이 디오라마가 만들어졌다. 그 위를 달리는 정교한 모형은 가히 카이진의 역작이라 할 수 있겠다.

"이 열차의 동력은 뭐지?"

라파엘(지혜지왕)로 '해석감정'을 해봐도 좋겠지만, 나는 일부러 직접 물어봤다.

"증기라오."

카이진이 그렇게 대답하면서 씨익 웃었다.

역시 그랬나. 나는 그렇게 생각하면서 고개를 끄덕였다.

현재, 우리나라에서 쓰이는 열차의 동력은 말이다. 레일 위를 달리는 짐차를 말이 끌고 있는 것이다.

당연히 적재량은 마차와 비슷한 수준이다. 안정성이 향상되는지라 교통정리에 도움은 되지만, 극적으로 효율이 좋아진 것은 아니었다.

골렘이나 마물로 짐차를 끈다는 의견도 있었지만, 그것도 어디까지나 임시방편일 뿐이다.

중요한 것은 기관차의 개발이다.

그 동력은 역시 증기기관이라 하겠다.

물론, 그건 석탄을 연소시키는 구세대의 기술이 아니라, 마법과 과학의 장점을 취합한 구조를 고안하고 있었다.

그래서 명칭이 '마도열차'인 것이다.

증기를 만들어내는 연소력에, 마력요소를 에너지원으로 삼는 마법을 이용한다──는 것이 마도기관의 콘셉트이다. '정령마도핵'의 축소판이라고 말할 수 있는 이 기관은 단순한 것 치고는 고도의 마법기술을 필요로 하고 있었다.

마법이란 것은 자연현상과는 다른 법칙으로 인해 성립된다. 머릿속의 이미지대로 효과를 발휘하지만, 거기서 법칙성을 찾아내는 것은 어렵다.

예를 들어서, 투명한 유리용기 안에서 촛불을 켠다고 하자.

밀폐된 용기 안에선 곧바로 이산화탄소가 발생하면서 산소가 사라진다. 하지만 이게 마법에 의한 불꽃일 경우에는, 그 불꽃은 영원히 계속 불탈 수 있는 것이다.

마법을 쓴 자가 불어넣은 마력과 마력요소가 떨어지지 않는 한, 마법의 불꽃은 사라지지 않는다. 물론, 그 마법을 쓴 자의 마력에 한계가 있는 이상, 영속적인 효과를 발휘할 수 있는 것은 아니지만.

이 실험을 통해서 알 수 있듯이, 마법의 불꽃은 화학현상과는 다른 법칙이 작용하고 있다. 따라서 그걸 이용하여 다른 목적에 유용하려고 해도 마음먹은 대로 잘 진행되지 않는 것이 현실이었다.

그러므로 이 세계에선 마법과 물리를 연결하여 생각한 적이 없었던 것 같다.

하지만 여기서 말한 마법이란 것은 〈원소마법〉만을 가리킨다.

정령의 힘을 빌리는 〈정령마법〉은 마법을 쓰는 자의 이미지에 좌우되는 것이 아니다. 즉, 정령이라는 자연현상에 준하는 존재의 힘을, 그 형태를 유지한 채로 구사하는 마법인 것이다.

그 말은 곧 〈정령마법〉으로 붙인 불이라면, 산소를 소비하여 이산화탄소를 발생시킨다는 뜻이다.

여담이지만 내가 이플리트와 싸웠을 때에 '대현자'가 수증기폭발에 관해 얘기해준 적이 있는데, 그런 현상이 일어난 것은 이플리트의 불꽃이 자연계에 있는 그것과 같은 성질이었기 때문이다. 이게 마력요소에 의해 물리법칙을 덮어쓰는 〈원소마법〉이었다면, 자칫하면 전혀 의미가 없는 행위가 되었을 것이다.

'홀리 필드(성정화결계)' 안에서 〈정령마법〉을 쓸 수 있는 이유도 마찬가지였다.

그리고 또 하나.

동굴 안에서 빛을 비출 때 〈각인마법〉으로 금속을 달구지만, 그것만으로는 결국 충분한 광량을 확보할 수 없었다. 도르드가 연구하여, 원소마법 : 라이트(조명)의 응용으로 마력요소를 직접 빛으로 변환시키는 술식으로 변경했다고 한다.

이 세계에선 마법 덕분에 과정을 무시하고 결과를 만들어낸다. 그로 인한 폐해가 바로 자연현상의 규명이 뒤쳐지고 있다는 것이다.

물리현상에 유래하는 과학을 재현하려면, 자연에 준하는 〈정령마법〉 쪽이 더 적합하다. 그러므로 나는 정령을 이용한 동력로의 개발이라는 아이디어를 떠올린 것이다.

"우리도 대장간에서 다루는 불꽃의 열을 이용해서 물을 끓이고는 했었지. 하지만 설마 증기에 이런 사용법이 있는 줄은 생각도 못했소이다."

그렇게 말하면서 감탄하는 카이진.

내 기준에선, 내 설명만 듣고 증기기관을 재현해낸 그 기술력이 더 놀라웠지만.

"뭐, 여러 방식이 있지. 피스톤을 움직이거나, 터빈을 돌리기도 해. 증기── 즉, 열에너지를 사용해서 물리적인 작용을 하게 만든다거나, 전기로 변환시키는 거야. 전기로 변환시키는 문제는 향후 과제가 되겠지만, 피스톤 운동에 관한 문제는 순조로운 것 같군."

"네, 보시다시피. 나리의 말대로 전기를 잘 이용하면 엄청난 힘을 만들어낼 거요."

그렇게 말하면서, 카이진은 미니어처 사이즈의 열차 쪽으로 시선을 돌렸다.

카이진 일행에겐 예전에 전기에 대해서 얘기해준 적이 있었다.

111

그 뒤에 연구를 계속했었는지, 지금은 제대로 이해하고 있는 것으로 보였다.

오히려 나보다 더 자세히 알고 있는 게 아닐까 하는 생각이 들었다.

카이진의 시선 쪽에 있는 기관차에 연결된 차량은 여섯 대였고, 각자 쇳덩어리가 실려 있었다.

이게 실물이라면 엄청난 적재량을 실현할 수 있을 것 같다.

"이 실험장에선 다양한 환경을 재현해두고 있답니다. 지금 있는 곳은 열대우림이죠. 옆 방은 사막지대, 그 옆에는 대설지대이고요. 각각의 방에서 데이터를 수집하고 있으므로, 다양한 환경에 적응한 설계가 가능해질 것으로 생각합니다."

어느새 라미리스를 어깨에 태운 트레이니 씨가 미소를 지으면서 설명해주었다.

가지런하지 않은 이빨을 번뜩 빛내던 뱀파이어도 그 말을 듣고, 응응 하면서 고개를 끄덕이고 있었다.

"Me들도 도움이 된 것 같아서 정말 기쁘군Yo. 이런 실험은 아주 좋아합니다Da."

밝아 보이는 남자지만 약간 괴짜인 것 같군. 실험을 좋아한다기보다 다른 일에는 전혀 흥미가 없으며, 연구밖에 모르는 바보라는 느낌이 들었다.

하지만 그들이 도움이 되었다는 것은 사실일 것이다.

착실하고 꼼꼼하게 정리된 노트를 건네줬는데, 거기에는 세세한 메모가 잔뜩 적혀 있었다.

참고로 종이 재질은 식물성 섬유였다.

동쪽 제국과 교류가 있으면 수입하겠지만, 현 단계에선 거래를 하지 않았다. 그래서 어쩔 수 없이 종이 제작부터 연구하도록 시킨 것이다.

가비루의 부하들이 이런 꾸준함이 요구되는 제작 연구에 능했다. 그래서 맡겨봤더니, 나무의 섬유를 써서 품질이 낮은 종이를 만들어준 것이다.

그다음은 완전히 맡겨버렸지만, 시행착오를 거듭하다가 눈 깜짝할 사이에 현재의 품질 수준까지 도달하게 된 것 같았다.

견본이 있으며, 제작 순서를 적은 자료를 건네주었다고 해도 이건 너무나 대단한 일이다.

나는 망설임 없이 그들을 칭찬해주기로 했다.

그리고 문제가 되는 메모의 내용 말인데.

의문점이나 그 해결안, 그에 관한 실험과 그 결과 등, 너무나도 재미있는 것들이었다.

동력과 그걸 얻기 위해 필요한 마력요소의 양.

연속가동시간과 그에 동반되는 동력로의 열화상황.

적재가능량의 예측과 화물칸의 가중상황. 이로 인한 실내에서의 안정성을 계산하여, 어느 수준까지 가속할 수가 있는가 하는 것까지 예측되어 있었다.

그런 데이터는 실물 크기의 기관차를 만들 때에 참고가 될 것이다. 대충 한 번 읽었을 뿐이지만, 이미 이론은 완성되어 있는 것처럼 보였다.

이렇게 모델도 있으니까, 실제로 시험제작기를—— 잠깐, 혹시?!

"이봐, 베루도라, 시험제작기라는 건 혹시 이걸 말하는 게 아니라 다른 것도 있다는 얘기 아니야?"

"큭큭큭, 역시 대단하군. 그걸 알아차리다니. 역시 넌 굉장한 녀석이야."

기쁜 표정으로 베루도라가 웃었다.

그 어깨에 앉은 라미리스까지 자랑스러운 표정을 짓고 있었다.

재빨리 둘러보니 카이진과 다른 연구원들, 그리고 트레이니 씨랑 베레타까지.

어느새 다들 모여서 어떤 문 앞에 정렬하고 있었다.

그렇다는 건 곧······.

"고생했소이다. 동력로 안에 불꽃의 정령을 소환한 것만 가지고 되는 게 아니니까. 파워도 제어해야 하고, 인력으로 돌리려면 늘 일정 레벨의 셔먼(주술사)이 열차에 상주할 필요가 있었지. 운용이 예정된 열차의 수만큼 셔먼을 육성하는 방법도 있겠지만, 그랬다간 시간이 너무 걸릴 테니까 말이오. 그 문제는 마법회로를 도입하여 자동제어로 처리하기로 했소. 동력로의 '핵'이 되는 불꽃의 정령과 그걸 제어하는 〈각인마법〉을 조합하여 도입한 제어판. 이런 것들이 서로 합쳐지면서, 이 녀석이 탄생한 거요!"

그렇게 설명하면서, 천천히 문으로 향해 걸어가는 카이진.

정령소환을 시도했다고 대수롭지 않은 듯이 밝혔지만, 대개는 이 단계에서 발목이 잡혀서 멈추게 된다. 왜냐하면 하위정령으로는 화력이 부족한지라, 적어도 샐러맨더 같은 중위정령 클래스를 소환할 필요가 있기 때문이다.

샐러맨더는 B+급이므로, 일반인들의 힘으로는 긴 시간 동안 소환을 유지하는 건 불가능하다.

역시 라미리스가 있기 때문일까?

과거에 정령여왕이었기 때문인지, 정령에 관해서는 크게 고생을 하지 않는 것 같았다.

속으로 몰래 놀라고 있던 나를 내버려 둔 채, 카이진이 문을 잡았다.

*

"오오, 이게 바로……."

그 문 너머에 그것이 있었다.

검은 광택으로 빛나는 위용. 마강으로 만들었다는 것은 한눈으로 알 수 있었으며, 불길한 느낌을 주는 철의 괴물같이도 보였다.

"이게 우리의 모든 기술을 집결시킨 '마도열차 0호'입니다!"

감탄하는 내 귀에, 베스터가 자랑스럽게 말하는 목소리가 들렸다.

아직 실험단계일 줄 알았는데, 완성되어 있었던 것이다. 아직 시험제작기라고는 하나, 꿈의 열차 제1호가.

커다란 전진의 첫 걸음이었다.

"이후에는 차체의 내구성능을 실험하여 화물차뿐만 아니라 객차나 침대차, 그리고 식당차 같은 것도 준비하자는 생각을 하고 있습니다."

"물론, 기관차도 완성된 게 아니오. 아직 세부적인 조정을 해서 완성도를 더 높이고 싶소이다."

베스터도 카이진도 의욕이 가득했다.

연구자들도 열의가 담긴 눈길로 0호를 바라보고 있었으니, 아직 개량의 여지가 있는 모양이다.

"예를 들어서 리무루가 말했던 전기 말인데, 그건 좀 어렵더라고. 바람의 정령을 시켜서 번개를 일으켜봤는데, 그 에너지를 그대로 이용하는 건 좀 무리일 것 같았어……."

뭐, 그렇겠지.

전기는 만능이지만, 가볍게 다룰 수 없는 것이 단점이다.

"콘덴서(축전기)의 개발이 급선무로군. 그게 가능하면 기관차에서 발생시키는 열을 이용하여 전기로 만들어낼 수 있지. 그렇게 되면 열차의 운용이 쾌적하게 될 것이니, 목표로 삼을 만한 가치는 있을 거야."

나는 전혀 이해가 되지 않았지만, 지구의 기술서적을 라파엘이 이 세계의 언어로 번역해서 적어주었다. 그걸 건네주었으니, 베스터와 연구자들이라면 유효하게 활용해줄 것이다.

마법의 2차 이용에 가까운 느낌이지만, 편리해지는 것은 대환영이다.

"음, 바로 그거요. 방금 화제로 언급되었을 때 말할까 했는데, 이 녀석을 보면서 얘기를 하는 게 좋겠다고 생각했거든. 뭐, '백문은 불여일견'이라잖소. 안으로 들어가 보시오."

혹시 전기도 이미 실용화된 상태란 말인가?

설마 하는 생각을 하면서, 나는 카이진의 뒤를 따랐다.

안으로 들어가 보고 놀랐다.

기관차의 내부가 부드러운 빛으로 싸여 있었던 것이다.

나는 카이진에게 이게 어떻게 된 것인지를 눈빛으로 물어봤다.

"나리가 자료를 건네준 시점에서 이미 각오를 완료했다는 뜻이오. 안 그런가, 베스터?"

"네. 리무루 님이 전기를 이용할 수 있게 하는 연구를 맡겨주신 뒤로, 저와 카이진 공은 늘 그 책을 숙독하고 있었습니다. 그래도 이해하기 어려운 점이 있었습니다만, 이 땅에 이렇게나 많은 기술자가 모인 덕분에 여러분들의 지혜를 빌릴 수 있게 되었습니다."

"뭐, 그렇게 된 거요. 우리의 의문점에는 저자들이 답을 내주었소. 그리고 말이지, 거기 있는 아가씨── 라미리스 님의 엘레멘탈 콜로서스(정령의 수호거상)를 보고, 우리는 아연실색하고 말았지. 왜냐하면 우리가 폐기했던 '마장병 계획'의 하나의 완성형이 거기 있었으니까 말이오."

하긴 그렇겠군.

실물이 있으면 이해도도 깊어지는 법이다.

현재 새로이 건조 중이었던 엘레멘탈 콜로서스는 그대로 연구 대상이 되었다고 한다.

"그렇고말고요. 그 책을 읽고 많은 분들의 의견을 들으면서, 우리는 중대한 착각을 하고 있었다는 걸 깨달은 겁니다. 그때 저희는 〈원소마법〉도 〈정령마법〉도 둘 다 같은 마법이라고 믿고 실험을 하고 있었습니다. 하지만 그게 바로 실패의 원인이었던 것이죠──."

"──그래서 말인데, 우리에게 부족한 것이 무엇이었는지, 실물을 보면서 검증할 수 있었던 거요."

그 결과 판명된 것이, 마법은 계통에 따라서 법칙이 완전히 달라진다는 사실이었다고 한다.

라미리스의 엘레멘탈 콜로서스에는 〈정령마법〉이——라기보다 소환된 정령 그 자체가——이용되고 있었다. 카이진과 연구자들은 〈원소마법〉으로 '정령마도핵'을 움직이려고 했었기 때문에, 연쇄반응이 일어나지 않으면서 제대로 작동하지 않았던 것이다.

"——그런데도 저는 마법출력을 상승시키고 말았죠. 그 결과, 갈 곳을 잃은 마법열량이 폭주했고, 실험은 실패로 끝난 것입니다."

과연, 그렇게 되었단 말인가.

라미리스의 경우에는 단순히 〈원소마법〉을 쓰지 못했을 뿐일 가능성이 있다. 그러나 결과적으로는 그게 성공의 열쇠가 되었다고 하겠다.

엘레멘탈 콜로서스의 동력로는 '정령마도핵'과 비슷한 것이었지만, 이번에 기술자들이 대거 모이면서, 그 원래의 성능을 실현시킬 수 있는 길이 보였다고 한다. 그리고 내가 만든 '마스터 코어(마정핵, 魔精核)'을 분석하면서, 본래의 '정령마도핵'이 완성되었다.

"기쁘기도 하고 분하기도 하더구려."

"네, 전적으로 동감입니다. 한 번은 포기했던 이론이, 우리가 잘못 생각하여 실패한 것뿐이었다니……."

아무리 연구해도 이론일 뿐, 성공의 징후조차도 보이지 않았던 것이 오해가 풀린 것만으로 이렇게 쉽게 완성되었으니, 카이진 일행도 웃음이 나올 수밖에 없었겠지.

"그러게 말이지. '정령마도핵'이 있으면 마력요소를 에너지로 변환할 수 있소. 뭐, 그 에너지에도 종류가 있으니 간단히 설명할 수는 없지만 말이오."

"이 기관차는 마력요소를 열량으로 변환시켜서 터빈을 돌리고 있습니다. 리무루 님이 말씀하셨던 전기도 만들어낼 수 있으므로, 이렇게 각 차량을 밝게 비출 수도 있는 겁니다."

놀랐다.

아니, 진심으로 놀라웠다.

즉, 이 열차의 동력은 완성된 '정령마도핵'인 것이다. 마력요소를 각종 속성의 정령에게 부여함으로써, 쓰기 편한 에너지로 변환하는 기능을 갖추고 있다.

더구나 에너지를 순환시키는 것도 가능하다고 한다. 터빈에서 만들어진 전기를 '정령마도핵'으로 되돌려서 담아놓을 수도 있다고 한다.

직접 전기를 발생시킬 수도 있겠지만, 그런 방법은 제어하기가 어려웠다고 한다. 그래서 증기기관에서 발생시킨 전기를 이용하기로 방침을 정하고, 그에 따라 개발을 진행시켰다고 했다.

전기는 역시 출력이 높다고 좋은 것은 아니다. 발전소뿐만 아니라 변전소도 필요하며, 그걸 담아놓을 축전지도 필요하게 된다.

그런 복잡한 공정을 '정령마도핵'만으로 처리할 수 있다니……

더구나 그 연료는 대기 중에 포함된 마력요소이며, 그것으로도 부족하다면 들고 다니기가 간단한 마석을 준비하기만 하면 된다.

연속가동시간은 마력요소의 유무에 따라 정해진다.

늘 마력요소가 존재하는 장소라면, 격렬한 활동만 하지 않는다면 영구──정비 및 관리는 필수적이지만──히 활동가능하게 될 것이다.

그야말로 꿈의 동력을 얻은 셈이다.

"어때, 리무루. 놀랍지?"

"우리도 진지하게 임하면 이 정도라고!"

그렇게 말하면서 자랑하기 시작하는 베루도라와 라미리스에겐 짜증이 났지만, 실적은 대단했다. 지금은 솔직하게 칭찬해주기로 하자.

"야아, 정말 대단한데. 앞으로도 계속 이렇게 해주길 부탁할게!"

"음. 우리에게 맡기도록 해!"

"응응, 마음 푹 놓고 안심하라고!"

베루도라와 라미리스가 자랑을 하고 싶은 마음도 이해가 되었으며, 나 또한 누군가에게 자랑하고 싶은 기분이었다.

우리나라에 열차가 달릴 날도 가까워진데다, 전 세계를 마도열차 시리즈가 석권할 날도 멀지 않았다고 생각하니, 나는 가슴이 두근거렸다.

"그래서 말인데 나리, 하나 의논드릴 일이 있소만……."

"응, 뭐지?"

"아니, 실은 말이오. '마도열차 0호'의 완성을 축하하면서 다 같이 친목회를 열고 싶소이다. 그러니까 그게……."

그렇군, 쉽게 말해서 친목회라는 것은 명목이며, 실컷 먹고 마시면서 떠들썩하게 놀고 싶다는 말이로군?

그것도 내가 특별히 봐주고 있는 밤의 가게에서.

뭐, 나쁠 건 없겠지.

"좋아! 오늘은 밤새도록 마셔볼까!"

"고맙소이다! 그 고급술집은 나리가 관리하는 곳이라서, 내가 멋대로 전세를 낼 수는 없었으니까 말이오."

카이진은 그렇게 말하면서 신이 난 표정으로 웃었다.

확실히 그곳은 떼로 몰려가서 시끌벅적하게 떠들어댈 수 있는 가게가 아니다. 그 이전에 이 정도 인원이라면 가게 안에 다 들어가지도 못할 것이다.

카이진도 돈 때문에 이러는 것은 아닌 것이다.

"가게 밖에도 자리를 마련하도록 지시하겠네. 오늘밤에는 다른 손님의 입장을 사양하고, 이 연구소의 직원을 위로하는 자리를 가지기로 하지."

이 정도로 사이가 좋아졌는데, 이제 와서 또 친목회를 가질 필요는 없다. 모두에 대한 감사의 마음을 담아서 내가 내는 것으로 하고 위로회를 열기로 했다.

아니, 진심을 말하자면 명목은 어떤 것이든 상관없었다.

축하에는 술이 최고다.

친목회이든 위로회이든, 즐거운 시간을 보내는 자리라면 뭐든 마찬가지다.

다행히도 이곳은 낙원으로 이름 높은 엘프의 도시.

다 같이 기쁨을 나누면서, 앞으로를 위해 기운을 보충하기로 하자.

"크앗──핫핫하! 이야기가 잘 통하는군!"

""""감사히 잘 먹겠습니다, 리무루 폐하!""""

기분이 좋아진 베루도라의 말에 맞춰서, 연구원들이 한 치의 오차도 없는 호흡으로 감사의 인사를 했다.

평소에도 연습을 한 게 아닐까 하는 생각이 들 정도로 통일된 움직임이었다.

흡혈귀들도 생피를 필요로 하지 않기 때문인지, 술을 즐기는 것 같았다. 당연하다는 듯이 참가하고 있었다.

그리고 그와는 별도로——,

"신난다! 오늘은 나도 공짜로 술을 먹을 수 있게 됐어!"

"어머나, 정말 잘됐네요. 하지만 부디 과음하시지 않도록 주의를——."

"안 됩니다, 라미리스 님. 어린아이의 음주는 절대엄금이라고, 리무루 님이 명령하셨으니까요."

이 분위기를 틈타서 꼬맹이가 얼렁뚱땅 술을 마시려 들었지만, 그건 당연히 저지되었다.

제2장

새로운 동료들

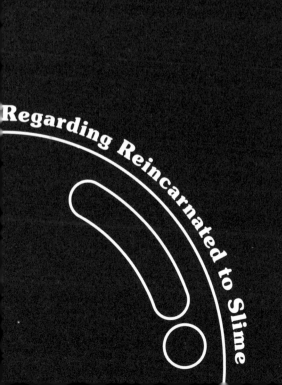

Regarding Reincarnated to Slime

그 악마는 흉포하게 마의 영역을 유린했다.

'지옥문'을 통과하면 나오는 명계, 혹은 지옥이라고도 불리는 그 정신세계에서, 폭력의 화신으로 변해 힘 있는 데몬(악마들)을 죽이고 있었다.

힘이 없는 자는 이미 도망쳤으며, 힘이 있는 자는 무리를 지어 반격에 나섰다.

그러나 그 악마에겐 하찮은 약자의 발버둥에 지나지 않았다.

완벽하게 적대자를 파괴하면서, 침착하고 여유 있게 유린을 계속할 뿐이다.

데몬이란 존재는 정신생명체이다.

그러므로 그 육체가 파괴되어도 시간이 지나면 자기수복을 통해 부활한다.

그걸 알고 있기 때문인지 힘 조절은 생각도 하지 않았으며, 다가오는 적에게 인정사정을 봐주지 않았다.

무시무시한 폭력의 권화(權化)——— 그 악마의 이름은 디아블로라고 한다.

"쿠후후후후. 오랜만에 와봤습니다만, 잔챙이가 많이도 발생했군요. 이런 잔챙이를 모아봤자 아무 소용없죠. 빨리 옛 친구들을 만나러 가야겠군요."

디아블로의 힘에 필적하는 옛 친구. 그자들을 동료로 권유하는 것이, 디아블로가 이번 원정을 벌이는 목적이다.

"쿠후후후후. 그자들이라면 리무루 님도 분명 만족하시겠죠!"

그 말을 남기고, 디아블로는 그 자리에서 텔레포트(순간전이)하여 사라졌다.

뒤에 남은 것은 자신의 실력을 제대로 파악하지 못했던 어리석은 자들의 시체뿐이었다…….

●

현장 시찰을 마치고, 현재의 상황을 파악했다.

레일 설치 공사는 아직 그 끝이 보이지 않았다.

드워프 왕국과 우리나라.

우리나라와 블루문드 왕국.

그리고 블루문드 왕국와 파르메나스 왕국을 이어주는 길.

드워프 왕국으로 가는 도중에 남하하여, 리저드맨의 지배영역인 시즈 호수 방면을 경유해 유라자니아까지 이어지는 길.

블루문드 방면에서 살리온으로 이어지는 도로를 정비하고, 크샤 산맥에 터널을 뚫을 필요가 있었다.

빨리 바다까지 철도를 이어서 해산물을 싼 가격으로 제공할 수 있게 만들고 싶었다.

장래에는 블루문드 왕국에서 잉그라시아 왕국까지 이어지는 주요철도를 놓을 생각이다.

그렇게 생각하면, 교통망의 완성까지는 아직 시간이 더 걸릴 것 같았다.

그리고 그와 병행하여 열차도 개발해야 한다.

시험제작기의 완성을 기점으로 연구는 어려운 구간을 넘겼다.

남은 건 시험제작기를 망가질 때까지 활용하면서 시행착오를 반복하는 것뿐이다.

꿈의 동력로는 손에 넣었지만, 그걸로 개발이 끝난 것은 아닌 것이다.

열차의 승차감도 중요하며, 주변에 영향을 줄 소음문제도 해결해야 한다.

통상적인 증기기관차보다는 조용하지만, 속도를 높이기만 해도 그것만으로 새된 소리가 나오는 것이다.

카이진을 필두로 한 연구팀은 그런 세세한 문제점을 해결하려 하고 있었다.

그런 식으로 마음에 걸리는 점을 더욱 세분화시켰으며, 이론을 세우고 정리했다. 동시에 그런 문제해결의 과정을 기록으로 남겨서, 앞으로의 발전에 도움이 되도록 하고 싶다는 것이 내 생각이다.

그렇다곤 하지만 가장 큰 난관이었던 '정령마도핵'이 완성된 지금, 열차 쪽은 카이진에게 맡겨두면 문제는 없다.

지금 막 박차를 가하기 시작한 프로젝트에는 국가예산이 아낌없이 투입되고 있다. 묘르마일의 턱을 토닥토닥 두들기면서 예산을 조금 더 배당받은 것이다.

그런고로, 나도 연구소에 얼굴을 내밀게 되었다.

그 덕분에 연구자들과도 허물없는 사이가 되면서, 의의 있는 대화를 나눌 기회가 늘어났다. '이세계인'이었던 내 지식이 재미있었는지, 여러모로 의견을 물어보게 된 것이다.

어려운 질문을 받았을 때엔 라파엘(지혜지왕)이 대응해주었다.

양자 컴퓨터를 뛰어넘는 성능을 지닌 라파엘에게 맡기면, 어떤 고도의 계산도 순식간에 끝난다. 사양하지 않고 맘껏 이용하고 있다.

일이 끝나면 밤에는 교류의 시간을 가진다.

밤에 열리는 가게에도, 고급스러운 곳만 있는 것은 아니다. 연구가 잘 풀리지 않으면 거리로 나와서, 스트레스 해소도 겸하여 의논과 논쟁을 벌이게 했다.

나도 매일 늦게까지 어울렸지만 잔업 급여는 나오지 않았다.

정말로 이해가 안 된다.

참고로 예산이 풍부하게 있다고 해서, 결코 술값으로 다 날리는 건 아니다. 기술발전에도 제대로 기여하고 있는 게 확실하므로, 너그러이 봐주면 좋겠다.

참고로 나와 베루도라, 그리고 라미리스, 이 세 사람 중에 가장 급료가 많은 사람은 라미리스다.

미궁의 운영비를 공제해도 얻을 수 있는 이익은 막대한 규모로 불어나 있었다. 그중의 2할이 라미리스가 받을 몫이며, 당초 예정인 금화 두 개는커녕, 평균적으로 스무 개 이상을 하루 동안 벌고 있었다.

대충 잡아도 200만 엔 이상이지만, 트레이니 씨랑 그 자매들, 그리고 베레타의 급료 등은 라미리스가 지불하고 있었다. 그래도

1개월에 금화 100개 가까이가 자신의 주머니에 남을 것이다.

나와 베루도라는 같은 금액을 받는다. 국고에서 하루에 금화 한 개를 받고 있다.

베루도라는 미궁의 주인이므로, 라미리스로부터도 용돈을 받고 있었다. 베루도라의 마력요소에 큰 신세를 지고 있기 때문에, 국고에서 특별지급금이 나오는 경우도 있었다. 그러므로 나보다 받는 금액은 더 많은 것이다.

이렇게 말하는 나도 사실은 숨겨놓은 비자금이 있다. 여러 가지 사업에도 손을 대고 있기 때문에 나름대로 윤택하고 살고 있었다.

모두가 일하는 모습을 보고 자극을 받으면서, 나도 노력하기로 했다.

디아블로와 약속했던 임시 육체의 제작에 본격적으로 임하기로 한 것이다.

조수는 라미리스다.

트레이니 씨의 자매들이 쓸 몸도 준비할 예정이라, 라미리스의 의견도 듣지 않을 수 없었기 때문이다.

라미리스는 흔쾌히 받아들여줬지만, 인력이 부족하다고 계속 툴툴거렸다.

"약간의 잡무도 있는데다, 여러모로 부탁하고 싶은 것도 있단 말이야. 트레이니랑 베레타만으로는 내 일이 제대로 돌아가지 않는다고 할까……."

이 녀석, 단지 자랑하고 싶은 상대를 늘리고 싶은 것뿐인 게 아닐까——? 그런 생각을 했지만, 바쁘게 움직이고 있는 트레이니 씨의 모습을 보고 마음을 고쳐먹었다.

라미리스는 내 조수일 뿐만 아니라, 엘레멘탈 콜로서스(정령의 수호거상)를 새로 만든다는 자신만의 할 일이 있다.

가장 중요한 핵이 되는 심장부는 완성되었다. 그리고 골조와 대강의 구조는 내가 만들었으며, 견본이 될 엘레멘탈 콜로서스까지 있다.

그걸 참고로 연구를 진행시키면 되겠지만, 그래도 개조에는 시간이 걸린다.

더구나 카이진은 열차 본체를 만드느라 여유가 없는지라, 베스터가 혼자서 '마장병'의 완성을 목표로 삼은 채 작업 중인 상황이다. 베스터는 여유가 되면 라미리스를 돕기까지 하고 있다고 하는데, 이건 과로가 좀 걱정되는군.

완성된 '정령마도핵'을 도입했으니까 데이터도 확실하게 얻고 싶단 말이지. 실험 데이터를 얻으려면 사람 수가 많은 게 더 좋은 것은 확실하다.

"그렇다면 베루도라는?"

"으——음, 사부는 뭐라고 말하면 좋으려나. 세부적인 작업을 부탁하면 사라져버리니까……."

과연, 그다지 큰 도움이 되지 않는단 말인가.

확실히 그런 말을 들으니 납득이 갔다.

베루도라는 베루도라 나름대로 바쁜 몸짓으로 이리저리 오가고 있었다.

다른 사람들을 방해하는 게 아닌가 하는 생각을 했지만, 의외

131

로 그렇지도 않은 것 같다. 그렇게 보여도 꽤나 아는 게 많아서, 나름대로 도움이 된다고 한다.

남들이 떠받들어 주는 것을 좋아하는 것 같으니, 라미리스의 조수를 부탁하는 것보다 저 하고 싶은 대로 하도록 놔두는 게 좋을 것 같다.

"알았어. 적당히 인재를 준비해놓을게."

"응, 부탁할게!"

나는 라미리스와 약속했고, 누가 적임자일지를 생각하느라 골치를 썩이게 되었다.

　　　　　　　　　　＊

그런 식으로 여러 날이 지나갔고, 우리는 평화로운 일상을 보내고 있었지만――.

그날, 그 녀석은 갑자기 찾아왔다.

집무실에서.

책상 위에는 대량으로 쌓여 있는 결재서류.

평범하게 처리한다면 시간이 아무리 있어도 부족할 것 같지만, 내 경우는 '라파엘'에게 맡기고 있었다.

재빠르게 살펴보도록 시킨 뒤에, 중요도가 높은 것부터 다시 늘어놓았다. 그런 뒤에 허가할 것인지 기각할 것인지 판단하면서, 물 흐르듯 막힘없이 도장을 척척 찍어나갔다.

굳이 언급할 정도로 큰 고생은 아니었지만, 단순 작업은 고통이다. 디아블로가 있으면 대신해주었을 거란 생각을 하면서, 나는 손을 멈추는 일 없이 계속 작업을 한 끝에 마무리를 지었다.

휴식 시간이다.

슬라임 모습으로 돌아가서 소파에 드러누워 뒹굴거렸다.

이렇게 쉬는 게 정말 기분이 좋다.

자신의 몸의 부드러움과 쿠션의 탄력성. 그게 서로 어울리면서, 마치 깃털에 감싸인 것 같은 감촉이 느껴졌다.

잠을 자는 데 요령이 필요한 내게 있어서 이건 은밀한 즐거움이었다.

그때 방문을 노크하는 소리가 들렸다.

이대로 여기서 늘어진 채 누워 있고 싶었지만, 누군가가 온 모양이다.

어쩔 수 없다.

나는 인간 모습으로 돌아가서 의자에 앉았다.

"들어와요."

그럴듯한 포즈를 잡으면서 그렇게 대꾸했다.

그러자, 문을 열고 슈나가 들어왔다.

나를 향해 인사하는 슈나.

"리무루 님께 손님이 찾아오셨습니다. 성함이 디노라고 하는 분인데, 말씀하시기를 리무루 님의 지인이라고 하십니다만?"

예상했던 대로 손님이 찾아왔다.

그건 그렇고 디노라고?

내가 아는 사람 중에 디노라면 짐작이 가는 사람은 그자밖에 없다.

"그 사람은 마왕── 나랑 같은 '옥타그램(팔성마왕)' 중의 한 명이잖아. 뭐 하러 온 거지?"

"마왕, 이신가요? 만일을 위해서 오라버니를 불러들여 병사들로 포위할까요?"

"아니, 그럴 필요 없어. 만일 전투라도 벌어진다면 베니마루와 시온만 보내줘. 일단 그렇게 말하긴 했지만 뭐, 그런 일이 일어날 걱정은 없을 거야. 아마 놀러왔을 뿐이라고 생각하니까."

걱정스러운 표정을 짓는 슈나를 달래면서, 나는 그렇게 말하며 자리에서 일어났다.

걱정할 일은 없을 것이다.

발푸르기스(마왕들의 연회)가 벌어지던 중에 디노가 내게 "나중에 놀러갈게"라고 말했던 것 같은 기분이 드니까.

그때는 그냥 흘려듣고 넘겼지만, 아무래도 진심이었던 모양이다.

"──잘 알겠습니다. 그럼 그렇게 준비해두고 있겠습니다."

슈나는 고개를 끄덕이고는, 디노가 기다리는 객실로 나를 안내해주었다.

방이 많으면 이런 때에 편리하다. 상대에 따라서 나눠 쓸 수 있으니까.

상인이나 귀족을 상대할 때는 호화로운 방을.

힘이 있는 마물이나 수상쩍은 인물에겐 장식은 없지만 튼튼한 방을.

호화로운 방에서 난동을 부리기라도 하면 손실이 크다는, 단지 그 정도의 이유일 뿐이지만.

그런고로 디노가 기다리고 있는 곳은 기능적이지만 화려함은 없는 방이었다.

슈나를 따라 방으로 들어가자, 그곳에는 칠칠치 못한 자세로 기다리는 디노가 있었다.

소파에 축 늘어진 채── 드러누워 있었다.

다른 사람의 집인데, 이런 당당한 태도라니.

안 좋은 의미로 지나치게 대범한 남자이다.

"여어, 오랜만이네. 잘 지냈어?"

내가 온 걸 알아차렸으면서도 일어날 낌새는 없었다. 그대로 누운 채 인사를 했다.

슈나가 그 반응에 발끈하는 시선으로 바라봤지만, 아무 말 없이 인사를 한 뒤에 방을 나갔다.

차를 준비하러 간 것 같다.

"그래, 잘 지냈어. 뭐, 문제가 많아서 편하게 지내지는 못했지만 말이야."

나는 그렇게 대답하면서, 디노의 맞은편에 있는 의자에 앉았다.

그리고 천천히 디노의 모습을 관찰했다.

디노는 예전에 만났을 때와 마찬가지로 느긋한 분위기였다. 하지만 방심할 수 없는 기운을 풍기고 있었다. 슈나가 경계하는 것도 당연했다.

"뭐야, 무슨 문제가 있어? 그거 귀찮겠는데."

"그렇긴 해. 아직 마왕이 된 지 얼마 안 되었으니, 모든 일이 쉽게 풀릴 리가 없겠지. 그건 그렇고 너는 뭐 하러 온 거야?"

"응, 나? 전에 말했던 대로 놀러온 거야."

내 질문을 듣고 산뜻한 말투로 대답하는 디노.

수상하다.

나와 디노 사이에 침묵이 찾아왔다.

그때, 슈나가 차와 케이크를 가지고 방으로 들어왔다.

침묵으로 가득한 방 안에서 아무 일 없는 것처럼 움직이는 슈나. 슈나는 재빨리 다과를 놓고, 인사를 한 뒤에 방을 나갔다.

그녀는 프로였다.

나는 차를 한 모금 마시면서, 디노 쪽으로 시선을 돌렸다.

디노는 단념했는지, 무겁게 입을 열었다.

"——아니, 실은 말이지, 다구류루가 있는 곳에서 쫓겨났어."

"뭐?"

"아니, 나는 집이 없어서, 다규류루에게 신세를 지고 있었거든. 말이 나온 김에 말하자면, 무일푼으로 말이지——."

이봐.

이런데도 마왕이라고?

당당하게 말하고 있지만 상당히 한심한 인간이잖아, 이 녀석.

"——그래서, 어떻게 할까 생각하던 차에 다구류루의 자식들이 신세를 지고 있다는 너희 나라를 떠올렸지 뭐야. 그런고로, 나도 여기서 신세를 좀 지고 싶은데!"

여기서 조금이라도 만만한 반응을 보여선 안 된다.

"아니, 그건 안 돼."

나는 즉시 판단을 내리고 디노의 부탁을 거절했다.

"——뭐?"

"응?"

다시 방에 침묵이 찾아왔다.

거절할 것이라곤 전혀 생각하지 못한 것 같은 디노의 반응이
었다.

그 안일하기 짝이 없는 사고방식에 내 쪽이 더 놀랐다.

아무리 아는 사이라고 해도, 이런 수상쩍은 자를 내가 돌봐줄
이유는 없다.

나는 알고 있다. 이 녀석은 틀림없이 "일하기 싫어!"라는 소리
를 꺼낼 타입이다.

"자, 잠깐만 기다려봐. 그럼 뭐야? 나보고 길에 나가 죽으란
거야?"

"아니, 일을 해."

"말도 안 되는 소리 하지 마! 나는 일을 하지 않는 걸 미학으로
여기고 있다고. 최근 수백 년 동안 스스로 돈을 벌어본 일도 없
고, 내 돈으로 먹고 살아본 적도 없어!"

그야 그렇겠지.

일을 하지 않았다면 무일푼일 테고 말이야. 자신의 돈으로 먹
고 살 수도 없었을 테고.

"헤에, 대단하군. 그걸 먹으면 바로 돌아가라고."

이런 녀석은 바로 쫓아내는 게 최고다.

디노의 말을 흘려들으면서, 나는 눈앞에 있는 케이크 쪽으로
손을 뻗었다.

차와 곁들여 먹기 위해 내놓은 케이크는 슈크림이었다.

맛있다.

이건 아무리 먹어도 질리는 일이 없지 않을까?

디노는 동요하고 있었지만, 나를 따라서 슈크림을 집었다. 그

리고 그걸 한입 먹자마자 눈빛이 달라졌다.

"알았어. 나도 이 나라에 살면서 널 모시고 일하게 해줘."

갑자기 그런 잠꼬대 같은 소리를 내뱉는 디노.

"뭐어? 너, 갑자기 무슨 소릴——."

"아니, 나는 진심이야. 이런 맛있는 걸 매일 먹을 수 있다면 후회는 없어. 리무루, 아니 리무루 님이라고 부를게. 뭐든지 좋으니까 명령해!"

…………

아니, 그러니까 널 고용할 마음이 없다니까—.

"——나 참, 아는 사이라고 해도 딱 한 번 만났을 뿐이잖아. 진짜 목적은 대체 뭐야?"

슈크림을 다 먹은 나는 차를 마시면서 진지하게 질문했다.

눈동자를 이리저리 굴리는 디노.

이런 모습은 라미리스를 많이 닮았지만, 그 녀석과 달리 이 녀석은 귀엽지 않다.

이윽고 디노는 단념했는지, 어깨를 으쓱하면서 진지한 분위기로 바뀌었다.

"실은 말이지, 기이의 말로는 나는 이 나라에 신세를 지내는 게 좋을 것 같다고 하더라고. 이유는 가르쳐주지 않았어. 그 녀석은 늘 제멋대로 구니까 말이지. 거역하면 시끄러워지고, 다구류루한 테서 쫓겨난 것도 사실이니까. 아무리 생각해봐도 귀찮기만 해서 여기로 온 거야."

"기이, 그 붉은 머리가 그렇게 말했단 말이야?"

"그래, 그래. 그 붉은 머리가."

으—음.

거짓말을 하는 분위기는 아니다.

정말로 기이가 한 말이겠지.

하지만 왜 나한테……?

《해답. 개체명 : 디노를 돌보는 게 싫어서. 개체명 : 기이 크림존이 마스터(주인님)에게 귀찮은 일을 떠넘겼을 가능성이 큽니다.》

이봐.

그런 노골적인 짓을——. 하지만 그럴 가능성은 확실히 높다.

"아, 그렇지. 기이가 보낸 편지를 가져왔어."

그렇게 말하면서, 디노가 편지를 꺼내더니 내게 건넸다.

봉인과 요기(妖氣).

틀림없이 기이 크림존의 파동을 느꼈다.

내용은 '디노를 돌봐다오'라는 한 문장뿐.

아무래도 틀림없는 것 같다. 이 편지를 가지고 있는 시점에서, 디노가 기이에게 의탁했던 것은 의심할 필요도 없는 것이다.

아무래도 나는 빼도 박도 못하는 외통수에 몰린 것 같다.

"내 말이 맞지?"

맞기는 뭐가 맞아—!

짜증을 느끼면서 생각에 잠겼다.

귀찮지만 기이를 적으로 돌리는 것은 생각해봐야 한다.

기이는 마왕들 중에서도 격이 달랐다. 적어도 지금의 내가 이길 수 있을 것 같지는 않다. 기이와 싸우는 것보다 디노를 돌봐주는 게 나을 것이다.

이 제안은 받아들일 수밖에 없나.

하지만 그냥 놀게 놔둘 생각은 없다.

손님으로 초대한 기억도 없으니까, 나쁜 전례를 만들고 싶지도 않다.

그때 문득 좋은 생각이 들었다.

이 녀석은 라미리스에겐 함부로 대들지 못하는 것 같았다.

라미리스가 일할 사람이 더 필요하다고 했으니, 마침 좋은 타이밍일지도 모른다.

이 디노라는 마왕도 방심할 수 없는 상대지만, 비록 진심으로 한 말은 아니라도 나를 따르겠다고 말했으니, 그걸 철저하게 이용하도록 하자.

디노를 라미리스의 조수로 보내는 거다.

나는 그렇게 마음을 먹고, 씨익 웃으면서 입을 열었다.

"좋아, 알았어. 하지만 여기선 너도 일을 하도록 해."

"뭐라고?!"

뭐라고?! 가 아니야ー!

방금 전에 "뭐든지 좋으니까 명령해!"라고 말했잖아.

나는 짜증을 속으로 참으면서, 디노에게 그가 일할 내용을 설명해주기로 했다.

"뭐, 일이라곤 해도 그 내용은 간단한 거야. 라미리스의 조수가 되어주길 부탁하고 싶은데."

"라미리스? 그 녀석도 여기 있어?"

"그래. 내 일을 여러모로 도와주고 있지."

"뭐어? 그 녀석은 계속 미궁 속에 틀어박혀 있었기 때문에, 내 동료라고 생각하고 있었는데……."

디노는 멋대로 라미리스를 동료로 인정하고 있었던 모양이다. 그 기분은 이해가 되지만, 지금의 라미리스는 의외로 열심히 일하고 있다.

"그 녀석은 꽤나 즐겁게 내 일을 도와주고 있어. 나도 빨리 개발에 전념하고 싶지만, 여러모로 바빠서 말이야. 그 녀석이 있어 준 덕분에 아주 큰 도움을 받고 있지."

본인에게 말하면 한껏 뻐길 게 뻔하니까 말하지 않았지만, 이게 내 본심이었다.

디노는 한동안 말문이 막힌 모습을 보이고 있었지만, 조심스럽게 내게 묻기 시작했다.

"그, 그래서, 일이라는 건 뭔데? 대체 나한테 뭘 시킬 생각이야?"

엄청나게 싫어하는 표정이로군.

여기서 설명하려고 생각했지만, 이건 안 되겠는데. 실제로 일을 시키면서, 그 자리에서 모르는 것을 가르쳐주는 게 더 나을 것 같다.

"뭐, 그렇게 어렵게 생각하지 말고, 어쨌든 할 수 있는 일만 해도 돼. 우선은 네 직장으로 안내하지."

"끄, 끄응. 알았어. 하지만 기대는 하지 말라고?"

"응? 아아, 해보기도 전에 그런 말은 하지 말라니까. 뭐, 아마 괜찮을 거야. 라미리스의 지시를 따르기만 하면 될 거라고 생각하니까."

나는 일말의 불안감을 느끼면서, 디노를 100층의 사설연구소로 안내하기로 했다.

＊

　지하 100층으로 직접 날아가자, 베루도라가 지키는 방 안쪽에 있는 곳으로 도착했다.

　도전자를 기다리는 커다란 방과, 그곳과 이어진 베루도라의 개인용 방. 그 두 군데 어디에서도 베루도라의 기척은 느껴지지 않았다.

　어디로 간 걸까.

　뭐, 또 놀러 다니고 있겠지.

　"이봐, 여긴 왜 이렇게 마력요소의 농도가 짙은 거야?"

　"아아, 여기가 베루도라의 방이니까. 들어가지 말라고. 그 녀석은 성격이 제멋대로라 이 방의 물건을 함부로 만지면 화를 내거든."

　"뭐어? 베루도라가 여기에 산단 말이야?! 발푸르기스(마왕들의 연회) 때부터 궁금했는데, 너와는 어떤 관계야?"

　"친구야, 친구."

　"단순히 아는 사이는 아닌 것 같다는 생각은 들었지만, 친구라니……. 뭐, 그건 그렇다 치고."

　졸린 눈을 한 디노였지만, 내 대답이 예상외였는지 그 눈이 살짝 크게 떠져 있었다.

　"그렇군, 이 라미리스의 미궁에 숨어 있었기 때문에 베루도라의 반응이 갑자기 사라진 것처럼 느껴졌던 건가……."

　"아아, 그건 아니야. 반응이 사라졌던 것은 베루도라가 마력요소의 컨트롤을 익혔기 때문이겠지. 그 녀석, 예전에는 오라(요기)를 그냥 풍기고 다니는 지라, 마력요소도 엄청 흘러나왔던 모양이더라고. 지금처럼 많은 사람들을 부를 생각이라면 그런 상태로 있으면 안 되잖아? 그래서 그 녀석에게 자신의 오라를 컨트롤 할 수 있게 연습을 하도록 시켰어."

"뭐라고? 기분 내키는 대로 방랑하다가 쥬라의 대삼림의 왕자가 된 베루도라가 말이야? 아니, 그 전에 나도 감지할 수 없을 정도로 완벽하게 오라를 억제할 수 있게 되었다고?! 그 베루도라가?"

그렇게 쉽게 말하지 말라──는 듯이, 디노가 내 말을 듣고 잡아먹을 듯이 따졌다.

그렇게 말해도 그게 사실이다.

"응? 그래, 아주 쉽게 응해주던데. 안 그랬으면 이 도시에 사는 대부분의 사람들에게 큰일이 일어났을 테니까."

"아니, 아무리 그렇다고 한들……. 그 방대한 에너지양을 자랑하던 베루도라가? '용사'에게 봉인될 때까지 계속 요기를 뿜어대는 바람에 하늘을 날아다니는 대재해로 두려움의 대상이 되었던 폭군이, 말이야?"

말이 심한 것 같지만 사실이겠지. 루미너스에게 피해를 준 건도 있었다는 걸 떠올려보면, 그 녀석은 정말 변변치 못한 짓을 많이 벌인 것 같다.

"뭐, 그 녀석도 조금은 변한 거겠지. 지금은 내가 부탁하면 어느 정도는 들어주고 있고, 그렇게 제멋대로 구는 녀석은 아니야."

"방금 전에 성격이 제멋대로라고 투덜댔잖아—!"

어라, 그랬었나?

《해답. 그렇게 말했습니다.》

그, 그랬군.

"제멋대로 굴지만 그렇게 심하진 않다는 뜻으로 얘기한 거겠지. 그보다 오라의 컨트롤 말인데."

이런 경우엔 바로 화제를 바꾸는 게 좋다. 나는 디노에게 베루도라를 해방시켰을 때 일어난 일을 들려주기로 했다.

"요기에 대해선 '그러는 게 더 멋지다'고 부추겼더니, 꽤나 열심히 연습하던걸. 같이 어울려야 했던 나도 많이 힘들었지만."

고생은 했지만 보람은 있었다. 그 모습 그대로의 베루도라를 남들 앞에 내놓을 수가 없었으니, 다른 방법이 없었다고도 말할 수 있겠지만.

그런 내게 감탄이라도 했는지, 디노가 나를 보는 눈이 달라진 것 같은 기분이 들었다.

"그, 그랬단 말이야? 대단하구나, 리무루. 역시 넌 내가 눈여겨본 게 틀리지 않았던 모양이야."

아니, 아니, 너는 내게 공짜 밥을 얻어먹으려 했을 뿐이잖아?

말은 멋들어지게 하지만, 그 말에 속아 넘어갈 내가 아니다.

"그건 그렇고, 그 베루도라를 길들이다니, 정말로 대단하구나, 너."

시종일관 계속 감탄하는 디노.

하지만 제멋대로인 성격을 따지자면 밀림이 더 문제다.

그런 밀림도 프레이에겐 머리를 들지 못하는 것 같았다. 누구라도 상대하기 껄끄러운 인물은 존재하는 법이다.

"제멋대로인 녀석이 베루도라 한 명만 있는 게 아니라서 말이지. 밀림도——."

나는 그렇게 밀림과의 첫 만남부터 그녀의 억지고집에 얼마나시달려야 했는지를 디노에게 얘기했다.

밀림이 여기 없으니까 말할 수 있는 내 본심이었다.

최근에 밀림이 폐를 끼친 이야기를, 나는 아낌없이 디노에게 다 풀어놓았다. 얘기가 나온 김에 베루도라가 저지른 짓들도 들려줬고, 둘 중에 누가 더 지독하다는 생각이 드는지에 대해서 디노의 의견을 들어보자는 생각을 했다.

나는 많은 얘기를 했다.

디노는 그걸 듣고 왠지 충격을 받은 듯한 표정을 지은 채, 도중부터는 내 얘기를 반도 듣지 않는 것 같았다. 둘 중에 누가 더 지독한지에 대한 의견을 듣고 싶었지만, 결국 그건 들을 수 없었다.

*

디노를 데리고 이런 저런 얘기를 나누다가 내 연구소에 도착했다.

안을 둘러보자, 지금 화제가 되고 있던 베루도라가 분주한 몸짓으로 라미리스를 돕고 있었다.

오늘은 성실하게 일하고 있었던 것 같다.

라미리스에게 실컷 부려 먹히고 있지만, 의외로 성실하게 일하는 용이었다.

"베, 베루도라가 일을 하고 있······단 말이야?!"

"그래, 아까 내가 말했잖아?"

베루도라는 불평을 늘어놓으면서도 결국에는 라미리스를 도와준다. 사부라고 불리는 게 기분 나쁘지 않은지, 베루도라는 의외로 라미리스에게 약했다.

내 부탁도 마찬가지로, 마지막에는 결국 도와준다. 잘만 부추기면 더 쉽게 들어주기 때문에 나는 '쉬운 드래곤'이라고 부르기도 했다.

95층에서 엘레멘탈 콜로서스(정령의 수호거신)의 개조에 관여한 것으로 알고 있는 베스터까지 있었다. 일할 사람이 부족하다고 했으니, 일단 내 의뢰를 우선적으로 해결하기로 한 걸까?

라미리스와 베루도라는 사악한 미소를 지으면서 즐겁게 일하는 것 같았지만, 베스터는 기운 없이 축 늘어져 있는 것 같다.

괜찮을까 하는 걱정이 약간 들었다.

"안녕─. 어때? 연구는 좀 진척이 있었어?"

가볍게 인사를 하면서, 안으로 들어갔다.

베스터는 서류에 뭔가를 적던 손을 멈췄으며, 나를 보고 자리에서 일어섰다.

"리무루 님, 오셨습니까."

"아아, 그대로 계속 작업하게. 그건 그렇고 괜찮은가? 왠지 야윈 것처럼 보이는데?"

"괜찮다고, 말씀드리고 싶습니다만······ 여기는 심장에 좋지 않은 연구가 진행 중이라······."

으응? 뭔가 말하기 어려운 것 같은 표정인데.

나는 베스터에게 그게 무슨 뜻인지 되물어볼까 하는 생각을 했지만, 그 전에 베루도라가 말을 걸어왔다.

"여어, 리무루. 나도 여기서 작업을 돕고 있어. 라미리스가 하도 간곡히 부탁을 하는지라 어쩔 수 없어서, 하는 거지만."

"고마워. 실제로 일손이 부족했던 것 같았거든."

내 연구는 극비 취급을 받고 있다. 95층부터는 함부로 남을 부를 수도 없는데다, 신용할 수 있는 자가 아니면── 아니지. 시끄럽게 불평을 늘어놓지 않는 자에게만 보여주고 싶은 것이다.

왜냐하면 대량의 빙의용 육체를 준비하여, 그것들에게 데몬이 깃들도록 만들 예정이니까.

연구 이전에, 군사적인 위협으로서 인정을 받게 될 수도 있다.

다른 나라에겐 말없이 입을 다물고 있는 게 무난하겠지.

"얏호─! 리무루, 기다리고 있었어! 사부가 협조를 해주면서 여러모로 큰 도움이 됐어. 하지만 빨리 보충 인원을 늘려주면 좋겠는데!"

"그렇게 말할 것 같아서, 오늘은 도와줄 사람을 데려왔어. 라미리스, 너도 알고 있지? 우리와 같은 마왕인 디노 씨가 오늘부터 우리를 도와주겠대. 앞으로 그에게 많은 걸 부탁하면 될 거야."

디노는 학문적인 지식은 없겠지만, 힘을 쓰는 작업을 맡기는 건 괜찮을 거라 생각한다.

애초에 연구개발의 조수를, 문외한인 사람이 맡을 수 있을 거라곤 생각하지 않는다. 그러므로 물건을 옮기거나 데이터를 수집하는 걸 도와주는 게 한계이겠지.

하지만 그런 단순작업을 해줄 사람도 필요하기 때문에, 나름대로 도움이 될 거라 생각한 것이다.

디노는 신기한 표정으로 주변을 돌아보고 있었지만, 내가 소개하자 인사를 했다.

"디노라고 해. 너희는 알고 있으리라 생각하지만 일단은 마왕 중의 한 명이야. 일하고 싶은 마음은 없지만, 어쩔 수 없이 도와주기로 했어. 잘 부탁해."

뭐랄까, 의욕이 느껴지지 않는 인사말이었다.

하지만 문제될 것은 없다. 도와주는 것 정도는 해줄 것 같으니.

인사를 대충 끝낸 다음에, 베스터가 여기 있는 이유와 지금까지의 상황 보고를 받았다.

베스터가 이곳── 100층에 있는 내 연구소에 있었던 것은 역시 라미리스에게 납치되었기 때문이었다. 예상대로 일손이 부족하다는 이유로 베스터의 연구를 중단시키고, 내 연구를 우선하도록 시킨 모양이다.

라미리스가 베스터의 입장은 생각도 하지 않고 부탁을 한 것 같다.

하지만 그것도 어쩔 수 없는 얘기이긴 하다.

서류 정리나 데이터 수집 같은 세세한 작업을 할 인간이 필요했다고 하니까.

베레타는 힘을 쓰는 작업을 하느라 여유가 없었다.

트레이니 씨는 미궁의 관리랑 라미리스를 돌보는 일이 있다.

베루도라는 그런 작업은 일절 도와주지 않을 것 같았고, 그때 눈에 띤 자가 베스터였던 것이다.

"엘레멘탈 콜로서스 쪽은 신경 쓰지 않아도 괜찮겠어?"

"으—음, 괜찮지는 않지만 이쪽 작업이 끝나면 트레이니의 자매들도 육체를 얻을 수 있는 거잖아? 그렇다면 이 일을 끝낸 뒤에 개발해도 문제없을 거라 생각했어."

과연, 그건 확실히 합리적인 생각이다.

"고생이 많았구나, 베스터."

그렇게 말을 걸자, 베스터는 포기한 듯하지만 어린아이 같은 미소를 지었다.

"저에겐 '마장병'의 완성에 미련이 있었습니다만, 이쪽 연구도 그런대로……."

아무래도 베스터는 복잡한 심경을 느끼는 것 같군.

불만을 제기하고 싶은 마음과 이 연구에 관여할 수 있다는 기쁨. 연구자로서, 베스터도 속으로는 갈등이 생기고 있는 모양이다.

그런 갈등이 베스터를 한층 더 크게 성장시키고 있는 것 같았다. 방금 전에도 디노가 마왕이라는 걸 알면서 경악하는 표정을 지었지만, 순식간에 평정을 되찾았다.

여러 가지 일에 너무 많이 놀란 나머지, 쉽게 동요하지 않는 마음을 익히게 된 모양이다.

그는 유능하므로, 자기 자신의 연구에 몰두하고 싶지 않을까 하는 생각을 했지만…… 아무래도 그렇지는 않은 것 같았다.

베스터가 야윈 것은 여기서 진행 중인 연구의 내용이 원인이었다.

"부디 이대로 여기서 연구를 계속할 수 있게 해주십시오. 리무루 님이 만들려고 하시는 이 소체, 그 완성을 제 눈으로 지켜보고 싶습니다. 매일 신선한 충격을 받는지라, 자는 시간도 아까울 지경입니다!"

그렇게 흥분을 감추려고도 하지 않은 채, 내게 절실히 호소한 것이다. 베스터가 야윈 것처럼 보였던 원인은 단순히 잠이 부족해서였다.

마법을 통한 리플레시(컨디션 회복)도 있지만, 만능은 아니다. 한숨도 자지 않고 지낼 수는 없으므로, 최소한의 휴식은 취할 필요가 있다.

베스터에겐 억지로라도 휴식을 취하도록 시키기로 했다.

타이밍 좋게 디노가 도우러 왔으니, 베스터가 자는 동안의 잡무를 디노에게 맡기기로 한 것이다.

그런고로, 디노에게는 베스터가 자신의 업무내용을 설명하도록 지시했다.

사이좋게 잘 지낼 수 있으면 좋겠는데.

베스터는 상대가 마왕임에도 불구하고 겁을 먹지 않고, 알아듣기 쉽게 설명을 해주고 있었다.

"그러면 디노 공, 죄송하지만 지금 바로 절 도와주시겠습니까."

"뭐……?"

"뭐? 라고 말할 때가 아닙니다. 자, 시간은 유한하니까요!"

"하지만 나는 마왕인데?"

"그래서요?"

"그러니까, 음…….."

후우 하고 한숨을 쉬더니, 베스터는 디노를 물끄러미 바라봤다.

"제 말을 잘 들으십시오. 여기서는 마왕 같은 것은 아무 관계가 없습니다. 보십시오. 베루도라 님이나 라미리스 님도 즐겁게 일하시고 계시죠?"

"아니, 그건 그런 것 같지만——."

"납득해주신 것 같아서 정말 다행이군요. 자, 그럼 시작하죠!"

"——응."

강하구나, 베스터.

잠깐 분위기를 살펴봤는데, 괜찮을 것 같다.

안심하고 맡기기로 했다.

*

그건 그렇고 궁금한 연구 성과 말인데.

디아블로의 부탁이라고 해도 1,000개나 되는 빙의용 육체를 만드는 것은 보통 힘든 일이 아니다.

베레타와 같은 마강제의 인형을 만들고, '라파엘(지혜지왕)'로 복제한다는 아이디어도 있었다.

하지만 그러는 건 단조롭고 재미도 없다.

그렇다고 해서, 틈틈이 직접 손으로 만드는 것은 말이 안 된다.

그때 나는 또 엄청난 아이디어를 생각해냈다.

그게 바로 대량생산이 가능한 시설인 것이다.

내가 마련한 것은 직경이 1미터에 높이는 3미터나 되는 투명한 강화 유리로 만든 캡슐이었다.

정식명칭은 배양캡슐이라고 한다.

그 이름대로 안에서 마물 등을 육성하는 것이 목적이었다.

그 캡슐 안은 용액으로 가득 차 있지만, 그건 내가 '위장' 부분에 저장해두고 있던 '봉인의 동굴'의 호수에서 채집한 물이다.

고농도의 마력요소를 대량으로 함유하고 있기 때문에, '마수(魔水)'라고 부르고 있다. 약효를 낮추거나 보강함으로써, 다양한 용도에 이용할 수 있는 편리한 물건이다.

배양캡슐에는 마력요소 주입구가 달려 있어서, 마력요소를 주입할 수 있었다. 마수의 농도를 조절하여 마물의 발생을 촉진시키는 것이다.

마수의 농도가 낮아지면 자동으로 마력요소가 주입된다. 그리고 일정한 상태를 유지하는 구조로 이루어져 있었다.

준비한 배양캡슐은 1,000개

준비가 다 끝난 뒤에, 이 정도로까지 준비할 거였으면 순순히 인형을 1,000개 준비하는 게 더 낫지 않았나—— 하는 생각도 들었지만, 그 점은 신경 쓰면 지는 것이다.

중요한 것은 낭만이다.

준비하고 있을 때는 신나게 만들었으니, 나는 한 점의 후회도 하지 않았다.

배양캡슐이 나란히 늘어선 공간.

장관이었다.

마물이 발생하려면 특정한 조건이 필요하다——는 것도 최근의 연구결과로 판명되고 있었다.

배양캡슐 안을 아무리 농도가 짙은 마력요소로 채워도 마물이 발생하진 않는다.

그러나 어떤 인자가 혼입되면—— 그 인자를 강화시킨 모습을 한 마물이 태어나는 것이다.

구체적으로 말해보겠다.

배양캡슐 안에 뱀을 넣으면 그 뱀은 마력요소로 인해 죽는다. 그러나 그 육체는 녹아서 마수와 혼합된 뒤에, 템페스트 서펜트(람사, 嵐蛇)로 다시 태어나는 것이다.

갑자기 A-랭크의 마물이 태어나는 셈이다. 이 배양캡슐이 얼마나 위험한 것인지, 이걸로 잘 이해가 될 것이다.

이렇게 배양캡슐 안에서 발생한 마물은 자연발생된 것보다 몇 단계 더 강해진다는 것이 증명되었다. 일정 이상의 농도를 유지하고 있기 때문인지, 강인한 육체를 보유한 상태로 태어나는 것이다.

단, 육체가 붕괴되면서 바로 죽는 개체도 있다. 상태가 안정되는지 아닌지는 운에 달렸다.

아직 개선의 여지는 있지만, 나는 이 성질을 이용하여 1,000개의 빙의용 육체를 생산하려 하고 있었다.

"그래서 경과는 어때?"

"문제없어! 그리고 말이지, 나도 상당히 연구가 진행됐어!"

"호오? 그건 기대가 되는—— 잠깐, 이게 뭐야?!"

나는 안에 둥둥 떠 있는 걸 보고 뿜을 뻔했다.

예상과는 전혀 다른 엄청난 것이 거기 들어가 있었던 것이다.

내 아이디어는 골격만 마강으로 제작하고, 그걸 배양액에 담그는 것이다. 그렇게 하면 그 뼈를 모체로 하여 본 골렘(인형골마인형, 人型骨魔人形)의 소체가 형성될 것이다.

골격은 인조물이므로 육체가 붕괴될 가능성도 적고, 영혼이 깃들 일도 없다. 뼈에 물속의 마력요소가 들러붙어 결정화되는 것뿐이며, 자아를 지닐 가능성도 제로라고 생각하고 있었던 것이다.

베레타의 육체를 마련할 때와는 달리, 정밀한 조형을 만들 필요도 없다. 빙의할 악마들이 그 마력요소를 이용하여, 각자 알아서 자신의 모습을 정리하면서 만들어낼 것이다.

그렇게 생각하고 있었는데……

1,000개나 되는 배양캡슐 안에 떠 있던 것은 본 골렘의 소체임은 틀림없었다. 하지만 그 각 부위에 갖가지 조치가 취해져 있었다.

가장 눈에 띠는 것은 그 심장부다. 가슴 중앙에 심장을 대신하게 될 '정령마도핵'이 뛰고 있었던 것이다.

"이건……."

"내 아이디어야! 강력한 핵이 있으면 마물은 더 강인해질 거라고 생각했거든."

라미리스가 방긋방긋 웃으면서, 별거 아니라는 투로 그렇게 대답했다.

쉽게도 말하지만, 1,000개나 되는 '정령마도핵'을 준비하는 것은 많이 힘들었을 텐데. 나라면 시간을 들이지 않고 만들 수 있지만, 흥미와 열의가 없으면 귀찮게 느껴져서 의욕이 생기질 않는다. 그래서 훨씬 더 간단한 방법을 선택한 것인데, 라미리스는 그것으론 납득하지 못했던 것 같다.

단순작업을 꾸준히 반복하면서 1,000개를 준비한 모양이다.

더구나 이건 '의사혼(疑似魂)'까지 안에 들어 있었다. 그뿐만 아니라 호문클루스(인조인간)에게 빙의하는 살리온의 기술까지 유용되고 있는 것 같았다.

베레타는 자신의 몸이 될 임시 육체에 쉽게 빙의했다. 그러나 트레이니 씨의 자매들은 그렇게 쉽게 진행되지 않을지도 모른다. 그렇게 생각하면 '의사혼'을 이용하는 것은 정답이라고 할 수 있다.

단, 그러려면 방대한 준비가 필요하게 되는데…….

이러니 일할 사람이 부족한 것도 당연하지.

"라미리스 님의 발상은 정말 훌륭하고 흥미진진한 것이었습니다. 이걸 보고 나니, 저도 도와드리지 않을 수가 없더군요."

베스터가 먼 곳을 바라보는 듯한 표정으로 그렇게 말했다.

그야 그렇겠지. 이 정도로 많은 수가 있으면 데이터는 실컷 얻었을 테고.

주먹 크기의 '정령마도핵'은 어떤 걸 봐도 퀄리티가 높았다. 그게 내가 만든 뼈와 융합하면서, 애초의 설계사상과는 다른 변화를 이룩하고 있었다.

금속으로 만든 뼈에는 주인(呪印)까지 새겨져 있었고, 마력요소가 뼈를 둘러싸는 식으로 근조직을 구현하기 시작하고 있었다. 마물이 발생하는 과정을 더 자세하게 관찰하고 있는 기분이었다.

과연, 베스터가 자는 시간도 아깝다는 말을 할 만했다.

"어때, 재미있지?"

"크앗핫핫하, 리무루의 그 얼굴을 볼 수 있었던 것만으로도 충분한 수확이었어!"

기쁜 표정을 짓는 라미리스와 베루도라.

"아니, 확실히 재미있긴 하지만…… 이게 정말로 라미리스의 아이디어야?"

"당연하잖아? 어때, 어떠냐고!!"

그렇게 소리치면서, 한껏 거만한 태도로 가슴을 펴는 라미리스.

음, 자랑을 해도 되겠는걸. 이건 확실히 대단하다.

라미리스는 언뜻 보면 멍청해 보이지만, 사실은 머리가 좋다. 정령공학은 완벽히 익힌 것 같았고, 마도과학도 공부 중이다. 95층에 몇 번이고 직접 들러봤다고 한다.

오래 살아온 게 있다 보니, 물리법칙은 이미 완벽히 습득한 상태다.

너무나 의외지만, 연구자의 자격을 충분히 가지고 있는 것이다.

그 외모에 속아서는 안 된다.

"아니, 이건 정말 대단한데. 이걸 전부 수작업으로 처리했으면 엄청나게 고생했겠는데?"

"뭐, 그렇긴 하지. 베레타처럼 구체관절이 아니라 인간의 골격을 모방하기만 한 인형이지만, 이런 식으로 유사 심장을 준비해놓으면 캡슐 안의 마력요소가 흡수되면서 엄청난 에너지(마력요소)양을 얻을 수 있을 거라고 생각했거든!"

그렇게 역설하는 라미리스를 보면서, 나는 응응하고 고개를 끄덕였다.

확실히 이 정도라면 내가 상정했던 것보다 강인한 육체를 만들 수 있을 것 같다.

그것도 아주 뛰어난 수준의 육체가.

배양캡슐 안에 떠 있는 그것들을 바라보면서, 그 능력을 예상해봤다. 어디까지나 예상이지만, 아마 A랭크 중에서도 상위에 위치하는 에너지양을 지니게 될 것 같다.

그런 게 1,000개.

용케도 이렇게나 많은 '정령마도핵'이랑 '의사혼'을 마련했군.

정말 대단하다는 생각을 하면서, 나는 진심으로 감탄했다.

*

디노가 온 뒤로 며칠이 지났다.

아직 디아블로는 돌아오지 않았지만, 이제 슬슬 돌아올 것 같은 예감이 들었다.

빨리 빙의용 육체를 완성시키기 위해서, 나는 오늘도 연구소로 향했다.

오늘도 라미리스와 베루도라가 소란스럽게 언쟁을 벌이고 있었다.

"그러니까 성장을 촉진시키기 위해서 사부의 마력요소를 직접 주입하면 좋겠단 말이야!"

"하지만 그런 짓을 하다가 이게 망가지면 어떡할 건데? 리무루에게 잔소리를 듣는 건 내가 되잖아."

무슨 일인지 모르겠지만 또 싸우고 있군.

재미있어 보이니, 숨어서 훔쳐봤다.

최근에는 내 기척을 차단하는 것도 상당한 경지에 이른지라, 베루도라도 내가 온 것을 알아차리지 못한 것 같으니까 말이지.

"이 정도로 많이 있으면 괜찮다니까! 그리고 말이지, 사부가 리무루에게 부탁하려는 걸 나도 같이 도와줄게. 그러니까 부탁이야!"

듣자하니 라미리스는 마력요소의 공급을 베루도라에게 부탁하고 있는 것 같았다.

여전히 사이가 좋아 보이는지라, 보기엔 흐뭇하다.

그건 그렇고 베루도라가 내게 부탁하고 싶다는 건 대체 뭘까?

전혀 짐작도 되지 않는지라, 약간 신경이 쓰이는군.

"어쩔 수 없군. 그럼 그 건은 너도 같이 부탁하는 거다."

"응응, 맡겨둬!"

보아하니 합의가 된 것 같았고, 베루도라는 "음" 하고 고개를 끄덕였다. 생색을 부리는 것 치고는 그 표정은 즐거워 보였다.

라미리스의 부추김에 넘어간 것도 있겠지만, 처음부터 참가할 마음은 있었겠지.

배양캡슐을 향해 손을 뻗는 베루도라. 그리고 "흐아압!" 하고 의미심장하게 큰 소리를 내면서 마력요소를 주입하기 시작했다.

배양캡슐 안에는 비정상적일 정도의 마력요소가 소용돌이 치고 있었다. 저 엄청난 압력을 보면, 확실히 시설을 파괴할 수도 있을 정도의 기세였다.

괜찮으려나, 저거?

나는 속으로 그렇게 걱정하면서도 말없이 상황을 지켜보기로 했다.

망가지면 망가질 때 생각하면 된다.

그보다 라미리스가 뭘 하려는 건지가 궁금해졌던 것이다.

용기 안에선 마강으로 만든 뼈에 결정화된 마력요소가 들러붙으면서, 근육처럼 변화하고 있었다. 여기까지는 라파엘(지혜지왕) 선생의 계획대로였으며, 예상한 대로의 결과였다.

그러나 지금 베루도라가 마력요소를 직접 주입하면서, 예상외의 결과가 일어나려 하고 있었다.

대량의 마력요소가 뼈에 침투되면서, 그 구조와 성질을 변화시키기 시작했다.

"어라? 생각했던 것과는 다른데……."

그렇게 말하는 라미리스의 목소리가 들렸다.

뭐, 그렇지. 실험이란 원래 그런 법이다.

뼈의 성질은 이미 마강이라고는 부를 수 없게 변해 있었다.

금이나 은은 섞여 있지 않았으므로, 오리할콘(신휘금강)이나 미스릴(마은, 魔銀)은 아니다. 하지만 그 강도는 히히이로카네(궁극의 금속)의 수준까지는 가지 않았지만, 오리할콘에 필적할 수 있을 정도로 높아져 있었다.

그 이상으로 마음이 걸리는 것은 금속이면서도 숨을 쉬는 것처럼 보인다는 것이다…….

《해답. 아다만타이트(생체마강)의 일종입니다. 개체명 : 베루도라의 파동으로 인해 변질된 것 같습니다. 임시로 이름을 붙이자면 드라고타이트(용기마강, 龍氣魔鋼)라고 할 수 있겠습니다.》

과연.

라미리스는 빙의용 육체의 완성을 서두르려 한 것 같았지만 그 결과, 재미있는 금속을 발견한 것만으로 끝난 것 같다.

아니, 아직 끝나지 않았군.

"자, 잠깐, 사부?! 스톱, 스토―옵!!"

"응, 우오오오, 캡슐에 금이이……?!"

놀라면서 소리치는 라미리스와 베루도라.

대단한 일인지 대단한 일이 아닌지, 지금의 두 사람을 보고 있자니, 그걸 모르게 되어버렸다.

"뭘 하는 거야, 너희들?"

나는 사태를 수습하기 위해서, 숨는 것을 그만두고 두 사람 앞에 나타났다.

배양캡슐을 수리하고 커피 타임을 가졌다.

베스터와 디노도 불러서, 다 같이 커피와 케이크를 즐겼다.

준비해준 사람은 드라이어드인 트레이니 씨다.

"쳇, 모처럼 한창 재미있게 일하던 중이었는데……."

"아, 케이크가 필요 없었단 말이야? 그럼 이건 라미리스한테——."

"미안합니다. 거짓말입니다. 아니, 사실이지만, 말이 헛나왔습니다."

디노는 일을 방해받아서 그런지 기분이 안 좋아 보였다. 그러나 내가 케이크를 가져가려고 하자, 갑자기 손바닥을 보인 채 손을 흔들면서, 내게 애교를 떠는 듯한 표정으로 고개를 숙였다.

그래도 되는 거야, 디노 씨?

'슬리핑 룰러(잠자는 지배자)'라는 이름이 너무 아깝잖아…….

하지만 뭐, 진지하게 작업에 임해주는 것 같기는 하니, 나로서는 일단 안심이다.

베스터와 디노는 둘이서 실험을 진행하고 있었다.

1,000개나 되는 배양캡슐의 정보를 기록하다가, 틈틈이 휴식 겸 쿠로베가 완성한 구멍이 있는 무기의 성능을 둘이서 확인하고 있다고 한다.

내가 여기서 자랑을 늘어놓은 것이 원인이었다.

잘하면 엘레멘탈 콜로서스(정령이 수호거상)의 개조에도 도움이 될 수 있다는 이유를 들며, 베스터가 희희낙락하면서 코어(마옥)의 조합 연구를 시작했다고 한다.

내가 샘플로 건네준 몇 개의 코어를 이용해, 디노가 실험에 써보고 있었다. 그걸 베스터가 꼼꼼히 기록하는 식으로 진행된다.

좀 쉬자고 불렀더니 오히려 불편한 표정을 짓는 걸 봐도 알 수 있듯이, 디노도 이 실험에 신이 나서 열심히 임하고 있는 것이다.

이건 일이지만, 사실은 놀이와 종잇장 한 장 차이나 마찬가지다.

일하고 싶지 않다고 잠꼬대 같은 소리를 늘어놓았지만, 이 직장에선 자신도 모르는 사이에 일을 하게 되는 분위기가 조성된단 말이지.

무릇 일은 즐겁게 하는 것이 가장 좋다.

그건 그렇고.

간식을 즐긴 뒤에, 나는 진지한 표정으로 라미리스를 바라봤다.

"그런데 라미리스, 왜 그렇게 서둘러서 빙의용 육체를 완성시키려고 한 거야?"

바로 핵심을 찌르는 질문을 날렸다.

"아, 그게……."

말끝을 흐리는 라미리스.

그런 라미리스를 감싸려는 것처럼, 트레이니 씨가 내 앞으로 나섰다.

"잠깐만 기다려주십시오, 리무루 님. 라미리스 님은 제 여동생들, 그리고 동료들을 위해 최선을 다하신 것뿐입니다!"

딱히 책망할 생각은 없었지만, 내가 라미리스를 꾸짖는다고 생각했는지, 트레이니 씨가 필사적으로 소리를 높였다.

평소의 행실이 있다 보니까 말이지.

하지만 트레이니 씨는 라미리스를 너무 지나치게 편 들어준다.

"아니, 이유를 알고 싶었던 것뿐이지, 딱히 화를 내는 게 아니야. 이유가 뭐지, 라미리스?"

나는 트레이니 씨가 안심하도록 달랜 뒤에, 라미리스에게 이유를 물었다.

"으―음. 냉정하게 생각해보니 너무 조바심을 냈어. 난 나를 따라주는 아이들이 빨리 자신의 육체를 가지게 만들어주고 싶었거든. 그러면 그 아이들도 기뻐할 테고, 우리도 일할 사람이 늘어나니까 작업에도 도움이 될 거 아냐?"

난처한 표정으로 대답하는 라미리스.

그렇군, 라미리스가 말하려는 바는 이해했다.

드라이어드라면 육체가 없어도 미궁 안에서 활동할 수 있다. 그러나 트렌트(수인족)에겐 무리다. 자신의 본체인 나무 근처에서라면 모습을 보일 수 있지만, 나무가 보이지 않는 거리까지는 이동할 수 없는 것이다.

애초에 육체가 없으면, 마력이 흘러나오는 걸 조절할 수 없어서 부담이 커진다. 드라이어드도 자신의 본체와 너무 거리가 멀어지면, 극단적으로 그 힘이 크게 줄어드는 것이다.

A랭크 마물 중에서도 상위에 속하며, 상위마인보다도 강한 드라이어드조차도 그 정도이니, 하위종족인 트렌트에게 많은 것을 바라는 것은 너무 가혹하다.

라미리스는 이 배양캡슐 안의 인형을 이용하면 드라이어드뿐만 아니라 트렌트도 자유롭게 행동할 수 있을 거라고 생각했다. 그래서 내게 들키지 않게 몇 개를 슬쩍 빼돌리려고 생각한 것이겠지.

"그런 거라면 미리 내게 의논을 해. 디아블로는 아직 돌아오지 않았고, 애당초 얼마나 많은 부하를 데리고 돌아올지도 명확하지 않아. 부족하면 나중에 더 만들면 되니까, 미리 드라이어들의 육체를 준비하도록 할까."

"그래도 돼?"

"물론이지."

"고마워, 리무루!!"

라미리스가 기쁜 표정으로 내 주위를 날면서 돌아다녔다.

하지만 이건 날 위한 것도 된다.

확실히 지금 일할 사람은 부족하다. 트레이니 씨의 자매나 그 외의 다른 드라이어드들은 미궁을 운영하느라 열심히 일하고 있다. 그쪽은 그쪽대로 큰일이다 보니, 여력이 없는 것이 현재 상황이었다.

이대로 가면 다들 과로를 하게 된다.

기본적으로 미궁은 밤낮을 가리지 않고 운영되고 있으니까.

그렇기 때문에 조기에 교대인원을 보충해야 한다는 생각을 하고 있었던 것이다.

이 빙의용 육체를 이용하면 트렌트도 A랭크가 된다. 미궁 안에서의 활동도 충분히 가능할 것이다. 게다가 만일 육체가 파괴된다 하더라도, 빙의하고 있을 뿐인 그들은 안전하다.

사념이 도달하는 거리──즉, 라미리스의 미궁 안으로 범위가 한정되겠지만, 그걸로 충분한 것이다.

그리고 드라이어드 쪽은 어떻게 하느냐 하면.

"그래, 트라이어 씨랑 드리드 씨, 그리고 알파 일행에겐 트레이니 씨랑 마찬가지로 드리어스 돌 드라이어드(영수인형요정, 靈樹人形妖精)로──."

"──?!"

"응?"

"그래도 괜찮으시겠습니까?"

내가 제안하는 말을 다 끝내기도 전에, 트레이니 씨가 위협적인 속도로 달려들 듯이 반응했다.

"그래도 괜찮겠어, 리무루?"

상황을 이해하지 못한 디노와 다른 사람들을 방치한 채로, 라미리스까지 기대감으로 몸을 들썩이면서 내게 물었다.

"괜찮겠냐니, 뭐가?"

"그러니까 드리어스 돌 드라이어드로 진화시키는 건 엄청난 노력이 필요한 거 아냐?"

"뭐, 그렇긴 하지. 하지만 그녀들에겐 많은 신세를 지고 있으니까 말이야. 앞으로도 미궁을 운영하는데 있어서 도움을 받고 싶기도 하고."

"하지만 저희는 이미 이 땅에서 살 수 있는 장소까지 받은 몸인데……. 그리고 리무루 님을 돕겠다고 정하신 라미리스 님의 생각을 따르는 것은 부하로서 당연한 일이니까요."

내가 라미리스에게 그렇게 대답하자, 그 말을 들은 트레이니 씨가 송구스럽다는 표정을 짓고 있었다.

하지만 미궁 안에서 많은 일을 도와주고 있으니, 내 입장에서도 큰 도움을 받은 셈이다. 그에 대한 감사의 마음도 담아서, 드라이어드로 진화한 자들에겐 자립형으로 움직일 수 있는 기회를 주는 것도 좋다고 생각했다.

손으로 깎아서 인형을 만들 필요는 있지만, 미녀나 미소녀의 돌(인형)을 만드는 것은 어떤 의미로는 취미와 비슷한 활동이다.

디아블로를 위해 준비한 육체를 유용하려고 생각했지만, 그건 왠지 멋이 없다는 생각이 든 것이다.

역시 드라이어드에겐 나무로 만든 육체가 더 어울릴 거라고 생각한다.

"아니, 아니, 도움을 받고 있는 건 사실이니까. 앞으로도 잘 부탁한다는 의미로 주는 것이니 사양하지 말고 받아주면 좋겠군요. 여기 있는 임시 육체에 빙의할 것인지, 본체를 깎아내 만든 드리어스 돌 드라이어드로 진화할 지는 본인이 고르기로 하죠."

나는 트레이니에게 그렇게 제안했다.

기쁜 표정으로 고개를 끄덕이는 트레이니 씨.

그 옆에서 "잠깐, 왜 나보다 트레이니에게 더 정중하게 말하는 건데? 이건 납득이 되지 않거든……"이라고 라미리스가 투덜대고 있었지만, 그건 가볍게 흘려듣고 넘기기로 했다.

＊

　휴식을 마치고 베스터 일행이 작업을 재개했다.

　"아무래도 이곳은 내 이해력이 미치지 못하는 장소인 것 같군. 하지만 재미있어. 나는 내 **할 일**을 다 하도록 해야지. 그럼 갈까, 베스터 씨."

　"알겠습니다, 디노 님."

　그렇게 디노는 자신이 일하고 있다는 걸 강조하면서, 베스터를 데리고 떠나버렸다.

　저 녀석은 어지간히도 일해 본 경험이 없는 것 같군.

　쓸모없는 인간이었다는 걸 바로 알 수 있었지만, 여기서 열심히 일해주고 있으니 그거면 충분하겠지.

　그러면 나도 빨리 내 일을 하러——.

　"잠깐, 리무루, 부탁이 있어. 라미리스, 지금이 바로 약속을 지킬 때다!"

　쳇, 귀찮은 말을 꺼낼 것 같아서 바로 도망치려고 했던 건데. 베루도라 녀석, 휴식이 끝날 때를 기다리고 있었던 것 같다.

　"……부탁이라니, 뭔데?"

　나는 내키지 않아하면서도, 베루도라를 향해 돌아보며 물어봤다.

　"음, 실은 말이지——."

　"사부는 말이지, 조수가 필요하다고 말했어. 사람 수가 많은 것은 대환영이니까, 나도 같이 부탁하고 싶다고, 할까……."

　네. 안 좋은 예감이 적중했습니다!

또 귀찮은 일을…….

이렇게 일할 사람이 모자라는 현재 상황에서 베루도라의 놀이 상대를 늘릴 수는 없다.

"아니, 아니, 다들 바쁘니까 말이지, 네 상대를 하고 있을 여유는——."

"잠깐, 잠깐! 리무루, 너는 지금 착각을 하고 있어. 나도 라미리스를 도우거나, 미궁을 지키는 등의 중요한 일을 맡고 있단 말이다. 그런 내 노고를 치하해줄 존재, 나를 칭찬하고 위로해줄 조수가 될 자가 있어도 문제될 게 없다고 생각하는데."

그렇게 역설하는 베루도라.

라미리스도 응응 하고 고개를 끄덕이고 있지만, 방금 전의 대화를 훔쳐 들은 나로선 의리가 두텁다는 생각밖에 안 들었다.

애초에 베루도라의 상대를 맡길 수 있을 만한 인재는 전혀 떠오르질 않으니, 역시 포기하도록 설득할 수밖에 없을 것 같다.

"아니——, 안 됐지만 말이야——,"

"잠깐, 잠깐, 잠까——안!!"

또 내 말을 가로막았다.

베루도라도 양보할 수가 없는지, 이번만큼은 상당히 필사적으로 물고 늘어지는군.

"실은 말이지, 나에겐 네 '위장'에 있었을 때부터 친구라고 부를 수 있는 존재가 있었어. 그 녀석한테도 이 육체를 꼭 하나 주고 싶은 거야."

갑자기 그런 말을 하는 베루도라.

나는 전혀 짐작이 가는 게 없는데, 어떻게 아는 사이인 걸까?

《해답. 상위정령 이플리트, 일 것으로 추측됩니다.》

뭐?
어떻게 베루도라가 이플리트랑 친구가 된 거지?

《알림. 당시에 개체명 : 베루도라의 개입으로 인해 이플리트도 같은 격리장소로 '포식'되었습니다.》

그러니까 라파엘(지혜지왕)의 말에 따르면.

내가 시즈 씨한테서 잡아먹은 이플리트가 '위장' 안에서 베루도라를 격리하고 있던 공간으로 멋대로 옮겨진 모양이다. 이플리트의 정보를 빼앗는 데는 아무런 문제도 없었기 때문에, 당시에는 '대현자'였던 라파엘도 딱히 큰 저항 없이 묵인했다고 한다.

내가 봐도 딱히 크게 불편한 사항은 없었으니까 말이지. 그러기는커녕 지금 그 얘기를 들을 때까지 알아차리지 못했을 정도였으니까.

그리하여 나도 모르는 사이에 베루도라와 이플리트는 사이가 좋아진 모양이다.

"그렇구나, 이플리트를 부활시켜주고 싶다는 말이지?"

"크아하하하! 역시 리무루, 얘기가 잘 통하는군!"

기뻐하는 베루도라.

내 입장에선 조금 복잡한 기분이었다.

이플리트는 시즈 씨와의 상성이 최악이었으며, 애초에 마왕 레온의 부하였다. 그런 그를 부활시켰다고 해서, 과연 순순히 동료가 되어줄까?

그런 생각이 머릿속을 스치는 바람에, 가볍게 "좋아"라고 고개를 끄덕일 수가 없었던 것이다.

"으—음......"

"아, 안 된단 말이야?!"

"리, 리무루, 나도 부탁할게! 사부의 소원을 들어주면 좋겠어!"

베루도라는 슬픈 표정을 지었고, 라미리스도 같이 부탁을 했다.

정말 난감한 얘기다.

역시 일이 귀찮게 되었다는 생각이 들면서, 나는 머리를 감싸쥐었다.

솔직하게 말해서, 일할 사람은 필요하다. 그러나 나로선 이플리트를 풀어주는 건 역시 불안했던 것이다.

그래도 이플리트는 웬만한 상위마인보다 훨씬 더 강한 존재다. 우리라면 이길 수 있다곤 해도 난동을 피우기라도 하면 큰일이고, 레온 밑으로 도망칠 가능성도 있었다.

잠든 아이를 깨우는 짓은 하고 싶지 않다——. 그런 생각이 드는 것도 어쩔 수 없지 않을까.

"하지만 말이지, 이플리트는 원래 마왕 레온에게 충성을 맹세한 것 같았고...... 부활시켜도 네 조수가 되어줄 거라는 보장이 없잖아?"

"음? 흠흠, 과연, 그렇게 생각했단 말이군. 그 점에 대해선 걱정할 것 없어. 내 열의가 잘 통한 덕분에, 이플리트 녀석도 흔쾌히 조수가 되고 싶어 하고 있으니까."

이봐, 그게 정말이야?

베루도라는 한순간, 누군가와 얘기를 나누는 듯한 몸짓을 보이고 있었다. 그 상대는 틀림없이 이플리트 본인이다.

즉, 내 안에 있어야 할 이플리트와 어떤 방법을 쓴 건지는 모르겠지만, 대화를 나눌 수 있는 것 같았다.

"너, 지금 이플리트와 얘기를 나누고 있었지?"

"음. 나한테는 불가능이 없으니까."

"사부는 대단해. 이플리트에게 부탁해서, 마도열차에 쓸 대량의 샐러맨더를 소환시켰으니까! 그러니까 말이지, 앞으로의 일을 생각해서라도 이플리트를 동료로 삼는 게 좋을 거라고 생각한대."

세상에, 그랬단 말인가.

확실히 미궁 안에 있을 때만 따질 경우, 라미리스가 있으면 정령 소환은 용이하다. 그러나 각 방면에서 마도열차의 운용이 시작되면 샐러맨더를 통솔할 수 있는 자가 있는 게 더 안심이 될 것이다.

끄으응, 이익 면에선 반론할 수 있는 여지가 사라졌다. 그리고 베루도라가 이플리트를 잘 돌보겠다고 단언하고 있었다.

그렇다면 내 입장에선 베루도라를 믿는 것이 정답이겠지.

"알았어, 알았어. 그렇다면 허가하겠지만, 끝까지 확실하게 책임을 지도록 해."

"그래, 맡겨만 둬!"

애완동물을 기르게 허락해달라고 조르는 어린애를 보는 기분이었다.

뭐, 베루도라라면 무책임하게 이플리트를 내쫓지는 않을 거라고 믿자.

"그러면 지금 바로——."

"아, 그렇지. 리무루. 카리브디스의 마핵의 빈껍데기가 남아 있지? 그건 내 마력의 잔재니까 내 힘과 융합하기 쉬어. 이플리트는 오랫동안 내 요기에 접하고 있었으니까, 그걸 '핵'으로 삼으면 좋을 거야."

베루도라의 말로는 '의사혼'을 쓰는 것보다 더 수월할 거라고 했다.

《해답. 개체명 : 베루도라의 의견에 찬성합니다.》

라파엘도 동의했다면 내겐 불만은 없다.

"오케이야. 그럼 이플리트에게 줄 육체는 이걸로 정해졌군."

나는 그렇게 말하면서, 휴식 시간 전에 막 수리한 배양 캡슐 앞에 섰다.

마강으로 만든 뼈가 드라고타이트(용기마강)라는 특이한 금속으로 변한 것. 이 물건에는 베루도라의 마력요소가 과잉 주입되어 있기 때문에 웬만한 마물은 버텨내질 못한다.

그런 점에서 볼 때, 상위정령에 해당하는 이플리트라면 그럭저럭 버텨낼 수 있을 것으로 생각했다.

"오오, 그거 좋군. 녀석도 기뻐할 거야."

베루도라도 동의했으니, 주저 없이 실행으로 옮겼다.

《알림. 이플리트의 잔재를 확인. 카리브디스의 마핵으로 이행…… 성공했습니다. 뒤이어 혼을 담을 그릇을 제작…… 드라고타이트로 만든 육체로 '융합'합니다.》

작업은 순식간에 끝났다.

역시 라파엘 선생, 익숙하구먼.

그리고──.

나랑 베루도라, 라미리스가 보고 있는 앞에서.

이플리트의 핵을 얻은 육체가 그 모습을 급격하게 변화시켰다.

흑은색으로 변화하고 있던 골격에, 점점 살점과 근육이 붙고 피가 통하기 시작했다. 그것들을 지키는 피부색은 베루도라와 같은 갈색이었다.

길고 출렁이는 머리카락은 윤기 있는 검은색의 바탕에, 불타는 듯한 붉은색이 색채를 더하고 있었다.

그리고 그 눈동자의 색은 금색. 용과 같은 동공은 심홍색으로 빛나고 있었다.

──잠깐, 아무리 봐도 여성인데.

그것도 상당한 미인이다.

"오오, 이플리트여. 육체를 얻으면서 이제야 부활한 기분은 어떠냐?"

아, 역시 이 미녀가 이플리트로구나.

정령에게 성별이 있는지 아닌지는 차치하고서라도 좀 더 예리한 느낌의 남성형이었던 것으로 기억하고 있었는데, 이 변화는 대체 어떻게 된 일이지?

"베루도라 님, 이렇게 현세에서 뵙는 것은 처음이군요. 그리고 리무루 님, 저를 부활시켜주신 것에 대해 감사의 마음을 금치 않을 수가 없습니다."

내 곤혹스러운 감정은 아랑곳하지 않고, 이플리트가 그렇게 말하면서 한쪽 무릎을 꿇었다.

　레온에 대한 충성심 때문에 난동을 부리지는 않을까 하고 우려 했었지만, 그런 걱정은 할 필요가 없었던 것 같아서 일단 안심이 되었다.

　"으, 응. 건강해 보여서 다행이군. 그건 그렇고 하나 묻고 싶은 게 있는데……."

　"무엇이든 물어보십시오."

　듣고 싶은 게 여러 가지로 많았다.

　하지만 제일 궁금했던 것은——,

　"넌 예전에는 좀 더, 그러니까 싸움에 적합했다고 할까, 움직이 기 쉬운 모습을 하고 있었는데 말이지……."

　그렇게 큰 가슴은 없지 않았나?

　——그런 말 한 마디를 좀처럼 입 밖에 내지 못하는 소심한 나.

　하지만 어쩔 수가 없잖아. 이플리트가 얇은 천으로 중요한 부 분을 가리기만 한 인도 풍의 엄청 섹시한 모습을 하고 있으니까.

　겨드랑이랑 배꼽, 그리고 허벅지를 다 드러낸 채, 말도 안 되는 색기를 발산하고 있었던 것이다.

　"이 모습 말입니까……."

　그렇게 말하면서, 이플리트도 무슨 이유인지 한숨을 쉬었다.

　"이건 아마도 베루도라 님의 탓—— 아니, 의향 덕분이 아닐는 지요."

　지금 분명히 '베루도라 탓'이라고 말하려다 말았지?

　약간 피로한 기색을 띤 것처럼 보이는 이플리트로부터는 고생 을 많이 한 사람의 기운이 감돌고 있는 것 같았다.

어쩌면 이 녀석은 내 '위장' 안에서 엄청난 고생을 하고 있지는 않았을까.

생각해보니 이플리트는 베루도라와 계속 단둘이서 지내야 했고, 도망칠 곳도 없었던 것이다. 아마도 엄청난 고생을 했을 거라고 보는 게, 일단은 틀림이 없을 것이라고 생각했다.

"음음. 내 덕분에 육체를 드디어 손에 넣은 것이지. 감사의 마음을 잊어선 안 된다."

"——네."

이플리트는 왠지 포기한 것 같은 말투로 대답하고 있었다.

"그 베루도라의 의향이란 건 무슨 뜻이지?"

"음?"

"아아, 그건 말이죠. 저는 불꽃의 상위정령이지만, 지금은 바람 계통의 힘도 다룰 수 있는 것 같습니다. 원래는 심홍색의 붉은 머리카락이었는데, 칠흑의 비중이 늘어난 것 같으니까요. 이걸로 판단해보면, 베루도라 님이 지니신 힘의 영향이 짙게 드러나고 있는 게 아닐까 합니다. 그리고 아마 카리브디스가 여성형이었기 때문에 이런 모습으로 변화한 것이라는 생각이 드는군요."

《알림. 정답입니다.》

정답이야?!

이봐, 이봐, 멋대로 성별까지 바꿨단 말이야?

나한테 악의는 없었으니까, 제발 원망은 하지 않았으면 좋겠다.

"그, 그렇군. 혹시 불만이 있다면——."

"불만 같은 건 전혀 없습니다. 외모는 어찌 됐든, 이 모습은 이전의 저보다도 훨씬 더 강인하니까요."

방긋 웃으면서, 이플리트는 그렇게 딱 잘라 말했다.

베루도라에게 휘둘리는 것에 익숙해졌는지, 적응능력이 너무나 높은 것 같았다.

왠지 모르게 아주 큰 호감을 느꼈다.

시즈 씨와 융합되어 있었을 때와는 달리, 지금의 이플리트에겐 전혀 악의가 느껴지지도 않으니까.

"너는 그러니까, 나를 원망하고 있지는 않는 거냐?"

"아뇨, 원망 같은 것은 하지 않습니다. 저도 리무루 님의 안에서 베루도라 님으로부터 많은 것을 배웠습니다. 생각해보면 저는, 그리고 이자와 시즈에도 사명감과 책임감이 너무 지나쳤던 것이겠죠. 서로 상반된 생각을 지니면서 절대 어울릴 수가 없었습니다. 어쩌면 뭔가 다른 길이 있지 않았을까 하는 생각을 금치 않을 수가 없더군요."

이플리트가 나를 원망하는 마음은 눈곱만큼도 없는 것 같았다. 그러기는커녕 시즈 씨와 서로 이해하지 못했던 것을 후회하고 있는 듯한 모습을 보이고 있었다.

저절로 숙연해지는 분위기를 느끼면서, 우리는 장소를 이동하여 앞으로의 일에 대해 논의를 하기로 했다.

이플리트와 많은 얘기를 나눴다.

역시 상당히 많은 고생을 했던 것 같다.

친근감이 솟구쳤다.

베루도라를 맡기는 데 있어서, 더할 나위 없는 적임자라는 확신을 할 수 있었다.

마왕 레온에 대한 감정은 남아 있다고 한다. 하지만 충성심이라고는 부를 수 없는 모양이다.

"지금의 저는 리무루 님께 한 번 패배하면서 죽은 것과 같은 존재입니다. 운 좋게 베루도라 님이 구해주시면서 자아의 소멸을 면했습니다만, 이미 예전과는 다른 존재가 되었다는 것을 자각하고 있는 참입니다. 레온 님이 위대하신 마왕이라고는 생각합니다만, 지금의 제가 따르고 싶은 분은 베루도라 님이니까요."

그렇게 자신의 의사를 뚜렷하게 드러내보였다.

나는 신용할 수 있을 것 같다고 느꼈으며, 베루도라는 처음부터 이플리트를 의심조차 하지 않는 것 같았다.

이래저래 고민할 것도 없을 것 같다.

"알았다. 그럼 앞으로도 베루도라의 조수로서 열심히 힘써다오!"

"잘 알겠습니다. 제 목숨을 걸고 베루도라 님을 받들도록 하겠습니다."

역시 이플리트는 성실했다.

시즈 씨의 건에 대해 남은 앙금이 아예 없다고는 할 수 없겠지만, 그건 서로가 마찬가지다. 과거는 이제 그만 잊어버리자.

나는 그렇게 생각하여 이플리트를 받아들기로 했다.

*

"그래서 말인데, 리무루. 하나 논의할 것이 있다."

아직 또 뭔가가 남았어?!

더 이상 귀찮은 일은 사양하고 싶지만, 들어주지 않으면 시끄럽게 굴 테니까 말이지.

"뭐지, 베루도라 군?"

"음! 실은 말이지, 이플리트에게 이름을 지어주고 싶어. 어쨌든 일단 이플리트는 개체명이지면서 개체명이 아니거든. 정령소환 : 이플리트로 불려온 불꽃의 상위정령은 다들 '이플리트'라고 불리고 있으니까 말이지."

으음, 생각했던 것보다 정상적인 의견이었다.

이름이라, 확실히 그건 필요할 것 같군.

하지만.

'이름을 지어주는 것'은 너무나 위험한 행위다.

몇 번이나 그로 인해 고생을 했던 내가 하는 말이니까, 틀림없다.

"지금의 이플리트에게 이름을 붙여주는 건 상당히 위험하지 않을까? 네 에너지(마력요소)양은 분명 방대하긴 하지만, 조절을 잘 못하다간 큰일이 날지도 모르는데?"

지나치게 많은 마력요소를 주는 건 독이 되며, 이름을 받는 쪽도 무사히 넘어가지 못한다. 내가 지금까지 무사했던 것은 다름 아니라 운이 좋았을 뿐이다.

"크아하하하. 너라면 완벽하게 계산해서 이끌어낼 수 있잖아? 내가 과잉 투여할 것 같으면 '영혼의 회랑'을 차단해주면 좋겠어."

음, 확실히 그렇게 하면 안전하겠군.

《알림. 맡겨주십시오.》

내게 위험이 없기 때문인지, 라파엘(지혜지왕)도 쉽게 승낙해주었다.

"알았어, 협력하지."

"음, 그렇게 말해줄 거라 믿고 있었어!"

얘기가 그렇게 되면서, 이플리트에게 이름을 지어주기로 했다.

"이플리트여, 너는 오늘부터 '카리스'라는 이름을 쓰도록 해라!!"

엄숙한 목소리로 베루도라가 이플리트에게 선고하듯 말했다.

카리스, 그게 이플리트의 이름이 될 것이다.

이플리트에서 가져온 부분은 거의 없었고, 카리브디스를 줄인 것 같은 이름이다. 이리스 같은 쪽이 더 좋지 않을까 하고 생각했지만, 내가 참견하는 건 되먹지 못한 짓이다.

'영혼의 회랑'을 통해서, 베루도라로부터 대량의 마력요소가 소실되는 것이 보였다.

지금의 이플리트는 특A급── 즉, 캘러미티(재액)급에 맞먹는 에너지양을 가지고 있었다. 시온이나 베니마루보다는 떨어질지 몰라도 소우에이나 게루도에 필적할 수준의 존재였던 것이다.

그런 이플리트가 이름을 얻게 된다면──.

"알겠습니다. 저는 '카리스'로서, 위대한 베루도라 님에게 충성을 맹세하겠습니다!!"

이플리트가 '이름'을 받아들였다.

그 순간, 라파엘이 '영혼의 회랑'을 닫아 베루도라의 힘을 봉인했다.

179

성공이다.

베루도라는 무사히 이플리트에게 이름을 주는 걸 끝마친 것
이다.

──그리고 이플리트는 진화했다──.

내포된 에너지양은 터무니없이 증가하고 있었다.

마왕급이다.

그것도 트레이니 씨는 말할 것도 없으며, 칼리온이나 프레이보
다도 더 위인 것으로 보인다.

《알림. 상위정령 이플리트가 플레임 로드(불꽃의 정마령왕)로 진화했습
니다.》

라파엘이 그렇게 가르쳐주었다.

플레임 로드라.

정신생명체인 정령이 마물로 변질되면서 육체를 얻은 종족인
것 같다.

"크앗──핫핫하. 훌륭하다. 역시 너에게 맡기니 안심이 되는
구나, 리무루."

기뻐하는 베루도라.

그러나 이플리트의 모습을 보고 눈썹을 찌푸렸다.

그 외모가 크게 변화했기 때문이다.

아니, 변화했다기 보다 원래대로 돌아왔다. 머리카락 색은 여

전히 검은색과 붉은색이 섞여 있었지만, 한 번 대치했던 적이 있는 남성형으로 변화한 것이다.

세부적으로는 달라졌지만, 이플리트의 바람이 강하게 영향을 준 것이리라.

"쳇, 모처럼 내가 재미있―― 좋을 거라고 생각해서 예쁘게 만들어줬건만. 이렇게 될 줄은 예상하지 못했군."

베루도라가 그런 불평을 늘어놓았는데, 역시 괴롭히려고 그랬던 건가.

이플리트――가 아니라 카리스는 깊게 한숨을 쉬었다.

"역시 그러셨군요. 보나마나 그럴 거라고 생각했습니다. 제 바람이 이긴 것을 보고 안도했습니다. 여성형으로도 돌아갈 수 있으니, 정 원하신다면…….""

"됐다, 됐어. 농담 삼아 널 놀려본 것뿐이야. 네가 원하는 모습으로 있어도 아무 말 하지 않겠다!"

베루도라의 농담은 웬만한 장난으로 치고 넘길 수가 없단 말이지.

이번에는 무사히 원래 모습으로 돌아왔지만, 자칫하면 평생 그 모습으로 살아야 했으니까. 나도 조심하기로 하자.

"그건 그렇고 몸의 느낌은 어떻지?"

"네. 아주 쾌적하고―― 응, 이건?!"

내 질문을 들은 카리스는 자신의 변화를 비로소 알아차린 모양이다. 그리고 당황하면서도 그 힘을 확인하고 있었다.

"이, 이 정도의 힘이……."

그렇게 말하면서, 자기 자신의 힘에 경악하고 있었다.

"큭큭큭, 그럴 만도 하지."

만족스러운 표정으로 웃는 베루도라. 이쪽은 기대했던 대로의 결과가 나온 모양이로군.

"네 종족을 밝히자면 플레임 로드로 진화한 것 같더구나."

"프, 플레임 로드라고요?! 믿어지지 않는 힘입니다……."

그야 그렇겠지. 갓 부활했는데, 마왕급의 힘을 얻으면 그런 반응도 나올 만하다.

하지만 그렇게 강해졌는데도, 네가 할 일은 베루도라를 감시하는 거란 말이지. 그것도 어중간하게 강해진 만큼 베루도라에게 더 많이 휘둘리게 될 거야.

나는 동료가 된 '카리스'를 아주 약간 동정했다.

이런 저런 경위를 겪으면서, 우리에겐 카리스라는 새로운 동료가 생겼다.

카리스는 바로 이 자리의 분위기에 익숙해지면서, 베루도라와 라미리스가 시키는 대로 정신없이 부려먹히고 있었다.

내 걱정은 적중했지만, 아무것도 곤란할 게 없으니 문제는 없다.

카리스를 동료로 받아들인 우리는 지금까지의 기세보다도 훨씬 더 거세게 일을 진행시키고 있었다.

"저기, 어느새 이런 녀석이 동료가 된 거야?"

"네가 코어(마옥)의 조합을 정신없이 조사하고 있었을 때야."

"아니, 아니, 그렇게 쉽게 말해도 말이지, 마왕급의 정령왕이 잖아?!"

"아니야. 정마령왕이거든."

"어느 쪽이든 상관없어! 내가 하고 싶은 말은 그런 게 아니고!!"

디노 혼자만 흥분하고 있었지만, 다른 사람들은 이미 익숙해져 있었다.

"자, 자, 그런 일도 있는 법이지요."

"아니, 그래도 말이지, 베스터 씨?"

"디노. 리무루랑 사부와 어울리려면 이런 일로 놀라면 안 돼."

"아니, 그러니까……."

디노는 납득이 되지 않는 표정이었지만, 다른 사람들의 설득을 받으면서 내키지 않는 표정을 지으면서 물러났다.

이런 건 익숙해지는 사람이 이긴다.

마음 편하게 포기하는 게 중요한 것이다.

나는 계속 나무를 깎아서 인형을 만들었다. 그리고 드라이어드를 드리어스 돌 드라이어드(영수인형요정)로 계속 진화시켰다.

드라이어드와 달리 멀리서도 진정한 실력을 발휘할 수 있었다.

진화를 거부하는 자는 누구 하나 없었다.

이리하여 드리어스 돌 드리어드는 열 명 가까이 늘어났다.

그녀들에겐 실전 경험이 없기에 트레이니 씨만큼 강하진 않지만, 그건 미궁에서 얼마든지 배울 수 있다. 앞으로의 일을 생각하면 라미리스의 좋은 부하가 될 것이다.

그리고 트렌트에게 빌려준 빙의용 육체──라기보다는 아바타(가마체)라고 할 수 있는 것도 완성에 가까웠다.

이쪽은 빙의만 하는 것뿐이기 때문에, 그렇게 고성능이 아니어도 상관없는 것이다.

적합률도 문제없었기에, 백 수십 명의 트렌트가 미궁 안에서 활동할 수 있게 되었다. 상당히 많은 수의 인재가 확보된 셈이니, 좀 더 빨리 착수할 걸 그랬다고 후회했다.

드라이어드는 여성형이 많았고, 트렌트는 남성형이 많았다.

성별은 없다고 하니, 그렇게까지 신경을 쓸 필요도 없다고 한다. 그러므로 효율을 중시하여 인형을 제작했다. 세세한 수정은 빙의한 뒤에 각자 알아서 하도록 맡기면 될 것이다.

완성되는 대로 차례로 빙의하겠다는 의사를 전해왔다.

이래저래 처리하다 보니 작업은 끝났다.

새로운 인원이 늘어나면서, 우리에게도 여유가 생긴 것이다.

"감사합니다, 리무루 님!"

트레이니 씨로부터 감사의 인사를 듣고, 살짝 몸을 비틀면서 대답했다.

이 정도는 대단한 것도 아니다.

평소에 늘 신세를 진 것에 답례도 되고, 우리에게도 큰 도움이 되는 것이다.

"그럼 나머지는 부탁하지. 라미리스, 무슨 일이 있으면 알려줘."

"라져! 바로 날아가서 알려줄게."

문제가 일어나면 내게 알려달라고 부탁했다.

할 일은 아직 많이 남아 있다.

리그루도랑 묘르마일과는 매일 회의 때문에 만나고 있으며, 결재해야 할 일은 산더미만큼 쌓여 있다.

범죄자를 처벌하는 것도 내게 의견을 묻고 있으며, 간부들끼리의 의견 대립을 조정하는 것도 내가 할 일이다.

여기서 계속 연구를 돕고 싶지만, 그렇게 할 수 없는 게 실정이었다.

빨리 그런 일들을 맡길 수 있는 인재를 마련하는 것——. 그게 지금 당장 눈앞에 닥친 과제다.

잘 필요가 없으니까 취미를 위한 시간을 가지곤 있지만, 가끔은 늘어지게 게으름을 피우면서 자고 싶기도 하다.

분명 입만 살아 있는 대장일 텐데, 꽤나 많은 일을 하는군, 나도.

그런 의문을 속으로 생각하면서, 집무실로 되돌아갔다.

＊

"디아블로 님이 돌아오셨습니다. 모르는 자가 몇 명 같이 있으며, 면회를 신청하고 있습니다만 어떻게 할까요?"

고대하던 소식이 드디어 도착했다.

디아블로만 있다면 사양하지 말고 들어오면 된다고 생각한다.

하지만 이번에는 모르는 자가 있다.

귀찮기만 할 뿐이지만 주위 사람들의 눈이 있는 이상, 이 과정은 필요한 것이다.

베니마루가 동석하겠다고 말하며 나서기 전에, 바로 면접을 보기로 하자.

"응접실에서 만나도록 하지. 지금 당장 불러주게!"

시녀는 정중하게 인사를 한 뒤에, 내 앞에서 물러났다.

동작에 어색함이 남아 있었다.

아무래도 아직 나를 보면 긴장하는 모양이다.

약간은 난처한 기분을 느끼면서, 옆방에 대기하고 있는 다른 시녀에게 차를 준비할 것을 부탁했다.

슈나는 자신의 일로 바쁘기 때문에 낮에는 다른 장소에서 일하고 있다. 밤에는 반드시 시간을 내서 식사 준비를 해주지만 말이지.

시온은 시온 나름대로 미궁 안에서 '부활자들(자극중, 紫克衆)'의 훈련을 맡고 있다. 그 불사의 성질을 검증하고 있다고 하는 걸 보면, 상당히 아슬아슬한 수준까지 훈련을 시키고 있는 것 같았다. 깊은 층까지 내려가 있다고 들었으니, 볼일이 없으면 부르지 않기로 하고 있었다.

그런고로, 지금의 내게는 전속 시녀가 두 명 있다. 과거에 고블린이었던 여성이 진화한 고블리나이지만, 보기에는 인간과 거의 다를 바가 없었다. 최근에 슈나가 개발한 간단한 화장법이 유행하기 시작하고 있었다. 그 때문인지 여성들이 점점 더 아름다워지고 있는 것 같았다.

나를 상대하는 게 아니라면, 다른 나라의 왕을 상대하면서도 긴장하는 일이 없는 일류 시녀인 것이다.

빈틈없이 극진한 대접을 할 수 있는 자들이었다.

나도 응접실로 향했다.

아마 괜찮을 것이라고 생각하지만, 이것도 만일을 대비하기 위해서이다.

디아블로가 고른 부하라면 어떤 괴짜가 왔을지 모르니까 말이지.

응접실로 들어가자, 시녀가 곧바로 차와 다기세트를 준비하여 가지고 왔다.

준비는 완벽하군.

그렇게 생각한 순간, 방밖에서 기척이 느껴졌다.

"리무루 님, 지금 막 돌아왔습니다!"

기쁜 표정으로 미소를 지으면서, 디아블로가 그렇게 말하며 들어왔다.

이렇게 말하는 건 좀 그렇지만, 미소를 짓는 디아블로는 사악한 존재로 보이는군.

나는 괜찮다고 쳐도, 다른 사람들의 눈에는 불길함의 상징으로 보일 것이다.

딱 봐도 나쁜 짓을 저지를 것만 같은, 사악한 분위기를 띠고 있었다.

"오늘은 약속대로 리무루 님께 보여드리고 싶은 자들을 데리고 왔습니다. 부디 직접 봐주시면 더할 나위 없이 기쁘겠습니다."

여전히 공손한 태도로 내게 인사하는 디아블로.

어이없게 느껴질 정도로 공손하지만, 최근에는 나도 익숙해졌다.

이 녀석은 나를 유일한 주인으로 정해놓고, 마치 신처럼 대하는 것이다.

디아블로를 따라서 세 명의 여성이 들어왔다.

부하로 쓸 자들을 모으겠다느니 어쩌니 하고 말했던 것 같은데, 그녀들이 그런 존재들이란 말일까?

아직 젊어 보이는데, 악마에게 나이는 관계가 없으려나.

디아블로가 몇 년을 살아왔는지는 모르겠지만, 오래 알고 지낸 사이라고 하니까, 나름대로 오래 살아왔겠지.

디아블로의 재촉을 받으면서, 세 명의 여자애들은 내게 인사한 뒤에 소파에 앉았다.

"그래서 이 여자들이 네가 아는 사이란 말이냐?"

그렇게 강해 보이지는 않는데——.

《아닙니다. 이 세 명은 데몬(악마족) 중에서도 상위자—— 아크 데몬(상위마장. 上位魔將)입니다. 마력요소를 완전히 제어한 상태에서 인간으로 변신하고 있는 것 같습니다.》

내 착각을 정정하려는 듯이 라파엘(지혜지왕)이 가르쳐주었다.

최근에는 내 안목도 확실해진 것 같다고 생각했지만, 아직 모자란 것 같다. 그 말을 듣고 '마력감지'의 정밀도를 높여봤는데, 그녀들은 평범한 인간으로밖에 보이지 않았던 것이다.

——아니, 잠깐, 아크 데몬이라고?!

상위악마소환으로도 아크 데몬을 불러내는 것은 너무나도 어려운 일이다. 뭐니 뭐니 해도 그 존재는 전술 급의 실력을 보유하고 있으니까.

큰 대가를 준비해도, 겨우 소환이 가능할까 말까한 레벨.

인간이 불러내려고 하는 경우엔 국가 규모의 대규모 의식이 필요해질 정도의 상대인 것이다.

그런 존재가 세 명.

그러고 보니 디아블로도 원래는 아크 데몬이었지.

아는 사이라는 말이 나온 시점에서, 이건 예상했었어야 할 사태였던 것이다.

"네. 이 자리에서 리무루 님이 직접 보셔야 할 정도의 자격을 갖추었다고, 제가 판단한 자들입니다."

"그렇군, 확실히 대단한 변신 실력이야. 평범한 인간으로밖에 안 보여. 홀리 나이트(성기사)들도 이 여자들이 아크 데몬이라는 걸 꿰뚫어 보지 못할 것 같은데?"

내 말을 듣고, 세 명은 약간 동요하는 빛을 보였다.

그에 비해 디아블로는 기쁜 표정으로 웃었다.

"쿠후후후후, 역시 리무루 님입니다. 그녀들에겐 최선을 다해서 종족을 은폐하라고 말해두었습니다만, 간단히 꿰뚫어 보셨단 말입니까."

그런 디아블로에게 나는 "뭐, 어쩌다보니"라고 말하면서 대범하게 고개를 끄덕이는 모습을 보여주었다. 사실은 라파엘 덕분이지만 말이지.

"그건 그렇고 다른 자들은?"

"일곱 명 정도, 그런대로 도움이 될 만한 자들이——."

일일이 말하는 게 너무 거창하다니까, 이 녀석은.

천 명분이나 육체를 준비했는데, 결국 열 명을 못 채우다니.

하지만 뭐 트렌트에 100명 이상의 분량을 사용했으니, 잘된 것으로 칠까.

"——나머지는 잡졸들입니다만, 이자들의 부하인 점을 고려하여 리무루 님의 진영에 참가할 영광을 주시면 좋겠습니다."

아, 더 있단 말이구나.

"그렇군. 그럼 어느 정도의 수를 데리고 돌아온 거지?"

"네, 그에 관해선 그녀들로부터 직접 들어보시죠."

"처음 뵙겠습니다, 리무루 님. 이름도 없는 몸이라 부끄럽기 그
지없습니다만, 앞으로 기억해주시면 더할 나위 없이 기쁘겠습니
다. 태초의 검은색이 심취하고 있다는 얘기를 듣고, 솔직히 믿어
지지 않았습니다만…… 이렇게 뵙고 보니 납득이 되었습니다."

"그런가?"

일어서서 내게 인사한 자는 새하얀 머리카락이 아름다운 미녀
였다.

명문가의 아가씨 같은 느낌이었고, 너무나 기품이 넘치는 모습
이었다.

그 미소도 허무한 듯하면서도 자상하게 보이는 것이, 도저히
데몬으로는 보이지 않았다.

"네. 저도 이 눈으로 리무루 님을 뵌 순간부터, 이 가슴 속의 두
근거림이 도저히 멈추질 않는군요. 저와 제 휘하의 200명을, 부
디 리무루 님의 밑으로 들어갈 수 있게 허락해주십시오."

화려한 미소를 지으면서, 백발의 미녀가 선서하듯 말했다.

나로선 이렇게 정면에서 대놓고 칭찬해봤자 부끄러울 뿐이지
만, 그런 말은 디아블로 덕분에 익숙해져 있었다. 그의 말과 마찬
가지로 해석해서, 가볍게 흘려듣고 넘기기로 했다.

"나도 마찬가지야──입니다. 내 부하 200명과 함께, 리무루
님을 모시고 싶습니다."

기운 넘치는 여자애 같은 분위기로 선서하듯 말한 사람은 보라색 머리의 미소녀였다. 사이드 포니테일이 잘 어울렸고, 너무나 귀여웠다.

라파엘이 가르쳐준 지금도 데몬이라는 것이 의심스러울 정도였다.

"나도 이의 없음! 내 군대 200명을 데리고 리무루 님의 휘하에 들어가기로 하겠어!"

눈부신 금발의 소녀가 거만한 태도로 그렇게 선언했다.

디아블로가 발끈하며 일어서려 했지만, 나는 그걸 손으로 제지했다.

본인은 그래도 이게 나에게 최대한 정중하게 대하는 것 같아 보였으니까. 흠잡으며 비난할 일까지는 되지 않는다.

자, 이걸로 대강의 인사는 끝났다.

그녀들과 그 부하들, 각각 200명.

총합 600명이나 되는 데몬이 내—— 디아블로의 산하에 가담하게 된단 말인가.

정말 무시무시한 녀석이로군, 디아블로는.

진심으로 군단을 준비할 줄이야…….

"쿠후후후후. 이자들에겐 두 명씩 심복이 있었습니다. 그리고 또 한 명, 제가 재미있다고 느낀 자가 있습니다. 그자들에게도 부하가 100명 정도 있었으니, 총 700명이 되겠습니다. 1,000명을 준비할 생각이었습니다만, 정말 죄송합니다. 저 자신의 무능함이 부끄러울 따름입니다."

"아아, 아니, 아니다. 마음에 두지 마라. 일단 만나보도록 하지."

600이 아니라, 700……

지나치게 많은 수준인데.

"오오, 정말 감사합니다! 그리고 그 전에. 제가 그녀들을 어떻게 권유했는지 상세하게 보고를——."

"그거, 얘기가 길어지나?"

"네, 그야 물론. 제 활약을 리무루 님께서 확실히 이해하실 수 있게 하기 위해서라도——."

디아블로가 기나긴 자기 자랑을 늘어놓을 것 같았다.

재빨리 저지했다.

"그럼 지금은 듣지 않겠다. 그녀들도 네 자랑은 듣고 싶어 하지 않을 테니, 그건 나중에 기회가 있을 때라도 듣도록 하지."

그런 기회는 없겠지만 말이야.

네? 하는 표정으로 놀라서 굳어지는 디아블로.

그걸 보고, 쿡 하고 웃는 악마 아가씨 세 명. 아무래도 나와 마찬가지로, 얘기가 길어질 것 같아서 불안했던 모양이다.

내 판단이 옳았다는 생각에 만족하면서, 나는 씨익 웃으며 말했다.

"다른 자들을 기다리게 하는 것도 미안하니, 바로 소개해다오."

"——자, 잘 알겠습니다. 그럼 장소를 옮기도록 하죠……."

아쉬운 표정을 짓는 디아블로.

여기서 미안한 마음이 든다고 해서 봐주면 안 된다.

디아블로가 우수하다는 건 인정하겠지만, 신입들이 있는 앞에서 섣불리 우대했다간 나중에 도움이 되지 않을 거라고 생각했다.

그녀들이 디아블로를 편애한다고 생각하는 건 아예 논외다. 일단 디아블로의 얘기는 나중으로 넘기기로 하자.

물론, 오래 이어질 얘기를 듣는 것이 귀찮다——는 것은 굳이 말할 필요도 없는 내 본심이었다.

*

디아블로는 곧바로 일어섰다.

정신생명체여서 그런지, 상당히 충격에 강했다.

그럴 거였으면 아예 처음부터 대미지를 받지 않으면 될 것을, 무슨 이유인지 내 말 한 마디에 일희일비한다니까.

정말 신기한 녀석이다.

"도시 한 가운데에 소환했다간 큰 폐를 끼칠 테니까 미궁 안에서 부르기로 하죠."

약간은 성장했는지 디아블로도 주위에 폐를 끼치는 것을 걱정하게 된 것 같다.

——그렇게 생각하고 감탄했지만, 그건 아무래도 착각이었던 모양이다.

"쿠후후후후. 도시에서 그자들을 불러내면 결계를 망가뜨려버릴 테니까요. 모처럼 리무루 님이 그리신 마법진이니 배려를 해야겠죠."

디아블로의 미묘하게 어긋난 발언을 들으면서, 나는 그 사실을 깨달았다.

그건 그렇다 쳐도 디아블로의 발언에서 마음에 걸리는 게 있었다.

이곳, 템페스트(마국연방)의 수도 리무루에는 시험적으로 항상 결계가 펼쳐져 있다. 홀리 필드(성정화결계)를 개량한 것으로, 마물로부터 흘러나오는 마력요소를 제어하는 효과가 있었다. 이 도시에는 인간도 많이 찾아오기 때문에 그들의 안전을 보호하도록 배려가 되어 있는 것이다.

마물인 주민들에게는 부담이 가해지지만, 일상생활에 영향을 주지 않는 수준이다. 그것만 참으면 인간도 살기가 편한 마력요소의 농도를 유지할 수 있는 방법이다.

게다가 도시 안에서 금지되어 있는 마법의 발동도 방해할 수 있으며, 흉악한 마수의 침입도 막아내고 있다.

이 결계를 파괴할 수 있는 거물이라면 A랭크를 넘는 재해지정 클래스의 마물뿐인 것이다.

그것도 순식간에 파괴하는 것은 무리일 것이다.

결계에 이상이 있으면 바로 반응하기 때문에, 그동안에 위병이 처리하도록 되어 있다.

A랭크의 마수라고 해도 지혜가 없다면 두려워할 필요는 없다. 우리나라의 잘 훈련된 병사들이라면 침착하게 대응할 수 있다.

내가 마음에 걸렸던 것은 나머지 700명 중에 결계를 파괴할 수 있는 자가 있다는 점이다.

내 뒤를 따르는 세 명이라면 쉽게 파괴하겠지만, 그 외에도 위험한 자들이 아직 더 있단 말일까?

디아블로는 상대를 박하게 평가하는 경향이 있다.

그런 디아블로가 도움이 될 것이라고 말한 일곱 명, 그자들은 상당히 위험할 것 같은 예감이 든다…….

미궁 안의 시설에서,

"모습을 보이는 것을 허락한다. 나타나라!"

디아블로가 그렇게 명령했다.

출현한 것은 일곱 명의 악마.

그리고 그 뒤에서 한쪽 무릎을 꿇은 700명.

역시 예상대로였다고 할까.

그 일곱 명 중에 여섯 명이 아크 데몬(상위마장)이었다.

미궁 안에서는 마력요소의 확산을 억제할 수 있기 때문에, 지상에서 나타나는 것보다 부담을 적게 줄일 수 있다고 한다. 그렇기 때문에 악마들은 그 불길한 모습을 숨김없이 그대로 드러내고 있었다.

그건 그렇고 디아블로가 인정한 이 일곱 명.

대악마라고 부를 만한 관록이 있었다.

한 명은 그레이터 데몬(상위악마)였지만, 아무래도 특수개체인 것 같고 말이지. 그럭저럭 강한 것은 틀림없었다.

들어보니 디아블로에게 싸움을 걸어왔다고 하며, 싸우는 김에 같이 박살을 내줬다고 한다.

근성이 있는 것 같아서 다행이다.

뭐, 상대의 위험함을 꿰뚫어 보지 못하는 시점에서 이미 글렀다고 해야겠지만, 그자는 약간 느낌이 달랐다.

디아블로가 말하기로는 몇 번이고 몇 번이고 대들었다고 한다.

근성 운운할 때가 아니었군.

바보다. 바보가 틀림없어.

하지만 디아블로는 그런 그레이터 데몬이 마음에 들었던 모양이다.

디아블로가 그걸로 만족한다면 나도 딱히 할 말은 없다.

그것보다.

마음에 걸리는 것은 역시 처음 만난 세 명이다.

아크 데몬이 같은 계급의 아크 데몬을 둘이나 거느리고 있었다. 그건 즉, 에너지(마력요소)양으로는 가늠할 수 없는 뭔가가 있다, 는 뜻이겠지.

《해답. 정해진 수명이 없는 데몬은 오래된 자일 수록 전투경험이 축적됩니다. 그걸 기준으로 '왕후귀족'으로 분류되는 악마계의 계급이 있으며, 그중에서도 지배계급에 속하는 자는 다른 자들과 확연히 구별되는 권능을 지닌다고 알려져 있습니다──.》

호오?

데몬에겐 성장의 한계가 있으며 아크 데몬이 거의 마지막 단계라고 한다. 그 대신 같은 조건에서 전투를 통해 역량을 갈고 닦으면서, 실력의 '격차'가 명확해지게 된다.

동등하게 같은 에너지양을 가지고 있다고 해도 그 강함에는 개체차가 있다.

그건 지식의 양이며, 승리에 대한 집념이며, 의지의 강함이다.

그것들을 총합하여 악마들의 존재는 성립되고 있다고 한다.

더구나.

《──아크 데몬에겐 태어난 연대에 따른 구분도 있습니다.》

3,000년도 더 된 태곳적부터 살아남아 이어진 전설, 선사종(先
史種).
1,000년 이상의 세월을 살아온 대악마, 고대종(古代種).
400년 이상의 지식을 축적한 중세종(中世種).
100년이라는 세대를 초월한 근세종(近世種).
인간의 반생 이상을 학습해온 근대종(近代種).
이제 갓 태어난 현대종(現代種).
그리고──,
첫 시작의 악마로 정의되는 태초.

《얼마나 많은 시간을 보냈느냐에 따라 악마의 힘은 다르게 평가됩니
다. 지배계급이란 고대종── 백작 이상의 자를 가리키는 말입니다.》

상세하게 설명해줘서 고마워.
라파엘은 날 위해서 악마에 대해 성심껏 조사해주고 있었다.
고맙고 또 고맙다.
그건 그렇고, 그렇다면 그 지식을 활용하여 눈앞에 있는 악마
들을 관찰해보자.
맨 처음 본 세 명은 지배계급이며, 이쪽의 여섯 명은 피지배자
라는 얘기가 되는군. 즉, 맨 처음 본 세 명뿐만 아니라 디아블로

도 백작 급 이상의 오랜 악마라는 뜻인가.

몰랐다고는 하나, 정말로 터무니없는 녀석을 동료로 삼은 것 같다.

그런 생각을 하면서 살짝 몸을 떨었더니, 디아블로가 빙긋 웃으면서 설명하기 시작했다.

"이자들이야말로 어느 정도는 기대할 수 있는 자들입니다. 제가 리무루 님이 얼마나 훌륭한지를 설명하며 들려줬더니, 반드시 리무루 님의 도움이 되고 싶다며 울며불며 애원하기에 동행을 허락하자고 생각했죠."

그렇게 미담 분위기로 포장하여 얘기하는 디아블로.

그 머릿속에선 이미 자기 생각대로 이야기가 완성되어 있는 것 같다.

그 일곱 명을 자세하게 관찰했다.

운 것은 사실이겠지만, 나의 도움이 되고 싶다고 말했는지는 의문으로 남는군. 어쨌든 모두에게 실컷 두들겨 맞은 흔적이 남아 있으니까. 특히 그레이터 데몬은 살아 있는 것이 이상할 정도로 만신창이가 되어 있었다.

역시 디아블로가 지어낸 얘기인 것 같다.

일곱 명은 뭔가를 말하고 싶은 표정을 짓고 있었지만, 그들의 상사를 앞에 둔 상태에서 감히 발언은 하지 않았다.

교육은 잘 되었—— 아니, 디아블로가 단단히 엄포를 놓았겠지.

『저희는 지금부터 마왕 리무루 님의 충실한 하인입니다. 무엇이든 명령하십시오!』

일제히 머리를 숙이면서 내게 충성을 맹세하는 일곱 명과, 그들을 따라서 합창하는 700명의 악마들.

700명의 데몬이 일제히 엎드려서 절하는 모습은 그야말로 장관의 극치였다.

디아블로는 만족스러운 표정으로 그 모습을 바라보면서, 고개를 끄덕이고 있었다.

실로 무시무시한 녀석이다.

정말로 아군으로 삼길 잘했다고, 나는 속으로 그렇게 생각하면서 안도했다.

＊

그건 그렇고, 정신생명체인 데몬(악마족)은 육체를 얻지 않으면 나타나는 것만으로도 마력이 흘러나오면서 소모하게 된다. 계속 그대로 놔뒀다간 그들도 많이 힘들 테니, 빨리 육체를 주기로 하자.

방법은 간단하다.

우선은 악마들을 '벨제뷔트(폭식지왕)'로 포식한다. 그런 뒤에 배양캡슐 안에 있는 인형의 '의사혼'에 '라파엘(지혜지왕)'로 '통합'시켜 깃들게 만들었다.

물론 대성공이었다.

악마들은 빙의용 육체를 얻으면서, 제각각 자신의 취향에 맞춰서 모습을 변화시키고 있었다.

2, 3일 정도 지나면 완전히 익숙해질 것이다.

문제는 처음 본 세 명이다.

부하인 악마들과 같은 대접을 하는 것은 아무래도 마음이 내키지 않았던 것이다.

디아블로와 오래 알고 지낸 사이라고 하니, 약간은 특별취급을 해줘도 좋겠다고 생각했다.

그리고 미인들이니까 말이지, 그녀들은.

여기는 미의 탐구자인 내가 나설 차례로군.

현재의 그녀들의 외모를 손상시키지 않을 정도로, 그러면서도 악마처럼 느껴지는 분위기를 제거하고 인간답게 만들 것이다. 그 정도라면 식은 죽 먹기이니, 협조해줄 것을 제안했다.

"너희들의 외모는 내가 조정해줄까?"

"그래도 괜찮으시겠습니까?"

"물론이고말고."

"그렇다면 부탁드리겠습니다."

백발의 미인이 미소를 지으면서, 내 제안을 받아들였다. 그걸 보고, 나머지 두 사람도 자신들의 몸을 조정해달라고 내게 부탁했다.

흔쾌히 승낙하고 작업을 개시했다.

골격을 건드리지 않은 채로 외모를 바꾸는 것은 어렵다.

내 손은 내 뜻대로 오차 없이 움직이며, 라파엘의 연산은 완벽했다. 세 명의 외모를 기반으로 골격을 형성하는 것쯤은 내게는 너무나 쉬운 일이다.

그녀들이라면 골격만 제대로 정리하여 갖추면, 마력요소의 흐름을 조절하여 자신의 모습을 완벽히 재현해낼 것이다.

그리고 이왕 시작한 김에 서비스도 추가한다.

나는 마강으로 만든 골격에 금을 섞어서 오리할콘(신휘금강)으로 변질시켰다. 디아블로의 친구들이라면 이 정도는 해줘도 좋겠다고 생각한 것이다.

이 세계에서도 금은 만능의 금속이다. 마력요소와의 상성도 아주 좋으며, 강도뿐만 아니라 모든 면에서 '마강'을 초월하는 것이다.

골격부터 아름답다고 대호평을 받았다.

"""정말 감사합니다, 리무루 님!"""

너무나 기뻐하는 모습을 보니, 나도 만족스러웠다.

자, 그럼 이걸로 작업은 종료.

이제 남은 것은 눈을 뜨기를 기다리는 것뿐이다.

아, 그렇군. 이름을 지어주지 않으면 불편하겠지——라고 내가 생각했을 때.

"이봐, 아까부터 뭘 하고 있는 거야?"

"얏호—, 리무루! 디아블로가 부하를 데리고 온 거야? 나한테도 소개—— 윽?!"

디노, 라미리스, 베루도라가 구경꾼 근성을 있는 대로 드러내며 나타났다.

"라미리스의 말대로 디아블로가 부하를 데리고 왔어. 이 녀석들은 악마니까, 그래서 대용할 육체를 준비한 거야."

사정을 모르는 디노에게 설명했다.

"아니, 그건 들었지만 말이지…….."

들었다면 뭘 그렇게 놀랄 일이 있는 거지?

"이것 참. 이 정도로 많은 수의 데몬을 불러 모으다니 정말 대단하구나, 디아블로여."

아, 수가 너무 많다는 애긴가. 확실히 많긴 하네.

베루도라의 말을 듣고, 그것도 그렇겠다고 생각하면서 납득했다.

나도 듣지 않았다면 더 놀랐을 것이고.

"아니, 그것뿐만이 아니거든. 나도 약간 놀라긴 했지만, 그 세 명은 너무나도 오래 살아온 것처럼 보이는데……."

라미리스가 뭔가에 놀란 표정으로 그런 말을 꺼냈고, 그 말을 들으면서 디노도 고개를 끄덕이고 있었다.

"아아. 그녀들은 지배자계급이며 고대종이라고 하니까, 1,000년 이상은 살아온 것 같아."

"뭐……?"

"좀 아니지 않나, 그건?"

뭐가 아니라는 거야.

라파엘의 설명에 잘못된 부분이 있을 리가 없다고.

《……아닙니다. 해석의 차이입니다. 정확한 연대를 알 수 있는 방법이 없으니, 예상은 예상일 뿐입니다. 1,000년 이상이라는 말은 3만년 이상 살아도 신기할 게 없다는 뜻입니다.》

확실히 그건 그렇군.

1,000년 이상이라는 말에는 3,000년도, 4,000년도, 1만년조차도 포함되는 것이다.

라파엘이 틀릴 리는 없지만, 반드시 정확한 해석이라고도 할 수 없단 말인가.

"으―음, 그렇게 말해도 말이지……. 여성에게 나이는 묻기도 어렵고."

"크아하하하. 그에 대해선 나도 배웠다. 쓸데없는 분노를 사는 모양이더군."

"뭐, 얼마나 오래 살았는지는 그렇게 중요하지 않잖아. 지배자 계급인 엄청난 데몬이 동료가 되었으니 그거면 된 거야."

"리무루가 그걸로 됐다면 나도 아무 말 않을게."

"엄청난 발상이야. 나는 흉내도 못 내겠어."

"쿠후후후후, 역시 리무루 님이십니다. 중요한 것은 얼마나 오랜 세월을 살아왔는가가 아니라, 어떻게 살아왔는가 하는 것이다. 그런 뜻이로군요?"

으, 으―응?!

디아블로 녀석이 뭔가 그럴듯한 느낌으로 얘기를 정리해버렸다.

약간 부끄럽지만, 나는 그 말에 고개를 끄덕이면서 넘겨버렸다.

디노를 비롯한 다른 녀석들 때문에 뭘 하려고 했었는지 잊어버릴 뻔했지만, 나는 악마들의 이름을 생각하려 하던 참이었다.

여기선 심플하게, 디아블로와 마찬가지로 슈퍼 카 시리즈로 지으면 되겠지.

가격이 곧 전투력이라는 뜻은 아니지만, 고급차에서 이름을 빌려오기로 했다.

"그럼 너희들은 지금부터 테스타로사, 울티마, 카레라라는 이름을 쓰도록 해라."

나는 위엄을 갖춘 말투로 그렇게 말했다.

배양캡슐 안에 떠 있는 세 명의 황금색 골격을 향해서.

새하얗게 빛나는 듯한 아름다운 머리카락과 흰 눈과 같은 살결. 그렇게 온통 하얗게 보이는 속에서 그 기품 어린 눈동자와 부드러울 것 같은 입술만이 붉고 선명하게 눈에 띄었다.

그 '붉은색'이 그 미려한 페라리 테스타로사를 연상시켰던 것이다.

보라색 머리카락의 활기 넘치는 아가씨는 울티마.

말괄량이처럼 파워풀한 모습이 이미지에 딱 맞았던 것이다.

카레라는 말할 필요도 없이 포르쉐에서 만드는 차의 모델명이다.

금발 아가씨의 교태 어린 눈동자는, 소유자를 선택한다는 그 명차의 이름에 잘 어울린다는 생각이 들었기 때문이다.

"이봐, 잠깐!! 그 녀석들에게 그렇게 쉽게 이름을——."

그렇게 말하면서 당황하는 자는 디노뿐이었다.

그 충고는 이미 늦었으며, 이제 와서 당황할 일도 아니다.

라미리스랑 베루도라를 보라고.

내 행동에 일일이 놀라거나 하진 않으니까.

"늘 있던 일이잖아?"

"리무루라면 당연한 거지!"

그런 식으로 가볍게 받아 넘기고 있었다.

세 명의 아크 데몬(상위마장)은 내가 하는 말을 들음과 동시에 육체를 얻는 과정을 완료했다.

황금의 골격을 피와 살점이 덮었으며, 순식간에 미의 화신과 같은 알몸이 되었다. 그리고 그 기세를 그대로 살려 마력요소를 변환시킨 옷을 입었다.

부서지면서 흩어지는 배양캡슐.

그녀들이 발산하는 요기를 버텨내질 못한 것 같다.

그것도 그럴 것이, 그녀들은 내가 이름을 지어주면서, 데몬 로드(악마공, 惡魔公)로 진화했으니까.

지금까지와는 완전히 달랐다.

그 힘은 무시무시할 정도로 압도적이었고, 그 실력의 차원은 비상식적이었다.

"이거 정말이야……? 구(舊) 마왕의 일원인 칼리온조차도 상대가 안 되겠는데. 얼마나 강한지 짐작도 안 되잖아, 이건. 다행이다. 리무루와 척을 지지 않길 정말 잘했네."

디노가 그렇게 신음하듯 중얼거리고 있었지만, 그 말에 반응하는 자는 없었다.

뒤늦게 찾아온 베스터만 구석에서 "나는 아무것도 보지 못했어, 하하하, 난 몰라. 아무것도 모르고 나하곤 관계없어……"라고 중얼거리고 있었다.

자신의 머리를 탁탁 때리면서, 헛소리처럼 계속 중얼거리는 모습이 애처로운 감정을 자아냈지만, 그 모습은 못 본 것으로 치고 넘어가주기로 했다.

그날은 일단 그렇게 종료되었다.

대량으로 마력요소를 뺏기는 건 위험하니까 신중하게 진행해야지.

여유를 두고 문제가 없는 범위에서 이름을 차례로 지어주었다. 하루에 세 명 정도로 제한하는 게 좋을 것이다.

그런고로, 그 후로 며칠 동안은 이름을 지어주는 나날이 계속되었다.

모스.

베이런.

아게라.

에스프리.

존다.

시엔.

베놈.

이렇게 강한 순서대로 '이름'을 지어주었다.

테스타로사의 심복은 모스와 시엔이다.

울티마의 심복은 베이런과 존다.

카레라의 심복은 아게라와 에스프리다.

그리고 디아블로가 마음에 들어 했던 자가 베놈이 되었다.

테스타로사를 비롯한 세 명의 아가씨만으로도 데몬 로드가 세 명이라는 말도 안 되는 전력을 얻은 셈이지만, 이건 아직 시작에 불과했던 모양이다.

이 일곱 명도 이름을 지어줌과 동시에 순식간에 진화를 완료하더니, 당연한 것처럼 배양캡슐에서 나왔다.

두 명이 데몬 로드(악마공)가 되어서.

나머지 네 명은 여전히 아크 데몬(상위마장)이었지만, 지금까지와는 분위기가 약간 달라져 있었다. 제대로 설명하기가 힘들지만, 상한선을 돌파해버린 것 같은 느낌이었다. 참고로 베놈도 아크 데몬으로 진화했기 때문에 대폭적으로 전력이 증강되었다고 할 수 있겠다.

하지만 내 입장에선 너무 놀란 나머지, 감동을 느끼지 못하고 있었다.

애초에 데몬 로드란 존재는 그렇게 쉽게 모습을 드러내는 존재가 아니란 말이야. 웬만한 마왕을 능가하는 전설 속의 존재라고 하는데, 그런 존재가 우리나라에는 디아블로까지 포함하여 여섯 명이나 있는 것이다.

그다지 레어한 존재라는 느낌이 들지 않는단 말이지.

이렇게 전력을 늘려서 대체 뭘 하고 싶은 걸까.

나는 정치와 경제부문에서 실력이 있는 인재를 확보하고 싶단 말이다.

그들이 과연 그런 일을 맡을 수 있을까?

보나마나 무리일 것 같지만, 한 번은 시험 삼아 맡겨볼 수밖에 없으려, 나…….

그렇게 고민하면서, 나머지 700명에게도 지어줄 이름을 생각했다.

디아블로와 한 약속도 있으니, 끝까지 편의를 봐주겠다고 생각한 것이다.

예상 못 한 오산도 있었다.

라파엘(지혜지왕)이 말하기로는 배양캡슐에 담긴 마력요소를 소비하는 것만으로도 이름을 지어줄 수가 있다고 한다.

기쁜 소식이었다.

나는 그 말을 듣고 의욕이 생겼으며, 겨우 이틀 만에 '이름을 지어주는 과정'을 마친 것이다.

내 앞에 엎드려 절하는 총합 700명을 넘는 악마들.

원래는 레서 데몬(하위악마)였던 자가 대부분이었지만, 육체와 이름을 얻으면서 종족으로 따지자면 그레이터 데몬(상위악마)으로 진화한 상태다.

그리고 예상대로 종족에 관계없이 에너지(마력요소)양으로는 A랭크에 도달해 있었다.

A랭크 오버인 부하들이 700명.

내 입으로 말하는 것도 우습지만, 약간은 그 의미를 알 수 없을 정도로 인플레이션(과잉전력) 상태다.

그중에는 아크 데몬(상위마장)으로 진화한 것으로 보이는 자도 있었다.

이거 어쩌면 또 의도치 않게 저질러버린 건지도 모르겠는데…….

무시무시할 정도로 전력이 증가한 것이다.

아니, 처음 만난 세 명—— 테스타로사, 울티마, 카레라만으로도 충분히 그런 수준이었다.

이제 와서 따지는 것도 너무 늦었으니, 나는 전혀 알아차리지 못한 척 하기로 하자. 응, 그렇게 하는 거야.

그게 마음의 평온을 지키는 것뿐만 아니라 모든 것에 대해서도 최선책이겠지.

"리무루 님, 너무나 멋진 이름을 받게 되어 그 기쁜 마음을 차마 어떤 말로도 표현하지 못할 지경입니다. 앞으로도 충성을 바칠 것을 부디 허락해주십시오!!"

테스타로사가 모두를 대표하여 내게 맹세했다.

응, 하고 고개를 끄덕이는 나. 어찌 됐든 상관없으니 좋게 생각하기로 했다.

잘 생각해보면 이건 전부 디아블로가 책임질 일이다.

나는 약속을 지켰을 뿐이다. 나머지는 디아블로가 악마들을 교육시켜주겠지, 라고.

나는 무책임하게도 그런 생각을 했던 것이다.

●

리무루가 현실도피를 하고 있던 것과는 달리 한편에선——.

"검은색—— 아니, 디아블로. 당신이 리무루 님에게 심취한 이유를 이해하겠어요."

"응. 정말 대단해, 그분은."

"우리의 정체를 꿰뚫어 본 것도 모자라서 우리의 존재가 하찮다고 단정하셨지. 오래된 마왕인 디노조차도 우리를 보고 얼굴이 창백해졌는데 말이지."

그런 얘기를 나누는 테스타로사, 울티마, 카레라.

리무루는 모르는 사실이었지만, 그녀들은 처음에는 리무루에게 충성을 맹세할 생각이 전혀 없었다. 오래 알고 지낸 디아블로와의 교섭에 따라 일시적으로 그 힘을 빌려주기만 할 생각이었던 것이다.

....

………….

…….

그녀들은 오래 살아왔다.

이 세계에서 '최강'의 존재였다.

그녀들을 따르는 악마들도 또한 마찬가지였다.

인간의 기준으로 정의할 때 선사종(先史種)에 해당하는 자도 두 명이나 있었다.

그 정도로 오랜 세월을 살아오면서, 불패를 유지해온 악마.

그게 바로 모스와 베이런이다.

모스――수만 년 동안 패배를 몰랐던 태초에 버금가는 실력자. 악마계의 대공작.

베이런――4,000년 이상 살아온 노회한 후작. 모스에게 몇 번 인가 패배하면서 전생을 반복하고 있다.

그 외의 다른 시종들도 나름대로 상당한 수준이었다.

아게라――근세종이면서도 자작급.

에스프리. 현시점에서 500년 동안 무패였던 자작급.

존다. 현시점에서 300년 동안 무패였던 남작급.

시엔. 현시점에서 300년 동안 무패였던 남작급.

아게라는 특수개체이며, 300년 전에 카레라에게 투항한 뒤로 패배를 모르는 강자였다. 악마치고는 드물게 마법이 아닌 칼이라 는 무기를 특기로 삼고 있었다.

에스프리, 존다, 시엔, 이 세 명은 베이런과 마찬가지로 전생을 거듭하고 있었다. 오래 전에 처음 태어났고, 태초라는 본류에 한 없이 가까운 개체였던 것이다.

베놈은 태어나면서부터 유니크 스킬을 보유한 특수개체다. 그 살아온 세월은 아직 길지 않지만, 그 성장속도에는 괄목할 부분이 있었다.

데몬(악마족) 중에서도 이채를 띠는 그런 강자들이 디아블로에 의해 회유되어 있었다. 그런 사정을 모르는 리무루는 평소와 마찬가지로 가볍게 생각하여 '이름'까지 지어주는 폭거를 저질렀던 것이다.

그 결과── 여기서 태어난 악마들은 '세상의 섭리'를 넘어서는 힘을 얻었다.

그리고 상상을 초월하는 군단이 된 것이다.

무시무시한 대악마들.

1,000명에 미치지 못하는 소수이면서도 군단이란 이름으로 칭하는 집단.

──블랙 넘버즈(흑색군단)──.

템페스트(마국연방)의 최대전력이자, 공포의 상징.

──으로 나중에 널리 알려지게 된다.

악마가 배양캡슐에서 해방되었을 때── 그 순간이 바로 블랙 넘버즈가 탄생한 순간이었던 것이다.

....

....

......

테스타로사는 그 하얀 볼에 홍조를 띠면서, 황홀한 표정으로 중얼거렸다.

"아아, 재미있더군요. 나라를 멸망시키는 게임을 거듭하는 것보다도, 당신들과 서열을 걸고 싸우는 것보다도 그분을 보고 있는 게 훨씬 더 즐거워요."

그 말을 듣고 고개를 끄덕이는 것은 울티마였다.

"그러네, 나도 자기 분수도 모르고 까부는 악마들을 고문하는 것보다 이 나라에서 일하는 게 더 즐거울 것 같아."

그런 두 사람의 말에 카레라도 동의했다.

"맞아. 너희가 말하는 것처럼 리무루 님은 대단한 분이야. 내가 뿜어낸 '위압'을 아기 고양이를 다루는 것처럼 받아서 흘려보내셨어! 주군으로 모시는 것도 재미있겠다, 그런 생각이 들게 만들더라니까. 사실은 '이름'을 지어주신 뒤부터는 진심으로 충성을 맹세했지만 말이야."

카레라는 그렇게 말하면서 파안의 미소를 지었다.

"그때는 당신을 죽일 뻔했습니다."

디아블로는 진지한 표정으로 그렇게 말했지만, 카레라의 말에 거짓이 없음을 꿰뚫어 보았기 때문인지, 지금은 굳이 분위기를 나쁘게 만들 생각은 없는 것 같았다.

그런 디아블로에게 테스타로사가 말했다.

"그렇지, 디아블로. 당신에게는 감사하고 있어요. 나에게 그런 제안을 했을 때 사실은 당신을 죽이려고 생각했던 것을 알고 있었나요?"

"알고 있었습니다. 당신은 그런 여성이니까요. 아니, 오히려 저는 왜 그때 했던 제안을 받아들인 건지 묻고 싶군요. 당신이라면

213

납득을 할 때까지 저에게 도전할 것이라 생각했습니다만……"

디아블로가 알고 있는 '흰색'은 가혹하고 격렬한 성격이었다. 결코 남의 말을 순순히 따르는 존재가 아니었던 것이다.

악마끼리의 싸움은 그 지식과 레벨(기량)에 크게 좌우된다. 데몬 로드(악마공)로 진화했다고 해도 '흰색'을 상대로 확실하게 승리할 수 있을지는 의심스러웠다. 그래서 반대로 재미있긴 하지만.

"그래요, 우리는 강하죠. 우리 데몬보다 강한 자가 이 세상에 존재할 것으로 생각하나요?"

"아뇨."

테스타로사의 질문을 듣고, 디아블로는 만족스러운 미소를 지으면서 대답했다.

테스타로사는 한층 더 깊은 미소를 그윽하게 지으면서 말을 이었다.

"그렇죠? 그래서 그랬던 거예요, 디아블로. 당신이 소중하게 여기는 주인에게 흥미가 생긴 거죠. 최강인 우리의 동포를 매료시킨 자. 시시한 상대였다면 죽여버리자고 생각했었죠."

"오른쪽과 동감."

"훗, 그럴 마음은 사라졌지만, 나는 정면에서 대놓고 싸움을 걸 생각이었는데."

그 말은 들은 디아블로는 발끈한 표정으로 혀를 찼다.

"리무루 님이 보시는 앞에서 제게 창피를 주지 않았다는 점은 높이 평가하겠습니다만, 만약 정말로 실행할 마음이라면——."

"괜찮아요, 디아블로. 당신이 자신의 이름에 긍지를 갖고 있는 것과 마찬가지로 저도 리무루 님에게서 받은 '테스타로사'라는 이름이 마음에 드니까요. 이 이름에 걸고 충성을 맹세할 거예요. 그건 울티마랑 카레라도 같은 마음이겠죠?"

"응!"

"아까 말한 대로야."

세 명의 아가씨는 마치 호흡을 맞춘 것처럼 서로를 보면서 고개를 끄덕였다.

디아블로는 어쩔 수 없다는 표정으로 고개를 저었다.

"뭐, 당신들이외의 잔챙이들은 리무루 님께는 도움이 되지 않을 테니까요. 어쩔 수 없죠. 부디 제가 귀찮아지지 않도록, 앞으로는 리무루 님뿐만 아니라 제 명령에도 따라주셔야겠습니다."

"어쩔 수 없다는 건 우리가 할 말이거든요. 리무루 님을 소개해준 은혜는 갚도록 하겠어요."

"뭐, 나도 이의는 없어."

"리무루 님께 도움을 드리면서, 나중에 네 자리를 넘어서면 되는 거니까 말이지. 그때까지는 우리에게 명령하는 걸 허락해줄게."

디아블로는 짜증이 났지만 테스타로사 일행이 명령에 따르겠다고 약속했으므로, 지금은 얌전히 물러서기로 했다.

디아블로가 자신의 감정을 참을 수 있는 상대는 한정되어 있었다. 그것만으로도 테스타로사 일행이 얼마나 특이한 존재인지 알 수 있을 것이다.

이리하여 리무루가 모르는 사이에 그들 사이의 명령계통이 성립된 것이다.

──그런 대화가 있었다고.

오늘도 평화롭게 지내려고 했던 내게 디아블로가 넌지시 알려주었다.

"──그런 대화를 나누었습니다. 그자들은 제 지휘하에 들어왔습니다만, 무슨 짓을 저지를지 모릅니다. 리무루 님께 실례되는 걱정일지도 모르겠으나, 일단은 주의하십시오!"

"으, 응."

아니, 그 전에 무슨 말을 하는 거야, 이 녀석은.

그 세 사람은 네가 불러온 거잖아!!

그렇게 화를 내봐도 이미 늦은 일이다.

오늘도 평화롭게 살려고 했는데, 쓸데없는 문제가 늘어난 것 같다.

동료가 늘어날 것으로 기대하고 있었는데…….

뭐, 어디까지가 진실인지 의심스럽긴 하지만 말이지.

그리고 디아블로의 지휘하에 들어갔다면 역시 모든 책임은 디아블로에게 있는 것이다.

임명책임?

그게 뭔데, 먹는 거야?

그렇게 생각하면서, 나는 흔쾌하게 모든 문제를 떠넘기기로 했다.

ROUGH SKETCH

카레라

울티마

테스타로사

악마 아가씨 사복 Ver.

제3장

불온한 기운

Regarding Reincarnated to Slime

예정 밖의 전력 증강이 있었지만, 동료가 늘어난 것은 솔직히 기쁜 일이다.

나는 곧바로 디아블로와 악마들이 일할 자리를 논의하기로 했다.

대표 자격으로, 테스타로사를 비롯한 세 명의 아가씨들도 동석하도록 했다.

일단 의견을 들어보자고 생각한 것이다.

"그래서, 긴급하게 임명하고 싶은 자리는 세 개다. 내 전권대리가 되는 외교무관, 국내의 거대한 악을 조사하는 검찰청의 검사총장, 모든 죄를 공평하게 처벌하는 사법부 최고재판소장이지. 마침 너희 세 명이 있으니, 해보지 않겠나?"

터무니없는 제안이라고 생각하면서도, 나는 가볍게 부탁해봤다.

그렇게 쉽게 맡을 직책이 아니며, 간부들 중에서도 반발이 있을지 모른다. 하지만 그런 반발을 조용하게 만드는 게 디아블로의 할 일이다.

무엇보다 서로 쉽게 친해져도 되는 직책이 아니므로, 내 직속에 가까운 자를 임명하는 것이 좋겠다는 생각도 있었다.

만약 이자들이 부정을 저지른다면 그때는 디아블로에게 명령하여 숙청하면 그만이다. 오히려 더 처리하기 쉬운 사안이란 생각까지 들었다.

"삼가 명령을 받들어 외교무관을 맡겠습니다."

"나보다 더 거대한 악이라고? 왠지 가슴이 두근거리는데!"

"내 처벌은 공평하지. 내 주군의 기대에는 최선을 다해 응하고 싶군!"

이봐, 이봐, 자신이 할 일에 대한 설명도 듣지 않았는데 바로 받아들이지 말라고.

"괜찮겠나? 어려운 업무일 것으로 생각하는데⋯⋯."

"맡겨주십시오."

"웅! 조사는 내 장기야!"

"평등하게 죽음을 선사하기로 하죠."

아니거든? 그건 좀 아닌 것 같거든?!

왠지 모르게 불안해지는 대답이었다.

나는 디아블로를 힐끗 봤다.

만족스러운 미소를 짓고 있는데, 저 얼굴은 귀찮은 일을 떠넘길 수 있어서 잘됐다고 생각하는 것으로밖에 보이지 않는다.

뭐, 확실히 디아블로라면 외교무관 같은 업무는 절대 거절하겠지.

"잘 들어라, 외교무관이란 것은 평의회의 의원으로서 나를 대신하여 발언하는 자이다. 그뿐만이 아니라, 각국에 무력을 배치하면 그 모든 것을 통솔하는 임무도 지닌다. 중요한 역할이란 얘기야."

"네, 잘 알고 있습니다."

테스타로사는 부드럽게 미소 지으면서, 문제없다고 자신만만하게 말했다.

"테스타는 총명한 여성입니다. 리무루 님에게 불리하게 돌아갈 외교는 절대 하지 않을 것이라고 저도 보증하겠습니다."

아니, 너는 그냥 네가 하고 싶지 않은 것뿐이잖아?

디아블로의 보증은 믿음이 가지 않지만, 테스타로사가 총명하다는 말은 맞을지도 모르겠다.

"지금 작성 중인 우리나라의 법령도 말이지. 그 의미를 이해하고 다른 나라에 알릴 필요도——."

"안심하십시오, 리무루 님. 모두 암기하고 있으니까요."

그렇게 말하는 테스타로사는 아직 시행착오를 거듭하고 있는 우리나라의 법령을 암기한 것을 읊어보였다. 게다가 문제점까지 지적해주고 있었다.

"채용! 두말할 것도 없이 채용하겠어. 평의회에선 화가 날 일도 있겠지만, 나라의 이름을 등에 지고 있다는 사실을 자각해서 싸움이 날 일만은 일으키지 않도록 해주게. 부탁이야."

"맡겨주십시오. 만일의 경우에도 제가 손을 댔다는 증거는 남기지 않겠습니다."

아니, 아니, 아니, 그런 문제가 아닌 것 같은데?!

하지만 테스타로사의 재능은 진짜였다.

달리 적임자도 없었으며, 이전 평의회에서 난동을 부린 내가 말하는 것도 설득력이 떨어진다.

당분간은 상태를 살피기로 하자.

그리하여 테스타로사를 외교무관으로 내정했지만, 다른 두 사람도 우수했다.

"그럼 다음은 내 차례네!"

그렇게 말하면서 울티마는 제정 중인 주요 법전을 암기해서 읊어주었다.

테스타로사와 마찬가지로 엄청나게 똑똑한 것 같았다.

"주군, 우리는 계약을 중시하는 종족이야. 그 빈틈을 찾아내는 것이 특기이며, 멍청하게 뒤통수를 맞는 짓은 당하지 않아. 또 뇌물에 넘어갈 일도 없지. 우리를 따르게 만들려면 힘에 의존하는 것밖에 없지만, 우리에게 이길 자는 마왕 중에서도 얼마 되지 않을걸."

누구에게도 질 생각이 없단 말이지?

그렇게 단언하지 않는 것은, 마왕 중에는 그녀들 이상의 강자가 있다는 말이겠지.

아마 그 녀석일 것이다.

그 붉은 머리.

뭐, 나하고는 관계가 없는 얘기지만.

쉽게 말해서 중요한 것은 카레라라면 정말로 공평하게, 모든 죄인을 처벌해줄 것이란 점이다.

"채용하지, 그럼 세 명 다, 앞으로 잘 부탁하겠어!"

""""맡겨주십시오!!"""

일단 당장 필요한 인사로서, 테스타로사를 비롯한 세 명의 아가씨를 채용하기로 했다.

그리고 그것은 정답이었다.

템페스트(미국연방)는 다른 예를 찾아볼 수 없을 정도의 법치국가가 되었고, 그 국가구조는 본보기로서 널리 알려지게 된다.

참고로 이 법률은 내게도 적용된다.

증수회(贈收賄, 뇌물을 주거나 받음) 같은 죄로 체포되지 않도록, 나도 조심하자는 생각을 했다.

*

우리나라에도 드디어 법치국가의 체제가 갖추어졌다.

시험운용이긴 하지만, 삼권분립도 기능하고 있다.

울티마와 카레라도 진지하게 일하고 있었다. 아니, 그녀들의 부하 중에 우수한 자가 많이 소속되어 있었던 것 같다. 눈 깜짝할 사이에 조직을 지휘하면서, 그 힘을 충분히 발휘해주고 있었다.

울티마는 로그루도를 잘 따랐다.

로그루도를 '아저씨'라고 부르면서, 그의 지시에는 착실하게 따라주고 있는 것 같았다.

로그루도도 울티마를 '아가씨'라고 부르면서, 딸처럼 귀여워해주고 있었다.

그렇다. 실은 로그루도는 울티마의 정체를 모르는 것이다.

로그루도는 호탕하고 대담한 남자지만, 아무리 그래도 울티마가 대악마라는 것을 알면 괜히 신경을 쓸 지도 모른다. 그렇게 생각한 나는 디아블로가 스카우트해온 자라고만 설명했던 것이다.

뭐, 중요한 것은 얼마나 일을 잘 하느냐 하는 것이니, 딱히 문제가 되지는 않겠지.

그리고 최고재판소장관인 카레라도.

루그루도가 사법장관으로서 행정기관인 법무성으로 돌아왔다.

사법부는 정식으로 독립기관이 되었으며, 앞으로는 행정과 얽히게 될 일은 없어질 것이다.

그렇다곤 해도 그게 사법부가 멋대로 행동해도 된다는 뜻은 아니다. 사법, 입법, 행정이 서로를 감시하게 된 것이다.

루그루도는 내가 임명한 카레라의 감시와 서포트를 맡고 있다. 그의 보고에 의하면 카레라의 언동은 차치하고라도 업무 능력은 우수하다고 했다.

카레라라면 뇌물이나 폭력에 굴할 일이 없으므로, 루그루도도 카레라를 인정한 것 같았다.

이러면 됐다.

완벽한 정치체제 같은 건 애초에 존재할 리가 없으니, 문제가 생길 때마다 해결하면 된다.

이제 남은 건 이 관계법령의 초안을 평의회에도 주지시키는 것뿐이다.

"그래서 말인데 테스타로사, 준비는 완벽한가?"

"네, 리무루 님. 모스가 모든 준비를 마쳐놓았습니다."

내 앞에서 우아하게 앉아 있는 미녀, 테스타로사.

손수 홍차를 잔에 부은 뒤에 내 앞으로 내밀었다.

맛있다.

슈나의 홍차는 절대적인 맛을 자랑하며, 시온의 홍차도 그런대로 마실 만하다.

하지만.

테스타로사가 끓여준 홍차는 깜짝 놀랄 만큼 맛있었다.

향기는 그윽했으며, 맛은 진했다. 뒷맛이 남지도 않았으며 쓴

맛은 아예 없었다. 설탕 같은 걸 넣지도 않았는데, 은근히 달았다. 그러면서도 입에 머금으면 깔끔했다.

"테스타, 당신이 직접 차를 끓일 줄이야. 놀랐습니다."

내 뒤에 서 있던 디아블로가 그렇게 말하면서 동그랗게 눈을 뜨고 있었다.

"후훗, 그러네요, 리무루 님에겐 특별히 만들어 드린답니다. 물론, 당신의 몫은 없어요."

"——상관없습니다. 제 위치가 더 위에 있다는 걸 인식하고 있다면, 사적인 일에는 눈을 감아드리죠."

그런 대화를 나누면서, 디아블로는 스스로 자신이 마실 홍차를 준비하고 있었다.

사이가 좋은 건지, 나쁜 건지.

삐걱거린다는 느낌은 들지 않지만, 양호하다고까지 할 수 있는 정도도 아니었다.

"그건 그렇고 각국의 반응도 재미있군요. 우리나라인 템페스트(마국연방)에 들어오려고 하는 나라도 있으며, 잘 이용해서 권력을 얻으려는 꿍꿍이를 꾸미는 나라도 있습니다. 환영의 뜻을 보이는 나라는 반수 이하이고, 대부분의 국가는 여전히 의심을 하고 있더군요."

테스타로사가 갑자기 그렇게 말했다.

마치 보고 온 것처럼 말하는데…….

"그건 어디서 얻은 정보지?"

"실례했습니다. 리무루 님의 도움이 되면 좋겠다고 생각하여, 모스를 시켜 잠깐 조사했답니다."

또 모스인가.

아주 우수한 인재로군.

모스라면 분명, 테스타로사 3인방에 버금가는 실력자였지. 데몬 로드(악마공)로 진화한 자들 중의 한 명으로, 또 한 명의 심복인 베이런보다 강하다고 들었다.

그런 모스는 정보수집능력까지 탁월하단 말인가.

"그건 어느 정도의 정확도를 지닌 정보지?"

마법에 의한 것인가, 직접 들은 정보인가.

신용할 만한 가치가 있다면 좋겠지만, 그렇지 않으면 오히려 방해가 되는 경우도 있다. 그걸 확인하기 위해서 나는 테스타로사에게 물어봤다.

"모스는 특수능력을 가지고 있는데, 작게 분리된 다수의 '분신체'를 각지로 보낼 수가 있죠. 각지의 정보를 동시에 수집하고 분석하는 것쯤은 모스에겐 어린애 장난 수준이랍니다."

엄청 대단하잖아.

생각지도 못한 수확이라는 생각이 들면서, 나는 속으로 기쁘게 생각했다.

"그건 믿음직스럽군. 나중에 소우에이를 소개해줄 테니까, 정보수집에 도움을 주면 좋겠다. 각자 장단점도 있겠지만, 서로가 서로의 부족한 부분을 메워주는 형태가 되면 바람직하겠는걸."

"어머나, 리무루 님께 칭찬을 받다니 부럽군요. 전 모스에게 질투를 느낄 것 같네요."

그렇게 말하면서 웃는 테스타로사.

"노, 농담이 지나치십니다……."

어느새 테스타로사 뒤에 서 있던 인물이 식은땀으로 범벅이 된 얼굴로 그렇게 말했다.

인기척이 흐릿해서 알아차리지 못했지만 모스였다.

베이런은 카이젤 수염이 멋진 노신사라는 느낌이었지만, 모스는 어디에나 있을 것 같은 귀여운 소년이었다.

외모로만 말하자면 초등학생 5, 6학년 정도 되려나. 강자 같은 분위기는 느껴지지 않지만, 정말 그 정도로 우수한가?

"모스가 조사해온 정보 말인데, 사실인가? 최근에 적대적이었던 의원 녀석들을 물러나게 만든 지 얼마 되지 않았는데? 의심을 하는 건 어쩔 수 없다고 해도, 아직 우리를 이용하려고 드는 나라가 있단 말인가?"

스스로 이런 말을 하는 것도 우습지만, 우리나라는 상당히 위험하다고 생각한다.

그런 위험한 나라를 이용하려고 생각하다니, 그 나라의 지도자들은 머릿속이 너무 평화에 찌들어 있는 것 아닌가?

모스의 이야기에 착오가 있다고 생각하는 것이 더 순순히 받아들일 수 있을 것 같았다.

"모스, 리무루 님께 상황을 설명해주십시오."

무슨 이유인지 테스타로사가 아니라 디아블로가 모스에게 명령했다.

"네, 네. 템페스트 부근의 남쪽 지방은 블루문드 왕국을 중심으로 호의적인 반응을 보이고 있습니다. 그러나 북방에는 정보가 제대로 전해지지 못한 상태라, 어디까지가 사실인지 의심하는 귀족이 많아 보였습니다. 숙청된 의원에 대해서 말씀드리자면, 사실을 얘기해도 믿어주지 않는 것 같았습니다. 이에 관한 얘기는 소문을 통해서 들은 추측이므로 정확하다고 말하기는 어려울지도 모르겠습니다. 하지만 몇몇 나라의 왕족 중에는 나쁜 꿍꿍이를 꾸미고 있는 자들이 확실하게 있었습니다."

모스의 힘은 거기서 나눈 대화의 내용을 듣는 것. 그러므로 그 정보가 맞는지 아닌지는 들은 쪽이 판단할 필요가 있는 셈이다.

하지만 너무나 유용했다.

"의혹을 사전에 탐지할 수 있다면, 실제로 일이 일어나기 전에 대책을 세울 수 있겠군."

"네."

"테스타로사, 대처는 맡겨도 괜찮을까?"

"물론입니다. 원하시는 것은 국가의 멸망인지요?"

아니오, 그렇지 않습니다.

"그건 너무 지나쳐! 책임은 그 나라의 주권자가 지도록 해야겠지."

"잘 알겠습니다."

"가능한 한 피를 흘리지 않는 방법으로 처리해다오."

"뜻대로 처리하도록 하죠. 적어도 템페스트의 악평이 퍼질 만한 짓은 하지 않겠습니다."

화사한 미소를 짓는 테스타로사였지만, 왠지 너무나 무섭게 느껴졌다.

정말로 맡겨도 괜찮을까 하는 불안감이 약간 들었지만, 무슨 일이든 한 번은 시험해보지 않으면 알 수 없다.

그리고 만만한 모습을 보여주는 것만으론 국가가 제대로 운영이 되지 않는 것도 사실이다. 다른 나라의 업신여김을 받는다면 필요 없는 손해가 늘어날 뿐이니까.

"그렇다면 좋다! 우리나라의 품위를 떨어뜨리지 않도록, 그리고 위엄을 보여줄 수 있도록 정진해다오!"

이리하여 나는 테스타로사를 평의회로 보내게 되었다.

＊

큰 문제가 정리되었다.

최근 몇 개월에 걸쳐 골치를 썩이고 있었지만, 오늘부터는 마음 편하게 지낼 수 있을 것 같다.

뭐?

스스로도 즐기면서 많은 연구를 하고 있던 게 아니냐고?

그야 뭐, 그렇긴 하지.

가끔은 열심히 일하고 있다는 어필을 해두지 않으면, 내가 늘 놀면서 돌아다니는 것으로 보일 수 있으니까.

이게 어른의 사교술이라는 것이다.

직장에서 최선을 다해 일하는 것은 좀 고려해봐야 한다. 그런 짓을 저지르고 나면 다음에는 그 업무량을 당연한 것으로 인식해 버리기 때문이다.

적당하게 자신이 노력할 수 있는 양을 파악하는 것이 능력 있는 남자의 조건인 것이다.

그리고 뭐, 일이란 것은 즐기면서 해야 하는 것이고.

──뭔가 그럴듯하게 말하고 있어도 어디까지나 이상일 뿐이

지만.

지금의 자신에 만족하면서 그런 환경에서 일할 수 있으니, 역시 나는 행복한 사람이라는 것을 재인식했다.

그런고로, 오늘은 건설이 끝난 학교 건물을 견학하러 왔다.

잉그라시아 왕국에서 데려온 아이들도 여기서 같이 배우고 있다.

유우키한테도 말했지만, 인간사회의 상식을 배우려면 아이들끼리 같이 어울리는 것이 제일 좋은 방법이다. 마물의 아이들만 모아놓은 학교에선 인간사회의 상식을 익히지 못할 우려가 있었다.

하지만 이 학교에선 그럴 걱정은 없다.

이 도시에도 모험가나 타지에서 돈을 버는 노동자가 많이 모이게 되면서, 가족단위로 이주해온 자들도 많이 존재했던 것이다.

당연히 아이들도 있었다.

이 세계의 저소득층에선 아이도 노동력으로 치는 게 상식이었던 모양이지만, 우리나라에선 그런 행위는 법률로 금지하고 있다.

어린아이가 할 일은 노는 것이다. 그리고 자신이 흥미를 가지게 된 것을 공부하면 된다.

인간도 마물도 동등한 교실에서 동등하게 배우도록 가르친다. 그렇게 함으로써 장래에는 함께 일하는 동료 의식도 싹틀 것이다.

그렇게 생각해서 정한 방침인 것이다.

그리고 이 학교에서 배우고 있는 것은 아이들만이 아니었다.

어른도 또한 읽고 쓰기와 산수를 배우고 있었다.

스스로 너무나도 필요하다고 느꼈는지 학습의욕은 아주 높았다. 그런 능력이 없으면 직업선택의 폭이 좁아질 테고, 큰 실수를 했다간 동료에게 폐를 끼치게 된다. 그걸 이해하고 있기 때문에 어른들은 더더욱 필사적으로 공부하고 있는 것이다.

이 공부가 장래에 어떤 도움이 될지는 모른다──는 것이 공부 의욕을 떨어뜨리는 최대의 원인이라 할 것이다.

여기서는 그런 걱정은 할 필요가 없으며, 어른들의 필사적인 모습을 보고 아이들도 라이벌 의식을 가지면서 열심히 노력하고 있었다.

그러나 산수는 괜찮다고 쳐도 읽고 쓰기가 문제다.

그 수업내용 말인데, 실은 나에게도 어려운 수준이었던 것이다.

그건 나뿐만이 아니라, 마사유키도 마찬가지였다.

대화에 지장은 없으며, 글을 읽는 것도 가능했다.

단.

글을 쓰는 것이 어려웠던 것이다.

내 경우에는 '라파엘(지혜지왕)'의 오토 모드(자동상태)에 의존하여 적당히 얼버무려 넘기고 있었다. 만약 그게 없었다면, 여기서 가르치고 있는 '국어' 시험에서 만점을 얻을 자신은 없었다.

딱히 곤란할 일이 없으니 괜찮지 않을까 하고 넘기고 있지만, 이 점만큼은 약간 비겁한 꼼수를 부리는 듯한 기분이 들었던 것이다.

그런 분위기 속에서 아이들은 참으로 우수했다.

의욕을 높여주기 위해서 이 세계의 언어로 번역한 만화를 건네 주었는데, 그게 대성공했다. 계속 그걸 들고 다닌 것 같아서, 이 학교의 다른 학생들에게까지 인기가 퍼져 있었다.

그리고 그런 만화의 소유자인 켄야 일행은 이 학교에서도 그 위치가 확고부동하게 자리 잡은 것 같았다.

싸움도 잘하고, 아이들이 보고 싶어 하는 만화도 가지고 있다. 켄야는 이미 이 학교의 대장으로 군림하고 있었던 것이다.

"잠깐, 거기 남자애들! 놀지만 말고 교실 청소를 도우란 말이야!!"

아, 앨리스가 화를 냈군.

훌륭하게 반장으로서의 캐릭터가 정착되어 있었다.

"아앙? 왜 우리가 그런 귀찮은 짓을——."

"잠깐, 켄, 앨리스를 화나게 하면 안 돼!"

"시끄러워, 료타! 오늘이야말로 내가 앨리스를 쓰러뜨리고 진짜 보스가 되겠어!"

어린애냐!

——아, 이 녀석들은 아직 어린애였지.

보아하니 이 반의 보스는 켄야가 아니라 앨리스였던 모양이다. 그래서 그런가?

켄야 녀석, 솔직하게 굴지 못한 채 앨리스에게 대들고 있는데.

이건 그거로군.

좋아하는 여자애를 귀찮게 굴면서, 자신에게 관심을 갖게 만들고 싶은 남자의 마음.

그 방법은 생각만큼 효과가 없는 건 물론이고, 역효과까지 생긴단 말이지.

좋아하는 아이에겐 다정하게 대해주는 게 제일 좋다.

그걸 모르는 걸 보면 켄야는 아직 멀었군. 저래선 앨리스의 관심은 끌지도 못할 테고, 화만 돋울 뿐인데.

"잘도 지껄였겠다. 내가 얼마나 무서운지 가르쳐줄게!!"

앨리스도 앨리스다.

여자다운 면은 제로.

어른스럽게 보이는데 실은 그렇지도 않다.

뭐, 앨리스는 아직 열한 살이고, 초등학생 6학년 정도이니 그럴 만도 한가.

그리고 주위의 반응도 이미 이런 일에는 익숙해진 것 같았다.

"야, 오늘은 누가 이길 것 같아?"

"그야 여제(女帝)겠지."

"그렇지? 최연소이자 최강인 우리의 여제. 켄야도 강하지만 여제가 상대라면 이기기 힘들 거야."

"켄야는 앨리스에게 반해 있으니까 말이지. 이길 수 있을 리가 없어."

그렇게 내키는 대로 떠들고 있었다.

"잠깐, 게일! 거기서 멋대로 떠들어대지 마—!"

"그래! 켄야가 나를 좋아할 리가 없잖아. 머리가 어떻게 된 거 아냐, 게일?"

아무렇지 않은 표정으로 켄야의 비밀을 까발리는 게일.

그 말에 반박하는 켄야에, 말도 안 되는 소리라고 웃어넘기는 앨리스.

으—음.

이 아이들에게 연애는 아직 너무 이른 것 같다.

뭐, 그 정도가 좋은 거겠지.

마물의 아이들도, 인간의 아이들도 둘의 대화를 즐거운 표정으로 바라보고 있으며, 정말로 사이가 나쁜 건 아니라는 것을 모두 확실하게 이해하고 있는 것 같으니까.

게일은 연장자이므로, 켄야와 앨리스를 따뜻한 눈으로 비켜보고 있는 것 같은 느낌이고. 본격적으로 문제가 일어나기 전에 확실하게 말려줄 것이라 생각한다.

이대로 묵묵히 보고 있는 것도 재미있지만, 오늘은 그래선 안된다.

이 시간 이후에 히나타가 올 예정이기 때문이다.

"자, 거기까지! 교실에서 소란을 피우면 안 되지."

나는 그렇게 말하면서, 켄야와 다른 아이들을 데리러 교실로 들어갔다. 그 순간, 옆에서 클로에가 나에게 안겼다.

"선생님!"

기쁘게 들리는 목소리.

내가 기척을 알아차릴 수 없게 숨어 있었다니, 클로에 녀석. 실력을 상당히 키운 것 같군. 게다가 한참 전부터 내가 온 것을 알아차리고 있었던 것 같다.

"아, 리무루 선생님?! 클로에, 새치기를 하다니 치사해!!"

앨리스도 그렇게 소리치면서 재빠르게 반응했다.

클로에와 마찬가지로 내게 달려들어 안겼다.

응응. 귀여운 모습이 무엇보다 흐뭇하다.

그리고 등 뒤에서 또 한 명.

"리무루 님, 오랜만입니다!"

단발머리의 귀여운 소녀가 내 앞으로 빠르게 달려오면서 나타났다.

우아한 일본식 전통복을 입고 있는데, 아직 앨리스와 같은 또

래의 어린 소녀였다.

특징적인 것은 그 머리 위에 드러난 여우 귀였다.

으─음, 이런 미소녀는 본 기억이 없는데…… 왠지 알고 있는 사람인 것 같다.

혹시.

"너, 쿠마라냐?"

"네, 그렇습니다!"

기운차게 대답하는 단발머리의 어린 소녀─ 아니, 쿠마라.

그랬다, 쿠마라도 상위 마물이었다. 내가 이름을 지어주면서 진화했으니, 인간의 모습으로 변할 수 있게 된 것 같았다.

쿠마라는 분명 켄야와 같이 히나타에게 맡겨두고 있었다.

학교가 완성되면서 켄야 일행은 학교에 다니기 시작했지만, 쿠마라는 그동안에 미궁을 지키고 있을 것으로만 생각하고 있었다.

하지만 실제로는 켄야 일행과 함께 그대로 학교에 입학하여 공부를 하고 있었던 모양이다.

친구도 생기게 된 것 같으니, 이건 이것대로 잘된 일이라 하겠다.

"잠깐, 리무루 선생님이 와 있었어──?"

클로에를 비롯한 여자애들보다 조금 뒤늦게, 켄야와 료타도 내가 온 걸 알아차린 모양이다. 그러나 그 목소리는 다른 학생들의 환호성에 묻혀 사라지고 말았다.

"우, 우와아아, 리무루 님!!"

"진짜야! 굉장해────!!"

"돌아가서 아버지한테 자랑해야지!"

237

그렇게 큰 소란이 일어났다.

그 시끄러운 소리를 듣고 교사들까지 달려왔다.

"이, 이, 이럴 수가, 폐하?! 사전에 연락을 주셨으면 제가 안내해드렸을 것을!"

"그게 무슨 멍청한 말씀이오?! 교감인 내가 당연히 리무루 폐하를 안내해드려야지!"

"무슨 말도 안 되는 소리를! 교감은 자격이 안 되니 물러나계시오. 나는 리무루 폐하로부터 교장이라는 명예로운 자리를 받은 몸이란 말이오!"

이쪽도 큰 소동이 벌어졌다.

교사들은 은퇴한 모험가나 묘르마일의 인맥을 통하여 블루문드 왕국의 상인들을 불러 모아서, 월급제로 맡아줄 것을 부탁하고 있는 상태였다.

이 학교의 교장은 고블린 마을의 장로였던 자들 중 한 명이다. 공부를 가르쳐줄 수는 없지만 말썽이 일어나면 재빨리 대처할 수 있도록, 또한 마물의 아이들이 박해받는 일이 없도록 눈을 번뜩이며 감시하도록 시키고 있었다.

교장 이외에는 마물이 없었으며, 모두 인간이었다.

홀리 나이트(성기사)가 특별강사로서, 돌아가며 교편을 잡아주기도 했다.

히나타도 시간이 나는 대로 켄야 일행을 돌봐주고 있었다.

그래도 잘 돌아가고 있었다.

홀리 나이트도 처음에는 당혹스러워 했던 것 같지만, 마물도 인간도 차별하는 일 없이 정성껏 지도해주고 있었다. 내 쪽에서는 정말 큰 도움이 되고 있었다.

"자, 자, 오늘은 그냥 몰래 온 거요. 켄야와 다른 아이들에게 잠깐 볼일이 있어서 말이지."

"그렇습니까. 나중에 꼭 아이들의 학습풍경을 시찰하러 와주십시오!"

"그러셔야죠. 날짜를 알려주신다면 완벽한 수업을 보여드리겠습니다!"

응응 하고 고개를 끄덕이는 교사들, 그리고 아이들.

하지만 그건 좀 만류하고 싶은데.

완벽한 수업풍경이라니, 그게 대체 뭐야.

그건 억지로 시키는 거잖아.

의미가 없는 것 아닌가?

"이봐, 이봐, 리무루 폐하가 곤란해 하고 계시잖아?"

오늘 담당이었던 성기사 후릿츠가 말려주지 않았다면 이 소동은 조금 더 계속되었을 것이다.

그건 그렇고, 크루세이더즈(성기사단)의 대장급인 자가 교사라니, 꽤나 엄청난 일이군.

"오늘은 후릿츠 씨가 교사를 맡는 건가?"

"잠깐, '씨'는 빼주십시오, 리무루 폐하. 그냥 후릿츠라고 부르세요."

"아, 그래? 그럼 후릿츠, 너도 폐하라는 호칭을 빼고 불러줘."

"그럴 수는 없지요. 적어도 님 정도는 붙이게 해주십시오. 안그러면 이 나라에 사는 사람들이 절 안 좋은 눈으로 보니까요."

그렇게 말하면서 웃는 후릿츠.

가장 신분 같은 걸 따지지 않을 것 같은 분위기의 남자지만, 그런 그도 나를 막 부를 수는 없는 모양이다.

뭐, 나도 아마 무리이겠지.

다른 나라의 국가원수 이름을 함부로 부르는 건 어지간한 거물이거나 단순한 바보일 테니까 말이야.

"그것도 그런가. 적어도 남들의 눈이 없는 곳에선 얘기가 달라지겠지만, 이런 장소에서 그러는 건 아무래도 어렵겠지."

"이해해주셔서 감사합니다."

그렇게 말하면서 후릿츠는 한쪽 눈을 찡긋 감으면서 씨익 웃었다.

남자의 윙크는 기쁘지 않지만, 후릿츠의 인품에는 호감이 느껴지는군.

"뭐, 그건 그렇다 치고. 학교 행사를 도와줘서 고맙군."

"그러지 마시라니까요. 솔직히 대놓고 말해서 히나타 님의 가혹한 훈련에 비하면, 여기 임무는 그야말로 극락이거든요. 밥도 나오지, 아이들의 존경도 받을 수 있으니까요. 실은 말이죠, 단원 중에서도 자신이 맡으려고 경쟁이 심합니다요."

과연.

알고 싶지 않은 뒷사정이었다.

후릿츠의 이런 허물없고 솔직한 모습도 호감이 가지만, 타이밍을 제대로 계산하지 못하는 점은 배우고 싶지 않았다.

왜냐하면 지금 내 '마력감지'에 반응이 있었으니까.

"호오. 그거 잘됐네, 후릿츠. 내 가혹한 훈련? 당신들의 역량에 맞춰서 적당히 봐주고 있었는데, 쓸데없는 간섭이었던 모양이야."

후릿츠를 향해 뱉은 차가운 목소리.

히나타가 등장한 것이다.

그 순간, 그 자리에 긴장감이 감돌았다.

아이들뿐만 아니라, 그 자리에 모인 어른들까지도 등을 곧게 뻗으면서 차렷 자세를 취했다.

교사들도 같은 반응을 보인 것은 웃어야 하는 걸까, 울어야 하는 걸까.

가장 불쌍한 자는 굳이 말할 것도 없이 후릿츠다.

"케, 케——엑, 히, 히나타 님?! 오해, 그렇습니다, 오해입니다. 이건 어쩌다 말이 잘못 나온 거라고 할까요……."

필사적으로 그럴듯하게 변명을 지어내려 하지만, 무리라고 생각한다.

이래서 주위가 안전한지 확인하는 것이 중요하다니깐.

후릿츠의 미래에 행복이 가득하기를, 나는 긴급회피하면서 속으로 빌었다.

*

미궁 안으로 장소를 이동했다.

히나타가 도착했으므로, 켄야를 포함한 다섯 명의 아이들과 쿠마라도 같이 왔다.

후릿츠는 뭐, 응, 굳이 언급하지 않으면 좋겠다.

"기다리고 있었습니다, 리무루 님. 그리고 히나타 공도."

"오랜만입니다, 노인장. 오늘도 건강해 보이셔서 기쁘군요."

우리를 맞이해준 사람은 하쿠로우였다.

히나타와 어느새 친해졌는지, 얼굴에 웃음을 띠면서 인사를 나누고 있었다.

"바쁜 와중에 시간을 빼앗아서 미안한걸."

"아니, 괜찮아. 큰 문제는 정리했으니까."

"그래? 평의회에 누굴 보낼 건지 결정한 거야?"

"음. 디아블로가 권유한 유망한 신인이 있었거든. 테스타로사라고 이름을 지어줬는데 나중에 소개해줄게."

"……이름을 지어줬다고? 얘기하고 싶은 게 잔뜩 있지만 길어질 것 같으니, 일단은 참을게."

"으, 응."

"당신이 비상식적인 사람이라는 건 이미 알고 있으니까 이제 됐어. 그런 이유보다……."

물어봤다가 괜히 쓸데없이 골치만 아파질 것 같으니까——라고 히나타가 작은 목소리로 불평을 늘어놓고 있었다.

하지만 못 들은 척하는 게 정답이겠지.

"오늘 시간을 내달라고 한 것은 이 아이들이 얼마나 성장했는지 봐줬으면 좋겠다고 생각했기 때문이야. 같이 있는 하쿠로우 공과 둘이서 지도를 하고 있었는데, 당신도 현재의 상황을 알아두길 바라니까."

음…… 약간 납득이 가지는 않지만, 얘기를 빨리 진행시키자.

"그렇게까지 말한다는 건 상당히 성장했다는 뜻이려나?"

"상당히? 뭐, 됐어. 실제로 싸워보면 이해하겠지. 미궁 안은 정말로 편리한 곳이네. 전력으로 싸워도 죽을 일은 없으니까."

그렇게 말하면서 웃는 히나타는 여전히 무서웠다.

사디스틱한 사람 같은 무시무시한 기운이 느껴진다.

"알았어. 그럼 나는 '분신체'로 상대하지."

그렇게 말하면서 슬라임의 신체를 슬쩍 분리했다. 가짜처럼 보이지만 이쪽이 진짜이므로, 싸우는 것은 인간의 형태를 갖춘 쪽이다.

"신난다! 오랜만에 리무루 선생님과 싸워볼 수 있겠네!"

"좋았어. 내가 얼마나 성장했는지 선생님도 확인할 수 있게 만들 거야!"

무투파인 켄야와 앨리스가 남들보다 앞서서 기뻐하고 있었다.

그 옆에서 과묵한 게일도 묵묵히 준비운동을 시작하고 있었고, 료타는 료타 나름대로 당혹스러운 반응을 보이면서도 그 눈빛은 기대로 빛나고 있었다. 물러설 생각이 없다는 것은 나름대로 자신이 있다는 뜻인 것 같군.

그리고 두 사람, 클로에와 쿠마라 쪽은…….

"내가 먼저 싸우겠어요!"

"뭐———? 클로에도 선생님과 싸워보고 싶은데!!"

이쪽도 의욕이 가득 찬 모습이었다.

"다들 의욕이 대단하군. 모두 동시에 상대하는 것도 좋지만, 기왕이면 일대일로 시험해볼까."

내 말을 듣고, 모두 미소를 보였다.

내게 도전하는 것을 기대하고 있었던 것 같으니, 가끔은 상대해주는 것도 나쁘지 않을 것이다.

그런 안일한 생각을 품고 아이들과의 모의전투를 시작했다.

·················.

············.

······.

한 시간 후.

"너, 너희들, 너무 강해진 거 아니냐?!"

경악한 내 목소리가 미궁 안에 울려 퍼졌다.

켄야는 웬만한 수준의 성기사보다도 확실하게 강했다. 빛의 정령과의 콤비네이션도 발군이었고, 만화에서 본 것 같은 이상한 자세에서 자유자재로 변환하는 검술 공격을 선보였다.

료타는 검술은 그렇게 강하진 않았지만, 물과 바람의 〈정령마법〉을 적절하게 나눠서 구사하면서, 너무나도 응용의 폭이 넓은 전법을 습득하고 있었다.

게일은 견실했다. 철저하게 수비에 임하는 신중한 성격으로, 방패와 검을 능수능란하게 다루고 있었다. 그리고 땅의 〈정령마법〉까지 구사하면서, 철벽의 방어를 몸에 익히고 있었다.

이런 남자아이들에게도 놀랐지만, 여자아이들은 훨씬 더 대단했다.

앨리스에 대해 말하자면, 여제라는 별명이 이해가 되었다.

어디서 튀어나온 건지 모를 베레타와 비슷하게 생긴 '마강'으로 만든 여러 명의 인형이 마치 살아 있는 것처럼 내게 이빨을 들이댔다. 골렘 마스터(인형사역자)는 건재했다. 이번에는 장난감 같은 인형이 아니므로, 상대하는 자가 내가 아니었으면 위험했을 것이다.

더구나 앨리스에겐 비장의 수가 있었다. 대량의 검을 공중에 띄우더니, 집요하리만큼 나를 노려서 날려 보낸 것이다.

이 공격에는 솔직히 놀랐다. 그 궤도는 불규칙적이었다. 나에게 '미래공격예측'이 없었다면 몇 발은 정통으로 맞았을지도 모른다. 몇 년만 더 지나면 성기사의 대장급과도 호각으로 싸울 수 있을 것 같았다.

그리고 쿠마라는 어떤가 하면…….

"자아, 너희들. 리무루 님에게 그 힘을 제대로 보여주는 거예요!"

라고 외치면서, 그 힘을 해방시켰다.

귀엽고 어린 소녀의 뒤에서, 황금색으로 빛나는 아홉 개의 꼬리가 흔들거렸다.

다음 순간, 그 꼬리의 하나하나가 마수로 변화한 것이다.

아니, 그렇게 나오지 않을까 하는 생각은 했지만, 한꺼번에 여덟 마리나 튀어나온 것은 놀라웠다.

클레이만이 비장의 수로 여겼던 만큼, 꼬리 두 개분의 마수만으로도 상당히 강했으니까.

그런 마수가 여덟 마리.

아홉 번째 꼬리는 쿠마라 자체에 속해 있는 것 같았는데, 나머지는 전부 마수로 변하는 모양이다. 한 마리 한 마리가 A랭크 오버의 수준이었으니, 웬만한 성기사로는 상대도 되지 않을 것이다.

전투경험이 공유되는 것인지, 연계까지 빈틈이 없었다.

지금 시점에서 후릿츠 정도는 이길 수 있을 것 같았다.

'십대성인'과 어깨를 나란히 하는 어린 소녀.

농담 같지만 실제 이야기다.

이런 식으로 꼬리의 마수들이 전투경험을 쌓으면 그야말로 장난이 아닌 수준의 실력자가 되겠지.

지하 90층의 가디언(계층수호자)이라는 이름이 아깝지 않은, 그런 존재로 성장할 것 같다.

마지막으로 클로에.

"하이, 야앗――!!"

귀여운 기합이었지만, 검을 이용한 그 공격은 귀엽지 않았다.

켄야보다도 빨랐다.

아니, 그런 레벨의 이야기 아니었다.

나는 지금 여섯 명을 상대했지만, 그중에서 진심으로 상대한 건 클로에뿐이었다.

아니, 그 반대로군.

진심으로 상대하지 않으면 위험할 정도로 클로에가 강해진 것이다.

물론 진심으로 싸우지 않아도 죽지는 않았다.

하지만 아이들 앞에서 꼴사나운 모습을 보이고 말겠지.

나는 어른으로서, 이 자리에서 결코 비참한 모습을 보일 수는 없었던 것이다.

그렇기 때문에 진심으로 싸운다.

어른스럽지 못하다고 비웃지 마라.

이 자그마한 프라이드를 지키기 위해서라면, 나는 관용 따위는 바로 내다 버릴 것이다.

"당신의 기분은 잘 이해가 돼."

"그렇고말고요. 이 늙은이도 리무루 님과 마찬가지로 클로에 양과의 모의전만큼은 진심으로 임하게 되니까 말입니다."

정말인가…….

기량 면에선 나를 상회하는 히나타랑 하쿠로우까지 클로에를 상대하는 건 어렵단 말인가.

나는 진심으로 놀람과 동시에, 천진난만한 클로에에게 전율했다.

*

"야아, 정말 굉장했어!"

"그렇지? 선생님한테 그런 말을 듣게 되니 자신감이 생기네!"

"하지만 정말 대단한 것은 클로야. 나는 여제라고 불려도 한 번도 이기질 못하는걸."

"뭐, 클롯치는 격이 다르니까. 언뜻 보기엔 어른스러워 보이지만 화가 나면 무섭다고. 앨리스가 화를 내도 무섭진 않지만, 클롯치가 화를 내면 바로 엎드려 빈다니까."

"뭐라고?"라며 화를 내는 앨리스를 곁눈질로 바라보면서, 료타와 게일도 고개를 끄덕이고 있었다.

남자들의 의견은 일치하고 있는 것 같군.

"켄야도 대단했는데. 그 자세, 그게 검술과는 어울리지 않는 것이 걸림돌일 텐데 말이야. 좀 더 잘 취합하면 연계가 자연스럽게 이어질 거라 생각해."

만화 같은 자세지만 나쁘지는 않았다. 단, 정통파 검술에 익숙해지지 않은 상태라 동작 하나하나에 쓸데없는 부분이 많은 것이다.

그것만 없애면 켄야는 더 강해질 것이다.

"그러네. 내가 아무리 지도해도, 켄야가 거기에 집착을 한단 말이지……."

히나타도 알고 있었는지, 어이가 없다는 표정으로 한숨을 쉬고 있었다.

"하지만 어쩔 수가 없잖아?! 그 자세는 마사유키 씨가 직접 전수해준 거니까!"

뭐?

그 바보가 켄야에게 쓸데없는 걸 가르쳤단 말인가?

아니, 뭐, 확실히 보기에는 멋지게 보이니까 나름대로 유용하긴 하겠지만 말이지…… 마사유키의 진짜 실력을 아는 내가 보기엔 급격하게 쓸데없는 자세로 보이고 말았다.

그렇다면 당연히 만화 같은 자세가 나왔겠지. 근본은 틀림없이 만화에서 얻은 지식일 테니까 말이야.

"뭐, 말해봤자 소용이 없을 겁니다. 이상한 버릇을 없애도록 지도하고, 연계를 잘 갈고 닦을 수 있게 단련시키도록 하죠."

하쿠로우는 히나타와는 달리, 정통파에 집착하지는 않는 모양이다. 사류(邪流)에 속하는 기술도 숨기고 있는 것 같은데다, 유효한 기술이라면 그걸 갈고 닦는 것에 더 무게를 두는 것 같았다.

절대 안 된다는 생각도 하지 않는 것 같으니, 이후의 일은 하쿠로우에게 맡기기로 하자.

그것보다 말인데.

"클로에의 검기는 히나타와 똑같군. 자세가 깔끔한 것이 마치 견본 같아."

내가 칭찬하자, 클로에는 기쁜 표정으로 웃었다.

"응! 시즈 선생님과 같았으니까, 나도 열심히 흉내 내봤어!"

"흉내라고는 하지만 그렇게 쉽게 해낼 수 있는 게 아닌데 말이지. 나처럼 스킬(능력)에 의존하는 거라면 또 모를까, 너는 그 재능만으로 배우고 있는 거니까. 자랑스럽게 여겨도 된다고 생각해."

"그렇군요. 이 늙은이도 많은 자들을 지도했습니다만, 이 아이만큼 재능을 갖춘 자를 본 적이 없습니다. 장래가 무섭다는 건 그야말로 이런 걸 두고 말하는 것이겠죠."

엄격한 교사인 히나타와 하쿠로우까지 클로에를 한껏 칭찬하고 있었다.

보아하니 이건 정말 타고난 재능인 것 같군.

아직 어리지만, 이런 식으로 성장하면 과연 어떻게 될까.

기대가 되기도 했고, 두렵기도 한, 그런 기분이 들었다.

그리고 오늘.

히나타가 온 목적은 달리 있었던 것 같았다.

"당신을 부른 건, 이 아이들의 성장을 봐주었으면 하는 것도 그이유 중의 하나야. 이 아이들은 재능은 있지만 아직 어려. 자칫 비뚤어지게 성장하는 일이 없도록, 당신도 현재의 상황을 이해해두고 있기를 바랐어."

말하지 않더라도 그에 관해선 늘 신경을 쓰고 있었다.

그러나 그 충고는 순순히 받아들기로 한다. 히나타도 시즈 씨가 돌봐주던 아이들에 대해서 동생들처럼 여기는 마음이 있는 것 같았으니까.

"알았어. 하쿠로우도 그렇지만, 이 도시에는 많은 선배가 있지. 나도 그렇지만, 이 녀석들이 길을 잘못 들지 않도록 확실하게 돌봐줄 거야."

"후훗, 당신이라면 그렇게 말할 거라 생각했지만, 만일을 위해서 다짐을 받은 거야."

걱정이 많은 녀석이다.

히나타는 늘 차가운 분위기를 띠고 있지만, 실은 자상한 구석이 있었던 것이다.

"그건 그렇고, 또 다른 이유가 있는 건가?"

하쿠로우를 상대로 다 같이 모의전을 치르고 있는 아이들을 곁눈질로 보면서, 나는 히나타에게 물었다.

"응. 오히려 그게 진짜 목적이긴 한데——."

거기서 얘기를 멈추더니, 히나타도 아이들 쪽으로 시선을 돌렸다.

아무리 하쿠로우라고 해도 아이들 다섯 명을 동시에 상대하는 것은 힘든 것 같았다. 그 움직임을 다 파악하고 있다곤 하나, 한순간이라도 반응이 뒤처지면 그건 즉시 치명상으로 이어지기 때문이다.

기초적인 신체능력만 따진다면 켄야를 비롯한 아이들 쪽이 하쿠로우보다 더 뛰어났다. 방심할 수 없는 것은 당연했다.

참고로 쿠마라는 참가하지 않았다.

쿠마라가 진심으로 참가하면 쪽수로 밀어붙여 하쿠로우를 이

겨버리기 때문이다. 지금도 클로에가 있기 때문에 아이들이 유리한 상황이니, 그 정도가 적당한 조합이라고 생각한다.

그건 마치 연무(演武) 같아서, 보는 자의 마음을 매료시켰다.

"저 나이에, 정말 대단하네."

히나타는 그렇게 나지막이 중얼거렸다.

그녀의 시선 끝에 있는 것은 클로에였다.

켄야, 료타, 게일에 앨리스.

이 네 명도 충분히 대단하지만, 클로에만큼은 비정상적일 정도로 강했다.

클로에를 뺀다면 하쿠로우는 이렇게까지 고전하지 않고 싸움을 끝냈을 것이다.

그리고 모의전이 끝났다.

어깨를 크게 들썩이면서 가쁜 숨을 쉬는 아이들에게, 하쿠로우가 어드바이스를 해주기 시작했다. 매번 이런 하드한 훈련을 치르고 있다면 아이들의 성장이 빠른 것도 납득이 되었다.

내게로 의식을 돌린 히나타가 본론을 말했다.

"얘기가 중간에 멈췄네. 나도 빠르게 정신없이 구경하고 말았어. 루미너스 님이 말이지, 음악교류회는 아직 멀었느냐며 시끄럽게 구시거든. 관심이 생기신 모양이라고 생각하긴 했지만, 그 모습을 보면 어지간히 마음에 드신 것 같아. 그걸 전하고 싶었어."

그건 의외로군── 아니, 여러모로 바쁜 일이 많아서 뒤로 미루고 있던 안건이었다.

"아아, 루미너스는 우리 연주회를 상당히 마음에 들어 했던 것 같으니까. 타쿠토와 그의 악단 동료들에겐 계속 연습을 시키고 있는데다, 레퍼토리도 많이 늘어나긴 했지만 말이야."

"당신의 그 기억력은 정말 대단하네. 음표도 읽을 수 없는 나로선, 기억 속의 음악을 악보로 옮겨 쓰는 건 도저히 무리야."

이런, 히나타도 잘 못하는 게 있었단 말인가.

연주회에도 딱히 흥미가 없는 것 같았으니, 아무래도 음치인 모양이로군.

나는 속으로 우월감에 젖었다. 그렇다 한들, 내 경우도 라파엘에게 다 맡기고 있는 거지만.

"그럼 가까운 시일 안에 방문하기로 할까."

"그러네, 악단의 이동은 큰일이니까, 우리 쪽에서 성기사를 파견해서 원소마법 : 워프 포털(거점이동)으로 몇 명씩 데려가는 건 어떨까?"

"그렇게 해주면 고맙지. 사람 수도 많은데다 짐도 많으니까. 마차로 이동하는 건 무모하다고 생각하고 있었어."

루벨리오스는 분명 '결계'로 보호받고 있는 것으로 알고 있다. 직접 '전이'하는 것은 무리이므로, 이런 경우에는 특히 쾌적한 이동수단이 필요해지게 된다.

열차가 통행만 된다면 이 문제도 해결되겠지만, 그건 아직 먼 미래의 얘기다. 없는 것을 아쉬워해봤자 소용이 없다.

악단의 이동이란 것은 몸 하나만 이동하는 것이 아니다. 각자가 연주할 악기도 옮겨야 할 필요가 있기에, 너무나 큰일인 것이다. 마차로 간다면 준비가 다 되지 않은 도로도 통과해야 한다. 나쁜 길을 지나가면 악기가 진동으로 망가질 수 있기 때문에, 가능하면 그 방법은 피하고 싶었다.

살리온의 황제가 소유한 비룡선, 그게 참을 수 없을 만큼 부러웠다. 열차로 여행하는 것도 재미있지만, 시간을 단축하려면 하늘을 나는 탈것이 단연코 유리하다.

자재를 운반하는 거라면 육로나 해로를 택하겠지만, 관광이나 그 외의 목적이라면, 공로(空路)가 가장 빠르며 쾌적한 것이다.

히나타의 제안은 정말 고마웠다.

나도 당연히 협력할 것이기 때문에 이동하는 날을 대비해 논의를 했다.

그리하며 히나타와 세부적인 부분에 대해서 확인을 하고 있으려니, 휴식 중이던 아이들이 모여들었다.

"리무루 선생님, 히나타 언니랑 어디 가는 거예요?"

클로에가 그렇게 물어보기에, 나는 루벨리오스에서 음악교류회를 열 예정이라고 설명해줬다.

"나도 가고 싶어요!"

"저도요!"

"나는 졸릴 것 같지만 클롯치랑 앨리스가 간다면 따라갈래!"

"나도!"

"그렇다면 저도 가야죠. 이 애들만 보낸다면 무슨 짓을 저지를지 몰라서 불안하니까요."

클로에의 말 한 마디로 인해, 켄야를 비롯한 나머지 아이들까지 루벨리오스로 가겠다고 떠들어대기 시작했다.

으—음, 어떻게 한다.

사회 견학이라는 명목으로 견문을 넓히는 것도 좋은 일이긴 한데.

위험이 없겠느냐는 질문을 받으면, 없다고 단언할 수 없는 것이 그 대답이다.

고민하는 나를 쳐다보면서, 쿠마라도 조심스럽게 입을 열었다.

"저, 저도 가고 싶습니다만……."

쿠마라는 지하 90층의 가디언(계층수호자)이라는 임무를 맡고 있기 때문에, 아주 송구스러운 표정을 짓고 있었다. 이성으로는 그런 요구를 해선 안 된다고 생각하고 있을 것이다.

그러나 친구들과 같이 어딘가로 여행을 해보고 싶다고 생각하는 것은 어린아이로서는 아주 자연스러운 일이라 할 수 있다. 그걸 막는다는 것은 내 가치관에 위배되는 행위였다.

"그렇게 눈치를 살필 것 없어. 어느 정도의 어리광이라면 사양하지 않고 말해도 허락해줄 테니까."

밀림처럼 구는 것도 곤란하지만, 어린아이다운 모습을 잃어버리는 것보다는 더 건전하다. 그렇게 생각한 나는 쿠마라의 머리를 쓰다듬어주면서 그렇게 말했다.

아기 여우일 때와 마찬가지로, 매끄럽고 부드러운 감촉이었다. 그 온기는 마물도 인간도 관계없다는 생각이 들게 만들……었지만, 쿠마라의 경우에는 인간으로 변해 있으니까, 내가 멋대로 그럴듯하게 느끼고 있는 것뿐일지도 모르겠지만.

"신난다아! 여행하는 동안에는 당당하게 수업을 빼먹을 수 있어!"

"켄, 매일 엄청 재미있게 지내는 것 같더니, 수업에서 빠지고 싶었어?"

"바보! 학교는 재미있지만, 다들 공부하는 시간에 자신들만 놀 수 있는 건 뭔가 우리가 특별한 것 같은 느낌이 들잖아."

"켄야, 네가 하고 싶은 말이 어떤 건지는 나도 이해가 돼. 같은 레벨로 여겨지는 건 싫지만, 왠지 가슴이 두근거리는 건 사실이야."

"그렇지? 다들 그런 거라니까!"

아직 허락을 하지도 않았는데, 아이들은 이미 갈 마음이 가득했다.

더구나 수업을 빼먹겠다는 말까지 하는 지경이었다.

그 마음이 이해가 안 되는 것은 아니다.

이해가 안 되는 것은 아니지만, 나는 실행으로 옮겨본 적이 없었단 말이지…….

"뭐, 가도 괜찮겠지. 그 대신 숙제를 많이 내주도록 하마."

"으엑?! 그건 너무해요, 선생님!"

켄야의 우는 소리는 무시했다.

무슨 일이든 그렇게 마음대로 되지는 않는다는 것을 어릴 적에 미리 학습시킬 것이다. 세상에는 불합리한 일이 많은 법이니 이렇게 쓴맛을 제대로 한 번 볼 필요가 있다고, 내 나름대로 부모의 마음으로 생각한 것이다.

결코 일부러 괴롭히려고 그러거나 벌칙을 내리는 것은 아니니, 그 점은 아이들도 잘 이해해주면 좋겠다.

"저는 리무루 선생님과 같이 있기만 해도 좋아요."

발단이 된 클로에는 그렇게 말하면서, 정작 기쁜 표정을 짓고 있었다.

뭐, 좋은 추억이 생긴다면 그걸로 좋으려나.

"정말로 아이들한테 약하네, 당신."

"아, 히나타 씨는 반대하는 건가요?"

차가운 분이네요── 그런 생각을 시선에 실으면서, 그렇게 반론했다.

히나타는 "쳇" 하고 혀를 한 번 찼다.

"그렇게 말한 건 아니거든."

기분이 상한 표정으로 대답했지만, 딱히 반대하는 건 아닌 것 같았다.

그렇다면 문제될 것은 없다.

이렇게 되면서 향후 방침이 정해졌다.

루벨리오스와의 교류회. 거기에 우리나라의 악단을 파견할 때에 아이들도 함께 동행하게 된 것이다.

*

드디어 왔습니다. 신성교황국 루벨리오스.

신기한 것을 보는 표정으로 루벨리오스의 거리를 구경하는 아이들.

긴장한 나머지 뻣뻣하게 굳어 있는 타쿠토 이하 악단원들.

비서로는 디아블로가 동행했다.

그리고 시온도 왔다. 전에는 남아서 우리나라를 지키도록 맡겼으니, 이번에는 데려오기로 한 것이다.

베루도라는 남아 있게 했다.

너한테는 미궁의 주인이라는 중요한 임무가 있어──. 그렇게 설득하여, 이번 원정에 따라오는 것을 저지한 것이다.

다른 나라라면 또 모를까, 베루도라를 루미너스와 만나게 하는 건 너무 위험했다.

《알림. 문제가 발생할 확률──100퍼센트입니다.》

라는, 누구라도 알 만한 충고도 들었다.

뻔히 보이는 지뢰는 피한다──. 그게 당연한 것이다.

그런 우리를 안내한 자는 히나타 본인이었다.

"루벨리오스에 잘 왔어. 교황 예하도 환영한다고 하더군."

존경하는 느낌이라고는 전혀 없는 말투로, 히나타가 그렇게 설명해주었다. 나는 루이가 교황 역할을 맡고 있을 뿐이라는 속사정을 알고 있지만, 타쿠토와 단원들은 아무것도 모른다. 당연하지만 그건 비밀정보이므로, 아이들은 물론이고 타쿠토와 단원들에게도 들키면 안 되는 것이다.

적당하게 얘기를 맞춰주면서, 히나타에게 앞으로의 예정을 확인했다.

"오늘 밤에 당신들을 환영하는 만찬회가 개최될 거야. 그리고 내일 하루는 연주회장에서 소리를 조율할 것이고, 모레는 연습일로 예정이 잡혀 있어. 본 공연은 3일 후야. 그렇게 진행해도 괜찮을까?"

"어떤가, 타쿠토?"

"네, 네! 괜찮습니다. 리무루 님. 이동이라고 해도 마법의 도움을 받고 여기까지 온 셈이니까, 기재에도 영향은 없을 거라 생각합니다. 남은 건 연주회장의 넓이에 맞춰서 세밀한 조정이 필요하겠지만, 여기에도 악단이 있다고 들었으니, 문제는 없을 것으로 생각합니다."

그럼 괜찮을 것 같군.

"연습기간이 하루밖에 없는데?"

"하하하, 여기서 연습하는 것만 따지면 그렇겠지만, 저희는 이날을 위해서 매일 연습을 빠짐없이 했으니까요. 모두 한마음으로 기대에 부응하겠다는 생각을 하고 있습니다!"

그러면 좋아!

이렇게까지 자신이 있는 모습을 보이는 것도 평소에 부단한 노력을 했기 때문이겠지.

재능이 노력을 이기는 일도 있겠지만, 그렇다고 해서 노력이 자신을 배신하는 일은 없다. 노력은 자신감으로 이어지며, 어떤 국면에서도 실력을 완전히 발휘할 수 있는 강한 마음을 부여해준다.

평소에도 노력을 했으면 자신을 믿을 수 있는 것이다.

타쿠토의 대답은 만점이라고 생각한다.

이 정도라면 기대할 수 있겠다고 생각하면서, 나는 만족스럽게 고개를 끄덕였다.

그리고 그날 밤.

타쿠토와 단원들은 귀족이 방문한 것 같은 대접을 받으면서, 당혹감과 긴장감이 더 커진 모습을 보였다.

"저, 저기, 리무루 님. 저희는 템페스트(마국연방)의 일개국민에 지나지 않는데, 이런 호화로운 방을 배정받아도 되는 걸까요?"

이번 원정에는 100명 이상의 멤버가 필요했지만, 각 개인별로 개인용 방이 준비되어 있었다. 더구나 방마다 메이드까지 딸려 있었다. 옆방에 대기하고 있으니, 필요한 일이 있으면 바로 호출하라고 했다.

그뿐만 아니라 고급 호텔 급의 살롱도 자유롭게 이용해도 좋다는 말을 듣고, 타쿠토와 단원들은 황송함에 어쩔 줄 몰라 했다.

만찬회도 호화로웠다.

작은 스푼 위에 놓인 한입 크기의 요리가 계속 나와서, 눈과 혀를 즐겁게 만들어줬던 것이다.

각각 소량이긴 하지만, 맛도 제대로 고려하고 있었다. 먹다가 질리지 않도록 공을 들인 요리가 모두를 크게 만족시켰다.

처음에는 양이 적다면서 불만스러워하던 켄야와 아이들도 만찬회가 종반에 들어설 무렵에는 배를 두드리면서 배가 꽉 찼다는 표정을 짓고 있었다.

나는 슬라임이라서 끝도 없이 들어가지만, 켄야와 아이들의 위장에는 한계가 있다. 각각의 요리가 아무리 소량이어도, 그 가짓수가 대량이라면 다 먹을 수 없는 것도 당연하다고 하겠다.

그런 천진난만한 아이들과는 달리, 타쿠토와 단원들은 심경이 복잡한 것 같았다.

템페스트도 맛있는 것이 많이 있지만, 왕후귀족이나 먹을 것처럼 이렇게 정성이 들어간 식사는 나오지 않는다.

이런 요리를 먹어본 경험도 없을 뿐더러, 이렇게 정중하게 대접을 받아본 일조차 없을 것이다. 당황하지 말라는 것이 오히려 말이 안 되는 소리였다.

"뭐, 그리 신경 쓰지 말게. 그만큼 너희들의 연주를 기대하고 있다는 뜻일 테니까."

이런 때에 나 자신이 연주하지 않아도 된다는 사실은 마음 든든하게 느껴졌다.

내 경우는 노력을 하고 있는 것도 아니므로, 만약 타쿠토와 같은 입장이었다면 긴장으로 요리가 무슨 맛인지도 몰랐을 것이다.

이렇게 맛있는 요리들을 제대로 맛보지 못하는 것은 인생에 있어서 큰 손해다.

좀 더 제대로 즐길 수 있도록, 나는 타쿠토와 단원들에게 권유했다.

그렇게 만찬회도 무사히 끝나면서, 타쿠토와 단원들도 자신의 방으로 물러났다.

아이들도 이미 잠을 자고 있었다.

신기한 구경거리에 잔뜩 흥분했으니, 피곤하기도 할 것이다.

다들 잠이 들면서, 나는 혼자가 되었다.

이런 때에는 늘어지게 자면서 게으름을 피울 수 있는 내 특기가 도움이 되겠지만, 아무래도 그걸 사용할 필요는 없을 것 같았다.

똑똑, 하고 노크하는 소리가 들렸다.

"늦은 밤에 찾아뵈어 죄송합니다. 저희 주인께서 리무루 폐하를 초대하려 하십니다만, 지금 괜찮으신지요?"

인기척도 없이 나를 부르러 온 사람은 루미너스의 부하인 메이드——'초극자'였다. 우리나라의 연구소에 왔던 자와는 달리, 이쪽은 우수한 인재라는 분위기가 느껴졌다.

루미너스 녀석, 이번에는 모습을 보이지 않을 생각인가 했더니, 아무래도 날 만날 생각은 하고 있었던 것 같군.

사양하지 않고 초대에 응하기로 했다.

시온과 디아블로만 데리고, 나는 메이드의 안내를 따랐다.

"오랜만이구나, 리무루여. 그 사룡을 데려오지 않은 것은 특별히 칭찬해주마."

그 사룡이란 건 베루도라를 말하는 거겠지?

그 녀석이 저지른 짓을 보면 어쩔 수 없지만, 그래도 말이 심한 것 같다.

뭐, 나하고는 관계없는 일이지만.

"아아, 오랜만이로군. 그야 뭐, 그 사람은 트러블 메이커니까 말이지. 이런 자리에 데려왔다간 내가 더 마음고생이 심할 테고."

"쿡쿡쿡, 잘 알고 있지 않느냐."

그런 별것 아닌 인사를 나눈 것만으로, 왠지 루미너스와 마음이 통하는 것 같았다.

베루도라도 의외의 곳에서 도움이 되어주는군.

호화로운 방에서 날 기다리고 있던 자는 루미너스를 포함하여 세 명이었다.

노집사와 다름없는 모습의 귄터가 루미너스의 왼쪽에 서 있었고, 교황으로 임명되어 있는 루이가 오른쪽에 서 있었다. 루미너스의 대역이었던 로이가 죽은 지금, 루미너스의 부하인 '삼공(三公)'이 여기 다 모여 있는 셈이다.

이 멤버에 히나타가 없는 것이 신경이 쓰이는군.

"히나타는 부르지 않았나?"

"네. 그자는 선인(仙人)에서 '성인(聖人)'의 경지로 이르렀다고는 하나, 원래는 인간이니까 말이죠. 수면 같은 건 필요가 없을 텐데도, 아직 인간이었던 시절의 버릇을 벗어나지 못한 것 같습니다."

"저도 불러봤지만, 수면부족은 피부의 적이 어쩌고 하면서, 알아듣지 못할 말을 하는지라……."

내 질문을 듣고, 귄터와 루이가 대답해주었다.

하긴, 지금 시간은 자정을 넘었으니, 억지로 무리해서 히나타를 부르지 않은 것 같다.

그렇게 생각하고 납득하려던 내게, 루미너스가 살짝 웃으면서 한 가지 사실을 가르쳐주었다.

"그러게 말이다. 정신생명체에 가까운 육체구조로 변화하고 있으니, 피부가 노화될 일은 없을 텐데. 하지만 히나타에게 수면이 필요한 것은 사실이다. '성인'이 되었다고 해도 그 육체는 인간이었을 때와 마찬가지다. 오랜 시간을 거쳐 그 몸은 진화를 이뤄가고 있는 것이니까 말이지. 다들 착각하고 있다만, 히나타는 초인은 아니야."

그렇게 말하면서, 루미너스는 웃었다.

인간은 마물과는 달리 급격한 육체변화가 일어나지 않는다──는 뜻이다.

그건 즉, 히나타는 인간이었던 시절의 특질을 남겨두고 있다는 것이 되며, 생각하기에 따라선 약점이 된다고도 할 수 있다.

어렴풋이 느끼고 있었지만, 마물의 진화가 더 비정상적이다.

참고로 굳이 더 말할 것도 없이 나는 물론이고, 디아블로도 잠을 필요로 하지 않는다.

시온은 일단 잠을 잘 필요가 있다고 하지만, 한 번에 세 시간 정도면 충분하다고 한다. 더구나 7일 이상 자지 않은 채 활동이 가능하다고 했다. 그건 베니마루와 소우에이도 마찬가지이며, 마물 쪽의 환경적응력이 더 뛰어나다는 뜻이 될 지도 모르겠다.

뭐, 히나타가 없다면 없는 대로 넘어가면 되는 것이니, 초대를 받은 내가 신경 쓸 일은 아니겠군.

"그렇다면 이거, 선물이니 받아줘. 슈나와 요시다 씨가 공동으로 제작한 브랜디와 사과로 만든 파운드케이크야."

히나타가 없는 자리에서 꺼냈다간 나중에 잔소리를 들을 것 같지만, 야식이나 간식도 미용에는 좋지 않을 것이다. 히나타는 이런 걸 좋아한다고 했지만, 아예 있는 것도 몰랐다면 먹을지 말지 고민할 필요도 없겠지.

내 나름대로의 배려, 라고 하겠다.

"수고했다! 제법 눈치가 빠르지 않느냐."

루미너스로부터 칭찬의 말을 들었다.

가져가라고 권해준 슈나에게 고마움을 느꼈다.

내 비서를 자인하는 두 사람이지만, 그런 배려는 할 줄 모르니까 말이지. 디아블로는 나에 대한 배려는 완벽하지만, 그 이상의 수준까지는 생각이 미치지 못하는 것 같고.

어딘가 맹한 구석이 있다니까, 이 녀석들은.

뭐, 그건 그렇고.

"그래서 날 부른 용건은 뭐지?"

"음. 실은 이걸 알려줄지 말지 고민했다만, 역시 말하기로 했다. 그란베르 녀석이 나쁜 꿍꿍이를 꾸미고 있는 것 같더구나. 나는 3일 후의 연주회에 아주 큰 기대를 갖고 있다. 그걸 방해받고 싶지 않기 때문에, 너에게도 도움을 받을까 해서 말이지."

아무렇지도 않은 표정으로 중요한 화제를 꺼냈군.

케이크를 먹으면서 얘기를 나눌 화제가 아니잖아——라고 한마디 쏘아주고 싶었다.

시온은 흠흠 하면서 고개를 끄덕이고 있었지만, 아마도 제대로 이해하지 못하고 있을 것이다.

디아블로는 자신과는 관계없다는 듯한 반응이다. 적이 오면 제거한다. 그렇게라도 생각하고 있겠지.

뭐, 내 입장에서도 난감한 문제이긴 하군.

이곳이 내 영토라면 또 몰라도 타국이니까. 각국에 흩어져 있는 소우에이의 부하나 악마들을 불러내고 싶은 마음도 있지만, 섣불리 커다란 사태로는 만들고 싶지 않다.

이건 그야말로——,

"그렇게 중요한 안건이라면, 그거야말로 히나타를 불러내야 하는 것 아닌가?"

그렇다, 이런 때야말로 히나타가 나올 차례인 것이다.

손님인 우리보다 훨씬 더, 이 나라의 치안유치에 대해 더 잘 알고 있을 테니까.

그렇게 생각했는데, 루미너스가 그 말을 부정했다.

"흥, 얕보지 마라! 웬만한 어중이떠중이가 공격한다고 해도 루벨리오스의 방어는 철벽이다. 그 사룡을 막기 위한 대책으로 방어를 철저하게 강화시켰으니까. 하지만 문제가 없는 것은 아니다. 우리도 모르는 샛길을 통해 기척을 죽이고 침입했을 가능성이 있다."

루미너스의 말에선 다른 나라의 군대가 침공해 와도 전혀 흔들리지 않을 자신감을 엿볼 수 있었다. 그야 뭐, 베루도라와 맞서싸우는 것을 상정해두었다면, 만 명 단위의 군대가 상대라고 해도 여유 있게 막을 수 있겠지.

하지만 루미너스가 걱정하고 있는 건 그런 사태가 아닌 것 같다.

"너희도 모르는 샛길이라니…… 그렇군, 그란베르 로조는 분명 '칠요의 노사'의 수장이었지……."

"바로 그거지. 오랫동안 이 땅에서 암약하고 있었던 그들이라면 그런 샛길을 한두 개쯤은 분명 마련해놓았겠지. 그런 세세한 공작은 인간이 잘 쓰는 방법이니까."

"더구나 분하게도 그자는 루미너스 님과도 싸운 경험을 가지고 있는 '빛'의 용자였던 남자. 그자가 진심으로 기척을 지우면 저희도 쉽게 감지할 수가 없습니다."

루이와 귄터가 핏빛의 눈동자를 빛내면서, 내 말에 고개를 끄덕이며 긍정했다.

이건 참으로 귀찮은 일이다.

과거에 한 가족이었던 자가 범행을 저지르려는 것이라고 해야할까?

지리적 이점에 관해선 누구보다도 정통한 것이다.

더구나 실력은 이미 정평이 나 있는 상대. 마왕 클레이만보다도 강하다는 얘기가 들리니, 절대 방심해도 되는 상대가 아니다.

그렇게 생각했는데.

"한심하군요. 그런 시시한 일로 리무루 님의 마음을 어지럽히지 않았으면 좋겠습니다."

그렇게 갑자기 폭언을 내뱉은 녀석이 있었다.

디아블로였다.

어쩐지 얌전히 있는다고 생각했더니, 갑자기 이런 폭탄 발언을 내뱉다니. 분위기를 좀 파악해줬으면 좋겠다, 정말로.

루이와 권터는 순식간에 분노의 빛을 띠었지만, 그런 두 사람을 말린 것은 루미너스의 웃음소리였다.

"쿡쿡쿡, 느와르(태초의 검정)여, 정말로 리무루에게 길들여진 모양이로구나. 이 눈으로 봐도 아직 믿어지지 않는다."

이런 상황에서 웃음을 터뜨리는 루미너스도 잘 이해되지 않는다. 하지만 그 덕분에 이 자리의 분위기는 원래대로 돌아왔다.

"그런 이름으로 부르지는 말아주시죠. 저에겐 리무루 님으로부터 받은 훌륭한 이름이——."

"물러나라, 디아블로. 루미너스와는 우호관계를 쌓은 상태이며, 앞으로도 그 관계를 계속 유지하고 싶으니까."

나도 사과의 의미를 담아서 그렇게 확실히 못 박았다.

"실례했습니다."

디아블로는 루미너스에게 그 이상의 발언을 삼가면서, 내 말에 따라 조용해졌다. 일단 형식상으로나마 루미너스 일행을 향해 머리를 숙이는 모습도 보였으니, 이걸로 좋게 넘어간 것으로 치자.

루미너스 측에서도 손님인 우리에게 부탁을 하고 있는 입장이니, 이 이상 사태를 어지럽게 만들고 싶지는 않을 테니까…….

"아니, 저자, 디아블로의 말도 옳다. 이런 부탁을 하는 내게도 잘못이 있지. 하지만 그래도 얘기를 들어주길 바라는 것에는 이유가 있다."

역시 루미너스는 그릇이 크다.

디아블로를 배려하여, 제대로 이름으로 불러주고 있었다.

……경칭은 아니었지만.

루미너스는 사사로운 일로는 화를 내지 않고, 우리를 부른 이유를 조용히 얘기하기 시작했다.

"히나타에게 수면이 필요하다는 얘기를 했을 때도 말했지만, 인간은 진화해도 바로 몸이 적응하는 것은 아니다. 그야말로 오랜 세월을 들여 익숙해져가는 것이지──."

'마왕종'에 필적한다는 선인에서, 각성한 마왕과 동등한 수준으로 여겨지는 '성인으로. 그러나 그 진화에 시간이 걸린다면 이제 갓 태어난 '성인'은 그렇게까지 위협적이진 않다, 는 뜻이 된다.

방대한 에너지(존재치, 存在値)를 자신의 몸에 깃들이고 있어도 그걸 제대로 다루지 못한다면 의미가 없는 것이다.

히나타는 상당한 수준의 정밀도로 에너지를 제어하고 있었지만, 그건 레벨(기량)에 의한 것이었다. 호흡을 하는 것처럼 자연스러운 것이 아니었기 때문에, 그 부담이 육체와 정신에게 영향을 끼치고 있었던 모양이었다.

하지만 루미너스는 왜 히나타가 없을 때 그런 얘기를── 아, 그렇군, 반대인가. 히나타가 없는 지금이니까 일부러 우리에게 얘기하고 있는 것이다.

인간이 진화하여 오랜 세월을 거친 존재.

어쩌면 그것은———.

"그란베르 말인데, 그자는 '성인'은 아니다. '용사의 알이 부화한 자'이지. 새끼 새는 성장하면서 둥지를 떠났다. 그자가 얼마나 강했는지는 나도 모른다."

즉, 진짜 용사라는 말인가.

이 세계에선 '용사'라는 단어로 불린다고 해도 그 종류는 다양하다.

자칭 용사인 자도 있으며, 이 세계가 인정하는 '용사의 알'을 품은 자도 있다.

베루도라를 봉인할 정도의 힘을 지닌 진짜도 있는 것이다.

'마왕종'도 마왕으로 여겨지는 것과 마찬가지로, '용사의 알'도 용사로서 인정을 받고 있다. 그리고 그 실력도 거의 비슷한 관계에 있다고 한다.

용사와 마왕은 인과율 속에서 서로 돌고 도는 관계라는 말은 정말 핵심을 찌르는 것이다.

그렇다면, 그란베르의 실력은 각성한 마왕과 동등하다고 생각해도 되겠지.

"———어쩌면 히나타보다도 강하다, 는 말인가?"

"니콜라우스 정도 되는 자에게 그란이 살해당했다는 말을 들었을 때는 내 귀를 의심했다. 디스인티그레이션(영자붕괴)은 확실히 최강마법이긴 하지만, 그걸 제대로 맞을 정도로 그란은 멍청하진 않을 테니까. 그리고 네 질문에 대한 대답 말인데———."

루미너스는 내 눈을 똑바로 바라봤다.

그렇군, 그래서 히나타를 부르지 않은 건가.

"——대답은 그렇다, 이다. 나는 그자를 키워 길들이고 싶었다. 한 번 싸워봤으니 그리 말할 수 있는 것이지만, 그자는 틀림없이 종래의 마왕들보다도 강한 자일 것이야."

망설임 없이 루미너스가 단언했다.

그 말을 듣고 놀란 것은 나뿐만이 아니었으며, 루미너스를 따르는 루이랑 귄터까지 할 말을 찾지 못하고 있었다.

자신들의 계산이 안일했다는 것을, 지금까지 알아차리지 못하고 있었을 테니 당연하려나.

"확실히 저희는 그란과 직접 싸워본 적은 없습니다만……."

"그 정도로 강하단 말입니까?"

"그렇다. 내가 그란이 내키는 대로 행동하게 놔두고 있었던 건 그자를 상자 속 정원에 봉인하고 싶었기 때문이다. 나와 그란의 이해관계는 대립되지 않기에 재미있겠다고 생각하여 약정을 맺은 것이지. 녀석에겐 '칠요'로서 최대한의 권한을 부여해주면서 말이야. 말하자면 나의 비장의 수단으로 온전하게 보존해둔 것이다."

그 비장의 수단이 써보기도 전에 등을 돌려 배신했다.

적대하는 카드가 되면서, 자신의 목에 칼을 들이댔단 말인가.

실수라고 하면 실수가 되겠지만, 그 원인의 하나는 나에게도 있다는 생각이 들었다. 뭐, 어디까지나 원인일 뿐이지 책임을 질 필요는 없지만.

"로조 일족이 몰래 감춰주고 있었다는 그 마리아베르가 죽었으니까 말이야."

지금까지 신중했던 그란베르가 스스로 움직이기 시작했다면,

그게 원인이 틀림없을 것이다.

"너의 나라의 축제에서 봤던 그 계집애 말이로구나. 나도 몰랐다만, 상당히 번거로운 상대였겠지? 그 그란이 소중하게 여기고 있었다면, 녀석의 야망을 성취시켜줄 열쇠였는지도 모르겠구나."

마리아베르는 분명 번거로운 상대였다.

만약 마리아베르가 표면적으로 드러난 행동을 하지 않고, 계속 음모를 꾸미고 있었다면 분명 나중에 화근이 되었겠지.

눈에 보이는 적보다, 눈에 보이지 않는 악의가 몇 배나 더 상대하기 까다로우니까.

그렇다고 쳐도——.

"그렇다면 그란베르의 목적은 뭐지? 이제 와서 움직이기 시작했다는 건 자포자기의 심정으로 마리아베르의 복수를 하려는 것도 아닐 테고……."

"그건 아마도—— 아니, 아무것도 아니다."

루미너스는 뭔가를 말하려다가 그 입을 한 번 닫았다. 그리고 몇 초 정도 눈을 감고 깊은 생각을 한 뒤에 조용히 얘기를 시작했다.

"그자는 옛날부터 인간의 세상에 평화를 가져다주기를 바라고 있었다. 악귀나 나찰과 다름없는 마물과 싸우고, 흉악한 마수를 물리치며, 인류의 생존권을 지켜내기 위해 싸웠지. 내가 인간을 근절시킬 마음이 없으며 공존관계를 구축하려 한다는 걸 이해하기 전까지, 그 완고한 자와는 몇 번이나 맞붙어 싸웠다. 그러다가 우리 사이에 약정이 맺어지면서, 이곳 서방영역은 안주의 땅이 된 것이다. 부족이 통합되면서 나라가 탄생했고, 소국이었던 나라가 부강하고 번성해지면서 대국이 되었다. 그런 나라들을 뒤에서 움직여 카운실 오브 웨스트(서방열국평의회)를 탄생시킨 자가 그란이었지——."

이렇게 얘기를 들어보면 그란베르—— 용사 그란은 정말로 전설적인 인물인 것 같군. 지금에야 오대로라고 하는 수상쩍은 위치에 있지만, 그것도 전부 인류를 수호한다는 대의명분에 따른 행동으로 느껴졌다.

그 선악과는 관계없이 결과만 놓고 보자면 인류는 그란베르 덕분에 1,000년의 태평성대를 손에 넣은 것이란 말인가…….

"오래된 엘프가 이끄는 살리온에는 영토적 야심이 없으며, '어스퀘이크(대지의 분노)' 다구류루나 '폭풍룡' 베루도라의 위협으로부터는 우리 루벨리오스가 방패가 되어주었다. 북쪽의 악마가 얼음에 갇힌 세계에서 계속 개입을 반복하고 있지만, 그건 놀이랑 비슷한 것이고. 기이가 진심으로 나섰다면 이미 예전에 이 세계는 멸망했을 테니까. 그리고 남은 것이 또 하나의 인류생존권. 이것과 자웅을 겨루기 위해서 드워프와 손을 잡고, 상인들을 통해 내부사정을 조사했지. 그란베르는 혼자서 줄곧 이런 일들을 계속해왔던 것이다."

그렇게 얘기를 들어보니, 그란베르는 정말로 대단한 인물이란 생각이 드는군.

아니, 이래선 안 되지. 루미너스의 얘기를 들으면서 공감하고 있을 때가 아니다.

"그래서? 그렇게 대단한 그란베르 씨는 대체 뭘 노리고 있는 거지?"

"쿡쿡쿡, 그렇게 서두르지 마라. 그란이 나와 적대할 이유는 없다——고 단언하고 싶다만, 짐작이 가는 게 하나는 있지. 하지만 그걸 너에게 가르쳐줄 생각은 없다."

아, 역시.

한 번 말끝을 흐리는 모습을 보고, 그렇지 않을까 하는 생각은 했었다.

"하지만 동기에 관해선 마음에 걸리는 보고가 있었다. 카구라자카 유우키, 이 이름을 알고 있겠지?"

"그래, 네가 불쾌한 기운이 느껴진다고 말했던 상대잖아? 파르무스 왕국을 선동한 것도 모자라서, 마왕 클레이만을 시켜 내게 덤비게 만든 흑막이지."

"뭐냐, 이미 눈치채고 있었나. 그렇다면 길게 설명할 필요가 없겠다만, 그 유우키가 그란과 접촉하고 있다. 그 둘 사이에 어떤 대화가 오가면서 협정을 맺은 것 같더구나."

또 유우키인가.

그 녀석에게 휘둘리는 건 이제 진절머리가 나니까, 이제 그만 좀 했으면 좋겠다만…….

라파엘(지혜지왕)이 없었다면, 나 같은 건 바로 속아 넘어갔을 것이다. 그런 상대를 이대로 자유롭게 놔두다간, 앞으로도 이와 비슷한 문제가 계속 일어날 것 같다.

이제 슬슬 결판을 내야 할 때가 온 건지도 모르겠군.

"그란의 움직임 뒤에는 유우키의 어떤 의도가 얽혀 있단 말인가."

"바로 그거다. 그리고 아마도 그자들이 노리는 것 중의 하나는 너희들이겠지."

과연.

내가 템페스트(마국연방)에서 나온 지금이 습격하기에는 가장 좋은 시기라는 뜻인가.

"그렇군요. 쉽게 말해서, 그 그란이란 자와 리무루 님을 싸우도록 만드는 게 그 애송이(유우키)가 노리는 것이란 말입니까?"

갑자기 그런 말을 꺼낸 것은 시온이었다.

나는 놀라서, 시온을 응시하고 말았다.

도중부터는 얘기를 이해하지 못한 채, 그냥 적당히 흘려듣고 있을 거라 생각했던 시온이었는데, 설마 완벽하게 이해하고 있었을 줄이야.

"쿠후후후후. 적은 수의 일원으로 나라를 나온 지금이 좋은 기회라고 생각했겠지만, 너무 안일하군요. 저희 사천왕 중에서 두 명이나 호위에 임하고 있으니만큼 어떤 수작을 부려도 소용이 없습니다."

디아블로는 평상시랑 다를 게 없었다.

그보다 그 사천왕이라는 호칭, 부끄러우니까 그만 좀 언급하면 좋겠다.

"뭐, 만일을 대비해서 경계는 해두어라. 앞으로 3일, 그 시간이 지나면 너희와는 관계없는 일이 될 테니까 말이지. 나는 맨 처음 말한 대로 연주회를 무사히 즐기고 싶은 마음뿐이다."

루미너스도 흔들리지 않았다.

그란이 위협적인 존재라고 말하면서도, 자신이 즐길 여흥을 우선시하고 있었다.

이 여유는 본받고 싶군.

그런 생각을 하면서, 심야의 밀담은 끝이 났다.

＊

그건 그렇고, 그란베르는 정말로 움직일까?

그리고 유우키도 그 행동에 편승할 생각인 걸까?

그런 걱정거리를 속에 품은 상태에서, 루벨리오스 체류 일정의 둘째 날이 시작되었다.

오늘은 연주회장에서 준비를 하기 위해 기재의 반입 및 설치가 예정되어 있었다.

안내를 받은 곳은 대성당.

많은 수의 신자들이 한꺼번에 들어올 수 있는 커다란 건물로, 그 안쪽으로 이어지는 길을 방어하는 요새의 기능도 갖춘 주요 시설이라고 한다.

나는 딱히 할 일이 없었다.

악기의 배치 같은 건 프로에게 맡기는 게 제일 좋다.

당초 예정대로 사회견학을 시켜주기 위해 아이들을 데리고 다녔다.

물론, 루미너스의 얘기를 들은 이상, 쓸 수 있는 수단은 다 동원했다. 디아블로의 직속이 된 베놈을 불러서 경계임무를 맡긴 것이다.

베놈은 갑작스러운 호출을 받고 당황했을 것이다.

"디아블로, 너는 타쿠토와 단원들의 준비를 지켜보면서——."

내가 그렇게 지시를 막 내리려 했을 때 "리무루 님, 잠시만 기다려주십시오. 이런 일도 있을지 몰라서, 어제 밤에 이미 모든 준비를 끝내놓았습니다"라는 말을 디아블로의 입을 통해 들은 것이다.

디아블로 녀석, 내게서 떨어질 수도 있는 가능성을 아예 사전에 차단해놓았군. 부하들을 모은 것은 그야말로 이런 때를 위한 것이었을 테니, 그 행동에 불만은 없지만······.

듣자하니 디아블로는 베놈에게 '10분 이내로 올 수 있도록 하라'는 무모한 명령을 내렸다던가.

그 말에 응하는 베놈도 베놈이지만, 그런 명령을 태연하게 내릴 수 있는 디아블로는 피도 눈물도 없는 것 아닌가 하는 생각이 들었다.

뭐, 있을 리가 없다. 악마니까 말이지.

디아블로의 유능함에 감탄함과 동시에 이 녀석의 부하는 정말 힘들겠다는 생각이 든 순간이었다.

그런고로, 내가 알아차린 시점에서 이미 베놈의 부하 100명도 타쿠토와 단원들을 돕고 있었다. A랭크 오버인 마인이 100명이나 있는데다, 루미너스의 부하들의 경비도 분명 빈틈이 없겠지. 경호임무는 완벽하다고 믿으며 안심해도 될 것 같았다.

히나타의 안내를 받으면서 루벨리오스의 생활상을 구경하면서 돌아다녔다.

감상을 말하자면 템페스트(마국연방)와는 정반대라는 느낌이었다.

단, 그게 나쁘다는 뜻만은 아니다.

자유는 없지만, 행복한 사회가 그곳에 존재했던 곳이다.

여기에는 경쟁이 없을 것이다.

정해진 일만을 정해진 순서에 따라 반복할 뿐.

그건 스스로의 생각을 방치하는 것으로 이어지지만, 적어도 굶주림이나 고통과는 인연이 없었다. 왜냐하면 그 환경에 버틸 수 없는 자는 이미 나라를 떠났을 것이고, 애초에 태어나면서부터 그런 사람들만 보고 자랐다면, 그 구조에 불만을 느끼는 일도 없을 것이기 때문이다.

애초에 모른다면, 타인을 부럽게 생각할 일도 없다.

타인과 자신을 비교하면서 비참한 기분을 느끼는 일이 없다면, 그 분한 감정을 발판으로 삼아서 향상심을 품게 될 일도 없다.

경쟁이 없는 사회는 그것만으로도 충분히 완성되어 있었다.

"왠지 재미가 없는 곳이네."

"그러게. 여기선 우리와 같은 또래인 녀석들도 일을 하고 있네. 학교 같은 건 없는 걸까?"

앨리스가 넌지시 중얼거렸고, 켄야가 그 말을 듣고 고개를 끄덕였다.

다른 아이들도 말로 하지는 않지만, 우리와는 완전히 다른 그 광경을 보고 당혹스러워하는 것 같았다.

"이 나라에는 학교가 없단다. 여기는 관리를 받고 있는 나라야. 신의 이름 아래에서 모두가 평등하고, 누구나 평온하게 살 수 있는 나라이지."

히나타는 자랑스러운 말투로 그렇게 설명했지만, 정말로 그게 정답이라고 생각하고 있는 걸까?

자신들은 사치라는 개념을 알고 있으면서, 그걸 독점하는 것을 아무렇지 않게 느끼는 걸까?

그야 아무것도 모르는 사람에게 그런 개념을 가르치는 것은 분명 올바르다는 생각은 들지 않지만…….

"아무리 열심히 노력해도 손에 넣을 수 없는 것은 있으니까 말이지. 처음부터 그런 걸 몰랐다면 그걸 바라면서 생기는 고통도 없을 거야."

"그야 그렇긴 하겠지만……."

켄야도 바보는 아니다.

내가 말하고 싶은 바를 잘 이해하고 있었다.

"이렇게 관리되는 사회 속에선 국민의 행복지수가 아주 높은 레벨로 유지되고 있어. 그렇기에 다른 나라와 국교를 시작하려면, 서방성교회를 통할 필요가 있는 거지만."

그야 그렇겠지.

아무것도 모르는 국민에게 다른 나라를 통해 들어올 자극을 그대로 전달해줄 수는 없을 테니까.

"그건 왠지 수조 속에서 길러지는 물고기 같아."

"본인이 행복하다면 우리가 간섭할 문제가 아닌 것 같긴 하지만 말이지."

"그래. 인간의 행복이란 것은 물질적인 것만으로 채워지는 건 아니란 뜻이지. 정신적인 행복을 추구한다면 이런 사회도 존재할 수는 있을 거야."

하지만 뭐, 나한테는 무리로군.

이미 알아버린 이상, 그 풍요로움을 계속 추구하는 것이 나의 정의다.

먼 옛날, 술래잡기를 하면서 돌아다니던 무렵. 그때의 나라면 이건 이것대로 괜찮겠다는 생각을 했겠지만 말이야.

행복에 대한 인간의 가치관은 그야말로 열이면 열마다 다 다르겠지.

네 생각은 틀렸다고, 다른 사람에게 지적을 받을 성질의 것이 아닐 것이다.

자기 스스로 생각하여, 자기 나름대로 행동한다.

그러는 게 좋지 않을까 하고 나는 생각했다.

마음에 걸리는 게 없는 것은 아니지만——.

"——하지만 여기 사람들은 스스로의 힘만으론 살아갈 수 없는 걸. 누군가의 보호를 받지 않으면 이 생활을 지켜내는 것도 불가능할 것 같아——."

——클로에가 중얼거린 말이 내 마음을 대변해주고 있었다.

아이들의 관찰력도 무시할 수 없군.

히나타가 그녀의 중얼거림에 반응하면서, 살짝 눈을 깜박이고 있었다.

아마 그녀도 깨닫고 있겠지.

이 사회의, 일그러진 부분, 을.

아무것도 모르는 사람들은 관리자가 사라지면 아무것도 하지 못한다.

자유가 없다는 것은 생살여탈의 권리를 다른 자가 쥐고 있다는 뜻인 것이다.

그래선 가축의 삶과 다를 것이 없다…….

"──그러네. 그런 일이 일어나지 않도록 우리가 노력하고 있는 거야."

"흐──응, 그렇구나. 하지만 나라면 모두가 힘을 합쳐서 함께 노력하는 게 더 좋을 것 같은데. 그렇게 하면 히나타 언니 혼자서만 노력하지 않아도 다들 서로를 도울 수 있을 것 같거든!!"

그건 하나의 이상형이다.

그렇게 생각대로 잘 풀리지 않으니까, 모두가 고생을 하고 있는 거지만 말이야.

아무리 노력해도 태어나면서부터 재능의 차이는 존재하며, 일하는 양도 개인마다 차이가 있다. 평등이라는 말은 아름답지만, 그 말에는 차마 어쩔 수 없을 정도로 잔혹하고 불공평한 현실도 따라오는 법이다.

이상과 현실.

메울 수 없는, 모순.

한쪽을 일으키면 다른 한쪽이 쓰러진다.

정답이란 존재하지 않는다.

자신이 믿는 길을 계속 나아가면 그걸로 충분하다.

그렇기에 인생은 재미있는 것이다.

이날, 아이들은 많은 고민을 한 것 같았다.

그리고 나도 물질적 욕구를 만족시키는 것만이 행복은 아니라는 것을 다시 인식했다.

알고 있긴 해도 그만 둘 수는 없다. 그게 내 나름대로의 결론이긴 했지만, 오늘 이 날의 경험이 쓸모없는 건 아니라고 생각했다.

이건 이것대로 하나의 정답이 될 것이다.

이 다양성이야말로, 인간이 지닌 가능성 그 자체라는 생각을 할 수 있었다.

자신의 인생을 직시하면서, 한 번 더 천천히 생각했다.

어떤 것이 정답이라고 단정할 필요는 없다.

전생에서 칼에 찔려 죽었던 나도 슬라임으로 다시 태어난 것이다.

앞으로 무슨 일이 일어날지는 누구도 알지 못한다.

그렇다면 지금을 즐기지 않으면 손해라고 할 수 있다.

그런 생각이 들게 만들어준 하루였다.

그리고 운명이 움직이기 시작했다——.

●

"존느(태초의 노란색)가 사라졌다고?"

"네. 믿을 수 없는 일입니다만, 방대한 마력을 감지한 직후, 그 땅에서 잠자고 있던 악마들의 기운이 소실되었습니다——."

"……믿어지질 않는군."

레온은 알로스의 보고를 듣고, 자신이 잘못 들은 게 아닌가 하는 생각을 하면서 귀를 의심했다.

레온의 지배영역에는 정신세계인 악마계와 뒤얽힌 장소가 있었다.

짙은 마력요소와 독기로 덮인 그 땅에서는 때때로 강대한 힘을 지닌 데몬(악마족)이 나타나는 일이 있었다.

육체를 얻지 못한 어중간한 악마라면, 아크 데몬(상위마장)이라고 해도 레온 휘하의 기사단만으로 대처할 수 있었다.

그러나 그 땅에는 오래된 악마의 존재가 몇 명 확인된 상태였다. 그중에는 레온조차도 무시할 수 없는 절대적인 존재가 있었다. 그게 바로 존느였다.

아직 육체를 얻지 못했기 때문에, 그녀의 활동범위는 한정되어 있었다. 하지만, 그녀를 경계하기 위해서라는 이유만으로, 레온은 이 땅에서 움직이지 못하고 있었던 것이다.

레온 말고는 그 포학한 악마를 대처할 수 없었기 때문이다.

"녀석은 놀이삼아 핵격마법(核擊魔法)을 쏘아댈 정도로 제정신이 아닌 악마란 말이다. 공존은 아예 불가능해. 교섭에도 귀를 기울이지 않았지. 레온 님에게 의지하지 않으면 설령 나라고 해도 위태로울 수 있는 상대……. 그런 존재가 사라졌다고?"

"그렇다, 클로드. 나도 믿을 수가 없어서 내 눈으로 직접 확인해보러 갔지. 그러자 악마계와 겹쳐있어야 할 장소가 무슨 이유인지 차원수정이 되어 있었다. 누군가가 '지옥문'을 막은 것으로밖에 생각할 수 없어."

"설마……."

레온의 부하들 중에서 필두—— 실버 나이트(은기사경) 알로스의 말을 듣고 달려들 듯이 반응한 자는 황금향 엘도라도에서 최상의 기사로 여겨지는 블랙 나이트(흑기사경) 클로드였다.

레온뿐만 아니라, 이 땅에 사는 자라면 모두가 그 악마들로 인해 골치를 썩이고 있었다. 그중에서도 원흉으로 여겨지는 존느의 소실은 지나칠 정도로 반가운 소식이기에 곧바로 믿을 수 없었던 것이다.

더구나 '지옥문'까지 사라졌다면, 오히려 불길한 일이 일어날 징조가 아닌가 하는 의심이 들 정도였다.

'지옥문'이란 것은 이 물질세계에 정신세계를 겹치게 만들어주는 문 같은 것이다. 그게 존재하기 때문에 육체를 얻지 못한 악마라고 해도 짧은 시간이라면 현세에 영향력을 행사할 수 있게 되었던 것이다.

몇 번이고 문을 닫으려고 기사단을 파견했지만, 그 시도는 악마들에 의해 저지되었다. 레온이 이 땅에 나라를 세운 이후로, 정기적으로 작은 규모의 충돌이 계속되었던 것이다.

번거로운 것은, 바로 정신생명체는 그 근원을 제거하지 못하면 부활한다는 점이다. 더구나 악마들에게 있어선 심심풀이 같은 수준의 전투라고 해도, 레온과 부하들에겐 피해가 막대하게 커지는 일이었다.

이 비옥한 대륙을 지배하는 레온에게 있어서도, 악마들의 존재가 유일하게 골치 아픈 문제의 씨앗이었다.

레온이 진심으로 싸운다면 악마들을 일거에 소탕하는 것도 가능했을지 모른다. 그러나 그건 자칫하면 존느의 각성을 불러일으킬 수도 있는 사태가 된다.

아니, 설령 그렇다고 해도.

레온이라면 각성한 존느라고 해도 격렬한 전투 끝에 승리할 수 있을 것이다.

그러나 레온과 존느의 싸움으로 인해 이 대륙은 바다로 가라앉게 될 것이다.

그걸 꺼려하여 레온은 싸움을 피하고 있었던 것이다.

(대체 무슨 일이 있었던 거지? 존느가…… 기이에게서 들은 얘기로는 미저리나 레인처럼 얘기가 통하는 상대가 아니었는데?)

레온은 손익을 저울에 놓고 신중히 계산하면서, 약간의 희생을 치르고서라도 현재의 상태를 유지하겠다는 선택지를 취하고 있었다.

그랬는데, 그 위협적인 존재가 갑자기 사라졌다.

그렇게 자신들의 입맛에 맞게 사태가 좋게 돌아갈 리가 없다──고, 레온뿐만 아니라 모두가 생각했다.

동요하는 레온에게 새로운 보고가 도착했다.

"보고 드리겠습니다. 현재 템페스트(마국연방)에서 보호를 받고 있는 아이들은 다섯 명. 잉그라시아 왕국의 학원에서도 증거를 수집하여 정보 조사를 마쳤습니다. 아무래도 마왕 리무루는 마왕 루미너스와 밀약을 맺고 아이들을 팔 생각인 것으로 보입니다."

"뭐라고?"

"루벨리오스와 템페스트 사이에 조약이 맺어지면서, 두 마왕의 관계는 양호합니다. 마왕 리무루가 카구라자카 유우키를 속여서, 에너지(마력요소)양이 풍부한 아이들을 거래 대상으로 빼돌린 것으로 추측된다고 합니다!"

템페스트를 조사 중이었던 청기사단의 매직 나이트(마법기사)로부터 '마법통화'로 그런 보고가 전해졌다고 한다.

그러나 레온은 그 보고를 듣고 고개를 갸웃거렸다.

발푸르기스(마왕들의 연회)에서 봤던 그 리무루가 그런 짓을 할 거라는 생각은 들지 않았던 것이다.

"보고자를 감시하도록 시켜라. 누군가와 연락을 주고받고 있거나, 어쩌면 조종당하고 있을 가능성이 있다."

"설마……."

"혹시 마왕 리무루가……?"

"아니, 그렇진 않을 것이다. 마왕 리무루가 아이들을 그런 식으로 보낼 이유가 없다."

"그럼 왜?"

"우리를 싸우게 만들어서 어부지리를 얻으려는 자가 있는 것 같군. 그런 책략에 마왕 루미너스까지 현재 휘말리고 있을 가능성이 있다. 그 루미너스가 바로 책략의 장본인일 가능성도 있고."

"──?!"

"그건 대체……."

레온은 생각했다.

현 상태의 서방열국의 정세를 통해 판단하건대, 누가 가장 의심스러운가를.

그건 명백하면서도 골치 아픈 문제였다.

"──비밀결사 '케르베로스(삼거두)'인가?"

레온이 '이세계'의 아이들을 모으고 있다는 것을 알고 있는 것은 그 수상한 상인들뿐이다. 아니, 그 밖에도 더 있었다. 소환에 관한 마법술식의 정보를 흘린 자들이.

(로조 일족이 이 소환이 어떻게 돌아가는지에 대해 알아차렸을 가능성도 있단 말인가.)

어쩌면 상인들끼리 진정한 의미로 손을 잡았을 가능성도…….

의심하기 시작하면 끝이 없다.

애초에 지금 들은 보고부터도 뭔가 이상했다.

겨우 다섯 명의 아이들을 위해서, 레온이 움직일 동기 따윈 없다──고 생각할 텐데…….

마왕끼리의 간섭을 가능한 한 피하는 것이 당연하며, 하물며 아무 관계가 없는 마왕 간의 교섭에 스스로 끼어들다니, 그건 어리석은 행위일 뿐이다.

자칫하면 그 두 명의 마왕이 한꺼번에 적이 될 우려가 있기 때문이다.

이번 경우에도 무시하는 것이 타당하다.

루미너스가 뭔가를 꾸미고 있을 가능성도 있지만, 그건 리무루를 노리고 그렇게 하는 것이지, 레온과는 관계가 없는 얘기일 것이다.

움직일 이유가 없다──는 것이 레온이 내린 결론이었다.

그런데도 이번만큼은 그 판단이 흔들리고 있었다. 그걸 알아차린 것인지, 레온의 부하들이 제각각 의견을 건의했다.

"과연……. 레온 님을 이용하려고 생각하는 자들이 있다는 말씀이군요?"

"박살 내버릴까요?"

그걸 제지한 것은 레온이었다.

"아니, 증거도 없이 동쪽 제국과도 인연이 있는 '케르베로스'와 척을 지는 것은 위험하다. 아마도 선동한 것은 그자들이겠지만, 어쩌면 로조 일족이 배신했을 가능성도 있지. 그것보다도──."

레온은 냉정하게 판단하면서 적절한 지시를 내렸지만, 그 마음 속에는 일말의 불안감이 존재했다.

클로베 호엘이라는 이름.

혹시나 그건…….

지금 움직여야 할 이유는 없었다. 그러기는커녕, 그렇게 움직이는 건 누군가의 책략에 스스로 말려드는 것과 같은 뜻이었다.

그렇게 이해하면서도, 레온은 어쩔 수 없는 초조함에 사로잡혀 있었다.

만약 존느가 건재하다면 이 땅 전체를 움직이는 어리석은 짓은 범할 수 없었다.

레온의 저울은 조금도 흔들리지 않은 채, 올바른 선택을 제시해주었을 것이다.

그러나 지금.

(이상하군. 왜 지금 행동에 나서야 한다는 생각이 드는 거지…….)

도중에 말하기를 멈춘 레온을 향해, 부하들의 시선이 집중되었다.

"폐하, 저희는 모두 폐하의 충실한 기사입니다. 폐하께서 바라시는 대로, 어떤 명령이든 따를 것입니다."

"그렇습니다. 다른 자들의 눈치를 살피실 것 없이, 자신의 생각대로 행동하셔도 아무도 불만을 제기하지 못할 것입니다. 명령을 내려주십시오. 그렇게 하신다면 저희는 반드시 폐하께서 바라시는 결과를 이뤄드릴 것입니다!!"

"너희들……."

알로스가, 그리고 클로드가.

다른 기사단의 단장들도.

레온에게 흔들림 없는 충성심을 보여주고 있었다.

"——존느가 사라진 것은 요행이란 말인가, 그렇지 않으면······."

그렇게 중얼거리면서, 눈을 감는 레온.

뒤이어 그 눈이 떠졌을 때, 그 입가에는 대담한 미소가 떠올라 있었다.

"경들의 말을 받아들이마. 내가 가겠다. 이곳의 수비를 맡아다오."

"""네엣!!"""

이 땅, 풍부하고 비옥한 황금향 엘도라도에서.

정세가 크게 변동하기 시작했다.

'플래티넘 세이버(백금의 기사)' 레온 크롬웰이 오랜 침묵을 깨고 자신의 검을 손에 쥔 것이다——.

●

"그래?! 마왕 레온이 움직였단 말이지? 역시 내가 예상한 대로 어린아이라면 누구라도 상관없었던 것 아니었군. 그렇다면 정말로 '클로에'가 그런 존재일지도 모르겠는걸——."

레온의 목적은 아이들이 아니라, '이세계'에서 왔을 특정한 한 명——이라는 뜻이다. 그렇다면 인과율에 의하여, 클로에가 레온이 찾는 사람일 가능성이 높아진다는 얘기도 된다.

"하지만 유우키 님. 레온이 행동에 나섰다고 한들, 우리 뜻대로 움직여주지는 않을 텐데요? 그의 목적지는 루벨리오스이겠지만,

저희가 흘린 정보를 그대로 믿고 있을 거란 생각은 들지 않는군요. 그보다 오히려 틀림없이 의심하고 있을 걸요?"

"그렇겠지. 하지만 레온의 목적이 무엇인지, 그 범위가 좁혀진 것만으로도 충분해."

만족스러운 표정을 짓는 유우키.

그러나 카가리와 다른 자들은 유우키의 생각을 따라가지 못하고 있었다. 그의 의도를 파악하지 못한 채, 불만스러운 표정을 짓고 있었다.

"클로에가 의심스럽다는 것은 동의하지만, 비장의 수단으로 쓰기에는 확증이 없는 걸요? 그런 불확실한 가능성에 의존하다니, 유우키 님 답지 않은 것 같습니다만?"

"그러게? 더구나 우리가 정보를 흘리는 위험한 짓을 저지른 이상, 이건 의심해달라고 말하는 것 같은 짓이거든. 그런 행동에 대체 무슨 의미가 있는 겁니까?"

"그 말이 맞아. 보스가 잘못했다고 생각하진 않지만, 이걸로 레온 녀석은 '케르베로스(삼거두)'를 눈엣가시로 취급하게 될걸? 지금까지의 관계도 전부 다 날려버리는 행위였으니, 우리 입장에선 손해만 보는 거 아냐?"

라플라스랑 티어가 자신들이 느낀 의문을 유우키에게 노골적으로 털어놓았다.

풋맨은 자신과 관계없는 듯한 태도였지만, 총명한 카가리까지도 이번에는 입을 다물고만 있었다.

그때 미샤가 요염하게 미소 지었다.

"광대 여러분들이 당혹스럽게 여기는 것도 무리는 아닙니다.

왜냐하면 이번 건에 대해서 이득 같은 건 전혀 없으니까 말이죠. 이번 행동의 이유는 단 하나. 앞으로 마왕 레온과는 거래를 할 수 없다——고 보스가 결정을 내리셨기 때문입니다."

그 말만 듣고, 카가리는 모든 것을 이해했다.

"과연, 그랬단 말이군요. 아니, 거래를 하지 않는 게 아니라 할 수 없다는 말인가요……."

"뭐라고?"

"그, 그게 무슨 뜻이죠, 카가리 님?"

"홋홋호. 어차피 들어봤자 이해를 못 할 테니, 저희는 그저 명령을 따르면——."

"풋맨, 그 입 좀 다물어. 이해하지 못한다고 해도 나는 확실하게 얘기를 들어두고 싶으니까!"

티어가 자신의 말을 가로막자, 풋맨은 살짝 침울해진 표정으로 침묵했다. 평소에 사이가 좋았던 만큼, 티어의 말은 마음속에 충격적으로 다가왔던 것이다.

이해하기 번거로운 얘기 같은 건 듣지 않아도, 보스인 유우키랑 카가리의 명령에 따르면 된다. 그렇게만 해도 모든 것이 잘 돌아간다. 풋맨은 그렇게 믿고 있었다. 그러나 그렇게 생각하는 것은 풋맨뿐이었던 것 같았다.

다른 자들도 유우키랑 카가리를 신뢰하고 있지만, 그들은 확실하게 이유를 이해한 상태에서 행동하려 하고 있었던 것이다.

그런 동료들을 둘러보면서, 유우키는 쓴웃음을 지었다.

(이용하기 쉬운 면만 따지면, 풋맨같은 남자가 편리하긴 한데 말이지. 하지만 뭐, 작전의 성공률을 높이는 걸 생각하자면, 라플

라스와 티어 쪽이 더 우수하려나. 뭐, 이번 경우는 그렇게 거창한 이유 같은 건 없지만 말이야.)

유우키는 그렇게 생각하면서, 동료들에게도 사정을 설명해주었다.

"레온이 움직였다. 그것만으로도 충분해. 라플라스, 티어, 풋맨, 너희들에겐 특정기밀상품을 전달하라고 시켰잖아? 그건 레온과의 거래를 정지할 생각을 하고 있었기 때문에, 마지막으로 너희들에게도 자신들이 증오해야 할 적을 직접 눈으로 볼 기회를 준 거야."

"응? 그렇다면 그 자리에서 한바탕 벌였어도 정말로 문제가 없었단 말입니까?"

"그래, 그 말이 맞아. 살아서 도망칠 수 있다면, 말이지."

그렇게 대답하면서 유우키는 씨익 웃었다.

그 웃음에는 자신감이 넘쳐 있었으며, 라플라스 일행을 진정시키는 효과를 발휘했다.

"어린아이라고 해도 '이세계인'을 모으는 것은 큰일이야. 그게 레온의 전력 증강에 이어진다는 걸 알고 있으면서, 계속 그쪽으로 보낸 이유는 이미 알고 있겠지?"

"레온과의 거래를 계속 유지하고 싶었기 때문, 아닙니까?"

"그래, 정답이야. 그럼 그러기 위해선 뭐가 필요했을까?"

"그러니까 그게 특정기밀상품──즉, '이세계인' 아이들이겠죠?"

"그래. 그런데 그걸 손에 넣지 못하게 됐어. 그 원인은?"

"그건 아이들을 소환하고 있던 로조 일족이──…… 그렇구나, 그랬단 말이군요."

"응? 뭐가, 뭐가?"

"그러니까 말이지, 티어. 로조 일족에게 모든 책임을 뒤집어씌울 생각이란 뜻이야. 상품을 들이지 못하게 되면, 앞으로의 거래도 하지 못하게 되는 거지. 자연스럽게 갈 곳을 잃은 아이들을 모으는 짓은 할 수 없지만, 그렇게 가장하여 아이들을 파는 것은 가능해. 그러므로 주도권은 우리가 쥐고 있는 거야. 여기서 일단 레온과의 거래가 사라진다고 해도, 또 필요해진 뒤에 접촉하기만 하면 되는 거지."

"하지만 그렇다면 역시 의심을 받을 짓을 할 이유는 없는 게 아닌지……."

"그렇지 않아. 이번 일은 로조 일족이 흑막이었던 걸로 만들 생각이니까. 역시 지독한 사람이라니까요, 보스는."

난감한 표정을 짓는 티어.

라플라스는 진상을 알아차렸는지, 어이가 없다는 표정으로 낮은 신음소리를 내고 있었다.

"아하하하하! 칭찬으로 들을 게, 그 말은. 라플라스가 말한 대로 그란베르 옹이 모든 책임을 지게 만들 생각이야."

"짜증나는 사실이지만, 레온은 너무나도 신중해요. 의심을 사는 것은 우리들뿐이죠. 하지만 분명 '케르베로스'가 이런 치졸한 짓을 하리라고는 생각하지 못할 거라고 봐요. 마왕 리무루나 마왕 루미너스는 제외하려고 할 것이고, 달리 뭔가를 꾸미는 자는 없으니까 말이죠. 로조 일족 따위는 안중에도 없을 걸요."

"레온은 확실히 신중하지만, 그와 동시에 자신감이 넘치는 자이니까 말이지. 이용하려고만 생각했던 인간이 자신에게 해를 입힐 수 있으리라고는 생각하지 못할걸. 그러므로 로조 일족을 알아보려고도 하지 않을 거야. 그 안에 진짜 위협이 숨어 있으리라고는 상상도 하지 못할 거라고 생각하는데?"

"그러네요. 실제로 오대로도 그렇게 대단하지 않으니까요. 그 두 사람을 제외하면 말이죠."

"두 사람? 마리아베르를 제거했으니 남은 건 그란베르뿐인 것 아닙니까?"

"당신들도 모르고 있었군요. 로조 일족에는 방심할 수 없는 자들이 세 명 있어요."

마리아베르는 죽었지만, 아직 두 사람이 남아 있다. 그건 '케르베로스'가 얻은 정보였다.

"정확히 말하자면 오대로와는 다르지만 말이야. 오대로의 한 명인 시들 변경백의 부하도 엄청나게 위험한 자라더군."

유우키는 쓴웃음을 지으면서, 자신의 알고 있는 정보를 들려줬다.

잉그라시아 왕국의 북방 수비를 맡고 있는 시들 변경백. 그곳에는 대대로 그 땅을 지키는 수호자가 있었다.

가면과 갑옷으로 온몸을 감싼 그 남자는 여전히 정체가 알려지지 않은 채, 그란베르를 따르고 있었던 것이다.

오대로는 아니지만, 그 존재를 아는 자들에게 있어선 무시할 수 없는 존재였던 것이다.

유우키는 다무라다를 통해서 그 가면의 남자를 알고 있었다.

"그 다무라다가 '싸워보지 않으면 이길 수 있을지 아닐지 알 수 없다'고 말할 정도의 상대거든? 약할 리가 없어. 오히려, 그가 그 정도의 평가를 내린 상대는 그 외에는 히나타 정도뿐이었으니까 말이지."

유우키가 알고 있는 한, 다무라다가 서방열국에서 경계하고 있던 상대는 세 명뿐이었다.

히나타와 마리아베르, 그리고 마지막이 그 남자다.

다무라다는 오대로 필두인 그란베르 옹보다 그 남자가 더 상대하기 번거롭다고 느꼈던 모양이다.

비밀결사 '케르베로스'의 보스 중의 한 사람── '돈'의 다무라다. 유우키의 믿음직스러운 동료들의 필두에 해당하는 자가 그렇게 평가를 내렸으니, 그자도 틀림없이 절대로 무시할 수 없는 실력자일 것이다.

"정체가 뭡니까, 그 녀석은?"

"모르겠어. 만나본 적이 없으니까. 하지만 그 남자가 있기 때문에 북방의 안전이 보호받고 있다고 하더군. 다무라다가 말하기로는, 우연히 그자가 싸우는 모습을 목격할 수 있었다고 하던데, 그 상대가 북쪽의 악마들이었다고 했어."

그런 유우키의 발언은, 그 자리에 폭탄을 떨어뜨린 것 같은 충격을 가져다주었다.

카가리와 미샤는 이미 얘기를 듣고 알고 있었지만, 그래도 믿을 수 없다는 표정을 짓고 있었다.

그 정도로 충격적인 정보였던 것이다.

"그 남자의 이름은 말이지, '라즐'이라고 하더군. 그란베르 옹이 직접 이름을 지어줬다고 했어."

"그란베르 옹이──."

"이름을 지어줬다고요?"

"그렇다면 설마⋯⋯."

"그 정보는 카가리 님도 모르셨군요. 네, 다무라다의 말로는, 라즐은 인간이 아니라고 합니다."

"가면과 갑옷으로 온몸을 감싸서 얼굴을 보여주지 않는 게 아니라, 그게 바로 라즐의 정체와 연관된 것이 아니겠느냐고, 다무라다가 말하더군."

미샤의 설명에, 유우키가 추가로 언급했다.

그러나 그런 내용은 라플라스 일행에겐 사사로운 것이었다.

"그런 건 어찌 됐든 상관없거든요. 확인 차 물어보겠습니다만, 북쪽의 악마들이란 건 그 마왕의 부하를 말하는 건 아니겠죠?"

"그, 그래요. 그 마왕── '로드 오브 다크니스(암흑황제)'가 움직이기 시작했다면 서방은 이미 잿더미로 변해버렸을 텐데⋯⋯."

평소에는 절대 보이지 않는 라플라스와 카가리의 당혹스러운 모습을 보고 비웃는 자는 없었다.

그건 유우키도 마찬가지였다.

"진정해. 너희는 마왕 기이 크림존을 어지간히도 무서워하는군. 뭐, 그건 지금은 어쨌든 상관없어. 방금 한 질문 말인데, 북쪽의 악마들이란 존재들은 물론, 그 마왕 기이의 부하들이 맞아. 아무래도 기이는 부하들이 놀이 삼아 인간사회를 공격하는 걸 묵인하고 있는 것 같더군. 악마들의 입장에선 게임을 하는 느낌이어도, 공격을 받은 쪽은 쉽게 넘길 일이 아니지. 그걸 외곽에서 저지하고 있던 자가 라즐이라는 얘기야."

단지 혼자서, 수많은 악마들로부터 인간사회를 지키고 있었던 남자.

그런 남자의 존재에 대한 애기를 듣고, 유우키를 제외한 다른 자들은 말도 꺼내지 못한 채 굳어 있었다.

"믿을 수가 없지만 납득은 했어요. 마왕 기이가 진심이 아니라면, 서방열국이 무사한 것도 이해가 되는군요. 그렇다고 쳐도 그 '라즐'이란 남자는 우리에게 위협이 되겠지만요."

"터무니없는 자로구먼, 그 녀석은. 아무리 나라고 해도 그런 짓은 도저히 흉내 낼 수 없겠는데."

"하, 하지만 말이지, 그 녀석이 강하다는 건 알았어도, 그게 레온과 어떻게 관계가 있는 거지? 북방까지 레온을 보내서, 그 녀석과 싸우게 만들도록 유도하는 계책이 있다는 거야?"

모두가 충격에서 조금씩 회복하고 있는 가운데, 티어가 그런 의문을 입 밖으로 꺼냈다. 그리고 그 질문을 듣고, 유우키는 기쁜 표정으로 웃었다.

"그랬었지, 얘기를 다시 본론으로 되돌리기로 할까. 지금 말한 대로, 로조 일족에겐 비장의 수에 해당하는 '라즐'이 있어. 언제 공격해 올지 모르는 악마들을 대비한 것이니, 북방에서 움직일 수 없는 장기말인 셈이지."

그렇기 때문에 마리아베르도 '라즐'의 존재는 계산에 넣지 않았다. 애초에 그란베르 옹이 직접 관할하는 전략급의 영웅이기 때문에, 마리아베르 혼자만의 생각으로는 멋대로 움직일 수 없었던 것도 이유이긴 했지만.

유우키도 그 남자의 존재를 안 것은 최근이 아니었다. 그래도 '라즐'을 책략에 이용하지 않았던 것은 그럴 기회가 없었기 때문이다.

섣불리 움직이게 만들었다간, 기이의 부하들에 의해 서쪽이 어지러워지게 된다. 그런 일은 피하고 싶다고 판단했기 때문에, 북방에 관한 일에 손을 대는 건 엄격하게 금지해야겠다고 생각하고 있었다.

그러나.

이제는 상황이 바뀐 것이다.

"지금부터 진지한 이야기를 할 거야. 얼마 전에 그란베르와 회담을 나눈 자리에서, 나와 그 영감 사이에 어떤 약정을 맺었는지는 모두에게도 이미 전달했을 거야."

그렇게 말하면서 유우키는 자신의 얼굴에서 웃음기를 지웠다.

고개를 끄덕이는 일동.

그들을 대표하여 카가리가 목소리를 냈다.

"서방성교회에서 숭상하는 신, 그 정체는 예상대로였죠. 그리고 그란베르는 마리아베르를 잃은 슬픔 때문에 유우키 님과 손을 잡는 것을 선택했고요."

"멍청한 영감이라니까, 정말로."

"그 입 다물어요, 라플라스. 그리하여 유우키 님은 일을 하나 의뢰받았죠. 그건 미리 분부하신 대로 준비를 진행하고 있답니다."

유우키와 그란베르의 밀담.

그건 즉——.

·················.

············.

······.

297

유우키는 그란베르에게 미라아베르의 죽음을 전했다.

마리아베르는 마왕 리무루에게 도전했고, 패배했다. 그리고 최후의 수단으로 마도제어동력로를 폭주시켰다가 그 폭발에 휩쓸리면서 사망한 것이라고.

이건 유우키가 리무루에게 얘기한 것과 같은 내용이었다.

거짓말을 한다는 아이디어도 있었지만, 그러지 않는 게 좋겠다고 유우키는 판단했다. 리무루의 의심도 사라진 지금, 섣불리 내용의 일관성을 망가뜨리는 것이 내키지 않았던 것이다.

그란베르의 반응은 읽을 수 없었지만, 그란베르 혼자라면 유우키의 적은 되지 않는다. 그 정체가 인류의 수호자인 '칠요의 노사'였다고 해도, 지금은 권력이라는 이름의 욕망에 붙잡혀 있는 불쌍한 노인에 지나지 않는다고 생각하고 있었다.

방심은 할 수 없지만, 이기지 못할 상대는 아니라고.

회담 자리에는 실력이 좋은 호위들도 있었다. 그중에는 이세계인도 있었으며, 그 모두를 적으로 돌리는 것은 좋은 계획이라곤할 수 없었다. 그런 상황이긴 했지만, 그래도 유우키에겐 여유가있었던 것이다.

마리아베르도 사라진 지금, 경계해야 할 자는 '라즐'이라는 존재뿐.

그렇게 생각했기 때문에 유우키는 그 본성을 숨기려고도 하지않은 채, 그란베르과 대치한 것이다.

"그렇군, 마리아베르가 죽었단, 말인가……."

"그렇소. 나도 정말 큰일 날 뻔했다니까? 마리아베르에게 조종당한 상태에서 억지로 마왕 리무루와 싸워야 했으니까. 아무리 자유조합이 평의회의 하부조직이고 운영자금을 지원받는 입장이라고 해도, 이건 계약위반이 되는 것 아닌가? 내 자유의지를 박탈했으니까, 그 대가를 청구하고 싶은데."

"그래서 마왕 리무루는 어떻게 되었지?"

그란베르는 유우키의 말을 가볍게 흘려 넘기면서, 설명만을 요구했다.

그 반응도 어느 정도는 예상한 것이었지만, 유우키는 딱히 머쓱한 표정도 짓지 않은 채, 어깨를 으쓱거리면서 얘기를 계속했다.

"별 다를 게 없더군. 당신을 의심할지도 모르겠지만, 모든 책략은 마리아베르가 꾸민 것으로 생각하고 있을 거라 생각하는데. 그렇게 되도록 일을 꾸몄으니까 말이지. 이렇게 처리한 것에 대해선 나쁘게 생각하지 않았으면 좋겠군."

"흠……."

그란베르는 유우키의 예상과는 달리, 피곤한 듯한 표정을 보였다.

그란베르는 굳게 눈을 감고 한동안 침묵했다.

"──그렇군, 마리아베르는 세상을 떠났단 말인가. 우리 로조의 희망이 사라졌구나. 그렇다면 그분이 숨긴 비보를 이용하여 복수를 결행해야겠군."

"그분? 그리고 비보라니? 무슨 얘기인지 모르겠지만, 이 이상 나는 끌어들이지 않았으면 좋겠는데."

"크큭큭, 그리 말하지 말게. 유우키여, 너도 바보가 아닐 테니, 이미 알고 있지 않은가?"

"……뭘 말이지?"

"흥! 루미너스 교가 정의한 신이 바로 마왕 루미너스 님이다."

"헤에……."

유우키도 그럴 것이라 예상하고 있었지만, 그걸 그란베르가 직접 언급한 것은 놀라운 일이었다. 그와 동시에, 그런 중요한 비밀을 그란베르가 밝힌 이유가 마음에 걸렸다.

"그걸 나에게 말해준다는 건, 뭘 꾸미고 있다는 뜻이려나?"

"꾸미다니, 남이 들으면 오해할 소리로군. 나는 너를 인정하고 있는 거다. 마리아베르를 잃은 지금, 이 서방열국, 그리고 인류의 미래를 맡길 수 있는 자는 널 제외하면 달리 존재하지 않는다고 말이지."

그란베르는 소파에서 일어나더니, 유우키를 향해 호들갑스럽게 그리 말했다.

그 말을 순순히 믿을 유우키가 아니다.

"무슨 바보 같은 소리를……. 내가 나서지 않아도 리무루 씨가 알아서 잘할 텐데. 그 사람은 진심으로 인류와의 공존을 바라고 있는 것 같으니까 말이지."

그렇게 대꾸하면서, 그란베르의 말을 듣고 콧방귀를 뀌었다.

교섭은 결렬되었다.

그렇게 생각했지만, 그란베르의 얘기는 그걸로 끝이 아니었다.

"젊군. 너는 아직 젊어. 마리아베르는 미래를 훤히 내다보고 있었지만, 너에겐 보이지 않는 것 같구나. 그 마왕, 그 리무루라는 마왕은 결코 그 존재를 허용해선 안 된다. 루미너스 님은 인간의 세상에는 관심이 없었다. 그렇기에 공존이 가능했던 것이지. 하지만 마왕 리무루는 다르다. 그 마왕은 인간을 타락시키고 세계를 혼돈으로 빠뜨릴 것이야. 많은 피를 흘리게 될 것이다."

"헤에에, 그건 대단하군. 그래서 그 근거는?"

"감이지."

"뭐? 그런 의미 불명의 이유로——."

"과거에 '용사'였던 내 감이, 마왕 리무루를 물리치라고 알려주고 있다."

유우키는 그 말을 듣고 말문이 막혔으며, 반쯤 감은 눈으로 그란베르를 바라봤다.

과거에 '용사'였다고 밝힌 그란베르는 말라버린 노인으로밖에 보이지 않았다.

호화로운 의상과 날카로운 눈빛.

다른 자를 굴복시키는 패기와 지배자로서의 카리스마(매력)는 존재했다.

그러나 유우키는 눈앞에 있는 그란베르에게선 마리아베르를 넘어설 정도로 '강하다'는 느낌을 받을 수가 없었다.

"용사, 라고? 농담도 적당히 하시지."

"흥, 믿든 말든 네 마음대로 해라. 하지만 말이지, 마왕 리무루의 토벌에는 협조할 것인지 말 것인지에 대한 답은 들려주면 좋겠구나."

"하핫, 협조하라고? 그런 위험한 짓을 할 이유가 없지. 나는 이대로 관계를 유지할——."

"멍청한 것!! 마리아베르가 죽은 지금, 인간끼리 진심을 숨긴 채 서로의 속마음을 떠볼 때가 아니다! 제국에게 모든 것을 맡기는 방법도 있지만, 그 나라의 상층부에도 숨겨진 비밀은 많아. 너와 연결되어 있는 상인들도 어디까지 믿을 수 있을지 모른단 말이다."

"헤에……."

지금 헛소리를 지껄이고 있는 게 누군데──. 유우키는 그렇게 생각하면서, 마음속으로 그란베르를 비웃었다.

유우키는 그란베르와 달리 인간지상주의를 가치관으로 삼고 있진 않았다. 인류사회가 어떻게 되든 말든 마지막에 모든 것을 손에 넣으면 되는 것이다.

단, 하나 마음에 걸리는 것은 그란베르가 흘린 비보라는 말이었다. 그걸 사용하면 마왕 리무루를 쓰러트릴 수 있다고 믿고 있는 것 같은데, 그게 대체 어떤 것인가에 대한 흥미는 있었다.

그란베르는 유우키의 심정을 신경도 쓰지 않고, 유우키를 자기 편으로 끌어들이기 위해 계속 말을 했다.

"나를 믿으라고는 하지 않겠다. 일시적으로라도 공동전선을 펼치지 않겠느냐."

"그러니까 말인데, 그게 나한테 어떤 이득이 있지?"

"루미너스 님이 숨긴 비보를 너에게 맡기겠다."

"그게 무슨──."

"그 베루도라를 봉인한 궁극의 결전병기다."

"──?!"

그건 갑작스런 폭탄발언이었으며, 유우키의 입장에선 무시할 수 없는 정보였다.

"최강으로 이름 높은 '용사'다. 나조차도 직접 만나본 적은 없다만, 루미너스 님이 성궤로 지키고 계시지."

"마왕이 용사를 지킨다고? 대체 무슨 농담을……."

"크하하, 그리 말하지 마라. 나도 당시에는 당혹스러웠으니까. 하지만 말이지, 몇 백 년에 한 번 일어나는 대전에서 그자가 싸우는 모습을 목격한 적이 있다. 그건 진정한 의미로, 마(魔)를 섬멸하는 지고의 존재였지."

"전성기의 당신보다 강한가?"

"비교할 필요도 없이, 말이지."

그 말에는 거짓이 없다고, 유우키는 생각했다.

진위를 꿰뚫어 보는 눈에는 자신이 있으며, 지금의 그란베르는 진실만을 말하고 있다고.

그렇다면 이자와 시즈에를 남기고 용사가 사라진 이유도 어느 정도는 짐작이 갔다.

(——'용사'에겐 활동한계가 있었던 것이겠지. 수명? 아니, 이유는 뭐든 상관없나. 루미너스가 지키는 성궤라는 것만 빼앗으면, 최강의 장기말을 손에 넣을 수 있단 말인가——.)

결전병기라는 말을 들어봐도 '용사'는 루미너스의 지배하에 있다고 봐도 틀림이 없을 것이다. 그렇다면 어떤 술식으로 조종하고 있을 가능성이 높았다.

그렇다면 유우키 쪽에서 그 술식을 해명하면……,

"재미있는 얘기로군. 하지만 그걸 순순히 믿을 정도로, 나는 마냥 사람이 좋지는 않은데."

"그렇겠지. 그래서 제안을 하겠다. 내가 쳐들어가 대성당에서 큰 소란을 일으키도록 하지. 그렇게 되면 루미너스 님이 계시는 성도 혼란에 빠질 테니까, 네가 그 틈을 파고들어 성궤를 훔쳐내면 된다."

매력적인 제안이었다.

유우키에게 너무 유리해서, 더 의심스러울 정도로.

"당신에겐 어떤 이득이 있지? 마왕 루미너스는 당신의 주인이
잖아? 그 루미너스에게 거역하면서까지, 마리아베르의 원수를
반드시 갚고 싶단 말인가?"

유우키의 그 질문을 듣고, 그란베르는 오싹해질 것 같은 시선
으로 바라보면서 대답했다.

"당연하다마다. 루미너스 님과는 좋은 관계에 있었지만, 이미
나는 버려진 몸이다. 애초에 인류의 적대자가 되지 않기로 한 약
정을 통해 우리 관계는 유지되고 있었던 것이지. 마왕 리무루와
손을 잡는다면, 루미너스 님도—— 아니, 마왕 루미너스도 내 적
에 지나지 않는다."

그 말에는 원념이 담겨 있는 것 같았다.

유우키도 그걸 느끼면서, 그 박력에 감탄했다.

(헤에, 다 말라버린 영감인 줄 알았는데, 아직 현역으로도 통할
것 같잖아. 그렇다면 의외로 이 제안은 나쁘지 않을지도 모르겠
군…….)

그렇게 생각하면서, 유우키는 진지하게 생각해봤다.

대신 전제조건으로서, 맨 처음 움직일 자는 그란베르가 되어야
한다.

유우키는 돌아가는 정세를 확인한 뒤에 행동으로 옮기면 되는
것이니, 배신당할 우려는 적다고 할 수 있었다.

그리고 얻을 수 있는 대가는 최강의 전력.

그게 거짓말인 경우에는 전투에 가담하지 않고 재빨리 탈출하면 되는 것이다.

최악의 가능성을 생각해보자면, 그란베르가 거짓말로 유우키 쪽을 속이고 함정에 빠뜨리는 패턴도 있을 수 있다.

하지만 그건 그란베르 쪽의 싸움을 보면 진위를 파악할 수 있을 것이다. 진심으로 싸우고 있는 건지 아닌지, 그 정도는 스스로 꿰뚫어 보지 않고는 제대로 얘기가 되지 않으니까.

"재미있군, 실로 재미있을 것 같아. 아직 의심스러운 점은 남아 있지만, 얻을 수 있는 이익을 생각해보면 모험을 해보는 것도 나쁘지는 않다는 생각은 드는군."

"크하하, 너라면 그렇게 말할 거라 생각했다. 일시적인, 그리고 최후의 공동전선이 되겠지만 기대해도 되겠지?"

"그래. 이렇게까지 미리 준비해준다면 조금은 믿어보기로 하겠어. 그래서 어떤 결과를 얻으면 작전이 성공한 게 되는 거지?"

"그렇군. 그건——."

두 사람은 그 후에 섬세하고 세밀하게 논의를 했다.

이리하여 서방열국을 좌지우지하는 괴인과, 세계정복을 꾸미는 마인이 손을 잡은 것이다.

·················.

············.

·······.

대성당에선 로조 일족이 모든 힘을 동원한 싸움이 일어날 것이다.

실트 대외정보국의 에이전트(구성원)랑 '블러드 섀도(혈영광란, 血

影狂亂)'의 생존자.

그중에는 로조 일족이 소환한 '이세계인'도 있었다. 그뿐만 아니라 북방을 수호하고 있는 '라즐'까지 동원하겠다고 했다.

"로조 일족의 총 전력이 어떤 수준일지가 흥미진진하군요."

사악하게 웃으면서 카가리가 중얼거렸다.

그건 이 자리에 모인 모든 자들의 뜻이었다.

"그래서 유우키 님, 성궤가 숨겨진 장소는요?"

"그란베르에게서 자세하게 들었어. 날 속이고 있을 경우도 생각해서, 신중하게 행동해야겠지만 말이지."

"그건 내 임무로구먼. 이번에는 혼자 잠입하는 건 불안하니까, 티어와 풋맨을 데리고 가도 되겠죠?"

"물론 상관없다고 말하고 싶지만, 티어에겐 부탁하고 싶은 게 있어."

"뭐야, 그렇다면 풋맨만 데리고 가도 되지만, 티어에게 뭘 맡기고 싶은 겁니까?"

"이번 일에서 가장 중요한 임무야. 그보다 너희들 말인데, 전투는 가능한 한 피하고 목적 수행에만 전념해줬으면 좋겠어."

"이게 덫일 가능성도 고려하여, 위험이 느껴지면 재빨리 후퇴하는 것 알죠?"

"어린애도 아니니까, 그런 건 말하지 않아도 잘 알고 있습죠."

잔소리를 하는 카가리.

그런 카가리에게, 라플라스는 자신만만하게 대꾸했다.

라플라스에게 동의하면서, 말없이 고개를 끄덕이는 풋맨.

"그러면 좋겠는데 말이죠. 그래도 마왕 루미너스는 저와 호각이었던 마왕 발렌타인의 주인. 그 실력은 두말할 것도 없이 전성기의 저보다도 강해요. 알겠죠, 라플라스? 최우선목표는 성궤를 탈취하는 게 아니라, 무리하지 않는 범위에서 정보를 가지고 돌아오는 거예요."

"괜찮습니다. 그란베르 영감하고 지켜야 할 의리는 없으니까 말입죠. 중용광대연합으로 고용된 것도 아니니까 가능한 범위에서만 노력할 거라고요."

"그렇지…… 이번에는 역시 나도 서포트를 하기로 하겠어. '성궤'라는 건 그 그란베르가 결전병기라고 단언할 정도의 물건이니까 말이지."

"나란 놈은 신용이 없구먼. 살짝 상처받는데……."

"아니, 그런 게 아니야. 뒷이 있는 게 당연하고, 방비도 탄탄하겠지. 조심 또 조심하자는 뜻이야."

유우키는 라플라스와 동료들을 믿고 있었다.

하지만 이번에는 무슨 일이 일어날지 모른다. 여기서 실수를 해서 작전이 실패하는 건 절대 용인할 수 없다고 생각했을 뿐이다.

"나는 숨어서 너희를 따라갈게. 그러니까 말이지, 작전 자체는 너희에게 맡기겠어."

"과연, 우리를 양동으로 쓰겠다는 뜻이로군! 확실히 그게 더 현명한 판단이죠."

"최악의 경우라도 너희는 혼란을 틈타서 탈출하도록 해. 그 틈에 내가 진짜 목표물을 손에 넣을 테니까."

그렇게 말하면서, 유우키는 씨익 웃었다.

계획은 만전을 기했으며, 몇 번인가 그란베르와 논의를 하던

중에 그란베르가 진심이라는 것을 깨달았다. 이게 최대의 찬스라는 것은 틀림없는 사실이며, 다음에 이런 기회가 찾아올 가능성은 낮았다.

어떻게든 이번 작전으로 '성궤'를 손에 넣고 싶다——. 유우키는 그렇게 생각했다.

"하지만 정말로 그렇게 대단한 물건이려나? 그 '성궤'라는 게……?"

"그래. 그 베루도라를 봉인한 '용사'——라고 하더군. 루미너스의 명령을 따른다고 하던데, 그 마법술식을 해석하여 내 장기말로 삼으려고 해."

"뭐라고요?"

"농담이죠? 그게 정말인가요?!"

"뭐, 그게 무슨 소리야?"

"홋홋호……."

"상품가치를 따질 수도 없겠군요. 동쪽에서 받아들일 준비는 완벽하게 갖췄습니다. 궁극의 '용사'를 어떻게 지배하는지 반드시 밝혀내도록 하겠어요."

유우키가 대수롭지 않게 밝힌 말을 듣고, 일동은 경악했다.

상상 이상의 가치가 '성궤'에 있다는 걸 알면서, 흥분을 억누르지 못했던 것이다.

사전에 받아들일 준비를 하라는 명령을 받은 미샤조차도 그 볼에 생긴 홍조를 감추지 못 하고 있었다.

그것도 당연하다.

이 세계에서 최강의 존재에 해당하는 '용종'을 봉인한 존재, 그걸 지배할 수 있다면…….

유우키의, 그리고 '케르베로스'의 야망인 세계정복도 꿈이 아니게 될 것이다.

"보스가 신중해지는 것도 당연하구먼."

"네, 그렇다면 저도 무슨 일이 있어도 연구에 참가하겠어요."

"하핫, 너무 성급해, 카가리. 그란베르의 얘기를 전부 다 믿는 건 위험하다고. 하지만 신빙성은 높다고 나는 생각하고 있어. 그러니까 말이지, 실패는 절대 용납될 수 없어."

"유우키 님이 나선다면 안심이겠지만, 당신들. 절대 발목을 붙잡는 짓은 하지 않도록 하세요."

"알겠습니다요."

"홋홋호, 맡겨주시죠!"

라플라스와 풋맨은 사명의 중대함을 알게 되면서, 의욕이 더 커졌다.

유우키는 그런 두 사람을 만족스럽게 바라보면서, 이번에는 티어 쪽으로 시선을 돌렸다.

"그리고 티어 말인데……. 이번에는 놀랍게도 그 마왕 레온까지 이 계획에 가담해줄 거야. 이렇게 되면 진심으로 환영을 해주지 않으면 실례가 되겠지."

레온이 움직이게 되면서, 유우키 쪽의 방침도 정해졌다.

레온이 움직이지 않았을 경우에는 상황을 보고 잠깐 참전하는 수준으로 끝낼 예정이었다.

그러나 지금, 레온까지 성지를 향해 움직이기 시작하고 있었다.

전장은 혼돈에 빠질 것이다.

틀림없이.

"우리의 꼬임에 넘어간 레온에겐 우리 '케르베로스'도 로조 일족에게 이용된 것으로 믿도록 만들면 돼. 그렇게 하면 우리는 신용할 수 있다고 알아서 착각하겠지——."

"그리고 마왕 리무루에게는 레온이 잔혹하게도 아이들을 노리고 있는 걸로 생각하게 만들면 되는 거로군요?"

"아! 그 역할을 내가 맡는 거네?"

"정답이야. 맨얼굴을 드러내게 되겠지만, 너라면 정체를 들킬 일도 없겠지?"

"응, 알았어! 내 명연기로 마왕 리무루를 확실하게 속일게."

티어는 의욕이 가득 찬 반응을 보였지만, 유우키는 무정하게도 고개를 가로저었다.

"기대는 하고 있지만, 그것만으론 안 돼. 마왕 리무루는 조심성이 많아. 이상할 정도로 감이 날카로우니까. 우리의 꿍꿍이를 알아차릴 가능성이 있어. 그러니까 말이지, 우선은 그란베르와 말을 맞춰서——."

유우키는 티어에게 귓속말로 작전지시를 내렸다.

그리고 마인들의 악의는 끝도 없이 팽창되기 시작했다.

운명이 날이 찾아올 때는—— 멀지 않았다.

●

빛도 비치지 않는 방안.

"물론, 마왕 리무루는 물리쳐야지. 마왕 레온도, 그리고…… 루미너스 님도——."

그렇게 중얼거리는 그란베르의 눈은 끝없는 증오로 인해 어둡고 탁해져 있었다.

1,000년을 넘는 긴 시간 동안, 그란베르는 인류를 위해 헌신해왔다.

어느새 그 목적이 상위자에 의한 절대지배와 관리로 바뀌어버렸다고 해도, 그란베르의 바람이 '인류사회의 평화'였던 것은 의심할 것도 없었다.

고난에 이어지는 또 다른 고난.

연속된 배신과 그란베르를 받쳐주었던 동료들의 죽음.

그래도 그란베르는 불굴의 정신으로 그 난국을 돌파하면서, 이 세계의 인간들을 수호해왔던 것이다.

마왕 루미너스의 협조도 있었지만, 그란베르 자신의 노력도 평범한 것이 아니었다.

머나먼 그 옛날, 동료들과 서로 얘기를 나누었던 이상.

죽어가는 자들에게 맹세했던 약속.

그런 이상과 약속의 달성은, 마리아베르라는 희망의 탄생으로 인해 한 걸음만 더 디디면 되는 곳까지 도달한 상태였다.

그랬는데—— 그란베르의 희망도 사라졌다.

서쪽과 동쪽.

인류의 생존권을 통일하여 마왕들에게 대항한다.

그렇게라도 하지 않으면, 인류사회를 존속시키는 것은 극도로 힘든 일이었다.

마왕들이 '옥타그램(팔성마왕)'이 된 지금, 그 힘은 너무나도 강대했다. 십대마왕에서 두 명이 줄었는데도, 그 권세가 더 늘어난 것처럼 느껴졌다.

'로드 오브 다크니스(암흑황제)' 기이 크림존은 부하인 악마들의 놀이터로 북방의 땅을 멋대로 놀리고 있었다.

'어스퀘이크(대지의 분노)' 다그류루는 자신의 영토적 야심 때문에 인류사회에도 흥미를 가지고 있는 것 같았다.

지금은 '퀸 오브 나이트메어(밤의 여왕)'와의 충돌을 꺼려하여 행동으로 옮기지 않고 있었지만, 그 인내심이 언제까지 유지될지는 명확하지 않았다.

그리고 동쪽 제국에도 인류를 초월하는 누군가의 의지가 보일 듯 말 듯 존재하고 있었다.

그란베르는 '슬리핑 룰러(잠자는 지배자)'가 뭔가를 꾸미고 있는 게 아닐까 하고 의심했지만, 그 진위를 확인하는 행동까지는 취하지 않았다.

그런 강대한 존재들로부터, 그란베르는 인류를 수호해왔던 것이다.

그것도 이제——.

"그 애송이도 쓸데없는 야망을 품고 있군. 실현할 수 있으면 어디 해보라지. 나는 이제 지쳤어⋯⋯."

그란베르도 언제까지 살 수 있을지 모른다.

마리아베르가 죽은 지금, 그란베르의 후계자로 적합한 자는 이제 존재하지 않는 것이다.

모든 것을 조정하는 자가 없어지면, 인간은 즉시 파멸로 향할 것이다. 그 욕망을 노골적으로 드러내면서, 같은 인간들끼리도 다투기 시작하는 종족이니까.

　먼 옛날, 마리아베르와 아주 닮았던 아내도 그런 자들에게 살해당했다.

　남은 아이들을 생각하여 슬픔을 억누르며 살아왔던 그란베르였지만, 그것도 이제 끝이다.

　"나에게서 빼앗기만 하는 이런 세상 따위는 멸망해버리면 그만이야——."

　작은 중얼거림과 함께 흘러나온 본심.

　그것이야말로 그란베르의 진심 어린 본심.

　그란베르는 이미 그 광기에 몸을 맡기고 있었던 것이다.

　그렇기 때문에.

　그란베르에겐 망설임이 없었다.

　그는 이미 미쳐 있었던 것이다.

제4장

서방동란

Regarding Reincarnated to Slime

마왕 레온은 자신이 껄끄럽게 여기는 인물 중의 한 사람과 면담을 하고 있었다.

긴 은발과 특징적인 긴 귀. 호화로운 의자에 깊이 기대앉은 그 모습은 한 장의 그림처럼 아름다웠다.

하이엘프이면서 마도왕조 살리온의 천제인 에르메시아 에르류 살리온, 바로 그자였다.

우아한 정원에 마련된 정자에서, 두 사람은 서로를 보면서 마주 앉아 있었다.

앞에 놓인 찻잔에선 김이 모락모락 피어오르고 있었다. 옆에 대기 중인 시녀가 차가 식기 전에 새로운 것으로 바꿔주고 있었던 것이다.

그윽한 향기가 감돌면서 기분을 편안하게 풀어주었다.

잠시 서로를 바라본 후.

먼저 입을 연 쪽은 에르메시아였다.

"여전히 말이 없군요, 레온 군은. 오랜만에 만나러 와놓고선 그렇게 입을 다물고만 있으면 재미가 없잖아요?"

그 말투는 친근했다.

그도 그럴 것이, 에르메시아와 레온은 아는 사이였다. 그것도 서로 중요한 거래상대국의 주인일 뿐만 아니라, 사적으로도 친한 사이였다.

그 사실은 레온이 이 자리까지 안내받은 것을 봐도 알 수 있었다.

레온과 에르메시아의 교류는, 레온이 아직 마왕이 되기 전부터 계속되고 있었다.

레온이 '용사'로 불리던 무렵, 이 땅 살리온에서도 활동하던 시기가 있었다. 두 사람은 그때부터 알고 지내는 친구였던 것이다.

"지금은 웃고 있을 상황이 아니라서 말이지."

"당신이 웃는 얼굴은 거의 본 적이 없는데요?"

"그런 건 지금 딱히 상관없지 않나? 지금은 시간이 없어. 바로 본론으로——."

"아아, 그렇죠. 요시다 씨의 가게에서 들여온 스위츠(과자)가 있는데, 먹겠어요?"

레온의 말을 가로막듯이, 에르메시아가 발언했다.

그 말을 듣자, 급사가 재빨리 왜건을 밀면서 나타났다. 그리고 빈틈없는 동작으로 접시에 케이크를 잘라서 놓기 시작했다.

"나는 단걸 좋아하지 않아."

"흐—음, 맛있는데. 아, 이 쿠키라면 찻잎이 같이 들어 있어서 단맛이 조금 덜할 거예요. 말차 쿠키라고 부른다더군요."

"——그럼 그걸 먹어보기로 하지."

에르메시아와 언쟁을 벌이는 건 쓸데없는 짓이라는 것을, 레온은 자신의 경험을 통해 알고 있었다.

마왕 라미리스도 그랬지만, 레온이 상대하기 껄끄러워하는 인물들은 공통적으로 남의 얘기를 듣지 않는다는 특성을 다들 지니고 있는 것 같았다.

그 점에 관해서 레온은 이미 포기하고 있었다.

이번에도 짜증이 나는 마음을 애써 달래면서, 쿠키를 향해 손을 뻗었다.

"달군……."

"어머나? 이것도 입에 안 맞았나요?"

"아니, 맛이 없는 건 아냐."

"흐―음, 당신, 정말로 솔직하지 못한 성격이군요. 뭐, 좋아요. 그래서 오늘 온 용건은 뭐죠? 혹시 마왕 리무루의 나라에서 어린 아이들을 보지 못했는지를 물어보려는 건가요?"

에르메시아의 질문을 받으면서, 레온은 한숨을 한 번 쉬었다.

(여전히 방심할 수 없는 여자로군. 우리 쪽의 상황도 이미 파악했단 말인가.)

그렇다면 얘기를 빨리 끝낼 수 있겠다고 생각하며, 바로 마음을 고쳐먹은 레온.

"그래. 마왕 리무루는 나에게 어떤 악감정이 있는 것 같더군. 내 옛날 부하가 리무루와 접촉하면서, 뭔가 좋지 않은 이미지를 불어넣은 것 같아."

"알고 있어요, 이자와 시즈에 말이죠? 그 영웅, '폭염의 지배자'로 불렸던 여자죠. 우리나라에서도 유명하답니다."

"어떻게 그걸 알고 있지? 애초에 나와 시즈의 관계는 극비로――."

"이런, 얘기를 좀 더 빨리 진행시키는 게 어때요? 시간이 없다면서요?"

레온은 울컥했다.

누구 탓에 귀중한 시간이 줄어들었는지를, 살짝 큰 소리로 따지고 싶은 기분이 들었다. 하지만 레온은 그런 생각은 꾹 참으며 본론으로 들어가기로 했다.

"그러지. 리무루에겐 나중에 초대장을 보내려고 생각하고 있었어. 오해를 풀고 싶었던 것도 있고, 그자는 적대하기에 너무 위험하다는 생각이 들어서 말이지."

상대의 페이스에 농락당하는 것은 좀처럼 겪어볼 수 있는 경험이 아니다. 기이가 상대라고 해도 자신의 페이스를 고수할 수 있는 레온이니만큼, 에르메시아 같은 상대는 껄끄러운 존재였다.

"어머나? 당신이라면 리무루에게 이길 수 있지 않은가요?"

왠지 재미있다는 표정으로, 에르메시아가 레온에게 물었다.

그러나 레온은 그런 얕은 도발에는 넘어가지 않는다.

"이기느냐 지느냐의 문제가 아니야. 적대할 의미가 없어. 득이 될 것도 없고. 하지만 손해는 너무 크지."

너도 그렇게 판단한 것 아닌가——, 레온의 눈이 그렇게 웅변하듯 말하고 있었다.

그 점에 대해선 에르메시아도 동의했다.

"그렇긴 하죠. 더구나 우호관계를 맺으면 큰 이득이 있으니까 말이에요. 마왕 리무루의 마음이 변하는 것은 무섭지만, 그걸 두려워했다간 앞으로 나아가질 못하는 걸요."

에르메시아라면 그렇게 판단할 것이라고, 레온은 자연스럽게 납득했다.

"그 말이 맞아. 나도 얘기가 통하는 마왕은 환영이야. 리무루라면 마왕—— 전(前) 마왕이었던 칼리온이나 프레이보다는 손을 잡

319

기에도 적당하다고 생각하고 있지. 하지만 그 시점에서 방해가
되는 것이——."

"당신의 평소 행실이란 말이군요?"

"…………."

아니라고—— 말하고 싶었지만, 레온은 이런 대화의 흐름 속에
선 그렇게 부정할 수가 없었다.

사실 시즈에 대한 대응을 잘못한 탓에, 레온과 리무루의 사이
는 원만하지 않게 된 것이니까.

"뭐, 좋아요. 그 건에 대해선 가까운 시일 내에 나도 나서서 도
와드리겠어요. 템페스트와 엘도라도 사이에 충돌이 생기면 우리
쪽도 귀찮아지니까 말이죠. 그리고 어린아이들 말인데, 거기서
봤답니다. 신이 난 표정으로 축제를 즐기고 있더군요."

"정말인가? 그렇다면——."

"서두르지 말아요, 서두르지 말라고요. 아, 이 케이크는 정말
맛있네요!"

평소에는 냉정 침착한 레온이지만, 지금은 그 냉정함을 잃을
뻔했다.

이래서 오고 싶지 않았다고, 레온은 속으로 악담을 퍼부었다.

하지만 지금은 그런 말을 하고 있을 때가 아니었다.

"그렇다면 그 아이들 중에 클로에라는 이름을 가진 소녀가 있
지 않았나?"

직접적으로 대놓고 묻는 것은 위험도 크다. 에르메시아가 배신
하지 않는다는 보장도 없었으며, 클로에 본인에게 위험이 미칠
수도 있는 행동은 피하고 싶다고 생각하면서, 레온은 늘 조심하

고 있었다.

하지만 에르메시아는 레온이 친구로 인정한 인물이다. 이 긴박한 상황에서 상대에게 뭔가를 숨기고 싶지 않다는 마음도 있었다.

그런 많은 조건들이 갖춰지면서, 레온은 비밀을 밝히기로 결심한 것이다.

"겨우 짐을 믿을 마음을 먹은 것인가. 좋아요, 마왕 레온. 당신이 날 믿는다면 나도 아낌없이 도와드리겠어요."

분위기를 바꾼 에르메시아가 레온에게 선언했다.

이렇게 두 사람은 서로가 알고 있는 정보를 제공하면서 퍼즐을 맞춰갔다.

마왕 리무루가 보호하고 있는 어이들은 다섯 명.

미사키 켄야, 세키구치 료타, 게일 깁슨, 앨리스 론드, 그리고 마지막 아이가── 클로에 오벨.

그건 바로 레온이 평생 동안 찾고 있었던 소녀의 이름이었다.

"──처음부터 알고 있었나?"

"당신은 너무 말이 없어요. 남들의 오해를 두려워하지 않고, 누구에게도 진심을 밝히지 않은 채, 모든 업을 자기 혼자서만 지려고 하죠. 그래서 영웅 이자와 시즈에로부터도 신용을 받지 못한 것 아닌가요? 전(前) '용사'님?"

레온이 만약 시즈에게 진심을 얘기했더라면, 두 사람의 관계는 다르게 바뀌었을지도 모른다.

에르메시아는 그걸 비꼬고 있는 것이다.

레온이 사실은 자상한 사람이라는 걸 에르메시아는 알고 있었다. 그런 에르메시아이기에, 레온이 마왕이 되어 사람들의 두려움을 사고 있는 현재의 상황을 도저히 참을 수 없었던 것이다.

그러나 레온은 말했다.

"흥, 시시한 추측은 됐어. 나(私)는── 나(俺)는 자신을 위해서 많은 자들을 희생하고 있어. 그녀를 구하기 위해서하면 어떤 수단도 가리지 않을 거다. 어떤 오명이든 감수할 거야."

그게 레온의 진심이었다.

과거에 인간들을 지키는 '용사'였던 남자는 선행만으로는 자신의 목적을 이룰 수 없다는 걸 깨달았다. 그 이후, 자신의 손을 더럽히는 것을 망설이지 않은 채 목적을 위해서 매진해왔던 것이다.

이제 와서 모든 것을 없었던 것으로 돌릴 수는 없었다.

레온은 그렇게 각오를 하면서, 자신의 행위를 정당화하려고 하지 않았다. 그게 레온이 살아가는 방법이자 신념이었던 것이다.

"참으로 융통성이라고는 없는 남자라니까. 그렇게 굴다간 클로에한테서도 미움을 살 거예요."

"시끄러워. 그래서 리무루는 아이들을 소중하게 보호하고 있겠지? 그렇다면 역시 나를 꾀어내어 무슨 짓을 할 꿍꿍이를 꾸미고 있다는 뜻인가."

"로조가 아니면 케르베로스이려나. 그렇지 않으면 마왕 루미너스일 경우도 배제할 순 없겠군요. 레온 군은 그래서 고민 중인가 보군요?"

"너, 정말로 어디까지 알고 있는 거지?"

레온은 힘이 빠진 모습으로 어이가 없다는 듯이 중얼거렸다. 에르메시아의 정보망이 대단하다는 걸 다시 인식하면서, 협조를 요청하길 잘했다고 느끼고 있었다. 그와 동시에 에르메시아를 진심으로 두려운 존재라고 생각했다.

그건 전투력에 관한 얘기가 아니라, 정치력에 관한 얘기였지만. 그래도 레온이 상대하기 껄끄러운 인물은 역시 만만한 존재가 아닌 것 같았다.

"자, 그럼 놀리는 건 여기까지만 할까. 내가 조사한 바로는 템페스트와 루벨리오스는 무죄예요. 마왕 루미너스는 진심으로 마왕 리무루와 맺은 조약을 지킬 마음인 것 같더군요. 성기사단장 히나타의 움직임을 봐도 그건 명백하죠. 케르베로스에 대해선 판단하기가 조금 어려워요. 그 조직은 수수께끼가 많고, 보스들끼리의 연계도 조잡하니까 말이죠. 일부러 그러는 것 같기도 한데다, 외부에서 정보를 파헤치는 것은 한계가 있거든요. 그쪽은 일단 판단을 보류하기로 하고, 로조 일족에 대해서 얘길 하죠. 이쪽은 위험해요. 지금 북쪽의 수비도 전부 물려서 모든 전력으로 루벨리오스를 습격하려는 정보가 있답니다. 실트 대외정보국의 에이전트(구성원)도 총동원되는 것 같던데, 그쪽은 지금 아주 뒤숭숭한 상태죠."

방비가 느슨해진 북방의 나라들과, 실제로 전투가 일어나려 하고 있는 루벨리오스. 그 양쪽을 가리키면서 에르메시아는 그렇게 말했다.

에르메시아가 얘기한 정보는 레온에게도 큰 문젯거리를 안기고 있었다.

"그렇게 되면 기이가 움직일 텐데."

문제는 그것이다.

정확하게 말하자면 마왕 기이 자신이 움직이는 게 아니라, 그의 부하들이 난동을 부리기 시작할 것이다. 기이 자신이 움직인다면 누가 무슨 짓을 한다 해도 세계는 멸망할 것이다.

에르메시아도 그건 충분히 이해하고 있었다. 그러나 그래도 인류에게 있어선 위기상황이었었다.

무엇보다 기이를 따르는 시종들 중에는 베일(태초의 녹색)과 블루(태초의 푸른색)가 있으니까.

"그래요. 그게 두려우면서도 큰 문제죠. 누군가가 마왕 기이의 시종들을 막아내지 못하면 서방열국이 멸망해버릴지도 몰라요……."

정말로 난감하다는 듯한 표정으로, 에르메시아는 레온을 바라봤다.

"이봐, 나(俺)는——!!"

"레온 군, 아까부터 말투가 옛날 그때처럼 돌아간 상태거든요?"

"큭, 나(私)는 말이지……."

"무리하지 않아도 되는데 억지로 폼을 잡는다니까. 그런 점이 귀엽긴 하지만, 지금은 당신을 갖고 놀 때가 아니군요."

이런 긴급한 때에도 그런 말을 할 수 있다니. 레온은 그렇게 생각하면서 에르메시아의 대담함에 감탄했다.

"미안하지만, 나는 내 목적을 위해서 움직일 거야. 기이를 중재시키고 싶긴 하지만, 그 녀석은 타고난 말썽꾼이지. 섣불리 간섭했다간 역효과가 생길지도 몰라."

"알고 있어요. 스스로 노력하는 모습을 보이지 않으면, 그 마왕은 인류에 대한 흥미를 잃어버리겠죠. 크루세이더즈(성기사단)가 움직일 수 없는 지금, 북방의 문제를 대처하려면 메이거스(마법사단)을 동원할 수밖에 없겠군요. 그러니까 당신도 도중까지는 비룡선에 태워서 보내드리겠어요."

"……그래도 괜찮겠나?"

"그래서 서두르지 말라고 말한 거예요. 자, 시간이 없다고 했죠? 어서 가요."

사태는 레온이 생각하고 있던 것보다 긴박하게 돌아가고 있었다.

아무리 레온이라고 해도 가본 적이 없는 장소로는 '전이'할 수 없다. 애초에 루벨리오스는 결계로 막혀 있다. 지금부터 루벨리오스로 간다면 하늘을 날아서 가는 것이 가장 빠를 것이다.

레온은 에르메시아의 제안을 감사히 받아들이기로 했다.

"부탁하지."

"늘 그 정도로 솔직하면 좋을 텐데. 아, 그렇지. 굳이 말할 필요도 없겠지만, 케르베로스는 틀림없이 당신을 끌어들일 생각을 하고 있어요. 확실하게 말해서 덫이라고요."

그런 에르메시아의 충고를 듣고, 레온은 한 마디로만 답했다.

"알고 있어."

그 말을 듣고, 에르메시아는 "그것도 그렇겠네요"라고 약간 슬픈 표정으로 웃었다.

옛날부터 레온은 그랬던 것이다.

결코 약한 모습을 보이지 않았고, 어떤 위험이 있더라도 목적을 포기하지 않았다.

꺾이지 않는 마음을 가진, 진정한 의미로 용사 같은 삶을 사는 소년이었다.

그건 마왕이 된 지금도 마찬가지였다.

(정말 융통성이 없다니까. 그때와 전혀 바뀌질 않았어…….)

그런 생각을 하면서, 에르메시아는 기쁘기도 하고 슬프기도 한 기분이 들었다.

비룡선에 올라탔을 때, 레온은 뭔가를 떠올린 표정으로 에르메시아 쪽을 향해 돌아보며 알려주었다.

"답례로 하나 알려주지. 존느(태초의 노란색)가 사라졌어. 너도 조심하는 게 좋을 거야."

"뭐라고요?!"

놀라는 에르메시아.

레온은 그 얼굴을 보면서, 훗 하고 미소를 지었다.

"정보수집이 취미인 것 같은 네가 이 이야기는 몰랐던 것 같군. 기쁜데, 도움이 된 것 같아서 말이야."

레온은 그 말을 남긴 뒤에, 승리의 여운을 가슴 속에 품은 채로 그 자리를 떠났다.

그리고 레온이 떠난 뒤에.

"농담이지? 태초의 악마가 세 명. 메이거스의 반수를 동원한 시점에서 그런 말을 하다니, 대체 무슨 억하심정으로 날 괴롭히는 거람……. 하지만 그 정도 일은 되어야 레온 군이 움직이겠지. 나도 아직 멀었네……."

이 인간이고 저 인간이고 다들 제멋대로 군다니까──. 그렇게 중얼거리면서, 머리를 감싸 쥐는 에르메시아가 그 자리에 남았다.

그날은 아침부터 쾌청했다.

바람도 기분 좋게 불면서, 멋진 하루가 시작될 것 같은 예감을 들게 만들었다.

그리고 나의 그런 예감은——.

"크, 큰일입니다! 누군가가 대성당에 침입한 것 같으며, 현재 교전 중이라고 합니다——!!"

황급하게 달려온 수습 성기사가 그렇게 말했다.

내 예감이 빗나간 순간이었다.

"진정해. 적의 규모와 현재 입은 피해는?"

같이 아침을 즐기고 있던 히나타가 아주 냉정하게 대응하고 있었다. 이런 모습을 보면 역시 적으로 돌리는 게 두렵다는 생각이 든다니깐.

"넷! 적의 수는 불명이지만, 적어도 100명에 가까운 수가 확인된 상태입니다. 최소한 B+ 랭크에 필적하는 실력자들이며, 이 나라의 내부구조를 잘 아는 움직임을 보이고 있습니다."

100명에 가까운 B+랭크라면 상당한 전력이다. 이 나라의 도시 구조를 잘 알고 있다면, 그 정체는 그란베르 일파이겠군.

"——현재의 피해상황을 말씀드리자면, 수습 기사의 피해는 막대합니다. 루크 지니어스(교황직속 근위사단)에서 여러 명의 사상자가 발생했습니다. 불행 중 다행인 것은 일반시민들에겐 피해가 생기지 않았다는 사실입니다."

전령은 또박또박 대답했지만, 그 보고 내용은 상당히 심각했다.

평소의 나라면 이성을 잃었겠지만, 지금의 나는 손님이므로 섣불리 나서는 것을 자제하면서 얌전히 있기로 했다.

차갑게 느껴질 수도 있지만, 여기는 우리나라가 아닌 것이다.

"그렇군. 그러면 적은 '칠요'의 수장인 그란(일요사, 日曜師)과 그의 지배하에 있는 로조 일족이겠네. 겉으로 보이는 전력만 가지고는 방심할 수 없는 상대일 테니까, 대기 중인 크루세이더즈(성기사단)도 전원 출격 준비하도록!"

자신들이 입은 피해 이상으로 적에게도 피해를 입힌 것 같지만, 히나타는 방심 같은 건 하지 않았다.

역시 대단하다고 감탄하면서, 나는 가장 마음에 걸리는 점을 말했다.

"그런데 말이지, 그 대성당이란 곳은 혹시 어제 악기를 설치한 그 장소를 말하는 건 아니겠지?"

만약 그렇다면 큰 문제다.

타쿠토와 단원들은 어제 대성당이라는 장소에 악기를 설치하고 음량을 체크했었다.

대성당이라는 이름의 시설은 그렇게 많지 않을 것이라 생각하니, 너무나 안 좋은 예감이 들었다.

이런 때의 내 예감은——.

"그곳 말고 대성당이라는 시설은 없어."

잘 들어맞는단 말이지…….

아니, 빗나가는 일이 없다.

정말 싫다는 생각을 하면서도, 나는 디아블로를 향해 돌아봤다.

여전히 미소를 짓고 있던 디아블로는 "문제없습니다"라고 대답했다.

전령이 왔을 때, 이미 베놈에게 '사념전달'로 지시를 내리고 있었던 모양이다.

그 유능함은 정말 대단하다.

그리고 베놈의 대응도 만점이었다.

타쿠토 일행은 이미 대성당에 들어가 있었다고 하는데, 그 주변의 경호는 완벽했다. 수상한 자의 접근을 허용하지도 않았으며, 음향의 최종조정을 계속하고 있다고 한다.

"그런 난리가 일어났는데, 그 녀석들도 정말 대단하군."

"쿠후후후후, 당연하지요. 이 정도의 대응도 하지 못해선 제 부하가 될 자격 따윈 없으니까요."

그 자신감은 본받고 싶다.

"그보다 우리도 이제 그만 어슬렁대고 어서 나가기로 할까."

대충 얼버무리듯이 그렇게 말한 뒤에, 나는 '공간지배'를 대성당까지 연결시켰다.

점차 쓰는 법이 익숙해짐에 따라 이곳, 성스러운 결계로 보호받고 있는 루벨리오스에서도 문제없이 사용할 수 있었다.

전이를 방해하는 계통의 결계는 펼쳐져 있지 않다는 뜻이겠지.

"──후우. 이젠 지적을 해주고 싶은 마음도 들지 않네. 나도 같이 데리고 가."

지친 표정으로 그렇게 말하는 히나타.

아침부터 왜 그렇게 피곤해 보이지? 그렇게 말했다간 성희롱이라는 얘기를 들을 것 같으니까 참기로 했다.

나도 배우면서 깨달은 것이다.

섬세함이 없다는 말을 또 듣는 건 사양이다.

니콜라우스라는 사람도 따라왔다.

아침 식사 준비를 해주고 있기에 급사인줄 알았는데, 놀랍게도 서방성교회의 추기경 예하라고 한다.

앞치마 안쪽에는 고급스러운 성직자의 옷을 입고 있었으니, 거짓말은 아닌 모양이다. 왜 그런 대단한 사람이 히나타의 시중을 들고 있는 걸까. 의문은 깊어질 뿐이다.

——뭐, 그런 의문은 어찌 됐든 상관없겠지.

아이들도 대성당에 있다. 아침부터 기운이 넘쳐서, 먼저 보냈던 것이다.

방어는 완벽하다고 하지만, 이 세계에선 무슨 일이 일어날지 모르는 법이다. 나는 마음을 다잡으면서, 재빨리 대성당으로 이동했다.

*

대성당 안으로 나오자, 밖에서 격렬하게 전투 중인 소리가 들리고 있었다.

겁먹은 표정으로 떨고 있는 타쿠토와 단원들이 보였다.

그때 시온의 큰 목소리가 들렸다.

"당황하지 마라! 너희는 리무루 님의 말씀을 잊었나? 너희의 안전은 지켜줄 테니까 걱정하지 말고 연주에 집중하라고, 리무루 님이 그리 말씀하시지 않았던가. 그런데도 연습을 멈추다니 대체 이게 무슨 짓이냐!!"

어…… 그건 꽤나 무모한 발언이 아닐는지?

그도 그렇게 시온 양, 여긴 전장이거든요?

타쿠토와 단원들 같은 비전투원들에게 겁을 먹지 말라는 말은 아무리 생각해도 너무나 무모한 요구란 말——.

"시온 님, 죄송합니다. 잠깐 동요한 것 같습니다."

——응?

타쿠토 녀석, 시온에게 꾸지람을 듣더니 갑자기 눈빛이 쌩쌩해졌는데.

그리고 타쿠토는 악단원들 쪽으로 시선을 돌리면서, 지휘봉을 잡았다.

내가 온 걸 알아차렸는지, 타쿠토와 단원들의 시선을 느꼈다.

그게 원인이 되었는지는 정확히 모르겠지만, 악단원들은 긴장이 풀린 듯이 편안한 표정을 짓는 것 같았다. 모두의 입가에는 미소까지 지어져 있었다.

"연습을 재개한다!"

반대의견이 나올 거라는 걱정을 하는 낌새조차 없었다. 모두가 지시를 따르는 것이 당연하다는 듯이, 타쿠토는 연습을 다시 시작했다.

그리고 누구 하나 호흡을 흐트러뜨리는 일 없이, 아름다운 음색이 흘러나오기 시작했다.

전투 중에 일어나는 소음을 상쇄시킬 것 같은 힘찬 연주가 흘렀다.

그걸 듣고 나는 이곳으로 데리고 온 그들을 자랑스럽게 느꼈다.

전투에 연주가 더해지면서, 마치 연극 같은 양상을 띠기 시작했다.

그렇지만 이건 두말할 것도 없이 실전이었다.

아이들을 발견하고, 움직이지 말라고 소리쳤다.

"제가……!"

쿠마라가 나서려고 했지만, 진정하라고 달랬다.

지금 쿠마라는 꼬리가 한 개였다. 혼자인 것이다.

아이들과 마찬가지로 실전을 체험시키기에는 아직 이를 것이다.

시온을 불러서 디아블로와 협력하여 아이들을 지키도록 명령했다.

"리무루 님은 어떻게 하시려고요?"

"나? 나는 방해꾼들을 제거해야지. 저기서 히나타 일행과 싸우고 있는 상대가 원인인 것 같으니, 지금 당장 퇴장하도록 만들어야겠다."

원래는 손님의 입장에 있는 우리가 나서는 건 좋지 못하다.

하지만 타쿠토와 단원들이 노력하는 모습을 보고 있으려니, 내일 연주회는 무슨 일이 있어도 성공시키고 싶다는 생각이 들었던 것이다.

"──잘 알겠습니다."

"응? 뭐냐, 제2비서. 리무루 님의 명령을 순순히 따르다니 약간 의외인데."

시온이 놀란 표정으로 디아블로를 바라봤다.

응. 나도 의외다.

디아블로는 따라오겠다고 말할 것 같았는데.

하지만 소동을 크게 벌리지 않고 끝낼 수 있다면 그게 더 좋을 것이다.

"그럼 뒷일은 맡기겠다!"

"그럼 무운을 빌겠습니다."

"아…….."

시온은 이의가 있었던 것 같지만, 디아블로가 보는 앞이라 아무 말도 할 수가 없었던 것 같다.

나가기 딱 좋은 상황이었기에, 나는 이 기세에 그대로 몸을 맡기면서 전장으로 향했다.

*

대성당의 입구에선 적과 아군이 정신없이 얽혀 있었다.

대문은 파괴되어 흔적도 남아 있지 않았다.

100명을 넘는 사람들이 교전 중이었다.

그중에서도 눈에 띄는 것은 히나타와 대치하고 있는 상대라고 할 것이다.

늙은 영감이지만, 등은 꼿꼿했으며 깔끔한 자세를 유지하고 있었다. 입고 있는 것은 고급스러운 느낌의 슈트.

그 눈빛은 날카로웠으며, 그 기운은 평범한 인간의 것이 아니었다.

마물은 아니지만, 인간도 아닌 것 같았다. 그 몸에서 풍기는 오라(패기)를 보면, 역량이 보통이 아니라는 것을 한눈에 이해할 수 있었다.

"누구야, 저건?"

"그란베르 로조. 저 노인이야말로 오대로의 수장이자 로조 일
족의 총수야."

"저자가……."

얘기를 듣고 보니 납득이 되었다.

"마리아, 너는 루미너스 님을 찾아내어 여기까지 데려와라. 저
항한다면 죽여도 좋다."

그란베르의 말에 반응하여, 한 명의 여성이 앞으로 나왔다. 마
리아베르와 아주 닮은 외모였지만, 묘령의 여성이었다. 피가 이
어졌다는 느낌은 들었지만, 모친인지 아닌지는 명확하지 않았다.

《해답. 유전정보로 볼 때, 혈연이라는 것은 확인할 수 없었습니다.》

그걸 보기만 해도 안단 말이지…….

뭐, 상관없다.

마리아베르와 닮은 것이 우연이 아니라고 한다면, 문제는 마리
아라는 여자의 실력이다.

루미너스와 싸울 수 있는 실력을 지니고 있는 것으로는 보이지
않는데, 그란베르는 진심으로 그런 명령을 내린 걸까?

"알겠습니다. 명령을 실행으로 옮기겠습니다."

마리아라고 불린 여성은 우리에게는 눈길 한 번 주지 않고 걸
어가기 시작했다. 그 기계적인 반응을 보건대, 평범한 인간은 아
니라는 것만은 알 수 있었다.

정말로 강한지 아닌지는 확실하지 않지만, 그걸 확인하는 것은 루미너스에게 맡기기로 하자.

내 입장에선 빨리 그란베르도 퇴장하고 만들고 싶었다.

대화로 끝난다면 그걸로 좋다. 그게 무리라면 당장 처리할 뿐이다.

"그란베르 씨, 처음 뵙는군. 내가 바로 마왕 리무루요."

대화의 기본은 인사부터 하는 것이다.

이미 양호한 관계를 쌓는 것은 어려울 것 같지만, 일단 우호적으로 말을 걸어보기로 했다.

"네놈이 마왕 리무루인가. 우리 마리아베르를, 잘도……."

"이봐, 이봐. 그건 그쪽에서 먼저──."

아아, 역시 내게도 원한을 품고 있었나. 하지만 마리아베르는 사고로 죽은 것이다. 나를 원망하는 것은 큰 착각인 셈이다.

죽일 생각이 없었다고 말하는 것도 그저 변명일 뿐이지만, 애초에 마리아베르가 내게 싸움을 걸어오지만 않았으면 그런 식으로 일이 벌어지지는 않았을 것이다.

그렇게 말해봤자 그란베르에겐 통하지 않겠지. 유우키가 분명 설득을 하러 갔을 텐데, 그 녀석은 신용할 수 없다는 것이 판명된 지금, 나에 대해서 어떤 이야기를 했을지도 상상이 되었다. 이건 이미 설득을 통해서 화해한다는 단계를 넘어선 것 같았다.

《알림. 어느 쪽이든 서로의 가치관에 대한 주장은 받아들여지지 않았을 것으로 추측됩니다.》

뭐, 그렇겠지.

마리아베르도 그랬지만, 이 그란베르하고도 공존하는 것은 어려울 것이라는 생각이 들었다.

그렇다면 힘으로 굴복시킬 뿐이다.

"──아니, 무슨 말을 해도 소용이 없겠지? 그렇다면 누가 옳은지 힘으로 증명해보자고."

"큭큭큭, 멍청한 소리. 기껏해야 신참 마왕인 주제에, 내게 이길 수 있다고 생각하나? 네놈의 상대는 나중에 해주도록 할 테니, 거기서 얌전히 동료가 당하는 모습을 구경이나 해라."

기껏해야 신참 마왕, 이라고?

루미너스의 부하였던 것치고는 이 남자, 엄청 자신만만하군. 뭐, 확실히 마물은 살아온 햇수에 따라서 그 실력도 달라지지만…… 그래도 마왕이나 되면 경계하는 게 당연할 텐데.

이 영감, 생각했던 것 이상으로 자신이 넘치는 것 같군.

그런 그란베르에게 도전하는 자들도 있었다.

"히나타 님과 마왕 리무루 님이 나설 것도 없습니다. '칠요' 그란, 당신의 상대는 우리입니다!!"

그렇게 소리친 것은 니콜라우스였다.

이 사람, 높은 사람이었는데──. 그런 기억을 떠올렸다.

그랬었지. 니콜라우스 추기경은 그란베르를 덫에 빠뜨려서 '디스인티그레이션(영자붕괴)'으로 공격했던 남자잖아.

그렇다면 강하게 나올 만도 하네.

그리고 니콜라우스에게 호응한 자는 크루세이더즈(성기사단)의 대장급인 세 명이었다.

부단장인 레나도, 그리고 아르노랑 리티스.

후릿츠와 박카스는 지금은 미궁 안에서 수행 중이다. 그러므로 이 자리에 없었다. 이럴 줄 알았으면──. 그런 생각이 들었지만, 그걸 판단하는 건 내가 아니지.

"히나타 님, 거기서 제 활약을 지켜봐 주십시오!"

니콜라우스의 명령을 받아서, 레나도가 움직였다.

레나도뿐만이 아니다. 아루노와 리티스도 그란베르를 노리면서 동시에 공격하고 있었다.

성기사의 대장급인 세 명에 의한 시간벌이, 그리고 마무리 공격은 니콜라우스의 '디스인티그레이션'인가.

한 명을 상대로는 지나친 작전이긴 했지만, 니콜라우스는 그 정도로 그란베르를 경계하고 있었던 것이겠지.

화려한 검으로 그란베르를 농락하는 레나도.

정확하게 예상하고 파악하여, 레나도의 공격에 맞춰 협공하는 아르노.

그런 두 사람을 적절하게 서포트하는 리티스.

평범한 상대라면 이 세 명의 공격만으로 승부는 정해졌을 것이다. 그러나 그란베르에겐 여유가 있었다.

그리고 어처구니없게도 그란베르는 니콜라우스의 주문 영창을 방해하지도 않았고, 마치 견본처럼 유려한 움직임으로 세 사람을 상대하고 있었다.

그 표정에 초조함은 존재하지 않았으며, 세 사람의 공격에 땀 한 방울 흘리지 않았다.

격이 다르다──는 것이 솔직한 감상이었다.

니콜라우스의 주문 영창이 이제 마지막 1절만 남게 되었다.

니콜라우스의 주문 영창에 의한 간섭으로, 이 세계에 적층형마법진이 전개되기 시작했다. 주문으로 자아낸 빛의 감옥의 중심에서 그란베르는 태연하게 서 있었다.

'디스인티그레이션'가 완성되어버리면, 그 섬광을 막아낼 방법은 없다. 광속이라는 절대적인 속도로 대상을 영혼까지 분쇄시킬 뿐이다.

그랬어야 했다.

그러나 그 상식은 뒤집혔다.

"흠, 제법 괜찮은 수준의 주문 영창이었다. 마법의 흐름을 읽어 들이기에는 더할 나위 없을 정도로 말이지."

그란베르가 냉혹한 목소리로 말했다.

그 발언은 교사가 학생에게 말하는 것처럼, 상대를 내려다보는 느낌이었다.

그리고—— 그 말을 들은 히나타가 "설마……" 하고 중얼거리며 얼굴이 창백해졌다. 뭔가를 깨달은 것 같은데, 그걸 니콜라우스에게 전할 시간은 없었다.

"죽어라, 디스인티그레이션!!"

발사되는 섬광.

그건 똑바로 그란베르를 향해 날아가다가—— 갑자기 그 궤도를 바꾸면서 그란베르가 손에 쥔 검으로 흡수되었다.

시간으로 치면 찰나에 일어난 일이었다.

그걸 인식하는 건 100만 배로 가속된 지각능력으로도 파악하기 어려웠다.

그러나 나는 이해할 수 있었다.

지금 무슨 일이 일어났는지를…….

왜냐하면 나는 이미 그 기술을 본 적이 있었기 때문이다.

오버 블레이드(초절성검기, 超絶聖劍技) : 멜트 슬래시(붕마영자참, 崩魔靈子斬)── 히나타가 쓰던 최강의 필살기였다.

"──흩어져!!"

히나타의 격렬한 목소리를 듣고, 레나도 일행이 반응했다.

실력자답게 훌륭한 움직임이었지만, 늦었다.

그란베르가 멜트 슬래시를 휘둘렀다. 그것만으로 부채꼴 모양으로 충격이 퍼진 것이다.

히나타는 그 짧은 순간에 달려 나가 니콜라우스 앞에 서서 그란베르의 검을 막아내고 있었다. 엄청난 움직임이었다고 감탄했지만, 그것만으로는 그란베르의 공격을 완전히 막아낼 수는 없었다.

멜트 슬래시를 정면에서 받은 히나타 자신이 뒤로 밀려나가 니콜라우스와 충돌하고 있었다. 히나타는 무사했지만, 니콜라우스 쪽은 중상이로군. 히나타의 검이 레전드(전설)급인 문라이트(월광의 세검)가 아니었다면, 두 사람 다 소멸되었을 것이다.

그리고 레나도를 비롯한 세 명도 여파를 맞았을 뿐인데, 뒤로 밀려 날아가 엎어졌다. 방금 그 일격만으로 기절한 것 같았다.

"다, 당신들, 무사해?!"

당연히 대답은 없었다.

그란베르를 노려보는 히나타의 표정에 초조한 기운이 힐끗 보였다. 냉정하고 침착한 히나타라고 해도 이 그란베르의 실력은 계산 밖이었던 모양이다.

그런 히나타에게 해답을 가르쳐준 사람은 적이어야 할 그란베르였다.

"흠. 한 명도 죽이지 못했다니, 나도 실력이 많이 떨어진 모양이로군. 거기 있는 마왕에게 감사해야겠구나."

"뭐? 무슨 소리를……."

히나타가 나를 힐끗 보고, 모든 것을 깨달은 것처럼 냉정함을 되찾았다.

"그렇군, 당신이 도와줬구나. 고마워, 리무루."

천만의 말씀.

나는 히나타를 향해 가볍게 고개를 끄덕여 보였다.

그렇다, 레나도 일행이 기절한 것만으로 끝난 것은 내가 도와줬기 때문이었다. 위험하다고 느낀 그 순간 나는 '절대방어'를 발동시켰다. 그렇게 하지 않으면 이 세 사람도 소멸되었을 것이다.

완벽하게 막았다고 생각했는데, 그건 조금 안일한 생각이었던 것 같다.

얼티밋 스킬(궁극능력)인 '우리엘(서약지왕)'의 '절대방어'는 어떤 공격도 막아낸다. 유우키의 '안티 스킬(능력살봉)' 같은 예외도 있으므로 과신은 금물이지만, 그래도 그 성능은 신뢰할 수 있었다.

하지만 자신을 막는 것은 완벽해도 다른 사람을, 그것도 동시에 여러 명에게 '절대방어'를 펼치려고 하면 그 정밀도는 약간 떨어지는 것 같다.

내 경우에는 '절대방어'를 통과한 공격을 어느 정도 맞더라도 '무한재생'이 있으니까 문제가 없다. 아니, 대미지의 재생까지 포함되면서 완벽한 방어가 되는 것이다.

하지만 레나도와 동료들은 달랐다. 나의 '절대방어'를 통과한 약간의 여파만으로도 빈사의 대미지를 받아버린 것이다.

그야말로 종잇장 한 장 차이였다.

"설마 나 말고도 멜트 슬래시를 습득한 자가 있을 줄이야. 조금은 놀랐어."

"흠, 그건 오만한 생각이다, 히나타여. 오랜 세월 중에는 너의 영역에 도달한 자도 나름대로 있었으니까."

뭐, 나도 사용할 줄 알고 말이지.

내 경우는 라파엘이 멋대로 '해석감정'을 통해 습득해준 것이지만.

그건 그렇다 쳐도 멜트 슬래시를 구사하려면, 그 전제조건으로서 '디스인티그레이션'을 완전히 이해할 필요가 있다. 그 단계에 도달한 자가 몇 명 있다고 하면, 인간들도 완전히 무시 못 할 존재는 아닌 것 같군.

아니, 잘 생각해보면 납득이 되었다.

베루도라를 봉인했다는 '용사'도 있었으니, 그렇다면 강한 녀석이 있어도 이상할 건 없다. 나도 마왕이 되었으니, 방심하지 않도록 해야겠지.

그렇게 느긋한 생각을 하고 있을 때가 아니로군.

"그리고 성기사의 대장급이나 되는 자들이 이 정도의 공격으로 빈사 상태에 빠지다니. 한심한 것도 정도가 있어야지. 뭐, 네놈들은 과거의 검성(劍聖)에는 비할 바도 못 된다. 하물며 내 적도 되지 못하지."

그란베르는 그렇게 내뱉었지만, 그 말을 진심으로 믿고 있는 것 같았다. 즉, 히나타를 앞에 두고 자신의 적이 되지 못한다고 선언하고 있는 것과 마찬가지였다.

"재미있는 말을 하네. 그럼 내 상대를 부탁해보기로 할까."

그렇게 대꾸하면서 냉소를 짓는 히나타. 이쪽도 단단히 마음을 먹은 모양인데, 그렇게 되면 내가 나설 차례는 없을 것 같다.

그렇게 생각했는데, 그것도 안일한 생각이었다.

갑자기 대성당 쪽에서 엄청난 폭발음이 울려 퍼진 것이다.

"라즐인가. 대성당을 파괴하라고 명령했는데, 꽤나 화려하게 부수고 있는 것 같군."

"뭐라고? 너……."

대성당에는 아이들이랑 타쿠토 일행이 있다.

시온과 디아블로, 그 외에도 호위병이 있었지만, 그 자리에서 전투가 시작되면 휩쓸릴 우려가 있었다. 그란베르를 바로 처리할 생각이었지만, 이렇게 되면 방해꾼을 먼저 제거하는 것이 정답일지도 모르겠다.

나는 그렇게 생각하여, 대성당을 향해 '전이'하려고 했다.

그러나 그란베르의 목소리가 그걸 가로막았다.

"마왕 리무루, 네 상대는 이자들에게 맡기마. 고향이 같은 자가 있을 지도 모르니, 실컷 즐기는 게 좋을 것이다."

그란베르의 명령에 따라 나타난 몇 명의 사람들.

고향이 같다는 말이 마음에 걸렸는데, 그 의미는 바로 판명되었다.

폭넓은 연령, 다양한 인종. 외모에 통일성은 없었지만, 그 본질에는 공통점이 있었다. 즉, 모두가 평범한 사람들보다 훨씬 더 많은 에너지(마력요소)양을 보유하고 있었던 것이다.

"'이세계인'인가. 과연, 나와 같은 일본인도 있을지 모르겠군."

그렇게 말하면서 여유를 부리고 있을 수 없게 되었다.

열 명 이상의 '이세계인'이 나를 향해 일제히 달려들었던 것이다.

그렌다처럼 '주언(呪言)'으로 지배당하면서, 자유의사도 빼앗긴 상태인 것 같다. 이런 상태라면 '주언'을 해제하는 것만으로는 끝나지 않겠군.

그건 그렇고…….

"큭큭큭, 정말로 싸울 생각인가? 그자들은 내가 조종하고 있을 뿐인데?"

음험한 녀석.

그걸 일부러 가르쳐준 것은 내 움직임을 봉인하기 위해서겠지.

분하지만 이건 상당히 유효한 수단이었다.

"네놈은 마음이 착하다고 들었으니까 말이지. 죄도 없는 인간을 죽일 수 있을까? 이건 전쟁이라고 딱 잘라 결론지으면서 자기 보신에 매진할 텐가? 뭐, 그건 그것대로 상관없지만 말이야."

그란베르는 소환한 '이세계인'을 병기로밖에 보지 않았다. 그것도 단순한 소모품으로서밖에, 그 가치를 인정하지 않았던 것이다.

이 자리에서 내가 그들을 죽인다고 해도, 스스로 말한 것처럼 전혀 곤란할 게 없겠지.

정말로 상대하기 까다로운 녀석이다.

나에 대해서 깊이 연구했나 보다.

이 사람들의 상대가 디아블로나 시온이었다면 인정사정없이 처리했겠지. 그렇게 생각하면 내가 상대하게 된 것이 다행인 건지 불행인 건지…….

"에잇, 제길! 귀찮게시리—!"

고민하고 있을 때가 아니었다.

빨리 처리하지 않으면 아이들이 위험해지며, 피해가 계속 커질 뿐이다.

이렇게 된 지금 내가 쓸 수 있는 방법은 한 가지.

귀찮지만, 한 명씩 '주언'을 해제한 뒤에 죽지 않도록 기절시키는 것 말고는 방법이 없었다.

이리하여 나도 이 싸움에 휩쓸리게 된 것이다.

*

나를 공격하는 같은 고향의 사람들.

어쩌면 지구와는 다른 차원, 혹은 다른 세계에서 온 손님도 있을까?

그런 생각을 할 수 있는 건 내가 다시 여유를 찾을 수 있었기 때문일 것이다.

'이세계인'은 신체능력도 뛰어났으며, 어떤 특수능력을 갖고 있는지도 모른다. 더 말할 것도 없이 위험한 존재지만, 지금의 내겐 위협이 되지는 않았다.

저 그란베르조차 무방비인 내게 상처를 입히는 것은 아예 불가능할 것이다.

그 정도로 '절대방어'와 '무한재생'의 콤보는 만능이었던 것이다.

귀찮긴 하지만, 딱 그 정도의 상대일 뿐이다.

시간만 들인다면 전원을 무사히 무력화시킬 수 있을 것이다. 방심은 하지 않겠지만, 그게 내 본심이었다.

애초에 라파엘(지혜지왕)이 있으니까, 나는 방심 같은 것과는 인연이 멀었던 것이다.

그런고로. 방대한 연산능력의 일부를 할당하여 주위의 상황을 관찰하기 시작했다.

우선은 바로 옆에서 싸우고 있는 히나타다.

그란베르는 말을 멈추고, 우아한 동작으로 히나타와 검을 주고받고 있었다.

히나타와 마찬가지로 무장은 레이피어뿐이었다.

오른손으로 검을 쥐고, 왼손은 허리 뒤로 돌리고 있었다. 마법을 쓸 때에만 왼손도 등장할 차례가 있는 것 같았다.

"쳇, 그란(일요사)으로 지낼 때는 실력을 숨기고 있었단 말인가? 당신은 맨손에 의한 근접격투술이 전문인 것으로 기억하고 있었는데, 검을 다루는 실력도 대단한걸."

"후훗! 나는 모든 무기에 통달했다. 그걸 쓸 필요가 없었을 뿐이지."

"어머나, 그래? 그럼 그 여유를 내가 벗겨 내주지."

히나타는 처음부터 실력을 숨김없이 드러내고 있었다. 문 라이트를 사용하고 있는 것만 봐도 그건 명백했다.

　의문스러운 것은 그란베르가 들고 있는 검이었다.

　히나타와 칼날을 맞부딪치고 있는 시점에서, 그 검은 이미 평범한 칼이 아니었다.

　《해답. 저 검의 등급에 대한 조사 결과…… 방해를 받아 실패했습니다. 추정입니다만, 레전드급 이상입니다.》

　그렇게 놀라운 감정결과가 나왔다.

　최근에 라파엘은 실패 같은 걸 한 적이 없었다.

　그랬는데 이런 결과가 나온 것이다.

　아무래도 나는 그란베르를 과소평가하고 있었는지도 모르겠다.

　그럴 리는 없다고 생각하지만, 히나타의 실력으로도 이길 수 없다──거나?

　아니, 아무리 그래도 그 정도는…….

　그럴 리 없다고 단언할 수 없다는 것이 무서운 점이었다.

　라파엘도 상대의 레벨(기량)까지는 꿰뚫어 보지 못하고 있었다.

　그런 히나타와 그란베르의 싸움도 신경이 쓰였지만, 그것보다 더 마음에 걸리는 싸움이 있었다.

　그건 대성당에서 느껴지는 격전의 기운이었다.

　나는 '마력감지'의 정밀도를 높여서, 그쪽의 상황을 보기 위해 시선을 돌렸다.

　거기 있던 자는 검은 갑옷을 입은 남자였다.

　놀랍게도, 그자는 시온과 디아블로를 상대로 한 걸음도 물러서지 않은 채 싸우고 있었다.

아아, 그것도 당연한가.

그자의 에너지양은 놀랍게도 시온과 디아블로를 합친 것보다 더 컸던 것이다.

"말도 안 돼. 저런, 웬만한 마왕보다도 더 강한 숨겨진 패가 있었단 말이야?"

"당연하지. 마왕의 세력이랑 인류에게 적대하는 마족에 대항하려면, 비장의 수가 될 패는 아무리 많이 있어도 안심할 수 없으니까."

내가 중얼거리는 소리를 듣고, 그란베르가 대답해주었다.

히나타를 상대로 싸움을 한창 벌이고 있었는데도, 여유가 있어 보이는 게 놀라웠다. 하지만 이건 기회다. 기왕이면 이참에 자세한 정보를 얻어내기로 하자.

덤으로 집중력도 흐트러뜨릴 수 있으면 일석이조다.

"저 녀석이라면 마왕 역할을 맡았던 로이보다 위인 것 같은데? 당신보다도 강한 것 아닌가?"

살짝 도발을 섞어서 그란베르에게 물었다.

"녀석의 이름은 라즐. 1,000년 동안 알고 지낸 내 친구다."

내 질문에 착실하게도 대답해주는 그란베르.

히나타는 침묵을 유지하고 있었는데, 내 의도를 알아차린 모양이다. 방해할 생각은 없는 것 같으니 이대로 작전을 속행했다.

"친구라. 하지만 그 라즐이란 자 말인데, 인간으로는 보이지 않는걸?"

"그래서 뭐가 어떻단 말이냐?"

그렇게 되묻자, 나도 답변이 궁해졌다. 그 정체를 알고 싶었을 뿐이며, 인간이 아니라는 걸 안 것만으로도 수확이긴 한데…….

"아니, 딱히……."

말싸움에 진 것 같아서 약간 분하다.

"라즐은 장명종(長命種)이며, 내가 전성기였던 시절의 파트너였다. 성기사의 대장급보다도 훨씬 더 강하기 때문에 네놈의 부하들로는 상대하기 벅찰 것이다."

그런 그란베르의 말대로, 시온과 디아블로는 고전하고 있는 것 같았다.

디아블로가 있으니까 걱정할 것 없다고 생각하고 있었는데, 그 생각도 안일했단 말인가?

아니, 아무래도 뭔가 이상하다.

디아블로 녀석이 무슨 이유인지 집중하지 못하는 것처럼 보였다.

《알림. 비정상적인 규모를 동반한 공간의 비틀림이 검출되었습니다. 이건 누군가가 '공간전이'를 통해 출현한 기척입니다──.》

갑자기 라파엘이 경고를 했다.

어지간한 일이 아닌 한 경고는 하지 않기 때문에, 이건 이미 긴급사태라고 생각해야 할 일이었다.

그렇다면 힘을 다 보여주지 않기 위해서 조절하고 있을 때가 아니다.

디아블로는 아마도 이 이상사태에 신경이 쓰였던 것 같다. 그렇기 때문에 싸움에 집중할 수 없던 것이 아닐까.

『란가, 있느냐?』

『나의 주인이여, 여기 있습니다!』

있었구나!

란가는 대부분 내 그림자 속에서 자고 있다.

『너는 몰래 시온을 도와주러 가라!』

『알겠습니다.』

란가가 '그림자 이동'으로 시온의 그림자 속에 잠겨 들어갔다.

준비가 완료된 것을 보고, 나는 다음 지시를 내렸다.

『디아블로, 너는 지금 뭔가 마음에 걸리는 게 있는 것 같구나.』

『이거 실례했습니다, 리무루 님. 이렇게 고전을 하다니 실로 용서받을 수 없는 추태입니다만, 이자가 예상보다 강한 것은 사실입니다. 보기 드문 종족인 인섹트(곤충형 마수)의 완전형태인지라, 저희 데몬(악마족)에겐 천적과 같은 존재이죠.』

디아블로가 말하기로는, 인섹트란 존재는 정령의 힘이 깃들어진 다른 차원의 마수라고 한다. 이 세계에도 드문드문 출현하다고 하는데, 인간형까지 진화하는 개체는 극히 드물다는 것이다.

그래도 디아블로라면 이길 수 있을 것 같은데, 그러지 못하는 게 현재의 상황이었다. 즉, 디아블로가 마음에 걸려하는 원인이 더 위험하다는 뜻이 된다.

그 원인이 '공간전이'로 온 지금, 그쪽의 대응은 디아블로에게 맡길 수밖에 없다.

『시온, 들은 대로다. 디아블로가 이런 변명을 하는 걸 보면 어지간히도 어려운 사정이 있는 것 같구나.』

내가 그렇게 말한 순간, 디아블로가 머쓱해하고 있음을 알 수 있었다. 평소라면 절대 변명을 하지 않으므로, 이 녀석이 뭔가를 숨기고 있다는 걸 바로 알 수 있었던 것이다.

디아블로를 자유롭게 움직이도록 놔두기 위해서라도, 이 자리는 시온과 란가에게 도움을 받도록 하자.

『지금, 네 그림자로 란가를 잠수시켰다. 둘이서 협력하여 그 인섹트── 라즐을 쓰러뜨려라.』

『굳이 명령까지 하실 필요도 없습니다!』

『나의 주인의 기대에 보답하겠습니다!』

시온도 디아블로가 완전한 컨디션이 아니라는 것을 알아차린 거 같았다. 내가 명령하지 않아도 어떤 식으로든 대처방법을 찾았을 것이다. 하지만 그런 경우에는 강적인 라즐을 시온 혼자서 상대해야 하는지라, 분명 위험한 상황에 빠지게 될 것이다.

시온을 믿지 않는다는 건 아니지만, 나는 가능한 한 안전한 대책을 선택하고 싶었다. 둘이서 덤비는 게 비겁하다고 해도, 반드시 이길 수 있는 방법을 생각하는 게 실전이라는 것이다.

『디아블로, 네 걱정거리를 해결하고 와라. 그리고 동료를 더욱더 믿고 의지하도록 하고.』

『──!! 쿠후후후후, 잘 알겠습니다. 아무래도 저는 약간 자기도취에 지나치게 빠져 있었던 것 같습니다. 그러면 곧바로 문제를 처리하고 오도록 하겠습니다!』

약간이 아니라 상당히 자기도취에 빠져 있었어.

하지만 평소의 모습을 되찾은 것 같아서 무엇보다 다행이다.

『그러면 행동을 개시해라!』

『『『알겠습니다!!』』』

익숙하지 않은 느낌으로 명령했지만, 세 명은 기분 좋게 대답해주었다.

이제 남은 건 가장 좋은 결과를 믿는 것뿐이다.

나는 내 나름대로 '이세계인'들을 계속 무력하게 만드는 것에 의식을 집중했다.

●

"쿠후후후후, 리무루 님은 모든 걸 꿰뚫어 보셨단 말인가. 당해 낼 수가 없군, 정말로."

"제2비서, 그건 당연한 일이다. 그것보다 어서 가서 걱정거리를 해결하고 돌아오도록 해라!"

"말하지 않아도 그렇게 할 겁니다. 알아차리고 있을 거라 생각하지만, 저 라즐이란 자는 당신보다 강합니다. 정말 괜찮겠습니까, 제1비서?"

"후후훗, 네가 내 걱정을 해줄 줄은 몰랐군, 제2비서── 아니, 디아블로. 인정하지. 너는 강하다. 나보다 말이지. 그러니까 리무루 님이 크게 고민하지 않아도 되도록, 어떤 적이라고 해도 쓰러뜨려라! 그게 바로 네가 할 일이 아니냐?"

"──!! 쿠후, 쿠후후후후. 당신이 제 '이름'을 부를 줄이야──."

"어서 가라! 이 자리는 내게 맡기고."

"리무루 님의 명령 때문이 아니라, 저도 진심으로 당신을 믿고 있습니다, 시온 공."

"시온이라고 부르면 돼. 너한테서 존칭으로 불려봤자 딱히 좋은 기분은 안 든다. 진심이 전혀 담겨 있지 않으니까 말이지."

"쿠후후후후. 그럼 시온, 무운을 빕니다."

"너도, 디아블로."

시온과 디아블로는 시선을 교환하지도 않은 채, 그렇게 짧은 대화를 나누는 것만으로 서로를 인정했다. 자존심이 강한 두 사람이었지만, 각자 속으로는 처음부터 상대의 실력을 인정하고 있었던 것이다.

디아블로는 걸어가기 시작했다.

뒤를 돌아보지도 않고, 자신의 부관에게 담담히 명령했다.

"베놈. 죽을 각오로── 아니, 당신은 죽어도 좋으니까 이 아이들을 반드시 지켜내십시오."

리무루에게서 받은 명령 중에서 디아블로의 부하에게 내리는 지시는 없었다. 그렇다면 배려 따윈 일절 해줄 필요가 없었다.

중요한 것은 아이들과 악단원들뿐── 디아블로는 냉정하게 그리 판단했다.

"아, 네."

자신들에게도 조금 더 배려해주면 좋겠는데── 베놈은 그렇게 생각했다.

하지만 그 말을 입 밖으로 뱉을 만큼 어리석지는 않았다.

그런 짓을 했다간, 적에게 당하기 전에 디아블로에게 먼저 목숨을 뺏기고 말 것이다.

그리고 무엇보다.

(뭐, 위험한 녀석은 시온 님과 란가 님이 상대해주시는 것 같으

니, 여기를 지키는 거라면 우리 힘만으로도 여유가 있다고 볼 수 있겠지. 디아블로 님과 싸우는 것보다도 쉬운 일이야——.)

그게 바로 베놈의 본심이었던 것이다.

"무운을 빕니다, 디아블로 님!"

"입 닥치십시오. 당신 따위에게 걱정을 끼칠 생각은 없습니다."

모처럼 베놈이 배려하여 말했지만, 디아블로는 그 말에 차갑게 대꾸했다.

(뭐, 원래 이런 분이셨으니까…….)

강제적으로 부하가 되었을 때의 기억이 머릿속을 스쳤지만, 베놈은 그걸 황급히 떨쳐냈다. 불만스러운 표정을 보였다간 어떤 꼴을 당할지 알 수 없었기 때문이다.

베놈은 마음을 고쳐먹고 임무에 집중했다.

그리고 디아블로는 동료들에게 뒤를 맡기고 전장을 떠난 것이다.

디아블로는 목표를 향해 '전이'했다.

대성당에서 멀리 떨어진 그 장소는 루벨리오스의 국경 밖에 펼쳐진 황야의 한 구석이었다.

거기 있던 자는 암홍색의 메이드복을 입은 푸른색 머리카락의 미녀였다.

그런 그녀의 발밑에는 성기사들 몇 명이 쓰러져 있었다.

일기당천으로 일컬어지는 인류의 수호자들조차도, 그녀에겐 상대가 되지 않는 존재였던 것이다.

"오랜만이군요, 느와르. 빨리 오지 않아서 기다리다 지쳤답니다."

"열렬한 살의를 느꼈습니다만, 쉽게 손을 놓을 수가 없어서 말이죠. 그것보자 저는 디아블로라고 불러주시면 좋겠군요. 블루(태초의 푸른색)—— 아니, 당신에겐 레인이라는 이름이 주어져 있었죠."

푸른색의 머리카락을 가진 미녀—— 레인은 디아블로의 대답을 듣고 만족스러운 표정으로 웃었다.

"그래요. 우리들 태초의 악마 중에서도 최강인 루쥬(태초의 붉은색), 위대하신 기이 님이 지어주신 것이 레인이라는 제 이름이죠. 어디의 잡종인지도 모를 마왕에게 이름을 받은 당신과는 달라요."

"네? 죽고 싶은가요? 아니, 이 세상에서 소멸하고 싶은가 보군요. 쿠후후후후, 그 바람을 이뤄드리죠."

표정은 미소를 유지한 채, 디아블로의 눈동자에서 웃음이 사라졌다. 금색의 눈동자에 비치는 붉은 동공이 좁아지면서 레인을 사냥감으로 포착하고 있었다.

"저와 싸우세요, 디아블로! 아아, 기대가 되네요. 당신이 동쪽의 땅에서 블랑(태초의 흰색)과 싸우는 기척을 느꼈을 때부터 줄곧, 저는 당신과 싸우고 싶다고 생각했었어요."

"하찮군요. 싸움이 될 거라고 생각했다면 그건 당신의 착각입니다."

"그걸 확인하기 위해서라도, 자아, 빨리 시작하죠!!"

그 말을 신호로, 아니, 자신의 말을 그 자리에 팽개치듯이 뱉자마자 레인이 움직였다.

소리보다도 빠른 손날공격.

하지만 그건 디아블로가 적당히 휘두른 손에 막혀 밀려났다.

레인은 환희했다.

오랜 세월의 바람이 지금 실현된 것이다.

(네, 그래요. 쉽게 끝나면 안 되죠. 같은 태초이면서도, 당신은 너무 자유로웠어요. 파벌을 만들지도 않았고, 사명을 띠지도 않았으며, 육체를 얻고 싶다는 데몬(악마족) 공통의 바람조차 비웃고 넘겼죠…….)

레인은 디아블로에게 질투했었다고 할 수 있었다.

그가 살아가는 모습은 법과 질서를 중시하는 레인에겐 허용할 수 없는 것이었다.

더구나 디아블로는…….

(용서할 수 없게도 기이 님과 비긴 실적을 가지고 있지. 그런데도 강한 힘을 추구하지도 않은 채 제멋대로 살아가다니……. 데몬이라면 올바른 규칙에 따라 육체를 얻고, 진화의 끝을 목표로 삼아야 하거늘!!)

레인은 자신이 오랜 세월 동안 느낀 불만을 터뜨리면서, 혼신의 힘을 다해 디아블로를 밀어붙였다.

디아블로—— 느와르(태초의 검은색)는 특수한 악마였다.

그 머나먼 옛날.

최강의 자리를 노리면서 싸웠던 붉은색과 검은색.

그 승부는 무승부로 끝났지만, 그 뒤의 두 사람의 명암은 갈라졌다.

붉은색은 물질계에 모습을 드러내면서 육체를 얻는데 성공했으며, 절대적인 힘을 얻었다.

그러나 검은색은 어땠는가 하면, 진화를 부정하려는 것처럼 아무리 시간이 흘러도 바뀌지 않았던 것이다.

흰색, 노란색, 보라색이라면 어쩔 수 없다.

그 세 가지 색은 서로의 진화를 방해하고 있었으니까.

그 세 명의 힘은 엇비슷해서, 그 밸런스가 무너지는 일이 없었던 것이다.

그런 제한 따위는 아예 없었을 검정색만이, 다른 여섯 명을 바보로 여기는 것처럼 자연스러운 모습인 채로 스스로를 즐기고 있었다.

그런 식으로 몇 만 년이나 되는 시간이 지났다.

그래서 레인은 더더욱 디아블로를 용서할 수 없었다.

제멋대로이고 변덕쟁이에, 자유롭게 살아가는 자. 그러면서 최강인 기이에게 인정을 받은 디아블로가.

"아하하하하! 당신 말대로 도망치기만 해선 싸움이라고 부를 수 없겠네요. 도망치는 것만큼은 정말로 잘하는 군요, 당신은."

"쿠후후후후. 그러니까 착각하지 말라고 했을 텐데요. 당신 정도는 진심을 다해 싸울 필요도 없을 뿐입니다. 그리고 도망칠 생각 따위 전혀 없고 말이죠."

"지는 게 분해서 허세를 부리는 건가요? 이제 막 육체를 얻으면서 모든 힘을 다 쓰지는 못하겠지만, 그런 건 변명거리가 못 되거든요?"

레인의 주먹에서 마력탄이 발사되었다.

그 마력탄이 세계의 섭리에 간섭하여 핵격마법 : 뉴클리어 캐논(열수속포)로 변환되었다.

주문 영창 같은 건 필요로 하지 않으면서, 레인은 마법을 구사했다.

그러나 그건 당연하게도 디아블로에겐 완전히 예상한 것이었다. 당황하지 않고 디스펠(마법 소거)을 써서 흉악한 핵격을 무로 되돌렸다.

몇 겹이나 펼친 마법결계와 영격술식(迎擊術式). 그걸 서로 격파하면서, 상대에게 치명적인 일격을 가했다. 그게 바로 고위악마들끼리 싸우는 방법이었다.

시간을 소모하게 될 주문 영창 같은 건 필요로 하지 않은 채, 둘은 초급 레벨의 술식을 전개시키기 시작했다.

그리고 시간이 경과됨에 따라──,

"미, 믿을 수가 없어! 당신은, 당신은 싸우면서 이걸 그리고 있었단 말인가요?!"

"그래요, 레인. 당신과 싸우는 것은 저에겐 작업이었습니다. 승부가 뻔히 보이는 싸움이라니, 그건 이미 게임이라고도 부를 수 없는 시시한 것이었죠."

경악하는 것은 레인이었다.

이미 형세는 정해져 있었다.

레인의 주위에는 빛을 발하는 주문으로 적층형의 마법진이 그려져 있었다. 지금 막 디아블로의 신호에 따라 공중에 출현한 것이다.

그 마법진에 붙잡히면서, 레인은 꼼짝달싹하지 못하게 되었다.

조금이라도 움직였다간 디아블로의 신호에 따라 마법이 발동되어버릴 것이기 때문이다.

그 마법술식은——.

"다단식 '디스인티그레이션(영자붕괴)'이라고요……? 이렇게, 이렇게 악마와는 상극이 되는 위험한 마법을, 자신의 몸도 부서지게 될 마법을 왜, 당신이——?!"

디아블로는 그런 레인을 차갑게 내려다봤다.

그런 것도 이해하지 못하는 건가. 그렇게 생각하면서, 차갑게 식은 심정으로 레인을 불쌍히 여기는 디아블로.

"한심하군요. 주인을 믿는 마음이 깊으면, 영자조차도 지배할 수 있게 된답니다. 이건 상식이에요."

"당신, 바보예요? 그런 것이 상식일 리가 없잖아요——!!"

"그것보다 이제 슬슬 마무리 공격을 선사해드리죠. 나의 아름다운 주인이신 리무루 님을 우롱한 죄는, 자신의 몸을 불태우면서 반성하도록 하십시오."

그리고 발사되는 일곱 줄기의 빛.

단 한 방만으로도 절대적인 파괴력을 지닌 빛의 화살이 사방팔방에서 레인을 향해 이빨을 들이댔다——.

●

루미너스는 진심으로 짜증을 내고 있었다.

마왕 리무루를 초대한 음악교류의 장에, 자신의 곁을 떠난 그란베르의 침입을 허용했다. 이런 꼴사나운 추태는 건국 이래 처음 있는 일이었다.

지금 당장이라도 대성당까지 가서, 자신의 손으로 방해자들을 죽여버리고 싶은 욕구에 몸이 달은 루미너스였지만, 본능적인 직감과 이성으로 자중하고 있었다.

그 정도로 당당하게 난동을 부리는 모습을 보면, 그게 양동이라는 것은 의심할 것도 없었기 때문이다.

루미너스의 곁에 대기한 루이와 귄터는 그런 주인의 분노를 섣불리 건드리지 않으려는 듯이 말을 아끼고 있었다.

그저 조용하게 서 있었다.

루미너스와 마찬가지로 그들도 그 속마음은 편안하지 않았다. 하지만 어떤 것을 우선해야 할 것인가에 대한 판단을 잘못 내리지 않을 정도로 어리석지는 않았던 것이다.

그란베르가 양동을 취한다면 정말로 노리는 것은 무엇인가?

(녀석이라면, 내 소중한 성궤에 대해서도 알고 있겠지. 그렇다면 **그녀**를 해방시키려고 들 가능성도 제로는 아니란 말인가——.)

성궤는 루미너스의 비보였다.

하지만 그 이상으로, 반드시 지켜야만 할 이유가 있었다.

그란베르도 그 이유를 알고 있는 한 사람인 이상, 이 성궤를 노릴 것으로 생각하기는 어렵다. 하지만 그래도 루미너스는 자신의 감을 믿었다.

그리고 그건 정답이었다.

이곳, 가장 깊은 곳의 방에서.

누구도 알지 못할 현실(玄室, 시체가 안치되어 있는 무덤 속의 방)에, 초대받지 않은 손님이 찾아왔다.

"뭐야, 우리가 침입한 걸 들킨 건가. 그게 아니면 이곳을 지키는 자가 똑똑한 것뿐인가."

"훗훗훗, 그거 안 됐네. 하지만 재미있게 즐길 수 있는 사냥감이 있군요. 약간은 힘을 써도 괜찮을까요?"

"그건 좋지만, 조심하지 않으면 안 된다고. 저 예쁜 아가씨는 격이 달라. 어디까지나 내 예상이지만 당신이 마왕 루미너스 님이겠지?"

그렇게 상대를 깔보는 듯한 말을 하며 두 명의 침입자가 들어왔다.

라플라스와 풋맨, 그게 바로 침입자의 정체였다.

루미너스는 반드시 지켜야만 하는 성궤 앞에 준비된 긴 의자에, 우아하게 기대어 앉은 채로 그 두 명을 응시했다.

루미너스가 보기엔 그 둘은 굳이 싸울 필요도 없는 상대로 보였지만, 방심할 수 없는 기운을 풍기고 있었다.

루미너스는 그 격정을 겉으로는 드러내지 않도록 하면서, 엄숙한 말투로 입을 열었다.

"──허락하마. 이름을 밝혀도 좋다."

그런 루미너스의 말에 반응한 것은 라플라스였다.

자신들의 침입을 예상하고 있었던 것에 놀라기는 했지만, 그 가능성은 이미 그란베르로부터 지적을 받았다. 그에 대한 대비책으로 인재까지 파견해주었던 것이다.

라플라스 일행은 그 인재의 길안내를 받으면서, 도중에 대기하고 있던 수많은 방어선을 돌파하여 이 장소까지 무사히 도착했던

것이다.

"처음 뵙겠습니다. 저는 '원더 피에로(향락의 광대)'인 라플라스라고 하며, '중용광대연합'이라는 심부름업체의 부회장을 맡고 있습지요. 그리고 이쪽은 풋맨이라고 합니다."

라플라스가 익살스럽게 인사한 뒤에, 풋맨에게 몸짓으로 신호했다.

"홋홋호. '앵그리 피에로(분노의 광대)'인 풋맨이라고 합니다. 알게 된 지 얼마 안 됩니다만, 잘 부탁드립니다."

자신을 소개한 풋맨도 루미너스를 앞에 두고 동요하지 않았다.

풋맨의 생각은 심플했다.

적이라면 처부순다. 그것만을 가슴 속에 품은 채, 라플라스의 신호를 기다리고만 있었다.

"그리고 또 한 명이 있답니다. 들어와도 돼."

라플라스가 부르는 소리를 듣고, 문에서 또 한 명이 들어왔다.

금발의 미녀가 모습을 보였다.

"…………."

"이 여자는 말수가 적답니다. 이름이 분명——."

"넌 본 기억이 있다. 그래, 그란베르가 사랑했던 여자—— 마리아 로조, 인가."

"그래, 그랬지, 그 마리아 씨입죠! 뭐야, 루미너스 님이랑 아는 사이였습니까?"

루미너스는 그 질문을 받고, 불쾌한 표정을 지으면서 얼굴을 찌푸렸다.

"네놈은 꽤나 친근한 척 구는구나. 자기소개는 끝났다. 이젠 여한도 없겠지. 지금부터는 말이 아니라 주먹으로 얘기를 나눠보자 꾸나."

루미너스도 이미 참을성이 한계에 달하려 하고 있었다. 숨은 자가 있다는 걸 알아차렸기에 참고 있었지만, **마지막 한 명**이 모습을 보이면서 그 인내심도 바닥이 난 것이다.

"이런, 성미 한 번 급하신 분이네. 인사는 끝났지만, 아직 또 하나 그란베르 씨가 전해달라던 말이 있습지요."

"호오?"

"자, 그럼 전하겠습니다. '나는 위에서 기다리겠다. 마왕 루미너스여, 이제 그만 결판을 내자. 빨리 오지 않으면 너의 소중한 자들이 죽게 될 것이다'라더군요. 지금쯤 그 괴물, 성기사단장 히나타와 싸우고 있을 것 같은데, 글쎄, 과연 누가 이길──."

한참동안 떠들어대던 라플라스의 입을 막은 것은 날카롭게 다가온 루이의 일격이었다.

루미너스가 한 손을 내리면서, 공격을 시작하라고 명령을 내린 것이다.

"너로구나? 내 동생을 죽인 자는."

"쳇, 남의 말은 끝까지 들어야 하는 거거든?! 뭐, 좋아, 그리고 그 질문에도 대답해드리지. 그 말이 맞아. 내가 당신과 똑같이 생긴 로이 씨를 죽였지!"

"흠. 복수 같은 건 내 취향이 아니지만, 모처럼의 기회이니 이 자리를 빌어서 내가 동생보다 우수하다는 것을 증명해보도록 할까."

그렇게 말하면서, 루이는 라플라스를 사냥감으로 판정했다.

"그럼 내 상대는 네놈이로구나. 날 지겹게 만들지 마라, 애송이!"

"호——웃홋홋호! 그건 제가 할 말입니다!"

귄터와 풋맨의 시선이 교차하더니, 다음 순간에는 이미 현실 밖으로 뛰쳐나간 뒤였다. 주변에 입힐 피해 같은 건 전혀 신경 쓰지 않고, 단둘만의 싸움에 몰두하면서.

"루이도 귄터도 정말 사람을 난감하게 만드는구나. 평소에는 냉정하지만, 싸움을 앞에 두면 그 피를 억누를 수가 없는 모양이로군. 그러나 그건 나도 마찬가지이지. 그란베르여, 기다리고 있도록 해라. 네놈이 비장의 수를 써도 날 막을 수는 없다!!"

루미너스도 또한.

아무 말 없이 가만히 서 있는 마리아를 향해 그 날카로운 시선을 돌렸다.

"죽은 자, 일 리는 없겠지. 그란베르는 아직 포기하지 않았단 말인가. 마리아는 죽었다. 내가 지닌 신의 기적 : 리저렉션(사자소생)으로도 잃어버린 영혼까지는 어찌할 수가 없었지. 그런데……."

조용히 얘기를 해주듯이, 루미너스는 혼잣말을 중얼거렸다.

그렇다, 눈앞에 서 있는 여자는 마리아가 아니다.

마리아의 형상을 한 다른 어떤 것, 이었다.

"좋다. 내 손으로 널 저승으로 보내주마!!"

격렬하게 오라(요기)를 불태우면서 루미너스도 일어났다.

그 기세를 그대로 살려, 루미너스와 마리아는 평범한 사람은 관측도 불가능한 레벨로 싸우기 시작했다.

승리할 자는 루미너스일까, 혹은 마리아의 모습을 한 정체 모를 존재일까.

그리고──.

현실에는 성궤가 남게 되었다.

현실(玄室)에 피해가 가지 않도록 배려하면서, 모두 그 자리를 떠났다.

그걸 이미 예상한 것처럼, 한 명의 소년이 어둠 속에서 모습을 드러냈다.

"아하하, 이렇게 쉽게 생각했던 대로 들어오게 될 줄이야. 정말로 그란베르의 말이 맞았군."

그렇게 말하면서 웃는 자는 유우키였다.

유우키는 그란베르에게서 얻은 정보를 그대로 믿지 않고, 몸을 숨긴 채 따라왔던 것이다. 기척을 완전히 차단하여, 루미너스의 눈까지 속이면서.

유우키는 늘 그 기척을 다 숨기지 않고 약간만 남겨두고 있었다. 그건 만일의 경우를 대비하여 만전을 기하기 위해서였다.

기척을 읽어낼 수 있는 자는 많다. 그런 상대라고 해도 자신의 힘이 상대보다 강하다고 한 번 믿어버리면, 그 이상의 경계를 게을리 하기 쉽다.

유우키는 그걸 노리고, 늘 술책을 부리고 있었다.

평소에도 일상적으로 늘 반복하여 수행을 쌓은 것이 중요한 장면에서 빛을 발하는 법이다.

그건 이번에 있어서도 마찬가지라고 할 수 있었다.

유우키는 아무런 고생도 하지 않고, 노리던 것을 손에 넣은 것이다.

"이게 성궤인가."

슬쩍 손을 뻗어서 아름다운 얼음 관을 만져보는 유우키.

"이런, 이게 성스러운 상자로 부르는 것은 그런 뜻이 있어서였나? 순수한 영자만으로 구성된 물질, 그런 걸 만들어낼 수 있었다니……."

와보길 잘했네——라고 유우키는 생각했다.

자신이 아닌 다른 자들은 이 성궤에 손도 대지 못할 것이라고 생각하면서.

마물을 불태우는 관이겠지만, '안티 스킬(능력살봉)'에는 영향을 주지 않았다. 유우키라면 이 성궤를 훔쳐낼 수 있었던 것이다.

그리고 유우키는 주저하지 않고 성궤를 박살 냈다.

루미너스가 필사적으로 지키려고 했던 비보는 이렇게 맥없이 파괴되었다.

성궤 안에는 한 명의 아름다운 소녀가 잠들어 있었다.

그녀가 바로 이번 작전의 목표물인 '용사'이겠지.

"이런, 이 애의 몸에도 봉인이 걸려 있었나. 뭐, 나한테는 통하지 않지만…… 해제하는 건 나중으로 미루는 게 좋으려나."

유우키는 엄청나게 공을 들였다고 생각하면서 속으로 쓴웃음을 지었다.

성궤 그 자체보다도 강력한 '결계'가 그 소녀의 신체의 표면을 덮고 있었던 것이다.

그건 돌아간 뒤에 천천히 풀면 된다. 유우키는 그렇게 판단하면서, 갑자기 소녀의 얼굴에 시선을 고정시켰다.

"그건 그렇고, 이 아이는 대체 누구지? 왠지 본 기억이 있는 것 같은데—— 아니, 그럴 리가 없나."

나이는 대강 열여섯 전후.

흑은색의 긴 머리가 흘러내려와 중요한 곳을 가리고는 있지만, 그 몸은 실오라기 한 올 걸치지 않은 태어난 그대로의 몸이었다.

"흐——음. 성희롱이 될 것 같지만, 지금은 어쩔 수 없지."

유우키는 그렇게 중얼거리면서, 그 미소녀를 안아 들었다.

"'용사'를 손에 넣었으니, 그럼 바로 도망칠까."

그렇게 말하면서 씨익 웃은 뒤에, 유우키는 재빨리 그 자리를 뒤로 했다.

——애초에 왜 '용사'는 성궤에서 잠자고 있었을까?

그란베르가 말한 대로 정말로 결전병기인 걸까?

그 이전에 그란베르의 목적은 뭘까?

유우키는 의심이 많은 성격이었지만, 자신이 아주 우수한 만큼 웬만한 일은 어떻게든 될 것이라는 자신감에 도취되어 있었다.

그렇기 때문에 몇 가지 의문을 품은 상태에서도 그란베르의 제안을 받아들이고 말았다.

자신이 저지른 짓이 어떤 사태를 초래할지를, 유우키는 이 시점에선 상상도 하지 못했던 것이다.

●

좀비처럼 공격해 오는 '이세계인'들.

나는 아무도 죽이지 않도록, 정성껏 한 명씩 무력화시켜 나갔다.

지금의 내 힘이라면 이 정도 상대는 100명이 있어도 고전할 일은 없다. 단지 '주언(呪言)'을 해제하는 게 귀찮을 뿐이었다.

그건 그렇다 쳐도…….

마음에 걸리는 것은 이 '이세계인'들이다.

의식을 집중하여 관찰해봤는데, 확실히 대량의 에너지(마력요소) 양을 보유하고 있었다.

신체능력도 높았고, 실력만 따지면 A랭크에 해당하는 자도 있었다.

하지만 왠지 그 정도로 강하게 느껴지지 않았던 것이다.

처음에는 실력 차이에 의한 것으로 생각하고 있었는데, 아무래도 그것만이 원인이 아닌 것 같았다.

그란베르에게 자유의지를 빼앗긴 것도 그 이유 중의 하나이겠지. 하지만 그 외에도 뭔가──,

《해답: 현재 전투에서 아무도 유니크 스킬을 사용하고 있지 않습니다.》

아, 그거야!

그렇구나, 그랬어.

상대하고 있던 자들로부터 특수한 공격이 날아오질 않으니까, 단조로운 작업으로 무력화시킬 수 있었던 것이다.

그렇다면 이렇게 많은 '이세계인'들이 있는데, 누구 하나 유니크 스킬을 획득하지 못했다는 걸까?

그게 아니면 나를 상대로 싸우면서 힘 조절이라도 하고 있는 걸까?

어느 쪽이든 불쾌한 기분이 든다.

뭐, 그란베르가 무슨 꿍꿍이를 꾸미고 있든, 먼저 쓰러뜨리기만 하면 되나.

그렇게 생각하면서, 나는 마지막 한 명 쪽으로 돌아섰다.

아직 어린 소녀로 보였다. 열 살은 넘은 것 같았으니 아슬아슬하게 안정된 연령대라고 하겠다.

이 아이도 힘만큼은 대단했지만, 그것뿐이었다. 이젠 익숙해진 작업으로 '주술을 해제'했다.

문제는 없었다.

의식이 돌아오면서 상황이 이해되지 않아 당황하고 있는 것 같지만, 이 자리에서 느긋하게 설명하고 있을 틈은 없다. 바로 의식을 빼앗아서, 다른 자들과 같은 장소에 눕혔다.

이런 느낌의 어린아이도 몇 명인가 섞여 있었기 때문에, 진심으로 싸우고 싶지는 않았다. 그란베르는 수단방법을 가리지 않는다는 느낌이 들었지만, 어떻게든 그럭저럭 넘긴 것 같다.

목적은 아마도 시간벌기였겠지.

내가 진심으로 싸웠으면, 모두를 죽이는데 그 정도로 많은 시간은 들이지 않았을 테고. 그렇게 생각하면 그란베르는 목적을 달성시켰다는 뜻이 된다.

그러나 이것으로 내게 덤빈 '이세계인'들은 무력해졌다. 그렇게 해서 번 시간 동안 뭘 하고 싶었는지는 모르겠지만, 빨리 싸움을 종료시키면 관계가 없을 것이다.

나는 그렇게 판단하고, 전장을 한 번 바라보면서 전황을 파악했다.

아이들은 무사했다. 우선은 일단 안심이 되었다.

타쿠토 일행은 이런 상황인데, 정말로 연주 연습을 시작하고 있었다. 배짱이 두둑하다고 해야 할까. 뭔가에 집중하는 게 있는 게 불안감도 잊어버릴 수가 있으니까, 이건 이것대로 괜찮을지 모르겠군.

히나타는 그란베르와 호각의 싸움을 보여주고 있었다.

역시 대단하다.

초고속전투라는 표현이 딱 들어맞았으며, 단 한 번의 실수도 허용되지 않는 고도의 기술을 주고받는 모습이 펼쳐지고 있었다.

섣불리 손을 댔다간, 균형이 무너지면서 단번에 승부가 기울어질 수도 있었다. 이쪽은 나중으로 미루는 게 더 좋을 것 같다.

시온과 란가는 라즐을 상대로 밀리고 있었다. 하지만 그렇게까지 우열이 확실하게 정해진 것으로는 보이지 않았다.

시온이 라즐의 공격을 받고 있지만, 그 모든 대미지는 저절로 회복되고 있기 때문이다.

반칙이란 말이지, '초속재생'이라는 것은. 어느 정도의 실력차이는 이게 있는 것만으로도 뒤집어질 것이다.

그리고 란가 말인데, 이쪽은 공격에 전념하고 있었다.

시온의 그림자 속에 숨었다가 라즐의 사각을 노리면서 일격을 날렸다. '죽음을 부르는 폭풍우'나 '검은 번개' 같은 마법공격도 발동시키고 있었다.

눈치껏 잘 싸운다며 감탄했지만, 문제는 그 공격이 라즐에게 통하지 않는다는 것이었다.

아니, 라즐이 비정상적이었다.

이제 와서 떠올린 것인데, 인섹트(곤충형 마수)라고 하면 아피트나 제기온과 같은 종족이었다.

그 겹눈으로 모든 사각을 빈틈없이 보고 있는 것 같다. 란가의 기습도 가볍게 피해버렸다.

애초에 어중간한 공격은 아예 통하질 않았다.

검은 갑옷으로 보였던 그것은 강철보다도 단단한 외골격. 시온의 대검을 왼팔의 껍질만으로 받아내고 있었다. 어지간히 단단한 게 아니라서, 관절부분을 노리지 않으면 공격이 통하지도 않을 것 같다. 더구나 란가의 마법을 튕겨내는 걸 봐선 그 표면 부분에는 '마력방해'와 같은 효과가 있는 것 같다.

과연, 디아블로가 고전할 만도 하군. 마법이 특기인 디아블로라면 확실히 라즐과의 상성은 좋지 않겠다는 생각이 들었다. 그래도 디아블로라면 어떻게든 해결했을 것 같지만.

물리, 그리고 마법.

두 속성에 대한 우위성을 지니고 있는 만큼, 라즐은 상당한 강자였다.

이런 엄청난 자가 아무런 야심도 없이 그란베르를 따르고 있었다니…….

뭐, 시온이랑 란가에겐 버겁겠지만, 나라면 어떻게든 이길 수 있을 것 같다.

나는 그렇게 생각하여 라즐 쪽으로 가려고 하다가――,

자신도 모르게 그 자리에서 싸울 자세를 갖추면서, 대성당의 입구 쪽으로 시선을 돌렸다.

나뿐만 아니라, 히나타랑 시온 쪽도 동요한 모습을 보였다.

그것도 그럴 만했다.

왜냐하면 그 자리에는 여기 있을 리가 없는 마왕 레온이 서 있었으니까.

흰 로브 안에는 질이 좋은 기사복과 황금의 갑옷이 보였다. 여전히 미남이었지만, 지금은 상당히 기분이 상한 것처럼 보였다.

레온은 혼자가 아니었으며, 그의 뒤에는 여러 명의 기사들이 따르고 있었다.

그들의 강대한 기척을 통해서 감안해보면, 간부급의 자들만 엄선한 것이라는 생각이 들었다.

뭘 하러 온 거지, 대체?

적인가, 아군인가.

아군일 경우는 생각할 수 없지만, 여기서 레온이 적으로 돌아서는 건 제발 참아주면 좋겠다는 기분이었다.

"왔는가, 마왕 레온. 그리고 히나타여, 나와 싸우는 중에 다른 곳을 보다니 꽤나 여유가 있는 모양이구나."

그란베르 쪽이 더 여유가 있다는 말을 해주고 싶군.

전혀 동요하지 않았으며, 히나타의 빈틈을 노리지도 않고 태연하게 서 있었다. 뭐, 그런 비겁한 짓을 해봤자, 히나타가 보여준 빈틈이 처음부터 덫일 가능성도 있겠지만.

이 정도 수준의 싸움이라면, 정공법으로 상대를 압도하지 않으면 승자로 인정받을 수 없을지도 모른다.

어찌 됐든 그란베르는 레온이 올 것을 알고 있었다. 그 말투를 보더라도 그건 틀림이 없다는 생각이 들었다.

그 말은 곧, 이 두 사람은 한 패라는 뜻이 된다.

"꽤나 친숙하게 구는구나. 누구냐, 네놈은?"

"그랬었지. 얼굴을 보는 것은 처음이로군. 네가 늘 거둬서 돌봐주는 아이들은 바로 내가 모은 아이들이지. 이번에는 여기까지 직접 오도록 만들어서 미안하구나."

"…………."

한 패가, 아닐 지도 모르겠는데?

레온과 그란베르는 서로 처음 보는 것 같았다.

하지만 그게 연기일 가능성도 있으니…….

그러고 보니 내가 쓰러뜨린 '이세계인' 중에는 아직 어른이 되지 못한 중학생 정도의 아이들도 많았다. 혹시 그란베르가 말했던 것은──.

"무슨 소리를 하는 거냐? 네놈에게는 볼일이 없다. 내가 여기 온 것은──."

"이런, 이런, 나는 너에게 배운 술식으로 아이들을 소환했는데 말이지. 그걸 모른다고 잡아뗄 생각인가? 너는 아직 안정되지 않은 '이세계인' 아이들을 이용하여 엘레멘탈러(정령사역자)인 부하들을 늘리고 있지 않나. 그 이자와 시즈에 같은 강인한 전사를 말이지."

머리를 두들겨 맞는 것 같은 충격이었다.

히나타도 검을 멈추고 그란베르와 레온, 이 두 사람을 번갈아 바라보고 있었다.

《알림. 위험합니다. 개체명: 그란베르 로조는 교묘한 말솜씨로 마스터(주인님)와 마왕 레온을 서로 적대하도록 만들려 하고 있습니다.》

그런 생각은 들었다.

아무리 생각해도 여기서 레온과 적대하는 것은 어리석은 짓이다.

그러므로 그란베르의 말에 귀를 기울이는 것은 좋지 못하다.

그런데도——.

"네가 원하는 자를 불러내느라 얼마나 많은 실패를 거듭했다고 생각하나? 그자들은 그 실패로 인해 생긴 결과들이다."

도저히 무시할 수가 없었다.

시즈 씨는 레온에게 소환되었으며, 그리고 버려졌다. 그뿐만이 아니라, 레온은 그 외에도 많은 아이들을 소환했었던 모양이다.

그건 결코 용서해서는 안 되는 악행이었다.

"그 얘기가 정말이냐?"

"정말이고말고, 마왕 리무루여. 우리 상인들은 요구를 받으면 어떤 상품이라도 제공하니까."

짜증을 유발하는 말투로군.

그러니까 말이지, 그란베르에게 물은 게 아니야.

제공하는 측에게도 윤리관은 필요할 텐데 말이지. 그 모든 책임을 소비자에게 전가하는 건 내 미학에 반하는 행위다. 그러나 지금은 그것보다 먼저 확인하고 싶은 게 있었다.

"너…… 시즈 씨뿐만 아니라 다른 아이들도 소환했었나?"

"그렇다."

"불안정하게 소환된 아이들이 오래 살지 못한다는 것도 알고 있는 상태에서 말인가?"

"그건——."

레온은 뭔가를 말하려고 했지만, 그걸 상쇄시키려는 듯이 큰 웃음소리가 그 자리에 울려 퍼졌다.

그 웃음소리의 주인은 그란베르였다.

"큭큭큭, 크하하하핫!! 웃기지 마라. 레온이여, 너에게서 받은 의뢰는 '열 살이 되지 않은 이세계인 아이'를 제공하라는 것이 아니었는가! 안정된 '이세계인'을 부리는 것보다 불안정한 아이들에게 목숨을 구한 은혜를 베풀어서 자신의 말을 듣게 하려고 생각했겠지? 그리고 병기로 이용하고 있지 않느냐!"

도발하는 것 같은 말이었지만, 그란베르의 목적은 명백했다. 내 사람 좋은 성격을 알고 있는 그란베르는 그걸 최대한 이용하려 하고 있었다. 즉, 내 정의감을 부추겨서 레온에게 적의를 드러내도록 시키려는 것이겠지.

하지만—— 그란베르의 말에는 신빙성이 있었다.

아이들의 몸에 정령을 깃들게 만드는 것이 목적이었다면, 그란베르가 말한 것처럼 불안정한 상태가 아니면 안 된다.

그래서인가.

그래서 레온의 부하들로부터 정령의 기운이 느껴지는 것인가.

"……사실인가?"

"그래. 하지만 거기에는 이유가——."

"시끄러워! 역시 네가 원인이었단 말이냐!!"

나는 그렇게 소리치면서 레온을 향해 달려갔다.

역시 이 녀석은 한 방 때려주지 않으면 마음이 풀리지 않을 것 같다.

이게 그란베르의 책략이라는 걸 알고 있어도, 나는 레온에게 느끼는 분노를 참을 수 없었던 것이다.

이유는 나중에 들을 것이다.

우선은 내 분노가 담긴 주먹을 한 방 날리는 것이 먼저다.

그리고 나는 온 힘을 다해서 레온을 때렸다.

레온은 움직이지 않았다.

레온을 지키려고 한 부하들이 움직이는 걸 제지하면서, 나를 향해 똑바로 시선을 돌렸다.

여유가 있는 것인지, 그게 아니면…….

가속한 사고를 내팽개친 채, 내 주먹이 레온에게 날아갔다.

레온은 움직이지 않았다.

《——대상, 반격의 조짐 없음. 직격합니다.》

함정도 아니었는지, 그 직후에 레온의 오른쪽 뺨에 내 주먹이 작렬했다.

"——이제 기분이 풀렸나?"

내가 온 힘을 다해 날린 공격이었지만, 레온에겐 그리 큰 대미지를 주진 못 한 것 같았다. 입술이 찢겼는지, 흘러나온 피를 손수건으로 닦고 있었지만, 레온은 조금도 동요하지 않은 것 같았다.

쳇, 스킬(능력)을 전혀 쓰지 않았다곤 하지만, 이건 레온을 좀 많이 얕본 것 같군.

그러나 방금 그 한 방으로 알게 된 것이 있었다.

이 녀석, 마왕 레온은 생각했던 것보다는 사람이 좋은 것 같았다. 원래는 맞을 필요도 없는 내 주먹을 무방비로 맞아준 것이 바로 그 증거다.

그의 말과 행동은 다른 사람에게 차가운 인상을 주고 있지만, 사실은 나쁜 녀석은 아니었던 것 같다.

시즈 씨는 레온을 증오하고 있지는 않았다. 증오해보려고 했지만 도저히 무리였다고 했다.

레온의 진의를 확인해보고 싶다는 것도 시즈 씨의 마지막 소원이었던 것이다.

라파엘(지혜지왕)에게 충고를 받을 필요도 없는 것이, 나는 처음부터 냉정했다.

시즈 씨와의 약속.

시즈 씨가 남기고 간 마음을, 마왕 레온에게 직접 전해주는 것. 그 소원을 이뤄주기 위해서 이 상황을 이용한 것이다.

레온의 행동에도 무슨 이유가 있었겠지.

그걸 용서할 수 있는가 아닌가를 판단하는 것은 나중의 일이다.

이렇게 뒤죽박죽이 된 상황에서 레온까지 적으로 돌리는 것은 자살행위니까.

지금은 감정적인 태도를 취하고 있을 상황이 아니었다.

레온은 아군은 아니지만 적도 아니다──. 그걸 안 이상, 나는 이렇게 대답했다.

"아직 멀었어. 시즈 씨의 마음은 전했지만, 내 몫이 남아 있으니까. 그에 관한 얘기를 **천천히 지금부터 나눠**보기로 할까!"

　자, 과연 내 의도는 잘 전해졌을까?

　레온의 눈썹이 꿈틀거리며 움직였다.

　보아하니 레온도 바보는 아닌 것 같아서 일단 안심했다.

　그럼 천천히 얘기를 나눠봐야지.

　그란베르에 대한 대책을 말이야.

　그렇게 생각하면서, 나는 레온을 향해 칼을 겨눴다.

　　　　　　　　　　　●

　어린 시절의 시즈와 판박이인 그 외모.

　색소가 침착된 곳 하나 없는 그 피부는 매끄러웠다.

　머리카락은 부드러웠으며, 한 올 한 올이 반짝거리고 있었다.

　황인종이라고는 부를 수 없게 된 지금, 시즈의 원형을 그대로 남긴 그 미모는 한층 더 아름다워진 것 같았다.

　그 황금색의 눈동자가 레온을 쏘아보고 있었고, 연분홍색의 입술에선 말이 흘러나왔다.

　"아직 멀었어. 시즈 씨의 마음은 전했지만, 내 몫이 남아 있으니까. 그에 관한 얘기를 **천천히 지금부터 나눠**보기로 할까!"

　리무루가 그렇게 말했지만, 레온은 바로 이해했다.

　(과연, 이 상황을 이용할 생각인가. 그 말은 곧, 잘 알지도 못하는 나를 의심도 하지 않고 믿겠다는 것인가. 생각했던 것 이상으로 호기로운 녀석이로군.)

　하지만 그런 모습이 마음에 든다고 레온은 생각했다.

언뜻 보기에는 격정적으로 보이는 리무루의 행동이었지만, 그건 전부 계산된 것이었던 모양이다. 그것도 이 혼란스러운 상황에서 누가 적이고 누가 아군인지를 선별하기 위한.

(방심할 수 없는 녀석이라고는 생각했지만, 이런 때에는 믿음 직스럽군.)

레온은 그렇게 생각하면서, 자신도 허리에 찬 검을 뽑아서 자세를 갖췄다.

여기 오는 도중에 비행선에서.

레온은 비밀결사 '케르베로스(삼거두)'로부터 긴급 '마법통화'로 보고를 받았다.

정보원 중의 한 명의 연락이 되지 않으며, 누군가에 의해 정체가 발각되었을 가능성이 있다고.

그 누군가는 마왕 리무루일지도 모르고, 오대로일지도 모른다.

크루세이더즈(성기사단)일 가능성도 부정은 할 수 없었다.

붙잡힌 본인과 연락이 되지 않으니까, 그건 당연한 것이었다. 모든 자가 의심스러운 것이다.

물론, 이것만으로 케르베로스를 믿을 정도로 레온은 안일하지 않다.

공을 들인 책략을 써서, 레온을 속이려고 할 가능성도 부정할 수 없기 때문이다.

단 하나, 확실한 것은 있었다.

그건 지금 성지로 가는 것은 일부러 덫에 걸리러 가는 것과 같은 짓이라는 것이다.

그러나 그래도 레온이 물러날 이유는 되지 않았다.

(비록 이게 덫이라고 해도 거기에 클로에가 있다면——.)

그곳이 아무리 위험하더라도 레온이 신경을 쓸 일이 아니었던 것이다.

그리고 지금 리무루와 검을 맞대면서, 레온은 겨우 침착함을 되찾을 수 있었다.

주위를 관찰하면서 상황을 파악하려고 노력했다.

놀라울 정도로 혼돈에 빠진 전장.

적과 아군, 그걸 판별하는 것도 곤란했다.

레온을 호위하는 매직 나이츠(마법기사단)의 정예도 어느새 전투에 휩쓸려 있었다.

교묘하게 유도당하면서, 성지 방위대와의 전투가 벌어진 모양이다.

『철저히 방어전에 임하면서, 결코 상대를 죽이는 일이 없게 하라.』

『알겠습니다!』

실버 나이트(은기사경) 알로스에게 '마법통화'를 보냈다. 비밀회선으로 연락을 취했지만, 이 자리에선 도청당해도 이상할 게 없다. 그걸 이미 감안한 상태에서, 나중에 문제가 되지 않을 정도로 명령을 내린 것이다.

어떻게 따져도, 이 자리에 멋대로 난입한 것은 바로 레온이다.

마왕 루미너스의 입장에서 보면 레온은 초대받지 않은 손님이다. 보복행동으로 나서는 것이 당연하다고 생각해도 이상할 게 없었다.

그렇게 된 경우, 조금이라도 유리하게 얘기를 진행시킬 수 있도록 사망자는 가능한 적게 나오도록 만들고 싶다고 레온은 생각한 것이다.

(그건 그렇고, 그 루미너스는 어디에 있지?)

대성당의 입구 부근에선 레온과 리무루가 싸우고 있다.

거기서 좀 떨어진 곳에선 성기사단장 히나타와 그란베르가.

안쪽에서는 발푸르기스(마왕들의 연회)에도 있었던 시온과 란가가 인섹트(곤충형 마수) 라즐을 상대로 격전을 벌이는 모습을 보이고 있었다.

이 땅의 지배자에 해당하는 마왕 루미너스가 이런 상황을 잠자코 허용할 리가 없다. 그런데 루미너스의 모습은 이 자리에 보이지 않았다.

루미너스 정도나 되는 자가 나서지 못한다── 그건 아무리 생각해도 이상사태다.

레온의 시각으로 볼 때 이 상황은 의미 불명일 수밖에 없었다. 하지만 그래도 지금 상황을 통해 판단하건대, 어떤 덫을 쳐놓았는지가 보이기 시작했다.

누구의 뜻인지 명확하진 않지만, 마왕 리무루와 레온을 싸우도록 만드는 것이 이 덫의 목적이라는 것이.

그 누군가에겐 계산 밖의 일이면서 레온에겐 행운이었던 것은, 리무루가 쉽게 그 덫을 간파한 것이라고 하겠다.

그리고 그걸 이용하여, 리무루는 상황을 컨트롤하려 하고 있었다.

레온의 눈앞에서 리무루가 그란베르를 곁눈질로 바라봤다.

(그렇군, 녀석이 흑막이란 말인가. 좋다. 나도 너를 믿어보기로 하지.)

조심성이 많은 그답지 않게, 레온은 솔직하게 리무루를 믿기로 결심한 것이다.

●

혼란에 빠져 있던 것은 레온만이 아니었다.

히나타도 또한 정신없이 변화하는 상황에 당혹스러워하고 있었다.

그리고 그것보다 대치하고 있는 그란베르로부터 기분 나쁠 정도의 이질감을 느끼고 있었다.

"나에게서 기술을 빼앗을 수 없는 것이 이상한가?"

"──?!"

정곡을 찔리면서, 히나타는 드물게도 동요하는 모습을 보였다.

"흥, 뭘 그렇게 놀라느냐. 네 비밀을 내가 알아채지 못 했을 거라고 생각했나? 보고 있으면 그 정도는 예상할 수 있다. 뭘 위해서 나와 싸우기 전에 여섯 명과 먼저 싸우도록 시켰다고 생각하느냐."

"과연, 그랬었군…….."

히나타의 유니크 스킬 '넘어서는 자(찬탈자)'는 상위자에 대한 절대 우위라는 점이 특징이다.

그런데도 감정결과는 《대상 외》였다.

예전에는 확실히 그란베르가 자신보다 격이 높았다. 그랬기 때문에 히나타는 시련의 장에서 《성공》할 때까지 '찬탈자'를 구사하여 그란베르의 기술을 빼앗았던 것이다.

그때는 완전히 빼앗은 게 아니라 카피(복제)의 수준에 머물렀지만…….

"너는 어떤 방법을 써서, 상대의 스킬(능력)이나 아츠(기술)를 빼앗을 수 있는 거지? 하지만 그건 같은 상대라면 한 번밖에 사용할 수 없겠지. 게다가 너는 이미 나에게서 빼앗은 적이 있지. 그렇기 때문에 이제 두 번 다시 나에게는 통하지 않는 거다."

"설마 그럴 리가…….."

그란베르의 말을 듣고, 히나타는 자신도 모르게 반응하고 말았다. 그리고 곧바로 자신의 실수를 깨달았다.

"큭큭큭, 역시 그렇군. 히나타여, 너는 계산이 빠르고, 내 제자 중에선 가장 높은 레벨의 재능을 갖고 있다. 신중하고 교활하지. 과거의 성기사들을 둘러봐도 너 정도의 레벨에 도달한 자는 적다. 그건 자랑스럽게 여겨도 좋지만, 아직 어리구나. 같은 급의 상대와 싸우는 것엔 너무나도 익숙하지 않아."

"시끄러워!!"

짜증스러운 목소리로 히나타는 그란베르에게 대꾸했다.

그러나 히나타는 그란베르의 말에 넘어갔다는 자각을 하고 있었다. 자신도 모르게 반응해버린 탓에, 히나타의 스킬이 상대의 힘을 빼앗는 것이라는 걸 인정하고 말았기 때문이다.

그란베르가 의심하고 있던 것은 분명하겠지만, 확신을 가지는 수준에는 이르지 못했을 것이다. 그랬는데 교묘한 말솜씨로 히나타로부터 언질을 받아낸 것이다.

(교활한 게 대체 누군데!)

히나타와 전력을 다해 싸우고 있음에도 불구하고, 그란베르는 계속 얘기를 하고 있었다.

그 여유, 히나타는 그걸 용서할 수 없었다.

"한 번 빼앗긴 기술이라고 해도 해결책은 있거든. 너무 얕보지 말았으면 좋겠는데."

히나타는 그란베르에게 적의를 드러내고 있었다.

그렇다. 히나타에겐 아직 '강제찬탈'이라는 비장의 수가 있었다. 이번에는 카피 수준이 아니라 완전히 빼앗아버리면 된다.

그것만으로 그란베르의 수는 줄어들 것이고, 히나타의 승리는 확실하게 보장될 것이다.

상대의 실력을 살피는 것은 끝났다──라고 말하는 것처럼, 히나타는 맹공을 퍼붓기 시작했다.

검의 일격은 치명적인 위력을 담고 있었다.

그와 동시에 '찬탈자'를 연속 발동시켜서, 그란베르의 힘을 갉아먹기 시작했다.

하지만.

(말도 안 돼. 내 스킬은 확실히 통했을 텐데──?!)

감정결과는 여전히 《대상 외》였다.

그건 그란베르의 실력이 히나타보다 못하다는 것을 증명하는 것이다.

지금의 히나타는 예전보다 힘이 더 크게 늘어난 상태다. 그란베르를 상회하고 있어도 이상할 게 없으니, 이 결과가 이상한 것은 아니다.

문제인 것은――.

믿고 의지하는 '강제찬탈'로 그란베르의 기술을 빼앗아도, 그다음 순간에 그란베르는 그 기술을 쓰면서 공격한다는 것이다. 몇 번을 반복해봐도 결과는 마찬가지였기에, 히나타는 초조함을 감추지 못하게 되었다.

그란베르의 스킬이나 아츠를 확실하게 빼앗았다. 그러나 그건 히나타에겐 무용지물이었다. 이미 한 번 빼앗은 이상, 그 이상의 축적은 불필요한 것이었다.

그래도 그란베르의 수를 빼앗을 수 있다면 의미는 있겠지만…….

(왜지? 혹시 그란베르는 빼앗기는 걸 전제로 삼고 백업을 해두기라도 한 건가?)

있을 수 없는 얘기는 아니다.

평범한 사람이라면 가능할 것 같지 않지만, 예전에 '용사'였던 그란베르라면 그 정도의 기예는 해낼 수 있을 것 같은 느낌이 들었다.

"왜 그러느냐, 히나타여? 안색이 안 좋구나."

씨익 웃는 그란베르는 히나타의 심정을 정확히 파악하고 있는 것 같았고―― 그게 히나타를 한층 더 발끈하게 만들었다.

"흠. 내가 뭘 하고 있는지 이해가 안 되는 표정이로군. 전투에 있어서 가장 중요한 것은 상대를 잘 관찰하는 것이다. 내가 너에게 아무런 대책도 마련하지 않았을 거라고 생각했나? 만약 그렇다면 그건 안일한 생각이다, 히나타여."

"쳇, 시끄러워."

"너의 전법으로부터는 격이 높은 상대에 대한 우위성을 간파할 수 있었지. 반대로 격이 낮은 상대에서 기술을 빼앗는 사례는 적은 것 같더군. 제로는 아니었으니까, 어떤 식으로든 쓸 수 있는 방법은 가지고 있겠지. 하지만 그걸 쓰면 상당히 피로해지는 것이 아닌가?"

"…………."

"아니, 대답하지 않아도 된다. 지금의 너를 보면, 내 추측이 정확하다는 확신을 가지게 되니까 말이야."

자신을 완전히 꿰뚫어 보고 있다는 사실에, 히나타는 경악했다. 그란베르는 이미 과거의 인물이라고, 어느 정도는 그렇게 업신여겼던 자신을 두들겨 패주고 싶은 기분이 들었다.

"큭…… 확실히 이 이상은 계속해봤자 의미가 없을 것 같네."

이 이상의 '강제찬탈'은 무의미하다. 히나타는 그렇게 판단하고, 그란베르로부터 일단 거리를 벌렸다.

호흡을 가다듬으면서 거리를 쟀다.

심장고동이 최고속도를 기록하면서, 이마에서 흘러나오는 땀은 그 기세가 더 격렬해지기 시작했다.

두근── 히나타는 가슴 속에서 작은 욱신거림을 느꼈다.

(──방금 그건 뭐지? 아니, 생각한 것 이상으로 소모가 큰 것 같네. 하지만 이건 내 계산이 잘못된 게 아니라 어떤 공격을 받은 건지도 몰라…….)

자신의 상태를 객관적으로 관찰해보다가, 평소보다 피로의 축적이 빠른 것을 알아차렸다.

아무리 '강제찬탈'을 연발했다고 하더라도, 지금의 히나타라면 이 정도까지 소모하지는 않는다.

그런데도 그란베르의 말대로 히나타의 피로는 무시할 수 없는 레벨에 도달해 있었다.

"혼란스러운 것 같군. 히나타여, 너는 확실히 강하다. 그러므로 이런 음험한 전법을 경험해본 적도 적겠지."

"뭐라고?"

"간단한 것이다. 내 행동은 네가 무리를 하도록 계산해서 움직이고 있는 것이다. 조금씩, 조금씩, 조금만 무리를 하면 공격이 성공하겠다는 생각을 하게 만들어서, 쓸데없이 체력을 소모시킨 것이다. 잘 들어라, 같은 레벨인 상대와 싸운다면 먼저 상대를 소모시키는 쪽이 이긴다. 판단이 느려지고, 빈틈도 커지니까 말이지. 지금 네가 자신의 몸으로 경험하고 있는 것처럼 말이지."

"——!!"

그란베르의 말은 부정하고 싶어도 그럴 수가 없는 것이었다.

히나타는 유니크 스킬인 '바뀌지 않는 자(수학자)'로 냉정하게 전황을 분석하고 있었다. 그랬다고 생각했다. 그랬는데, 그란베르는 그 위에 있었던 것이다.

히나타는 그란베르에 대해 충분히 경계하고 있다고 생각했다. 약간 얕보고 있었던 것은 인정하지만, 그래도 결코 방심하고 있었던 것은 아니다.

(이건 즉, 이 남자가 나보다 강하다는 뜻인가? 그래, 그렇구나. 이게 경험에서 나오는 레벨(기량)의 차이, 라는 거네.)

그렇게 납득해버리면 히나타도 인정할 수밖에 없었다.

히나타의 '찬탈자'로도 레벨은 빼앗을 수 없다는 것을.

"잘 알았어. 당신을 쓰러뜨리려면 나도 진심으로 싸울 수밖에 없는 것 같네."

"그래. 진심으로 싸워라. 안 그러면 나를 넘어서는 것은 꿈속의 꿈같은 일이 될 테니까."

히나타는 주위의 잡음을 머릿속에서 날려버리고, 그란베르에 게만 의식을 집중했다.

소리가 사라지면서 세상에는 히나타와 그란베르, 둘만이 남 았다.

"받아보시지, 그란베르 옹!"

"한 수 가르쳐주마, 히나타여!"

이렇게 히나타와 그란베르의 싸움은 점점 더 격렬해지기 시작 했다.

●

디아블로가 발사한 다단식 '디스인티그레이션(영자붕괴)'이 레인 의 방어결계를 차례로 파괴했다.

그리고 최후의 광선이 레인의 가슴을 꿰뚫었다.

모든 것은 디아블로의 계산 대로였다.

아직 레인이 숨을 쉬고 있는 것도 디아블로가 의도한 대로였다.

"쿠후후후, 약하군요. 역시 당신은 진화 전의 테스타로사보다 도 싸우는 재미가 없었습니다."

"테, 테스타로사?"

"당신하곤 관계없는 얘기입니다. 그보다 왜 여기 온 것인지, 그 이유를 얘기하시죠."

"누가──!!"

디아블로는 마치 자신이 위에 있는 것처럼 명령했지만, 레인이 그 말을 따를 이유는 없었다. 레인이 당연하다는 듯이 거부하는 바람에, 디아블로는 약간 불쾌해졌다.

애초에 레인에게 승리한 자는 디아블로였지만, 결코 여유가 있는 것은 아니었다.

시온과 란가에게 맡긴 완전형태의 인섹트(곤충형 마수)는 데몬(악마족)에게 있어 천적이라는 것은 사실인 것이다.

그건 물질세계와 정신세계의 틈새에 사는 이계의 생명체. 반(半) 정신생명체이면서, 물질세계에 섞여 들어와서는 자연스럽게 육체를 얻게 되는 번거로운 침략자였다.

무리로 발생하게 되면 극도로 위험하며, 조기발견과 제거가 필수적인 위험생물이었다.

애초에 인간형으로까지 진화하는 개체는 희귀하다. 대부분은 물질세계에 적응하지 못하면서, 어중간한 상태로 정착되는 것이 관례였다.

그런데 그 라즐이란 인섹트는 최종형태까지 진화하고 있었다. 시온이나 란가로도 벅찬 상대일 것이라고 디아블로는 판단하고 있었던 것이다.

(애초에 시온 공도 리무루 님의 부하. 실력 차이를 뒤엎기 위해서 예상하지 못한 방법을 쓸 수도 있습니다. 란가 공도 있는 이상, 진다고 단정할 수는 없겠지요. 하지만 그래도──.)

디아블로라면 이길 수 있다.

전황에서 불확정요소를 제거하는 게 리무루의 뜻을 더 잘 따르는 것이라는 생각이 들었다. 그렇다면 빨리 돌아가서 라즐을 처리하는 것이 정답일 터…….

그런데도 다른 생각이 머릿속을 스쳤다.

그건 리무루가 일부러 시온과 란가에게 라즐을 맡긴 게 아닐까 하는 추측이었다.

디아블로가 동요하고 있었던 것은 사실이다.

레인의 접근을 느끼면서, 그녀들이 난입하는 것을 꺼렸기 때문에, 디아블로는 싸움에 집중할 수 없었던 것이다.

(그때는 빨리 쫓아내는 게 좋겠다고 판단했습니다만…….)

하지만 정말로 그랬을까?

(어쩌면 리무루 님은 일부러 시온 공에게 자신보다 강한 상대와의 전투를 경험하도록 시킨 게 아니었을까요? 그렇다면 제가 쓰러뜨리는 것은 쓸데없는 참견, 이 되겠군요…….)

디아블로는 그렇게 생각했다.

그야말로 전투광의 사고방식. 평범한 자는 생각할 수 없는 의미 불명의 결론이었다.

리무루 지상주의인 디아블로의 입장에선 리무루의 뜻을 벗어난 행동을 하는 것이야말로 크나큰 실수였다.

싸워서 이기면 된다──. 그렇게만 끝나는 단순한 얘기가 아닌 것이다.

디아블로로서도 모처럼 그렇게까지 강한 자와 싸울 수 있는 기회를 양보한 것이니, 확실하게 승리해서 성장의 발판이 되어주었으면 좋겠다는 본심도 있었다.

(이건 쉽게 결론을 내려선 안 되겠군요. 신중한 판단이 요구되는 시점입니다.)

디아블로의 생각은 상당히 어긋난 방향으로 전개되기 시작했다.

레인이라는, 이 세계에서도 최상위에 속하는 강자를 앞에 두고 디아블로의 마음은 망설이고 또 망설이고 있었다.

물론 리무루는 일절, 그런 바보 같은 생각을 하고 있지 않았다.

중요한 것은 사태의 수습이며, 아이들과 악단원의 안전인 것이다. 시온이나 란가에게 경험을 쌓게 한다는 생각을 굳이 이런 장소에서 해야 할 필요는 없는 것이다.

디아블로의 생각은 완전히 어긋나 있었다.

그러나 디아블로는 그 어긋난 판단에 따라 방침을 전환시켰다.

"당신에게 마무리 공격을 날릴 생각이었지만, 그만두겠습니다."

"무슨 소리를……? 나에게 협박 같은 건──."

"아니, 이제 됐습니다. 이제 연기할 필요도 없으니, 그냥 평범하게 나와 주시죠."

디아블로는 가슴에 큰 구멍이 뚫린 레인에게 그렇게 말했다.

무슨 말을 하는 건지 이해가 안 되는 것처럼 보이던 레인이었지만, 그 표정이 점점 초조하게 바뀌어갔다.

그건 패배를 앞에 두고 새파래진 것처럼 보였던 방금 전의 표정과는 달리, 분함과 증오가 서로 뒤섞인 것 같은 복잡한 감정이 담긴 표정이었다.

"느와르…… 네 이놈, 최근에 겨우 데몬 로드로 막 진화한 주제에——."

"여전히 딱딱한 사고방식을 갖고 있군요. 강함의 본질이란 에너지(마력요소)양의 크고 작음으로 정해지는 게 아닙니다. 중요한 건 레벨(기량). 제 선배의 말에 따르면 '에너지양의 차이가 전력의 결정적인 차이는 아니다'라고 하더군요?"

"헛소리를……."

그렇게 대꾸하는 레인의 목소리가 쉰 목소리로 변하면서, 그 모습이 흐려지기 시작했다. 그리고 그 자리에서 먼지로 변해 사라짐과 동시에 하늘 저편에서 빛이 쏟아졌다.

빛의 기둥이 사라진 뒤, 그 자리에 남은 건 두 명의 인물이었다.

푸른색과 붉은색.

한쪽 무릎을 꿇고 있는 것은 푸른색, 레인이었다.

당당하게 서 있는 자는 붉은색, 최강의 마왕인 기이 크림존이었다.

"여어, 오랜만이로군. 느와르."

"흠, 루쥬—— 아니, 지금은 기이 크림존이었던가요. 역시 당신도 있었군요."

디아블로는 처음부터 기이에 대해 경계하고 있었던 것이다.

그런 디아블로에게, 기이는 반가운 목소리로 말을 걸었다.

"역시 넌 처음부터 레인의 '미스트(편재, 遍在)'를 알아차리고 있었군. 그렇다면 왜 그런 큰 기술을 보여준 거지?"

그 질문을 듣고, 디아블로는 내키지 않는 표정으로 얼굴을 찌푸렸다.

그 말대로 디아블로는 처음에는 레인의 '미스트'를 알아차리지 못한 척을 할 생각이었다.

디아블로의 처음 계획은 자신을 감시하고 있을 레인의 본체나 기이에게 '저 녀석은 대단하지 않다'는 생각을 하게 만드는 것이 주된 목적이었다.

레인의 '미스트'를 쓰러뜨린 것만으로 신이 나서 의기양양하게 떠나는 모습을 보인다. 그렇게 하면 기이는 디아블로에게 실망할 것이다.

그대로 흥미를 잃고, 이 자리에서 떠날 것으로 생각한 것이다.

그렇게 되면 디아블로는 기이에게 실력을 숨긴 채 시간을 벌 수 있다. 시온 쪽을 도와주러 갈 수도 있게 될 것이다.

하지만 그 계획은 중단되었다.

왜냐하면 디아블로 자신의 욕구 때문에.

이제 연기를 할 필요도 없다──는 것은 디아블로 자신에게도 할 수 있는 말이었던 것이었다.

"'디스인티그레이션'만으로 우리 태초의 악마들을 쓰러뜨릴 수 있을 리가 없지 않습니까? 이런 어린아이 장난 같은 건 비장의 수단조차 되지 못합니다."

"호오. 큰 소리를 치는군. 직격을 맞으면 나도 무사하지 못할 텐데?"

"직격을 맞으면 저도 소멸할 겁니다. 직격을 맞는다면, 말이죠."

"크큭, 아하하하핫!!"

"쿠후후후후."

기이는 디아블로의 대답을 듣고, 만족스럽게 웃기 시작했다.

디아블로도 또한 여유 있는 태도를 유지한 채 기이와 대치했다.

이 시점에서 레인은 아예 없는 사람으로 취급되고 있었다.

"그런데 왜 지금까지 진화하지 않았던 거지? 너는 나머지 세 명과는 달리, 서로 경쟁하느라 상대를 방해하는 것에는 흥미가 없었잖아?"

"흠, 그 세 명은 그렇게 서로의 발목을 잡으면서 경쟁하던 측면도 있습니다만, 사실 그건 게임을 즐기고 있었다는 게 더 진상에 가깝겠죠. 뭐, 저와는 관계가 없다는 것은 확실하군요. 그건 그렇고 제 이야기를 하자면, 기이, 당신에게 하나 묻겠습니다. 이 세계에서 우리보다 강한 자가 존재합니까?"

기이의 질문에 대해, 디아블로는 테스타로스와 비슷한 질문으로 반문했다. 그건 태초의 악마들에게 공통되는 인식이며, 기이에게도 또한 마찬가지였다. 공감을 얻기 쉬운 것이다.

"없더군. 굳이 말하자면 '용종'이 있겠지만, 그건 자연현상 같은 거야."

그 '용종'조차도 기이에겐 위협적인 존재가 아니다. '성왕룡(星王龍)' 베루다나바가 부활하면 얘기는 달라지겠지만 현재는 기이의 말이 옳았다.

디아블로는 고개를 끄덕였다.

"그래요. 우리는 최강입니다. 그걸 알고 있으면서 진화해버리면, 싸움이 너무나 시시하고 일반적인 것이 되어버리지 않습니까."

디아블로는 씨익 웃으면서 그렇게 잘라 말했다.

이런 자리에서도 역시 전투광의 사고회로는 건재했던 것이다.

"그렇군."

기이도 납득했다.

본인들은 부정하지만, 두 사람은 상당히 비슷한 자들이었다. 이런 때에는 잘 의기투합한다.

"그렇다면, 그런 너의 심경에 변화가 생긴 것은 그 슬라임이 원인인가?"

"리무루 님입니다. 슬라임이란 호칭은 정정해주시죠."

"……알았어. 그 리무루 자식이 원인이 되면서, 네가 진화했단 말이지?"

마이페이스인 디아블로를 보면서, 기이는 발끈했다. 그러나 여기서 불평을 늘어놔봤자 얘기는 진전되지 않는다. 상대의 페이스에 놀아나는 건 내키지 않지만, 기이는 디아블로에게 맞춰주면서 그렇게 되물었다.

뭐, 그 정도는 넘어가 주기로 하죠. 디아블로는 그렇게 중얼거렸다.

"리무루 님의 성장에는 늘 놀라고 있습니다. 그건 이미 진화라고 불러도 그다지 틀리지 않을 정도죠. 그 모습은 사랑스러우며, 그 영혼은 기품이 넘치고 있습니다. 그리고——."

"그 얘기, 길어지나?"

"……?"

왜 그런 당연한 질문을——이라고 말하는 듯이, 디아블로는 기이를 바라봤다.

"리무루 얘기는 됐으니까, 네 얘기를 좀 하자고."

디아블로는 살짝 기분이 나빠졌다. 하지만 지금의 절박한 상황을 떠올렸는지, 기이의 말을 순순히 따르기로 한 것 같았다.

"쳇, 어쩔 수 없군요. 그럼 본론으로 들어가죠. 그런 리무루 님의 동료 분들도 일취월장으로 변화하고 있죠. 저도 그런 분위기에 감화된 겁니다."

"……호오, 그 정도란 말인가."

기이는 살짝 지친 표정을 지었지만, 디아블로의 발언 내용을 음미하는 여유는 남겨두고 있었다.

"네. 방심하고 있다간 저도 뒤쳐질지 모릅니다. 그런 환경에 있다 보니, 성장한계를 정해두고 있을 이유가 사라진 것이죠."

그렇단 말이군. 기이는 그렇게 말하면서 고개를 끄덕였다.

이제 겨우 자신의 페이스를 되찾은 기이. 사악해 보이는 미소를 띠면서, 디아블로에게 말했다.

"리무루는 서쪽의 나라들을 지배하에 둔 것 같더군. 하지만 안 됐어. 지금쯤이면 내 부하들이 난리를 치고 있을 것 같은데?"

기이의 기준에서 보면, 이건 단순히 인간을 장난삼아 괴롭히는 것이다. 그런 생각을 가지고 있었지만, 이건 인류와 사이좋게 지내려는 리무루에게도 중대한 일이 될 것이다.

거기까지 생각이 미쳤기 때문에 나온 발언이었다.

디아블로 자신에 대한 비아냥거림은 통하지 않지만, 리무루를 괴롭히면 그건 디아블로에게도 대미지를 줄 수 있다는 걸 깨달은 것이다. 그리고 마침 자신의 부하들이 서방열국에서 난동을 부리고 있다는 것을 떠올리고, 그걸 이용하기로 한 것이다.

디아블로가 누군가를 주군으로 인정하는 것은, 과거에 호각으로 싸웠던 기이가 보기엔 조금은 달갑지 않은 얘기였다.

그래서 심술을 부리는 겸 디아블로를 도발했다.

북방을 수호하고 있던 라즐이 없는 지금, 서방열국의 방비는 약하다. 기이의 말대로, 지금쯤은 지옥 같은 광경이 펼쳐져 있을 것이다.

이런 상황에선 디아블로라고 해도 할 수 있는 게 아무것도 없다. 하물며, 리무루는 더더욱 대책이 없을 것이라고, 기이는 그렇게 생각하고 있었다.

그러나 디아블로는 그 말을 듣고도 쿠후후 하고 웃었다.

"그걸 리무루 님이 꿰뚫어 보지 못할 것으로 생각했습니까? 이미 다 대책을 세워놓으셨습니다. 애초에 리무루 님의 지혜는 바다보다도 깊어서, 모든 것을 통찰하시고──."

약간은 동요할 거라 생각했지만, 디아블로는 전혀 동요하지 않았다. 그러기는커녕 이런 때에도 리무루의 자랑을 늘어놓기 시작하는 형국이었다.

이 녀석, 완전히 제정신이 아니군──. 기이는 반쯤 포기한 경지에서 깨달았다.

"⋯⋯헤에. 역시 재미있군. 그 녀석은 내 예상을 넘어선단 말인가?"

"네, 물론이죠. 리무루 님이라면 당연한 겁니다."

그 뒤에도 디아블로는 리무루가 없는 자리에서 기이를 실컷 도발했다.

리무루가 알았다면 "무슨 짓을 하는 거야, 넌!"이라고 소리칠 게 틀림없는 사안이었다.

두 사람의 대화를 듣는 자는 레인뿐이었지만, 분한 표정으로 입술을 깨물고 있었다. 기이와 디아블로는 레인의 존재를 무시하는 것처럼 둘이서만 얘기를 진행시켰다.

·················.

·············.

·······.

그리고 그 무렵.

서방열국은 미증유의 위기를 맞이하려하고 있었다.

늘 악마를 격퇴시켰던 시들 변경방위군이, 무슨 이유인지 그 주력이 홀연히 사라져버렸다고 한다. 그렇기 때문에 정기적으로 찾아오는 악마의 군단을 쫓아내지 못하면서, 원군을 요청하는 긴급연락이 전달된 것이다.

"그런 말도 안 되는 일이······! 악마 군단이 남하하고 있다고?!"

"시들 변경백은 대체 뭘 하고 있었단 말인가!!"

"지금은 그런 얘기를 하고 있을 때가 아닙니다. 각국에서 군을 파견하여, 단계적으로 방위거점을 구축해야 하지 않겠습니까! 안 그러면 이 잉그라시아 왕도까지 악마의 군대가 밀어닥칠 것입니다!!"

긴급 소집된 평의회에서 각국의 대표가 시끄럽게 떠들어대고 있었다.

카운실 오브 웨스트(서방열국 평의회)는 가맹국의 대표에 해당하는 의원들로 구성된 조직이다.

그 발언력은 크지만, 돌발적인 사태에 대한 대처는 아무래도 시간적인 손실이 발생하고 만다.

그건 다수결이라는 형식의 최대약점이기도 했다.

북방의 수호는 잉그라시아 왕국의 시들 변경백에게 일임되어 있었다.

대국인 잉그라시아 왕국이 보유한 군사력의 거의 반이 기이 크림존을 대비하기 위해서 북방에 대기하고 있었다. 그뿐만이 아니라, 크루세이더즈(성기사단)에서도 몇 명, 평의회의 하부조직인 자유조합에서도 A랭크 모험가가 몇 명이 파견되어 있었다.

그 정도로 그 땅은 중요한 방어거점이었으며, 이곳을 함락당하면 인류에겐 사활이 걸린 문제가 될 수 있을 정도로 큰 사건이 된다.

회의장에 모인 의원들이 당황하여 허둥대는 것도 무리가 아니었던 것이다.

현재 최종방어라인으로 정해둔 거점은 겨우 유지되고 있었다. 그건 그곳에 대기하고 있었던 성기사와 모험가들의 활약 덕분이었다.

상황을 감안해보면 원군을 파견할 필요가 있었다.

그러나 시간이 그걸 허락하지 않았다.

독재국가라면 또 모를까, 자주독립국의 연합체라면 조국의 허가가 필요해지기 때문이다.

여기서 쉽게 취할 수 있는 수단으로는 자유조합에게 긴급의뢰를 발포하는 것 정도였다.

맹주국가인 잉그라시아 왕국에게 상설군의 동원을 요구하는 것도 한 방법이었다. 그러나 이건 잉그라시아 왕도의 방어가 약해지기 때문에 절대 허가가 내려지지 않을 것이다.

애초에 북방 수호의 역할을 계속 담당해온 것이 잉그라시아 왕국인 이상, 긴급할 때에는 각국에게 지원을 요청해도 무방했다. 이름도 모르는 의원이 외친 것처럼 연합군을 조직하는 것이 중요했던 것이다.

그러나 여기서 문제가 되는 것은 각국이 파견된 군을 지휘하는 것이 신참국가인 마물의 나라(템페스트)라는 사실이었다.

만장일치로 가결된 안건인 이상, 이제 와서 이견을 제시할 수는 없다. 하지만 자국의 귀중한 전력을 마물에게 맡기는 것은 의원들의 입장에서도 골치 아픈 문제였다.

"다들 정숙하시오!"

의장이 큰 소리로 꾸짖자, 회의장은 서서히 조용해졌다.

의원들의 시선이 의장에게 집중되었으며, 그에 응하여 의장이 입을 열었다.

"지금은 일각을 다투는 때입니다. 우리가 언쟁을 벌이는 것보다 조속히 본국에 연락을 취하여, 이 땅에 군을 파견하도록 합시다. 이곳에는 마왕 리무루 님이 파견하신 템페스트(마국연장)의 대표가 계십니다. 그녀—— 테스타로사 공은 군사 부문에도 해박하시다고 들었소. 그 리무루 님이 대리로 인정하신 분이시니, 연합군을 맡기는 것에 불만은 없을 것입니다."

의장의 발언을 듣고, 작은 목소리로 반론하는 자는 있었다. 하지만 일어서면서까지 의견을 제시하는 자는 전무했다.

달리 대안이 없는 이상, 이 자리에서 반론을 제기해봤자 사태는 악화되기만 할 뿐이기 때문이다.

그렇게 되자, 의원들의 시선은 테스타로사 쪽으로 옮겨졌다.

평의회의 이름으로 군이 소집된다면, 그 군권을 쥐는 자는 테스타로사가 되는 것이다. 그녀의 실력을 가늠해보려는 의원들의 시선이 집중되는 것도 어떤 의미로서는 당연한 것이었다.

테스타로사는 의원으로서는 드물게 젊은 여성이었다. 더구나 좀처럼 보기 힘든 미인이었다.

템페스트에는 미인이 많다──고 생각한 의원들은 많았지만, 그 생각을 직접 입 밖으로 내뱉으려는 어리석은 자는 역시 이 자리엔 존재하지 않았다.

모두의 생각은, 정말로 이 테스타로사라는 여성에게 그 정도의 힘이 있느냐는 점에 집약되었다.

조금 과장스러울지도 모르겠지만, 이 안건은 자신들의 운명뿐만 아니라 인류의 존망도 맡기는 결과가 되는 것이다.

"테, 테스타로사 공, 저기, 이런 질문을 하는 것이 실례라는 것은 잘 알고 있습니다만, 당신이 군을 지휘할 수 있겠습니까?"

애써 용기를 쥐어짜낸 의원 한 명이 테스타로사를 향해 그렇게 물었다.

테스타로사는 요염하게 미소를 지으면서, 그 의원의 질문에 답했다.

"여러분, 안심하십시오. 저의 주군, 리무루 님으로부터 받은 명령은 카운실 오브 웨스트에 가입한 서방열국을 수호하라는 것이었으니까요. 이미 제 부하들이 각지에 흩어져 있습니다. 그리고 모스."

"네. 방금 전에 입수한 정보입니다만, 북방의 방어선에 믿음직한 원군이 도착한 것 같습니다."

"뭐, 뭐라고요오?!"

"그, 그게 사실입니까?!"

모스라고 불린 소년은 테스타로사의 시종일 것──이라고 의원들이 납득할 틈도 없었다. 그런 모스의 발언을 듣고, 회의장은 소란스러워졌다.

"그, 그럼 테스타로사 공, 그 원군이란 존재는 어디서……?"

"모스."

"네. 마도왕조 살리온의 비룡선이 현지로 향하고 있습니다. 거기서 난동을 부리고 있는 하급 악마들이라면 그 하이엘프의 부하들만으로 충분히 섬멸할 수 있을 겁니다."

"그렇다고 하는 군요, 의장님. 그리고 모스, 리무루 폐하의 맹우인 분을 하이엘프라고 부르는 건 탐탁치 못하구나."

"네?! 이, 이거 큰 실례를──."

"두 번은 봐주지 않을 거야. 앞으로는 제대로 격식을 갖춰서 에르메시아 폐하라고 부르도록 하렴."

"자, 잘 알겠습니다."

테스타로사의 붉은 눈이 자신을 노려보는 것을 느끼면서, 모스는 위축되었다.

악마계의 대공작으로 지내던 시절의 감각을 아직 벗어나지 못했다는 걸 자각하면서, 모스는 얼굴이 창백해졌다.

테스타로사를 화나게 만드는 것은 모스의 파멸을 의미한다. 그 이전에 리무루가 친구로 인정한 상대를 함부로 대하는 것은, 모스 자신의 기준으로 봐도 스스로를 용서할 수 없는 실수라고 느꼈던 것이다.

테스타로사는 아마도 그런 모스의 심정을 꿰뚫어 보고 있었다. 그렇기에 충고만 하고 용서해준 것이다.

만약 모스가 불손한 태도를 고치지 않는다면, 다음 순간에는 테스타로사에 의해 숙청되었을 것이다. 그건 모스가 대악마이며, 오랜 세월 동안 테스타로스를 따르는 충신이었다고 해도 달라지지 않을 것이다.

테스타로사는 자상함과 냉혹함을 양립시킨 인물이었던 것이다.

그리고 회의장의 분위기는 극도의 혼란에 빠져 있었다.

테스타로사와 모스의 대화를 통해 상황이 어떻게 돌아가는지는 파악할 수 있었다. 그러나 그 정보에 대한 신빙성이 없기에, 이대로 믿어도 되는 것인지에 대한 의견이 갈렸던 것이다.

"우리나라는 테스타로사 공을 믿겠습니다."

"음, 우리나라도 같은 의견입니다. 군사에 관한 것은 테스타로사 공에게 일임하고 싶소!"

그렇게 소리 높이는 자도 있었고,

"그런 무책임한 결정을! 무슨 일이 벌어지면 그땐 이미 늦단 말이오!!"

"그 말이 맞소! 만약 원군에 관한 얘기가 거짓이라면, 인류사회는 악마에게 유린되고 말 거요!!"

그렇게 부정적으로 말하는 자도 있었다.

대회장을 양분할 듯한 기세로 논의는 과열되기 시작했다

그런 모습을 테스타로사는 여유 있게 바라보고 있었다.

의견을 말하지도 않았으며, 단지 그저 의견에 귀를 기울일 뿐이었다.

그리고 잠시 시간이 지났을 때, 갑자기 테스타로사가 일어났다.

"그래요, 당신이었군요. 역시 있을 거라 예상했어요."

갑작스러운 사태에, 의원들 사이에선 당혹스러운 분위기가 일었다. 테스타로사가 무슨 말을 하는 것인지, 그들은 이해를 할 수가 없었던 것이다.

단 한 명, 테스타로사의 꿰뚫을 듯한 시선이 바라보는 자만이 식은땀과 함께 얼굴이 창백해지기 시작했다.

그 의원은 바로 오대로의 한 명.

로스티아 왕국의 공작인 요한 로스티아였다.

"내, 내가 뭘 어쨌다는 거요?"

동요를 필사적으로 억눌러 감추면서, 요한은 테스타로사에게 물었다. 그러나 테스타로사는 기쁜 표정으로 자신의 입술로 호를 그릴 뿐이었다.

먼저 반응한 것은 기 싸움에 진 요한 쪽이었다.

"여, 역시 마물 따위는 신용할 수가 없군! 인간을 지키는 건 우리 자신의 힘으로 해결해야 했소. 위병, 위병은 어서 나와라, 나오지 못할까——아!!"

호들갑스럽게 소리치는 요한. 그 얼굴은 식은땀으로 범벅이 된 채 필사적인 표정을 짓고 있었다. 그와는 대조적으로 테스타로사의 미소는 점점 더 깊어질 뿐이었다.

요한의 명령에 따라, 회의장으로 병사들이 물밀 듯이 들이닥쳤다. 그중에는 요한의 호위병도 섞여 있는지라, 요한의 표정에도 여유가 돌아왔다.

테스타로사는 우아하게 머리카락을 매만지고 있었지만, 혼란에 빠진 것은 의원들이었다.

요한의 행동은 사리에 어긋난 짓이었다.

만약 정말로 테스타로사에게 악의가 있었다고 해도, 법의 수순을 밟지 않은 이런 횡포는 의결제도로 유지되는 평의회에선 허용되지 않는다. 요한의 위치가 아무리 중요하다고 해도 이 정도로 독단적인 행동은 결코 용인될 수 없는 것이었다.

"당신, 분명 이름이 요한 로스티아, 였죠? 로스티아 왕국의 공작이며 아주 높으신 분인 걸로 아는데요."

"그, 그래서 어쨌다는 거요? 이제 와서 아양을 떨어봤자——."

"요한 공, 방금 당신이 '마법통화'로 대화를 나눈 상대는 누구인가요?"

"뭐——?!"

"왜 당신은 이 나라의 '방위결계'를 파괴하라고 명령한 건가요?"

"어, 어떻게 그걸……."

"제게 가르쳐주시지 않겠어요?"

테스타로사는 다과회에서 대화를 즐기는 것 같이 허물없는 말투로 요한을 몰아붙이기 시작했다.

경악한 것은 다른 의원들이었다.

더 이상 혼란에 빠져 있을 때가 아니었다. 즉시 부하에게 명령하여 잉그라시아 왕도의 '방위결계'가 어떤지 확인하도록 보냈다.

그러나 그에 대한 대답이 돌아오기도 전에.

사방팔방에서 커다란 진동이 관측되었다.

"설마 정말로——?!"

"결계를 파괴했다고? 그런 짓을 했다간 마물의 침입을 막지 못하게 될 거요. 민초들의 피해는 막대해질 것이란 말이오!!"

"에잇, 이게 대체 어떻게 된 일이람! 요한 공, 대답해주시오!!"

인간은 원래 자신보다 당황하는 자가 있으면 동조하여 패닉에

405

같이 빠지거나, 한 발 물러나 자연스럽게 침착함을 되찾을 수 있다고 한다.

요한은 후자였다.

자신의 계획이 성공했다는 것을 알면서, 안도의 미소를 짓고 있었다.

"지라드 공, 결계도 사라졌으니 이제 됐소. 그분을 부릅시다."

요한의 말에 따라 움직인 인물을 보고, 의원들이 새파래지기 시작했다.

"저, 저자는 용병단 '벨트(녹색의 사도)'의——."

"단장 지라드!"

"'벨트'는 개번뿐만 아니라 요한 공과도 한통속이었단 말인가?!"

"하지만 요한 공은 대체 뭘 하려는 거지?"

그런 의원들의 목소리를 무시하면서, 지라드가 요한의 옆에 나란히 섰다.

"그 말대로 지금 이 순간 계약은 성립되었소. 협조에 감사하오."

"그런 인사는 딱히 상관없소. 우리의 맹주인 그란베르 옹의 마지막 바람, 어디까지나 그것이 귀공들의 바라는 바와 일치했을 뿐이오. 자, 이제 사양할 필요 없소이다. 기왕이면 화려하게 이 땅을 지옥으로 바꿔버리시오!"

그렇게 내뱉으면서 요한은 크게 소리 높여 웃었다.

그 눈에서 이성의 빛은 사라졌으며, 그 얼굴은 본성을 그대로 드러낸 채 흉악한 모습으로 변해 있었다.

이제야 겨우 의원들도 요한의 배신을 깨닫기 시작했다. 그러나 이미 왕도의 '방위결계'는 파괴된 뒤였다.

그 사실을 이해했는지, 의원들의 안색은 절망으로 물들었다.

"아인, 시작해라."

"응, 알았어!"

지라드의 재촉을 받으면서, 아인이라고 불린 여성이 주문 영창을 시작했다.

그건 소환마법이었다.

아인은 팀 '녹란'의 리더이자 엘레멘탈러(정령사역자)였다. 그러나 이번에 소환할 것은 정령이 아니라, '벨트'가 신봉하는 신이었다.

검은 타원형의 '전이문'이 나타나더니, 그걸 통과하여 강대한 힘의 화신이 출현했다.

그건 암홍색의 메이드복을 입은 녹색 머리의 미녀였다.

그러나 모두가 그 미녀의 위험성을 깨닫고 있었다. 왜냐하면 그 미녀는 그 아름다운 외모와는 달리, 절망적일 정도의 오라(요기)를 뿜어내고 있었던 것이다.

이상을 감지하고 달려온 마법심문관들도 그 오라를 접하면서 굳어버렸다.

움직이면 죽는다――고 본능적으로 깨달은 것이다.

암흑에서 나타난 자―― 그 이름은 '데몬 로드(악마공)' 미저리라고 했다.

그런 절망에 휩싸인 분위기 속에서 요한은 만족스럽게 웃었다.

요한은 그란베르의 호출을 받은 마지막 날을 떠올렸다.

개번이 실각하면서, 남은 오대로는 네 명.

로조 일족의 두령, 그란베르 로조.

잉그라시아 왕국의 시들 변경백.

드란 장왕국의 드란 국왕.

그리고 요한.

그란베르는 모인 세 명에게 무시무시한 최종명령을 내렸다.

"마리아베르가 죽었다. 이렇게 된 지금, 우리 로조의 운명은 끝을 맞이하려 하고 있다. 마물과의 협조, 이것도 생각하기에 따라선 시도해볼 가치가 있다고 본다. 루미너스 님처럼 인류의 영역에 흥미가 없다면 의외로 교류도 가능할 것이다. 하지만 마왕 리무루의 방침은 인류를 완전히 지배하에 두는 것이다. 이건 반드시 저지하지 않으면 안 된다."

"하지만 그란베르 옹. 현실적인 대항수단이 없다면 어떤 계획을 세워도 실패할 것입니다."

"마리아베르가 두려운 존재로 여기면서 걱정했다는 건 잘 알고 있습니다. 하지만 카오스 드래곤이라는 비장의 수단까지 잃어버렸다면 아무런 방법이 없습니다. 우리가 데리고 있는 라즐은 움직일 수 없을 테니……."

드란의 말은 현실적이었다. 그 말에 고개를 끄덕인 자는 시들이었지만, 요한도 같은 의견이었다.

마리아베르라는 존재가 얼마나 위협적이었는지를 직접 겪어 알고 있는 요한이기에, 그 어리면서도 위험한 여자에게 승리한 마왕 리무루가 더더욱 두려웠던 것이다.

(당분간은 리무루의 뜻에 따르는 척하면서, 힘을 비축하는 것이 좋을 것이다.)

요한은 그렇게 생각하고 있었다.

그러나 요한과 다른 자들의 그런 약한 마음을 꿰뚫어 봤는지, 그란베르의 말은 과격하고 격렬했다.

"멍청한 것들, 겁을 먹은 것이냐? 이 세상이 아무리 혼란스러워도, 얼마나 많은 희생을 치르더라도 인간의 세상을 지배하는 자는 우리 인간들이어야 한다. 그렇지 않느냐?"

그 격렬한 기백을 앞에 두고, 다른 오대로 멤버들은 입을 다물었다.

그란베르가 감정을 드러내는 일은 좀처럼 없다. 그렇기 때문에 그란베르의 분노가, 뿌리 깊은 증오가 전해졌던 것이다.

"나는 지쳤다. 이대로 가면 인간의 세상은 멸망하고, 마왕 리무루의 천하가 될 것이다. 그게 운명이라면, 마지막으로 한 번쯤은 저항해봐야 하지 않겠느냐. 나는 최후의 도박에 걸겠다. 너희는 좋을 대로 해라."

그렇게 자신의 뜻을 밝히면서, 그란베르는 나머지 멤버들에게 향후를 선택할 시간을 주었다.

이대로 그란베르를 따라서 운명에 저항할 것인가, 마왕 리무루를 순순히 따를 것인가.

로조 일족의 뿌리가 끊어지지 않도록, 늘 그랬던 것처럼 대항 세력으로서 분리한다── 그걸 선택한 것은 드란뿐이었다.

"제 영토는 전란에서 먼 장소에 있습니다. 로조 일족의 생존자로서, 올바른 역사의 관찰자가 되겠습니다."

그렇게 말하는 드란을 향해 그란베르는 고개를 끄덕였다.

"좋다. 이게 마지막이 될 테니까, 유언으로서 이 말을 남기겠다. 나는 이제 늦었다만, 너는 결코 아쉬움이 남지 않도록 행동하여라."

각오를 담아서 얘기한 그란베르의 말을 듣고, 드란은 눈물을 흘리면서 고개를 끄덕였다.

그렇게 한 사람이 자리를 떠난 것이다.

요한도 이게 마지막 회합이 될 것이라는 것을 깨닫고 있었다. 하지만 후회는 없었다.

로조 일족의 선조에 해당하는 그란베르. 그런 그의 고뇌를 생각한다면, 사지에 동행하는 것쯤은 별것도 아니라는 생각이 들었다.

그건 이 자리에 남은 시들도 마찬가지였다.

그런 뒤에 세 사람은 마지막 계획을 짰다.

그란베르는 그랜드 마스터(자유조합 총수) 유우키를 이용하여, 루미너스에게 마지막 도전을 감행할 것이다.

시들은 북쪽 방면의 방어를 포기하고, 북쪽의 악마들이 서방열국으로 진군하도록 방관할 것이다.

요한은 잉그라시아 왕도의 방위기구를 파괴하고, 평의회의 중추멤버들을 몰살하기로 했다. 그 자리에 있을 템페스트(마국연방)의 대표를 살해하면 마왕 기이와 마왕 리무루의 대립구도까지 연출할 수 있을 거란 계획이었다.

이리하여, 인류사회는 극도의 혼란에 빠질 것이다.

남은 드란이 부흥시키는 것도 좋을 것이다.

다른 주도국이 나타나는 것도 좋을 것이다.

혹은 희망이 될 누군가가 인류를 이끌어주는 것도 좋을 것이다.

그란베르에겐 다른 생각도 있었던 것 같지만, 요한의 입장에선 어찌 되든 상관없는 얘기였다.

"……정말로 괜찮겠느냐? 나는 너희에게 죽으라고 명령하고 있는 것인데?"

"무슨 말씀을 하십니까. 저도 로조 일족의 일원으로서, 그 마음은 선조이신 당신과 함께 할 것입니다!"

"저도 마찬가지입니다. 이 병든 몸으로는 마지막을 함께 할 순 없겠지만, 적어도 도움은 되고 싶은 바입니다."

다짐을 놓듯이 물어보는 그란베르에게 요한과 시들은 망설임 없이 대답했다.

요한은 아까와는 정반대의 생각을 하고 있었지만, 그렇게 반응한 것에는 이유가 있었다. 로조 일족은 모두가 그란베르의 지배를 당연한 것으로 받아들이고 있었다. 그의 비호가 없는 영광은 상상할 수 없을 정도로 그란베르에게 의존하고 있었던 것이다.

그란베르가 사지로 갈 것이라는 말을 듣고, 우유부단했던 요한도 각오를 굳혔던 것이다.

(드란 공도 마치 뼈를 깎는 듯한 심정이겠지. 부모에게 버림을 받은 아이처럼, 지금쯤은 불안한 마음을 느끼고 있을 것이다.)

그렇게 생각하면, 자신은 행복한 존재일 것이라고 요한은 생각했다.

마지막을 맞이할 때까지 로조 일족으로서의 긍지를 가슴 속에 품고 살아갈 수 있다고.

요한은 그란베르가 내린 명령대로 개번과 내통하고 있던 '벨트'와 연락을 취하여, 협조하겠다는 약속을 받아냈다.

그들의 목적은 세상을 혼돈으로 빠지도록 만들기 위해 '베일(녹색의 신)'을 소환하는 것이었다. 전란의 세상에서 활약하는 것을 꿈꾸고 있는 전투 집단답게 지극히 자기중심적인 사고방식이었다.

그리고 지금.

요한이 할 일은 끝났다.

'벨트(녹색의 사도)'의 야망도 달성될 것이다.

그들의 신――'데몬 로드(악마공)' 미저리가 소환에 응했으니까.

마왕보다 두려운 존재인 미저리라면, 잉그라시아 왕국을 멸망시키는 것은 어려운 일도 아니다.

(큭큭큭, 이 나라에서 최강이라는 소문이 도는 마법심문관들조차도 저 악마 앞에선 꼼짝을 못하고 있군. 이 나라도 이젠 끝이다. 우리 로스티아 왕국도 같이 휩쓸려 피해를 입겠지만, 모두에겐 저 세상에서 사과하기로 하자.)

그렇게 만족하면서, 요한은 회의장을 둘러봤다.

그리고 그때 믿을 수 없는 것을 목격했다.

진화의 권화(權化)인 미저리를 앞에 두고도 요염하게 미소를 짓는 자가 있었다. 그 옆에 있는 소년도 달갑지 않은 표정으로 태연하게 서 있었다.

(뭐, 뭐냐, 저 녀석들은?!)

그렇게 경악하다가, 그 두 명이 템페스트의 대표인 테스타로사와 그의 시종인 모스라는 것을 떠올렸다.

"그렇군, 상당히 재미있는 걸 꾸미고 있었군요, 요한 공. 혹시 이 나라를 멸망시키고 세상을 전란으로 이끌고 싶은 건가요?"

"그렇다면 어떻게 할 거지?"

요한은 테스타로사의 반응을 달갑지 않게 생각했다. 미저리라는 이름의, 마왕을 능가하는 재앙을 앞에 두고도 테스타로사가 보이는 여유 있는 모습이 마음에 들지 않았던 것이다.

그러나 바로 생각을 고쳐먹었다.

테스타로사도 마물치고는 강한 축에 속하겠지만, 그 자신감이 화근이 될 것이라고.

(어설프게 강자인 것도 좋은 건 아니군. 상대의 역량을 파악하지도 못하고, 그 무지함 때문에 자신을 망치게 될 테니까.)

강자가 현실을 알게 되어 절망감에 울부짖을 것이다. 테스타로사가 목숨을 구걸하는 모습을 상상하는 것만으로, 요한은 가학적인 기분의 고양감에 휩싸였다.

"이거 참 우스꽝스럽군요. 제가 여기 있는 시점에서 당신의 계획은 이미 파탄 난 것이나 다름없는데 말이죠."

"큭큭큭, 무슨 헛소리를……."

테스타로사의 말을 듣고, 요한은 여유 있는 미소를 흘렸다.

테스타로사가 자신만만한 모습을 보이는 만큼, 그 후의 절망은 커질 것이다. 그 모습을 상상하면서, 요한의 마음은 기대로 부풀어 있었던 것이다.

그런 두 사람의 대화에 끼어들 듯이, 의장이 소리쳤다.

"테, 테스타로사 공, 그렇게 느긋한 소리를 하고 있을 때가 아닙니다. 당신만이라도 빨리 탈출하여 리무루 폐하에게 급히 보고해주십시오!"

"어머나, 의장님? 제가 리무루 폐하께 뭘 전하면 되는 것인지요?"

서방열국에선 악마에 관한 상세한 지식은 알려져 있지 않다. 동쪽 제국의 전문가들에 비해선 조잡하다고밖에 말할 수 없는 수준의 지식밖에 알려져 있지 않았던 것이다.

그건 의장도 예외가 아니었으며, 미저리를 보고도 그녀의 정확한 종족을 알지 못하고 있었다. 단지 마왕 기이 크림존이라는 공포의 대명사의 부하라는 점 하나 때문에, 미저리가 위협적인 존재라고 단정하고 있었던 것이다.

무지는 죄이지만 가끔은 유리하게 작용하는 경우도 있다.

만약 의장이나 의원들이 악마에 대해서 상세히 알고 있었다면, 눈앞에 나타난 미저리를 본 것만으로 그 마음은 절망에 빠졌을 것이다.

그렇게 되지 않은 것이 행운이라는 것도 깨닫지 못한 채, 의장은 필사적으로 테스타로사에게 소리를 높여 말했다.

"그러니까! 그 마왕 기이의 간부급 부하가 침공해 왔다고 전해 달란 말입니다. 그리 하면 그분은 저희를 저버리시진 않겠지요!"

의장은 그게 안일한 생각이라는 것을 이해하고 있었다.

아무리 마왕 리무루가 인류와의 공존을 바라고 있다 하더라도, 일부러 자진하여 마왕 기이와 적대하는 길을 고를 리가 없다. 그런 건 손익계산을 약간만 하면 누구라도 알 수 있다.

그런데도 의장은 혹시나 하는 기대를 저버리지 못하고 있었다.

의장은 리무루라는 마왕을 직접 보고 그의 말을 믿었다.

그 감정적이고 너무나도 인간미가 넘쳤던 마왕이라면, 어쩌면 그런 손익계산과는 관계없이 도와주러 오지 않을까—— 하고, 그게 멍청한 생각이라는 걸 알면서도 의장은 그런 미련을 버릴 수가 없었던 것이다.

그게 의장이 무시무시한 광경을 눈앞에서 보면서도 정상적인 판단력을 잃지 않을 수 있었던 이유였다.

그런 의장을 향해 테스타로사가 미소를 지었다.

"그래서 제가 여기 있는 거랍니다."

무슨 말을 하는 건지, 의장은 이해를 할 수가 없었다. 그러나 곧바로 그 말의 의미는 판명되었다.

테스타로사의 말에 당황한 것은 의장만이 아니었다.

요한도 마찬가지였으며, 테스타로사의 여유 있는 태도를 보면서 참을성에 한계가 오고 있었다.

"그렇게 하도록 놔둘 것 같은가? 지라드 공, 슬슬 그들에게 현실을 가르쳐주도록 하게."

그리고 요한으로부터 그런 명령을 받은 지라드도, 지금의 상황을 보고 당혹스러워하는 사람 중의 한 사람이었던 것이다.

(왜지? 왜 미저리 님은 움직이시질 않는 거냐?)

지라드의 한쪽 팔인 아인은 '데몬 로드(악마공)' 미저리를 불러낸 시점에서 이미 기절한 상태였다. 그 수명은 크게 줄어들었겠지만, 살아 있는 것만으로 칭찬을 받을 만했다. 단, 미저리(초월적인 존재)의 힘에 의지하지 않으면, 그 의식은 두 번 다시 돌아오지 않을 것이다.

그런 아인을 자랑스럽게 생각하면서, 지라드는 물러날 기회를 엿보고 있었다.

상상을 초월하는 힘을 지닌 미저리라면, 이 자리에 있는 자들을 몰살하는 것쯤은 쉬운 일이었다. 아니, 그뿐만 아니라 이곳 잉그라시아 왕국의 수도조차도 연옥의 불길로 태워버릴 수 있을 것이다.

그렇게 되기 전에, 아인을 회수하여 이 자리에서 도망칠 예정이었던 것이다.

이 도시의 백성을 '벨트(녹색의 사도)'의 신인 미저리에게 바친다. 그 공적을 통해 지라드 일행은 끝자리나마 신의 자리를 얻을 수 있을 것이다. 그렇게 될 예정이었다.

그랬는데 사태는 지라드의 의도에서 벗어나고 있었다.

미저리는 이 자리에 나타난 뒤로, 한 마디도 하지 않고 테스타로사를 바라보고만 있었다.

그런 미저리가 드디어 입을 열었다.

"믿을 수가 없군요, 블랑. 어떻게 당신이 육체를 얻은 거죠?"

"어머나, 그런 이름으로 부르는 건 섭섭하군요. 전 테스타로사라는 멋진 이름을 받았거든요. 당신도 베일이라고 불리는 건 싫겠죠? 안 그래요, 미저리?"

"이름, 이름을…… 당신이? 설마, 그럴 리가――."

"바로 그 설마랍니다. 모처럼 인사를 하러 와줬는데 미안하지만, 지금의 저라면 당신에게 지지 않을 거예요. 그래도 싸우겠다면 재미있을 것 같군요. 1,000년 정도의 잠을 선물해드리죠."

테스타로사는 우후후 하고 웃었다.

그 기품 있는 미소로 미저리를 도발하고 있었다.

육체를 얻었으며, 이름까지 받았다.

그리고 테스타로사는 미저리와 같은 데몬 로드(악마공)로 진화한 상태다.

이것으로 조건은 같다.

언뜻 보기엔 전투능력은 호각. 그러나 일반적인 경우라면 이제 막 육체를 얻은 테스타로사 쪽이 더 불리하다 할 수 있었다.

테스타로사가 너무나도 호전적인 성격을 가지고 있지 않다면, 말이다.

마왕 기이의 부하로서 사무를 보는 쪽에 가까웠던 미저리와, 같은 태초의 악마이자 세력 다툼으로 세월을 보냈던 테스타로사.

이 두 명의 전투경험은 수치로는 환산할 수 없어도 여실히 존재했다. 하물며 지금은 테스타로사의 부하인 모스도 있었다.

(내 쪽이 에너지(마력요소)양으로는 더 우세하지만, 두 명의 데몬 로드를 상대하는 위험을 감수할 순 없죠. 하물며 상대는 태초의 악마 중에서도 가장 상대하기 버거운 흰색과 검은색, 그중 한 명이고요. 제가 기이 님으로부터 받은 사명은 가볍게 왕도에서 난동을 부리는 것. 목숨을 걸고 싸워서 태초의 악마 중 한 명을 죽이는 게 아니에요. 그것보다 이 정보를 기이 님께 전하는 것을 우선하기로 하죠.)

미저리는 냉정했다.

피아의 전력차이를 순식간에 파악하고, 이 자리에서 고를 수 있는 최선의 선택지를 골랐다.

"그런 도발은 필요 없어요── 테스타로사. 오늘 온 목적은 당신이 아니니까요. 왕도의 '결계'를 파괴하는 것이니, 그 목적은 달성된 것으로 판단하기로 하죠."

"어머나, 도망치는 건가요?"

"네. 제 목숨은 기이 님의 것. 함부로 버려도 되는 것이 아니니까요."

"그런가요. 그럼 다음 기회를 기대하고 있겠어요."

"그건 제가 할 말이에요. 빨리 그 몸에 익숙해지도록 하세요. 패배했을 때 핑계를 대는 건 저에게 통하지 않으니까요."

테스타로사는 한층 더 깊게 미소를 지었다.

미저리는 그걸 철벽의 가면으로 흘려 넘겼다.

잠시 동안 두 사람은 서로를 노려보았고, 갑자기 미저리의 모습이 사라졌다.

"——어?"

나지막이 흘러나온 것은 지라드의 목소리였다.

미저리가 사라진 뒤에, 그 자리에는 상황이 뭐가 어떻게 돌아가는 건지 모르는 자들만이 남게 되었다.

신이, 지라드가 보기엔 만능이라고까지 여겨졌던 초월적인 존재가 아름답게만 보이는 의원 한 명에게 말싸움으로 졌다——. 지라드의 눈에는 그렇게 보였다.

미저리의 입장에선 '벨트(녹색의 사도)' 따위는 쓰고 버리는 도구였다.

인간사회의 감시와 정보 수집을 위해서, 그저 기분 내키는 대로 준비한 도구. 대신할 것은 얼마든지 있었으니, 지라드 일행이 어떻게 되든 자신이 알 바는 아니었다.

그들은 완전히 버림을 받았지만, 그런 현실을 지라드는 도저히 인정하려 하지 않았다.

"마, 말도 안 돼! 제길, 너 때문에 신이 돌아가 버리셨지 않느냐!!"

격노하면서, 지라드는 테스타로스를 향해 공격했다.

A랭크 오버의 실력은 허풍이 아니었던지라, 검의 속도는 일반인은 눈으로 좇을 수도 없을 만큼 날카로웠다.

그러나 테스타로사에겐 너무나 느리게 보였다.

그리고 테스타로사가 직접 움직일 것까지도 없는 것이, 이 자리에는 모스가 있었다. 발칙한 자의 무례한 행패를, 모스가 그냥 잠자코 보고 있을 이유는 없었다.

카앙 하고 날카롭게 울려 퍼지는 소리는 바로 지라드의 검이 부러지는 소리였다. 그리고 지라드는 모스에게 순식간에 구속되었다.

"죽여선 안 돼. 저기 있는 잘 나신 요한 공도 말이지."

"하지만 이자들은 테스타로사 님을 모욕——."

다음 순간, 모스의 귀가 날아갔다.

"모스, 내가 두 번 말하게 만들 생각이니?"

"절대 그렇지 않습니다! 테스타로사 님의 말씀에 토를 달다니, 제가 너무나 건방진 짓을 했습니다!"

모스는 그 자리에서 한쪽 무릎을 꿇으면서, 자신의 실언을 후회했다.

최근에는 테스타로사의 기분이 좋았던 탓에 방심하고 있었지만, 그녀는 참으로 제멋대로인 성격을 가지고 있었던 것이다.

그런 점은 테스타로사뿐만 아니라, 울티마나 카레라도 마찬가지다.

'유유상종'이라는 말이 그녀들을 정확하게 표현하는 말이었다.

"그걸 이해했다면 이번에도 용서해주마. 아아, 나는 왜 이렇게 관대한지 모르겠다니까. 어때, 모스. 너도 그렇게 생각하지?"

"네, 그렇고말고요!"

모스는 아주 순종적이며 현명하다.

가끔 실수를 하는 일도 있지만, 이런 테스타로사의 시종 노릇을 1만년 이상 계속 해오고 있었다. 그 실적은 다른 누구도 흉내 낼 수 없는 위업이었던 것이다.

이리하여 요한, 지라드, 아인은 구속되었다. 그들을 따르던 병사들도 마찬가지로 포박되어 있었다.

"이, 이게 아닌데⋯⋯."

지라드는 모스에게 패하면서, 냉정을 되찾을 수 있었다. 그리고 서서히 미저리와 테스타로사의 대화가 머릿속으로 침투되면서, 그 내용을 이해하게 되었다.

(우리가 믿는 신이 대등하다고 인정한 상대⋯⋯? 블랑, 블랑이라면 설마 그 블랑(태초의 흰색) 님을 말하는 것인가!!)

지라드는 태초의 악마에 대한 지식이 있었다. 그렇기 때문에 테스타로사의 정체를 간파하고 만 것이다.

그걸 깨달은 순간, 지라드의 자아는 붕괴되었다.

자신들이 무엇을 적으로 돌렸는가를 알고, 그 영혼에 두 번 다시 안식의 날이 찾아오지 않을 것이라는 걸 깨달으면서.

자신이 강자라는 자부심 따위는 태초의 악마 앞에선 가치가 없는 것이다.

"아햐, 아햐햐햐햐햐하아아——!!"

미친 듯이 웃어대는 지라드.

어떤 의미로 보면, 그건 지라드에겐 행복한 결말이었다.

이리하여 지라드와 아인은 자아를 잃은 상태로 마법심문관에게 연행되었다.

요한은 한꺼번에 왕창 늙어버린 것처럼 변해 있었다. 넋을 놓은 표정으로 땅바닥에 주저앉은 채 무슨 말을 중얼거리고 있었다.

"나, 나는 실패했단 말인가……. 그란베르 님의 바람을, 마지막 부탁조차도……."

"그러네요, 당신은 아무것도 해내지 못했군요."

비웃는 듯한 테스타로사의 말.

요한의 귓가에 속삭인 그 말은 격렬한 독을 품고 있었다.

테스타로사의 달콤한 숨결이 요한의 귀를 간질이면서, 그의 마음을 마비시켰다.

"제길, 제기랄! 너만, 너만 없으면 계획은 성공했을 거다!"

"어머나, 그런가요? 그거 미안하네요. 결과적으로 당신의 계획을 방해하게 되었지만, 이것도 운명이라고 여기면서 포기하면 좋겠어요. 자, 뒤에서 기다리는 사람들도 있는 것 같으니 저는 이쯤에서 실례하죠."

그렇게 말하면서 테스타로사는 흰 손가락으로 요한의 턱을 한 번 쓰다듬었다.

그리고 임무를 수행하려 하는 마법심문관에게 그 자리를 양보했다.

"아, 안 돼. 오지 마라, 내게 다가오지 마!"

마법심문관이 아무 말도 없이 요한을 꼼짝 못하게 붙잡았다.

"멈춰, 이거 놔라! 내, 내가 누군지 알고 이러는 것이냐! 이런 짓을 했다간 어떻게 될지, 너희들, 알고는 있는 거냐?! 우리나라가 잠자코 있지 않을 것이다. 국제문제가 될 거란 말이다!"

요한이 필사적으로 소리치며 발악했지만, 아무도 움직이지 않았다.

요한을 도와주려는 자는 아무도 없었다.

당연했다.

이렇게나 많은 증인이 있는 이상, 요한의 행위는 처벌을 받아야만 한다.

"울어도 발악해도 소용없답니다—. 착실하게 죗값을 치르세요. 친구도 같이 있잖아요? 분명, 아주 즐거울 거예요."

"제기라알!! 이 빌어먹을 악마 녀석, 지옥에나 떨어져라!!"

"우후, 우후후후후후. 좋아요, 그거예요, 그거. 패배한 개가 울부짖는 소리는 어쩜 이렇게 듣기가 즐거운지. 하지만 말이죠, 당신이 저를 원망하는 것은 큰 착각이에요. 여기, 평의회에선 말이죠, 죄인의 처벌도 재판으로 정해지니까요. 그리고 그 죄가 '국가전복죄'나 '외환유치죄(다른 나라와 공모하여 자국에 전쟁이 일어나도록 하거나 외국인과 모의하여 자국을 적으로 삼아 대항한 죄)' 같은 내란죄가 되면, 그건 평의회의 손을 떠나서 잉그라시아 왕국의 관할이 되죠. 아쉽네요. 저한테는 당신을 처벌할 권한이 없거든요. 정당방위라는 수단도 있지만, 당신은 좀 많이 약해서 말이죠."

필사적인 표정의 요한을 앞에 두고, 테스타로사는 즐거운 표정으로 웃었다.

그리고 그 발언은 완벽할 정도로 국제법에 따른 것이었다. 법을 방패로 내세우면서, 테스타로사는 정론만으로 요한을 몰아붙인 것이다.

이리하여 요한은 체포되었다. 그대로 개번과 마찬가지로, 두 번 다시 해를 보지 못한 채 비밀리에 처분을 받게 된 것이다.

결과만 놓고 보면, 테스타로사가 왕국을 멸망시키려 한 악마를 격퇴하여 잉그라시아 왕국, 나아가선 평의회의 의원들을 구한 것이 되었다.

이번 일로 인해 평의회에서 테스타로사의 위치는 반석에 오른 것처럼 탄탄해질 것이다.

그 두뇌, 그 무력.

둘 중 어느 것도 어깨를 나란히 할 자가 없었다.

의장까지도 테스타로사를 중용하게 되면서, 테스타로사의 명성은 널리 알려지게 되었다.

이것으로 테스타로사의 서방지배가 완료된 것이다.

"이렇게 될 것을 예상하고 계셨던 걸까요? 아아, 모든 것은 리무루 님의 손바닥 안에 있었군요! 훌륭하십니다, 정말로 훌륭하세요!"

"정말로 그 끝을 알 수 없는 분이로군요."

"그래, 그렇구나. 하지만 이번 일을 계기로 기이 크림존이 진지하게 나설지도 모르겠네. 그렇게 되면⋯⋯."

"힘을 비축해둬야겠죠. 어떤 위협적인 존재라고 해도, 그분의

길을 가로막는다면 용서받지 못한다는 것을 만인에게 알려주기 위해서라도!"

"알고 있다면 나는 더 이상 아무 말을 하지 않겠어. 기대를 저버리지 않도록 정진하렴. 시엔에게도 잊지 말고 전해주는 거, 알지?"

"잘 알고 있습니다, 주인님!"

테스타로사는 만족스러운 표정으로 고개를 끄덕이면서 우아하게 미소 지었다.

북방의 땅에서도 테스타로사의 부하인 시엔의 활약에 의해, 에르메시아 휘하의 메이거스(마법사단)가 도착할 때까지 잘 버티면서 전황을 유지할 수 있었다. 기이가 진지하게 침공하지 않았던 것도 있었다 보니, 악마들은 형세가 불리해지자 순식간에 물러나고 말았다.

이리하여 서방동란은 종결된 것처럼 보였다.

그러나 진정한 의미의 동란은 아직 시작도 하지 않았던 것이다.

．．．．．．．．．．．．．．．．．．．

．．．．．．．．．．．．．

．．．．．．．

"이봐, 방금 미저리한테서 연락이 들어왔는데 말이지, 왜 블랑(태초의 흰색)이 이름을 가지고 있는 거야?"

"아아, 테스타로사 말인가요. 그녀도 또한 리무루 님의 훌륭함을 이해한 자들 중의 한 사람, 이 된 겁니다."

어이없는 표정을 짓는 기이에게, 디아블로는 기쁜 표정으로 그렇게 설명했다.

"더구나 내 부하들까지 격퇴된 것 같으니, 이번 장난질은 완전히 실패로군."

"당연합니다. 모든 것은 리무루 님의 계획대로 돌아가는 법이니까요. 기이, 당신도 이용당한 자들 중의 한 명입니다."

리무루가 모르는 곳에서 디아블로의 도발은 계속되었다.

만약 이 자리에 리무루가 있었다면 '무슨 소리를 하는 거야, 이 멍청아!!'라고 절규하면서, 앞뒤 가리지 않고 디아블로를 말렸을 것이다.

"그럼, 그 테스타로사라는 이름은 리무루 녀석이 지어준 거란 말이군?"

"네에, 그렇고말고요."

"그 테스타로사가 육체를 얻고 데몬 로드(악마공)로 진화한 것도——."

"물론 리무루 님 덕분입니다."

"……그렇단 말이지."

디아블로의 미소는 깊어졌으며, 기이의 두통은 더 격렬해졌다. 레인은 아예 기이의 뒤에 대기하고 있으면서도, 사태의 중대함을 깨닫고 창백해져 있었다.

(이것 참, 이게 정말이란 말인가. 최근 1,000년이 넘게 유지되고 있던 미묘한 전력 밸런스가 이제 와서 한꺼번에 붕괴할 줄이야…….)

기이는 속으로 웃음을 터뜨릴 뻔했다.

태초의 악마 세 명의 삼자견제 상황, 서쪽과 동쪽의 대립, 루미너스와 다구류루의 반목까지 포함하면 각지에서의 전력은 절묘하게 균형을 유지하고 있었던 것이다.

그게 완전히 무너졌다.

문득 안 좋은 예감이 들어서, 기이는 자신도 모르게 디아블로에게 물었다.

"이봐, 테스타로사가 그 삼자견제에서 빠지게 되었다면 나머지 두 명은 어떻게 된 거야?"

"흠, 울티마랑 카레라를 말하는 겁니까? 그녀들도 빠짐없이 리무루 님께서 할 일을 마련해주셨습니다. 그녀들도 아주 기뻐하면서──."

"잠깐, 잠깐만!"

디아블로는 만면의 미소를 지으면서 얘기하기 시작했지만, 그 말은 곧바로 저지당했다.

"뭡니까? 지금부터가 중요한 부분인데요?"

신이 나서 자랑하려고 했던 디아블로는 방해를 받는 바람에 아주 불쾌한 표정을 지었다.

기이는 그런 디아블로를 어이없는 표정으로 바라보면서도, 요점만큼은 들어야겠다는 생각을 하면서 얘기를 꺼냈다.

"아니, 그 얘기도 길어질 거잖아?"

"당연하죠."

당연하건 말건, 그건 일단 넘어가기로 했다. 기이는 길게 어울려줄 생각이 없었다.

"그 얘기는 나중에 천천히 듣기로 하지. 그 울티마와 카레라라는 건……."

"아아, 울티마가 비올레(태초의 보라색)이고, 카레라가 존느(태초의 노란색)입니다. 제대로 이름으로 불러주지 않으면 그녀들은 금방 화를 내거든요. 최근에는 옛날 이름 따윈 아예 잊어버렸죠."

"그렇단 말인가……."

그렇게 대답하면서, 기이는 말문이 막혔다.

(이것 참, 리무루 녀석은 대체 무슨 생각을 하고 있는 거야? 느 와르(태초의 검은색)는 괴짜니까 그럴 수도 있겠지만, 비올레랑 존 느까지 부하로 들어간다면 이건 웃고 넘어갈 수 있는 일이 아니 라고. 더구나 블랑(태초의 흰색)까지? 태초의 악마들 중에서도 가장 긍지 높은 그 녀석이 설마 누군가의 밑으로 들어갈 줄이야──.)

그렇게 고민하고 있던 기이에게, 디아블로가 별생각 없이 말한 한 마디가 들려왔다.

"뭐, 권유한 것은 저이지만 말이죠. 할 일이 늘어나는 것은 대 환영이지만, 그것 때문에 리무루 님을 돌봐드릴 수 없다면 의미 가 없죠. 그렇게 생각하지 않습니까?"

"──뭐?"

이봐, 이봐, 이 녀석이 지금, 무슨 말을 한 거야? ──그런 표 정으로, 기이는 수상쩍은 자를 보는 듯한 눈으로 디아블로를 바 라봤다.

절대자인 기이가 디아블로의 말에 마구 농락당하고 있었다.

"그러니까 잡일을 떠넘길── 어흠, 같이 일할 동료가 필요해 서 마침 시간이 남아돌 것 같은 그자들을 끌어들인 겁니다. 언제 까지고 멍청한 세력다툼을 벌이다니 한심하다고. 좀 더 어른으로 성장하여 리무루 님을 도우라고, 말이죠!"

자랑스러운 말투로, 디아블로가 그렇게 말했다.

(네가 원인이었느냐——!! 너야, 네가 어른이 되라고!!)

기이는 속으로 그렇게 독설을 뱉었다.

"……그래서, 네가 끌어들인 그 녀석들을 리무루가 부하로 삼았고, 그것도 모자라서 이름과 육체를 주었단 말인가?"

"그 말이 맞습니다. 처음에 리무루 님께 무례한 태도를 보인 것을 떠올리면 지금도 살의가 싹트는군요. 하지만 지금은 그녀들도 제 역할을 잘 소화하고 있으니까요. 리무루 님이 신경 쓰시지 않는 이상, 저도 관대한 마음으로 용서해주고 있습니다."

디아블로도 괴짜지만, 리무루는 더 이상한 녀석이라는 걸 기이는 진심으로 인식했다.

태초의 악마에게 이름을 지어준다니, 그건 마왕이 할 수 있는 일이 아니다. 죽느냐 사느냐, 그것도 존재의 소멸을 걸어야 할 정도의 위험을 동반하는 행위이기 때문이다.

애초에 그 실력을 인정받지 않으면 태초의 악마들이 따를 일이 없다. 이름을 지어주기는커녕 그 영혼까지 잡아먹히는 것만으로 끝날 것이다.

머리가 이상하다느니, 자신감이 지나치다느니 하는 수준의 얘기가 아닌 것이다.

(역시 직접 얘기를 들어보는 것이 좋겠군.)

기이는 그렇게 결론을 내렸다.

"나중에 리무루에게 놀러가기로 하지."

"네? 귀찮은 일이 늘어날 것 같으니 사양하겠습니다."

이 자식—— 기이는 그렇게 생각하면서 주먹을 쥐었다.

하지만 여기서 화를 내면 지는 것이다.

디아블로는 특수한 존재이기에, 설령 이 자리에서 소멸시킨다 해도 곧바로 부활할 뿐이다. 기이는 그걸 잘 알고 있었기 때문에, 디아블로의 도발에 넘어갈 일은 없었다.

"아니, 네 얘기도 좀 더 듣고 싶기도 하고, 이런 자리에선 차분하게 얘기를 나눌 수도 없잖아? 디노한테서 들은 건데, 리무루의 지배지는 아주 훌륭하게 번영하고 있다고 하더군. 나도 조금은 구경해보고 싶어지더라고."

디아블로의 어깨에 팔을 두르더니, 기이는 친밀함을 어필하면서 그렇게 말했다.

"후우, 어쩔 수 없군요. 그렇다면 환영해드리죠. 리무루 님도 분명 기뻐하실 겁니다."

디아블로도 리무루의 나라를 칭찬받는 것은 기분 나쁘지 않았다. 약간 기분을 풀면서, 기이의 방문을 허용하기로 했다.

리무루가 알면 절규할 것이 틀림없는 안건이었다.

나중에 보고를 받았을 때, 리무루는 이렇게 생각했다. '이 자식, 필요 없는 부분만 시온을 본받고 있잖아……'라고.

그렇게 될 것도 모른 채, 디아블로와 기이 사이에선 얘기가 마무리 지어졌다.

"그럼 너희가 있다면, 나는 그만 가도록 하지."

"네. **여기서 무슨 일이 일어나도** 리무루 님이 대처하실 테니까요."

"그런가. 그럼 리무루에게도 안부 전해줘."

"네, 그럼 또 뵙죠. 다음에 뵙게 될 것을 기대하고 있겠습니다."

이렇게 기이는 이 자리를 떠났다.

디아블로는 한숨을 한 번 쉬었다.

"아무래도 그럭저럭 무사히 넘긴 것 같군요. 여기서 기이의 방해를 받았다면 사태가 어떻게 변했을지 모릅니다. 저도 기이를 상대하는 것은 어려우니까 말이죠. 쿠후후후후, 저도 좀 더 강해져야겠군요———."

그리고 그 자리에는 디아블로가 크게 웃는 소리만이 울려 퍼졌다.

●

가장 깊은 방에선 치열한 싸움이 벌어지고 있었다.

루이가 날린 손날은 어떠한 장애물도 절단하는 참격이 되었다. 더구나 그 공격은 참격파를 동반하면서, 멀리 떨어진 장소로 도망친 라플라스에게까지 쫓아왔다. 그걸 가볍게 이리저리 피하면서, 라플라스는 여유 있는 미소를 입가에 짓고 있었다.

"어디 보자, 그러고 보니 당신은 로이 씨의 형인가? 쌍둥이? 그럼 그만두시지. 나한테는 못 이길걸?"

라플라스는 당황하며 도망치는 것처럼 보였지만, 농담을 하는 여유까지 있었다.

그런 라플라스를 보는 루이는 변함없이 무표정이었다. 공격을 계속 피하는데도 아랑곳하지 않고 담담하게 라플라스를 향해 두 손을 휘둘렀다.

어느새 두 사람은 현실(玄室) 밖으로 나와 있었다.

라플라스가 루이의 공격을 피하다 보니, 자연스럽게 그 자리에 이르렀던 것이다.

"네가 말한 것처럼 나는 로이와 쌍둥이 같은 존재다. 힘은 완전히 호각이고, 생긴 것도 비슷하지. 다른 점이라면 루이 쪽이 광폭한 성격이며, 나는 그다지 감정적이지 않다는 것 정도라고 할까. 하지만 딱 하나, 내가 더 우수한 점이 있다. 그건 '눈'이 아주 좋다는 것이지."

"눈이 좋은 게 뭐 어떻다는 거지?"

"상대의 기술을, 행동을, 노리는 바를 느긋이 관찰할 수 있지. 그렇기에 네가 아까부터 내 빈틈을 엿보고 있는 것도 훤하게 보인다."

"……뭐야, 당신, 동생보다 우수하구먼. 하지만 눈이 좋은 것만으로는 나에겐 못 이길 텐데?"

"과연 그럴까. 그리고 또 하나, 나에겐 루이라는 이름이 있지. 형이라고 부르는 건 이제 그만해주면 좋겠군. 굳이 말하자면 로이와는 그렇게 사이가 좋지 않았거든."

"흐─응. 뭐, 나하곤 관계없는 일인데 말이지."

한창 격렬한 공방을 벌이는 중에, 아니 그보다 루이의 일방적인 공격을 회피하면서, 라플라스는 여유 있는 태도로 응했다. 관찰하고 있는 것은 루이가 아니라 자신이라고, 그 눈이 웅변하듯 얘기하고 있었다.

"이제 슬슬 너도 지쳤겠지? 천천히 잠에 들도록 해라."

그렇게 소리치는 루이.

동시에 그 공격도 격렬함이 더해졌다.

"그러니까 소용없는 짓이라니깐."

"그럴까? 그럼 좀 더 강하게 가지."

그의 목소리는 변하지 않았지만, 라플라스는 갑자기 좋지 않은 예감이 들었다.

이런 때의 예감은 잘 들어맞는다. 라플라스는 주저 없이 허풍스럽다고도 말할 수 있는 움직임으로 그 자리에서 점프했다.

그 판단은 옳았다.

루이의 일격은 확산되면서, 방금까지 라플라스가 서 있었던 장소를 산산조각으로 박살냈던 것이다.

"──?! 뭐야, 그 힘은……."

명백하게 위력이 높았던 일격. 만약 라플라스가 루이를 여전히 얕보고 있었다면, 제 때 방어를 하지 못하고 큰 대미지를 받았을 것이다.

"후우, 겨우 익숙해졌군. 방금 그 공격을 피하다니, 너는 좀처럼 방심할 수 없는 남자인 것 같구나."

"나를 방심시키게 하고, 일격으로 끝장을 낼 생각이었구면?"

"흠. 그런 의도가 없었다고 할 순 없지만, 그런 고식적인 방법을 쓰지 않고도 내가 이길 수 있다고 생각한다."

"뭐라고?"

라플라스는 로이를 죽인 실적이 있었다.

그때 로이는 분명히 라플라스를 얕보고 있었다. 하지만 그걸 제외하고 생각해봐도 라플라스의 실력은 로이를 월등히 능가했었던 것이다.

애초에 라플라스는 방심 같은 건 전혀 하지 않고 있었다.

로이가 마왕 루미너스의 대행자였다고 해도, 그 실력이 마왕 카자리무와 호각이었던 것은 일체의 거짓이 없는 사실이기 때문이다. 라플라스 일행의 부모나 다름없는 카자리무. 그와 호각인 상대를 앞에 두고 라플라스가 방심을 하는 건 있을 수 없는 얘기였던 것이다.

"방금 그 공격은 말이지, 블러드 레이(혈인섬홍파, 血刃閃紅波)를 응용한 것이다. 마의 기운을 숨겨서 상대의 경계심을 흐리게 만드는 것이 목적인 기술이지. 뭐, 한 번 보여주고 말았으니 다음은 통하지 않겠지만 말이야."

숨겨둔 수를 공개하는 것 같은 행위였지만, 루이는 라플라스에게 자신의 기술을 해설했다.

그 말을 들은 라플라스는 안 좋은 기운이 점점 커지는 것을 느끼고 있었다.

(위험한데. 이건 시간을 벌려는 건가? 이 녀석, 대체 뭘 노리고 있지?)

라플라스의 직감은 현재의 시점에서 이미 위험영역으로 돌입했음을 알려주고 있었다.

이대로 가다간 루이의 계책에 넘어간다──. 그렇게 판단한 라플라스는 망설이지 않고 비장의 수를 사용했다.

이런 때에는 결코 주저해선 안 된다. 그 한순간의 망설임이 생과 사를 가르는 것이다.

"──그러니까 너는 여기서 죽어라!"

루이의 선고와 동시에 라플라스의 주변이 폭발했다.

폭발의 충격파는 중심으로 모여들었다. 그 자리에 있는 라플라스에겐 도망칠 곳이 없었으며, 선혈의 입자포는 이미 라플라스를 록 온(조준완료)하고 있었다.

승부는 결정되었다.

누구라도 그렇게 생각할 전개였다.

거세게 타오르는 불꽃.

그 한가운데에서, 사람 모양의 실루엣이 무너지듯이 쓰러졌다.

"안됐군. 나와 로이는 원래는 한 사람이었다. 루미너스 님의 힘으로 갈라지게 되었지. 그리고 로이가 죽으면서, 나는 원래 힘을 되찾은 것이다."

과거에 지나치게 광폭한 나머지, 누구도 손을 댈 수 없었던 '블러디 로드(선혈의 패왕)'가 있었다.

그 남자를 토벌하여 자신의 부하로 들인 자가 바로 루미너스였다.

그러나 그대로 두자니 너무 광폭해서, 루미너스를 제외한 다른 부하들과의 트러블이 끊이지 않았다. 그래서 루미너스는 그 남자를 둘로 나누고, 자신의 한쪽 팔인 교황과 자신을 대행할 마왕으로 임명했던 것이다.

즉, 지금의 루이는 왕년의 힘을 되찾은 완전체가 되어 있었던 것이다.

그 힘은 예전의 배 이상.

라플라스의 힘이 로이를 완전히 상회했다고 해도, 루이는 자신이 이길 수 있다고 확신했었다.

그렇기 때문에.

"위험했어. 방금 그 공격은 정말로 위험했다고."

그렇게 말하면서 라플라스가 벌떡 일어나는 것을 보고, 루이는 살짝 동요했다.

그 틈을 놓칠 라플라스가 아니었다.

"도망치자, 풋맨. 이대로 가다간 네가 죽을 거야!"

"홋홋호, 분하지만 그렇게 되겠군요."

풋맨은 이미 귄터에게 밀리면서 만신창이가 되어 있었다.

루미너스의 부하인 '삼공(三公)' 중에서 가장 강한 실력자가 귄터였다. 완전체가 된 루이에게는 밀리지만, 그래도 그 실력은 풋맨이 감당할 수 있는 상대가 아니었던 것이다.

그걸 라플라스는 루이와 전투 중임에도 불구하고 빠짐없이 관찰하면서, 정확히 파악하고 있었다.

자신 혼자만이라면 쉽게 도망칠 수 있지만, 풋맨을 놓아두고 가는 선택지는 라플라스에겐 존재하지 않았다.

(여기서 내가 진짜 실력을 보여도 모두를 쓰러뜨리는 건 불가능해. 그 전에 풋맨이 죽을 테니까 말이지. 그렇다면 재빨리 도망치는 게 최고지. 양동이란 목적은 이미 달성했으니까 굳이 위험을 감수할 필요는 없다고!)

그게 라플라스가 내린 결론이었다.

그래서 라플라스는 일부러 말을 해서 루이를 동요시켰고, 그 틈을 타고 행동을 시작한 것이다. 그건 제대로 효과를 발휘했고, 라플라스와 풋맨은 사지로부터 탈출하는 데에 성공했다.

현실(玄室)에 남은 것은 루미너스와 마리아 로조뿐이다.

루미너스는 마리아에게 공격을 하는 것을 망설이는 것인지, 진짜 실력을 발휘하지 않고 있었다. 초고속의 전투에 따라올 수 있다는 것 자체가 눈앞에 있는 존재(마리아)가 가짜라는 증거였다.

　하지만 그래도.

　자애로움으로 가득 찬 마리아의 기척을, 루미너스는 확실하게 느끼고 있었던 것이다.

　(아마도 그란베르는 마리아의 사체를 보존해두었겠지. 그렇다면 이 녀석은 그 사체를 이용한 데스 골렘(사체인형)—— 아니, 아니로군. 이 의지가 없는 시체는 사령마법 : 레이즈 데드(사령소생)의 서번트(사역마)다. 빌어먹을 녀석, 금단의 마법에까지 의지할 정도로 타락했단 말인가…….)

　사랑하는 자를 잃은 자라면 누구라도 바랄 것이다.

　한 번 더, 되살아나 주면 좋겠다고.

　그러나 그건 누구라도 이루지 못할 소원이다.

　루미너스도 그란베르가 사법(邪法)에 의지했던 마음이 상상이 안 되는 것은 아니었다. 하지만 그건 어디까지나 상상에 불과했다. 죽음과는 먼 곳에 있는 루미너스에겐 진정한 슬픔을 이해할 방법이 없었던 것이다.

　그란베르와 마리아는 사이가 좋은 부부였다.

　마리아는 성녀로서 용사 그란베르를 지탱해주고 있었다. 그리고 그란도 성녀 마리아가 느낄 중압감을 대신 짊어주려는 듯이, 계속 곁에 있어주었던 것이다.

　당시에 적이었던 루미너스가 질투할 정도로 두 사람은 사이가 좋았다.

그런 마리아를 서번트로 삼다니, 과연 그란베르의 각오는 어느 정도의 것이란 말일까. 더구나 그 실력은 비정상적으로 강한 걸 보면, 그 외에도 사법을 이용하고 있는 것은 틀림없는 것 같다.

왜냐하면 마리아는 미처 다 셀 수 없는 특수능력을 구사하여, 루미너스와 대등한 수준으로 싸우고 있었던 것이다. 그것도 대체 얼마나 많은 유니크 스킬을 구사할 줄 아는 건지 모를 정도였으며, 루미너스도 대처하기가 곤란할 지경이었다.

(대단하지만 아직 약하다. 그란 녀석도 나에게 이길 수 있을 거라는 생각은 하지 않겠지. 그럼 그의 노림수는——.)

루미너스는 그렇게 생각하면서, 갑자기 격렬한 불안감에 휩싸였다. 자신이 너무나도 중대한 뭔가를 놓치고 있는 것 같은——.

"루미너스 님, 적을 놓치고 말았습니다. 현재 루이가 추적하고 있습니다만, 저도 지금부터 쫓아가려 합니다만——."

그때 귄터가 보고를 하러 돌아왔다.

그 목소리가 도중에 멈춘 순간, 루미너스도 이변을 눈치챘다.

뭔가가, 방안에서 뭔가가 부족했다.

그건 아주, 아주 중요한 것으로…….

귄터의 시선이 향한 곳, 루미너스의 헤테로크로미아(금은요동)도 그곳을 보고 인식했다.

——현실 안쪽에 소중히 보관되어 있던 얼음(성령력, 聖靈力)의 관이 사라져 있었다——.

루미너스는 소리도 지르지 못했고, 현실을 인식하지 못한 채 혼란에 빠졌다.

그건 있어서는 안 되는 사실.

루미너스는 동요하면서, 마리아의 공격을 제대로 맞았다.

"루미너스 님——!!"

권터의 당황한 목소리가 들려왔지만, 루미너스는 그런 걸 신경쓸 때가 아니었다. 온몸에서 느껴지는 고통조차도, 자신의 머릿속을 냉정하게 유지하기 위한 자극이라는 생각이 들어서 고맙게 여길 정도였다.

루미너스의 마음속 냉정한 부분에서 사고회로가 다시 가동되었다.

싫다고 소리치는 마음을 달래서 현실을 인식했다. 아무리 감정적으로 인정하고 싶지 않은 일이라고 해도, 루미너스의 냉정한 분석력이 현실을 들이댔던 것이다.

얼음(성령력)의 관—— 성궤를 도둑맞았다는 현실을.

이윽고 끓어오르는 분노의 감정을 그대로 실어서, 루미너스는 마리아의 가슴을 뚫어버렸다.

"그란베르여, 네놈이 이렇게까지 나온단 말이냐. 너는 나의, 나의 역린을 건드렸다, 그란——!!"

루미너스는 분노의 포효를 지르면서, 자신의 숨겨진 마력을 해방했다.

'격'이 다른 폭위(暴威)로 인해 순식간에 현실이 파괴되었다. 그리고 루미너스의 주위를 혼돈에 찬 마력의 소용돌이가 채우기 시작했다.

누구도 가까이 다가갈 수 없는 죽음의 공간이 형성되고 있었다.

"귄터————!!"

"넷, 여기 있습니다!"

"찾아라. 침입자들을 반드시 찾아내라!"

"알겠습니다!"

많은 말을 할 필요가 없었다.

루미너스의 뜻을 간파하고, 귄터는 재빨리 행동으로 옮겼다.

정말로 화가 난 루미너스 앞에 있다간 귄터라고 해도 목숨을 보장할 수 없었다.

(이 임무를 실패하면 우리나라(루벨리오스)가 멸망할지도 모른다…….)

그런 강박관념에 쫓기면서, 귄터는 온 힘을 다해 달려갔다.

그 자리에 홀로 남은 루미너스는 분노의 감정을 억제하느라 고생하고 있었다.

이대로 자신이 움직였다간 쓸데없이 사태를 악화시키는 결과를 초래할 것이라고 냉정하게 판단한 것이다.

감정과는 별개의 사고회로로 생각한다————. 그건 루미너스에겐 자연스런 행위였다.

하지만 그래도 이번 일은 충격이 컸다.

(그걸 뺏기면 안 된다. 때가 올 때까지 소중히 보관하지 못하면 그야말로 세계가 멸망할 수 있어. 만약 나도 감당하지 못하게 되면…….)

그건, 그 성궤는 소중한 친구가 맡긴 것이었다. 더구나 잘못 다뤘다간 커다란 재앙을 이 세상에 풀어놓는 결과가 될 수도 있기 때문에 아주 엄중하게 봉인되어 있었다.

루미너스는 냉정하게 상황을 분석했다.

그 성궤에 걸어둔 봉인은 루미너스밖에 풀지 못한다. 그 성스러운 힘은, 그 봉인을 걸어둔 루미너스의 몸까지 불태울 수 있는 무시무시하고 강력한 '결계'가 되어 있었다.

그러나 그 성궤는 지금 누군가가 가지고 가버렸다……. 그게 지금 문제가 되는 현실이었다.

(──대체 누가? 그걸 가지고 나갔다면, 적어도 나와 필적할 정도의 실력자라는 얘기가 되겠는데…….)

그 말은 즉, 마왕급의 실력자라는 뜻이다.

대성당에서 난동을 부리고 있는 그란. 그의 목적이 양동이었다는 것은 틀림없는 사실이다.

그란베르가 정말 중요한 목표를 맡길 정도의 인물.

그란베르가 자신을 미끼로 내놓으면, 그 인물이 반드시 성궤를 훔쳐낼 것이라고 확신했다는 뜻이 된다.

그리고 그 도박은 그란베르의 승리로 끝난 셈이다.

(──아니, 아직 늦었다고 단정할 순 없어. 약한 마음을 먹으면 안 된다. 그보다 지금은…….)

그란베르는 성궤를 얻어서 뭘 하려는 생각일까?

그걸 확인하는 것이 먼저다.

애초에 루미너스는 그란베르에게 성궤에 대하여 아무런 말도 해주지 않았다. 그건 단순한 비밀이 아니라 극비였으며, 귄터나 루이조차도 성궤와 그 안에 봉인되어 있는 소녀에 대한 자세한 사정은 아무것도 몰랐다.

그란베르는 자신이 가지고 있는 수단을 아낌없이 투입하고 있었다. 그걸 보더라도 그의 평범하지 않은 결의를 읽어낼 수 있었다.

그건 루미너스가 생각해보더라도 기분 나쁠 정도였다.

진정한 목적을 달성할 수 있다면, 그 외의 것은 어떻게 되더라도 상관하지 않겠다── 그런 원한이 맺힌 것 같은 기백을 느꼈던 것이다.

"좋다. 우선은 네놈의 진의를 확인해보기로 하마."

루미너스는 그렇게 중얼거리면서, 자신의 시선을 대성당 쪽으로 돌렸다.

●

내 의도가 레온에게 전해진 것 같다.

내게 맞춰서 검을 맞부딪히고 있었다.

그러나 옆에서 보면 진심을 담은 공방으로밖에 보이지 않을 것이다. 왜냐하면 나조차도 방심했다간 바로 베여버릴 것 같았기 때문이다.

아니, 정말로 이해하고 있는 거겠지?

내가 보기엔 레온도 그란베르가 흑막이라는 것을 이해한 것이 분명했다. 이제 기회가 찾아올 때까지 몸에 익을 정도로 검을 맞부딪히면 된다. 그렇게 생각하고 있었는데, 레온의 검은 마치 내게 쉴 틈을 줄 생각이 없는 걸로밖에 느껴지지 않았다.

엄청나게 빨랐던 것이다.

히나타의 검도 속도가 대단했지만, 레온도 그에 못지않았다.

이쪽도 역시 정통파 검술다웠으며, 그 자세도 아름다웠다.

내 경우는 하쿠로우에게서 사사받은 뒤로는 살짝 아류에 가깝게 변해 있었다. 칼만으로 싸우는 것이 아니기 때문에 이 문제는 어쩔 수 없는 것이지만. 라파엘(지혜지왕)의 감수도 거친 것이라, 그렇게까지 이치에 어긋난 검술이진 않다고 생각한다.

그러므로 그런 얘기는 딱히 어찌 됐든 상관없는 것이며, 지금은 레온의 공격이 날카롭다는 얘기가 되겠지.

죽일 마음을 먹고 공격하는 게 아닌가 싶을 정도지만, 레온의 얼굴은 무표정에 가까웠다. 그 표정에선 살의가 있는지 없는지를 읽어내기가 힘들었기에 이대로 믿어도 정말 괜찮을 걸까 하는 생각이 들어버려 나는 약간 걱정이 되었다.

《해답. 문제없습니다. '미래공격예측'에 의한 예정대로 공격을 받고 있습니다.》

그렇다면 안심이다.

이대로 계속, 라파엘의 오토 배틀 모드(자동전투상태)에 맡기기로 하자.

그건 그렇다 쳐도, 불안 요소는 달리 더 있었다.

아까부터 지하 쪽에서 흔들림이 관측되고 있었던 것이다.

암반이 움직이고 있는 것 아닌가── 하는 생각이 들 정도로, 격렬한 진동이었다. 아마도 여기에 모습을 보이고 있지 않은 루미너스 짓이겠지.

이쪽에도 문제가 있고, 저쪽에도 문제가 있다.

이 정도라면 불상사 정도의 소란이 아니다.

다른 나라의 인간을 끌어들여도 되는 레벨을 이미 넘어섰으며, 내가 아니었으면 국제적 문제로 항의나 기소를 했을 것이다.

──뭐, 루미너스를 상대로 그런 행동은 의미가 없겠지만 말이지.

그건 그렇고.

디아블로도 아직 돌아오지 않았다.

시온과 란가는 라즐이라는 인섹트(곤충형 마수)에게 고전 중이었다.

히나타는 그란베르와 호각으로 싸우고 있는 것처럼 보였지만, 아무리 봐도 그란베르는 힘을 남겨두고 있는 것 같았다. 장기전이 되면 히나타가 불리해질 것 같은 예감이 들었다.

그런 식으로 각자의 상황은 바람직하지 않았다.

어디서부터 정리해야 좋을지, 그것조차도 판단이 망설여지는 판국이다.

나는 그렇게 전황을 분석하고 있었지만, 갑자기 지하에서 느껴지는 높은 마력 반응을 감지했다.

이건 루미너스의 짓이다.

대성당의 바닥에 깔린 석재가 밀려 날아가면서, 직경 2미터 정도의 둥근 구멍이 생겼다. 그리고 거기서 튀어나온 방향성을 지닌 열선은 그대로 천장을 꿰뚫고 부숴버린 뒤에 하늘 저편으로 사라졌다.

말도 안 되는 위력이었지만, 루미너스라면 이 정도는 식은 죽

먹기겠지.

"그란베르, 아마도 네놈은 진심으로 나와 적대하는 쪽을 선택한 것 같구나."

지면에 생긴 구멍에서 아름다운 여성을 안은 루미너스가 나타났다. 그리고 입을 열자마자 그란베르를 향해 살의를 담은 질문을 던진 것이다.

아무래도 상황이 단번에 변한 것 같다.

레온도 나와 같은 의견인지, 자신의 시선을 루미너스 쪽으로 돌리고 있었다.

"큭큭큭, 역시 루미너스 님이로군요. 제 서번트(사역마) 조차도 당신의 발을 묶을 수는 없었단 말입니까. 수많은 '이세계인'들에게서 뽑아낸 힘을 주입시킨 최고걸작이었는데 말입니다."

"멍청한 놈. 아무리 가짜 힘을 주입한들 의지가 없는 인형으로는 진짜에 미치지 못한다. 그런 건 네놈이라면 충분히 잘 알고 있을 텐데!"

"물론, 잘 알고 있다마다요."

격노하고 있는 루미너스에 비해, 그란베르는 여유 있는 모습을 유지하고 있었다.

그런 그란베르를 상대하는 히나타의 검의 속도는 날카로움이 더해지고 있었다. 그런데도 그란베르는 그것조차도 가볍게 받아넘기고 있었다.

히나타는 분명 상대의 기술을 훔치는 방법을 가지고 있었을 텐데, 아무래도 그 방법은 통하지 않는 것 같았다.

애초에 아츠(기술)는 스킬(능력)과는 달리, 그걸 빼앗았다고 해도 그걸 바로 이용할 수 있는 것이 아니다. 반복된 수련을 거쳐야만 비로소 그걸 다룰 수 있게 되는 것이다.

그란베르의 실력은 오랜 세월을 거친 연마의 결과일 것이다. 그 축은 흔들림이 없었고, 부동의 대지를 연상시킬 정도로 안정된 모습을 보이고 있었다.

"강하군. 과거에 '용사'였다는 것은 단순한 소문이 아닌 모양이다."

"그래. 저건 조금은 예상 이상이야."

레온과 나는 작은 목소리로 그렇게 대화를 나눴다.

그런 우리를 내버려 둔 채, 루미너스와 그란베르의 대화는 계속 이어졌다.

"그렇다면 너는 대체 무슨 생각으로 이런 짓을──."

루미너스는 그렇게 말하면서, 안고 있던 여성을 슬며시 바닥에 눕혔다.

마치 잠을 자고 있는 것 같았지만, 그렇지 않았다. 저 여자는 완전히 죽어 있었다. 그 이름대로 시체를 서번트로 만들어 조종하고 있었던 것뿐이었다.

'영혼'이 없는 이상, 거기에 아무리 많은 에너지를 주입한다고 해도 의미를 가지지 못한다. 그 사실을, 나는 잘 알고 있었다.

"──마리아를, 죽은 뒤에도 욕보이는 짓을 한 것이냐?!"

아무래도 그 여성은 루미너스가 알고 있던 자였던 모양이다.

마리아라.

그 얼굴은 왠지 마리아베르와 비슷했다. 혹시 그녀는……

"필요했기 때문입니다. 모든 것은 바로 지금 이때를 위해서……."

의아하게 여기는 루미너스 앞에서, 그란베르는 왼쪽 손의 장갑을 벗었다. 거기에 새겨진 문양이 빛을 발하고 있었고, 그에 호응하듯이 마리아의 시체도 빛을 뿜어냈다.

"무슨 짓을——?"

그렇게 물은 것은 루미너스였지만, 그 자리에 있던 모두가 같은 의문을 품었을 것이다.

손을 멈추고 사태를 지켜보는 나와 레온.

지금 이렇게 된 이상, 연기를 하는 것도 바보 같다. 왜 연기를 하고 있었는지도 생각이 안 날 정도다.

그런 우리 앞에서 믿을 수 없는 일이 일어났다.

마리아의 시체는 빛으로 바뀌더니, 그란베르의 문양 속으로 흡수되기 시작했다. 그에 따라서, 그란베르의 몸에서 힘이 솟아올랐다.

에너지(마력요소)양이 상승하는 것뿐만 아니라, 눈에 보이는 변화로 드러났다.

그란베르의 세포가 활성화되었다.

하얗던 머리카락은 빛나는 듯한 금발로 바뀌고, 메마른 피부는 생기를 되찾으면서.

그 자리에 서 있던 것은 왕년의 '용사'—— 젊은 시절의 그란베르 로조였다.

그 눈빛은 날카로웠다.

"——그렇군, 네놈…… 내가 준 러브 에너지(사랑의 입맞춤)도 전부 마리아에게 주입해두고 있었구나!"

루미너스가 소리쳤고, 그란베르는 그 말에 수긍했다.

러브 에너지라는 것은 젊음을 유지하기 위한 에너지다. 그란베르를 위해 조합된 그것과 그 외의 에너지도 합쳐서 그것들을 전부 회수했단 말인가.

그 결과가 지금의 그란베르가 된 것이라 하겠다.

"루미너스 님── 아니, 루미너스. 당신과의 승부는 아직 결판이 나지 않았지. 그걸 마무리 짓기 전에는 죽을 수 없다는 생각이 문득 떠오르더군. 마리아베르가 죽은 지금, 내 야망은 무너졌다. 하지만 그래도 아직, 그 소원은 버리지 않을 수가 없었다!"

"네 이놈!"

"우습게보지 마라!!"

그란베르에게 쏟아진 대답은 두 개였다.

루미너스와 히나타였다.

젊은 그란베르는 히나타를 향해 돌아봤다.

"그랬었지. 히나타여, 너에 대한 지도도 아직 남아 있었구나. 너는 내가 기른 제자 중에서 최고의 재능을 갖고 있었다. 게다가 향상심도 강하고 노력을 아끼지 않으며, 자신을 단련하는 것도 게을리 하지 않았지. 우수하다고 칭찬해도 좋을 것이다. 하지만──."

그 말을 한 후에, 그란베르의 칼이 가볍게 한 번 번뜩였다. 그건 믿을 수 없는 일격이었다.

"멜트 슬래시(붕마영자참)──?! 말도 안 돼, 주문 영창도 없이 영자를 조작했단 말인가?!"

그걸 피한 히나타도 대단했다. 그러나 그 이상으로 오버 블레이드(초절정검기)를 그렇게 대수롭지 않게 다룰 수 있는 그란베르는 예상 이상이라고 말할 수 있는 수준이 아니었다.

상상 이상의 괴물이었다.

"히나타여, 네가 어째서 용사가 될 수 없는지, 나는 그게 의문이었다. 재능과 노력만으로는 용사가 되지 못한다. 정령에게 사랑을 받지 못하면 용사가 될 수 있는 자격을 얻지 못하는 것이다. 하지만 너는 정령에게 사랑을 받고 있었다. 그런데도……."

"안됐군. 정령에게 사랑을 받았다고 한들, 되지 못하는 걸 되지 못한다고 해서 그게 뭐가 문제라는 거야?"

"네가 용사로 각성한다면, 내 야망에 도움이 되겠지. 그러니 조언해주마. 너는 마음속에 어둠을 품고 있지? 가까운 자를 죽이기라도 한 건가? 부모인가, 형제인가, 그렇지 않으면 친구인가?"

"닥쳐!!"

히나타는 멜트 슬래시를 피하기 위해서 거리를 벌리고 있었지만, 지면을 박차면서 단번에 그란베르를 향해 달려들었다. 그란베르의 말이 마음의 상처를 다시 파헤쳤는지, 그 눈은 분노로 물들어 있었다.

새된 소리와 함께 검과 검이 맞부딪쳤다.

그란베르는 미동도 하지 않은 채, 오히려 히나타를 밀어내서 날려버렸다.

"큭──!!"

레벨(기량)이 너무나 차이가 났다.

히나타가 완전히 어린애 취급을 받다니, 자신의 눈을 의심하고 싶은 광경이었다.

"너는 빛의 정령을 받아들이지 못하고 있다. 극복하여라. 어둠

이란 자신의 마음이 멋대로 만들어낸 환영일 뿐이다. 과거의 자신을 용서하고, 지금 자신이 살아가는 모습을 자랑스럽게 여겨라. 그렇게 하면 너도 빛을――."

"닥치라고 했어!!"

그란베르는 차가운 눈으로 격노하는 히나타를 응시했다.

"아쉽구나, 히나타. 좀 더 시간이 있으면 너를 이끌어줄 수 있었을 텐데 말이지. 이해하지 못하겠다면 현실을 통해 체험하도록 해라. 지키고 싶은 것을 지키지 못해서는, 세상을 구하겠다는 건 그야말로 언어도단이다."

위험하다――. 내 직감이 그렇게 속삭였다.

대화가 전개되는 걸 보면서, 모두의 의식은 히나타에게 집중되었다.

그게 전부 그란베르의 계산이었다면?

그가 노리는 것은――.

《알림. '미래공격예측'에 의하면 목적은――.》

그란베르가 검을 아래로 휘두르자, 참격으로 변해 날아가는 '디스인티그레이션(영자붕괴)'. 그 공격을 막을 수 있는 방법은 없다.

참격이라기보다 찌르기―― 멜트 스트라이크(붕마영자돌, 崩魔靈子突)라고 불러야 할까.

그건 광속에 한없이 가까운 속도로, 대상을 뚫어버릴 것이다.

그래서 나는 온 힘을 다해 그 아이를 향해 달려갔다.

계산에 따르면 내가 온 힘을 다해 달려가도 늦을 것 같았다. 하지만 '벨제뷔트(폭식지왕)'로 공간까지 통째로 삼켜버리면…….

광속운동에 가까운 영자를 포착하는 건 불가능하더라도, 대상이 클로에라는걸 알고 있다면 먼저 도착할 수 있었다.

"클로에——!!"

내가 소리쳤을 때는 모든 것이 끝난 뒤였다.

맨 먼저 움직인 사람은 히나타였다.

아무런 망설임도 보이지 않은 채, 클로에와 그란베르의 사선상에 끼어들었다. 그리고 자신의 몸을 희생시켜, 그란베르가 날린 멜트 스트라이크를 자신의 가슴으로 받은 것이다.

깔끔하게 가슴이 꿰뚫린 히나타는 피를 토하면서 그 자리에 무너지면서 쓰러졌다. 그런데도 광선은 위력이 약간 떨어졌을 뿐이지, 여전히 클로에를 향해 날아가고 있었다.

히나타 다음으로 움직인 남자는 의외로 베놈이었다.

히나타와 마찬가지로 자신의 몸을 희생하여 클로에를 지키려고 한 것이다.

디아블로의 명령을 충실하게 따랐기 때문이었겠지만, 베놈은 늘 아이들의 안전에만 신경을 썼을 것이다. 그렇기에 그 짧은 순간을 놓치지 않았던 것이다.

"크헉, 아프잖아——!!"

배에 큰 구멍이 뚫렸음에도 불구하고, 베놈은 아직 쌩쌩해 보였다.

역시 악마다. 육체가 망가져도 '영혼'만 무사하다면 대미지는 받지 않는 것 같다. 그란베르가 노리는 것이 베놈이었다면 얘기는 다르겠지만, 지금은 방치해둬도 괜찮을 것 같았다.

그리고 히나타와 베놈이 약간이나마 시간을 벌어준 덕분에, 나는 늦지 않을 수 있었다. 클로에의 앞부분까지 포함된 공간을 잡아먹으면서 그 결과, 순간이동에 가까운 형태로 나타날 수 있었던 것이다.

이제 '우리엘(서약지왕)'의 '절대방어'로 클로에를 지키기만 하면 된다.

"어, 리무루 선생님? 히나타, 언니⋯⋯?"

베놈에겐 미안하지만, 클로에의 의식은 히나타에게만 향해 있었다. 그것도 어쩔 수 없는 일이다. 나도 히나타가 더 걱정이 되었으니까.

"히나타, 괜찮으냐?"

루미너스가 히나타에게 달려와 그녀의 상처를 보고 있었다.

"히나타 언니, 죽으면 안 돼——!!"

"잠깐, 클로에!!"

말릴 틈도 없이, 클로에가 뛰쳐나갔다. 다른 아이들도 그 뒤를 따르려고 했기에, 나는 다급하게 '마비 브레스'로 아이들을 기절시켰다. 그리고 베놈에게 회복약을 주고, 아이들을 지키도록 시켰다.

"크, 클로에라고?! 정말로 클로에, 란 말인가⋯⋯."

레온이 이상한 반응을 보이고 있었지만, 지금은 무시한다.

나도 클로에를 쫓아서 히나타가 있는 곳까지 이동했다.

그란베르를 경계하면서, 히나타의 상태를 살폈다.

——잠깐, 이건⋯⋯.

"이봐, 루미너스……."

"닥쳐라! 영자의 침식 속도가 빠르다. 너무 빠르단 말이다!!"

육체의 상처는 치유되었는데도 히나타는 점점 쇠약해지고 있었다. 그 이유는 영자가 히나타의 스피리추얼 바디(정신체)를 파괴하고 있기 때문이다.

이대로 가다간 이윽고 아스트랄 바디(성유체)까지 침식이 진행될 것이다. 그렇게 되면 아무리 히나타라고 해도——.

그때, 히나타가 어렴풋이 눈을 떴다.

"그, 그래! 좋다, 히나타여. 정신을 차리고 의식을 유지해라!"

"——아닙니다, 루미너스 님, 저, 저는—— 쿨럭!"

위험하다.

이대로 가면 히나타가 위험해진다.

하지만 나보다 신성마법을 더 잘 알고 있는 루미너스조차도 히나타의 죽음을 막아내지 못하고 있었다.

그 정도로 그란베르의 기술이 대응하기 어려웠던 것이다.

"크, 클로에, 네가 무사해서 다행이야……."

입에서 피를 흘리면서도 히나타는 필사적으로 일어나려 하고 있었다.

그녀의 의식은 마치 강철 같았다.

이미 눈도 보이지 않을 텐데, 입가에는 미소를 짓고 있었다.

히나타는 클로에를 향해 자신의 오른손을 내밀었다.

그 떨리는 손에 쥐어져 있던 것은 '문 라이트(월광의 세검)'와 팔찌—— '성령무장(聖靈武裝)'이었다.

"……클로에, 너에게 맡길게. 아, 직 스승…… 다운 가르침은

전혀…… 해주지 못했지만, 너라면 나를…… 뛰어넘을 수 있을,
테니까——."

히나타의 목소리는 쉬어서 잠겨 들어갔지만, 그녀의 말은 울먹
이는 클로에에게 또렷이 전달되었다.

"히나타…… 언니……."

클로에의 손이 조심스럽게 히나타의 몸에 닿았다——.

다음 순간.

히나타의 몸에서 빛이 나더니, 클로에의 손에 그 빛이 흘러들
어가는 것처럼 보였다.

내가 잘못 본 건가——?

루미너스조차도 아무런 반응을 하지 못하고 있었다.

아니, 이건 마치 시간이 멈춘 것 같은…….

"마, 말도 안 돼!! 이런 건 몰라! 어째서야, 아직 빠르잖아!!"

그렇게 외치는 클로에의 목소리가 들렸다.

"잠깐, 클로에?"

그녀의 이름을 부르려고 했을 때, 클로에의 모습이 사라졌다.

마치 처음부터 그 자리에 없었다고 말하는 것처럼.

——헉 하는 소리와 함께 나는 제 정신을 차렸다.

방금 그건 대체……?

"클로에, 클로에는 어디 간 거지? 리무루…… 너 이 자식, 클로
에에게 무슨 짓을 한 거냐?"

"아, 아냐, 나도 뭐가 뭔지……."

레온이 내 어깨를 붙잡으면서 그렇게 따져 물었지만, 나도 무슨 일이 벌어진 건지 알 수가 없었다. 아니, 클로에는 대체 어디로 간 거지?

설마 정말로 사라진 건가?

레온은 내 반응을 보면서, 그 말이 거짓이 아니라는 것을 믿은 것 같았다.

초조한 표정으로 주위를 향해 정신없이 시선을 이리저리 돌리고 있었다.

나도 동요를 감추지 못하고 있었다.

지금 무슨 일이 일어난 것인지, 전혀 이해하지 못하고 있었다.

《──불명. 이상사태입니다. 개체명 : 클로에 오벨에게 무슨 일이 일어난 것인지, 그 전모를 파악할 수 없습니다.》

놀랍게도, 어느 때이든 의지할 수 있는 라파엘까지도 상황을 파악하지 못하고 있었다.

그러나 지금의 나에겐 넋을 놓고 있을 수 있는 여유조차도 없었던 것이다.

●

소녀── 클로에가 사라진 것을 보고, 루미너스는 놀라지 않았다.

지금은 그것보다 소중한 동료가 더 중요했던 것이다.

루미너스의 리저렉션(사자소생)이 발동했지만, 그건 효과를 발휘하지 못한 채 공중으로 사라졌다.

그 사실에 루미너스는 경악했다.

"왜냐?! 죽은 뒤에 그리 시간이 지나지 않았는데, 어째서……."

──아니, 루미너스에겐 '보이고' 있었다.

히나타의 육체는 깨끗하게 복구가 되었어도 그 내면, 가장 중요한 '영혼'이 사라지고 있다는 것이.

"히나타여, 미안하다. 내가 있는데도 이런 꼴을 당하게 만들다니……."

루미너스의 눈에서 눈물이 한 방울 떨어졌다.

그때, 루미너스의 귀에 분위기를 파악하지 못하는 목소리가 들렸다.

"그렇게 한탄하진 않았으면 좋겠군. 이것도 모두 내가 노린 대로 되었다. 내 마지막 계획은 실로 순조롭게 진행되고 있는 것이다, 루미너스!"

이 상황에서 한 사람, 그란베르만이 즐거운 표정으로 웃고 있었다. 그리고 그 웃음은 루미너스의 화를 격렬하게 돋웠다.

히나타의 죽음.

그걸 슬퍼하고 있을 시간조차도 루미너스에겐 허용되지 않는 모양이다.

"용서하지 않겠다. 절대 용서하지 않겠어. 네놈은 갈가리 찢어서 죽여주겠다!"

절규.

그리고 격노.

루미너스의 표정이 격렬한 분노로 새빨갛게 물들었다.

그건 자신의 마음에 들었던 히나타를, 눈앞에서 빼앗긴 것에 대한 분노였다.

아무것도 할 수 없었던 무력감과 절망.

그 분노는 과거에 베루도라가 자신의 왕국을 재로 만들었을 때와는 비교가 되지 않을 정도로, 마왕인 루미너스의 마음을 뒤흔들었다.

컵에 넘치기 직전까지 부어진 물에 파문이 생기는 것처럼, 그 자극은 루미너스의 욕망을 자극했다.

그 커다란 감정의 흔들림은 자신을 억제하고 있던 루미너스에게 어떤 변화를 가져왔다.

울려 퍼지는 '세계의 언어'── 그것은 권능을 한계치까지 자신의 것으로 보유하고 있었던 루미너스조차도 들어본 적이 없었던, 궁극의 절정에 이르는 종소리였다.

《확인했습니다. 조건을 만족했습니다. 유니크 스킬 '러스트(색욕자)'가 얼티밋 스킬(궁극능력) '아스모데우스(색욕지왕)'으로 진화했습니다.》

루미너스의 몸에 깃든 방대한 힘이 흉악하고 광폭하면서도 한층 더 높은 경지── 천상의 지배자의 영역으로 진화한 순간이었다.

마왕 루미너스의 진화한 스킬── '아스모데우스'가 관장하는 권능은 '생과 사'였다.

히나타의 죽음에 대한 무력감이 바로 루미너스가 각성하게 된 계기였다.

그러나 루미너스는 반응하지 않았다.

이제 와선 그 권능이 있어봤자 의미가 없다는 것을, 본능으로 이해하고 있었기 때문이다.

"이제 와선 아무 소용없단 말이다! 이제 와선 늦었어……. 정작 중요할 때에는 도움이 안 되는, 나에겐 있어봤자 아무 필요 없는 힘이다――!!"

'세계의 언어' 따윈 완전히 무시하면서, 루미너스는 자신의 몸을 불태울 것 같은 분노에 몸을 맡겼다.

"네놈이 바라는 것은 나와의 승부였지?"

"그렇다, 루미너스. 너도 진화한 것 같군. 그건 계산하지 못했지만 기쁜 일이다."

푸른색과 붉은색의 헤테로크로미아(금은요동)를 요사스럽게 빛내면서, 증오에 가득 찬 시선이 그란베르를 꿰뚫을 것처럼 노려봤다.

갑자기 사라진 소녀의 얼굴이 루미너스의 머릿속을 스쳤다. 그러나 루미너스는 그 감상을 머릿속에서 떨쳐냈다.

"**들었던** 얘기와는 다르구나――. 하지만 그건 이제 어찌 됐든 상관이 없다. 저 세상으로 보내주마, 그란베르――!!"

그리고 루미너스와 그란베르의,

1,000년을 넘은 인연의 끝에서, 자웅을 겨루기 위한 싸움이 시작되었다.

●

루미너스가 처치하는 것을, 잠자코 볼 수밖에 없었다.

완벽한 순서대로 실시된 리저렉션(사자소생)은 아무런 효과도 발휘하지 못했다.

믿을 수 없는 광경이었다.

애초에 영혼만 무사하다면 스피리추얼 바디(정신체)이든 아스트랄 바디(성유체)이든, 분명 리저렉션으로 복구할 수 있을 것이다. 그런데 왜 효과가 없는 걸까…….

《해답. 개체명 : 사카구치 히나타의 '영혼'이 소실된 것 같습니다. 어떤 수단을 쓰더라도 잃어버린 '정보자(情報子)'를 복구하는 것은 불가능합니다.》

……영혼이, 없다고?

아니, 사실은 알아차리고 있었다.

히나타가 쓰러진 것은 두 번째이므로, 그 차이를 한층 더 뚜렷이 알 수 있었던 것이다.

루미너스도 이미 알아차리고 있었을 것이다.

하지만 이렇게 빨리 영혼이 소실되다니, 보통은 그런 일이 일어날 리가 없다. 어떤 착오로 인해 인식을 하지 못 하게 된 것일 수도 있다는, 그런 일말의 희망에 기대를 걸었을 것이다.

그러나 그래도 역시 소용이 없었던 것 같다.

설마 루미너스가 그렇게 동요할 줄은 생각하지 못했다. 내가 알고 있는 것 이상으로 히나타와는 사이가 좋았던 모양이다.

나에게도 남의 일이 아니었다.

어쩌다가 이런 일이—— 그런 생각이 들자, 머릿속이 좀처럼 쉽게 정리되지 않았던 것이다.

그러나 지금은 그럴 때가 아니었다.

"들었던 얘기와는 다르구나——. 하지만 그건 이제 어찌 됐든 상관이 없다. 저 세상으로 보내주마, 그란베르——!!"

그런 루미너스의 절규를 듣고, 나는 자신이 넋을 놓고 있었다는 것을 깨달은 것이다.

전장에서 넋을 놓고 있었다니, 나는 대체 뭘 하고 있는 거람.

그런 행동은 자살을 바라는 짓, 그 자체였다.

슬퍼하는 것은 뒤로 미루고, 지금은 최선을 다할 수밖에 없다.

루미너스의 말을 듣고 뭔가 위화감을 느끼긴 했지만, 그게 무엇인지를 생각하는 것도 뒤로 미뤘다.

냉정, 냉정해져라.

사태는 아직 수습된 게 아니다.

여기서 이성을 잃고 내가 지면 히나타의 희생도, 모두의 노력도 전부 허사가 되어버린다.

강제적이긴 했지만, 제정신을 차리는 데에 성공했다.

루미너스가 소리치는 것이 조금 더 늦었다면, 사태는 더욱 감당하기 힘들게 되었을 것이다. 왜냐하면 다음 순간, 대성당이 대폭발을 일으켰기 때문이다.

폭발의 섬광과 폭풍은 입구에서 중앙으로 향하고 있었다.

그 속도는 터무니없이 빨랐지만, 광속에 비하면 한숨이 나올 정도로 느리게 느껴졌다.

나는 당황하지 않고, 아이들과 악단원들을 지키기 위해 움직였다.

시온 쪽이 걱정이 되어서 그쪽을 봤더니, 어느새 귀환한 디아블로가 '결계'를 펼쳐 보호하고 있었다.

"쿠후후후후, 늦었습니다."

"아니, 제때에 돌아와서 다행이다!"

나는 디아블로에게 감사의 인사를 했다.

그건 그렇고 놀라운 건 시온이었다.

란가는 폭발과 디아블로를 인식하고 있었지만, 시온에겐 눈앞의 적만 보이는 것 같았다.

그 표정은 귀기가 서려 있었으며, 피에 취한 것처럼 홍조를 띠고 있었다. 묘한 색기가 느껴졌지만, 전장에는 어울리지 않았다.

뭐, 좋다.

방금 전까지는 밀리고 있었지만, 지금은 그럭저럭 대등하게 싸우고 있는 것 같으니까. 시온과 란가에겐 그대로 라즐의 상대를 맡기자.

폭발의 원인을 찾았다.

느껴지는 것은 터무니없이 거대한 오라(요기)였다.

그것도 등줄기가 얼어붙는 게 아닐까 하는 착각이 들 정도로 사악한 기운이었다.

좋지 않은 예감 운운할 레벨이 아니었다.

하늘에서 떨어진 것 같은 중압감── 아니, 이 기운은 클로에와 융합했던 상위정령과 가까운 어떤 존재, 인가?

비슷한 것 같지만 약간은 다른 것 같기도 하다.

그러나 그 방대한 존재치(存在値)만큼은 예전에 클로에와 정령을 융합시켰을 때 느꼈던 것과 동등했다.

《알림. 대상은 매터리얼 바디(물질체)입니다. 비정상적일 정도의 에너지(존재력)을 감지―― 그 상한선은 개체명 : 베루도라와 동등합니다.》

네.

괴물 인증이 나왔습니다!

예전과는 다르게 측정 불능은 아니었지만, 아무런 위안도 되지 않았다.

카오스 드래곤(혼돈룡)처럼 본능에 따라 날뛰는 것뿐이라면 대처할 수 있겠지만, 이 정도 위력에 지혜를 갖췄다면 두 손을 들고 항복해야 한다.

하물며, 전투경험이 풍부하기라도 하다면…… 그런 건 상상하는 것도 무시무시하다. 싸워보지도 못 하고 패배할 것 같다.

내가 가진 것보다 배 이상은 될 것 같은 에너지.

그래도 싸울 수밖에 없을 것 같은 예감.

이런 것을 절망적이라고 표현하는 거겠지.

그리고 연기가 사라졌다.

그 자리에 서 있는 것은 엄청난 미소녀였다.

실오라기 하나 걸치지 않은 모습으로, 눈을 감은 채 조용히 서 있었다.

흑은색의 긴 머리카락이 매끄럽게 나부끼면서, 주위에 은색의 빛을 흩뿌리고 있었다.

환상적이기까지 한 그 아름다운 모습을 보고, 나는 자신도 모르게 넋을 놓고 바라보고 있었다.

——하지만 그럴 때가 아니었다.

"네놈이냐, 내 성궤를 빼앗은 녀석이! 더구나 하필이면 성령력의 봉인을 풀고 클로노아(파멸의 의지)를 각성시키다니……."

루미너스가 소리치면서 돌아본 방향, 거기 서 있던 자는 낯익은 인물.

유우키였다.

역시 이번에도 이 녀석이 나쁜 계략을 꾸미고 있었던 건가.

마음속 어딘가에서 유우키를 믿고 싶다고 생각하고 있었지만, 역시 라파엘(지혜지왕)이 옳았던 것 같다.

뭐, 어느 쪽을 신용할 것인지는 묻는다면, 주저하지 않고 라파엘이라고 답하겠지만 말이지.

그래서 나는 놀라지 않고, 차가운 태도로 유우키에게 말을 걸었다.

"역시 네가 관여하고 있었나?"

"쳇, 들켜버렸다. 하지만 이것도 나름대로 나쁘진 않군."

유우키는 전혀 주눅 들지 않은 채, 약간은 장난스러운 표정으로 그렇게 지껄였다.

이게 이 녀석의 본성이겠지만, 그렇다 쳐도 아주 뻔뻔한 신경을 가지고 있는 것 같다.

유우키의 뒤에는 낯선 가면을 쓴 마인이 두 명 있었다.

'사람을 놀리는 것 같은 표정의 좌우비대칭 가면'과 '화가 난 표정의 가면'── 아마 이 녀석들이 '중용광대연합'의 라플라스와 풋맨이겠지.

그렇지 않을까 하는 생각을 했었지만, 역시 유우키와 연결되어 있었던 것 같다.

"네가 루미너스인가? 나는 카구라자카 유우키, 만나서 영광이야."

"입 닥쳐라! 대체 어떻게 봉인을 푼 것이냐?"

"그 질문 말인데, 나는 초(超)특이체질이거든. 이 '안티 스킬(능력살봉)'로 어떤 마법이나 특수능력도 막아버릴 수 있어."

"──그렇군. 그걸 스스로 밝히다니 꽤나 호탕하구나."

증오스럽다는 표정으로 루미너스가 유우키를 노려봤지만, 그녀의 모든 신경은 여전히 그란베르에게 향해 있었다.

그리고 그란베르 쪽도 흑발의 소녀를 향해 시선을 돌리고 있었다. 루미너스와 마찬가지로, 모든 공격에 대처한 상태로 말이다.

상위자의 전투라는 것은 임기응변이 뛰어나다는 말로는 표현하기 어려운 것이었다.

"그러네. 어찌 됐든 거기 있는 리무루 씨한테는 다 알려졌으니, 숨겨봤자 의미가 없거든. 그것보다 나도 묻고 싶은 게 있는데. 네가 아니라, 그쪽의 그란베르 씨에게 말이지."

"큭큭큭, 네가 할 질문은 대충 상상이 간다만, 뭐, 말해보도록 해라."

유우키도 가벼운 말투로 말하고 있었지만, 그 시선은 주변을 빈틈없이 수색하고 있었다.

나와 레온이 자유롭게 움직일 수 있는 이상, 그렇게 쉽게 도망칠 수는 없다고 판단하고 있는 것이다.

유우키에게 도망칠 마음이 있을 경우──의 얘기지만, 일단 이 녀석은 틀림없이 도망칠 것이다.

나는 유우키가 여기서 자신의 모습을 보이는 이유가 짐작이 되지 않았다. 그래서 이 상황이 녀석의 의도였다고 생각되지 않았다.

상황을 제대로 모르는데 움직이는 것은 위험하다.

유우키와 그란베르의 대화를 통해서, 어떤 상황에 처한 것인지 파헤쳐볼 수밖에 없을 것 같다.

"성궤에 봉인되어 있다고 들은 '용사'말인데, 제어가 가능한 수준이 아니던데? 멋대로 봉인도 풀려버렸고 말이야. 이게 대체 어떻게 된 거지, 그란베르?"

용사?

저 소녀가 용사라고?!

오히려 더 알 수 없게 되어버렸다.

왜 마왕이 용사를 봉인하고 있었던 거지?

아니, 루미너스는 소중히 다루고 있었던 것 같으니, 단순한 봉인은 아닌 것 같군.

"당연하지! 저건 '용사'이면서 용사가 아니니까. 지금 저 아이는 클로노아라고 이름이 붙어진 악의 화신 같은 존재다──."

유우키에게 대답한 자는 루미너스였다.

그 목소리는 격렬한 분노과 놀랍게도 초조함이 섞여 있었다.

루미너스가 클로노아라고 부르는 저 소녀, 악의 화신이라는 불길한 단어도 들린 걸 보면 역시 엄청나게 위험한 존재인 것 같다.

"큭큭큭. 아주 잘했다, 유우키여. 그 성궤, 성령력의 봉인은 나도 깨트릴 수 없었다. 그래서 너를 이용한 것이다. 봉인에서 풀려난 그녀라면 누구에게도 지지 않을 것이다. 마왕들이여, 사악한 자들이여! 여기서 전부 죽어라!"

그란베르가 크게 웃으면서 그렇게 외쳤다.

그건 그렇다 쳐도 정말 친절한 사람이군. 이렇게까지 다 말해주면, 나도 도움이 되니까 말이지.

——그렇다고 해도 상황은 전혀 나아지지 않았지만.

"이거 참, 머리싸움에선 내가 진 건가. 완전히 당해버렸네…….."

그렇게 중얼거리는 유우키의 목소리가 들려왔다.

하지만 슬슬 이 교착상태도 끝을 맞을 때가 온 것 같았다.

휘청, 하고.

흑발의 소녀—— 클로노아가 움직인 것이다.

가볍게 머리를 흔들면서, 그 눈이 떠졌다——.

그게 바로 대혼전의 시작을 알리는 신호가 되었다.

*

루미너스가 무엇을 알고 있는지, 그건 나중에 천천히 듣기로 하고, 우선은 이 자리에서 살아남는 게 먼저이겠지.

"디아블로, 너는 내 대신 이곳을 맡아라."

"——알겠습니다!"

디아블로는 한순간 무슨 말을 하려고 했지만 이 자리의 분위기를 파악했는지, 순순히 받아들였다.

아마 자신이 싸우겠다는 말을 하고 싶었겠지만, 그런 대화를 나누고 있을 때가 아니다. 나에겐 양보할 마음이 전혀 없었으며, 디아블로는 그걸 알아차렸을 것이다.

자, 그럼.

여기서 문제가 되는 건 내가 어떻게 움직여야 하느냐는 것이다.

루미너스와 그란베르는 교착상태였다.

시온과 란가도 라즐을 상대로 분전 중이었다.

유우키 일행은 도망칠 기회를 엿보고 있었다. 놓아줄 생각은 없지만, 클로노아에 비하면 위험도가 낮다. 하지만 방치해둘 수 없다는 게 난점이었다. 방심했다간 등에 칼을 맞을 것 같았으며, 같이 싸우는 것도 불가능했다.

레온은 아까부터 넋이 나간 표정을 짓고 있었다. 솔직히 말해서 의지할 수 없을 것 같았다.

아군은 적고, 적은 많았다.

난이도가 너무 높은 비참한 상황이었다.

클로노아가 눈을 떴다.

거칠게 휘몰아치는 싸움의 기운.

알몸으로 보였던 클로노아였지만, 유일하게 손목에 팔찌가 장식되어 있었다. 그게 빛을 발하면서, 검은 입자가 클로노아의 몸을 덮었다. 보아하니 '성령무장'과 비슷한 원리인 것 같았다.

그 의상은 칠흑의 갑옷이었다. 히나타가 입었던 빛나는 갑옷보다 그 강도는 높았다.

그리고 거기서 그치지 않고, 클로노아는 한 자루의 검을 소환

469

했다.

칠흑의 칼날이라는 차이점은 있었지만, 문 라이트(월광의 세검)와
아주 비슷하게 생긴 아름다운 레이피어였다.

《알림. 형상은 동일하지만, 그 안에 담긴 존재력의 수치는 비교가 되
지 않을 정도로 더 높습니다.》

그 무장은 양쪽 다 레전드(전설)급보다도 훨씬 더 대단한 것 같
았다.

내 직도(直刀)와 동등하거나 그 이상. 즉, 갓즈(신화)급에 도달한
것이라는 생각이 들었다.

이젠 안일한 기대는 버려야만 한다.

지혜가 있고 없고를 따질 때가 아니며, 심지어는 레벨(기량)까지
밀리고 있을 가능성이 있었다.

더구나 저 무기라면 내 방어를 돌파할 것 같은 예감이 들었다.

절체절명의 위기였다.

《알림. 개체명 : 클로노아에게――.》

알고 있어!

라파엘(지혜지왕)의 충고를 들을 것도 없이, 위험한 기운을 감지
했다.

나는 본능에 따라 '절대방어'를 전개한 채로 회피행동을 시작
했다.

그 직후, 내가 서 있던 장소를 검은 섬광이 스치고 지나갔다. 그대로 직선상에 있는 수많은 장애물을 파괴하였고, 그 섬광은 대성당의 벽을 돌파하면서 사라졌다.

그냥 위험하다는 수준이 아니었다. 한 발만 늦었으면 제대로 직격을 맞았을 것이다.

버텨내느냐 아니냐는 운에 달렸다.

《아닙니다. 얼티밋 스킬 '우리엘(서약지왕)'의 '절대방어'라 해도 '영자'는 관통합니다. 그 움직임을 예측함으로써, '영자'끼리 간섭하여 상쇄시킬 뿐입니다. 적성체의 공격변동수치는 상정 이상이며, 그걸 예측하는 것은 어렵습니다. 즉——.》

방어할 수 없단 말이지? 잘 알았습니다.

그럼 절대라는 이름은 대체 왜 붙은 건지……. 그런 한탄을 하고 있을 때가 아니었다.

지금은 방심하지 않고 회피한 자신의 기지를 칭찬해주자.

그리고 클로노아의 공격은 나에게만 날린 것이 아니었다. 뒤이어 그녀가 날린 일격은 유우키를 노렸던 것이다.

유우키가 그 공격을 제대로 피하지 못하면서 부상을 입었다. 그래봤자 볼을 약간 베인 정도지만.

꼴좋다—— 라고 생각하면서 기뻐해선 안 되지만, 쿡 하고 웃는 정도는 허용해주기로 하자.

그건 그렇다 쳐도 클로노아의 공격은 정말 굉장하군.

유우키의 '안티 스킬(능력살봉)'조차도 순수한 물리공격 앞에는 의미가 없었다.

아니, 잘 생각해보면 나에겐 '물리공격무효'가 있지만, 유우키에겐 그런 편리한 힘은 없었다. 그 몸은 강화되어 있다곤 하나, 원래는 인간이 지나지 않는 것이다.

위협적이라고 생각했던 '안티 스킬'이었는데, 의외로 허술한 부분이 많은 것 같군.

그런 식으로, 타인의 싸움에 대해선 아직 고찰할 여유가 있었다.

나에게 칼끝이 돌아오기 전에, 뭔가 대책을 생각해야 한다.

《제안. 얼티밋 스킬 '베루도라(폭풍지왕)'에 의한 '폭풍룡 소환'을 발동하시겠습니까?

YES/NO》

아, 그런 방법이 있었나!

이렇게 많은 사람들 앞에서 비장의 수를 보여주는 건 내키지 않지만, 그런 말을 했다가 돌이킬 수 없는 상황이 되는 게 더 큰 문제다.

히나타처럼 누군가가 희생이 된 뒤에는 이미 늦은 것이다.

루미너스와 베루도라의 관계에 약간의 불안감을 느끼고 있는 것은 사실이다. 하지만 이런 때에 그런 소리를 늘어놓고 있을 수는 없는 것이다.

나는 라파엘의 제안을 바로 받아들였다.

몰래 연습을 하고 있었기 때문에 어떤 감각인지는 확실히 알고 있다. 베루도라를 '영혼의 회랑'을 통해서 부르자, 귀찮아하는 듯한 대답이 돌아왔다.

『응, 리무루인가? 날 놔두고 너희들만 소풍을 가니 즐겁냐?』

토라져 있었다.

소풍이 아니거든.

괜한 트집은 잡지 않으면 좋겠지만, 여기서 느긋하게 반론할 시간이 없다.

이런 경우에는 진심을 터놓고 얘기하는 것이 제일 좋다.

『베루도라, 부탁이야. 네 도움이 필요해. 힘을 빌려줘!』

'영혼의 회랑'을 통하면, '사념전달'보다도 감정이 직접적으로 전달된다. 거짓말을 하면 바로 들통하기 때문에 평소에는 잘 사용하지 않는다.

하지만 반대로 진심을 전달하기에는 최선의 방법이다.

베루도라가 놀라는 기척이 전해져왔다.

『호오, 내 힘이 필요하다고? 그렇겠지. 나만큼 믿음직스러운 존재는 그리 많지 않으니까, 네가 의지하고 싶어지는 마음은 잘 이해가 돼!』

이런, 너무 비행기를 태웠나?

아니, 괜찮아. 베루도라라면 내 마음에 응해줄 것이다.

『시간이 없어. 널 불러도 될까?』

『훗, 어리석은 질문이야. 네가 나한테 부탁한다고 말했잖아. 그렇다면 내 대답은 하나지! 부르도록 하라고. 내가 마음껏 힘을 발휘해주지!!』

생각했던 대로 베루도라는 의지가 되는 녀석이었다.

《승낙을 확인했습니다. '폭풍룡 소환'을 발동합니다.》

그리고 곧바로 대성당에 폭풍이 휘몰아쳤다——.

●

레온은 아연실색하고 있었다.

(나는 때를 맞추지 못한 건가……?)

클로에라고 불리던 소녀, 그 아이는 틀림없이 레온이 찾아 헤매고 있던 소꿉친구가 분명했다.

스스로의 손을 더럽히고 금단의 방법에 의지하면서까지, 몇 백 년이나 찾아 헤맸던 소녀가 눈앞에 분명히 있었다.

그랬다, 분명히 존재했던 것이다.

그러나 지금, 그 소녀의 모습은 존재하지 않는다.

처음에 레온은 리무루가 무슨 짓을 한 게 아닌가 하고 의심했다.

그러나 곧바로 그 생각을 부정했다.

뭔가 너무나도 불가사의한 사태가 일어났다——. 그렇게 생각할 수밖에 없다고 레온은 판단했다.

(아직이야, 아직 포기하는 건 일러. 이제야 만날 수 있었다. 또 다음 기회는 반드시 찾아올 거야!)

스스로를 달래는 것처럼, 레온은 그렇게 생각하면서 믿으려고 했다.

그렇게 마음을 다잡았지만, 그때는 이미 사태는 급전개를 보이고 있었다.

모습을 드러내면서 절대적인 힘을 보이는 적.

그 정체는 불명이지만, 리무루가 일방적으로 몰린다는 것은 눈으로 보고 알 수 있었다.

레온에게도 이게 남의 일이 아니며, 다음에는 자신을 노리지 않는다는 보장이 없는 상황이었던 것이다.

유우키가 공격을 받으면서 필사적으로 회피하고 있었다.

그걸 보고 레온은 재빨리 자신이 전장에 서 있다는 것을 기억해냈다.

그러나 그건 아주 조금 늦은 반응이었다.

대성당의 벽 근처에는 전투불능이 된 자들이 누워 있었다. 레온은 모르는 일이었지만, 리무루가 전투에 휩쓸리지 않도록 배려한 결과였다.

그들은 아직 살아 있지만, 완전히 기절해 있었다. 그래서 레온은 그들에 대한 경계심이 흐려져 있었던 것이다.

평소의 레온이라면 우선 그런 실수를 할 리가 없었다. 그러나 지금, 자신이 찾던 소녀가 눈앞에서 사라진 것 때문에 충격을 받으면서 레온의 마음은 흐트러져 있었다.

그런 몇 가지 요소가 겹치면서, 레온에게 빈틈이 생겼던 것이다.

그래서 레온은 그 한순간의 대응이 늦었다.

벽 쪽에서 발사된 작은 마력탄.

살상능력 같은 건 전혀 없어 보였던 그 마력탄이, 유우키를 추격하려는 자세를 잡고 있던 클로노아에게 날아들었다.

당연히 그런 공격은 클로노아에겐 통하지 않았다. 그러나 마력탄을 발사한 자의 의도는 훌륭하게 성공했다.

클로노아가 돌아보면서, 레온을 향해 시선을 고정했던 것이다.

"쳇, 나에게 떠넘기는 것이 목적이었나!"

레온은 혀를 차면서도, 뒤에서 꿈틀거리는 자를 방치할 수밖에 없었다. 클로노아로부터 눈을 돌렸다간, 다음 순간에는 레온에게 죽음이 찾아올 것이기 때문이다.

진지하게 상대하지 않으면 마왕 레온이라고 하더라도 불리하다. 그러기는커녕 제대로 싸워도 승리하지 못할 상대일 가능성이 높았다.

클로노아라는 존재는 그 정도로 상대하기 버거운 상대였다.

이렇게 된 이상, 레온이 다른 일에 신경을 쓸 여유 따윈 이미 사라진 것이다.

그 상황을 보면서 갈채를 보내는 자가 있었다.

유우키 일행이었다.

"성공했구먼, 티어!"

"그 판단은 정말 훌륭했어. 이런 식으로 도움이 될 줄은 몰랐지만, 보험을 들어두길 잘했네."

사실은 티어는 리무루의 적의를 레온에게 돌리기 위한 역할을 맡고 있었다. 하지만 그런 기회가 찾아오지 않는 바람에, 티어는 계속 연기를 하고 있었던 것이다.

그 인내심이 절호의 타이밍으로 보상을 받은 것이다.

"훗훗호. 이제 티어가 돌아오기를 기다렸다가 후퇴하기만 하면 되겠군요."

클로노아가 자신을 노렸을 때는 식은땀이 멈추지 않았던 유우키지만, 지금은 이제 태연한 표정을 짓고 있었다.

레온과 클로노아의 싸움을 관찰할 여유까지 있었다.

그런 유우키였기 때문에, 벽 근처에서 필사적으로 허둥지둥 도망쳐 오는 티어를 알아차리지 못할 리가 없었다. 라플라스가 도망칠 준비를 완료하기 전에 재빨리 구출하러 갔다.

그리고 유우키가 티어를 데리고 돌아오는 것과 동시에 라플라스의 마법이 완성되었다.

"다 됐어. 어서 귀환하자고."

"그러지. 리무루 씨도 뭔가를 시도하려는 것 같으니, 여기에 남는 건 위험하겠어. 어서 도망치기로 할까."

그렇게 고개를 끄덕이면서, 유우키는 자신의 손을 하늘을 향해 들어올렸다.

그리고 루벨리오스를 뒤덮은 국가규모의 마법결계를 파괴했다.

"훗훗호, 역시 보스로군요."

"언제 봐도 보스의 스킬(능력)은 반칙이라니까……."

"뭐, 어때? 그 덕분에 이렇게 쉽게 도망칠 수 있는 거니까."

라플라스의 말대로 이런 도시의 중앙부에서 마법으로 도망친다는 건 원래는 불가능하다. 그걸 유우키의 힘으로, 모든 것이 자신들에게 유리하도록 바꿀 수 있었던 것이다.

티어의 말대로 반칙에 가까운 능력이긴 하지만, 그 덕분에 도망칠 수 있으니 누구도 다른 말은 하지 않았다.

"누가 살아남을지는 모르겠지만, 다음에 만나면 적이 되겠군. 그럼 다들 열심히 발버둥 쳐보라고!"

그 말을 남긴 뒤에, 유우키 일행은 이 자리를 떠났다.

●

유우키 일행이 도망치는 것이 보였다.

이렇게 골치 아픈 녀석을 남겨놓고 자신들만 도망치다니——그렇게 분개했지만, 생각하기에 따라선 상황이 나아진 것이긴 하다.

적인지 아군인지 모를 녀석을, 아니, 이 경우는 틀림없이 적이 겠지. 그런 녀석과 공동전선을 펼쳐 싸웠다간 언제 배신을 당할지 모르기 때문이다.

자칫하면 둘을 상대로 정면으로 맞붙게 될 수도 있으니, 그것보다는 적을 한 명으로 줄이는 것이 승리확률도 더 높다고 하겠다.

서방열국에 대한 서방성교회의 영향력은 크다.

내 성명에 루미너스가 찬동해준다면, 서방에 미칠 유우키의 영향력은 사라진 것이나 마찬가지인 결과가 될 것이다.

애초에 자유조합의 뒤를 받쳐주는 것이 평의회이며, 그 두목이라고도 할 수 있는 남자가 루미너스와 교전 중이다.

여기서 승리만 하면 유우키는 더 이상 위협이 되지 못한다.

도망쳤다고 해서 그렇게 실망할 일도 아니다. 그렇게 자신을 달래면서, 나는 적을 똑바로 응시했다.

"리무루, 저 녀석은…… 나를 봉인했던 '용사'이지 않나?"

"그런 것 같아."

"역시 그런가. **가면**은 쓰고 있지만, 슬쩍 보인 입가의 모양이 같았으니까 말이지. 역시 내 눈이 잘못 본 건 아니군. 정말 아름답지 않은가!"

엄청나게 빠른 속도로 자랑스럽게 말하는 베루도라.

그럴 때가 아니지만, '용종'인 주제에 인간의 미의 기준을 이해하는 것이 약간 마음에 걸렸다.

어찌 됐든 베루도라의 '반해서 졌다는 의혹'이 더 깊어진 순간이었다.

"미인인 건 동의하지만, 지금은 적이야. 루미너스가 봉인해둔 것 같은데, 아무래도 폭주 상태인 걸로 보여. 너에 대한 대책으로 마련해둔 것 같으니, 네가 책임을 지고 어떻게든 해봐."

"실례로군. 나처럼 품행이 방정한 자에게 뭘 그렇게 거창한 대책이 필요하다는 거야?"

너 말이다, 대체 어느 입으로 그런 말을······.

이 말에는 나도 어이없음을 넘어 감탄이 나오고 말았다.

하지만 지금은 베루도라의 헛소리에 어울려주고 있을 때가 아니다.

"농담은 그만하고, 잠깐 저 녀석을 상대하면서 시간을 벌어줘!"

"크앗———핫핫하! 내게 맡겨. 이 여자와는 인연도 있으니까. 한 번 더 싸워보고 싶다고 생각했어. 물론, 내가 쓰러뜨려도 되겠지?"

오오, 멋진걸!

그런 대사는, 내가 아는 한 패배 플러그지만 말이야.

"물론이고말고! 그럼 부탁할게!"

"맡겨만 둬. 그때는 용의 모습을 하고 있어서 진 거야. 성장한 나를 보여줄 좋은 기회로군."

자신만만하게 굴고 있지만, 그건 사실은 약해진 것 아니야?

용보다 인간의 모습일 때가 더 강하다니, 무슨 논리로 그런 말이 성립되는 건지. 그런 생각을 했지만, 모처럼 의욕을 보였는데 찬 물을 끼얹을 수도 없었다. 나는 흔쾌히 베루도라를 보냈다.

뭐, 지더라도 베루도라는 죽지 않을 것이다.

그 점은 안심해도 괜찮을 것이기 때문에, 나는 레온 쪽을 돌아봤다.

"무사한가, 레온?"

내 반응을 살피고 있는 클로노아에게서 시선은 돌리지 않은 채, 나는 레온에게 물었다.

"그럭저럭 괜찮은 것 같군. 방심하지 마라, 저자는 상상 이상으로 강하다."

나는 일단 레온을 치료해주기로 했다.

레온의 검은 이미 부러졌으며, 만신창이라고 표현할 수 있는 상태였다. 용케도 지금까지 버텨주었다.

레온이 시간을 벌어주었기 때문에, 나는 무사히 베루도라의 소환에 성공한 셈이니까.

"그런 건 보자마자 바로 알았어. 그리고 루미너스가 그 정도로 경계하던 상대야. 처음부터 쉽게 이길 수 있다는 생각은 하지도 않았어."

그래서 나도 베루도라라는 비장의 수를 꺼낸 거니까.

"그래서 베루도라를 부른 건가. 어떻게 불러냈는지는 묻지 않겠다만, 우리 편이라고 생각하니 든든하군. 하지만 말이지, 저자를 상대하는 건 '용종'이라 해도 버거울 거다."

그것도 굳이 말하지 않아도 알고 있어.

왜냐하면 눈앞에 있는 클로노아가 바로 베루도라를 봉인한 장본인이니까.

"그건 그렇고 다친 데는?"

"괜찮다. 검이 부서지지 않도록 하느라고 마력을 좀 낭비했지만, 치명상은 하나도 없다."

그래도 결국 레온의 검은 부러진 것 같지만. 그리고 레온은 차분한 표정으로 그렇게 말하지만, 상당히 억지로 참고 있는 것으로 보였다.

우리에겐 레온까지 지켜줄 정도의 여유는 없었다.

이렇게 되는 것이 결과적으로는 정답이었을까?

내가 소환한 것은 베루도라뿐만이 아니었다.

실은 한 명이 더 있었던 것이다.

"무사하십니까, 레온 님? 참으로 오랜만에 뵙습니다."

카리스였다.

잠깐 소환하느라 애를 먹었던 것은, 베루도라가 카리스도 데려가겠다고 고집을 부렸기 때문이다.

"너는…… 이플리트, 인가?"

"네. 지금은 카리스라는 이름을 받고 베루도라 님을 따르고 있습니다."

"그렇군, 잘 지내는 것 같아서 다행이다."

"저는 레온 님의 진의를 깨닫지 못하고, 이자와 시즈에와 서로 이해하질 못했습니다. 베루도라 님의 지도를 받으면서, 이제 겨우 자신의 어리석음을 깨달았습니다."

"······그렇군."

레온도 고개를 끄덕이고 있었지만, 정말로 대화가 제대로 이뤄지고 있는지는 의문이었다.

적당히 맞장구를 쳐주는 것뿐이라는 생각도 들었지만, 멋대로 끼어드는 것도 실례겠지.

성격이 진지한 것은 주인과 신하, 둘 다 똑같군.

"리무루여, 조금만 시간을 벌어다오. 나도 비장의 수단을 보여주겠다."

레온이 나에게 그렇게 제안했다.

여기서 도망칠 가능성도 있지만, 지금 짧은 시간 동안 어울리면서 레온은 그런 녀석이 아니라는 생각이 들었다.

믿어보기로 하자.

"알았어. 나는 베루도라를 도와주기로 하지. 카리스, 너는 레온의 준비가 끝날 때까지 여기서 지켜주도록 해라."

"알겠습니다!"

"미안하구나, 고맙다."

얘기는 정리되었다.

레온은 곧바로 뭔가를 시작했다.

그런 그를 지키는 것은 카리스. 옛 주인과 신하 콤비의 부활이다.

그리고 나는 전장으로 돌아갔다.

마지막 싸움의 막이 오른 것이다.

제5장

용사 각성

Regarding Reincarnated to Slime

──아아, 졸려.

히나타는 거부하기 힘든 유혹에 넘어가면서, 깊고 바닥이 보이지 않는 나락으로 빨려 들어가기 직전이었다.

자신의 마음에 날아들듯이 찾아온 것은 어린 시절부터 지금에 이르기까지의 기억들── 주마등이었다.

(그래, 기억이 났어. 어릴 적에는 그런 아버지라도 나랑 같이 놀아주었지.)

'지금'만 보면서 살아왔기 때문에, 히나타는 그런 소중한 일도 잊어버리고 있었던 것이다.

옛날에는 평범한 가정이었다.

히나타의 아버지가 다니던 회사가 도산하면서, 모든 톱니바퀴가 엉클어진 것이다.

아버지만 정상적이었다면, 어머니도 미치지는 않았을 것이다.

그런 아버지가 얼마나 고뇌했는지를 상상할 여유 따윈 히나타에겐 없었던 것이다.

그래서 지금까지 계속 증오하고 원망하면서 불행한 현실을 없었던 것으로 쳤고, 아버지의 죄를 용서하지 않았으며 그걸 단죄하는 것으로 히나타는 자신의 행위를 정당화하고 있었다.

인간은 누구나 마음속에 약한 부분을 품고 사는 생물이다.

아버지도 그건 마찬가지였다.

만약 가족끼리 서로를 의지하고 살았다면 결과는 달라졌을지도 모르는데…….

(그런 내가 정의를 들먹인다니, 우스꽝스러운 짓이야. 그래서 나는 그 인간에게 아버지의 모습을 추구했던 걸까…….)

그 정의감, 본인은 부정하겠지만 그 끝도 없이 사람 좋은 성격을 접하면서, 히나타는 구원을 받은 것처럼 느끼고 있었다.

필사적으로 긴장을 유지한 채 버티느라 폭발하기 직전이었던 히나타의 마음에, 여유라는 복음을 가져다준 사람은 틀림없이 그──.

그건 히나타가 멋대로 그렇게 생각한 것이며, 본인에게 솔직히 밝히더라도 난감한 반응을 보이기만 할 것이다.

하지만 혹시나 이런 자신의 마음을 받아들여주지 않을까 하는, 그런 달콤한 유혹에 사로잡힐 때도 있었다.

(이래선 그란베르가 말한 대로 되는 거잖아. 나는 줄곧, 스스로 자신을 용서하지 못하고 있었던 거네.)

깨닫고 보니, 의외로 어이가 없었다.

자신은 용서를 받을 수 없다고, 히나타는 계속 그렇게 믿으면서 살아왔다.

이런 자신이기 때문에 어머니도 슬퍼하지 않을 것이라고. 예전의 그 세계로 돌아간다고 해도 아무도 기뻐해주지 않을 것이라고 생각했던 것이다.

그래서 이 세계에서 누군가의 도움이 되고 싶었다.

가능한 한 많은 수의, 자신이 구할 수 있는 만큼의 사람들을──

그 신념이 바로 히나타의 원동력이 되었던 것이다.

(하지만 이제 지쳤어. 이 컴컴한 잿빛의 어둠 속에서 천천히——.)

히나타의 의식은 서서히 어둠 속으로 가라앉으려 하고 있었다.

오감은 이미 사라졌으며, 마음속의 응어리도 전부 풀리면서, 아쉬울 것은 이미——.

《잠들면 안 돼애——!!》

강렬하게 자신을 부르는 목소리를 듣고, 히나타의 의식은 각성했다.

(방금 그 목소리는, 클로에……?)

그 생각이 히나타를 현실로 다시 불러냈다.

아니, 그건 현실이라고 말하긴 어려운, 너무나도 기묘한 상황이었다.

공중에 떠 있는 창을 통해서 바깥의 경치가 보였다. 그러나 그건 눈을 통해 보는 것이 아니라, 마음으로 느끼는 광경 같았다.

《그건 말이지, 히나타 언니가 내 안에 있기 때문이야.》

그게 무슨 뜻——이냐고 되묻기 전에, 히나타는 자신이 처한 상황을 기억해냈다.

(그래, 그랬었지. 나는 그란베르의 칼에 찔려서…… 죽은 게, 아냐?)

모든 기억을 떠올리면서, 히나타는 혼란에 빠졌다.

자신의 '수학자'를 풀로 가동해도 이해가 되는 해답을 얻을 수가 없었다. 애초에 이 상태에서 스킬을 사용할 수 있다는 것조차도 신기한 일이었다.

《전부 설명해줄 테니까, 우선 의식을 강하게 유지해. 그리고 나와 동조해주면 좋겠어.》

(동조?)

《응. 여기에 빛이 보이지 않아?》

그 목소리, 클로에가 말하는 대로 히나타는 의식을 집중시켰다. 그러자, 목소리가 가리키는 방향에 작은 빛이 보였다.

《그래, 거기야!》

히나타는 빛으로 향했다.

몸을 움직이는 감각으로, 의식만이 앞으로 나아갔다.

그리고——.

빛과 히나타의 의식이 서로 맞닿은 순간, 히나타의 의식은 무지개색의 빛으로 물들었다.

잠시 후에.

"정신이 들었어?"

『여긴……?』

"응, 안정된 것 같아. 그러니까 말이지, 히나타 언니는——."

『히나타라고 불러..』

"······응, 알았어! 그래서 말이지, 히나타는 내 안에, '영혼' 안에 있었어. 이런 건 아마 처음 겪는 일이라 당혹스럽겠지만, 그건 분명한 사실이야. 그대로 있었으면 히나타는 '무한뇌옥'에 먹혔을 거라고!"

그 말을 듣고, 히나타도 자신이 처한 상황을 깨달았다.

자신의 몸이 없는 것도 당연하며, 자신의 '영혼'이 클로에 안에 있다는 것을 순순히 받아들이면서 이해한 것이다. 그리고 클로에가 말하는 '무한뇌옥'이 그 컴컴한 잿빛의 어둠 속 밑바닥에 있었다는 것을.

『그렇구나, 내게 말을 걸어줘서 고마워..』

그래서 히나타는 솔직하게 감사 인사를 했다.

그런 뒤에 히나타는 클로에로부터 많은 설명을 들었다.

클로에의 설명에 의하면, 히나타가 칼에 찔렸을 때 클로에 안으로 '영혼'이 이동했다고 한다.

일반적으로는 죽으면 영혼은 육체를 떠난 뒤에 공중으로 확산되면서 소멸한다. 그러나 이번에 클로에의 '영혼'과 간섭하면서, 심상치 않은 사태가 발생한 것 같다는 말을 들었다.

그런 설명을 듣고 쉽사리 고개를 끄덕이며 받아들을 수는 없지만, 히나타는 그 밖에도 마음에 걸리는 게 있었다.

『그래서, 리무루는 무사해? 루미너스 님은, 그란베르는 어떻게 됐지?』

안색이 변한 표정으로 히나타는 클로에에게 물었다.

그러나 클로에는 여전히 침착함을 유지하고 있었다.

"저기, 흥분하지 말고 들어주었으면 하는데, 여긴 먼 옛날이야."

『뭐?』

"저기 봐, 저 산이 보여?"

『그래…… 잠깐, 설마! 저건 리오라 산맥의 영산? 그럼 여긴? 위치정보로 계산해보면 루벨리오스의 성지……인 거야?』

히나타가 당황하는 것도 무리는 아니었다.

저 멀리 희미하게 보이는 것은 리오라 산맥의 정상인 것 같았다. 아무것도 없기에 멀리까지 더 잘 보였다.

그렇다── 그 장소는 아무것도 없는 초원이었다.

원래는 그 자리에는 도시가 있었을 것이다.

그랬는데, 아무것도 없었다.

생각하고 싶지 않은 가능성── 초월자들끼리의 싸움에 밀려서 멀리 날아왔다고 해도, 그렇다면 풀 같은 게 나 있을 리도 없는 것이다.

──그렇다면.

"믿을 수 없겠지만, 나는 거짓말은 하지 않아."

클로에의 말이 옳다는 얘기가 된다.

즉, 이곳은 성지──가 될 예정의 장소이며, 히나타와 클로에는 루벨리오스라는 국가나 탄생하기도 전인 먼 옛날까지 시간을 뛰어넘었다는 뜻이 되는 것이다.

루미너스가 이 땅으로 옮겨온 것은 2,000년 전이라는 얘기를 들은 적이 있었다.

그렇다면 즉──.

『이게 사실이라고……?』

그게 진실이란 것을 이해하면서도, 히나타는 그렇게 중얼거리지 않을 수가 없었다.

아니, 이상하다──는 의문을, 히나타는 그때 품었다.

『클로에, 어떻게 과거라고 단언할 수 있는 거니?』

그렇다, 그게 의문이었다.

시간을 뛰어넘었다는 믿기 어려운 말을 받아들인다고 해도, 그게 과거라는 것을 어떻게 알았을까?

이 모든 게 미래──일 가능성도 분명 있을 것이다.

확실히 주위에는 사람의 그림자초자 없었고, 건조물 같은 건 아무것도 없었다. 유적도 없다면 과거일 가능성이 더 높을 것 같다. 그러나 그래도 그런 유적은 단순히 땅속에 묻혀 있을 수도 있으니, 과거라고 단언할 수는 없을 것이다.

그런데도 클로에는 망설임 없이 단언했다.

그 점을 히나타는 이상하게 생각한 것이다.

그런 히나타에게, 클로에는 웃으면서 대답했다.

"간단해. 왜냐하면 나는 여기 온 게 처음이 아니거든. 늘 내 힘이 폭주하면서 과거로 날아왔어. 이 장소에도 와본 적이 있으니까 기억하고 있는 거야."

──뭐? 히나타는 말문이 막혔다.

그리고 천천히 클로에의 말을 받아들이고, 이해한 뒤에.

『그게 무슨 뜻인지 자세히 설명해줄 수 있겠지?』

실로 무시무시한 기백을 담은 목소리로 클로에에게 그렇게 물었다.

*

클로에의 얘기는 실로 놀랄 만한 것이었다.

클로에의 스킬(능력)은 시간도약으로 분류되는 것 같다고 한다.

분류되는 것 같다고 말한 것은, 클로에 자신도 제대로 이해하지 못하기 때문이었다.

의식적으로 발동하는 것은 불가능하다고 하며, 할 수 있는 건 기껏해야 '과거'에 있었던 일을 떠올리는 것뿐.

그러나 쓸모없는 능력이라고 업신여길 수는 없었다.

왜냐하면 그 과거라는 것은, 클로에 자신이 체험한 '과거'를 의미하기 때문이다. 시간도약을 반복하는 클로에에게 있어서, 그 '과거'에는 미래에 일어날 일도 포함되는 것이다.

하지만 완벽하게 떠올릴 수 있는 것도 아닌 모양이다…….

인간의 기억이란 것은 애매한 것이라, 언제 어느 때에 무슨 일이 일어났다고 정확히 기억하지 못하는 것이다. 더구나 2,000년도 더 된 기억이라면, 이건 이미 어쩔 도리가 없다고 할 수 있을 것이다.

『그러면 어느 시점에서 그 힘에 눈을 뜬 거지?』

그런 히나타의 질문에, 클로에는 조금 망설인 뒤에 대답했다.

"음, 그게 말이지, 리무루 선생님에게 도움을 받았을 때야. 나랑 앨리스, 그리고 다른 아이들을 안정시키기 위해서 리무루 선생님이 '정령이 사는 집'에 데리고 가주셨어. 거기서 정령이 깃들도록 도와주셨는데——."

클로에에게 깃든 것은 정령이 아니라, '미래에서 온 자기 자신

의 권능'이었다고 한다. 그것도 믿을 수 없는 일이지만, 자아까지
갖추고 있었던 모양이다.

"──아마도 미래에서 나는 죽은 것으로 보여. 그리고 그 시점
의 나에게 깃들기를 되풀이했던 것 같아."

『즉, '정령이 사는 집'에 갔을 때가 네가 각성하는 시점이 되었
다는 말이구나?』

"아니, 그렇지 않아. 그 시점에선 아무것도 기억이 나지 않았지
만, 과거로 날아간 시점에서 기억이 났어."

『그러면 너는 계속 같은 일을 되풀이하고 있었단 말이니?』

"그랬던 것 같아. 자세하게 떠올릴 수 있는 것은 바로 앞의 기
억뿐이지만, 곳곳에 다른 기억도 섞여 있으니까……."

그렇구나──. 히나타는 그 말을 듣고 안도했다.

매번 같은 일을 반복했을 뿐이라면, 그건 지옥이다.

앞이 뻔히 보이는 싸움을 계속할 수 있을 정도로 인간의 마음
은 강하지 않은 것이다.

그런 뒤에 히나타는 클로에의 얘기를 묵묵히 듣고 있었다.

클로에가 날아온 시간 축은 언제나 같은 시대였다고 한다. 아
마도 그게 시간도약의 한계이리라.

그녀가 강제로 날아온 장소는 클로에의 힘이 폭주하는 타이밍
에 따라 달라진다.

바로 앞의 기억에서 히나타가 죽은 장소는 쥬라의 대삼림이었
다고 한다.

"리무루 선생님이 죽고, 베루도라가 부활하면서──."

『뭐? 리무루가 죽어? 누가, 어떻게, 그 죽여도 죽지 않을 것 같

은 리무루를……』

"그러니까 말이지, 내가 '정령이 사는 집'에서 미래의 자신을 받아들이고부터 과거로 날아가기 전까지의 기억인데 말이지, 이번에는 상당히 흐름이 달라졌어. 그 시점에서 리무루 씨가 살아 있는 것은 분명히 처음 이룩한 쾌거였거든."

히나타는 클로에가 리무루를 '씨'를 붙여 불렀다는 것을 눈치챘지만, 일부러 무시했다. 얘기가 끊어지지 않도록, 그대로 클로에의 말에 귀를 기울였다.

'정령이 사는 집'에서부터 시작된 예전의 기억을, 클로에는 요점만 간추려서 얘기하기 시작했다.

…………………

…………

……

클로에와 아이들을 구한 뒤에, 리무루는 '공간전이'로 템페스트에 귀환했다. 아주 약간의 시간 차이로 인해 히나타와는 만나지 않았던 모양이다.

템페스트에 와 있던 '이세계인'들을 격파하고, 쥬라의 대삼림의 주변에 있는 국가들에게 만만하지 않은 상대라는 것을 널리 알리는 데에 성공했다.

리무루의 위험성이 널리 알려지면서, 각국의 움직임은 경직되었다. 파르무스 왕국은 여전히 건재한 상태를 유지한 채 호시탐탐 군비증강을 개시했다.

십대마왕 사이에서도 무슨 사건이 일어난 것 같지만, 이에 관해선 무슨 일이 있었다는 소문만 알려졌다고 한다.

리무루는 그랜드 마스터(자유조합 총수) 유우키와 친교를 다지면서, 각국에게 영향력을 끼치려고 했다. 그러나 그건 파르무스 왕국의 방해로 인해 마음대로 되지 않았다고 한다.

그래도 리무루는 포기하지 않았고, 여러모로 새로운 시도를 했다고 한다.

아이들의 학교도 그중의 하나였다.

템페스트에 만들어진 학교에서, 클로에는 마물의 아이들과 함께 공부를 했다고 한다.

그러나 갑자기 사태가 급변했다.

서방열국—— 평의회의 의뢰를 받고, 히나타가 이끄는 토벌군이 템페스트를 습격한 것이다.

『내가?』

"응, 히나타가. 그때는 정말 무서웠어."

『왠지 미안하네.』

"아니, 괜찮아. 제대로 화해한 것 같으니까."

클로에의 말에 의하면, 히나타와 리무루의 일대일 대결은 무승부로 끝났다고 한다.

아이들, 특히 클로에의 개입에 의해 히나타가 칼을 거뒀다나.

"히나타는 말이지, '좀 더 지켜보겠어'라고 말하면서, 리무루 씨와 화해를 했어."

히나타도 위화감을 느꼈는지, 그 이후에 독자적으로 조사를 시작했다고 한다. 그 결과, 파르무스 왕국의 악행도 판명되면서, 히나타는 리무루를 믿게 되었다고 한다.

그리고 5년이 경과했다.

리무루는 마왕까지는 되지 않았고, 여전히 쥬라의 대삼림의 맹주로서 바쁜 나날을 보냈다.

히나타와 화해한 결과, 루벨리오스와의 관계도 양호했다고 한다. 무슨 이유인지 루미너스도 리무루를 보살펴주면서 평화가 유지되었던 모양이다.

성장한 클로에는 강해졌으며, 가끔 놀러 오는 마왕 밀림과도 친구가 되었다고 한다.

하지만 그런 평화도 끝을 맞았다――.

운명의 날―― 제국이 침공을 개시했다.

"난 말이지, 그때 이미 리무루 씨를 좋아했어. 그래서 싸우러 가지 않았으면 좋겠다고 생각해서, 막무가내로 고집을 부렸지. 왜냐하면 제국은 강대했고, 너무나 무시무시한 병기를 잔뜩 준비했기 때문에 이길 수 없다고 생각했거든. 그래도 리무루 씨는 웃으면서 말이지, '안심해, 나에게 맡기렴!'이라고 말했어. 사실은 자신도 무서웠으면서 폼을 잡았지. 나한테 이 '가면'을 줬어……."

『그건 시즈에 선생님의…….』

"응, 맞아. 내가 준 거야."

그건 미래에서 일어난 일이자, 과거에 있었던 일이기도 했다. 매번 반복되는 일이었던 것이다.

클로에의 얘기는 계속되었다.

리무루는 결전에 임한 뒤로 돌아오지 않았다. 그리고 템페스트는 멸망했다.

갑자기 부활한 베루도라가 미친 듯이 분노하면서, 대난동을 부린 것이 원인이었다.

제국군은 궤멸.

그 후에 루미너스, 히나타, 클로에 일행이 베루도라에게 도전하게 되었다. 이대로 방치해두었다간 인류사회가 붕괴할 위험이 있었기 때문이다.

그러나 결국, 베루도라와의 싸움이 종결되기 전에.

히나타가 누군가에게 살해당한 것이다.

한 줄기의 섬광이 히나타의 가슴을 꿰뚫는 것을 보면서, 클로에가 각성했다고 한다. 그대로 과거로 날아왔기 때문에 결국, 그 후의 일은 어떻게 되었는지 모른 채 끝이 났다고 한다.

·················.

············.

······.

상황에 차이는 있지만, 클로에의 루프는 비슷한 느낌으로 반복되었던 모양이다.

매번 히나타의 사망이 열쇠가 되었다고 하며, 그건 이번에도 마찬가지였다고 한다.

(이번에도, 라는 건 나는 매번 죽는다는 말이네······.)

슬프기도 하도 한심하기도 하여, 미묘한 기분이 드는 히나타.

그러나 클로에는 그런 히나타의 기분은 아랑곳하지 않고 얘기를 계속했다.

"그리고 말이지, 이번은 특별해. 왜냐하면 지금까지 내가 과거로 날아가기 전에, 리무루 씨는 반드시 죽었거든. 내가 사라지는 걸 바라본 적은 한 번도 없었어!"

지금까지 리무루는 어떤 요인으로 인해 죽었다고 한다. 그러나 이번에는 클로에가 도약하는 시점에서도 리무루는 무사했다는 것이다.

그건 히나타도 잘 알고 있는 사실이며, 그렇다면 이번에는 다른 결말을 기대할 수 있다.

확실히, 이번에는 크게 다른 점이 많았다.

클로에의 루프도 이번으로 끝낼 수 있을지도 모른다──고, 히나타는 속으로 결의했다.

『......그 인간이라면 분명 이런 상황에서도 어떻게든 해줄 것 같은, 그런 비논리적인 희망을 품게 된다는 말이지.』

"그렇지?! 이대로 그 시대까지 돌아가면 거기에는 리무루 씨가 있어. 이번에는 반드시 모두가 살아남을 거야. 그리고 누가 리무루 씨랑 히나타를 죽였는지, 확실하게 밝혀내야 해!"

확실히 클로에의 말대로, 이번에는 예전보다 여러 단계에서 상황이 개선된 상태였다.

미래에 대한 희망을 가질 수 있다──고, 히나타는 생각했다.

『그건 그렇다 쳐도 용케도 이렇게까지 바뀌었네. 뭐가 원인이었을까......』

"후훗, 그건 말이지, 실은 아주 조금, '정령이 사는 집'에서 미래의 내 기억을 떠올릴 수 있었어. 그래서 내가 잉그라시아에서 고집을 부려서, 리무루 씨를 잠시나마 머무르게 만든 거야."

그리고 이걸 받았어──. 그렇게 말하면서 클로에는 어디선지 모르게 '가면'을 꺼냈다.

『그건…… 그렇구나, 이번에도 빠뜨리지 않고 받았단 말이구나. 그렇다면 틀림없이 그 미래로 다다를 수 있겠네.』

히나타도 그 가면이 마음에 걸렸던 것이다.

사망할 때의 상황이 달라졌으니, 가면을 받을 시간이 없었던 게 아닐까 하고.

혹시나 그렇다면 시즈에게 넘겨줄 예정인 가면이 이번에는 존재하지 않는, 그런 사태도 상정할 수 있었다. 그러나 클로에가 이미 받았다면 그런 걱정은 사라진 셈이다.

클로에가 빈틈없이 착실하다고 감탄하면서, 히나타는 앞으로의 계획을 생각했다. 클로에의 말을 믿고, 미래에 희망을 맡기기로 한 것이다.

그런 히나타에게 클로에는 나지막이 말했다.

"그리고 말이지, 이것 하나는 확실하게 말해둘게. 난 히나타를 정말 좋아하지만, 리무루 씨는 넘겨주지 않을 거야!"

『뭐어?』

"여자에겐 말이지, 양보할 수 없는 싸움이 있는 거라고── 앨리스도 말했거든!"

아직 어린아이네──. 히나타는 클로에를 그렇게 생각하면서, 흐뭇하게 생각했다.

(내가, 리무루를? 그럴 리가 없잖아. 어떻게 그런 생각을…….)

그렇게 생각하면서, 쓴웃음을 지었다.

그와 동시에 설마, 하는 생각과 함께 고민을…….

"지금, 동요하지 않았어?"

『안 했어! 그것보다 어서 움직이자고!』

클로에의 지적을 받으면서, 억지로 화제를 돌린 히나타.

(——생각해보면 이 아이는 2,000년 이상의 기억을 보유하고 있으며, 그걸 몇 번이고 반복하고 있는 거지? 그 외모에 속아 넘어갔지만, 천진난만한 아이라고 생각하면 안 되겠어…….)

그 사실을, 히나타는 겨우 깨달았던 것이다.

이리하여 클로에와 히나타, 기묘한 2인1조의 여행이 시작되었다.

＊

히나타와 클로에가 맨 먼저 간 곳은 이 시대에도 살아 있는 몇 안 되는 지인—— 루미너스였다.

클로에는 망설임 없이 걸었다.

『장소를 알고 있니?』

"응. 아주 커다랗고, 말도 안 되는 규모의 전투가 시작되었으니까 보러 갈 거야."

『베루도라 말이구나?』

"응. 이번에는 리무루 씨가 친구라고 소개해주었지만, 그 전에는 적이었거든. 누군가와 싸우고 있던 것 같았으니, 도와주고 싶어."

『그렇군, 그게 루미너스였구나.』

"응. 이번에도 조금 빨리 가서, 베루도라 씨가 난동을 부리기 전에 모두를 도망치게 도울 거야. 루미너스의 신용을 얻으면서 도움을 받을 생각이거든."

클로에는 상당히 만만치 않은 아이였다.

리무루와는 달리 방향감각도 확실한 것 같았고, 히나타의 조언을 받을 필요도 없이, 길을 헤매지 않고 목적지를 향했다.

그리고 마왕 루미너스가 있는 성으로 도착한 것이다.

『이게 나이트 로즈(밤의 장미 궁전)…… 루미너스 님이 자랑하실 만도 하네.』

그건 아름다운 성이었다.

완전한 인조물이면서, 자연의 요새 같은 엄숙한 분위기도 같이 갖추고 있었다.

장미의 가시를 연상하게 하는 돌기 부분이 곳곳에 보였지만, 그곳은 감시요원의 대기 장소인 것 같았다.

클로에의 접근은 즉시 감지되었으며, 여러 명의 뱀파이어(흡혈귀족)가 뛰쳐나왔다.

주위를 포위하는 병사들을 향해 클로에는 말했다.

"루미너스를 만나러 왔어요. 제 말을 전해주세요."

그 말을 듣고 놀란 것은 히나타였다.

『자, 잠깐! 너 말이야, 이런 곳에서 루미너스라고 이름을 함부로 불렀다가 무사할 거라고 생각해?』

그런 히나타의 충고도 클로에에겐 스쳐 지나가는 바람일 뿐이었다.

『괜찮아. 루미너스와는 친구니까!』

『그러니까 그건, 베루도라한테서 구해준 뒤의 얘기지! 지금은 아직 알지도 못하는 사이잖아!!』

히나타의 말을 듣고서야, 클로에는 자신의 기억이 혼동되었다는 것을 깨달았다.

『아, 그랬지. 너무 많이 반복하다 보니, 이미 끝난 일로 생각했던 것 같아. 그러고 보니 매번 비슷하게 히나타의 잔소리를 들었지…….』

그것도 당연하다고 생각하면서도, 히나타는 앞으로의 전개에 대해 불안감을 느꼈다.

확실히 클로에는 이 상황에 익숙했다. 그렇다면 처음 경험하는 자신이 더 긴장감을 가지고 사태에 대처할 수 있을 것이다. 히나타는 그렇게 생각했다.

그래서 히나타는 자신이 주도하겠다고 제안했다.

『내 말 잘 들어, 클로에. 내가 조언해줄 테니까 곧바로 대답하지 말고, 내 의견을 들은 뒤에 얘기하는 거야. 이걸 명심해.』

『으─음, 알았어. 나도 그게 더 좋을 것 같아. 이상한 말을 하면 역사가 바뀔지도 모르니까 말이지.』

순순히 응하는 클로에를 보면서, 히나타는 일단 안심했다.

그러나 동시에 그 말의 무게를 깨달으면서, 마음이 얼어붙는 듯한 느낌을 받았다.

(잠깐만?! 확실히 그 말대로, 자칫 언동을 잘못하면 역사가 바뀔 수 있단 말이네. 모처럼 희망이 있는 미래로 이어졌는데, 뭔가 하나라도 실수했다간 모든 게 허투로 돌아가는 것 아냐!)

그 사실을 깨달은 지금, 클로에의 경솔한 행동을 막은 것은 정답이었다고, 히나타는 생각했다.

이미 큰 실수를 했지만, 그건 신경 쓰지 않고 더 이상은 실수하지 않도록 조심한다. 그렇게 하면 아직은 괜찮을 것이라고 히나타는 생각했다.

그리고 루미너스 앞으로 안내를 받았다.

물론, 쉽게는 통과시켜주지 않았다. 일체의 반론을 허용하지 않은 채, 클로에가 병사들을 위압한 것이다.

『너, 방금 내가 한 말, 기억하고 있어?』

분노를 억누른 채 부들부들 떨면서 묻는 히나타에게, 클로에는 태연하게 대답했다.

『괜찮아. 이건 한 번 경험한 거거든. 베루도라의 습격을 알리려고 했을 때 이렇게 해서 통과한 적이 있어!』

주눅 하나 들지 않고 당당하게.

그때와 마찬가지로 통과했다고 하면 히나타로선 그 이상은 따질 수 없게 된다.

(아직은 괜찮아. 아직은 괜찮을 거야. 하지만 이건 상세하게 정보를 조합해서 조정할 필요가 있을 것 같네…….)

그렇게 생각하면서, 속으로 한숨을 쉬며 머리를 감싸 쥐었다.

*

"그렇다면 너는 이제 곧 그 사룡(邪龍)이 찾아올 것이라고, 그리 말하는 것이냐?"

"응. 루미너스가 강한 건 알고 있지만, 베루도라에겐 이기지 못해. 이 성도 파괴될 테니까 빨리 피난했으면 좋겠어."

괜찮을까. 그런 생각이 들면서, 히나타는 불안해졌다.

루미너스의 성격을 분석한 결과, 직설적으로 진실을 고하는 것이 좋겠다고, 히나타의 '수학자'가 답을 산출해냈다.

물론, 모두 다 얘기하는 것이 아니라 중요한 부분은 제외하고 말이다.

"흠. 그런 말을 듣고 바로 믿을 정도로, 나는 너를 알지 못하는데 말이지. 뭔가 증거는 있느냐?"

루미너스의 말투가 약간 부드러워졌——지만, 여기서 안심해선 안 된다. 이건 연기이며, 어리석은 자를 쫓아내기 위해 그런 반응을 보이고 있을 뿐이다.

히나타는 그걸 잘 알고 있기 때문에, 침착하게 클로에에게 조언을 했다.

지금의 정확한 연대를 물어보라고 말하면서, 클로에가 정보를 캐내도록 시켰다. 그리고 히나타의 지식을 총동원하여 베루도라가 습격할 시기를 계산했다.

"베루도라가 이 지방을 찾아오는 건 빠르면 2주후라는 것 같아. 적어도 가을에는 찾아올 테니까 경계를 게을리 하지 않도록 해."

루미너스는 바보가 아니다.

클로에의 심박수와 그 외의 다른 요소를 분석하여, 그 말에 거짓이 없다는 걸 꿰뚫어 보려 하고 있었다.

헛소리일 가능성도 있지만, 자신이 자랑스럽게 생각하는 병사들을 아무렇지 않게 제압한 클로에라면 그런 어리석은 짓을 하리라는 생각은 들지 않았다.

결국 루미너스는 신용할 것인지 말 것인지에 대한 판단은 보류하기로 하고, 클로에가 여기 머무는 것을 허가했다.

베루도라는 이곳을 찾아왔다.

루미너스는 과감하게 싸웠다.

클로에도 싸우려고 했지만, 히나타가 그걸 말렸다.

『잘 들어. 너는 바로 앞에서 이 시대에선 베루도라와 싸운 적이 없었지?』

『응. 그렇지만…….』

『다른 기억은 잊어버려. 지금 중요한 것은 예전 루트를 그대로 따라가는 거야. 루미너스의 신용을 쟁취하기 위해서라도 미래의 일을 얘기할 필요가 있어. 하지만 결코 이번 미래의 결과는 말하지 마. 예전의 루트대로 따라가면 이번 미래에 도달하게 될 테니까.』

중요한 사항이기 때문에 두 번 말하는 히나타.

클로에도 그녀의 기백에 눌려서, 고개를 힘차게 끄덕였다.

이해하고 있었다.

이번의 기억, 예를 들어 그란베르의 배신 같은 것을 루미너스에게 전하면, 루미너스는 분명 그란베르를 처치해버릴 것이다. 그렇게 되면 클로에나 히나타가 찾아온 미래에는 이어지지 않는 결말이 되어버릴 것이다.

그것만큼은 반드시 피해야 한다는 것을, 히나타와 클로에는 재확인한 것이다.

베루도라 때문에 성은 파괴되었지만, 클로에의 활약에 의해 인적피해는 경미했다. 그건 히나타가 알고 있는 역사와 같았다.

클로에가 말한 대로 전개되었기 때문에, 루미너스는 클로에를 믿기로 한 것 같았다. 그리고 루미너스와 클로에는 친구가 된 것이다.

밀실에서 루미너스와 클로에는 마주 보고 앉았다.

"그렇다면 뭐냐, 클로에는 몇 번이고 시간을 오갔단 말이냐?"

"응. 나는 대충 2,000년 뒤의 일까지 기억하고 있어. 들어줄래?"

"물론이다. 얘기해보아라."

루미너스의 허락을 받고, 클로에는 자신의 신상을 얘기했다.

당연히 히나타와 의논하면서 말이다.

클로에가 2,000년간 '용사'로서 활약하는 것을.

그리고 2,000년 후에 리무루라는 슬라임이 출현한다는 것을. 그 리무루가 전장으로 떠났다가 돌아오지 못하고, 베루도라가 풀려난다는 것을.

루미너스에게 히나타라는 친구가 생긴다는 것을. 그 히나타가 누군가에게 살해당한다는 것을.

클로에도, 히나타 자신도, 리무루랑 히나타가 누구에게 살해되었는지는 명확하지 않았다. 그런 세세한 점은 말하지 않았지만, 사망한 상황은 상세하게 얘기했다.

"그렇군. 그 미래를 바꾸고 싶다는 뜻이냐?"

"아니, 가능한 한 그대로 따라가고 싶어. 영향력이 큰 행동을 했다가 많은 것이 바뀌어버리면 전혀 다른 미래가 될 것 같으니까."

"그건 그렇겠지. 나도 그 미래에 불만은 없다. 굳이 하나를 말하자면, 그 히나타라는 자가 죽는 것을 받아들이기 힘든 거라고 할까. 아직 보지도 못한 친구에게, 나는 뭘 기대하고 있는 건지 모르겠다만."

루미너스가 그렇게 말하면서 웃었다.

(루미너스…… 고마워, 당신이 그렇게 말해주니 정말로 기뻐.)

그녀의 차가워 보이는 외모를 보면 믿을 수 없는 얘기지만, 사실 루미너스는 너무나도 자상한 것이다.

히나타는 그걸 잘 알고 있었다.

"나도 도와주겠다고 약속하마. 로이 녀석은 골치가 아프지만, 다른 자는 걱정할 필요가 없을 것이다. 클로에는 내 친구라는 것을 명심하도록 시키겠다. 그건 그렇고, 너는 앞으로 어떻게 할 것이냐?"

루미너스의 날카로운 시선이 클로에에게 쏟아졌다.

그 시선을 느끼면서, 클로에는 당당하게 선언했다.

"다른 때와 다를 게 없어. 나는 '용사'로서 위기에 처한 사람들을 도울 거야!"

그 올곧은 대답을 듣고, 루미너스는 화사하게 웃었다.

"그래? 재미있구나. 너의 그 인과가 누구를 상대로 돌고 돌 것인지, 그것도 흥미진진하다. 그래, 앞으로 네 이름은 어떻게 할 거지?"

잠깐 동안 클로에와 히나타는 굳어버렸다.

『클로에라는 이름이 알려지는 건 좋지 않겠지.』

『응. 레온 오빠라면 반드시 눈치를 챌 거라고 생각해.』

그게 아니더라도 '용사'의 본명은 전해지지 않았다. 루미너스에겐 본명을 밝혔지만, 세상에는 계속 숨기는 게 더 무난할 것이다.

『어떡하지?』

『예전에는 늘 어떻게 했는데?』

『음—— 대충? 대부분의 경우에는 이름을 대지 않고 그냥 넘어갔다고 할까?』

그렇다면 이번에도 그렇게 해——. 히나타는 반쯤 포기한 채, 그렇게 대답하려고 했다. 그러나 갑자기 무슨 변덕인지, 리무루의 말을 떠올리고 말았다.

마물에게 이름을 지어주다가 큰 곤욕을 치렀다는 그런 고생담을.

그래서 자신도 모르게, 번뜩 떠오른 이름을 입 밖으로 꺼내고 말았다.

『그렇지, 네 이름인 클로에와 유니크 스킬인 '시간여행'에서 떠오르는 시간의 신인 크로노스를 합쳐서 '클로노아'라고 짓는 건 어떨까?』

『클로노에가 아니라?』

『그렇게 지으면 발음하기에 따라선 쉽게 들키지 않겠어?』

『아! 그것도 그러네. 알았어, '클로노아'라고 할게!』

히나타의 '수학자'로 가속시킨 마음속 대화로, 긴급회의를 벌였다. 그리고 무사히 가명이 정해졌다.

"——클로노아. 나는 역사상의 무대에는 진짜 이름을 남기지 않는 게 좋을 것 같아. 그러니까 오늘부터 내 이름은 '용사' 클로노아라고 하겠어!"

이리하여, '클로노아'라는 이름이 처음으로 이 세계의 역사에 새겨지게 되었다.

＊

폐허가 된 성을 방치해두고, 루미너스 일행은 신천지를 찾아 떠났다.

물론 클로노아도 함께였다.

『그건 그렇고 왜 내 '찬탈자'가 사라진 거지?』

"모르겠어. 하지만 늘 마지막에 히나타의 힘은 내게 통합되는 것 같았는데……."

말하기가 어렵다는 듯이, 클로에가 거기서 입을 다물었다.

그런 태도를 통해, 왠지 모르게 자신의 최후를 감지한 히나타.

『뭐, 됐어. 늦느냐 빠르냐의 차이인 것 같으니까. 하지만 이름을 짓는 것만으로 힘을 빼앗기다니 '클로노아'는 마물 같은 성질을 갖고 있네.』

"잠깐! 아무리 그래도 그 말은 실례 아냐?"

『어머나, 미안해. 나쁜 의도는 없었어.』

"히나타도 꽤나 입이 험하네? 그렇게 굴다간 아무리 예뻐도 인기를 얻지 못할 걸?"

『시끄러워, 이미 죽었으니, 관계없는 일이야.』

그런 대화를 즐기면서, 두 사람의 여행은 계속되었다.

루미너스 일행과 헤어진 뒤에, 클로에는 선언했던 대로 '용사'로서 활약했다.

그리고 시간은 흘렀고, 300년 전, 베루도라를 봉인했다는 시기가 다가온 것이다.

오랜 시간을 거쳐 클로에는 늘 그랬듯이 '절대절단'과 '무한뇌옥'을 획득해두고 있었다. 유니크 스킬 '수학자'를 보유한 히나타도 클로에를 내면에서 받쳐주고 있었다.

그래서 늘 그랬듯이 부담 없게.

"베루도라를 봉인하겠어."

루미너스와 재회하면서, 클로에는 그렇게 자신의 뜻을 밝힌 것이다.

"그렇구나, 분명 옛날에 너는 그런 말을 했었지. 하지만 정말로 괜찮겠느냐?"

걱정스러운 표정을 짓는 루미너스.

클로에와 루미너스는 옛날과는 달리, 지금은 진심으로 친구라고 부를 수 있는 사이가 되어 있었다.

"괜찮아. 나한테는 히나타도 같이 있으니까."

히나타의 존재도, 루미너스에게만 얘기해 두었다.

그리고 루미너스는 아주 자연스럽게 히나타의 존재도 받아들인 것이다.

"그러면 좋다. 무리하지는 마라."

『괜찮아. 베루도라의 상대는 내가 할 테니까.』

"뭐?"

처음 들었는지, 클로에는 놀랐다. 그러나 히나타는 아랑곳하지 않고, 이미 정해진 것처럼 내뱉었다.

『나는 베루도라에게 한 번 도전해본 적이 있어. 그때…….』

당시의 상황이 히나타의 머릿속에 떠올랐다.

크앗―――핫핫하! 약해, 약하다.

겨우 그 정도로 인류의 수호자라고? 웃기지 마라!!

푸―큭큭. 뭐냐, 더 이상은 일어서지 못하겠나?

이것 참, 패배라는 것을 한 번 알고 싶었는데.

그럼 슬슬 끝을 내기로 할까.

나도 시간이 많지가 않아서 말이지.

——그런 굴욕적인 기억이었다.

『……좀 안 좋은 기억이 많아서 말이지. 단단히 박살을 내놓지 않으면 기분이 풀리지가 않겠어.』

히나타의 목소리를 듣고, 그게 진심이라는 것을 클로에는 깨달았다.

그리고 루미너스도 마찬가지로.

"그 기분은 잘 이해가 된다. 그 도마뱀은 한 번쯤 눈물을 쏟게 만들어줘야겠다고 나도 생각하고 있으니까."

『그때, 그자가 가진 모든 수를 드러내도록 만드는데 성공했거든. 모처럼의 수확이니, 그걸 이용해서 유리하게 싸우겠어.』

히나타와 루미너스의 얘기는 베루도라를 제재하는 쪽으로 분위기가 급격하게 바뀌고 있었다.

베루도라와 같이 놀았던 기억이 있는 클로에는 그 정도로 베루도라를 미워하지 않았다. 그러나 과거에 얼마나 난동을 부렸는지에 대해 알고 있는 만큼, 그렇게까지 변호할 마음도 생기지 않았다.

"난 잘 모르겠지만, 너무 지나치게 다루지는 말아줘. 베루도라 씨도 사실은 좋은 사람이니까."

그리고 결국, 클로에는 히나타가 마음대로 하도록 허락했다.

베루도라와의 결전에서.

히나타는 그야말로 강했다.

클로에의 도움을 받으면서 베루도라를 완전히 봉인한 것이다.

"크어———억!!"

분하게 울부짖는 베루도라를 보면서, 가면 속에 숨겨진 미모를 만족스러운 표정으로 붉게 붉히면서.

히나타는 신체의 지배권을, 클로에에게 돌려주었다.

*

클로에의 시간이 끝난다.

그때가 다가오고 있었다.

"지금까지 말하지 않았지만, 나는 이제 슬슬 사라질 거야."

"클로에, 무슨 말을 하는 거냐?"

『그게 무슨 뜻이지?』

그건 말이지——. 그렇게 말하면서, 클로에가 지금까지 말하지 않았던 얘기를 했다.

그건 히나타가 속으로 몰래 예상하고 있던 것이었다.

이제 곧 히나타가 알고 있는 역사에 레온이 등장할 것이다. 레온과 클로에는 함께 이 세계에 왔을 것이라 생각할 수 있으므로, 같은 시대에 두 사람, 동일인물이 존재하는 특수한 사태가 발생하는 게 된다.

다원우주론처럼 새로운 우주가 계속 태어나면서, 수많은 평행세계가 다수 겹치면서 존재하게 된다면 거기에 모순은 존재하지 않으며, 두 명의 클로에는 동시에 만날 수가 있을 것이다.

하지만 만약 세계가 하나밖에 없었다면.

클로에의 유니크 스킬 '시간여행'이야말로 이레귤러 그 자체인 것이다. 무슨 일이 있어도 신기할 것은 없겠지만, 세계가 무수히 태어난다는 것은 히나타의 기준으로는 조금 믿기 어려운 얘기였다.

세계는 바뀌면서 새로이 만들어지고 있다——고 생각하는 것이, 그나마 이해할 수 있는 범위의 일이었다.

그렇지 않으면 수많은 세계에 수많은 자신이 존재하며, 지금 히나타 일행이 벌이고 있는 행위도 모든 게 허사가 되어버리기 때문이다.

구원을 받는 세계가 있다면, 멸망하여 사라지는 세계도 있을 것이다——. 그런 생각은 히나타로선 쉽게 납득하기 어려운 것이었다.

그렇기 때문에 이번에는 반드시 클로에의 루프를 끝내고 세계를 구하겠다고, 히나타는 그렇게 결의하고 있었다.

비록 자신이 희생이 된다고 하더라도.

그러나 문제도 있었다.

그게 바로 지금 클로에가 밝힌 내용이었다.

(하지만 아무래도 내 추리는 맞았던 모양이네…….)

세계는 역시 하나밖에 없으며, 모순되는 존재를 허용하지 않는 것 같다.

(——아니, 그게 아니야. 모순을 허용하지 않는 게 아니라, 세계가 갈라지는 걸 허용하지 않는 것뿐이지. 그 자리에 강제력만 존재한다면 모순조차도 비틀어서 바로 잡을 수 있을 거야. 안 그

러면 그 '가면'의 존재가 설명이 되지 않는 걸.)

히나타는 자신의 추론이 옳다는 것에 안도함과 동시에, 앞으로의 전개를 생각하면서 암담한 기분이 들었다. 앞으로는 완전히 타인의 힘과 운에 맡기게 될 것이라는 걸 깨달았기 때문이다.

"──그래서 나는 그 순간 이후의 기억이 없어. 아마도 그 뒤는 히나타가 뒤를 이어서, 시즈에 선생님을 도와줄 거라고 생각하는데……."

『나도 또한, 아무것도 모르는 '내'가 여기로 올 때까지밖에 활동하지 못한다는 얘기지? 그래서, 그다음은 어떻게 될 것 같아?』

미래에선 루미너스가 소중히 뭔가를 보관하고 있었다.

지금 생각해보면, 그게 바로 봉인된 클로에이지 않았을까?

"희미하게 기억하는 건 내가 난동을 부렸던 것 같아. 아마 내 생각이지만, 그건 나와는 다른 인격이었던 것 같아."

그때 문득, 히나타는 클로노아라고 이름을 지은 일을 떠올렸다. 이름을 지은 것과 동시에 히나타로부터 스킬(능력)을 빼앗은 존재를.

그것은 어쩌면, 정말로 마물 같은 존재일지도 모른다──. 히나타는 그 사실을 그제야 깨달은 것이다.

"어찌 됐든 클로에는 이제 곧 의식을 잃는단 말이구나? 그건 아마도 동일한 존재가 동일한 시공에 겹치면서 생기는 반동일 것이다. 히나타, 너의 추측이 옳은 것 같구나."

『그러네. 그리고 이 세계에 막 온 클로에 쪽은 그 시대까지 육체와 함께 통째로 날아가게 되겠지.』

"그렇게 되겠구나."

"응. 그러니까 말이지, 히나타, 이런 부탁을 하는 건——."

『괜찮아. 시즈에 선생님을 도와드린 뒤에, 루미너스에게 의탁하기로 하겠어.』

"내게 맡겨라. 성령력의 봉인으로 성궤를 만들면 현세로부터 격리될 것이다. 미래로 날아가게 될 너희의 '영혼'을 찾아내서, 완전한 형태로 봉인을 풀겠다고 약속하마."

클로에, 히나타, 그리고 루미너스.

세 사람의 마음은 하나로 겹쳐졌다.

모든 것을 루미너스에게 맡기기로 한 것이다.

클로에의 의식이 사라지면서, 히나타는 혼자가 되었다.

추론이 옳았다는 것이 증명됨과 동시에, 엄청난 불안과 압력이 히나타를 덮쳤다.

그 불안은, 고독하기 때문에 생기는 것.

그 압력은, 내면에서 몸을 지배하려고 드는 누군가의 강렬한 의지를 억누르느라 생기는 것이었다.

(주된 인격인 클로에가 사라지면서, 클로노아가 날뛰고 있는 거네. 하지만 이 정도일 줄이야…….)

그렇게 경악하면서도, 히나타는 강철 같은 의지로 그걸 억눌렀다.

레온의 성에서 시즈에를 구출하여, 무사히 '가면'을 맡겼다.

이 출처조차 명확하지 않은 '가면'을 맡기면서, 힘든 봉우리 하나를 넘긴 것이다.

반가움과 그리움을 느끼면서도 그 감정을 겉으로 드러내지 않은 채, 히나타는 시즈에와의 여행을 계속했다.

그리고 그것도 끝났다.

이별의 날.

시즈에와 좀 더 오래 지내고 싶었지만, 그 바람은 허용되지 않았다. 클로에의 주된 인격이 사라졌기 때문인지, 히나타의 힘으로는 클로노아를 제대로 제어하지 못하고 있었다.

이대로 가면 계획이 붕괴된다.

그렇게 되면 모든 것이 허사가 된다.

결국 히나타는 역사에 따라서 시즈에와 헤어지고, 루미너스를 찾아가 의탁했다.

클로노아가 누구였는지, 그것도 결국 모른 채 끝이 난 것이다.

루미너스의 힘으로 성궤에 봉인될 히나타.

머지않아, 아무것도 모르는 자신이 이 세계로 찾아올 것이다.

그때, 잠이 든 히나타는 어떻게 될 것인가?

운이 좋으면 영향은 없을 것이고, 운이 나쁘면 다음에 눈을 뜨는 것은 클로노아가 될 것이다.

하지만 그래도 분명…….

(당신이라면 분명, 어떻게든 해결해줄 거라 믿고 있어—— 리무루!)

히나타는 그리운 슬라임을 떠올리고, 아주 살짝 미소를 지으면서 잠이 들었다.

베루도라는 클로노아를 향해 덤볐지만, 이내 시끄럽게 굴었다.

"꺄아━━━, 베였어━━!! 리, 리무루, 칼에 베였단 말이다!"

아━ 그래, 그래.

그야 당연히 베이겠지.

검을 맨손으로 받아내면 당연히 베이고말고.

저기 말이지, 그 검은 평범한 검이 아니야.

갓즈(신화)급이라고 불리며, 말도 안 되게 굉장한 검이라고.

그걸 대책 없이 맨손으로 받아내려 하다니.

믿을 수 없네━.

역시 이 녀석은 인간의 모습을 갖추면서 약해진 거야.

쓸데없이 자신만만했던 만큼 내 실망은 너무나 컸다.

베루도라라면 어쩌면 클로노아를 쉽게 쓰러뜨려줄지도 모른다고, 그렇게 기대하고 있었는데.

역시 내가 바라던 대로의 결과는 그렇게 쉽게 찾아오지는 않는 것 같군.

"너 말이야, 방심하는 것도 어느 정도가 있어야지! 딱 보면 알 거 아냐?!"

베루도라의 무모한 모습을 보니, 내가 더 울고 싶은 지경이었다.

너무 심하다면 심하다고 할 수 있었다.

"하, 하지만 말이지, 리무루. 전에 싸웠을 때보다 공격의 날카로움이 더……."

"그러니까 용사의 공격은 '절대절단'이었잖아? 넌 그걸로 베였다고 했으면서."

뭐, 그 '절단'이란 말에 얼마나 신빙성이 있는지는 불명이다. 내 '절대방어'와 어느 쪽이 더 강한지, 비교해보고 싶은 생각도 안 들지만 말이지.

"아니, 그러니까 베여도 무사했는데……."

그렇게 꿍얼꿍얼대면서 클로노아의 공격을 필사적으로 피하는 베루도라. 가끔 베이긴 했지만, 아직 여유가 있는 것 같아서 다행이었다.

아니, 실제로.

베루도라의 변명도 이해는 되었다.

전에는 베여도 그렇게 데미지는 없었다고 말하고 싶은 거겠지.

하지만 그건 조금만 생각해보면 알 수 있는 일이다.

단순히 사이즈가 다른 것이다.

검으로 베이는 범위는 뻔할 뻔자이고, 능력으로 확장했다고 해도 베루도라의 거대한 몸을 분단할 수준까지는 이르지 않았음을 추측할 수 있다.

그러나 지금 베루도라는 인간의 모습을 하고 있었다.

더구나 검을 팔로 방어하는 멍청한 짓을 하고 있으니, 그야 베이는 것이 당연하다고 할 수 있었다.

곧바로 재생하는 것 같지만, 용의 모습일 때와 비교해도 마력 요소의 소모가 격심할 것이다. 평소에는 인간 모습일 때가 연비가 좋겠지만, 클로노아를 상대로는 불리한 것이다.

그렇게 자랑하던 '베루도라류 투살법'을 과신한 것인지, 맨손으로 진검에 달려드는 것이 애초부터 잘못이다.

하지만 나는 당황하지 않았다.

이건 베루도라에게 있어선 좋은 약이다. 그러므로 베루도라는 이런 식으로 클로노아의 눈을 끌어주면 좋겠다.

레온 쪽으로 시선을 돌렸다.

카리스의 보호를 받으면서, 레온이 시도하고 있는 건 소환이었다.

실제로 시간이 그렇게 경과하지는 않았지만, 체감상으로는 너무나도 길게 느껴졌다.

레온이 불러낸 것은 한 자루의 레이피어였다.

"오래 기다리게 했군. 무기가 없으면 아무 소용이 없어서 말이지. 나도 용사 시절에 애용하던 이 플레임 필러(성염세검, 聖炎細劍)을 사용하도록 하지."

갓즈(신화)급이란 말인가.

역시 전(前) 용사이자 마왕, 다르긴 다르군.

왼손에는 골드 서클(황금의 둥근 방패)을 장비했지만, 이쪽은 레전드(전설)급이었다. 충분히 대단했지만, 클로노아의 검을 받아낼 수 있을 것 같아 보이지 않았다. 없는 것보다는 낫다는 게 실상이라 하겠다.

어쨌든 레온도 준비를 갖춘 것 같았다.

이걸로 겨우 반격을 개시할 수 있겠다——.

그렇게 생각한 순간, 루미너스가 내 쪽으로 날아왔다.

패배한 건가──. 그런 생각이 들어서 한순간 초조해지긴 했지만, 그 몸에 상처가 없는 걸 보니 아무대로 연기였던 것 같다.

루미너스는 아주 짧은 순간 동안 나와 시선을 맞추면서 강렬한 '사념'을 주입시켜 주었다.

『너에게는 전해둘 말이 있는데, 클로노아는 클로에의 또 다른 인격이다! 히나타의 영혼도 그 안에 잠들어 있을지도 모르니, 절대로 죽이면 안 된다!!』

──뭐라고오?!

사념보다 그 내용이 더 놀라웠다.

하지만, 그런 중요한 이야기를 이렇게 극한적인 상태에서 아무렇지 않게 늘어놓지 말라고!

클로노아를 향해 이동하는 레온을 보면서, 나는 초조해졌다.

루미너스는 뒷일은 내게 맡기겠다는 듯이, 다시 그란베르를 향해 가버렸다.

이렇게 되면 갑자기 듣게 된 진실을 어떻게 다뤄야 할지 모르니, 나도 난감할 따름이다.

클로노아가, 클로에.

그러고 보니 얼굴이 비슷했다.

히나타의 영혼이 어쩌고 했는데, 그건 무슨 뜻인지 모르겠지만…….

하지만 그렇게 되면 이게 어떻게 돌아가는 거지?

《알림. 가능성을 따저보면 클로노아=클로에라는 도식을 생각할 수

있습니다.》

　그 말은 즉……?

　《즉, 개체명 : 클로에 오벨이 시간을 도약하여 과거에 출현했다. 그 후
에 성장한 것이 눈앞의 '클로노아'라는 추론입니다.》

　아니, 아니아니아니.
　있을 수가 있나, 그런 일이?
　루미너스에게 물어보면 바로 알 수 있겠지만, 지금은 그란베르
와 사투를 벌이고 있었다. 물어봐도 대답해줄 여유 같은 건 현재
의 루미너스에겐 없겠지. 방금 전의 '사념'도 아슬아슬하게 겨우
보냈을 테니까.
　그건 그렇고 시간도약…… 그러니까 타임 트립이나 타임 슬립
같은 걸 말하는 건가? 자유자재이진 않은 것 같으니 타임 슬립이
맞으려나?
　──잠깐, 뭘 믿고 있는 거야, 난.
　아니, 그렇지만.
　지금 실제로 클로에는 내 눈앞에서 사라진 상태다.

　《해답. 그때의 현상이 '시간도약'이라고 하면, 그 전모를 파악할 수 없
었던 이유도 이해가 됩니다. '시간'에 대한 간섭권한이 없으면 관측도
불가능하기 때문입니다.》

뭐, 시간이란 개념은 알고 있어도 그 자체를 관측하는 것은 무리겠지.

아니다.

이해할 필요는 없었다.

그런 현상이 '존재'한다는 전제를 세우면 앞뒤가 맞아 떨어지는 점이 아주 많았다.

어린 클로에를 구하기 위해 내가 소환했던 것, 그것은 미래에서 온 '어떤 것'이 아니었을까?

미래에서 클로에에게 무슨 일이 일어나면서, 지금 눈앞에서 난동을 부리고 있는 클로노아의 정신체가 과거로 날아갔다고 생각하면——.

《그렇습니다. 그럴 가능성이 높다는 것에 동의합니다.》

그런가.

그렇다면 그때 라미리스가 당황했던 이유도 이해가 되었다.

눈앞에 있는 클로노아에게선 사악한 기운이 감돌고 있었다. 이런 걸 느꼈다면 라미리스가 저지하려고 움직인 것도 당연하다고 하겠다.

고민해도 어쩔 수가 없었다.

클로에가 시간을 도약했다. 이건 이미 확정된 것이다.

그렇다면 지금 이 상황은 뭐가 어떻게 돌아가면서 이렇게 된 거지?

《알림. 동일한 '영혼'이 동일한 시공에 존재하는 것은 불가능합니다. 그러므로 반발작용이 발생했으며, 한 쪽이 강제적으로 날아가 버린 것으로 추측됩니다. 하지만 개체명 : 루미너스 발렌타인이 성령력을 이용하여 만든 '결계'── 성궤는 '영혼'을 가둬두는 것에 중점을 두고 있었습니다. 그러므로──.》

클로노아 안에 클로에와 히나타의 '영혼'이 같이 잠들어 있을 가능성이 높았다, 는 말인가.

성궤의 힘이 클로에의 '시간도약'을 상회했다면── 지금은 그걸 믿을 수밖에 없었다.

그렇다면 내가 선택해야 할 길은…….

"레온, 클로노아를 공격하지 말고 방어에 집중해다오."

"무슨 생각이 있는 모양이군?"

"그래, 다짜고짜 믿으라고 해도 힘들겠지만──."

"──아니, 믿겠다. 너도 날 믿어줬으니까."

놀랍군, 이렇게 쉽게 믿어줄 줄이야.

위엄을 갖춘 말투를 버린 걸 보니, 경계를 푼 레온도 나쁘지는 않군.

지금은 솔직하게 감사하면서, 다음은 베루도라에게 지시를 내렸다.

"베루도라!"

"맡겨둬."

아직 아무 말도 안 했어.

뭐, 좋다. 지금은 그렇게 지적할 시간도 아까우니까.

"넌 내가 신호하면 클로노아를 붙잡아줘. 알고 있겠지만 이건 너무나 위험하고——."

"내게 맡기라고 했을 텐데, 리무루. 나는 널 믿고 있어. 그러니까 반드시 그 계획을 성공시키도록 해."

——살짝 기뻤다.

클로노아—— 클로에를 다치게 만들고 싶지 않은 것은, 굳이 말하자면 내 이기심이다.

모든 것은 추론에 지나지 않으며, 어쩌면 잘못 생각한 것인지도 모른다. 그 이전에 클로노아 같은 압도적인 강자를 상대로 이런 안일한 생각을 가지는 것은 자살행위다.

하지만 그래도.

가능성이 있다면 나는 거기에 걸어보고 싶다고 생각한 것이다.

"미안해, 널 끌어들여서."

"크앗———핫핫하! 신경 쓰지 마, 늘 그랬잖아."

"나도 마음에 걸리는 것이 있다. 그걸 확인해보기 위해서, 네 계획에 동참한 것이야. 단지 그것뿐이다."

베루도라는 일단 모르겠지만, 레온도 알아차리고 있는 것 같다.

클로노아가 클로에라는 것을.

천천히 설명해주고 싶지만, 지금은 그럴 때가 아니다.

레온은 침착한 표정을 하고 클로노아와 검을 맞대고 있었지만, 그 이마에는 땀이 잔뜩 배어 있었다. 나에게 대꾸하는 것도 필사적이겠지.

만약 이 작전이 성공하면, 나중에 시간을 들여 감사를 표하자.

자, 그럼 이제 클로노아의 영혼 속으로 뛰어드는 방법 말인데──.

『리무루 님. 작전내용을 말로 하시지 않은 것은 훌륭한 판단이었습니다. 아마 이 대성당은 아직도 마왕 기이에게 감시를 받고 있을 겁니다.』

디아블로가 보낸 '사념전달'이었다. 더구나 정중하게, 상당히 공을 들여서 암호화시켜 비밀리에 보낸 '사념'이었다.

그러고 보니 루미너스의 '사념'도 비슷한 느낌이었으니, 주변을 상당히 경계하고 있었던 것 같군.

내 경우는 내 이기심을 공언하고 싶지 않았던 것과 클로노아에게 작전 내용을 들려주고 싶지 않은 이유가 있었기 때문이지만.

뭐, 결과는 OK라고 하겠다.

『그렇군. 그런데 용건은 뭐냐?』

일부러 말을 걸었으니, 뭔가 이유가 있겠지.

디아블로는 우수하다. 현재의 상황을 파악하고 있는 것 같으니, 참고가 될 만한 의견을 들을 수 있을지도 모른다.

『네. 리무루 님이라면 영혼의 간섭을 통해, 상대에게 직접 사념을 전달하실 수 있겠죠. 하지만 그것보다 더 확실한 방법이 있습니다.』

『그게 뭐지?』

『매터리얼 바디(물질체)가 서로 맞닿은 상태에서 스피리추얼 바디(정신체)로 상대의 몸 안에 침입하는 방법입니다. 그리고 아스트랄 바디(성유체)끼리 접촉하면 상대의 '영혼'에게 직접 간섭할 수 있게 되겠죠.』

내가 할 수 있느냐 아니냐 이전에, 그건 너무 위험하지 않을까.

자칫하면 돌아오지 못하게 될 레벨로…….

나는 평범하게 '사념전달'로 말을 걸어볼 생각이었는데, 그 방법으로는 안 되려나?

《해답. 성공확률이 높은 것은 개체명 : 디아블로의 제안 쪽입니다. 단, 위험도는 비교가 되지 않을 정도로 높아집니다.》

그래서 라파엘(지혜지왕)은 이 아이디어를 말하지 않은 거로군.

『디아블로, 고맙다. 하지만 하나만 말해두마.』

『넷, 무엇인지요?』

『너는 나를, 너무 지나치게 과대평가했다.』

『쿠후후후후. 또 겸손한 모습을 보이시는군요!』

겸손이 아니거든—.

이번에는 클로에랑 히나타를 구하기 위해서라도 성공확률을 우선하고 싶다. 하지만 상황에 따라선 안전제일을 모토로 삼고 있다.

디아블로에겐 좀 더, 내가 형편없는 녀석이라는 것을 철저하게 가르쳐두는 게 좋을 것 같군.

아까 대충 흘려듣긴 했지만 기이와 만난 것 같은데, 이상한 말을 한 건 아니겠지?

평소에 하던 대로 날 자랑하기라도 했다면 기이가 날 주목하게 될 것 같다.

그런 점도 빼먹지 말고, 나중에 같이 말해줘야겠군.

『만약 가능하다면 **어떤 방법**으로든 상대의 정신을 안정시켜두는 편이 좋으리라 생각합니다. 그러면 무운을 빕니다, 리무루 님!』

디아블로의 나에 대한 신뢰는 무거웠다.

그러나 지금은 유용한 작전을 들은 것을 기뻐하기로 하자.

"하지만 어떻게 상대의 마음을 진정시킨다지……?"

그럴 수 있다면 아무도 고생을 하지 않았을 것이다.

그렇게 바라는 대로 결과를 이끌어낼 수 있는 아이템 같은 게…….

"리무루 님, 그렇다면 그 '가면'은 어떨까요?"

그런 제안을 한 것은 레온의 지원에 전념하고 있던 카리스였다.

이 녀석도 또한 내가 뭘 하려는 것인지 알아차린 것 같았다.

너무 우수해서 깜짝 놀랐다.

"가면?"

"네. 저를 봉인했을 정도의 아이템이었으니, 저자의 정신을 안정시키는 것도 가능하지 않을까요?"

"그렇군……."

우수하지만, 이 대화를 아무도 듣지 않기를 바랐던 내 심정은 알아차리지 못한 것 같았다. 하지만 그건 내가 자신도 모르게 입 밖으로 중얼거린 것이 애초에 잘못이지만 말이지.

그건 그렇고 '가면'이라.

그건 분명 클로에게 줬었지?

그럼 지금은 어디 있는 거야?

어, 잠깐만…….

시즈 씨의 유품이면서, 내가 복구했었지.

그걸 클로에게 줬다면 혹시 그 가면이 돌고 돌아서, 또 시즈 씨에게 전해진다는 건가?

어, 그렇다면…… 그 가면은 맨 처음엔 어디서 나타난 거지?!

──아니, 지금은 그런 생각을 하고 있을 때가 아니다.

그건 그렇고, 가면의 재현은 가능한가?

《해답. '항마의 가면'의 **복제**를 제작하시겠습니까?

YES / NO》

YES다.

역시 라파엘, 문제없이 만들어주었다.

한 치의 오차도 없이 진품과 똑같았고, 성능도 같았다.

이거라면 클로노아도 진정해줄지도 모르겠군.

나는 가면을 꺼내 카리스에게 보여주면서, 씨익 웃으며 감사의 표시를 했다. 그리고 클로노아를 향해 의식을 집중시켰다.

작전의 개요는 정해졌다.

남은 건 기합을 넣고 실행하는 것뿐이다.

레온과 클로노아의 일대일 대결.

압도하고 있는 쪽은 클로노아였으며, 방어전으로 밀리면서 레온의 상처는 늘어나고 있었다.

레온 정도 되는 강자라고 해도, 클로노아를 상대하는 것은 버거운 모양이었다.

이대로 가면 패배는 확정이겠지만, 그건 내가 아무런 행동도 하지 않을 경우의 얘기다.

"베루도라, 지금이야!"

나는 그렇게 소리치면서, 가면을 한 손에 들고 클로노아를 향해 달려들었다.

그리고——.

그 가면을 클로노아의 몸에 붙임과 동시에 내 의식은 어둠 속으로 빨려 들어갔다.

●

라즐이 날린 폭렬파를 정면으로 받으면서, 시온과 란가는 벽을 뚫고 밖으로 튕겨나갔다.

그런 두 사람을 쫓기 위해 유유히 걸어가는 라즐.

라즐과의 격렬한 공방을 되풀이하면서, 시온과 란가는 만신창이가 되었다.

그래도 시온은 침착함을 유지하고 있었다. 감정에는 어떤 흐트러짐도 없었으며, 마치 아무 일도 없었던 것처럼 라즐을 마주봤다.

열세임을 느낄 수 없을 정도로, 품격까지 감도는 당당한 자세였다.

그런 시온의 뒤에선, 란가가 비틀비틀 일어서면서 자세를 바로잡고 있었다. 시온과는 달리 '초속재생'이 없는 란가는 공격을 받으면서 입은 대미지가 일일이 축적되었던 것이다.

란가도 각종 내성은 아주 높다. 물리공격이든 정신공격이든 어중간한 위력은 무효로 만들 수 있을 정도의 방어력을 자랑하고 있었다. 게다가 내게서 기프트(축복)를 통해 획득한 유니크 스킬인 '마랑지왕(魔狼之王)'의 '초직감(超直感)'으로, 미리 상대의 공격을 예상할 수 있는 레벨의 회피능력도 갖추고 있었다.

이렇게까지 일방적으로 당하는 것은 평소에는 있을 수 없는 얘기였다. 하물며 적은 한 명인데, 이쪽은 시온과 란가로 이뤄진 2인조였다.

얼마나 라즐이 위험한 상대인지는 상황을 보면 일목요연했다.

란가를 감싸려는 듯이 시온이 한 걸음 앞으로 나왔다.

"란가, 잠시 쉬도록 하세요."

"무슨 바보 같은 소리를. 저자는 강해. 우리가 둘이서 덤볐는데도 이 지경인데, 시온 혼자서는 무리야."

"괜찮아요. 어떻게 싸우면 되는지를 약간은 파악한 것 같습니다. 란가는 내가 신호할 때까지 가능한 한 힘을 모으고 있어주세요."

시온은 그렇게 말하더니, 란가의 대답을 기다리지 않고 대태도를 정면으로 쥐면서 자세를 잡았다.

아름다우면서, 마치 곧게 뻗은 한 줄기의 심 같은 자세.

"훌륭하다. 나와 이렇게까지 맞서 싸운 자는 악마 중에도 그리 많지 않았는데."

라즐이 그렇게 말하면서 감탄했다.

그러나 상처 하나 입지 않은 상대한테서 받는 칭찬은, 시온의 입장에선 굴욕일 뿐이었다.

"입 닥쳐라. 그 여유를 내가 완전히 벗겨 내주마!"

그렇게 외치자마자, 시온이 움직였다. 대상단의 자세를 취하다가, 말 그대로 귀신같은 속도로 내리쳤다.

언뜻 보기엔 대충 휘두르는 것 같으면서도, 그건 군더더기가 없는 유려한 동작이었다.

그러나 라즐은 움직이지 않았다.

맑고 날카로운 소리가 메아리쳤다.

그건 라즐을 보호하는 외골격이 시온의 대태도를 튕겨낸 소리였다.

인섹트(곤충형 마수)인 라즐의 온몸은 강철보다도 단단한 외골격으로 덮여 있었다. 그렇기 때문에 무기나 방어구 같은 게 없어도 다른 자와는 비교할 수도 없는 강함을 자랑하고 있었다. 더구나 란가가 발사한 마법조차도 그 몸의 표면으로 모두 튕겨내 버렸다. 특수한 역장이 발생하는 것 같았으며, 모든 공격이 전혀 통하지 않았던 것이다.

왼팔로 시온의 공격을 받아낸 뒤, 그 자세 그대로 라즐은 주먹을 뻗었다. 바위도 박살낼 수 있는 그 위력은 맨몸의 인간쯤은 일격으로 산산조각을 내버릴 정도였다.

버텨내느냐 죽느냐, 그 두 가지 선택뿐이었다.

그러나 지금, 시온은 확실하게 성장하고 있었다. 부하의 교육을 맡았기 때문인지, 전황을 대국적으로 보는 법을 배운 것이다.

여기서 자신이 죽으면, 전황은 단번에 악화된다. 이기지 못한다 하더라도 시간을 벌면 누군가가 반드시 도우러 와줄 것이다. 그걸 믿을 수 있게 된 지금, 시온은 무턱대고 승리만을 바라는 것이 아니라, 살아남는 것에 중점을 두게 된 것이다.

란가를 쉬게 만든 것도 그게 이유였다. 지금 무리를 하면 여차

할 때에 움직이지 못하게 된다. 그렇게 되지 않도록, 아직 여유가 있는 시온이 진두(陣頭)에 설 각오를 굳힌 것이다.

물론 그런 이유만 있는 게 아니었다.

(후후후, 여기서 승리하여 리무루 님으로부터 칭찬을 받는 겁니다!)

맹랑하게도 그런 생각을 하고 있었다.

살아남는 것을 우선하지만, 결코 승리를 포기한 것은 아니었던 것이다.

시온의 그런 성장은 그녀의 마음에 여유를 가져다주고 있었다. 그리고 그 여유가 시온의 잠들어 있는 재능이 꽃피는 것을 더욱 가속시켰다.

지금의 시온은 전법조차도 바뀌어 있었다. 하쿠로우의 가르침을 충실히 따라서, 힘에만 의존하는 것이 아니라 기술을 중시하게 되었다.

라즐과의 싸움에서, 그런 전법은 한층 더 다듬어졌다. 그렇기 때문에 시온은 정통파의 검사 같은 아름다움을 익히고 있었던 것이다.

부조리할 정도로 강한 폭력에 기술이 더해졌다.

그 결과——.

내리친 시온의 대태도의 날 끝에서 충격파가 발생하면서, 라즐을 덮쳤다.

물론, 그건 라즐을 어지럽게 만드는 효과밖에 주지 못했다. 하지만 시온이 그 한순간의 틈을 파고들어 거리를 좁혔다.

물 흐르듯이 자연스러운 동작으로 다음 공격을 날리는 시온.

라즐은 또 받아냈지만, 점점 팔에 마비가 오는 것을 느끼고 있었다.

시온의 레벨(기량)이 심상치 않게 상승하고 있었다. 지금 싸우는 도중에도 시온은 계속 성장하고 있었던 것이다.

(아직, 아직 멀었습니다——!!)

시온은 방금 그 일격에 자신의 유니크 스킬인 '잘 처리하는 자(요리인)'의 효과를 적용시키고 있었다. 그 '확정결과'로 라즐의 단단한 외골격을 파괴하자는 생각을 담아 시도한 행동이었다.

계속 공격이 튕겨도 포기하지 않고, 같은 곳에 대태도를 연거푸 박아 넣는 시온. 바라는 것은 '외골격의 파괴'뿐.

자신의 칼보다 더 단단한 그 외골격을, 법칙을 비틀어서 파괴한다. 그게 시온이 노리는 것이었다.

라즐이라는 압도적인 강자를 눈앞에서 상대하면서, 시온은 포기하지 않았다. 끈질기게 버티면서, 자신의 능력이 통하지 않아도 절망하지 않고, 자신의 바람은 반드시 이뤄질 것이라고 믿으며 공격을 반복했다.

라즐은 조용히, 그런 시온의 공격을 계속 받아냈다.

담담히 이어지는 공방.

라즐은 당황하지 않았다. 기계적으로 보일 만큼 정확하게, 시온의 공격에 대처하고 있었다.

반면에 시온은 전력으로 공격하고 있었다. 이미 고유 스킬 '투귀화(鬪鬼化)'까지 발동시켜서, 한계를 넘어선 힘으로 라즐을 몰아붙이고 있었다. 그래도 여전히 그 공방은 라즐에겐 상대의 힘을 시험해보는 것에 가까웠다.

실력이 너무 차이가 났다.

시온이 최선을 다해 싸워도 겨우 비등비등한 수준을 유지하고 있을 뿐이었다.

라즐의 움직임은 온화하게 흐르는 물 같았다.

하지만 갑작스러운 호우로 인해 강은 범람한다.

계속 스킬을 발동하고 있었기 때문에 시온의 기력은 한계에 도달했다. 밸런스가 무너지면, 그 반동은 패자에게 향할 것이다.

그뿐만이 아니었다.

란가가 싸움에서 이탈함으로써, 라즐은 시온의 움직임을 완전히 파악하고 있었다. 유심히 살핀 끝에 시온의 한계는 여기까지라고, 그렇게 확신했다.

다음 순간, 라즐의 오라(요기)가 팽창했다. 격렬한 기세로 시온에게 맹공을 개시한 것이다.

아까와는 배에 가까운 위력으로, 소나기 같은 주먹이 시온에게 쏟아졌다.

동(動)의 시온에 정(靜)의 라즐. 그 인상은 지금 역전되었다.

"너는 정말로 강하다. 자랑스럽게 여겨도 좋다. 하지만 나에겐 이기지 못한다. 내 껍질에 상처를 내는 정도가 네 한계이겠지? 이제 그만 포기하고, 항복하도록 해라!"

그렇게 선고하는 라즐.

그러나 그런 라즐에게 시온은 태연하게 대답했다.

"후후후, 가소롭군요. 내가 끝까지 대책 없이 그냥 날뛰고 있다고 생각했습니까? 월등히 높은 경지에 도달하는 것이 바로 내가 바라는 바. 그걸 넘어서지 못하면 그 건방진 제2비서(디아블로)에게 업신여김을 받는 것뿐만 아니라, 리무루 님께 도움이 되지도 못합니다."

"무슨 소리냐?"

"말귀를 못 알아듣는 벌레로군요. 당신을 넘어서겠다고, 저는 그렇게 말하고 있는 겁니다."

시온의 오라가 폭발하는 것처럼 팽창하더니, 시온은 한 번 더 온 힘을 다해 라즐을 베었다.

교차하는 대태도와 팔.

역시 이번에도 시온의 공격은 라즐에 의해 튕겨나갔다.

그런데도 시온은 씨익 웃었다.

"후훗, 노리던 대로 됐군요."

시온은 그렇게 말하더니, 비틀비틀 일어서서 라즐과 다시 대치했다.

"시시하군. 역시 네 공격은 내겐 통하지 않는다."

그렇게 말하는 라즐을 보면서, 시온은 콧방귀를 뀌면서 웃었다.

…………….

…………

…….

시온은 자신의 어리석음을 떠올렸다.

힘은 정의의 상징이었다.

마물이기에 그건 당연한 생각이었고, 약자는 착취되는 존재일 뿐이었다.

오거로서 태어난 시온은 쥬라의 대삼림에선 상위자였다.

그러나 그런 시온을 걱정하는 자가 있었다.

시온과 베니마루 일행의 스승인 하쿠로우였다.

시온은 철저하게 하쿠로의 지도를 받으면서 심신을 단련했다. 그리고 조금은 어른스러워지긴 했지만, 그래도 진정한 의미로 이해하지는 못했을 것이다.

리무루가 정한 '다른 종족을 얕보지 않는다'라는 규칙도, 무시하지는 않는다 하더라도 어딘가 자신하고는 관계가 없는 일처럼 느끼고 있었던 것이다.

약한 자는 죽는다———. 그건 당연한 것이다.

그리고 시온은 자신이 죽은 뒤에야 비로소 자신의 생각이 잘못되었다는 것을 깨달았다.

죽임을 당하는 공포.

그건 죽는 게 두려운 게 아니라, 아무런 역할도 하지 못한 채 사라지는 것이 두려웠던 것이다.

그리고 시온은 리무루에게 구원을 받았다.

그때의 안도감.

자신은 아직 버림을 받지 않았다는, 마치 양친이 지켜봐주는 듯한 안도감 같은 것이 시온의 마음을 가득 채운 것이다.

크루세이더즈(성기사단)와 싸운 뒤에도, 시온은 리무루로부터 가르침을 받았다.

그리고 시온은 또다시 변했다.

그때 증오스러운 적이라고 생각했던 인간들을 보면서도, 이제 시온은 그렇게까지 화가 나지는 않았다.

그걸 의문스럽게 생각했지만, 리무루의 말을 듣고 그 수수께끼가 눈 녹듯이 풀렸다.

인간은 모두 다 사악한 건 아니며, 나쁜 자가 있으면 착한 자도 있다는 것을.

중요한 것은 그걸 파악하는 것.

인간의 가치는 어떻게 살아가느냐에 따라 정해진다.

강한가 약한가, 그런 것에는 의미가 없다.

지금은 아무런 역할을 하지 못하더라도, 언젠가 다른 어떤 분야에서 그 재능에 눈을 뜨는 자도 있는 것이다.

인간의 가치를 정하는 것은 타인이 아니라 자기 자신이어야 할 것이다.

리무루는 그런 말을 하고 싶었다는 것을. 시온은 이해한 것이다.

그렇게 깨닫고 보니, 다른 자를 부러워하거나 질투하는 것이 얼마나 어리석은 짓이었던가.

디아블로와 자신을 비교하면서, 시온은 자신이 뒤떨어진다는 것을 자각하고 있었다. 그렇기 때문에 리무루가 시온을 버리지 않을까 하고, 속으로는 그런 두려움을 품고 있었던 것이다.

그러나 그렇지 않았다.

리무루가 자신을 잊어버릴 일은 없다고 확신하면서, 시온의 불안감은 불식되었다.

최근까지 시온의 마음을 차지하고 있었던 추한 감정은 깔끔하게 사라졌다.

다른 자를 부러워하는 게 아니라, 넘어서고 극복하면 된다.

시온은 자신의 내면을 바라보게 되었다. 다른 자를 라이벌로

보는 게 아니라, 자기 자신을 넘어서는 것에서 의미를 찾아내게 된 것이다.

그렇게 하면 늘 성장을 계속할 수 있으리라고 믿으면서.

그 속도가 늦더라도 시온의 종족처럼 오랜 수명이 있다면, 짧은 수명을 가진 자들은 도달할 수 없는 차원에도 다다를 수 있을 것이다.

그렇게 생각했을 때, 시온에게서 초조한 마음도 사라졌다.

그런 마음의 변화가 시온의 성장을 촉진시킨 것이다.

그 불굴의 정신이 이 극한의 상황에서 꽃을 피웠다——.

《확인했습니다. 개체명 : 시온의 고유능력 '투귀화(鬪鬼化)'가 유니크 스킬 '투신화(鬪神化)'로 진화했습니다.》

이건 우연히 벌어진 일이지, 시온이 노리던 것은 아니었다.

승리를 포기하지 않고 계속 발버둥을 쳤기 때문에 일어난 기적이었다.

················.

············.

······.

"너에게 가르쳐주마. 승리의 여신은 마지막까지 포기하지 않는 자에게 미소를 짓는다는 것을! 간다, '투신해방(鬪神解放)'——!!"

시온은 주저 없이, 이제 막 변화한 유니크 스킬인 '투신화'를 사용했다.

이미 '투귀화'로 혹사되고 있던 몸이 가혹한 부담으로 인해 비명을 질렀다. 그러나 시온은 그것조차도 '초속재생'으로 억지로 잠재웠다.

유니크 스킬 '투신화'라는 것은 '투귀화'의 상위호환으로 불러야 할 스킬(能力)이다. 의식이 사라지면서 폭주를 하는 일도 없으며, 순수하게 힘과 체력과 정신을 상승시킬 뿐이다. 베니마루의 '마염화(魔炎化)'처럼, 정신생명체의 성질까지 부여되는 신체강화계의 권능인 것이다.

하지만 만능은 아니며, 큰 결점도 존재했다.

이 상태의 시온은 육체의 강함이 그대로 정신체에 가산된 상태가 되지만, 에너지(마력요소)의 소모가 너무 극심해서 단시간에 고갈되어버리는 것이다.

시온이 유니크 스킬 '투신화'를 발동시킨 시점에서, 이미 활동 한계가 찾아오기 직전이었다. 다음 일격으로 이 승부를 끝내야 한다고, 시온은 그런 각오로 모든 걸 걸었다.

"뭐냐, 그 힘은. 나와 맞먹는단 말인가?!"

유니크 스킬 '투신화'의 영향을 받으면서, 시온의 전신에서 엄청난 기세로 요기가 방출되었다. 그와 동시에 모든 감각이 날카롭게 다듬어지면서, 힘이 넘쳐 나오는 것을 시온은 느꼈다.

"지금입니다, 란가!"

"알았다!!"

두 손으로 쥐고 있던 '고리키마루 개(改)'를 하늘 높이 들어 올리는 시온.

그 칼을 향해 란가가 모든 힘을 쥐어짜내 만들어낸 '검은 번개'가 쏟아졌다. 기회를 살피면서 모으고 있던 그것은 지금의 란가가 날릴 수 있는 최대위력이었다.

란가는 시온을 믿고 있었다. 자신이 날린 번개로 시온이 대미지를 받더라도, 그걸 시온이 바란다면 망설이지 않고 행동으로 옮길 뿐이다.

"쓸데없는 잔재주를——! 내 껍질은 그런 걸로——."

라즐의 말에 귀를 기울일 시온이 아니다.

"카오틱 페이트(천지활살붕탄, 天地活殺崩誕)!!"

어떤 현상의 결과이든 상관없이 죄다 덧씌워버리겠다는 의지를 한껏 담아서. 번개를 두른 대태도가 대상단에서 아래로 휘둘러졌다——.

라즐의 외골격은 시온의 모든 공격을 막고 있었다.

그 왼팔에는 단 하나의 스친 상처만이 존재했다.

그러나 시온에겐 그것만으로도 충분했다.

아주 조금이라도 공격이 먹혔다면, 그걸 근거로 '최적행동'을 취할 수 있다. 거기서 끝나지 않고 '확정결과'를 이끌어내는 것이 시온의 유니크 스킬인 '요리인'의 진수이니까.

——번갯불이 번뜩였고, 부러진 칼이 공중을 날았다.

시온의 대태도가 드디어 둘로 부러진 것이다.

하지만 패배한 것은 라즐이었다.

절단된 왼팔에 어깨부터 몸의 중앙을 둘로 가른 커다란 상처. 그 상처를 통해 침입한 파멸의 전격은 라즐의 중요기관을 태워버리고 있었다.

싸움은 지금, 끝난 것이다.

주저앉으면서 쓰러지는 라즐.

라즐은 머지않아 자신이 죽을 것이라는 걸 이해하고 있었다.

그 눈이 움직이면서, 루미너스와 싸우는 그란베르를 봤다.

(미안하다, 그란이여──. 나는 먼저 가겠다. 그 장소에서, 약속의 장소에서 다시──.)

그 눈에서 빛이 사라지면서, 라즐의 생명활동은 정지되었다.

이리하여 시온과 란가의 승리가 확정되었다.

●

리무루가 클로노아에게 가면을 씌우는 것을 보고, 루미너스는 생각했다. 성공한 것인가── 하고.

이건 도박이었다.

클로에와 히나타가 믿는 리무루에게, 루미너스도 또한 모든 것을 맡긴 것이다.

클로에와 히나타로부터 얘기를 들은 리무루라는 인물. 모르는 척하면서도, 계속 신경을 쓰고 있었다.

발푸르기스(마왕들의 연회)에 출석한 것도 리무루가 참가한다는 얘기를 들었기 때문이다. 리무루가 마왕이 된다는 건, 루미너스가 들었던 얘기와는 전혀 달랐던 것이다.

히나타와 논의를 했을 때도 계속 아무것도 모르는 척을 했다.

클로에의 얘기가 현실이 됨에 따라서, 그 말을 의심할 마음도 사라졌다. 그래서 루미너스는 처음부터 리무루와의 적대는 바라지 않았던 것이다.

게다가 최근에 일어난 일들은 클로에나 히나타로부터 들었던 내용과 완전히 달라지고 있었다.

일이 틀어지기 시작하고 있었던 것이다.

그 사실이, 루미너스는 몹시 두려웠다.

그 어긋남이 커지면 커질수록, 성궤로 보호하고 있는 클로노아가 올바르게 부활할 수 없을 거란 생각이 들었기에…….

그 두려움은 현실이 되었고, 예상외의 사태가 일어났다.

기대하던 음악교류회에서, 오랜 심복이라고 생각하고 있었던 그란베르에게 배신을 당한 것이다.

아니, 그란베르의 배신은 이미 알고 있었다. 그래도 설마 이 정도로 당당하게 루미너스에게 반기를 들 줄은 생각하지 못했다.

히나타의 죽음.

그리고 클로노아의 부활.

이 이레귤러적인 사태에 대항하려면 마찬가지로 이레귤러적으로 살아남은 리무루에게 맡기는 것이 제일 좋은 선택이다.

루미너스는 그렇게 판단한 것이다.

그리고 리무루는 루미너스가 기대한 대로 클로노아의 '영혼'을 불러내는 작전을 펼쳤다.

(저 가면은 클로에가 쓰고 있었던 것과 같은 것이로군. 그렇다면 희망은 있다!)

속으로 갈채를 보내는 루미너스.

그런 루미너스에게 그란베르가 말을 걸었다.

"기뻐하시는 것 같군요, 루미너스 님. 당신이 사랑하는 클로에가 돌아올 것이라고, 진심으로 믿고 계시는 겁니까?"

"뭐라고?"

"클로노아라는 것은 파괴의 의지, 그 자체이죠? 그걸 봉인하고 있던 성궤가 사라진 지금, 클로노아를 막으려면 클로에의 의식을 다시 불러낼 수밖에 없습니다. 그러나 정말로 클로노아의 안에 클로에의 '영혼'이 잠들어 있다고 생각하십니까?"

"네 이놈, 어떻게 그걸 알고 있느냐?"

순간적으로 놀라는 표정을 보였던 루미너스였지만, 그 말을 듣고 생각을 바꾸었다.

그란베르라면 루미너스와 클로에의 대화를 엿들었어도 이상할 게 없다고.

"그렇군, 그래서 너는⋯⋯."

"네, 당신이 상상하신 대로입니다. 세계를 멸망시키려면 이만큼 빠른 방법은 없죠. 저보다 월등히 강한 자에게 모든 것을 맡겨 버리면 되는 것이니까!"

그렇게 말하면서 웃는 그란베르의 눈은 어둡고 탁한 광기에 물든 것처럼 보였다.

"닥쳐라! 네 계획대로 될 거라곤 생각하지 마라!"

"맞습니다. 세계는 늘 제 소원을 짓밟죠. 지금도 그렇고요. 제 친구가 죽었습니다."

그란베르의 말을 듣고, 루미너스도 하나의 전투가 끝난 것을 알아차렸다. 리무루의 부하가 승리했고, 라즐이 죽었다는 것을.

"후후후. 역시 세계는 저에게 너무 가혹하군요."

"내 알 바가 아니다!"

그란베르를 밀쳐내는 루미너스.

그런 루미너스에게 그란베르는 조용히 말했다.

"──그러니까, 이런 세계는 멸망해버리면 되는 겁니다."

"헛소리 하지 마라. 절망하려면 너 혼자서 멋대로 하면 그만이다!"

루미너스는 그렇게 큰 소리로 대꾸하면서, 자신의 애도를 쥐었다.

나이트 로즈(밤의 장미의 칼)라고 하는, 고향의 이름을 붙인 칼을.

그란베르도 또한 루미너스의 그런 자세에 대응했다.

용사 시절부터 애용해온 파트너── 트루스(진의의 장검)을 뽑으면서.

두 사람의 무기는 동등하게 갓즈(신화)급이며, 조건은 호각.

그리고──.

"절망? 아니, 그렇지 않습니다. 제 마음은 지금, 희망으로 가득차 있습니다!"

그렇게 목소리를 드높여 선언하는 그란베르에게, 라즐의 몸에서 발산된 에너지가 흘러들어 갔다.

그건 라즐의 '영혼' 그 자체였으며, 힘이었다.

마리아, 라즐, 그리고 그란베르.

세 사람의 힘은 '영혼' 속에서 승화되어 하나의 희망을 낳았다.

《확인했습니다. 조건을 만족시켰습니다. 유니크 스킬 '포기하지 않는

자(불굴자)'가 얼티밋 스킬(궁극능력) '사리엘(희망지왕. 希望之王)'로 진화했습니다.》

그란베르도 또한, 이 상황에서 월등히 높은 경지에 도달했다.

선택받은 자가 아니면 도달할 수 없는 궁극의 정상으로.

얼티밋 스킬 '사리엘'의 권능은 공교롭게도 얼티밋 스킬 '아스모데우스(색욕지왕)'과 같은 '생과 사'였다.

이로 인해 힘으로 따져도 조건은 같아졌다.

조용히 서 있던 그란베르는 그 어둡고 탁한 눈으로 루미너스를 바라봤다.

"제 준비도 끝났습니다. 루미너스 님, 지금이야말로 인과를 끊어내고 승부를 낼 때인 것 같군요."

"——그렇구나. 너의 각오를 내가 확실히 받아주마. 그리고 반드시 죽여줄 테니 안심하도록 해라!"

그리고 두 영웅은 서로를 마주 보고 섰다.

얼티밋 스킬에 각성한 자들끼리의 싸움—— 그러나 그 싸움은 한순간에 끝날 것이다.

한 줄기의 붉은 섬광으로 변하면서, 루미너스의 나이트 로즈가 순간적으로 번뜩였다.

잿빛의 푸른 불꽃을 두른 그란베르의 트루스가 그 공격을 받아냈다.

"메모리 엔드 레퀴엠(죽을 자에게 바치는 진혼곡)——!!"

"——포티튜드(견인불발. 堅忍不拔)!!"

그건 얼티밋 스킬 '아스모데우스'와 얼티밋 스킬 '사리엘'의 정면 승부였다.

같은 조건이라면 강인한 의지를 지닌 자가 이긴다.

그러므로.

불굴의 '용사' 그란베르가 패할 이유는 아무것도 없었——음에도 불구하고, 그 자리에 서 있던 자는 루미너스였다.

●

나는 클로노아에게 가면을 씌운 뒤에, 의식을 집중시켜서 클로노아의 정신세계로 침입을 개시했다.

물론, 나 혼자선 그렇게 할 수 없으니, 제어는 전부 라파엘(지혜지왕)에게 맡겼다.

시커먼 공간이 나올지도 모른다고 상상했지만, 의외로 밝았다.

애초에 광원이라는 게 존재하지 않을 테니, 이건 심상풍경이라는 것이겠지.

어디까지나 내 감각에 의거한 허상이겠지만, 어쨌든 뽀잉뽀잉 나아가고 있으려니, 누군가가 내 옆에서 나란히 걷고 있다는 것을 깨달았다.

"야아. 오랜만이네, 슬라임 씨. 아니, 사토루 씨였던가."

시즈 씨였다.

나는 그리움과 반가움을 느끼면서도, 왠지 쑥스러웠기 때문에 가벼운 말투로 대꾸했다.

"됐어, 지금의 내 이름은 리무루니까. 과거를 버릴 마음은 없지만, 그렇게 불리면 왠지 쑥스럽다고."

결코, 그녀가 그렇게 불러주길 바래서 그리 말했던 것은 아니다.

절대로.

그건 그렇고 심상풍경이란 것은 편리하군.

이미 죽은 게 분명한 인물이라도 쓸쓸하다는 감정을 느끼면 나타나주니까 말이다.

시즈 씨는 가면을 쓰지 않았고, 맨얼굴을 그대로 드러내고 있었다. 화상도 사라졌기 때문에 시즈 씨는 역시 미인이라는 사실을 다시 확인했다.

그런 시즈 씨의 모습을 모방했으니, 내가 미소녀처럼 여겨지는 것도 어쩔 수 없는 일이라고, 어떤 의미로는 납득하고 말았다.

뭐, 과거에 남자였던 입장에선 미묘한 느낌이지만.

시즈 씨 덕분에 나는 든든한 기분을 느끼면서, 점점 더 나아가는 기세를 높였다.

시즈 씨도 미소를 지으면서 날 따라와 주었다.

그런 우리 앞을, 또 한 명의 미소녀가 막아섰다.

클로노아였다.

증오로 가득 찬 그 눈은, 이 세상의 모든 것을 멸망시키려는 것처럼 보여서 무시무시했다.

우선은 대화가 먼저다.

얘기를 들어주면 좋겠다고 생각하면서, 나는 입을 열려고 했다.

하지만 다음 순간.

"——리무루, 야? 정말로, 진짜, 리무루야?"

놀라운 반응.

좀 더 노골적으로. 적의를 드러낼 것으로 생각했다.

"으, 응, 리무루야."

그렇게 말하면서 고개를 끄덕이자, 클로노아가 내 몸을 끌어안았다.

슬라임을 끌어안은 미소녀.

괜찮다고 생각합니다.

그런 우리를 보면서, 시즈 씨가 쿡쿡 웃었다.

그런 시즈 씨였지만, 클로노아의 머리를 자상하게 쓰다듬으면서, "많이 애썼네. 나도 만나보고 싶었어, 용사 님"이라고 나지막이 말하고 있었다.

으―음, 이렇게 훈훈해도 되는 걸까?

밖에선 격전이 벌어지는 것 같은데도, 왠지 지금 나는 너무나 행복한 기분을 느끼고 있는데…….

"어, 저기, 클로노아, 라고 했지?"

이러고 있으니, 클로노아는 성장한 클로에가 아닐까 하는 생각이 들기 시작했다.

역시 닮았다.

"응. 나는 클로노아. 클로에 안에 봉인되어 있던 악의 화신이야. 동시에 그녀의 또 다른 인격 같은 존재이기도 해. 히나타가 이름을 지어주지 않았다면, 이렇게까지 확실하게 존재하는 자아는 태어나지 않았을 거라고 생각하지만 말이야."

그, 그렇군.

상황은 전혀 이해가 안 되지만, 뭔가 여러 가지로 복잡한 사정이 있었던 것 같다는 건 알겠다.

"그래서, 네 목적 말인데——."

이대로 세계를 멸망시킬 생각이라면, 나도 온 힘을 다해서 막아야만 한다.

클로에의 다른 인격이라고 한다면, 어떻게든 클로에를 불러내서 교대시켜야 한다——고, 그렇게 단단히 마음을 먹고 물어보려했다.

그런데——.

"이제 됐어. 왜냐하면 리무루가 무사하니까."

클로노아는 딱히 별일도 아니라는 듯이, 그런 식으로 바로 대답한 것이다.

내가 무사하면 됐다니, 그런 불길한 말은 하지 않았으면 좋겠는데.

지금까지 수많은 위기에 도전했지만, 이렇게 무사히 지내고 있다. 미안하지만 더 이상 귀찮은 일은 노 땡큐이다.

"아니, 나는 늘 건강하게 잘 지냈는데?"

"그런 말을 해놓고선, 나를 구하겠다고 희생했으면서!"

내 대답을 듣고 마구 화를 내기 시작하는 클로노아.

희생이 되었다고 말한들 말이지…….

뭐가 마음에 안 들었는지는 모르겠지만, 지금은 일단 사과하는게 좋으려나.

"하하하, 미안, 미안해. 앞으로는 조심할게."

"정말이지? 약속이야."

그런 말을 들으면서, 나는 클로노아와 무모한 짓을 하지 않겠다고 약속했다.

이해가 안 되네.

무모한 짓은 하고 싶다고 해서 할 수 있는 게 아닌데.

아니, 잠깐?

클로노아에게 미래의 기억도 남아 있다고 한다면, 혹시 내가 미래에서——.

《……그럴 가능성은 농후합니다.》

농담이지, 이봐?!

꺼림칙한 얘기를 들어버렸잖아.

아니, 반대다.

반대로, 지금 들을 수 있어서 다행이라고 생각하는 거야.

절대로 무모한 짓은 하지 않겠다고—— 나는 마음속으로 굳게 맹세했다.

클로노아가 진정하기를 기다린 뒤에, 나는 중요한 질문으로 화제를 옮겼다.

"그래서 클로에 말인데, 지금 어디 있는지 알아?"

그리고 거기에는 히나타도 있는 걸까?

마음은 초조했지만, 지금은 신중하게 얘기를 진행하고 싶다. 자칫 클로노아의 기분을 상하게 하면 얻을 수 있는 정보도 듣지 못하게 될 것 같아서다.

그러나 그런 내 걱정은 기우였다.

"내 마음속 깊은 곳에 있는 '무한뇌옥' 속에 들어가 있어. 원래는 거기에 봉인되어 있던 것은 나였지만, 동일시간축에 동일한 존재가 중복된 탓에 교체되는 현상이 발생한 거야."

그렇게 술술 대답해준 것이다.

클로노아 자신도, 클로에를 소중하게 생각하고 있는 것 같았다.

주(主) 인격이 클로에이며, 그걸 보조하는 것이 클로노아라고 생각하는 걸로 보였다. 이건 믿어도 괜찮을 것 같다.

그렇게 생각한 나는 다음 질문을 꺼냈다.

"그러면 히나타는?"

"히나타는, 말이지……."

그건 충격적인 대답이었다.

클로노아는 히나타는 이미 죽었다고 대답한 것이다.

"그게 무슨 뜻이야? 루미너스의 말로는, 히나타도 같이 과거로 날아갔다고……."

그렇다면 히나타도 무사한 것이──.

"리무루는 착각을 하고 있어. 히나타는 여기서 죽었어. 그란베르의 공격은 영혼도 파괴하는 거였어. 그래서 클로에는 히나타의 '영혼'을 흡수한 거야. 그리고 함께 과거로 날아갔지만, 히나타는 '시간도약'을 버텨낼 수 없었어."

뭐?

아니, 하지만…….

루미너스는 히나타와도 대화를 나누었다고.

그리고──.

"클로노아에게 이름을 지어준 사람은 히나타였지?"

"응."

"그렇다면!"

"히나타의 자아만을, 영혼의 잔재, 히나타의 유니크 스킬에 보존해두고 있었던 거야. 그래서 히나타의 '수학자'만은 흡수할 수 없었어. 그랬다간 히나타의 자아도 사라져버릴 테니까——."

슬픈 표정으로 대답하는 클로노아를 보면서, 거짓말을 하는 게 아니라는 것을 이해했다.

아니, 잠깐.

스킬은 영혼에 뿌리를 두고 있기 때문에 히나타의 자아가 깃든 것이다. 그렇다면 그 스킬을 히나타의 육체로 되돌리면 히나타가 되살아나지 않을까?

"리무루가 무슨 생각을 하는지는 알아. 왜냐하면 나(클로에)도 같은 생각을 했으니까. 하지만 말이지, 무리였어. 말했잖아? 히나타의 영혼의 잔재도 '무한뇌옥'에 붙잡혀 있다고. 그 속에선 모든 것이 혼돈된 상태로 서로 뒤섞여 있어. 거기서 태어난 내가 이런 말을 하는 것도 이상하지만, 히나타의 '수학자'도 이미 통합되어버렸을 거라고 생각해——."

베루도라 수준의 강인한 자아와 방대한 에너지가 있다면 또 모를까, 성인이라고는 해도 인간이었던 히나타라면 '무한뇌옥'은 버티지 못했을 거라고…….

히나타의 육체는 밖에 있었다.

영혼만 무사하다면, 히나타는 되살아날 텐데.

"아니, 괜찮아. 히나타는 아주 강한 아이니까, 아직 분명 사라지지 않았을 거야. 그러니까 불러내도록 해."

탄식하는 클로노아와 좌절하는 나.

그런 우리에게 그렇게 말한 사람은 온화한 표정으로 웃고 있는 시즈 씨였다.

＊

불안감이 사라졌다.

한탄하는 것은 결과가 확정된 뒤에 해도 된다.

"그렇군, 그 말이 맞아. 클로노아, 클로에와 히나타를 '무한뇌옥'에서 구해내고 싶은데, 방법이 있을까?"

"지금은 안정되었으니, 또 하나의 내(클로에) 기척은 느낄 수 있으려나. 하지만 '무한뇌옥'을 해제하는 것이 어려워. 그랬다간 아마도 육체 쪽이 붕괴할 테니까……."

무슨 소리인가 했더니, 방대한 에너지를 전부 '무한뇌옥'에 가둬둔 상태라고 한다.

잊어버리고 있었지만, 어린 클로에의 힘을 제어하고 있는 것이 여기 있는 클로노아였다.

총량이 베루도라에게 필적할 정도의 에너지가 해방된다면 클로에의 육체는 아예 사라질 것이라고 했다. 히나타의 마음이 남아 있는지 아닌지, 그걸 확인할 방법도차도 없는 것이 현재의 상황이었다.

그에 관해선 시즈 씨의 말을 믿기로 하고.

'무한뇌옥'의 에너지를 잘 제어하면서, 클로에와 히나타를 구출하려면── 라파엘(지혜지왕)로 '무한뇌옥'에 간섭하는 것은 어떨까?

완전히 해제하지 않고, 그 안에 든 것만을 찾는다면?

《안 됩니다. 지금의 상태에선 불가능합니다. 최소단위인 '정보자(情報子)'에 간섭할 수 있는 권한이 없습니다.》

라파엘로로도 '무한뇌옥'을 해제하는 건 가능하다고 한다. 하지만 그 안에 봉인된 정보에 간섭할 수 있는 권한이 없기 때문에, 그 이상은 아무것도 할 수 없다고 했다.

멋대로 부활한 베루도라는 역시 특수한 사례인 모양이다.

"알았어! 그럼 그 권한을 위임할게. 나(클로에)도 동의하겠다고 하니까, 리무루가 하고 싶은 대로 해도 돼!"

──뭐?!

이제 어떡할지를 고민하고 있던 내게, 클로노아가 예상 못 한 제안을 해줬다.

'영자'보다도 극소하며, 질량이 한없이 제로에 가까운 물질. 그게 '정보자'라고 한다. 이 세상의 모든 물질은 '정보자'를 반드시 포함하고 있다고 했다.

내 '위장'이나 클로노아의 '무한뇌옥' 안으로 한정되지만, 그 '정보자'를 관측하는 것이 가능해진다. 그걸 조작함으로써, 라파엘은 스킬(능력)의 통폐합을 했던 모양이다.

그리고 지금 '무한뇌옥'의 소유자로부터 승인을 받으면서, 라파엘이 권능을 구사할 자유를 얻게 된 것이다.

《알림. 승인을 확인했습니다. 지금부터 간섭을 시작합니다.》

왜일까.

라파엘이 기뻐하고 있는 것 같은데.

이건 그러니까 그거다.

내 스킬을 좋을 대로 갖고 놀 때와 비슷한 느낌인 것이다.

그 이후는 노도와 같이 전개되었다.

내가 말릴 틈도 없이, 라파엘의 독무대가 되었다.

《종료. 유니크 스킬 '무한뇌옥'와 '절대절단'에 '찬탈자'를 더하고, 대량의 에너지를 바쳐서 얼티밋 스킬(궁극능력)로 진화시키겠습니다.》

평소처럼 《YES / NO》로 묻지도 않고 라파엘은 계속 진행시켰다.

아니, 내게 승낙을 구하는 것은 사실 초점이 어긋난 얘기이긴 했다.

왜냐하면 내 스킬이 아니니까── 잠깐, 역시 이상하지 않아?

그런 내 걱정은 아랑곳하지 않고, 클로에──클로노아──의 힘은 얼티밋 스킬 '요그 소토스(시공지왕, 時空之王)'으로 다시 태어난 것이다. 게다가 원래는 클로에의 다른 인격이었던 클로노아(의식체)까지 스킬을 관리할 권한을 보유한 '마나스(신지핵, 神智核)'라는 정보체로, 클로에와 언제든지 교체될 수 있도록 최적화되었던 것이다.

괜찮을까, 이렇게 좋을 대로 하도록 내버려 둬도?

아니, 좋지 않다──는 결론으로 연결하고 싶었지만, 아무도 불만을 제기하지 않았다.

"역시 리무루는 무모한 짓만 하네. 하지만 그래도 그런 리무루가, 나는 정말 좋아!"

클로노아는 그렇게 말하면서 날 끌어안더니, 오른뺨에 키스까지 해주었다.

그것도 모자라서.

"잠깐, 클로노아! 나보다 먼저, 멋대로 무슨 짓을 하는 거야!!"

반대쪽에도 부드러운 감촉.

클로노아와 마찬가지로 클로에가 날 끌어안은 채 키스를 해주었던 것이다. 더구나 클로에는 어른의 모습을 하고 있었다. 클로노아와 쌍둥이처럼 똑같았으며, 엄청난 미인이었다.

너무 편리하구먼, 심상풍경이란 건.

이게 현실이 아니라는 것이 슬플 따름이지만, 미녀에게 둘러싸여 있어서 기분이 나쁠 일은 없다.

기왕이면 나도 슬라임 상태가 아니라, 인간, 그것도 생전의 나이스 가이로 이미지가 재현되지는 않을까?

그렇게 핑크빛 망상에 잠기는 나.

그런 나를, 시즈 씨가 따뜻한 눈길로 지켜보고 있었다.

그리고 또 한 사람.

"팔자 좋네, 리무루. 내가 살아 돌아왔는지 아닌지도 모르면서, 엄청 기뻐 보이는걸."

히나타였다.

확실히 들떠 있을 때는 아니었다.

그 사실을 깨달은 나는 얼굴을 붉히면서 어흠 하고 헛기침을 했다.

여, 역시 히나타 씨, 여전히 아름다우시군요.

그렇게 빈말로라도 칭찬을 해야 했을까?

여전하다고 말했지만, 나는 방금 전까지만 해도 계속 얼굴을 보고 있었는데 말이지.

그래도 역시, 여성에겐 칭찬을 해두는 게 좋겠지.

"역시——."

"빈말은 됐어."

"아, 네."

다 꿰뚫어 보고 있었다. 하지만 이 말만은 해두고 싶었다.

"하지만 말이지, 무사하다는 표현도 좀 이상하지만, 히나타랑 이렇게 재회할 수 있어서 정말 기뻐."

이것만큼은 내 진심이니까.

"고마워."

그렇게 대답하던 히나타가, 살짝 얼굴을 붉히고 있었다.

쑥스러워 하고 있군.

이번에야말로 반한 건가?!

《아닙니다. 그렇지 않습니다.》

그렇겠죠. 그럴 리가 없겠지.

나를 무시한 채, 히나타는 시즈 씨와의 재회를 서로 기뻐하고 있었다.

약간은 솔직해졌는지, 히나타도 눈물을 글썽이고 있었다.

"죄송해요, 선생님. 저는 선생님께 폐를 끼치고 싶지 않아서……."

"알고 있었단다, 히나타. 그때에는 그 마음을 알아주질 못해서, 나야말로 미안하구나. 그리고 고마워. 그때, 레온의 성에서 날 구해준 용사가 바로 너였지?"

"──네, 선생님."

서로를 끌어안은 두 사람을 보면서, 나도 덩달아 눈물을 흘릴 뻔했다.

"히나타, 역시 너는 강한 아이구나. 그런 네가 만들어 낸 유니크 스킬 '수학자'였기에, 그 자아를 유지할 수 있었겠지."

그렇게 시즈 씨는 애절한 심정을 담은 목소리로 중얼거렸다.

그렇구나, 듣고 보니 그럴 지도 모르겠군.

확실히 히나타는 변하지 않았다.

"한 가지 힘은 이제 사라져버렸지만 말이지."

"후훗, 그건 이미 너에겐 필요 없다는 뜻이겠지. 앞으로는 스스로를 마주 대하면서 성장하면 돼."

"──그런데, 정말로 되살아날 수 있을까요?"

"괜찮아. 너도 믿고 있잖아?"

"네에, 그건 그렇긴 한데……."

시즈 씨와 히나타의 시선이 내 쪽으로 향했다.

"언제까지 그러고 있을 거야?"

히나타의 말을 듣고서야, 나는 아직 클로에와 클로노아에게 안겨 있다는 것을 떠올렸다.

"좀 더 리무루를 안고 싶어!"

"그래, 히나타. 2,000년만이니까, 조금만 더──."

그 말은 약간 오해를 사기 좋겠는데.

나는 아무 짓도 하지 않았다. 클로에와 클로노아가 멋대로 내 슬라임 바디에 묻혀 있을 뿐이다.

"자자, 그건 나중에 천천히 하렴. 나도 슬슬 가야 하고, 히나타도 빨리 소생해야지."

시즈 씨가 미소를 지은 채로 클로에와 클로노아를 달랬다.

"가다니, 어디로?"

"알고 있을 텐데, 리무루? 나는 당신이 보여주는 환영에 지나지 않는다는 걸."

아니, 여기는 심상풍경이니까――.

"꿈은 언젠가 깨어나는 법이야. 나도 너희를 만나서 기뻤어. 켄야랑 다른 아이들도 건강한 것 같았고, 리무루가 레온을 한 대 때려준 덕분에 기분도 후련하게 풀렸고 말이지. 아무래도 오해였던 것 같지만, 그걸 알게 된 덕분에, 이 세계를 조금이나마 좋아할 수 있게 되었어. 그러니까 이제 남은 한은 없어. 만족해."

떠나는 걸 말리려고 했던 클로에와 히나타는 시즈 씨의 만족스러운 미소를 보면서, 말하려고 했던 말을 속으로 삼켰다. 그리고 힘차게 고개를 끄덕였다.

"리무루, 히나타를 잘 부탁해."

"리무루 씨라면 괜찮겠지?"

"기대하고 있을게."

세 명으로부터 예상하지 못한 압박을 받았다.

식은땀이 멈추질 않았다.

만약 실패라도 한다면―― 아니, 안 되지.

그런 약한 마음을 먹으면 안 된다.

해보기도 전에 포기하다니, 그건 나답지 않은 짓이다.

나보다 히나타 쪽이 더 불안할 테니까, 나는 여유 있는 태도를 유지하지 않으면 안 되는 것이다.

"내게 맡겨. 히나타, 지금 바로 구해줄게."

나는 그렇게 선언했다.

말은 힘이 된다. 반드시 성공시키겠다는 결의를 새로이 다지면서, 나는 심상풍경을 뒤로 했다——.

현실로 돌아오자, 나는 여전히 인간의 모습을 하고 있었다.

같은 포즈를 유지한 채, 꼼짝도 하지 않고 있었던 모양이다.

나는 기지개를 펴면서 새로이 기합을 넣었다.

내가 심상풍경을 통해서 마지막으로 본 광경은 사라져가는 시즈 씨의 미소였다.

그 미소에 보답하기 위해서라도, 한 번 더 분발하기로 하자.

"여어, 무사했냐, 리무루!"

"그 뒤에 무슨 일이 일어난 거지? 클로노아가 움직임을 멈추면서 쓰러졌는데——."

"설명은 나중에 하지. 너희는 계속해서 방해를 받지 않도록 경계를 유지해주지 않겠어?"

"맡겨만 둬!"

"좋다. 나중에 제대로 설명해다오."

베루도라는 물론이고, 레온도 순순히 받아들여 주었다.

이걸로 일단 안심이다.

그런 일은 없을 거라 생각하지만, 유우키가 돌아와도 대처할 수 있을 것이다.

자, 그럼 히나타의 유해는 어디에──.

루미너스의 마법으로 상처 하나 입지 않은 히나타의 유해를, 쓰러져 있는 클로노아 옆에 놓았다.

이런, 히나타의 가슴께에 구멍이 뚫려 있는 걸 보고 예비 코트를 꺼내놓았다. 이런 자연스러운 친절이 남을 배려할 수 있는 어른의 매력이라 할 수 있지.

날 차갑게 노려보는 눈길을 또 보고 싶지 않다──는 본심은 내 가슴 속에 깊이 넣어두자.

이제 남은 건 제일 중요한 소생마법인데, 이건 나 혼자의 힘만으로는 힘들다.

의식은 떠오르게 만들었지만, 히나타 그 자체라고도 부를 수 있는 '수학자'는 클로에의 '요그 소토스(시공지왕)' 안에 여전히 남아 있는 것이다. 동화되어 소멸하지 않았을 뿐이지, 분리시키는 것은 어려웠다.

대신할 에너지를 준비하여, 그것과 바꿔침과 동시에 소생마법으로 구출한다. 이 방법을 쓰려면 역시 그자의 협조가 빠질 수 없다.

"히나타의 소생에 힘을 빌려다오── 루미너스!!"

나는 그 인물, 루미너스의 이름을 소리 높여 불렀다.

●

"크, 커헉, 훌륭하십, 니다. 루, 루미너스…… 님."

피를 토하면서 쓰러지는 그란베르.

루미너스의 일격을 맞으면서, 그의 몸에선 생기가 계속 빠져나가고 있었다. 그런데도 그란베르의 표정은 온화하게 바뀌고 있었다.

"너——."

루미너스에겐 그란베르가 전하고 싶은 말이 정확하게 들리고 있었다.

——그러니까 이런 곤경조차 극복하지 못한다면, 인류를 지키는 것은 도저히 불가능합니다. 그렇다면 아예 수호자인 '용사'의 손으로 이 세상을 멸망시켜버리면 됩니다——.

그는 마지막 희망에 걸었다는 것을, 루미너스는 올바르게 이해했다. 그리고 그 각오를 받아들인 루미너스는 그런 그의 마음에 응해주기 위해 정면에서 그란베르를 격파한 것이다.

루미너스도 지금에서야 그란베르의 생각을 뼈저리게 이해할 수 있었다.

그란베르가 바라고 있었던 것이 클로노아의 폭주가 아니라, 올바른 각성을 촉진시켜서 인류의 희망이 되게 만드는 것이라는 것을.

그 요령 없는 성격은 1,000년의 시간이 지났어도 여전히 건재했다. 루미너스는 그렇게 느끼면서, 약간 쓸쓸하게 생각했다.

"——제, 제 비원 따위는…… 그녀의, 시간의 중압에 비하면…… 가, 가볍습니다. 당신과, 마왕 리무루…… 그리고 그녀가 힘을 합치면……."

이 무자비한 세계에선 힘이 없는 정의는 아무런 의미가 없다.

그란베르만큼 강한 실력자도 자신의 무력함을 한탄하고 있었던 것이다.

그때, 루미너스의 귀에 리무루의 목소리가 들려왔다.

리무루는 히나타의 소생을 바라고 있었다. 그 말은 즉, 클로노아—— 클로에의 각성에 성공했다는 뜻이다.

(믿음직스러운 녀석이로군. 훌륭하게 성공시켰구나.)

루미너스는 직접 말로 하지 않고, 속으로 리무루를 칭찬했다.

"너는 충분히 제 역할을 다했다. 뒷일은 내게 맡기고 편안히 쉬도록 해라."

루미너스는 그란베르에게 그렇게 말하면서, 리무루 쪽으로 이동하려 했다.

루미너스의 일격은 치명상이었지만, 그 이전에 그란베르는 그 모든 생명력을 다 쓰고 있었다. 수명은 이미 예전에 다 했으며, 이 이상의 연명은 루미너스의 힘을 써도 불가능했다.

마물이 된다면 얘기는 달라지겠지만, 그란베르가 그걸 바라지 않을 것이라는 것도, 루미너스는 잘 이해하고 있었던 것이다.

"그, 그 전에 루…… 루미너스 님, 한 가지, 부탁드릴 것이……."

"뭐냐?"

"희망을…… 제 희망을, 그 아이에게, 맡기고 싶……."

그 말을 듣고, 루미너스는 한순간 주저했다.

그란베르가 무슨 짓을 할지 모른다는 위험성을 생각하면서, 그 바람을 들어줄 것인지 말 것인지 망설였던 것이다.

그러나 루미너스는 받아들이기로 했다.

그건 루미너스의 자상한 배려이며, 관용이기도 했다.

"좋다."

"저, 정말 감사합니다──."

루미너스가 내민 손을 잡으면서, 그란베르는 감격의 눈물을 흘렸다. 동시에 그의 몸이 빛을 발했고, 빛의 거품으로 변해 흩어지기 시작했다.

"──편안히 잠들도록 해라."

루미너스의 목소리에 이끌리듯이, 오랜 시간 동안 싸워온 과거의 '용사'는 그 인과에서 해방되어 전 세계로 흩어졌다.

●

"오래 기다리게 했구나."

거만한 말투로 그렇게 말한 사람은 더 말할 것도 없이 루미너스였다.

격렬한 전투를 벌인 뒤인데도, 그 의복은 전혀 흐트러지지 않았다.

압승한 것 같았다. 그건 납득이 되지만, 좀 더 빨리 와주면 좋겠다.

"뭐냐, 무슨 불만이라도 있느냐?"

"아뇨, 아무것도."

여기서 버럭 하고 따질 수 없는 나는 스스로도 일본인 특유의 무사적당주의에 물들어 있다고 생각한다.

뭐, 그런 건 어찌 됐든 상관없으니까, 빨리 히나타를 구해주기로 하자.

"내가 클로에의 '무한뇌옥'에 간섭할 테니까, 그 틈에 히나타의 '영혼'을 회수해줘. 에너지가 부족하다면——."

"그건 걱정할 필요 없다. 내가 알아서 하지."

그래주면 고맙지.

역시 루미너스는 더할 나위 없이 유능하군.

그러므로 바로 작업을 시작한다.

내가 누워 있는 클로노아에게 손을 뻗어서, 히나타의 '영혼'이 있는 위치를 루미너스에게 가리켰다.

루미너스는 익숙한 동작으로, 곧장 뭔가 간섭을 시작했다. 마법과 스킬(능력), 이 경우는 스킬의 권능에 의존하고 있는 것 같았다.

"——리 버스(재탄, 再誕)!!"

루미너스의 권능이 발동했다.

옆에서 보면서 깨달았다.

지금의 루미너스가 쓰는 기술은, 나로선 흉내를 낼 수 없는 초고레벨이라는 것을.

《——'해석감정'에 실패했습니다. 얼티밋 스킬(궁극능력)의 수준에 해당하는 권능입니다.》

역시 그렇군.

아니, 루미너스라면 딱히 신기한 일이 아닌가. 반대로 안심하고 맡길 수 있다고 하겠다.

누워 있는 클로노아와 히나타의 유해.

클로에의 영혼과 동화된 히나타의 조각은 유니크 스킬 '수학자'

를 통해 하나로 모여 있다.

　루미너스는 자신의 권능으로, 내가 '분리'해둔 히나타의 '영혼'에 손을 댔다. 그걸 소중히 끄집어내면서, 그걸 대신할 수 있도록 고밀도의 에너지를 주입하고 있었다.

　《…………》

　꺼낸 에너지보다도 월등히 크지만, 그건 필요한 조치라고 할 수 있었다. 그렇게 생각하면서 바라보고 있으려니, 이번에는 히나타의 유해를 향해 손을 뻗었다.

　히나타의 '영혼'이 루미너스의 권능에 의해 유해로 돌아갔다.

　히나타의 머리카락에 윤기가 돌아왔다. 볼에는 홍조가 생겼으며, 그 가슴은 다시 뛰기 시작했다.

　그리고 히나타의 눈이 떠졌다. 살짝 기침을 하긴 했지만, 히나타에게 이상은 보이지 않았다.

　성공이다. 히나타는 무사히 소생한 것이다.

　그리고 클로노아 쪽도.

　히나타라는 이물이 빠져나가면서 완전한 상태로 돌아왔다.

　지금까지도 아름다웠지만, 클로에의 영혼이 인간으로는 보이지 않을 정도로 신성한 빛을 발산하기 시작한 것이다.

　눈을 떴다.

　자, 지금은 클로에일까, 클로노아일까.

　"리무루 씨!"

　이 반응은 클로에로군. 선생님으로 부르던 호칭이 어느새 '씨'

로 바뀌어 있지만, 느껴지는 분위기는 클로에 그 자체였다.

나를 향해 달려드는 클로에.

나는 부드럽게 그녀를 받아들여 안아주었다. 어린 모습과는 달리, 실로 여성스러운—— 어라아?

생각했던 감촉과는 다른 것 같아서 다시 바라보니, 클로에는 놀랍게도 어린아이의 모습으로 돌아와 있었다.

클로에가 몸에 맞춘 듯한 검은 옷을 제대로 갖춰 입고 있는 걸 보면, '성령무장'의 도움을 받은 것이겠지. 그 점은 고맙게 생각한다. 여기서만 하는 얘기인데, 아주 조금 아쉽다고 생각했던 것은 내 가슴 속에만 담아두기로 하자.

옆에서 보면, 어린 여자애를 끌어안고 있는 그림이로군.

자칫하다간 큰 문제가 발생했다는 오해를 살 판이다.

히나타가 보내는 시선이 따가웠다.

그뿐만이 아니라, 레온이 무슨 이유인지 이성을 잃고 있었다.

"대체 무슨 생각을 하고 있는 거냐, 리무루?"

"얘기를 좀 자세히 듣고 싶은걸."

이봐, 이봐, 좀 진정하라고, 레온.

그리고 히나타 씨도, 그렇게 얼굴을 찌푸리고 있다간 주름살이 늘 지도 몰라요.

——그렇게 말하는 건 자살행위겠지.

모처럼 히나타도 되살아났고, 클로노아의 폭주도 멎었는데, 왜 나는 위기 상황을 아직 벗어나지 못한 걸까.

그런 부조리한 현실을 한탄하면서도 이것만큼은 말해두고 싶다.

"다들 진정하자고, 응? 이 자리는 분위기도 좀 그렇고, 오늘은 너무 피곤해. 시간과 장소를 바꿔서 천천히 상황정리를 하는 게 좋지 않을까?!"

그 발언은 다수의 찬성을 받으면서 가결되었다.

*

이렇게 싸움은 끝을 맺었다.

그 자리에 흐르는 것은 아름다운 음색뿐이었다.

놀랍게도 타쿠토를 비롯한 악단원들은 그 전투 중에도 계속 연주 연습을 계속하고 있었던 것이다.

그 근성은 칭찬해줄 만했다.

나는 그들을 한껏 칭찬한 뒤에, 해산을 명령했다.

그리고 또 하나, 깨달은 게 있었다.

"――어라? 아까보다 클로에의 존재력이 더 늘어난 것 아냐?"

"기분 탓이겠지."

"아니, 리무루가 말한 대로 틀림없이――."

"닥쳐라! 도마뱀 따위의 의견은 듣지 않는다!"

움찔하는 베루도라. 그리고 나.

약간 분위기가 누그러졌던 루미너스가, 갑자기 불쾌한 반응을 보이는 것도 어쩔 수 없는 일이다.

이 화제는 이 정도로 끝내는 것이 무난하다――고 생각했는데, 분위기를 파악하지 못하는 남자가 있었다.

베루도라가 아니었다. 분위기를 파악하지 못하는 말과 행동을 자주 하는 베루도라였지만, 그래도 최근에는 배운 게 있는 것이다. 루미너스가 화가 났음을 감지하면서, 나와 함께 서로 고개를 끄덕거리고 있었다.

"아니, 리무루나 베루도라 공의 말이 맞다. 언뜻 보기엔 초절미소녀로밖에 보이지 않지만, 그 본질은 클로노아였던 때보다 더 뛰어나지 않은가?"

그런 발언을 한 사람은 놀랍게도 마왕 레온, 그 사람이었던 것이다.

쿨하게 보이면서도, 의외로 거리낌 없이 끼어드는 성격을 갖고 있는 것 같다.

그 이전에 클로에를 너무 감싸고 있는데.

레온은 아까부터 클로에에게 착 달라붙은 채, 떨어지려 하지 않았다.

초절미소녀라는 말을 하질 않나, 그 본성을 감추려고도 하지 않을 정도로 그녀가 귀여워 죽겠다는 모습을 보이고 있었다.

"레온 오빠. 옛날부터 그랬지만, 나한테 좀 지나치게 집착하는 것 같아! 그래선 여자친구도 생기질 않는다고 늘 충고했잖아!"

그리고 클로에는 레온을 엄격하게 대하고 있었다.

레온은 클로에를 위해서라는 이유만으로 상당한── 아니, 이 이상은 그만두자. 왠지 조금 슬퍼지니까.

그건 그렇다 쳐도, 그 쿨한 미모 덕분에 적당히 넘어가고 있지만, 레온도 꽤나 불행을 몰고 다니는 체질이지 않을까?

라미리스도 레온은 울보였다고 말했으니, 나는 아주 조금은 레온에게 잘 대해줘야겠다고 생각했다.

클로에는 어이가 없다는 표정으로 레온에게 그렇게 쏘아준 뒤에, 주위를 한 번 둘러봤다.

"응. 지금이라면 괜찮을 것 같으니까 말해두겠는데, 아무래도 난 진정한 의미의 '용사'로 각성한 것 같아. 내 안에서 자라고 있던 '알'과 히나타가 보듬으면서 부화시키고 있던 '알'이 하나로 합쳐진 것 같거든. 이건 비밀이야, 알았지?"

클로에는 그렇게 밝히면서 살짝 웃었다.

그 말을 듣고 놀람과 동시에 나는 중요한 사실을 떠올렸다.

"클로에! 그런 중대한 얘기는──."

아직 기이의 감시가 있을지도 모르니까, 섣부른 발언은 NG였다. 그 사실을 떠올린 나는 황급하게 얼버무리려고 했지만…….

그건 할 필요가 없는 걱정이었던 모양이다.

"괜찮아! 이젠 아무도 보고 있지 않는 것 같으니까."

그렇게 클로에가 안전하다는 선언을 한 것이다.

지금의 클로에는 겉모습 그대로의 소녀가 아니다.

아이는 언젠가 성장하면서, 자신을 보호해주는 부모의 품을 떠나는 법이다.

나는 클로에의 성장을 기뻐함과 동시에, 아주 약간 쓸쓸함을 느꼈다. 그리고 갑자기 깨달은 것이다.

지금 이 때가 바로── '진정한 용사' 클로에 오벨이 각성한 순간이라는 것을.

히나타와 클로에는 완전히 분리된 게 아니었으며, 히나타에게 어느새 깃들어 있던 '용사의 알'만큼은 클로에 안에 그대로 남아 있었던 모양이다.

한 명의 육체에 두 개의 알.

그 일어날 리 없는 기적에 의해, 클로에는 과거에 없었던 레벨로 각성을 이뤄낸 것이다.

——아니, 그게 아니지.

그건 기적 같은 불확실한 게 아니라, 클로에의 포기하지 않은 의지가 불러들인 필연이었던 것이다.

무한으로 반복될 윤회를, 순수함을 유지한 채 올곧게 극복한 클로에. 그 절망을 떨쳐낸 클로에의 불굴의 의지가 바로 이 기적을 성취해낸 것이다.

나는 그때, 진심으로 클로에가 대단하다고 생각했다.

그래서 나는 솔직하게 그 말을 입 밖으로 꺼냈다.

"정말 많이 노력했구나. 나도 너를 본받아서 무슨 일이 있어도 포기하지 않겠다고 맹세할게."

그건 내 안에서 우러나온 진심이었다.

"응!"

그렇게 미소를 지으며 고개를 끄덕이는 클로에를 보면서, 두 번 다시는 그 미소를 흐리게 만들지 않겠다고 맹세했다.

그건 즉, 언제까지고 안일한 생각을 하고 있을 수는 없다는 뜻이다.

나를 죽이려고 하는 세력이 있다는 걸 알게 된 이상, 그 대책을 생각하는 것은 당연한 것이다.

그렇지 않은가?

《네. 만반의 대책이 필요합니다.》

내 패배는 나만의 문제로 끝나지 않는다는 것을, 이번 일을 겪
으면서 통감했다.

나와 적대하려는 자는 용서하지 않겠다——. 그런 각오를 한
번 더 가슴 속에 새겼다.

상대의 가치관과 주장을 이해하는 것은 중요하지만, 그걸 중요
시한 나머지, 우리 쪽에서 희생이 나와서는 의미가 없는 것이다.

——승리를 위해서라면, 어떤 수단방법도 가리지 않겠다——.

나는 클로에를 보고 같이 웃어주면서, 속으로 몰래 그렇게 결
의했다.

약속의 장소로

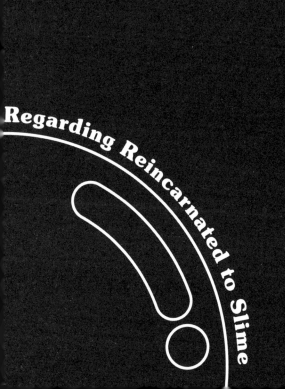

Regarding Reincarnated to Slime

그날 밤은 가볍게 정보만 교환했다.

상세한 사항은 나중에, 사태가 안정이 된 뒤에 대화를 나눌 예정을 잡았다.

레온으로부터는 클로에와의 관계에 대한 얘기를 들었다.

원래는 남매처럼 자란 소꿉친구라고 하는데, 그 이상 자세한 것은 가르쳐주지 않았다. 클로에는 아마 잊어버리고 있는 것 같으니, 이건 여전히 수수께끼로 남아 있군.

뭐, 딱히 큰 수수께끼도 아니지만 말이지.

쿨한 레온이었지만, 클로에에게만큼은 그저 약한 모습을 보였다.

라미리스를 대하는 트레이니 씨 이상으로, 레온의 집착은 위험한 영역에 들어가 있다는 생각이 들었다.

"내 충성을 너에게 맹세하마."

그런 식으로 클로에에게 진지하게 고백할 것만 같은데.

그렇게 된다 해도 클로에라면 웃으면서 거절할 것 같지만.

그리고 클로에에 대해서 얘기하자면, 실은 어른의 모습으로 변할 수 있는 모양이다.

클로노아의 자아도 건재했으며, 나와 라파엘 같은 관계가 이뤄진 것 같다. 그러므로 당연히 육체의 주도권을 바꾸는 것도 가능하다고 한다. 진지하게 싸울 때는 클로노아라는 의식을 융합시켜서 원래의 모습으로 돌아간다고 했다.

갑자기 어른이 되면 앨리스와 다른 아이들이 혼란스러워 할 테니까, 지금은 아직 이대로 지내겠다는 말을 했다.

나도 그러는 게 더 안전할 것이라 생각했기 때문에, 클로에가 좋을 대로 하도록 놔두기로 했다.

루미너스로부터 들은 것은 그란베르에 관한 얘기였다.

"그란은 아내가 죽은 시점에서 이미 미친 상태였겠지. 그리고 그 녀석의 희망이었던 마리아베르가 죽었을 때, 다시 한 번 더 미친 것이다. 그러면서 어쩌면 정상으로 돌아왔을 거야."

너무 진지하면서 요령이 없는 성격.

그게 그란베르 로조라는 사내를 표현하기에 적합한 말이라고 하겠다.

마리아라는 이름의 아내가 죽으면서, 사랑하는 자를 지키지 못했다는 자책감으로 미쳐버린 그란베르.

그런 그란베르의 희망이 되었던 마리아베르도 내게 도전하다가 패했다. 증거는 없지만, 유우키에게 살해당한 게 아닐까 하는 생각을 했다.

하지만 그란베르에겐 이유는 관계가 없었다. 마리아베르가 죽은 사실이 중요했으며, 그녀를 잃은 상실감이 그란베르를 다시 제정신으로 돌려놓았단 말인가.

더할 나위 없이 아이러니한 일이다.

제정신을 차린 그란베르가 생각한 것은 '진정한 용사'를 각성시키는 계획이었으니까.

실패하면 세계가 붕괴할 위험조차 있었다.

그러나 그란베르는 결단을 내린 것이다.

그의 각오는 진짜였다.

그것만큼은 의심할 바 없는 진실.

'용사'여도, 성인군자는 아니다. 신념과 광기, 그건 누구라도 마음속에 간직하고 있는 것이다.

그란베르는 인류에 대한 사랑이 컸다. 그랬기 때문에 광기로 물들었던 때의 반동도 또한, 누구보다도 컸을 것이다.

내 입장에서도 남의 일이 아니었다.

만약 사랑하는 자를 잃는다면?

동료들을 잃어버릴 뻔했을 때의, 마음이 갈가리 찢어지는 것 같았던 그 상실감을 떠올렸다.

"——어리석다, 고는 말하지 못하겠군."

나는 그란베르의 마음을 아주 약간 이해한 것 같은 기분이 들었다.

다음 날.

예정대로 음악교류회가 개최되었다.

푸르게 펼쳐진 넓은 하늘 아래서.

완전히 파괴된 대성당을 뒤에 두고.

정렬한 상태로 자리 잡은 수많은 관객을 앞에 둔 상태에서.

아름답고도 슬픈 음색이 높이, 높이 울려 퍼졌다.

그건 미래에 희망을 맡긴 자들을 보내는—— 장송곡이 되었다.

꿈을 꿨어.

너무나 신기한 꿈.

나는 거기서 너무나도 고집쟁이에 제멋대로인 여자애였어.

눈을 뜬 마리아는 그란을 보면서 미소를 지었다.

"즐거웠나?"

"네, 너무나도요."

그리고 두 사람은 서로를 보면서 웃었다.

"신기하네요. 왜 나는 그 슬라임을 믿지 않았을까요?"

"으―음, 어려운 질문이로군. 꿈이니까―― 라고 말하는 건 너무 단순한 대답인가?"

"아이 참, 진지하게 대답해요!"

"하하하, 미안해. 마리아가 말했던 것처럼, 모든 것을 받아들이고 서로 믿을 수 있다면 그보다 더 멋진 일은 없겠지. 하지만 인간은 겁쟁이라서 말이지. 자신들과 다른 규칙으로 사는 자들을 두려워하고, 배신당하지 않을까 경계하는 존재야. 그리고 또 번거롭게도 상대를 의심하지 않는 자는 아름다운 마음을 가진 자라고 말할 수 있겠지만, 결코 위정자가 될 자격을 같이 갖추고 있는 건 아니거든. 왜냐하면 누구보다도 조심성이 많은 것이, 바로 남을 인도하는 자에게 요구되는 자질이니까."

그 말을 듣고, 마리아는 불만스러운 표정으로 볼을 부풀렸다.

"아이 참! 그랬다간 아무리 시간이 흘러도 인간은 진심으로 서로를 이해하지 못하게 되잖아요! 전 싫어요. 그런 건 싫다고요!
그러니까 말이죠, 다음에는 믿기로 결심했어요."

"하지만 이건 꿈 얘기잖아?"

"네, 그래요. 하지만 다음에 또 같은 꿈을 꾸면, 이번에야말로
그 슬라임을 믿을 거예요. 그렇게 하면 분명 아주 친한 사이가 될
수 있겠다는 생각이 드니까요!"

"그렇군, 그렇겠지."

그란은 따뜻한 눈길로 바라보면서, 마리아의 말에 고개를 끄덕
였다.

그런 그란을 보면서, 마리아는 천진난만하게 물었다.

"그건 그렇고 그란, 당신은 어떤 꿈을 꾸었나요?"

"나 말인가? 나는⋯⋯."

그란이 꾼 것은 너무나도 길고 슬픈 꿈.

하지만 마지막에 본 것은 희망의 빛이었다.

"좋은 꿈이었어. 아주 말이지."

"어머나, 그거 정말 멋지네요! 당신이 행복하다면 저도 행복해요!"

"나도 그래. 당신이 행복하다면, 어떤 고난도 극복해낼 거야."

"제가 있고, 당신이 있고, 평화로운 나날을 살아갈 수 있다면,
그것만으로도 매일이 즐겁겠죠"

"그렇겠지."

"아이가 태어나면서 가족이 늘어나고, 그렇게 되면 훨씬 더 행
복해지게 될 거예요!"

"그래, 그렇고말고."

그리고 그란은 마리아를 자상하게 끌어안았다.

아름다운 음색이 들려왔다.

그건 여행을 떠날 때가 되었음을 알려주는 신호였다.

"라즐을 오래 기다리게 하는 것도 미안하니까 슬슬 출발하기로 할까."

"네, 그래야죠. 잊은 건 없나요? 여기로는 이젠 다시 돌아올 수 없잖아요?"

"응, 괜찮아. 당신이 있으면 다른 것은 아무것도 필요 없으니까."

그리고 두 사람은 손을 잡고 걸어가기 시작했다.

아득히 먼 곳에 있는, 모두가 기다리고 있는 약속의 장소로——.

후기

오래 기다리셨습니다. 겨우 11권을 전해드릴 수 있게 되었습니다.

이번 권은 인터넷 연재판과는 거의 다르게 완성되었습니다.

스포일러가 되겠습니다만, 각 캐릭터의 동향도 인터넷 연재판과는 다른 스토리로 전개하게 되었습니다.

그에 따라서 캐릭터의 설정도 변경되었습니다.

유우키의 설정도 대폭 바뀌었습니다만, 그 이상으로 변경된 것이 '용사'와 관련된 설정입니다.

그리고 담당 편집자 I 씨의 무모하다시피 한 밀어붙이기로 인해, 그건 결정적인 것이 되었습니다.

그 무모한 말과 행동 중에서 하나를 말씀드리자면.

"어린 클로에가 사라지는 것은 왠지 좀 슬프지 않은가요?"

라는 말이었습니다.

담당편집자 I 씨의 로ㅇ콘 의혹이 생긴 순간이었습니다.

참고로 로보콘은 아닙니다—— 아, 그런 건 일단 넘어가기로 하고.

안 그래도 클로에와 관련된 문제는 복잡하게 얽혀 있는 상황인데, I 씨의 요청까지 추가된 탓에 이번에는 엄청난 고민을 하게 되었습니다.

하지만 결과적으로는 재미있게 완성되었다고 자부하고 있습니다.

　서적판의 클로에가 어떻게 되었는지를, 부디 직접 보고 즐겨주시면 기쁘겠습니다.

＊

　이번 권으로 서방편이 완결되게 되었습니다.

　다음 권부터 드디어 동쪽제국이 움직이기 시작할 예정입니다.

　새로운 캐릭터가 등장하면서, 『전생 슬라임』 월드가 더 넓어질 것으로 생각합니다.

　앞으로도 계속 즐겨주시기를 바라면서, 잘 부탁드리겠습니다!!

[끝]

TENSEI SITARA SURAIMU DATTA KEN Vol. 11
©2018 by Fuse
First published in Japan in 2018 by Fuse.
Korean translation rights reserved by Somy Media, Inc.
Under the license from Micro Magazine Co., Ltd., Tokyo JAPAN

전생했더니 슬라임이었던 건에 대하여 11

2018년 5월 15일 1판 1쇄 발행
2024년 3월 15일 1판 12쇄 발행

저 　　 자 후세
일 러 스 트 밋츠바
옮 긴 이 도영명
발 행 인 유재옥
본 부 장 조병권
담당편집 정영길
편 집 1 팀 박광운 최서영
편 집 2 팀 정영길 조찬희 박치우 정지원
편 집 3 팀 오준영 이해빈 이소의
미 　　 술 김보라 박민솔
라이츠담당 김정미 맹미영 이윤서
디 지 털 박상섭 김지연 윤희진
발 행 처 ㈜소미미디어
인쇄제작처 코리아피앤피
등 　　 록 제2015-000008호
주 　　 소 서울 마포구 토정로 222, 403호(신수동, 한국출판콘텐츠센터)
판 　　 매 ㈜소미미디어
마 케 팅 최정연 최원석 박수진
물 　　 류 허석용
전 　　 화 편집부 (070)4164-3962, 3963 기획실 (02)567-3388
　　　　　　　판매 및 마케팅 (070)4165-6888, Fax (02)322-7665

ISBN 979-11-6190-480-1 04830
ISBN 979-11-5710-126-9 (세트)